Jamie Shaw

Rock my Dreams

Roman

Deutsch von
Veronika Dünninger

blanvalet

Die Originalausgabe erschien 2015
unter dem Titel »Havoc« bei Avon Impulse, an imprint of
HarperCollins*Publishers*, New York.

Dieses Buch ist auch als E-Book erhältlich.

MIX
Papier aus verantwortungsvollen Quellen
FSC® C083411

Verlagsgruppe Random House FSC® N001967

1. Auflage

Umschlaggestaltung und -motiv: © Johannes Wiebel | punchdesign,
unter Verwendung von Motiven von Shutterstock.com
(© Gabriel Georgescu; © L-house; © fastfun23
LH · Herstellung: sam
Satz: Buch-Werkstatt GmbH, Bad Aibling
Druck und Bindung: cpi books GmbH, Leck
Printed in Germany
ISBN: 978-3-7341-0555-5

www.blanvalet.de

Für jede Leserin, die sich in Mike verliebt.

1

Ein Ellenbogen liegt auf meinem Kopf.

Mein Oberkörper wird gegen eine Absperrung gequetscht, ein Converse-Sneaker hat mich eben fast im Gesicht getroffen, und ein Ellenbogen … liegt. Auf. Meinem. Kopf.

»Adam!«, schreit meine Cousine über die Musik hinweg, die aus gigantischen Lautsprechern dröhnt, die zu beiden Seiten der Bühne aufragen. Ich ziehe den Kopf gerade noch rechtzeitig ein, um ihrem Arm auszuweichen, mit dem sie wild winkt. Ich ducke mich noch mehr, doch der Ellenbogen lässt sich nicht abschütteln.

»Adam!«, brüllt sie wieder, während sie in der ersten Reihe auf einem unsichtbaren Trampolin auf und ab springt. »Hier unten! Adam!«

Der Leadsänger von *The Last Ones to Know* hockt am Rand der Bühne und streckt die Hand nach dem Gewühl von Mädchen aus, die sich zu seinen Füßen drängen. Sie klettern übereinander, um ihn in die Menge zu zerren, aber ich stehe einfach nur hier und versuche, nicht zu sterben.

»Verdammt, ich liebe dich!«, kreischt Danica, während Adam für die Fans in der ersten Reihe singt. Seine Knie schauen zwischen den dünnen Fäden seiner Jeans hervor, und er steckt seine Hände mit den schwarz lackierten Fingernägeln wieder nach der Menge aus. Die Art, wie seine Lippen das Mikrofon liebkosen … na ja, kein Wunder, dass diese Mädchen wie von Sinnen sind.

Die ganze Woche musste ich mir anhören, wie Danica von ihrem Exfreund, dem Rockstar, geredet hat. Wie wahnsinnig verliebt er in sie war. Wie er sie die ganze Highschool über angebetet hat. Wie seine Band schließlich groß herausgekommen ist. Das einzige Problem ist: Ihr Exfreund ist nicht Adam.

Am hinteren Ende der Bühne, in einem schwarzen T-Shirt, das feucht vom hart erarbeiteten Schweiß der vier letzten Songs ist, trommelt Mike Madden auf sein Schlagzeug ein, mit Armen, die allein dafür geschaffen wurden. Er schwingt seine Stöcke, als wären sie eine Verlängerung dieser Arme, und er gibt damit den Rhythmus für den Schlachtgesang im Klub vor. Er ist nicht so schlaksig wie Adam, und er trägt keine zerschlissenen Klamotten wie der Rest der Band, aber es ist trotzdem nicht zu übersehen: Er ist ein Rockstar.

»Ich dachte, du wärst wegen des Drummers hier?«, brülle ich, aber meine Stimme ist ebenso schwach wie der Rest von mir, sie geht im Schwall der Musik und den irrsinnigen Schreien der Menge einfach unter. Ich versuche, mich auf den Beinen zu halten, während ich von links und rechts angerempelt werde, aber ich bin auf Gedeih und Verderb den Massen von Leuten ausgeliefert, die von allen Seiten gegen mich prallen.

»Ich will deinen Schwanz lutschen!«, kreischt irgendeine Tussi etwas weiter hinter mir Adam zu und versucht, an dem hünenhaften verschwitzten Typen vorbeizuhüpfen, der an meinem Rücken klebt. Adam grinst breit unter den schimmernden blauen Lichtern, ohne auch nur eine einzige Zeile zu verpassen. Die Menge ist absolut durchgeknallt, aber die Band hat so etwas hier offensichtlich schon tausendmal erlebt. Selbst Danicas wildes Kreischen erregt keine Aufmerksamkeit bei den Bandmitgliedern.

»Shawn!«, fleht sie dann verzweifelt, als sie bemerkt, dass der Gitarrist von seinem Platz rechts neben Adam in die

Menge hinuntersieht. In einem Vintage-Shirt, mit zerzausten schwarzen Haaren und einem Fünf-Tage-Bart, drischt er auf seine Gitarre ein und brüllt seinen Text ins Mikrofon. Adam und er spinnen einen Song, Zeile über Zeile über Zeile, und ich fange fast an, Spaß zu haben – bis meine Hand auf einmal vom Geländer der Absperrung gerissen wird.

»Hilf mir, seine Aufmerksamkeit zu kriegen!«, befiehlt mir Danica, während sie versucht, mir meinen Arm über den Kopf zu reißen.

Ich versuche verzweifelt, ihn wieder herunterzuziehen und laufe dabei ernsthaft Gefahr, rückwärts in die tobende Menge zu fallen, als Shawns Blick endlich auf Danica fällt.

Auf seiner Stirn bildet sich eine Falte, die mich an meinen Dad erinnert. Auf der Farm meiner Familie lebte früher eine streunende Katze, die nur sehr selten freundlich war. Wenn sie aber läufig wurde, war es ihre Lieblingsbeschäftigung, meinem Dad um die Beine zu streichen. Er hasst Katzen, vor allem diese, und schnitt dann immer diese Grimasse, ganz ähnlich der, die sich auf Shawns Gesicht abzeichnet, als er Danica bemerkt.

»Oh mein Gott!«, kreischt Danica, während sie ihre Hand erstaunlich kräftig in meine Schulter krallt. Sie dreht mich mit Schwung zu sich herum, und ich klammere mich an ihren Armen fest, um nicht doch noch in das Chaos aus Ellenbogen und Achselhöhlen und Haaren geschleudert zu werden. »Hast du das gesehen?! Er hat mich genau angeschaut!«

Eine gewaltige Woge bricht über mich herein, als Adam zum Refrain des Songs ansetzt, und ich versuche angestrengt, den Kopf oben zu halten. Blaue und violette Lichter flackern über meine Haut, während ich wieder gegen die Metallstangen vor mir gedrängt werde und Danica jedem Bandmitglied auf der Bühne ihre unsterbliche Liebe entgegenschreit.

»Adam! Shawn! Joel! Mike!«

Natürlich verschwendet sie keinen Atemzug an die Gitarristin, die vorhin als Kit vorgestellt wurde. Ich mache mir gar nicht erst die Mühe, das zu kommentieren – denn ich bin zu sehr damit beschäftigt, mich wegzuducken, um nicht doch noch von einem der Crowdsurfer einen Tritt gegen den Kopf zu kriegen. Ein Securitytyp zerrt ein kreischendes Mädchen über die Absperrung und führt sie weg. Als er meine erschöpfte Miene sieht, schenkt er mir einen mitfühlenden Blick, der wohl bedeuten soll: *Es ist bald vorbei* .

Nur, dass es *nicht* bald vorbei ist. Es endet nämlich erst eine gefühlte halbe Ewigkeit und zwei Tritte gegen meinen Kopf später, als die Band die Bühne verlässt und die Lichter endlich ausgehen. Ich mache einen tiefen, dringend benötigten, Atemzug und werde dann hart zur Seite gestoßen. »Gehen wir«, ordnet Danica an, und schubst mich gegen irgendeinen Rücken.

»Wohin soll ich deiner Meinung nach denn gehen?«, frage ich gereizt, während sie mich weiter ins Gedränge schiebt.

»Geh einfach!«

Sie benutzt mich auf dem ganzen Weg aus der Menge als Rammbock, und ich bedauere fast, dass ich mich nicht habe zu Tode trampeln lassen, als ich die Gelegenheit dazu hatte.

»Du kannst jetzt aufhören«, fauche ich sie an, sobald ich genug Platz habe, um mich zu ihr umzudrehen.

»Halt einfach eine Minute den Mund.«

Ich beiße mir auf die Zunge – im wahrsten Sinne des Wortes, denn ich muss mich schwer zusammenreißen, um sie nicht anzuschnauzen –, als Danica sich auf die Zehenspitzen stellt und den Saal abzusuchen beginnt. Wir sind in einem Klub namens *Mayhem*, in der Stadt, in der wir beide seit kurzem erst wohnen. Ich bin hierher gekommen, um meinen Bachelor und letztendlich meinen Doktor in Tiermedizin zu machen, und Danica, weil … na ja, wer weiß schon, warum Danica irgendetwas tut.

Sie war der Star im Ballettunterricht. Kapitän des Cheerleaderteams. Die Julia in den Schultheaterstücken. Die Königin des Abschlussballs. Sie musste nie auf irgendetwas verzichten, und sie tut auch heute noch, was immer sie will.

»Wie kommen wir in den Backstagebereich?«

»Ähm …« Ich ziehe das feuchte T-Shirt, das an meinem Rücken klebt, von meiner Haut. »Ich bin mir ziemlich sicher, dass daraus nichts wird.«

»Sei nicht dumm, Hailey«, schnaubt sie. »Hast du nicht gesehen, wie Shawn mich angeschaut hat?«

So wie mein Dad diese Katze? Ja, und ob ich das gesehen habe …

»Da!«, ruft sie und geht zielstrebig los. Ich starre sehnsuchtsvoll auf ein großes rotes Schild, das »Ausgang« verspricht. Ich frage mich, wie sehr ich es später bereuen würde, wenn ich jetzt die Flucht ergreife – solange ich noch die Gelegenheit dazu habe. Danica würde ohne Probleme jemanden finden, der sie nach Hause fährt. Sie besitzt die Art Schönheit, die man nur mit Geld kaufen kann – salongepflegte, kupferbraune Haare, tolle Kurven – dank eines Personal Trainers –, kosmetisch aufgehellte Zähne. Und ganz abgesehen von alldem, hat sie diese schönen, mandelförmigen Augen und eine von Natur aus makellose Haut. Ich bin vor fast zwei Monaten bei ihr eingezogen und habe längst aufgehört zu zählen, wie viele Typen bei uns vorbeigekommen sind, um sie abzuholen oder nach Hause zu bringen.

Alle waren niedlich. Aber keiner war ein Rockstar.

»Kommst du oder was?«, brüllt Danica einen Meter vor mir, und als ich ihre ungeduldige Miene sehe, seufze ich noch einmal tief und folge ihr.

Es war nicht immer so. Als wir Kinder waren, ließ sie mich manchmal bei Spielen die Leitung übernehmen. Oder wenn wir »Vater, Mutter, Kind« spielten, waren wir abwechselnd die Mutter und der Vater. Als ihre Familie dann wegzog, wir waren noch auf der Grundschule, war ich ehrlich gesagt ganz schön traurig.

Aber das alles war, bevor sie auf ihre neue Schule kam. Denn dort wurde sie im wahrsten Sinne des Wortes zu einer verdammt fiesen Kuh. Unsere Familien trafen sich nach wie vor an den Feiertagen – Weihnachten, Thanksgiving, Ostern –, und jedes Jahr verwandelte sich Danica ein bisschen mehr in jemanden, den ich nicht mehr kannte. Ihre Fassade war wunderschön, aber innerlich war sie zu keinem besonders liebenswerten Menschen geworden. Ich dagegen war mehr oder weniger dieselbe geblieben. Ich hätte mir damals nie vorstellen können, dass wir eines Tages Mitbewohnerinnen sein würden. Aber als ich bei unserem Familiendinner letzte Ostern erwähnte, dass ich eines Tages gern auf die Mayfield University wechseln würde, da es dort landesweit einen der besten Studiengänge für Tiermedizin gibt, sprang sie sofort darauf an. Sie forderte ihren Vater auf, meine Studiengebühren zu übernehmen. Sie sagte, sie wolle auch wieder studieren. Sie sagte, wir sollten *beide* nach Mayfield gehen und zusammen wohnen. Sie sagte, das würde ein großer Spaß werden.

An einer Tür in der hinteren Ecke des Klubs marschiert meine so spaßbegeisterte Cousine genau auf den erstbesten Securitytypen zu. Er ist ungefähr doppelt so groß wie sie, mit Muskeln aus Stein und einer entsprechenden Miene.

»Mit wem muss ich reden, um in den Backstagebereich zu kommen?«

Bei ihrem Kommandoton zieht der Muskelmann eine Augenbraue hoch. »Mit dem Osterhasen?«

»Wie bitte?«

»Niemand darf in den Backstagebereich.« Die vor der Brust verschränkten Arme sind definitiv eine Warnung, dass mit ihm nicht zu spaßen ist.

»Ich bin mit Mike da«, lügt Danica, und nachdem er sie einen Moment beäugt hat, lacht der Muskelmann.

»Ja, na klar.«

»Das bin ich wirklich!«

Der Typ lächelt sie nur müde an, als wäre sie ein quengeliges Kind, und prompt beginnt Danica, sich wie eines zu benehmen. Sie verlangt, seinen Boss zu sprechen und droht, ihn feuern zu lassen. Als das alles nichts nützt, versucht sie es mit Beschimpfungen. Doch diese zeigen ebenfalls keine Wirkung, und daraufhin bricht die Hölle los.

Sie bohrt ihm einen Finger in die Brust und brüllt irgendetwas von seinem inzestuösen Genpool, und ich versuche schnell, sie von ihm wegzuzerren. Aber Danica ist in voller Fahrt, und das Einzige, was ich mir einhandle, ist ein harter Schubser, der mich fast umwirft. Mit meinen ein Meter dreiundfünfzig und den knapp siebenundvierzig Kilo habe ich schlechte Chancen, mich hier durchzusetzen, und ich mache auch keinen zweiten Versuch. Ich reibe mir mein empfindliches Schlüsselbein, und als der Securitytyp meine Angreiferin hochhebt, folge ich ihm hilflos, während er sie nach draußen trägt.

Nachdem mein Kopf von einem verschwitzten Riesen im Klub als Armlehne benutzt wurde, ich mir vor den größten Lautsprechern der Welt meine Trommelfelle ruiniert habe und den ganzen Abend herumgeworfen wurde wie das Spielzeug einer rotznasigen Göre, will ich nur noch heiß duschen, in mein Bett kriechen und eine ganze Woche schlafen. Stattdessen stehe ich vor dem *Mayhem* auf dem Gehweg und sehe stirnrunzelnd auf Danicas wütende Miene, mit der sie die große Metalltür anstarrt, die der Securitytyp eben hinter sich geschlossen hat.

Sie ist wegen einer bestimmten Sache hierhergekommen, und ich weiß genau, dass sie nicht gehen wird, ehe sie sie nicht gekriegt hat.

»Du hättest mich nicht schubsen müssen«, murmele ich, und ihre Augen flackern auf.

»Du hättest mir beistehen sollen!«

»Und was tun? Ihm in die Knöchel beißen?«

Mit ihren zehn Zentimeter hohen Keilabsatzstiefeln ragt Danica über mir auf. Ich starre zu ihr hoch und versuche, mich an das Mädchen zu erinnern, das auf dem Heuboden meiner Eltern mit mir Puppen gespielt hat. Aber sie ist irgendwo zwischen künstlichen Wimpern und den fünfzehn Jahren, in denen sie immer alles bekommen hat, was sie wollte, verschwunden.

»Du hast dich die ganze Zeit wie ein absolutes Biest benommen«, faucht sie mich an. Ich seufze, ziehe mein Shirt wieder von meiner Haut und lasse die kühle Nachtluft den Schweiß auf meinem Rücken trocknen. Verteidigung ist zwecklos, das ist mir klar. In Danicas Wahrnehmung ist sie immer Opfer und Heldin zugleich, und als ihre mietfrei wohnende Mitbewohnerin habe ich gelernt, das einfach zu akzeptieren.

Ich bin dankbar für alles, was sie für mich getan hat. Wirklich. Hätte sie ihrem Vater nicht in den Ohren gelegen und ihn dazu überredet, mein Studium zu finanzieren und ein paar Strippen zu ziehen, dass wir beide auch zugelassen werden, wäre alles ganz anders gekommen. Dann würde ich jetzt nämlich zu Hause Ställe ausmisten und nicht meinen Träumen folgen. Ihr Dad bezahlt *all* meine Rechnungen – meine Studiengebühren, meine Versicherungen, meine Lebenshaltungskosten, alles. Ich habe allerdings den Verdacht, dass Danicas plötzliches Interesse an meinem Leben nicht ganz uneigennützig war. Nachdem sie schon ein Studium geschmissen hat, nehme ich an, ihr Dad war nur offen für die Idee, dass sie ein neues aufnimmt, wenn sie außerhalb des Campus mit einer verantwortungsbewussten Mitbewohnerin zusammenlebt. Das wäre ich – auch bekannt als ihre langweilige Cousine von der Farm. Und doch stehe ich in ihrer Schuld. Ich verdanke ihr das Dach über meinem Kopf und das riesige Studiendarlehen, das ich selbst nie hätte aufbringen können.

Als ihr Handy klingelt, lässt sie mich links liegen und geht sofort ran.

»Katie?«, fragt sie. »Rate mal, wer eben aus diesem beschissenen Klub geschmissen wurde? Ja! Weil dieses Arschloch von einem Türsteher mich nicht in den Backstagebereich lassen wollte!« Sie wirft mir einen verächtlichen Blick zu. »Hat einfach nur dagestanden und nichts getan. Ich weiß! Nein, sie hat es nicht mal versucht! Mit ihr zusammenzuziehen war eine idiotische Idee.«

Ein eiskalter Schauder überkommt mich, und ich kaue auf der Innenseite meiner Lippe herum. Da mein Onkel darauf bestanden hat, dass ich mich im Moment voll auf mein Studium konzentriere und nicht nebenher jobbe, habe ich keinerlei eigenes Einkommen. Mein einziger »Job« ist es, seine Tochter nicht auf die Palme zu bringen. Und das ist ein Job, in dem ich – wie ich allmählich lerne – sehr, sehr schlecht zu sein scheine.

Ohne etwas zu sagen, gehe ich ein paar Schritte von Danica weg, bevor allein schon mein Anblick sie noch mehr in Rage bringen kann. Doch sie bemerkt es und will wissen, wohin ich gehe, worauf ich mit der lahmsten Ausrede aller Zeiten ankomme: »Ich will diesen Flyer hier drüben lesen.«

Ich gehe hinüber zu einem Telefonmast, um uns beiden ein bisschen Zeit zum Abkühlen zu geben. Ich ziehe sogar die giftigen Rauchschwaden der kettenrauchenden Mädchen vor, die in der Nähe stehen, nur um nicht noch eine Sekunde länger Danicas dummes, passiv-aggressives Gequatsche anhören zu müssen.

»Er ist einfach so verdammt heiß«, sagt ein Mädchen in Leoprint-Leggings, während sie eine Rauchwolke durch ihre blutroten Lippen bläst. Die Straßenlaterne wirft einen harten Schein auf ihre verwaschen-violetten Haare, sodass sie neben der blassen Haut dunkel aussehen. »Und ihr wisst ja, was man über Drummer sagt.«

»Nein, was denn?«, fragt ihre Freundin und reibt sich mit der zerkratzten Spitze ihres schwarzen Lederstiefels über die Rückseite ihrer Netzstrümpfe.

»Drummer wissen wirklich, wie man hämmert.«

Ein leises Kichern entfährt mir, und das betrunkene Gegacker der Mädels schallt durch die Straßen.

»Du bist fürchterlich!«, sagt das Mädchen mit den Netzstrümpfen. »Aber ich habe gehört, dass er nie mit Fans rummacht.«

»Nie?«

»Nie. Bei dem Bassisten hättest du größere Chancen.«

»Aber ich hab gehört, dass seine Freundin absolut durchgeknallt ist …«

»Noch durchgeknallter als du?«, fragt Netzstrumpf, und Leoprint knufft sie in die Seite, während sie weiter kichern und vom Ex meiner Cousine fantasieren.

Das bringt mich dazu, den Blick über den Gehweg auf Danica zu werfen. Ob wir in irgendeinem anderen Universum noch immer Freundinnen sein könnten? Dann hätte ich vielleicht wirklich Spaß bei Rockkonzerten. Und vielleicht wäre sie dann auch nicht mehr so gemein zu mir. Vielleicht würden wir *gern* zusammenleben.

Vielleicht würden wir sogar über Jungs quatschen.

Für jetzt gibt es genau zwei Möglichkeiten: meinen Kopf immer wieder gegen den Telefonmast schlagen, bis dieser Abend endlich zu Ende ist, oder Danica ein Friedensangebot machen. Ich hole tief Luft und gehe wieder auf sie und den Klub zu.

»Ich habe eine Idee«, beginne ich, nachdem sie ihr Gespräch beendet hat.

»Es gibt für alles ein erstes Mal.«

Ich ignoriere ihren Seitenhieb. »Haben Bands wie diese nicht einen Tourbus?«

Sie starrt mich verständnislos an, und ich warte nur darauf, dass sie mir sagt, was für eine Idiotin ich sei oder wie bescheuert diese Idee ist. Stattdessen verziehen sich ihre Mundwinkel nach oben, und sie lächelt. Lächelt *wirklich.*

»Siehst du«, sagt sie und strahlt zu mir herunter. Sie ist so aufrichtig glücklich, dass ich unwillkürlich zurücklächle.

»Siehst du was?«

»Ich wusste, dass du nicht völlig nutzlos bist.«

2

»Habe ich dir nicht gesagt, dass er heiß ist?«, fragt Danica, als ich vor dem Doppeldecker-Tourbus der Band auf dem Asphalt sitze und versuche, einen Stein aus der Sohle meines Sneakers zu holen. Ich kratze mit einem meiner kurzen Fingernägel daran herum und denke darüber nach, wie oft sie das Wort »heiß« im Laufe der letzten Woche wohl gesagt hat.

Mikes Band ist so heiß geworden.

Sie sind mit Cutting the Line *aufgetreten.* Cutting the Line *ist so heiß.*

Auf der Highschool war Mike nicht so heiß. Sieh dir dieses Foto an. Findest du ihn heiß? Hailey, siehst du überhaupt hin?

»Hailey, hörst du überhaupt zu?«, schimpft Danica und stößt mit ihrer Stiefelspitze gegen mein Knie, während ich mir den Fingernagel an dem Stein abbreche, der natürlich noch immer in meinem Schuh steckt.

Ich starre zu ihr hoch und frage mich, ob sie jeden tritt, der ihr nicht seine ungeteilte Aufmerksamkeit schenkt, oder nur mich. War sie bei Mike auch so herrisch, als die beiden zusammen waren? Was hat er nur an ihr gefunden?

»Ja«, antworte ich schließlich. »Er ist ganz okay.«

»Ganz okay?«, schnaubt sie. »Bist du blind?«

Ich bin nicht blind. Ich habe nur keine Lust, um ein Uhr morgens bescheuerte Fragen zu beantworten. Natürlich habe ich gesehen, wie heiß er ist. Alle haben das gesehen. Das Mädchen im Leoprint, das Mädchen mit den Netzstrümpfen, und ich nehme an, hunderte anderer Mädchen haben es ebenfalls gesehen. Und vermutlich wird jede Einzelne eifersüchtig auf Danica sein, und ich bin mir ziemlich sicher, dass das genau der Grund ist, weshalb sie mich hier draußen in der Kälte neben einem abgesperrten Ungetüm von einem Tourbus rumhängen lässt. Was will sie von mir? Dass ich ihr gratuliere, weil ihr Freund in spe so heiß ist?

»Adam ist heißer«, lüge ich.

»Hä?« Danica verzieht verwirrt das Gesicht.

»Was denn?«, frage ich.

»Was glaubst du denn, von wem ich rede? Dem Leadsänger. Adam. Hörst du mir eigentlich irgendwann mal zu?«

Ich befreie meinen Schuh endlich von dem Stein, stehe auf und wische mit der Hand über die Rückseite meiner Jeans. Wir warten schon so lange hier draußen, dass mein Hintern wie betäubt ist und alle anderen Fans schon gegangen sind. »Wenn du so verliebt in Adam bist, warum warst du dann nicht mit ihm zusammen, sondern mit Mike?«

»Ja, na klar«, schnaubt Danica, und als ich sie nur anstarre, verdreht sie die Augen. »Sie haben irgendeinen bescheuerten Kumpel-Kodex oder so«, erklärt sie und fährt sich mit den Fingern durch ihre glatten Haare, die ihr bis über die Schultern fallen. »Mike war schon immer in mich verliebt, daher war Adam für mich nicht zu haben. Und glaub mir, ich hab's versucht.«

Ich habe keine Ahnung, was ich dazu sagen soll, aber offenbar muss ich das auch gar nicht, denn Danica fährt mich an: »Hör auf, mich so anzuschauen.«

»Warum sind wir überhaupt hier?«

Ich kann es mir zwar denken, aber in den letzten paar Wochen habe ich immer versucht, nicht an ihrer Motivation was Mike betrifft zu zweifeln. Aber jetzt bin ich müde, gelangweilt und durchgefroren, und jeder Selbsterhaltungstrieb, den ich hatte, wurde irgendwo in der Menge im *Mayhem* zerquetscht. Es ist mir egal, ob sie sauer auf mich ist, oder dass sie die Macht besitzt, mir das Leben zur Hölle zu machen. Ich will nur eine Erklärung dafür, warum ich nach fremdem Schweiß rieche und meine Finger nicht mehr spüren kann.

»Ich will Mike.«

»Warum?«

»Ich vermisse ihn«, lügt sie. Das merke ich, weil sie dabei lächelt. Es ist ihr süßes Lächeln – das, das sie aufsetzt, um zu bekommen, was sie von ihrem reichen Vater will, ein Lächeln, das einfach *zu* süß ist. Das Lächeln, das sie mir heute Abend geschenkt hat, als sie mich fragte, ob sie »nur für eine Minute« meinen Kapuzenpulli anziehen könnte. Und das, obwohl wir beide wussten, dass sie nicht die Absicht hatte, ihn zurückzugeben.

Ich verschränke die Arme über meinem dünnen Shirt, um mich vor der Kälte zu schützen, und Danica muss die Zweifel in meiner Miene gesehen haben, denn sie fährt fort, es mir zu erklären.

»Mike war ein toller Freund«, beharrt sie. »Er hat mich wie eine Prinzessin behandelt. Er hat meine Bücher getragen und mir kleine Geschenke mitgebracht. Am Valentinstag hat er mir immer Blumen in mein Schließfach gestellt.«

Ihr Lächeln wird sanft, fast aufrichtig, aber es schwindet, als ich frage: »Warum hast du dann mit ihm Schluss gemacht?«

In ihrem üblichen herablassenden Ton entgegnet sie: »Weil er nach unserem Abschluss nichts mit seinem Leben angefangen hat. Er war komplett pleite, hat aber nicht mal dran *gedacht*, aufs College zu gehen. Er hatte keine echten Ziele. Er war nur ein Loser in irgendeiner bescheuerten kleinen Garagenband.«

Den Scharen an Fans nach zu urteilen, die sich heute Abend

vor der Bühne gedrängt haben, ist klar, dass er doch echte Ziele hatte. Und dass er sie mit genau dieser »bescheuerten kleinen Garagenband« erreicht hat, aber ich mache mir nicht die Mühe, das zu erwähnen. Und ich mache mir auch nicht die Mühe, darauf hinzuweisen, dass Danica das College nach nur einem Semester geschmissen und die letzten sechs Jahre damit verbracht hat, die Kreditkarten ihrer Eltern glühen zu lassen.

Vor sechzig Jahren haben unsere Großeltern eine Farm gekauft. Vor sechsundzwanzig Jahren haben Danicas Dad und meine Mom sie geerbt, und meine Eltern haben sie zu unserem Zuhause gemacht. Vor vierzehn Jahren haben Danicas Eltern viele wichtige Kontakte geknüpft und Investitionen getätigt und sich auf eine mehr unternehmerische Ebene des Viehgeschäfts spezialisiert. Sie haben ein Vermögen gemacht und sind weit weg von unserer Kleinstadt und dem bescheidenen Stück Land gezogen, auf dem alles angefangen hat. Jetzt arbeitet Danica ab und zu für die Firma ihrer Eltern, immer dann, wenn es ihr gerade in den Kram passt.

Meine Eltern und mein jüngerer Bruder leben noch immer auf der kleinen Farm, und bis vor zwei Monaten wohnte auch ich noch dort.

»Und das hier hat nichts mit dem zu tun, was Adam zu Beginn der Show gesagt hat? Dass die Band einen großen Plattenvertrag unterschreiben wird?«, frage ich provozierend. Danicas Blick verhärtet sich, aber sie macht sich nicht die Mühe, einen Streit anzufangen. Stattdessen zieht eine Bewegung in der Nähe des Klubs ihre Aufmerksamkeit auf sich, und ihre mandelförmigen Augen schauen Richtung *Mayhem*.

Sieben Leute gehen über den dunklen Parkplatz auf den Bus zu. Adam und ein Mädchen in seinem Arm. Shawn und die Gitarristin, Kit. Joel und eine Sexbombe in High Heels. Und Mike.

Danica zieht meinen zu großen Kapuzenpulli aus, bevor irgendeiner von ihnen sie darin sehen kann, wirft ihn auf den Boden und rennt auf ihren Ex zu. »Mike!«

Es ist eine filmreife Szene. Auf ihren langen Beinen läuft sie schnell über den Parkplatz. Ihre Haare flattern. Sie wirft sich ihm an den Hals.

Doch der Moment, in dem er seine Arme um Danica schlingen sollte, um sie herumzuwirbeln, wie es jeder anständige Film-Herzensbrecher tun würde, verstreicht, und seine Arme hängen einfach nur reglos an ihm herunter.

Ich höre auf, den Schmutz und die welken Blätter von meinem grünen Ivy-Tech-Kapuzenpulli zu bürsten, den meine Eltern mir einmal zu Weihnachten geschenkt haben, als sie sich nichts anderes leisten konnten, um die interessante Szene vor mir zu beobachten. Doch als Mike endlich die Arme hebt, um Danicas Umarmung zu erwidern, seufze ich und widme mich wieder meinem Kapuzenpulli. Auf dem Ärmel ist ein Fleck. Ich verschmiere ihn, als ich mit dem Daumen darüber reibe.

»Freust du dich denn gar nicht, mich zu sehen?«, gurrt Danica, worauf die Gitarristin ein Geräusch macht, das dafür sorgt, dass Shawn den Arm ein bisschen fester um sie legt. Ihre schwarzen Augen sind mörderisch, und mir fällt auf, dass der Rest der Band mehr oder weniger genauso schaut. Sie sehen Mike und Danica zu, als ob die Szene, die sich vor ihnen entfaltet, aus einem absolut grauenhaften Horrorfilm wäre, nicht aus einer zeitlosen Romanze, wie es Danica gern gehabt hätte.

»Was tust du hier?«, fragt Mike, und Danica erzählt ihm ganz lässig, dass sie jetzt hier lebt, und beginnt dann, den Rest der Jungs der Reihe nach zu umarmen. Sie legt eine oscarreife Vorstellung hin und gerät erst ins Stocken, als Shawn einen Schritt zurückweicht, um ihrer Umarmung zu entgehen.

»Was willst du hier bei unserem Konzert?«, fragt er.

»Ich wollte Mike sehen.« Sie zieht einen Schmollmund, ohne Mike auch nur eines weiteren Blickes zu würdigen.

»Warum?« Als ich Mike jetzt sprechen höre, fällt mir auf, wie gut seine Stimme zu ihm passt. Sie klingt, als ob sie zu jemandem mit großen braunen Augen, dichten braunen Haaren und durchtrainierten Armen gehört. Er ist heißer als Adam, auch wenn Danica das nicht sehen kann. Plötzlich bin ich genervt – vielleicht, weil jemand wie er jemanden wie Danica lieben *könnte*, vielleicht, weil jemand wie Danica ihn niemals ebenso sehr lieben würde, vielleicht, weil ich müde bin und es verdammt kalt ist und ich nach irgendeinem fremden Körper rieche. Und mein absoluter Lieblingskapuzenpulli einen verdammten Fleck auf dem Ärmel hat und ich heute Abend mit dem Biest nach Hause fahren muss, dem ich diesen Fleck zu verdanken habe.

»Ja, Dani, warum?«

Sie wirft mir einen wütenden Blick zu, als sie den Spitznamen ihrer Kindheit hört – den, den sie damals nicht mehr wollte, weil er ihr zu jungenhaft klang –, und ich versuche, nicht auf den Boden zu starren.

Seit wir im Sommer zusammengezogen sind, habe ich meine Zunge im Zaum gehalten. Ich war ihr Hausmädchen, ihre Köchin, ihr Babysitter und ihr Fußabtreter. Das ist der Preis, den ich dafür bezahle, dass *ihre* Familie uns *beiden* ein Dach über dem Kopf bietet, und für die Studiengebühren, die sie für mich übernehmen. Aber drei Stunden Schlangestehen heute Abend, gefolgt von fünf Stunden ohne jede Privatsphäre und dann noch zwei Stunden Frieren, haben meine Vernunft schwer in Mitleidenschaft gezogen. Was eine äußerst gefährliche Sache ist.

Ich bin trotzdem froh, dass sie meine Bemerkung unkommentiert lässt und ihre Aufmerksamkeit stattdessen wieder Mike zuwendet. »Können wir uns unterhalten?«

Er starrt sie mit unergründlicher Miene an.

Ich suche in seinem Gesicht nach dem Typen, der in sie verliebt war, dem, der ihr Blumen ins Schließfach gestellt hat. Ich suche nach dem Rockstar, den ich heute Abend auf der Bühne gesehen habe, dem, der jedes Mädchen hätte haben können. Ich suche nach dem Träumer, dem, der wusste, dass er sich von Danica nicht aufhalten lassen sollte.

Aber sie sind alle hinter vorsichtigen braunen Augen versteckt, und ich höre auf, nach ihnen zu suchen, als Mike »na klar« sagt und Danica zum Bus führt.

3

»Ist nicht längst Schlafenszeit für euch?«, frage ich spaßhaft und pirsche mich mit einer kleinen, aber begehrten Waffe in der Hand – einem Satellitentelefon, das mit der Kommandozentrale verbunden ist – an eine feindliche Festung heran.

»Deine Mom ist zu sehr damit beschäftigt, meinen Schwanz zu lutschen, als dass ich ins Bett gehen könnte«, witzelt die vorpubertäre Stimme in meinen Kopfhörern, und ein Haufen anderer kleiner Jungs lacht streitlustig, und auch ich kann mir ein Lächeln nicht verkneifen. Meine Daumen gleiten über den Controller in meiner Hand, und ein letzter Knopfdruck löst einen entsetzlich lauten Alarm aus.

»Oh mein Gott!«, kreischt der erste Junge über den heulenden Alarm hinweg. Der Bildschirm blinkt rot, und ich reiße lachend noch ein paar Witze, während die restlichen Jungs in Panik ausbrechen.

»Was hast du da eben über meine Mom gesagt?«

»Wie zum Teufel hast du die verdammte Luftunterstützung gekriegt?«, brüllt einer von ihnen, und auf dem Bildschirm vor mir sehe ich zu, wie eine Gruppe Soldaten in Tarnanzügen aus dem Gebäude in der Ferne flüchtet.

»Zu spät, Anfänger!«, lache ich, und das Dröhnen eines Hubschraubers wird lauter. Eine Sekunde später beginnt ein ohrenbetäubendes Geschützfeuer alle vor mir niederzumähen, und die Schreie der kleinen Jungs in meinen Kopfhörern wärmen mein grausames, gnadenloses Herz.

Ich lache hysterisch, weil sie mich verfluchen und mich beschuldigen, ein Hacker zu sein, als sich die Luft im Tourbus auf einmal verändert. Ich hebe den Blick und sehe, wie die Tür aufgeht.

Ich bin seit Stunden allein. Die Ersten, die den Bus verlassen hatten, waren Mike und Danica, nachdem sie mit einem Finger über seinen Arm gestrichen und ihn gefragt hatte, ob sie unter vier Augen reden könnten. Ich nehme an, sie war die Blicke der anderen leid, denn es war nicht zu übersehen, dass alle – Mikes Band und ihre Begleiter – sie hassen. Und ich bezweifle, dass das, was Danica im Sinn hatte, »reden« war.

Ich bin mir nicht sicher, ob es für sie irgendetwas geändert hat, Mike aus nächster Nähe zu sehen, oder ob sie einfach nur eine sehr talentierte Schauspielerin ist, denn sobald wir alle zusammen im Bus waren, würdigte sie Adam, Shawn oder Joel kaum noch eines Blickes. Und die Leidenschaft, mit der sie sich Mike widmete, muss Wirkung gezeigt haben, denn er nahm sie mit zu einem anderen Bus auf dem Parkplatz, und seitdem hatten wir nichts mehr von ihnen gesehen oder gehört.

Ich vertrieb mir die Zeit, indem ich mit Adams Freundin, Rowan, auf einem Flachbildfernseher im Gemeinschaftsbereich Videospiele spielte, bis nach und nach alle in Zweiergrüppchen verschwanden, um noch etwas Schlaf zu bekommen. Ich versicherte ihnen, ich würde allein zurechtkommen, während ich auf Danica wartete, und verlor dann jedes Zeitgefühl, weil ich vorpubertierende Jungs online abschlachtete, die keine Ahnung gehabt hatten, worauf sie sich einließen.

Als Mike mit zerzaustem Haar und gesenktem Blick in den Bus steigt, lege ich meine Kopfhörer und den Controller neben mich auf die Bank. Die Tür fällt hinter ihm zu, und mir wird bewusst, dass Danica nicht bei ihm ist.

»Wo ist denn Danica?«, frage ich, und Mikes müde Augen sehen langsam auf, als er merkt, dass er nicht allein ist.

»Schläft.« Seine Stimme klingt so erschöpft, wie er aussieht. Er lässt sich mir gegenüber auf eine graue Lederbank fallen, aus der zischend Luft entweicht. Mit seinen Ellenbogen stützt er sich schwer auf seinen Knien ab und reibt sich unsanft die Augen. »Sie ist eingeschlafen, nachdem …« er schüttelt den Kopf. Er muss den Satz für mich nicht beenden, und ich bin sehr froh, als er es auch nicht tut. »Das könnte ein bisschen dauern.«

Wahrscheinlich sollte ich ihn fragen, ob sie zu viel getrunken hat, oder ob es sicher für sie ist, allein in dem anderen Bus zu schlafen. Aber als ich über den Gang hinweg auf diesen Mann schaue, den ich nicht kenne, bemerke, wie seine breiten Schultern herunterhängen, als ob sie ein unvorstellbar schweres Gewicht zu tragen haben, höre ich mich stattdessen fragen: »Geht es dir gut?«

Es ist eine bescheuerte Frage. Er ist ein Rockstar. Er wurde offensichtlich eben flachgelegt. Natürlich geht es ihm gut.

Doch dann hebt er das Kinn, und der Ausdruck in seinen Augen lässt mich vermuten, dass dem nicht so ist.

»Ich brauche ein Bier«, sagt er und steht auf. »Willst du auch irgendwas?«

Er geht ohne abzuwarten in den hinteren Teil des Busses, vielleicht, um weiteren dummen Fragen zu entgehen, deren Antworten mich nichts angehen. Bevor er ganz hinter dem Trennvorhang verschwindet, antworte ich schnell, dass ich nehme, was immer er dahat.

Ich spiele mein Spiel weiter, und als Mike mit zwei Flaschen Bier in der Hand zurückkommt, stelle ich meines neben mir ab und bedanke mich – alles, ohne die rechte Hand vom Controller zu nehmen oder den Blick vom Bildschirm zu wenden. Vermutlich werde ich noch lange, lange Zeit auf

Danica warten. Dann kann ich genauso gut das Beste daraus machen.

»Das ist ja Deadzone Five«, bemerkt Mike, und ich schaue ihn aus den Augenwinkeln an.

»Scheiße«, sage ich, während ich weiterspiele. »Bist du das etwa, der betatestet? Ich dachte, es wäre Rowan.«

»Hast du es geschafft, Luftunterstützung zu kriegen?«, will er wissen, ohne auf meine Frage einzugehen.

»Ja. Und ich habe einen Systemfehler gefunden. Ich kann die Luft …«

Ich verstumme, als ich noch einen Blick auf ihn werfe. Seine Augenbrauen sind zusammengezogen, und er starrt mich an, als wären mir Tentakel aus den Ohren gewachsen.

»Entschuldige«, sage ich, während ich den Controller hinlege. »Ich wollte nicht …«

»Ich versuche seit *Wochen,* Luftunterstützung zu kriegen!«, unterbricht er mich mit nichts als Ehrfurcht in der Stimme.

Ich verberge mein Lächeln und erkläre schlicht: »Ich bin ziemlich gut.«

»Das musst du sein! Verdammt.«

Seine klägliche Miene ist wie weggefegt, und diesmal gestatte ich mir das Grinsen. »Und da ist eine kleine Systemstörung, die es mir ermöglicht, sie immer wieder zu benutzen. Willst du sie mal in Aktion sehen?«

Ich reiche Mike die Kopfhörer, und als die Alarme in dem Spiel losheulen und der Bildschirm rot aufblinkt, hellt sich sein Gesicht vor lauter Aufregung auf. Ich kann die wilden Schreie der zehnjährigen Kids aus seinen Kopfhörern hören, und als Mike anfängt zu lachen, lache ich mit.

»Tust du mir einen Gefallen?«, frage ich. »Sag *PussySlayer69* schöne Grüße von meiner Mom.«

Mike lacht so heftig, dass er einen Hustenanfall bekommt.

»Oh mein Gott, dieses kleine Stück Scheiße geht mir schon seit Wochen auf die Nerven.« Er hält sich das Mikro an den Mund und sagt: »Hey, Kyle, dir ist schon klar, dass dir hier drüben von einem Mädchen der Arsch aufgerissen wird, oder? Schöne Grüße von ihrer Mom.«

Ich kann nicht verstehen, was Kyle sagt, aber ich kann sein schrilles Kreischen hören, und danach zu urteilen, wie Mike sich vor Lachen krümmt, muss es gut sein. Ich strahle vor Stolz, als Mike sich schließlich wieder aufrichtet und zufrieden seufzt. »Das war umwerfend. Genau was ich gebraucht habe.«

»Harte Nacht gehabt?«, witzle ich, aber Mikes Lächeln verschwindet, und ich verfluche mich für meine große Klappe.

Geht mich nichts an, geht mich nichts an, geht mich nichts an. Danicas Angelegenheiten gehen mich *absolut* nichts an, sie sind von meinen meilenweit entfernt. Sie ist die Antarktis, und ich bin der Mond.

»Dein Name ist Hailey, oder?«, fragt Mike.

Ich nicke und überlege noch immer, wie ich die letzten dreißig Sekunden unserer Unterhaltung löschen kann.

»Tut mir leid, dass ich so ein Arschloch war, Hailey. Ich wusste nicht, dass du den ganzen Abend allein hier sitzen würdest.«

»Ist schon gut …«, beginne ich, aber Mike schüttelt den Kopf.

»Nein, das ist es nicht. Ich habe nicht mitgedacht.«

Die Aufrichtigkeit in seinem Blick lässt mich schwer schlucken, und als er über mein Schweigen die Stirn runzelt, schüttle ich den Kopf. Wenn sich irgendjemand wegen heute Abend schlecht fühlen sollte, dann Danica. Sie hat sich von mir hierher fahren lassen, hat mich gezwungen, ihr stundenlang hinterherzulaufen wie ein persönlicher Butler, und ist dann verdammt noch mal *eingeschlafen.* »Wirklich, es ist schon okay. Ich war nicht lange allein. Ich habe fast den ganzen Abend mit Rowan gespielt.«

Mike starrt mich noch einen Moment länger an, und lächelt dann wieder. »Sie ist auch ziemlich gut. Meistens steckt sie mich locker in die Tasche.«

Das stimmt – sie *war* ziemlich beeindruckend, sowohl im Spiel als auch sonst. Wir haben festgestellt, dass wir auf dieselbe Uni gehen, haben unsere Nummern ausgetauscht und uns für Mittwoch auf dem Campus zum Lunch verabredet – zusammen mit Joels Freundin Dee. Das ist das einzig Gute, was dieser Abend gebracht hat.

»Aber nicht so gut wie ich«, grinse ich, und Mike lacht.

»Nein, du spielst in einer ganz anderen Liga. Ich kann immer noch nicht glauben, dass du in, was, nur ein paar Stunden die Luftunterstützung gekriegt hast.«

Ich hebe mein Bier, um ihm zuzuprosten, und er stößt mit mir an.

»Ich spiele mit meinem kleinen Bruder oft DZ4«, erkläre ich ihm.

»Und Danica ist deine Cousine?«, fragt er und nimmt einen großen Schluck von seinem Bier. Als ich nicke, fügt er hinzu: »Sie hat nie erwähnt, dass sie eine Cousine hat.«

Ich trinke auch noch einen Schluck und erinnere mich daran, wie sie meinen Lieblingskapuzenpulli vorhin einfach auf den Boden geworfen hat. Im Moment weicht er im Badezimmer des Busses im Waschbecken ein. Shawn hat versucht, mir zu helfen, den Fleck aus dem Ärmel zu bekommen, aber wir haben alles nur noch schlimmer gemacht.

»Vermutlich weil sie ein egoistisches Biest ist, das an niemanden außer sich selbst denkt«, entfährt es mir, und sobald ich die bittere Wahrheit ausgesprochen habe, weiten sich meine Augen, und ich presse meine Lippen zusammen.

Ich kann nicht glauben, dass ich das eben gesagt habe. Laut. Zu genau dem Typen, mit dem sie vor nicht mehr als zwanzig

Minuten weiß Gott was getrieben hat. Ich habe meinen verdammten Verstand verloren.

Ich halte den Atem an, als Mike mich anstarrt, doch dann schenkt er mir ein amüsiertes Lächeln. »Warum erzählst du mir nicht, wie du dich *wirklich* fühlst?«, witzelt er.

Ich nehme einen großen Schluck von meinem Bier, um den noch größeren Kloß in meiner Kehle hinunterzuspülen. »Entschuldigung.«

»Wofür?«

»Ich wollte deine Freundin nicht beleidigen.«

»Freundin«, wiederholt er stirnrunzelnd. Er lehnt sich wieder gegen die Lederbank und lässt den Kopf nach hinten sinken. »Dieser Abend ist so verkorkst.«

Ich wiederhole mein Mantra. *Geht mich nichts an, geht mich nichts an, geht mich nichts an.*

»Willst du noch ein Bier?«, frage ich, als mein Blick von dem leichten Bartschatten auf seinem Kinn auf die leere Flasche fällt. Mike ist ein Rätsel. Ein Rockstar, der nicht mit Groupies rummacht. Ein Typ, der eben flachgelegt wurde, sich aber benimmt, als ob gerade jemand gestorben sei. Ich habe keine Ahnung, was ihn bedrückt, aber selbst wenn ich ihn fragen würde, nehme ich an, würde ich es nicht verstehen. Der Typ war in Danica verliebt, und das ist etwas, was ich nie begreifen könnte, egal, wie viele Jahre ich damit verbringen würde, den Tourbus-Psychiater zu spielen.

»Es gibt nicht genug Bier auf dieser Welt«, antwortet Mike, und ich reiche ihm den Rest von meinem, bevor ich seine leere Flasche nehme und auf die kleine Küche im hinteren Teil des Busses zusteuere. Ich weiß, dass ich mich nicht einmischen darf, daher tue ich stattdessen das Nächstbeste.

»Wohin gehst du?«, fragt Mike und setzt sich auf.

»Sehen, ob du irgendwas Stärkeres als Bier dahast.«

4

Als Danica am nächsten Morgen in den Bus steigt, sitzen Mike und ich Schulter an Schulter im Gang auf dem Boden, Controller in den Händen, Bier- und Schnapsflaschen um uns herum verstreut. Er ist betrunken, ich bin übermüdet, aber wir hatten so viel Spaß in dieser Nacht, dass ich jetzt vor lauter Lachen Seitenstechen habe und mir das Gesicht wehtut.

»Hey, Danica«, sagt Mike nach einem kurzen Blick zur Tür, »schau dir das an.«

Er aktiviert die Luftunterstützung, und als der Alarm im Spiel zu heulen beginnt, jaulen wir beide mit. So geht das jetzt schon seit ein paar Stunden, aber es ist immer noch unfassbar witzig, und ich versuche angestrengt, unter noch mehr Gelächter, das Geräusch nachzuahmen. Dabei muss Mike noch heftiger lachen, woraufhin *ich* noch mehr lachen muss, und wir beide sicher absolut idiotisch aussehen. Ich lache, weine und pruste, doch dann mache ich den Fehler, einen Blick auf Danica zu werfen, und muss schlucken. Sie sieht ein bisschen mitgenommen aus, die Haare notdürftig mit den Fingern gekämmt und das Make-up leicht verschmiert, aber noch immer hinreißend in ihrem schwarzen Top, das ihre Kurven betont, der hautengen Jeans, die ihre Beine schön zur Geltung bringt, und den kniehohen Stiefeln, die vermutlich mehr wert sind als jedes beschissene Auto, das ich je mein Eigen genannt habe.

Sie starrt mich an, und der Blick in ihrem Gesicht ist absolut mörderisch.

Ich schaue schnell auf den Fernseher, spüre aber, wie sich ihre Blicke in meinen Schädel bohren. Ich will nicht einmal wissen, wie *ich* aussehe. Ich habe nicht geschlafen, rieche vermutlich noch immer nach fremdem Schweiß, und ich habe die halbe Nacht Tränen gelacht, während ich mit Mike Madden gezockt habe. Ich nehme an, das ist vor allem der Grund, warum sie aussieht, als ob sie mich am liebsten heute Nacht im Schlaf mit einer Kettensäge massakrieren würde.

Als sie auf uns zukommt, verkrampft sich jeder Muskel in meinem Körper in Erwartung der Standpauke, die sie mir gleich halten wird. Aber anstatt mich zusammenzustauchen, weil ich ihr ihren Freund in dieser Nacht weggenommen habe – denn ich bin sicher, in Danicas Welt ist es allein meine Schuld, dass sie ohne Mike an ihrer Seite aufgewacht ist –, setzt sie sich nur hinter Mike auf die Bank. Sie beugt sich hinunter, um ihn auf die Wange zu küssen, und fragt: »Was spielt ihr?«

»Das neue Deadzone«, antwortet Mike, ohne den Blick vom Bildschirm zu wenden. Er verteilt weiterhin links und rechts Kopfschüsse, eine eindrucksvolle Leistung, wenn man bedenkt, wie viel Guinness vermutlich in seinem Magen herumschwappt. Ich starre Danica an, als wäre *ich* es, die betrunken ist.

Versucht sie … nett zu sein? Nett. Habe ich mir diesen Kettensägen-Blick gerade nur eingebildet?

Als sie mich ansieht, schaue ich vermutlich völlig verwirrt, aber sie grinst nur und dreht dicke Strähnen von Mikes braunen Haaren um ihre schlanken Finger.

»Gewinnst du?«, fragt sie ihn.

»So eine Art Spiel ist das eigentlich nicht …«

»Wie spielt man es denn dann?«

Der Klang ihrer Stimme – süßer als rosa Zuckerwatte – sorgt dafür, dass ich am liebsten losheulen würde. »Seit wann interessierst du dich denn für Videospiele?«, frage ich, und sie wirft mir noch einen Ich-werde-dein-Gesicht-mit-einer-Kettensäge-massakrieren-Blick zu. Nein, ich habe ihn mir eindeutig nicht eingebildet.

»Sei nicht albern, Hailey«, schnaubt sie und legt ihre Hand besitzergreifend in Mikes Nacken. »Du weißt genau, wie gern ich dir und deinem Bruder beim Spielen zusehe.«

Ich habe wohl irgendeine Art Schlaganfall. Das ist die einzige Erklärung, denn mir fällt die Kinnlade runter, meine Spielfigur bekommt einen Kopfschuss, und mein Gehirn stottert irgendwie nur noch vor sich hin. Der Controller hängt schlaff in meinen Händen. »Wiiie bitte?«

Mein zwölfjähriger Bruder ist, seit ich in Mayfield wohne, hunderte von Kilometern von mir entfernt, und wir werden uns erst an Thanksgiving wiedersehen. Deshalb steht es ganz oben auf meiner Liste, regelmäßig online mit ihm zu zocken. Vor zwei Tagen haben wir abends noch Deadzone Four gespielt, als Danica in mein Zimmer platzte und verlangte, dass ich damit aufhöre. Es war ein Uhr morgens, aber scheinbar war ich schuld, dass das WLAN so langsam war. Und es war natürlich wichtiger, dass sie Maniküredesigns auf Pinterest anschauen konnte, als dass ich meinem einsamen kleinen Bruder half, das Arschloch zu vergessen, das ihn an dem Tag im Sportunterricht schikaniert hatte.

Ich lege den Kopf schief wie ein extrem verwirrter Teacup Chihuahua, und Danica wirft mir noch einen Blick zu. *Halt den Mund*, droht sie mir mit den Augen.

»Du hast es immer gehasst, wenn ich gespielt habe«, erinnert sich Mike, während ich noch immer versuche, mich von meinem Schlaganfall zu erholen.

»Ach wirklich?« In Danicas Augen funkelt Unaufrichtigkeit, die Mike hoffentlich bemerkt. »Das ist doch so lange her.

Damals war ich echt ein Biest.« Als Mike sie nur anstarrt, rutscht sie auf seinen Schoß und verschränkt die Hände in seinem Nacken. »Verzeihst du mir?«

Mike war vier Jahre mit ihr zusammen. Vier *Jahre.* Er sollte wissen, dass er ihr diesen Scheiß nicht glauben kann, oder? Oder?

Sag Nein, du Vollidiot! Schubs ihren künstlichen Arsch von deinem Schoß!

Als Mike sie mit diesen großen braunen Augen mustert, beugt sie sich vor und küsst ihn. Sie schmiegt sich eng an seinen Körper und vergräbt die Finger in seinen Haaren. Ich verdrehe die Augen und stehe auf.

Wenn Wimpernklimpern und rosa Lipgloss reichen, um ihn von ihr zu überzeugen, dann sind diese beiden wirklich füreinander geschaffen.

»Okay, also, ich gehe dann mal.« Ich ignoriere meine Enttäuschung über den Drummer, der mich letzte Nacht mehr zum Lachen gebracht hat, als ich seit Jahren gelacht habe, schnappe mir meine Schlüssel von der Bank und klimpere damit herum. Danica flüstert irgendetwas in Mikes Ohr. Ich will gar nicht wissen, was.

»Dani, kommst du jetzt?«

Natürlich ist es Mike, der sich losreißt, um mich anzuschauen, aber ich weiche seinem Blick aus. Die vielen leeren Flaschen drücken aus, was er gebraucht hat, um sich seiner Gefühle für das Mädchen auf seinem Schoß klarzuwerden. Aber auch wenn er viel getrunken hat, war es nicht annähernd genug, um zu entschuldigen, dass er sich von dieser scheinheiligen Klette das Gesicht abschlabbern lässt.

»Nein«, sagt Danica und starrt Mike weiter an, als wäre er der Heilige Gral. »Ich bleibe noch ein bisschen hier.«

»Du gehst?«, fragt Mike, und als er Danica von seinem

Schoß schiebt und aufzustehen versucht, muss ich einen Satz nach vorn machen, um zu verhindern, dass er stürzt.

Okay, vielleicht ist er *tatsächlich* so betrunken. Scheiße …

»Ich, äh … ja. Ich meine, ich habe eigentlich nur auf Danica gewartet, deshalb …«

Mein Blick fällt auf meine Hand, die noch auf Mikes Taille liegt, und als ich sie hastig zurückziehe, stolpert er beinahe wieder. Sein Arm fällt schwer um meine Schultern in dem Versuch, sich zu fangen, und ich helfe ihm, sein Gleichgewicht wiederzufinden. Den tödlichen Blick, den Danica mir zuwirft, ignoriere ich lieber.

»Mike«, sage ich und schaue in seine großen glasigen Augen. »Soll ich dich nach Hause fahren?«

»Warum bietest du das an?«, faucht Danica.

»Er ist betrunken …«

»Und?«

»Und …«

Ich will ihr gerade schon Begriffe wie »Alkohol am Steuer« und »anständiges menschliches Verhalten« um die Ohren hauen, als Mike mich unterbricht: »Versucht ihr etwa, mich vom Fahren abzuhalten?«

Ich schaue hoch und sehe, wie er amüsiert grinst.

Noch immer stütze ich ihn mit beiden Händen und komme mir vor wie die Miniaturausgabe einer Superheldin, die einen Typen, der doppelt so groß ist wie sie, auf den Beinen halten kann. »Du wärst gerade fast gestürzt«, wende ich ein.

»Und du bist ungefähr einen halben Meter groß«, grinst er.

»Einen Meter dreiundfünfzig«, widerspreche ich, und als Mike laut lacht, muss auch ich mir ein Grinsen verbeißen.

»Er ist hier bei mir gut aufgehoben.« Danica hat die Arme fest vor der Brust verschränkt und strahlt eine angriffslustige Haltung aus, die mir nicht entgeht.

Ich sollte mich da raushalten. Danica wird mir das Leben zur Hölle machen, wenn ich sie verärgere. Und Mike geht mich absolut nichts an.

Nur war ich diejenige, die ihn betrunken gemacht hat. Und ich bin diejenige, die Danica hierher gefahren hat. Und ich werde es mir nie verzeihen, wenn ich diesen unschuldigen Typen mit dem Teufel in Person allein lasse. Vor allem nicht, wenn er kaum in der Lage ist, aufrecht zu stehen.

Ich seufze innerlich.

»Willst du nicht duschen?«, frage ich Danica, ignoriere jeden Selbsterhaltungstrieb und lege damit den Finger direkt in die Wunde. Ich schlüpfe unter Mikes Arm hervor und dämpfe meine Stimme, sodass nur sie mich hören kann. »Ich meine, du willst dir doch sicher die Haare waschen?«

Zehn Minuten später sind wir auf dem Weg nach Hause. Danica sitzt neben mir und inspiziert noch immer die Spitzen ihrer perfekt sitzenden Haare. Mike wollte im Bus schlafen, und nachdem ich ihn mit Wasser und Chips aus der Küche versorgt habe, musste er mir mehrmals schwören, dass er nicht mehr fahren würde.

Eigentlich wollte ich mich noch bei ihm für den Spaß bedanken, den ich letzte Nacht mit ihm hatte, wusste aber nicht, wie. Ihm die Hand schütteln? Oder ihn umarmen? Mit ihm abzuhängen hat sich so natürlich angefühlt, als ob wir seit Jahren befreundet wären. Ja, und insgeheim will ich wieder Deadzone Five mit ihm spielen. Aber er ist Danicas Freund, und das alles ist einfach zu seltsam. Also habe ich ihm nur gesagt, er solle an seinen Sniper-Fähigkeiten arbeiten, und bin dann gegangen.

Danicas Abschied war weitaus dramatischer. Ein Kuss, der so lange dauerte, dass ich lieber vor dem Bus auf sie wartete.

»Und ihr habt echt die *ganze Nacht* nur Videospiele gespielt?«, fragt sie mich zum hundertsten Mal, während sie eine Locke ihres kupferfarbenen Haars begutachtet.

»Nein, Dani, wir haben die ganze Nacht eine Orgie gefeiert. Die Vorband war auch da. Und ein paar Zirkuskünstler, die zufällig in der Stadt waren. Es wurde ein bisschen seltsam, als der Bus auf einmal voller Clowns war, aber …«

»Musst du immer so anstrengend sein?«, beklagt sie sich und schützt ihre Augen mit einer Hand vor der Sonne. Jetzt, da sie Mike nicht mehr beeindrucken muss, ist sie wieder voll im Danica-am-Morgen-Modus. Tief auf ihrem Sitz nach unten gerutscht, hat sie die nackten Füße auf mein Armaturenbrett gelegt.

»Wir haben nur gespielt. Das habe ich dir doch schon tausend Mal gesagt.«

»Heute Morgen wart ihr ein bisschen sehr vertraut miteinander«, wirft sie mir vor.

»Weil ich wie jedermanns kleine Schwester bin.«

Danica knurrt zustimmend, und ich verfluche mal wieder die Tatsache, dass das Radio in meinem Auto nicht funktioniert. Genau jetzt wäre nämlich der ideale Zeitpunkt, es einzuschalten, um diesem Gespräch zu entgehen.

»Na gut. Hat er wenigstens irgendwas über mich gesagt?«

Nicht, nachdem wir angefangen hatten zu trinken und Deadzone zu spielen. Es war, als hätte Danica einfach aufgehört zu existieren, und ehrlich gesagt war Mike nicht der Einzige, der sie vergaß. Ich vergaß, dass wir zusammen unterwegs waren. Ich vergaß das Konzert und das Gedränge der Fans, die nur ein paar Stunden zuvor zum ohrenbetäubenden Rhythmus von Mikes Schlagzeug auf und ab gesprungen waren. Stattdessen lachte ich mit Mike, spielte Videospiele und hatte einfach verdammt viel Spaß.

Mit Danicas Freund.

»Er konnte gar nicht aufhören von dir zu reden«, lüge ich, und als Danica mir befiehlt, ins Detail zu gehen, sauge ich mir irgendetwas aus den Fingern. »Er hat gesagt, dass du jetzt noch hübscher bist als auf der Highschool.«

»Das hat er wirklich gesagt?«, fragt sie. Sie richtet sich auf und strahlt mich an.

»Ja«, antworte ich, verblüfft, dass sie mir das abnimmt. Normalerweise merkt sie es sofort, wenn ich sie anschwindle.

»Was hat er noch gesagt?«

»Ach, du weißt schon …« Als sie nicht aufhört, mich anzustarren, lehne ich mich noch ein bisschen weiter aus dem Fenster. »Er hat gesagt, er hätte gestern Abend eine richtig schöne Zeit mit dir gehabt.«

Zufrieden mit meiner Antwort, lehnt sie sich zurück und lächelt. Ich lächle auch, erleichtert, dass dieses Gespräch vorbei ist, aber sie redet weiter. »Letzte Nacht war umwerfend.«

Ich will wirklich nicht darüber reden. Oder etwas darüber hören. Oder darüber nachdenken.

»Er ist auch so viel heißer als auf der Highschool. Du hast es bestimmt nicht bemerkt, wegen seines T-Shirts, aber, oh mein Gott, Hailey, du solltest mal sehen, was darunter steckt. Und er war so *verdammt* gut.« Sie streckt sich, als würde ihr Körper nach den Strapazen der letzten Nacht schmerzen. »Ich habe noch nie … er war noch nie …« Sie beginnt zu kichern, und ich muss vielleicht allen Ernstes meinen Wagen gegen einen Baum fahren oder so. Vielleicht hätte Danicas Dad ja Mitleid und würde mir einen neuen kaufen. »Ich hasse dich dafür, dass du mich gezwungen hast zu gehen. Ich hätte noch ein paar Runden gebrauchen können.«

Ich singe innerlich alte Popsongs, als Danica ein würgendes Geräusch macht. »Igitt. Ich kann nicht glauben, dass er noch immer Videospiele spielt.«

Und ich Idiot kann natürlich den Mund nicht halten. »Du hast so getan, als ob es dir nichts ausmacht.«

»Natürlich habe ich so getan, als ob es mir nichts ausmacht«, schnaubt sie. »Wir haben gerade erst angefangen, wieder miteinander zu reden. Ich werde ihm nicht gleich als Erstes auf die Nase binden, was ich alles an ihm nicht leiden kann.« Sie dreht sich empört zu mir. »Und hast du vorhin eigentlich versucht, mich vorzuführen? Ich wüsste nämlich nicht, warum du so gemein sein solltest.«

Ich. Gemein.

»Ich bin nur keine so gute Lügnerin wie du«, rede ich mich raus, und Danica verdreht die Augen.

»Egal. Red dir das nur weiter ein.«

Ich sehe sie mit zusammengekniffenen Augen an. »Was soll das denn heißen?«

»Denk doch mal nach«, sagt sie und legt die Füße wieder auf das Armaturenbrett.

»Warum sagst du es mir nicht einfach?«

Sie schaut mich aus ihren braunen Augen an, und ihr Blick verhärtet sich. Sie nimmt die Füße wieder runter. »Du findest dich so toll, Hailey. Du glaubst, du bist zu gut, um ein bisschen Spaß mit mir zu haben.«

»Du hast mich den ganzen Abend herumkommandiert …«

»Du meinst, ich wollte, dass du einmal im Leben ein bisschen Spaß hast? Hab ich dich überredet, in der Menge mit mir auf und ab zu springen? Oh, heul doch, Hailey. Mir kommen gleich die Tränen.«

Ich kratze an einer rissigen Stelle an meinem Lenkrad und frage mich, ob sie recht hat. War es meine eigene Schuld, dass ich mich so elend gefühlt habe? Wollte Danica wirklich einfach nur, dass ich Spaß habe?

»Tut mir leid«, sage ich, und sie knurrt.

»Egal. Ich bin nicht dein Feind, Hailey.«

»Das weiß ich …« *Weiß ich das?*

»Wir sind Familie.«

»Ich weiß.«

»Dann sollten wir uns auch so benehmen.«

Ich könnte ihr nicht mehr recht geben.

Ich bin trotzdem völlig verwirrt, als Danica sagt: »Freunde?«

Freunde? Danica und ich?

Ich erinnere mich wieder, wie wir als kleine Mädchen zusammen geritten sind, wie wir den Pferden ihre Mähnen geflochten und so getan haben, als wären sie ein Spielzeug. Daran denke ich gerne zurück, aber diese Danica gibt es nicht mehr. Sie ist vor einer Ewigkeit weggezogen und nie wieder aufgetaucht.

»Okay«, sage ich nach einer Weile, und Danica lächelt mich an, bevor sie wieder aus dem Beifahrerfenster starrt.

»Wir sollten einen Freund für dich suchen«, sagt sie, und obwohl das das Letzte ist, was ich will, versuche ich positiv zu bleiben, unserem neu geschmiedeten Waffenstillstand zuliebe.

»Vielleicht.«

Wir fahren am College und dann am Starbucks vorbei und sind fast zu Hause angekommen, als sie auf einmal auflacht. »Ich kann nicht glauben, dass ich dachte, zwischen dir und Mike wäre gestern Nacht irgendwas gelaufen.«

»Du weißt, dass ich dir so etwas niemals antun würde«, sage ich, und als sie die aufrichtige Miene in meinem Gesicht sieht, lacht sie wieder.

»Und er ist ein Rockstar, Hailey.«

»Ja?«

»Und du bist einfach …«

»Ich bin einfach was?«

»Du«, sagt sie und grinst. »Du bist einfach nur du.«

5

Mein Waffenstillstand mit Danica sieht ungefähr so aus: Ich backe Kekse, sie isst sie. Ich schlage vor, einen Film anzuschauen, sie sucht ihn aus. Ich mache ihr ein Kompliment zu ihrem Outfit, sie bietet mir Hilfe beim Verbrennen meiner Klamotten an.

Am Mittwochmorgen trage ich wadenhohe, gepunktete Gummistiefel, Secondhand-Jeans, einen übergroßen Pulli, eine leuchtend blaue Regenjacke, einen sonnengelben Schal, den meine Mom gestrickt hat, und eine schwarze Strickmütze mit dem weltgrößten violetten Bommel.

»Du solltest dich wirklich von mir zum Shoppen mitnehmen lassen«, ruft mir Danica hinterher, als ich mir meinen Regenschirm schnappe und die Tür hinter mir zuziehe.

Mein Vormittag ist extrem stressig. Zuerst gehe ich mit ein paar Hunden aus dem örtlichen Tierheim, in dem ich eine Art Praktikum mache, Gassi. Und dann erwarten mich an der Uni nicht eine, nicht zwei, sondern *drei* schwere Prüfungen, auf die ich absolut nicht vorbereitet bin. Es ist der reinste Wahnsinn, und es wird noch wahnsinniger, als ich mich mit Rowan und Dee zum Lunch treffe.

»Na endlich!«, brüllt Dee, als ich mein triefendnasses Selbst durch die schwere Doppeltür des College-Cafés schleppe. Ihre langen braunen Haare sind zu Hollywood-Locken gestylt, und ihre dunklen Augen strahlen mich an. Ich runzle die Stirn, versuche, den sonnengelben Schal von meinem Hals zu wickeln, und werfe einen Blick auf die Uhr an der Wand.

»Bin ich zu spät? Ich dachte, wir hätten gesagt …«

»Alles gut«, unterbricht sie mich. Sie steht auf, um mir meine Mütze vom Kopf zu ziehen, während ich noch immer mit meinem Schal kämpfe. »Nur bei mir nicht.«

»Was ist denn los?«

Rowan winkt mir von ihrem Platz aus zu, während sie am überdimensionalen Strohhalm eines Eiskaffees nuckelt, und ich winke zurück. Dee nimmt meine Jacke und sagt: »Ich steeeeeerbe!«

»Wie bitte?«

Sie schubst mich praktisch auf einen Platz ihr gegenüber und beugt sich dann über den Tisch. »Letzten Samstag. Nachdem wir gegangen sind. Erzähl mir alles.«

»Da gibt's nicht viel zu erzählen …«, beginne ich, aber Dee legt ihren Finger auf meinen Mund, schüttelt den Kopf und macht missbilligende Geräusche.

»Hailey. *Hailey*. Ich darf dich an dieser Stelle unterbrechen, ja? Wir werden doch Freundinnen, oder?«

Ich ziehe eine Augenbraue hoch.

»Und als meine Freundin musst du etwas über mich wissen. Ich bin jetzt praktisch eine alte, verheiratete Frau. Ich bin sesshaft geworden. Meine skandalösen Tage liegen hinter mir. Ich bin kreuzbrav. Ich bin ans Haus gefesselt …«

»Du bist *was?*«, kichert Rowan, aber Dees braune Augen flehen mich an.

»Du musst mir *alle* Einzelheiten erzählen. Ich will eine Geschichte. Ich brauche ausführliche Informationen. Gib mir ein paar pikante Details. Ich will die …«

»Sie hatte zu viel Koffein«, witzelt Rowan. Dee streckt die Hand nach hinten aus und fängt an, nach ihrer Freundin zu schlagen. Sie schafft es, mich dabei immer noch anzustarren.

»Äh …« Ich versuche mir mit den Fingern durch meine

feuchten, kurzen braunen Locken zu fahren, die völlig zerzaust sind. Ich bleibe hängen und versuche, die Knoten zu lösen. »Na ja, es ist nicht viel passiert. Danica ist eingeschlafen, und Mike und ich haben Videospiele gespielt, bis sie aufgewacht ist.«

»Das ist alles?«, beklagt sich Dee und lässt sich auf ihrem Platz zurückfallen. »Im Ernst, das ist *alles?* Ihr habt *Videospiele* gespielt?«

Ich zucke mit den Schultern, und während Dee schmollt, lächelt Rowan. »Wie fand Mike deine Deadzone-Fähigkeiten?«

Bei ihrer Frage muss ich lächeln. »Er war beeindruckt.«

»Natürlich war er das. Hattet ihr zwei denn Spaß zusammen?«

Zu viel Spaß. In den letzten vier Tagen habe ich mir diese Nacht so oft durch den Kopf gehen lassen. Ich habe über unsere Witze und die Albernheiten gelächelt. Und daran gedacht, wie Mikes schokoladenbraune Augen aufleuchteten, als er Tränen lachte, die er an seinem Ärmel trocknete, da seine Hände den Controller hielten.

Und ich habe mich erinnert, was davor war: das Konzert. Wie er auf der Bühne ausgesehen hat, seine zerzausten braunen Haare feucht vom Schweiß, während blaues Licht über seine Schultern, seinen Hals, seine Arme tänzelte. Daran, wie der ganze Saal zum Takt seiner Schläger auf und ab gesprungen ist, wie aufgeheizt die Stimmung im *Mayhem* war, wie Mike zwischen den Songs aufgesehen hatte, um das alles in sich aufzunehmen.

Und dann habe ich mich erinnert, dass er Danicas Freund ist, und ich habe mich darauf konzentriert, konzentriert und konzentriert.

»Ja«, antworte ich Rowan schließlich. »Wir hatten viel Spaß.«

»Mike ist ein Schatz, stimmt´s?«, fragt sie, noch immer mit diesem breiten Lächeln im Gesicht.

»Ja …«

»Und heiß, oder?«, fragt Dee mit dem gleichen Lächeln. Ich schaue zwischen den beiden hin und her.

»Ich denke schon?« Es war noch nie mein Ding, über Jungs zu tratschen. Und ich habe nicht vor, damit bei dem Typen anzufangen, der meine Cousine vögelt.

»Ich finde, er ist verdammt heiß«, sagt Dee. »Ich meine, diese Arme! Nicht mal Joel hat solche Arme wie Mike. Joels sind irgendwie schlank, aber Mikes sind …«

»Schwärmst du etwa für Mike oder so?«, frage ich, und Dees Gesicht verzieht sich. Sie runzelt die Stirn und rümpft die Nase.

»Was? Nein!«

Rowan verbeißt sich ein Lachen, und ich frage: »Bist du sicher? Ich meine, falls ja, werde ich es Danica nicht sagen, aber …«

»Verdammt, nein, ich schwärme nicht für Mike! Gott. Ich bin mit Joel zusammen.« Dee beugt sich über den Tisch vor und sagt betont deutlich: »Ich habe einen *Freund.«*

»O…kay?«

Sie reibt sich die Stirn, und Rowan lacht kurz auf, bevor sie fragt: »Und was ist mit dir, Hailey? Hast du einen Freund?«

»Ich hatte einen«, antworte ich, während ich den Blick langsam von Dee abwende. »Aber wir haben uns getrennt, bevor ich hierher gezogen bin.«

»Oh.« Rowans Mundwinkel sinken, und ihre blauen Augen blicken teilnahmsvoll hinter der schwarz umrandeten Brille, die ihr über die Nase rutscht. »Das tut mir leid.«

»Das muss es nicht«, sage ich und kneife die Augen zusammen, um die Karte hinter dem Tresen zu entziffern. Ich frage mich, ob es irgendetwas gibt, das ich mir mit den drei Dollar in meiner Tasche leisten kann. »Wir sind als Freunde sowieso besser.«

»Das heißt, derzeit nichts Ernstes?«, fragt Rowan.

Ernstes? Ich bin mir ziemlich sicher, dass ich in meinem ganzen Leben noch nie eine ernste Beziehung hatte. Die wenigen Freunde, die ich hatte, waren eher wie männliche Bekannte, mit denen ich nur etwas mehr Zeit verbrachte. All meine Trennungen waren unkompliziert. Kein Grund für schlaflose Nächte.

»Nein«, sage ich kopfschüttelnd. »Eindeutig nichts Ernstes.«

Rowans Lächeln wird noch breiter. Ich will wissen, was sie trinkt, und stehe dann auf, um mein Geld für eine Tasse Kaffee zu verprassen. Nach dem ganzen Herumgerenne heute Morgen brauche ich das Koffein dringend. Einen Zwinger voller Hunde auszuführen ist immer anstrengend, aber das Ganze im strömenden Regen zu tun, ist wirklich hart. Vor allem, wenn man sich danach noch durch drei Prüfungen quälen muss.

Als ich mich wieder setze, ist mein Kaffee schon halb leer, und ich suche nach meinem Handy, das ich auf dem Tisch liegen gelassen habe – und sehe es in Dees Hand.

»Was machst du denn da?«, frage ich, während sie die Daumen über meinem Display hin und her bewegt, und sie antwortet ohne aufzusehen.

»Dir alle notwendigen Nummern einspeichern.«

»Hey«, sagt Rowan, bevor ich die nächste Frage stellen kann, die mir auf der Zunge liegt, wie zum Beispiel *Wer hat dir gesagt, dass du mein Handy nehmen darfst?* »Wir müssen los, aber ich hab hier noch was für dich, hätte ich fast vergessen.«

Sie zieht eine Plastiktüte aus ihrem Rucksack, und als ich ein vertrautes Stück grünen Stoff sehe, greife ich schnell danach, noch bevor sie die Tüte ganz auf den Tisch legen kann. »Ich hätte nie gedacht, dass ich den wiedersehen würde!«, kreische ich, während ich meinen geliebten Kapuzenpulli in die Arme schließe.

In der Woche, bevor meine Kurse am Ivy-Tech-Gemeindecollege anfingen, waren meine Eltern mit mir in eine Buchhandlung gegangen. Da beide nicht auf dem College gewesen waren, hatte keiner von uns irgendeine Ahnung, was wir da taten. Wo die Lehrbücher zu finden waren, zum Beispiel. Aber wir nahmen an, wir drei würden das, zusammen mit meinem siebenjährigen Bruder, irgendwie herausbekommen. Wir redeten mit einer netten Angestellten, die uns zeigte, wo wir gebrauchte Bücher für jeden meiner Kurse finden könnten, und sie versicherte mir, ich würde sie am Ende des Jahres wieder verkaufen können. Als all meine Bücher erfolgreich in den Armen meines Dads gestapelt waren, sprühte meine ganze Familie vor Aufregung, weil ich nächste Woche mit dem College – mit dem College! – anfangen würde. Ich schnappte mir ein paar Ordner, Notizbücher, Bleistifte und einen hübschen grünen Ivy-Tech-Kapuzenpulli und baute alles neben den Büchern auf dem Kassentresen auf. Ein breites Lächeln hatte sich auf meinem Gesicht ausgebreitet, während die nette Angestellte alles eintippte, und es blieb dort, bis die Kreditkarte meines Vaters abgelehnt und dann wieder abgelehnt wurde.

Vor der Buchhandlung versuchte ich, nicht in Tränen auszubrechen. Staatliche Beihilfen hatten den Großteil meiner Studiengebühren abgedeckt, und mein Dad hatte mir versichert, dass wir uns den Rest leisten konnten. Aber offenbar stimmte das nicht. Er rief das Kreditkartenunternehmen an, das uns unseren Kontostand nannte, und ich flehte meine Mom an, mit meinem Bruder draußen zu warten, während mein Dad und ich noch einmal hineingingen, um herauszufinden, was genau wir uns leisten könnten. Ich legte die Ordner zurück, die Notizbücher, die Bleistifte, und schließlich hängte ich auch meinen Kapuzenpulli zurück auf den Ständer.

Ich sagte mir, dass ich meine Lehrbücher hatte und dass das am wichtigsten war, ich konnte mir schließlich mit meinen Sachen von der Highschool behelfen, und das tat ich dann letztlich auch. Aber das hielt mich trotzdem nicht davon ab, in Freudentränen auszubrechen, als ich in jenem Jahr am Weihnachtsmorgen mein erstes Geschenk auspackte und den Kapuzenpulli fand. Meine Eltern waren noch einmal hingegangen, um ihn zu kaufen, sobald sie es sich leisten konnten, und obwohl er inzwischen fünf Jahre alt und seine grüne Farbe ein bisschen ausgeblichen ist, bedeutet er mir noch immer die Welt.

»Den hast du im Bus vergessen«, sagt Rowan, und ich drücke mir den weichen Stoff ans Gesicht.

»Ich weiß«, sage ich, während ich den frischen Wäscheduft einatme. Ich breite den Kapuzenpulli auf dem Tisch aus. »Im Waschbecken. Shawn hat versucht, mir zu helfen, ihn sauber zu kriegen, aber …« Meine Stimme verliert sich, während ich den rechten Ärmel immer und immer wieder umwende. Ich runzle die Stirn und inspiziere auch den linken Ärmel. »Wo ist denn der Fleck?«

»Was für ein Fleck?«

»Der auf dem Ärmel«, sage ich, während ich den Pulli weiter wende und wende. »Er war genau hier. Es war wie … Schlamm und Öl oder so. Wir haben ihn nicht herausbekommen. Er …«

»Das muss Mike gewesen sein«, unterbricht mich Dee, und ich suche in ihren Augen nach Antworten, aber es ist Rowan, die sie mir liefert.

»Mike hat ihn mir gegeben, damit ich ihn dir mitbringe«, sagt sie mit einem feinen Lächeln. »Ich bin nur der Bote.«

Mir dreht sich der Kopf bei dem Gedanken, dass Mike – *Mike*, Rockstar, Zocker, Freund meiner Cousine – den Fleck für mich herausbekommen hat. Den Fleck auf meinem Lieblingskapuzenpulli, der mir mehr bedeutet, als er je wissen könnte. Den Fleck, für den Danica verantwortlich ist.

»Du solltest ihn anrufen und dich bei ihm bedanken«, rät mir Dee. Sie steht auf, während Rowan ihr Zeug zusammenpackt.

»Ich habe seine Nummer nicht …«, sage ich. Ich klinge so verwirrt, wie ich mich fühle. Aber Dee grinst nur und reicht mir mein Handy über den Tisch.

»Klar hast du sie. Wie ich schon gesagt habe …«, sie beugt sich vor und flüstert: »Notwendige Nummern. Du schuldest mir eine Geschichte.«

6

In meinem Zimmer, in meinem Kapuzenpulli, eine Hand am Handy, die andere an meinem Mund zupfend, bin ich ein völliges Klischee. Ich fühle mich wie ein nervöses Teeniemädchen, das in einem nur auf DVD erschienenen Film unschlüssig ist, ob sie den Typen wirklich anrufen soll. Was keinen verdammten Sinn ergibt, weil Mike nur irgendein Typ ist, mit dem ich eine Nacht lang Videospiele gespielt habe. Nur irgendein Rockstar, den ich vor einem ganzen Klub kreischender Fans habe spielen sehen. Nur irgendein Kerl, der sich die Mühe gemacht hat, einen fiesen Fleck aus meinem Lieblingskapuzenpulli zu entfernen, von dem ich dachte, ich würde ihn nie wiedersehen.

Ich haue mir mit dem Handy auf die Stirn.

Er ist Danicas Freund, Herrgott noch mal. Ich rufe nur an, um mich zu bedanken. Das ist keine große Sache. Das ist nicht einmal eine *kleine* Sache. Das ist überhaupt keine Sache.

Resigniert schaue ich auf mein Handy und rufe meine Kontakte auf. Nur dass es Mike nicht gibt. Und auch Madden nicht.

Ich scrolle und scrolle, überlege mir, die ganze Sache einfach zu vergessen, scrolle noch ein bisschen weiter – und dann finde ich ihn. Unter S.

Ich schüttle den Kopf, verharre mit dem Daumen über »Supersexy Drummer«. Ich nehme an, dass Dees gesamtes Handy auf die Art programmiert ist. Statt »Rowan« steht da vermutlich »Bestes Miststück«, und mich findet man unter »Das verklemmte Mädchen, das nach nassem Hund riecht«.

Ich stöhne und tippe mit dem Finger auf Mikes Nummer, bevor ich es mir doch noch anders überlege, schlucke schwer und halte mir das Handy ans Ohr.

Bitte geh nicht ran, bitte geh nicht ran, bitte geh nicht ran …

»Hallo?«

Mikes sanfte Stimme sorgt dafür, dass ich die Augen fest zusammenkneife. »Hey. Ähm, bist du das, Mike?«

»Wer will das wissen?«

Ist es zu spät für »falsch verbunden«? Ja, es ist zu spät.

»Hier ist Danicas Cousine. Wir haben uns letzten Samstag kennengelernt?«

»Hailey?«, fragt er, und mein Herz klopft einen Takt schneller, als ich meinen Namen höre. »Hey, ich habe eben an dich gedacht.«

Ich malträtiere wieder meine Lippe, bevor ich frage: »Wirklich?«

Warum denkt Danicas Freund an mich? *Warum denkt Danicas Freund an mich?!*

»Ja. Kyle der *PussySlayer* hat nach dir gefragt.«

Mein Gelächter ist vermutlich lauter, als es sein sollte. Die Folge grundloser Nervosität und eines langen und nassen Tages. »Hast du ihm gesagt, dass ich gerade damit beschäftigt bin, mit seiner Mom zu schlafen?«

»Noch besser«, verspricht Mike, und ich kann das Grinsen in seiner Stimme hören. Ich lasse mich auf meinem Bett nach hinten fallen, spüre förmlich, wie die Anspannung nachlässt, und ich lächle die blassgrünen Sterne an meiner Zimmerdecke an.

»Ich habe ihm gesagt, du warst so gut, dass sie dich als Betatester für Deadzone Six ausgewählt haben.«

»Es gibt Deadzone Six schon?«, frage ich aufgeregt, und Mike lacht.

»Nein.«

Ich kichere leise ins Telefon. »Aber er hat es dir abgenommen?«

»Aber so was von. Du hättest hören sollen, wie er ausgeflippt ist. Du kennst doch diesen Schrei, den er immer macht …«

»Den, der so klingt wie ein Erdmännchen, dem man die Eier abklemmt?«

Mike lacht schallend, bevor ich ihn an seinem Ende der Leitung halb würgen höre. »Jetzt hast du's geschafft, dass ich mein Bier durch die Gegend gespuckt habe!«

»Tut mir leid«, sage ich grinsend.

»Das muss es nicht«, meint er. »Hey«, sagt er dann, »woher hast du eigentlich meine Nummer?«

»Dee hat sie mir gegeben. Ich hoffe, das ist okay. Rowan hat mir heute meinen Kapuzenpulli mitgebracht, und ich wollte mich bedanken.«

»Freut mich, dass du ihn bekommen hast. Dieser Fleck, den du da am Ärmel reingemacht hast, der war echt hartnäckig.«

Ich halte mir den Pulli an die Nase, atme den frischen Wäscheduft ein und zwinge mich, Mike nicht zu korrigieren. Ich will ihm sagen, dass es seine Freundin war, die für den Fleck verantwortlich ist, nicht ich, aber stattdessen frage ich nur: »Wie hast du ihn rausbekommen?«

»Ich habe meine Mom angerufen«, sagt Mike mit einem leisen Lachen, und Wärme steigt mir ins Gesicht.

»Du hast deine *Mom* angerufen?«

»Sie hat ein paar Jahre als Haushälterin gearbeitet, als ich klein war. Ich dachte, sie könnte mir da helfen. Zuerst habe ich Shawn angerufen, aber er meinte, er hätte es schon versucht, deshalb …«

»Mike …«, unterbreche ich ihn, überwältigt von seiner Freundlichkeit. »Du hättest dir doch nicht diese ganze Mühe machen müssen.«

»Das ist nichts …«, beginnt er, aber ich falle ihm wieder ins Wort: »Doch.« Ich strecke einen Arm aus und bewundere meinen geretteten Kapuzenpulli. Es sieht fast neuer aus als damals, als ich ihn geschenkt bekam. »Es ist etwas.«

»Na ja«, sagt er, und seine Stimme wird etwas sanfter, »dann eben gern geschehen.«

Ich habe keine Ahnung, was ich als Nächstes sagen soll, also sage ich gar nichts. Unser Schweigen zieht sich in die Länge, bis ich es auf einmal eilig habe, *irgendetwas* zu finden, um es auszufüllen. »Na, dann lasse ich dich jetzt besser weiterspielen«, stammele ich. »Ich habe wirklich nur angerufen, um …«

»Hey, hast du Lust zu spielen?«, unterbricht mich Mike.

»Ich habe Deadzone Five nicht …«

»Was ist mit Deadzone Four?«, entgegnet er. »Ich habe von dem hier sowieso langsam genug.«

Plötzlich habe ich nervöse kleine Schmetterlinge in meinem Bauch. Ich verfluche das drei Tage alte chinesische Essen, das ich heute Abend gegessen habe und sage kopfschüttelnd: »Ich kann nicht … Ich bin mit meinem kleinen Bruder zum Spielen verabredet.«

»Dem, der auch Deadzone spielt?«

Letzten Samstag hatten Mike und ich viel Zeit zum Quatschen. Wir redeten über Schlagzeuge, Spiele, Jobs, die wir hatten, und vor allem redete ich über Luke. »Ja«, sage ich und vermisse ihn dann so sehr, dass es wehtut. »Aber heute Abend will er dieses seltsame Rollenvideospiel spielen, das er gerade entdeckt hat.«

»Welches?«

»Dragon oder so? Ich kann mich nicht erinnern. Es ist irgendeine Art Märchen-Ding oder so.«

Ich erwarte, dass Mike lacht und mir viel Spaß wünscht, aber stattdessen fragt er: »Kann ich bei euch mitspielen?«

»Du willst mitspielen?«

»Ja, warum nicht?«

»Weil du vermutlich eine Märchenprinzessin oder so sein musst?«

»Hast du Angst, dass ich in einem Kleid besser aussehen werde als du?«

Ein Lächeln breitet sich auf meinem Gesicht aus, und wir verfallen mit Leichtigkeit wieder in das Geplänkel von letztem Samstag. »Ich kann nichts für meine kurzen Stummelbeine.«

»Wie du meinst, Stummelchen.«

Ich drücke mir den ausgeleierten Ärmel meines Kapuzenpullis aufs Gesicht, um nicht laut zu lachen.

»Also, lässt du mich jetzt mitspielen«, fragt Mike, »oder muss ich mich in den Schlaf weinen?«

»Lass mich meinen Bruder fragen, *Prinzessin.*«

Zehn Minuten später, in einem Dreierchat, haben Mike und Luke direkt einen Draht zueinander gefunden. Mein kleiner Bruder erklärt Mike das Spiel auf typische Luke-Art, was heißt, dass er absolut *kein* Detail auslässt. Er erklärt Dinge, bei denen ich mir sicher bin, dass Mike sie bereits weiß – zum Beispiel, welche Tasten man benutzen muss oder wie man den Chat ändert –, und während er redet und redet und redet, hört Mike zu. Er stellt Fragen und verwickelt ihn auf eine Art ins Gespräch, die mich dahinschmelzen lässt. Ich bin das fünfte Rad am Wagen, außer wenn Mike mich in die Unterhaltung einbezieht, und als es irgendwann auf Mitternacht zugeht und ich Luke zum gefühlt zehnten Mal befehle, ins Bett zu gehen, bin ich Mike für mehr als nur meinen Kapuzenpulli dankbar.

»Er war hin und weg von dir«, sage ich, als ich um zwei Minuten nach Mitternacht an mein klingelndes Handy gehe. Ich hatte erwartet, dass wir *alle* ins Bett gehen würden, aber dann ist »Supersexy Drummer« auf meinem Display erschienen, und das Herz schlug mir bis zum Hals.

»Ich werde sehen, ob ich die Deadzone-Leute dazu bringen kann, ihn Five betatesten zu lassen«, sagt Mike, und meine Augen weiten sich.

»Du musst nicht …«

»Ich will aber.«

»Warum?«

»Weil dein Bruder cool ist«, sagt Mike, und ich kichere.

»Er ist zwölf.«

»Er ist der coolste Zwölfjährige, mit dem ich je geredet habe.«

»Das muss ich ihm sagen! Oh, und er weiß noch nicht mal, dass du ein Rockstar bist. Er wird durchdrehen.«

»Rockstar.« Mike lacht.

»Was ist denn so witzig?«

»Adam ist der Rockstar.«

Ich liege im Dunkeln und frage mich: *Denkt er das wirklich? Weiß er wirklich nicht, was für ein Star er ist?* Und auf einmal verspüre ich das Bedürfnis, ihm das klarzumachen. Vielleicht ist es die große Schwester in mir. Oder die Kapuzenpulli-Besitzerin, die in seiner Schuld steht. Oder vielleicht ist es einfach nur das Mädchen, das will, dass er versteht, wie besonders er ist.

»Du hättest hören sollen, wie diese beiden Mädchen letzten Samstag vor dem Klub über dich geredet haben«, sage ich.

»Ach ja? Was haben sie denn gesagt?«

»Sie haben davon geschwärmt, wie heiß du bist.« Ich versuche so lässig wie möglich zu klingen, trotz der heftigen Röte, die mir in die Wangen schießt.

»Erzähl mir mehr darüber«, sagt Mike, und sein belustigter Ton sorgt dafür, dass selbst meine Nasenspitze rot glüht.

»Irgendwas davon, dass Drummer wirklich wissen, wie man hämmert.«

Oh Gott, mein ganzes Gesicht brennt. Ich drehe das Kissen um und vergrabe meine flammenden Wangen darin, während Mike lacht.

»Aber sie haben auch darüber geredet, dass du nie mit Fans rummachst«, beeile ich mich zu ergänzen, und Mikes Gelächter verstummt.

»Stimmt, das tue ich nicht.«

»Warum nicht? Ist das nicht einer der Vorteile, wenn man ein Rockstar ist?«

Ein langer, langer Augenblick der Stille verstreicht, und dann sagt Mike: »Darf ich ganz ehrlich sein?«

»Natürlich.«

Er holt einmal tief Luft, und ich halte den Atem an.

»Ich glaube nicht, dass ich je wirklich über deine Cousine weggekommen bin.«

»Oh.« Ich ziehe mir die Decke über den Kopf, wie um mich vor der tiefen Verlegenheit zu verstecken, die dieses ganze Gespräch plötzlich beherrscht. Es ist, als hätte ich vergessen, dass er Danicas Freund ist.

Danicas. Freund.

»Sie will, dass wir am Samstag ausgehen …«, sagt er, während ich mich noch immer unter der Decke verstecke.

»Klingt nach Spaß.«

»Ja.«

»Hey, Mike?«

»Ja?«

»Ich gehe jetzt mal ins Bett, okay?«

In der Leitung ist es einen Moment still, und dann sagt er: »Okay. Danke, dass ich heute Abend mit deinem Bruder und dir spielen durfte, Hailey.«

Ich bedanke mich noch einmal bei ihm für die Rettung meines Pullis, und schließlich legen wir auf. Doch vorher wünscht er mir noch süße Träume.

Beim Einschlafen denke ich an den Klang seiner tiefen, leisen Stimme, als er es sagte.

Süße Träume, Hailey.

Ich seufze in mein Kissen.

Gute Nacht, Mike.

7

»Du solltest mit Mike ausgehen«, meint mein Bruder am Samstagnachmittag, als ich mich gerade mit dem Handy zwischen Ohr und Schulter geklemmt bücke, um einen Hundehaufen einzusammeln. Gleichzeitig versuche ich, die drei Hundeleinen zwischen meinen Beinen zu entwirren. Einen Pudel, einen Dackel und einen Wolfshund auf einmal auszuführen, war offenbar eine absolut bescheuerte Idee.

»Er ist mit Danica zusammen«, erwidere ich und ziehe meinen Fuß aus einer Hundeleinen-Schlaufe.

»Na und?«, entgegnet Luke.

»Nein!«, brülle ich den geilsten Pudel der Welt an, als er in Fahrt kommt und mein Bein zu begatten versucht. Ich schubse ihn weg, aber der Wolfshund denkt offenbar, dass ich spiele, und wirft mich um. *Mal wieder.*

»Gott, entschuldige«, sagt Luke, während ich mir das Gesicht von drei Hunden auf einmal abschlabbern lasse.

»Nicht du.« Ich mache Würgegeräusche, winde mich auf dem Boden und versuche, keine Hundezungen in den Mund zu bekommen. Weiter weg höre ich jemanden lachen. Ich nehme an, die Leiterin des Tierheims, Barb, hat einen Mordsspaß dabei zuzusehen, wie ich von einem geilen Wollknäuel, einem übergewichtigen Hotdog und einem zotteligen, pferdeähnlichen Straßenköter gleichzeitig angegriffen werde. Egal wie viele Praktikumspunkte ich auf dem College dafür bekomme, das hier kann es unmöglich wert sein. Ich muss meine ganze

Konzentration aufbieten, um nicht auf die Tüte mit der Hundekacke zu rollen, die irgendwo im Gras liegt. »Warte mal kurz, Luke.«

Ungefähr fünfhundert Neins später komme ich endlich wieder auf die Beine, und drei sehr entschuldigend blickende Hunde sitzen vor mir im Gras. »Diese Viecher bringen mich noch um«, keuche ich. Der Wolfshund lässt den Kopf hängen.

»Schlimmer als Teacup können sie nicht sein.«

»Teacup ist ein Engel!«, nehme ich mein entzückendes dickbäuchiges Schwein in Schutz, das ich zu Hause zurücklassen musste. Ja gut, sie hat eine Schwäche dafür, die Schuhe anderer Leute zu fressen. Aber wer braucht schon Schuhe?

»Gestern hat sie Dads Pantoffel gefressen.«

»Oh nein.«

»Er hat damit gedroht, *sie* zu essen.«

»Er droht ständig damit, sie zu essen.«

»Meinst du, Mike mag Schweine?«

Das muss er, schließlich ist er mit einem zusammen. Ich grinse vor mich hin und bringe die Hunde zurück zu ihren Zwingern. »Warum bist du eigentlich so besessen von Mike, Kleiner?«

Ich nehme an, es hängt damit zusammen, dass Mike Wort gehalten und Luke einen Code besorgt hat, damit er Deadzone Five betatesten kann. Mein Bruder war so aufgeregt, dass er am Telefon kaum einen vollständigen Satz zustande bringen konnte, nur viele »Oh mein Gott«'s und »Das kann nicht wahr sein«'s.

»Ich mag ihn eben. Er ist cool.«

»Weißt du, dass er auch in einer Band ist?«

»Nicht ernsthaft.«

Ich kichere über die Ehrfurcht in Lukes Stimme. Ich kann mir genau vorstellen, wie seine klobige blaue Brille über die

Nase rutscht, als ihm die Kinnlade runterfällt. »Ja. Er ist Drummer. Seine Band ist hier in der Gegend ziemlich groß.«

»Bitte geh mit ihm aus«, winselt mein Bruder.

»Warum, nur weil er in einer Band ist?«

»Und Videospiele spielt.«

»Chuck hat auch Videospiele gespielt«, erinnere ich ihn an den Freund, den ich vor fünf Jahren für vier Monate hatte. Chuck und ich waren auf der Highschool befreundet, bis wir uns eines Abends auf dem Rummel der Stadt einen Schwips antranken und letztendlich knutschten. Danach fühlten wir uns beide komisch damit, zwangen uns aber, in den nächsten paar Monaten das Pärchending zu spielen. Irgendwann sagte ich ihm schließlich, ich hätte mit der Schule und der Farm zu viel zu tun, um eine Beziehung zu führen. Ich ließ aus, dass ich einfach nur gelangweilt war. Ich hätte nicht an meine Mathehausaufgaben denken sollen, wenn er mich küsste, aber es war so: Ich löste im Kopf Algebragleichungen, während er mit seiner Zunge in meinem Mund herumschlabberte.

Ich gab ihm nicht die Schuld an den mangelnden Funken. In all meinen Beziehungen habe ich diese Funken nie gefühlt. Ich bin mir ziemlich sicher, es liegt nur an mir – Funken sind vielleicht einfach nicht so mein Ding.

»Aber er war echt schlecht«, wendet Luke ein, und ich lache.

»Ich hab's dir doch schon gesagt, Luke, Mike ist mit Danica zusammen. Und selbst wenn er es nicht wäre, sind das keine guten Gründe, mit jemandem was anzufangen.«

»Warum?«

»Warum was?«

»Warum sind es denn schlechte Gründe? Ihr habt Dinge gemeinsam.«

Eine Falte bildet sich auf meiner Stirn, als ich die Tür zum

Tierheim aufschwinge und Gebell von den Wänden widerhallt. Seit wann ist mein zwölfjähriger Bruder eigentlich ein Beziehungsexperte? »Weißt du, was wir nicht gemeinsam haben? *Ich* bin nicht unsterblich in Danica verliebt.«

Mein Bruder schnaubt. »Warum ist er überhaupt mit ihr zusammen? Nur weil sie hübscher ist?«

»He, vielen Dank auch, Hosenscheißer.«

»Ich meine ja nur, äh, na ja«, stammelt Luke. »Na ja, du schminkst dich einfach nicht so viel und so, das ist alles.«

»Du schaufelst dir nur ein immer tieferes Loch«, trällere ich über das Bellen hinweg, und Luke kichert. »Innerlich bist du hübscher.«

»Ich werde dir die Kopfnuss deines Lebens verpassen, wenn ich dich das nächste Mal sehe«, drohe ich, aber Luke verblüfft mich mit einer geistreichen Bemerkung.

»Bis dahin bin ich vermutlich größer als du. Ich verstecke einfach die Trittleiter, dann hast du keine Chance mehr.«

Ich stöhne auf, doch das Kichern am anderen Ende der Leitung lässt auch mich grinsen. »Du bist absolut tot.«

Luke hört auf zu lachen. »Kommst du bald nach Hause?«, fragt er.

»Vermutlich nicht. Aber wir sehen uns in zwei Monaten zu Thanksgiving bei Onkel Rick.«

»Meinst du, er wird meine Studiengebühren auch bezahlen, wenn ich aufs College gehe?«, fragt Luke, und obwohl ich mich riesig darüber freue, dass er vorhat, eines Tages aufs College zu gehen, lege ich die Stirn in Falten.

Mir von Danicas Eltern das Studium bezahlen zu lassen, war der letzte Ausweg, und einer, der mir nicht leichtfiel. Letztes Jahr, nachdem ich mich aus einer Laune heraus bei der Mayfield University beworben und einen Platz bekommen hatte, bemühte ich mich um Stipendien und mehr staatliche Unterstützung, als ich ohnehin schon erhielt. Aber ich bekam nicht genügend Geld zusammen, um mir die lächerlich hohen Studiengebühren leisten zu können. Alle Studiendarlehen und staatlichen Beihilfen der Welt würden das Tiermedizinstudium an der Mayfield nicht abdecken. Da ich selbst keine nennenswerten Ersparnisse hatte, bat ich Mom und Dad, ein Elterndarlehen zu beantragen, um mir zu helfen.

Und so fand ich heraus, dass ihre Kreditwürdigkeit erbärmlich schlecht ist. Ich hatte keine Ahnung, dass sie so viele Schulden aufgenommen hatten, um den Untergang der Farm zu verhindern. Aber es war so, und offenbar waren sie nicht in der Lage gewesen, sie auch nur ansatzweise zurückzuzahlen. Als ich leise fragte, ob unser Zuhause bald der Bank gehören würde, nahm mein Dad noch einen Schluck von seinem Bier und schüttelte ernst den Kopf.

Mein Onkel Rick hatte die Schulden beglichen. Alle. Er bewahrte unsere Farm vor der Zwangsversteigerung, und alles, was es meine Eltern kostete, war die Eigentumsübertragung an ihn. Unser Haus ist jetzt *sein* Haus, und meine Eltern und mein Bruder leben nur noch darin.

Ich will niemals in diese Situation geraten. Ich will nicht auf irgendjemand anderen angewiesen sein, um in meinem Zuhause bleiben zu können. Oder mir Sorgen darum machen müssen, ob ich meinen Kindern wohl dabei helfen kann, ihre Träume zu verwirklichen. Im Moment muss ich nur an Luke und mich denken, und das ist schon schlimm genug. Es ist der einzige Grund, weshalb ich Ja gesagt habe, als mein Onkel mir seine Hilfe anbot. Es ist der einzige Grund, weshalb ich mit Danica zusammenlebe: »Bis dahin werde ich einen gut bezahlten Job als Tierärztin haben«, versichere ich Luke. »Ich werde dir mit den Gebühren helfen.«

»Was, wenn ich Chemieingenieur werden will?«, fragt er.

Ich stöhne auf und sehe die Rechnungen schon vor meinem inneren Auge. Der Wolfshund leckt ein letztes Mal kräftig über meinen Ellenbogen, bevor ich ihn in seinen Zwinger scheuche.

»Ich denke, dann solltest du dir besser einen Ferienjob suchen und schon jetzt anfangen zu sparen.« Ich tätschele dem Wolfshund den Kopf und bin mir sicher, dass er, egal, wie sehr er manchmal über die Stränge schlägt, bald adoptiert werden wird. Genau wie der Pudel und der Dackel. Ich habe bei ihnen allen ein gutes Gefühl, und meistens täusche ich mich in dieser Hinsicht nicht.

»Ich könnte eines Tages reicher als Onkel Rick sein«, träumt Luke.

Meine Stimme nimmt einen wehmütigen Ton an, als ich den Zwinger des Wolfshunds verlasse und sage: »Ich hoffe es, Kumpel. Ich hoffe es wirklich.«

Ich rieche nach Hund, als ich am Abend das Tierheim verlasse. Ich rieche danach *immer* nach Hund. Aber nach acht Stunden Zwinger säubern und Neuankömmlinge an die Leine gewöhnen rieche ich richtig, richtig nach Hund. Der Vollmond erhellt die Straße auf dem Weg zurück zu meiner Wohnung, und meine Beine sind schwer, als ich mich durch die Tür schleppe. Ich habe erst zwei kleine Schritte in die Wohnung gemacht, als Danicas Stimme vom anderen Ende des Flurs kreischt.

»Hailey?!«

»Ja?«

Sie kommt aus ihrem Zimmer, mit nichts als einem knallrosa Spitzen-BH und einem entsprechenden Slip bekleidet. »Oh mein Gott. Du musst mir helfen!«

Sie verschwindet wieder in ihrem Zimmer, und ich reibe mir die Augen, während ich ihr langsam folge.

»Kommst du?!«

Ich biege um die Ecke und starre auf die völlige Verwüstung. Ich weiß nicht, wie eine einzige Person so viele Klamotten haben kann. Und jedes einzelne Teil ist im Zimmer verstreut. Schuhe türmen sich auf dem Bett, BHs hängen über der Lampe, Röcke liegen hingeworfen auf der Kommode, ein Tanga wickelt sich um meinen Schuh.

Ich kicke wie wild mit dem Fuß, als Danica aus ihrem begehbaren Kleiderschrank stürzt, ein rotes Minikleid in einer Hand und ein weißes, goldgesprenkeltes Top in der anderen.

»Was hiervon?«, fragt sie. »Dieses Kleid …«, sie hebt das Kleid hoch »… oder dieses Top? Das würde ich mit einem schwarzen Minirock kombinieren. Oder vielleicht meinem – oh mein Gott, wo ist denn mein fuchsiafarbener Rock?!«

Beide Kleidungsstücke fliegen durch die Luft, als sie sie hinter sich schleudert und sich auf ihr Bett wirft. Sie ist ein menschlicher Hurrikan, der teure Kleidungsstücke herumwirbelt, als wären sie nichts als billiger Mist. Ich springe zur Seite, als ein High Heel auf meinen Kopf zufliegt und dann von der Wand abprallt.

»Kannst du mir vielleicht helfen, anstatt einfach nur herumzustehen?!«, faucht Danica, und ich knie mich hin, um die Kleider auf dem Boden zu durchwühlen.

»Meinst du den hier?«

Sie springt vom Bett, reißt mir den Rock aus der Hand und verschwindet im Schrank. »Geh nicht weg!«

Ich stöhne auf und setze mich auf die Kante ihrer Matratze, während ich von einer heißen Dusche und dem Rest der Pizza träume, der im Kühlschrank auf mich wartet. Ich rieche ekelhaft, ich bin am Verhungern, und ich stecke in einer kaugummirosa Gefängniszelle. »Wofür machst du dich denn schick?«, frage ich, und Danica antwortet aus ihrem Schrank.

»Mike führt mich heute Abend aus, schon vergessen?«

Offenbar habe ich es vergessen, denn meine Kehle ist plötzlich wie zugeschnürt. Mike und ich haben uns seit Mittwoch nicht mehr gesprochen, nur SMS hin und her geschrieben, weil er meinen Deadzone-Four-Usernamen und Lukes E-Mail-Adresse haben wollte. Ich gab ihm beides und bedankte mich überschwänglich dafür, dass er etwas so Fantastisches für meinen Bruder tat. Daraufhin schrieb er: *Bist du sicher, dass du nicht auch einen Beta-Code haben willst?*

Ich grinste, weil ich mich daran erinnerte, wie Kyle geschrien hatte, als ich ihn und seine ganzen kleinen schwachköpfigen Freunde abschlachtete.

Du willst mich ja nur in deinem Team haben.

Natürlich will ich dich in meinem Team haben. Auch bei Zombie-Apokalypse.

Ich war mir ziemlich sicher, dass ich mich, sollte zu diesem Team auch Danica gehören, lieber bei lebendigem Leib fressen lassen würde. Aber ich hielt ihren Namen aus dem Gespräch heraus.

Das musst du mit Luke klären. Er hat schon einen Fluchtplan.

Was denn für einen?

Und so erzählte ich ihm von Lukes Zombie-Apokalypse-Plan, und wir erörterten das Für und Wider. Letztendlich nahm er mir das Versprechen ab, ihn vor den Zombies zu beschützen.

Okay. Ich werde deinen erbärmlichen Arsch vor den Untoten retten.

Ich lächelte und wartete auf die nächste SMS. Und lachte, als sie kam.

Danke.

Gern geschehen.

»Ich frage mich, wohin wir heute Abend gehen«, ruft Danica aus dem Schrank, und ich höre auf, an der Schnalle eines High Heels aus ihrem Berg nicht zusammenpassender Schuhe herumzuspielen. »Ich hoffe, er geht mit mir in dieses Fischrestaurant. Dieser Verbindungstyp von Alpha Sig ist vor drei Wochen mit mir dort hingegangen, und das Hummerrisotto war einfach unfassbar gut.«

Ich habe mein ganzes Leben noch kein Hummerrisotto gegessen. Ehrlich gesagt auch noch nie normales Risotto. Was zum Teufel ist das überhaupt? Irgendwas mit Reis?

»Lecker«, sage ich und gähne hinter meiner Hand.

»Oh Hailey, du hast ja keine Ahnung. Es war so gut, ich wollte nur noch sterben.«

»Klingt toll«, sage ich. Mein Magen knurrt, dabei mag ich Reis eigentlich gar nicht. Oder Hummer.

Ich schiele auf die rosa Quarzuhr an der Wand. Wie kann es erst sieben Uhr sein, wenn es sich wie weit nach Mitternacht anfühlt? »Um wie viel Uhr holt Mike dich ab?«

»Jeden Augenblick!«, brüllt sie, während noch ein Top aus ihrem Schrank fliegt.

Ich sehe an meinen Kleidern hinunter – einem übergroßen marineblauen Sweatshirt und einer alten Jeans, die nach Hundeatem mit Würstchenaroma riecht.

»Okay«, sagt Danica, als sie wieder in ihrem Zimmer auftaucht. »Wie sehe ich aus?«

Die goldenen Pailletten auf ihrem Wickeltop spiegeln das Licht genau richtig, um ihre sanften Kurven zu betonen. Dazu trägt sie den engen fuchsiafarbenen Rock, der lang genug ist, um anständig, aber kurz genug, um an*züglich* zu sein. Ihre langen kupferfarbenen Haare fallen über entblößte Schultern. Sie muss sie stundenlang geglättet haben, was heißt, dass sie heute ihre Kurse geschwänzt hat. Wieder einmal. Ihr Make-up ist ebenso makellos, und selbst die Art, wie sie dasteht, wirkt professionell. Als sei sie bereit, über einen Laufsteg zu gehen, der eigens für sie errichtet wurde.

»Du siehst wunderschön aus«, sage ich, und Danica runzelt die Stirn.

»Meinst du? Dieser Rock fühlt sich einfach so …«

Es klingelt an der Tür, und ihre Augen weiten sich. »Aaaah, ich bin noch nicht fertig!«

Ich ziehe erschöpft eine Augenbraue hoch. »Du siehst …«

»Ich sehe beschissen aus!« Sie schubst mich von ihrem Bett. »Geh an die Tür. Sag ihm, ich komme gleich.«

Meine Kleider fühlen sich auf einmal noch ein ganzes Stück schmuddeliger an, und der Hundeatem-Geruch noch ekliger. »Äh …«

»Geh schon!«, befiehlt Danica, schiebt mich aus ihrem Zimmer und knallt die Tür hinter mir zu. Es klingelt wieder, und ich starre durch unsere Wohnung auf die weiße Eingangstür und seufze einmal tief auf.

Einen schweren Fuß vor den anderen setzend, gehe ich den Flur hinunter, durchs Wohnzimmer und zur Tür. Ich streiche mein Sweatshirt glatt – aus welchem Grund auch immer – und mache die Tür auf.

Und da steht Mike, Blumen in der Hand, ein nervöses Lächeln im Gesicht. Sein Haar ist kürzer und gestylt, und nur ein paar rebellische Strähnen fallen in seine Stirn.

»Hey«, sagt er, während ich mir mit den Fingern durch meine eigenen kurzen Locken fahre.

»Hey.«

»Hi!« Danica taucht von der anderen Seite des Zimmers auf, und ich drehe mich in genau dem Augenblick um, in dem sie an mir vorbei und auf Mike zuschießt. Sie stellt sich auf die Zehenspitzen, schlingt ihm die Arme um den Hals und küsst ihn auf den Mund. Sie trägt das paillettenbesetzte Top, aber einen noch kürzeren fuchsiafarbenen Rock, und ich stehe daneben und frage mich, wie viele fuchsiafarbene Röcke sie eigentlich besitzt.

»Wow«, sagt Mike bewundernd, und sie wirbelt herum. Ihr Gesicht strahlt wie eine Tausend-Watt-Glühbirne.

»Die hier sind für dich.« Mike überreicht ihr einen großen Strauß roter Rosen. »Und die hier sind für Hailey«, ergänzt er, als ich mich gerade abwenden will.

Ich drehe mich um und sehe, dass er einen Strauß mit Sonnenblumen, Gänseblümchen und Wildblumen in der Hand hält. Er lächelt und streckt den Arm aus, und ich stehe einfach nur da und starre ihn an.

»Warum?«, fragt Danica, und Mike und ich schauen beide zu ihr hinüber. Sie sieht stirnrunzelnd auf den Strauß in seiner Hand.

»Warum was?«, fragt Mike.

»Warum hast du für Hailey Blumen besorgt?«

Sie schaut mit zusammengekniffenen Augen von dem Strauß zu mir hoch, als würde sich die Antwort auf meiner Stirn abzeichnen oder so. Ich zappele unter der Intensität ihres Blicks, als Mike sagt: »Weil ich dachte, es sei nett?«

»Du dachtest, es sei nett, meiner Mitbewohnerin Blumen mitzubringen?«

»Sie ist deine Cousine«, ruft Mike ihr in Erinnerung. Eine Falte gräbt sich in seine Stirn, er scheint überrascht über Danicas Verhalten zu sein. »Früher habe ich auch für deine Mom Blumen besorgt … Was ist eigentlich dein Problem?«

Zuzusehen, wie Danica sich etwas anders überlegt, ist, als würde man zusehen, wie der Winter dem Frühling weicht. Ich kann den Augenblick, in dem es passiert, nicht sehen, aber dann, auf einmal, ist kein Eis mehr in ihrer Stimme. Nur blendender Sonnenschein. »Kein Problem. Ich hab's mich nur gefragt.« Ihr Megawatt-Lächeln ist strahlend und hübsch, und sie schlingt die Arme wieder um seinen Hals und küsst ihn betont auf die Wange. »Du bist ja so süß. Das liebe ich an dir.«

Ihre Füße landen wieder auf dem Boden, und sie lächelt mich so verschlagen an, dass mir heiß wird. Dann sagt sie zu Mike: »Ich werde die hier gleich ins Wasser stellen.«

Ich sehe zu, wie sie weggeht, als Mike auf mich zutritt und mir wieder die Blumen hinhält. »Ich dachte, sie würden dich vielleicht an zu Hause erinnern. Auf den meisten Farmen gibt's doch Sonnenblumen, oder?«

Ich starre hoch in freundliche braune Augen und dann hinunter auf die Sonnenblumen, die noch größer sind als die, die früher vor meinem Schlafzimmerfenster wuchsen. Schließlich nehme ich den Strauß von ihm entgegen. »Die zu Hause sind nicht annähernd so hübsch«, murmle ich.

Als Mike nichts sagt, schaue ich wieder zu ihm hoch, und sehe ihn lächeln. Seine Wangen haben Grübchen, seine Augen blicken sanft, und ich schlucke schwer und trete einen Schritt zurück. »Und … wohin wirst du Danica heute Abend ausführen?«

Mike hebt die Hand, als ob er sich damit durchs Haar fahren will, aber dann fällt ihm wieder ein, dass es gegelt ist, und er lässt sie wieder sinken. Stattdessen trommelt er mit dem Daumen gegen die Naht seiner Hosentasche. »Auf der anderen Seite der Stadt hat kürzlich ein Primanti Brothers aufgemacht.«

»Primanti Brothers?«, frage ich. »Dieses berühmte Restaurant aus Pittsburgh?«

»Ja.«

»Das habe ich auf Food Network gesehen … haben die nicht Sandwiches und so?«

»Ich glaube, sie haben auch Pizza«, sagt Mike, und ich lache fast laut auf.

Nachdem ich einen Blick Richtung Küche geworfen habe, frage ich mit leiser Stimme: »Willst du einen Rat von mir?«

Mike hört auf, mit dem Daumen zu trommeln, und fragt: »Einen Rat?«

»Danica will, dass du sie in irgendein schickes Lokal ausführst. Primanti Brothers klingt cool, aber …« Aber das hier ist *Danica.* »… Danica hat irgendein Fischrestaurant in der Innenstadt erwähnt. Sie hat von deren Risotto geschwärmt.«

»Reis?«

»Ja«, bestätige ich, obwohl ich mir noch immer nicht sicher bin. »Ich glaube, sie hofft, dass ihr da hingeht.«

Mike und ich hören auf zu tuscheln, als Danica aus der Küche wiederauftaucht.

»Und, wohin gehen wir?«, fragt sie, während sie sich zur Garderobe dreht.

Mike sieht zu mir. »Äh … Na ja, es gibt da dieses neue Restaurant auf der anderen Seite der Stadt, das eben erst aufgemacht hat …«

»Oh, ich liebe neue Restaurants!«, jubelt meine Cousine und durchwühlt die eine Million Jacken im Schrank. Sie gehören alle ihr, für meine war kein Platz mehr.

Mikes Schultern entspannen sich, und er sagt: »Es heißt Primanti Brothers, und …«

»Ist das nicht so eine Sandwichbude?« Danica dreht sich um, die Nase missbilligend gerümpft.

»Na ja, schon«, sagt Mike, während sie ihm ihre Jacke reicht. Er hält sie ihr auf, und als sie hineinschlüpft, fügt er hinzu: »Aber es ist berühmt.«

Danica dreht sich um und zieht einen Schmollmund. »Aber ich habe mich extra schick gemacht …«

Jetzt fährt er sich doch durch die Haare, bleibt aber darin hängen. Er zieht die Hand zurück und sagt: »Ich … ich habe auch über dieses eine Fischrestaurant nachgedacht.«

»Harbor 1921?«, kreischt Danica, und Mikes Blick huscht kurz zu mir, bevor er sich wieder dem aufgeregten Mädchen vor ihm widmet.

»Ja. Willst du lieber dorthin gehen?«

»Ja!«, ruft Danica, schnappt sich ihre Handtasche und reißt die Tür auf. »Dort gibt es das *beste* Hummerrisotto! Das ist einfach umwerfend. Das musst du nehmen.«

Ihre Stimme wird leiser, als sie zur Tür hinausgeht, und Mikes Augen sehen für einen Moment in meine, bevor er ihr folgt. Ich zwinge mich zu einem Lächeln und gebe ihm ein Daumen-hoch-Zeichen, und er trommelt mit den Fingern gegen den Türpfosten, bevor er sich wieder mit der Hand durch die Haare fährt. Er ruiniert erfolgreich sein ganzes Styling, und dann schließt er die Tür hinter sich.

8

In dieser Nacht schrecke ich aus dem Schlaf, als ich einen lauten Schlag aus der Küche höre. Dann einen zweiten. Ich umklammere mein Bettzeug. Ein weiterer Schlag ertönt.

Im Dunkeln rolle ich mich unter meiner Decke hervor und lande auf dem Boden. Ich bin allein zu Hause, es ist mitten in der Nacht, und ein verdammter *Einbrecher* ist im Haus. Irgendjemand vor meinem Zimmer nimmt die ganze Wohnung auseinander, und meine Augen versuchen verzweifelt, sich an die Dunkelheit zu gewöhnen, um etwas, irgendwas, zu finden, womit ich mich verteidigen kann.

Das hast du jetzt davon, dass du in die Großstadt gezogen bist!, schimpft eine wenig hilfreiche Stimme in meinem Kopf, während ich mich aufrapple. Ich laufe panisch und orientierungslos durch mein Zimmer, doch natürlich ist da kein Baseballschläger oder eine Brechstange. Nur ein Berg von Kissen auf meinem Bett. Warum zum Teufel habe ich so viele Kissen?!

Als sich schwere Schritte meinem Zimmer nähern, stehe ich da, eine halb leere Flasche Wasser mit einer Hand umklammert. Und als die Schritte immer lauter werden, stürze ich in den Flur und brülle wie von einem Dämon besessen: »Aaaaaaaaaaajaaaahhhhhh!«

Die Wasserflasche rutscht mir aus der Hand und fliegt durch die Luft. Danicas Stimme brüllt: »Was zum Teufel!«, während die Flasche an ihrem Kopf vorbeischießt.

»Dani?«

»Was zum Teufel tust du denn da?!«

Ihre Augen sind noch weiter aufgerissen als meine, und sie sehen scharf zwischen mir und der Stelle hin und her, wo meine Wasserflasche eine ihrer Wohnzimmertischlampen in eine Million winzige Teile zertrümmert hat.

»Ich dachte … ich dachte, du wärst ein Einbrecher …«

»Und deshalb hast du mit einer Wasserflasche nach mir geworfen?!«

Als ich einfach nur dastehe wie ein Idiot, brüllt sie weiter: »Hast du vielleicht mal drüber nachgedacht, die Polizei zu rufen, bevor du versucht hast, mich umzubringen?«

Das wäre vermutlich das Schlaueste gewesen, das heißt … »Nein …«

Stattdessen bin ich in den Flur gestürzt wie eine einen Meter dreiundfünfzig große Killerin in einer Pyjamahose mit Herzchenmuster und einem T-Shirt mit Welpengesicht. Ich streiche mir meine wirren Haare aus den Augen. »Tut mir leid.«

»Egal«, schnaubt Danica, und drängt sich an mir vorbei. »Du hast verdammtes Glück, dass du mich nicht getroffen hast.«

»Warum hast du denn so einen Lärm gemacht?«, frage ich. Mein Herz rast noch immer vor Adrenalin, als ich ihr zu ihrem Zimmer folge. Sie versucht, ihre Tür zuzuknallen, aber sie fällt gegen meine flachen Hände, und ich gehe ihr nach.

Sie macht sich gar nicht erst die Mühe, in ihren begehbaren Kleiderschrank zu gehen, bevor sie sich auszuziehen beginnt.

»Weil ich sauer bin!«, antwortet sie, während sie geschickt den Reißverschluss ihres goldenen Tops öffnet, es sich über den Kopf zerrt und auf ihr Bett schleudert.

»Warum?«, frage ich und sehe ihr dabei zu, wie sie ihre violetten High Heels in den Schrank kickt und dann doch in ihm verschwindet.

»Weißt du, was Mike gesagt hat, als ich ihn gefragt habe, ob er noch mit hochkommt? Weißt du, was er da gesagt hat?«

»Was denn?«

Danica kommt zurück ins Zimmer, ihre rosa Zehennägel farblich passend zu dem dünnen Shirt, das sie jetzt zu dem fuchsiafarbenen Rock anhat. »Er hat gesagt, er müsse früh raus!« Sie reißt die Hände in die Luft. »Was für eine verdammte Ausrede ist das denn?«

»Vielleicht muss er das ja wirklich …«, meine ich.

»Nein, Hailey. *Nein*. Mike hat sich verändert.«

»Inwiefern?«

Sie schlüpft aus ihrem Rock und wirft ihn gegen die Wand. »Heute Abend habe ich ihm zum Beispiel gesagt, er soll das Hummerrisotto nehmen, aber er wollte nicht. Ich habe ihm gesagt, wie gut es ist, aber es war ihm einfach egal!«

»Das ist alles?«, frage ich, und Danica schaut mich wutentbrannt an.

»Das ist *alles?«*

»Ich meine … vielleicht mag er einfach kein Risotto. Mike ist irgendwie nicht so der Risotto-Typ, glaube ich.«

»Woher willst *du* das denn wissen?«, spottet Danica. »Du kennst ihn doch gar nicht.« Sie starrt mich an, und ihre Augen verengen sich. »Nur weil er dir ein paar beschissene kleine Blümchen kauft, weil er Mitleid mit dir hat, heißt das nicht, dass du irgendetwas über ihn weißt, Hailey.«

»Ich habe nur versucht zu helfen …«

»Ja, na klar! Du kannst mir helfen, indem du diese Dreihundert-Dollar-Lampe bezahlst, die du eben zerbrochen hast, aber *das* wird ja wohl nie passieren.«

Es ist ein Schlag unter die Gürtellinie, und sie weiß es. Natürlich fällt mir spontan keine schlagfertige Antwort ein, erst, als ich später in dieser Nacht wieder in meinem Bett liege.

Ja, na klar, es hat eben nicht jeder einen reichen Daddy so wie du, Dani.

Das hätte ich sagen sollen. Aber dann wäre vermutlich noch etwas viel Gemeineres gekommen. Oder noch schlimmer, sie hätte besagtem reichem Daddy vielleicht erzählt, dass ich sie umzubringen versuchte. Sie würde mich rauswerfen, und er würde aufhören, mein Studium zu bezahlen. Und das hieße, ich müsste zurückkehren auf die kleine Farm in der kleinen Stadt und dasselbe kleine Leben führen, das meine Eltern haben, und ihre Eltern vor ihnen.

Es ist nicht so, dass es mir nicht gefallen hat, auf der Farm aufzuwachsen. Das hat es. Ich konnte Kälber füttern und in Maisfeldern Verstecken spielen und barfuß durch den Schlamm laufen. Aber die Welt muss größer sein als Kühe und Maisfelder und Schlamm. *Meine* Welt muss größer sein.

Nachdem ich zwanzig Minuten damit verplempert habe, mir einen nie stattgefundenen, handfesten Krach zwischen Danica und mir auszumalen, gebe ich den Versuch einzuschlafen auf. Ich rolle mich aus dem Bett, schlurfe zu meinem Schreibtisch und lasse mich auf den Campingstuhl sinken. Der Computerbildschirm erhellt mein Zimmer, ich setze mich in den Schneidersitz und atme einmal tief aus, während die zertrümmerte Lampe und Danicas Worte schwer auf mir lasten.

Ich werde die Lampe bezahlen. Selbst wenn ich es erst in zehn Jahren kann, aber ich werde sie bezahlen. Jetzt gerade will ich sie einfach nur vergessen, genau wie das Gefühl in meinem Bauch. Und vor allem will ich vergessen, dass ich nur eine Wand entfernt von jemandem schlafe, der nicht ertragen kann, wie ich mich kleide oder rede, benehme oder aussehe oder atme.

Ich klicke auf das Icon für Deadzone Four und lege den Kopf auf den Schreibtisch, während das Spiel lädt. Mein Blick fällt auf die Glasvase mit den Sonnenblumen, Gänseblümchen und Wildblumen, und sie erinnern mich an zu Hause, genau wie Mike es beabsichtigt hat.

Warum habe ich nicht damit nach Danica geworfen? Ich dachte, hier drinnen wäre ein Einbrecher, der mich umbringen will, und ich habe eine schwere Glasvase stehen lassen, um mir stattdessen eine verdammte halb leere Wasserflasche zu schnappen?

Ich presse die Stirn auf das Holzlaminat des Schreibtischs und fühle mich wie ein kompletter Idiot. Ich bin ein Idiot, weil ich mit einer Wasserflasche geworfen habe, und weil ich nicht gleich die Polizei gerufen habe. Ich bin ein Idiot, weil mein Magen Purzelbäume geschlagen hat, als Mike mir die Blumen überreicht hat. Und ich bin der größte Idiot, weil mein Magen es *wieder* tut, als ich den Blick hebe und sehe, dass sein Username auf meiner Freundesliste erschienen ist.

Nur weil er dir ein paar beschissene kleine Blümchen kauft, weil er Mitleid mit dir hat, heißt das nicht, dass du irgendetwas über ihn weißt, Hailey.

Ich weiß nicht, warum diese Worte so wehtun, aber sie tun es. Und ich weiß nicht, warum die eine Person, mit der ich im Augenblick reden will, die Person ist, mit der ich es nicht tun sollte. Trotzdem sitze ich hier und starre seinen Namen auf dem Bildschirm an.

Danica hatte unrecht, als sie mir an den Kopf schleuderte, ich würde ihn nicht kennen. Ich bin Mike Madden erst vor einer Woche begegnet, aber ich habe trotzdem ein paar Dinge erfahren. Ich weiß, dass er seinen Job liebt und ein erbärmlicher Scharfschütze ist. Ich weiß, dass seine Mom irgendeine Art Flecken entfernender Guru zu sein scheint. Ich weiß, dass er toll mit zwölfjährigen Kindern umgehen kann und dass er aufmerksam und witzig und freundlich ist.

Und dass er Danica liebt und nie über sie hinweggekommen ist, weil er es mir gesagt hat. Ich weiß auch, dass er ihr ein Dutzend Rosen gekauft hat, die röter waren als alle, die ich je gesehen habe.

Hey.

Seine Nachricht erscheint auf meinem Bildschirm, während ich in meinen Gedanken verloren bin, und mein Magen macht wieder dieses Purzelbaum-Ding, das mir so langsam wirklich auf die Nerven geht.

Ich starre lange Zeit auf die Nachricht, bevor ich etwas zurückschreibe.

Hey.

Was machst du so spät noch?

300-Dollar-Lampen zerbrechen.

Ich presse mir die Hände auf die Augen, frage mich, wie ich diese verdammte Lampe bezahlen soll und warum ich es überhaupt zur Sprache gebracht habe. Vor *Mike.*

Als eine neue Nachricht erscheint, nehme ich die Hände von meinen Augen und lese sie.

Klingt nach einem teuren Hobby.

Ein Lächeln schleicht sich auf mein Gesicht, und ich schreibe zurück.

Das ist eine lange Geschichte.

Ich habe Zeit.

Ich fange an zurückzuschreiben.

Ich dachte, du müsstest früh raus?

Aber dann lösche ich es und sitze einfach nur da und starre auf meinen Bildschirm.

Nur ein Unfall. Und was ist mit dir? Warum bist du noch auf?

Weil ich mit dir schreibe.

Ich sitze lange da und habe keine Ahnung, was ich darauf antworten soll, bis eine zweite Nachricht auftaucht.

Wenn ich dich etwas frage, kannst du ganz ehrlich zu mir sein?

Das klingt ja überhaupt nicht ominös.

Ich bin nervös.

Wirst du es sein?

Ich brauche eine Minute, aber schließlich schreibe ich zurück.

Ja.

Fünf Sekunden später klingelt mein Telefon.

»Hey«, sage ich, als ich abnehme, und Mikes Stimme sorgt dafür, dass mein Herz in der Brust stolpert.

»Hey.«

»Aaalso …« Ich spiele nervös mit meiner Maus herum. »Die Frage fühlt sich irgendwie richtig unangenehm an.«

»Vermutlich wäre es leichter gewesen, sie in einer SMS zu stellen«, schlage ich vor, und Mike lacht.

»Da hast du vermutlich recht.« Eine lange Pause folgt und dann ein schwerer Seufzer. »Vergiss nur nicht, dass du versprochen hast, mir die Wahrheit zu sagen, okay?«

»Ich lüge nicht, Mike.«

»Ich weiß. Das ist ja der Grund, weshalb ich dich frage, obwohl ich weiß, dass ich es nicht tun sollte.« Das nervöse Gefühl zerrt an meinen Eingeweiden, und mein Finger klickt wieder mit der Maus herum. Schließlich sagt Mike: »Warum ist Danica mit mir zusammen?« Als ich nicht sofort antworte, sagt er: »Ich weiß, ich bin ein Arschloch, dich das zu fragen, weil ihr Cousinen seid, aber es gibt niemanden sonst, den ich fragen könnte.«

»Was ist mit ihr?«, entgegne ich. »Warum fragst du sie nicht?«

»Weil ich ihr nicht so vertraue wie dir.«

»Warum bist du denn dann mit ihr zusammen?« Die Worte klingen provozierender als beabsichtigt, aber jetzt sind sie da, eine Herausforderung, die zwischen uns schwebt. Wie kann jemand wie er mit jemandem wie ihr zusammen sein?

Es ist die Eine-Million-Dollar-Frage – eine, die zu stellen ich kein Recht habe. Aber es ist spät, und ich bin müde, und er bittet mich, über meine eigene Familie zu tratschen. Er bittet mich, für ihn Partei zu ergreifen.

»Weil ich nicht noch einmal sieben Jahre an sie denken will«, antwortet Mike, und ich verziehe das Gesicht.

»Das heißt, du versuchst nur, sie aus dem Kopf zu kriegen?«

»Nein!«, beeilt sich Mike zu sagen. »Nein. Gott, Hailey, glaubst du wirklich, dass ich so ein Riesenarschloch bin?«

Ich bereue meine Antwort prompt, denn nein, ich glaube überhaupt nicht, dass er ein Arschloch ist. »Nein. Entschuldige.«

Mikes schwerer Seufzer berührt mich. »Ich gebe uns eine Chance, weil ich mich nicht den Rest meines Lebens fragen will, was wäre wenn, weißt du? Aber ich werde nicht mehr schlau aus ihr. Sie ist nicht offen zu mir, und ich bin mir nicht sicher, ob es daran liegt, dass sie nervös ist und mich beeindrucken will, oder …«

»Oder was?«

Mike zögert, und ich weiß, dass er mit den Fingern auf irgendetwas trommelt. »Oder ob sie auch nicht besser ist als jedes andere Groupie.«

Die Wahrheit ist, ich weiß es auch nicht. Ich weiß, dass es sein wachsender Ruhm ist, der ihn auf ihren Radar zurückgebracht hat, aber auch, dass sie eine gemeinsame Vergangenheit haben, in der Gefühle eine Rolle spielen. Ich bin mir sicher, dass Danica diese Gefühle haben muss, auch wenn sie sie nicht zeigt. Ich erinnere mich, wie wehmütig sie wurde, als sie mir von den Blumen erzählte, die er ihr auf der Highschool immer in ihr Schließfach gestellt hat. Und ich habe gesehen, wie aufrichtig nervös sie war, als sie sich heute Abend für ihr Date fertig gemacht hat. Aber war das, weil sie *Mike* beeindrucken wollte? Oder war es, weil sie den *Rockstar* beeindrucken wollte?

»Ich weiß es nicht, Mike«, gestehe ich schließlich. »Ich bin die letzte Person auf der Welt, die anderen Leuten Beziehungsratschläge erteilen sollte.«

»Warum?«, fragt er, und mir fallen tausend verschiedene Gründe ein. »Du hattest doch schon Beziehungen, oder?«

»Ja, ich hatte Freunde …«, sage ich, und Mike hört die Dinge heraus, die ich ungesagt lasse.

»Aber?«

»Aber … ich fühle keine Funken.«

»Du tust was nicht?«

»Funken fühlen«, sage ich, während ich mit dem Gedanken spiele, meinen Kopf gegen den Schreibtisch zu knallen. Ich fahre mir mit den Fingern durch meine vom Bett zerzausten Locken. »Da sind keine Funken.«

»Was soll das denn heißen?«

Diesmal schiebe ich tatsächlich meinen Stuhl zurück, um meine Stirn auf den Schreibtisch fallen zu lassen. Ich presse die Augen vor der Dunkelheit zusammen, als ich Mike widerstrebend antworte. »Du weißt schon, die Funken, die man fühlen soll, wenn man jemanden küsst.« Ich stöhne innerlich auf. Ich könnte tot umfallen, und es wäre besser, als dieses Gespräch noch länger fortzusetzen.

»Vielleicht warst du nur noch nie mit jemandem zusammen, der gut geküsst hat«, sagt Mike, und ich wundere mich, dass mein loderndes Gesicht nicht den verdammten Schreibtisch in Brand setzt.

»Ich bin mir ziemlich sicher, dass sie gut waren.«

»Du hast einfach noch nicht den Richtigen getroffen.«

»Können wir vielleicht wieder über dein verkorkstes Liebesleben reden anstatt meines?«

Mike lacht, und ich hebe die Stirn vom Schreibtisch. »Du hast meine Frage nicht beantwortet«, sagt er. Und dann versuche ich, ihm zu sagen, warum Danica mit ihm zusammen sein will.

»Vermutlich weil du schlau und witzig und süß und talentiert bist und … ich weiß nicht, Mike. Warum sollte sie *nicht* mit dir zusammen sein wollen?«

Eine lange Pause tritt ein, bevor ich ein leises Lachen höre.

»Was denn?«, frage ich.

»Ich habe nur eben nachgedacht.«

»Worüber?«

»Ich sollte dich öfter anrufen.«

Ich verdrehe die Augen bei seiner Reaktion auf den Auftrieb, den ich seinem Ego eben gegeben habe, schlurfe zu meinem Bett und krieche unter die Decke. »Ich gehe jetzt ins Bett.«

»Aber ich will noch mehr darüber hören, wie toll ich bin.«

»Gute Nacht, Mike.«

»Willst du nicht Deadzone spielen?«

»Ich bin schon wieder im Bett.«

»Spielst du dann morgen mit mir?«, fragt er, und ich kuschle mich bis zur Nase unter die Decke.

»Okay.«

»Okay.« Ich schließe die Augen, als ich das Lächeln in seiner Stimme höre. »Süße Träume, Hailey.«

»Süße Träume, Mike.«

In jener Nacht träume ich die süßen Träume, die Mike mir gewünscht hat. Ich träume sie trotz zerbrochener Dreihundert-Dollar-Lampen und trotz wütender Cousinen, die am anderen Ende des Flurs schlafen. Ich träume sie, weil Mike mir gesagt hat, dass ich es tun soll, und weil das Letzte, woran ich denke, bevor ich einschlafe, die Art ist, wie er aussieht, wenn er lächelt.

9

»Das ist zu riskant«, warne ich, die Augenbrauen besorgt hochgezogen.

Mikes Stimme bleibt ruhig, gefasst. »Das wussten wir, bevor wir uns darauf eingelassen haben.«

»Sie werden uns erwischen.«

»Vielleicht.«

»Was, wenn sie uns sehen?«

»Was, wenn nicht?«

Meine Finger zappeln vor nervöser Vorfreude. »Das ist gefährlich …«

»Es könnte es wert sein, Hailey.«

»Oh Mann«, stöhnt Luke durch meine Kopfhörer. »Hört ihr zwei endlich auf, so dramatisch zu sein? Stürmen wir diesen Ort jetzt oder was?«

Mike und ich lachen beide, und ich tausche meine Deadzone-Spielerwaffe aus, entscheide mich für eine halbautomatische M1014-Schrotflinte anstelle meines getreuen M16-Sturmgewehrs. Ich dehne die Finger, bevor ich sie wieder auf die Tastatur lege. »Okay, aber ich bin mir ziemlich sicher, dass wir alle sterben werden.«

»Ich werde dich beschützen«, bietet Mike an, und ich verdrehe grinsend die Augen.

»Ich bin ein besserer Schütze als du.«

»Bist du nicht«, widerspricht er, und ich will eben schon protestieren, aber mein kleiner Bruder kommt mir zuvor.

»Ist sie doch, Kumpel.«

»Verräter«, beschuldigt Mike ihn, und ich lächle, als ich meinen Bruder lachen höre.

»Okay, ziehen wir das wirklich durch?«, frage ich, da beginnt Luke schon mit dem Countdown.

»Drei … zwei …«

»Scheiße!«, brüllt Mike, als eine Salve von Schüssen auf uns abgefeuert wird. Die Hölle bricht los, und wir stürzen alle in unterschiedliche Richtungen davon. Wir feuern auf das feindliche Team, während wir um unser Leben laufen. Ich renne von ihrem Versteck davon, durch die Straßen der post-apokalyptischen Stadt, und schlüpfe in ein verfallenes Gebäude. Ratten quieken durch meine Dolby-Surround-Kopfhörer.

»Wo sind denn alle?«, frage ich in mein Mikrofon, suche mir einen guten Beobachtungsposten und tausche die Waffe in meiner Hand gegen eine Remington 870. Luke, Mike und ich sind im Team-Modus, daher weiß ich, dass unsere Feinde mich nicht hören können, als ich versuche, unseren nächsten Plan zu entwickeln.

»Ich bin bei Luke«, sagt Mike, und mein Bruder fragt: »Meint ihr, wir haben sie verloren?«

»Ihr habt sie eindeutig verloren«, antworte ich, den Finger über dem Abzug.

»Woher willst du das wissen?«

Ich erschieße den Idioten, der blindlings durch den Eingang meines Gebäudes stürmt, und dann werfe ich eine Granate nach draußen und renne die kaputte Treppe hoch, während Geschützfeuer die verrottete hölzerne Außenwand zersplittert. »Weil ihr ganzes Team *mir* auflauert. Ich bin umzingelt.«

»Wo bist du?«, fragt Mike, und nachdem ich meine Position durchgegeben habe, fragt er Luke: »Sollen wir versuchen, sie zu retten?«

»Was meinst du?«, fragt mein Bruder in einem ernsten Ton.

»Ich weiß nicht, Mann«, sagt Mike. »Sie macht sich ganz schön oft über mich lustig.«

Ich kichere, während ich in die Hocke gehe und meinen Granatenwerfer schultere. Es ist meine letzte Granate, aber das weiß das feindliche Team ja nicht.

»Ja«, pflichtet Luke ihm bei. »Und mir hat sie gesagt, sie würde mir die Kopfnuss meines Lebens verpassen, wenn sie mich das nächste Mal sieht.«

»Ich bin deine Schwester!«, wende ich ein und beobachte weiter das untere Ende der Treppe. »Was ist mit den ganzen Wochenenden, an denen ich dich ins Kino eingeladen habe?«

»Du hast mich gezwungen, mir ein Musical anzusehen«, beklagt sich Luke, und ich werfe meine Granate, als das feindliche Team einen seiner Männer auf einer Selbstmordmission die Treppe hochschickt.

»Das war ein einziges Mal!«, entgegne ich über das Geräusch der Explosion in meinen Kopfhörern hinweg. »Und es war ein Versehen! Woher hätte ich denn wissen sollen, dass *Crocosaur vs. Sharkopus* ein Musical ist?«

»Äh, hallo? Internet?«

»Mann«, unterbricht ihn Mike. »*Crocosaur vs. Sharkopus* war der Hammer.«

»Siehst du!«, schnauze ich, während ich den dunklen Flur hinunterschleiche, der vom oberen Ende der Treppe wegführt. Ich halte die Schrotflinte für meinen letzten großen Showdown bereit.

»Was ist mit dieser Szene, in der der Krokosaurus von der Klippe springt und der Sharkopus ihn auf einem Tentakel aufspießt?«, erinnert ihn Mike. »Das war das Krasseste, was ich je gesehen habe.«

»Das war ziemlich cool«, räumt Luke widerstrebend ein.

Ein feindlicher Spieler bückt sich, um das Messer aufzuheben, das ich absichtlich habe fallen lassen. Ich schieße ihm in den Kopf, stürze hinüber, um seine Waffen und mein Messer einzusammeln und schlüpfe wieder auf meinen Beobachtungsposten – ein Loch in der verrotteten Wand.

»Ich wünschte, ich hätte eine Schwester, die so cool ist, mit mir in solche Filme zu gehen«, sagt Mike, und ich lächle meinen Computerbildschirm an.

»Okay«, erklärt Luke sich schließlich einverstanden. »Ich denke, wir werden sie retten.«

»Hailey«, sagt Mike, und der sanfte Ton in seiner Stimme stellt seltsame Dinge mit meinem Magen an. »Weißt du noch, wie ich gesagt habe, ich würde dich beschützen?«

»Ja?«

»Du solltest da weggehen.«

Ich habe eineinhalb Sekunden, um aus meinem Versteck zu stürzen und in einen offenen Raum auf der anderen Seite des Flurs zu rennen, bevor die ganze vordere Fassade des Gebäudes explodiert. »Ach du heilige Scheiße!«, stöhne ich, als mir klar wird, dass Mike und Luke sich die ganze Zeit meiner Position genähert haben müssen, während sie so taten, als würden sie ihre Optionen abwägen. Die Spieler aus dem gegnerischen Team – die, die nicht von Mikes und Lukes Doppel-Raketenwerfern ausgeschaltet wurden – stürmen panisch mein Treppenhaus hoch, und ich feuere aus meinem M16 wie der verdammte Tony Montana in dem Film *Scarface* und mähe sie alle nieder. Ihre Spielerzahl geht von sechs auf drei auf eins auf null herunter, und dann blinkt eine Medaille auf meinem Bildschirm auf, ich werde auf ein neues Level des Spiels befördert.

»Das war der Hammer!«, kreischt Luke, und ich lehne mich auf meinem Schreibtischstuhl zurück, ein triumphierendes Grinsen im Gesicht.

»Oh Mann, sieh dir Haileys Status an«, sagt Mike bewundernd, als die Punktetafel erscheint, und mein Grinsen wird noch breiter.

»Hailey ist knallhart«, gebe ich ihm recht, und das Lachen, mit dem Mike antwortet, verfärbt meine Wangen in ein nicht gerade knallhartes Rosa.

»Ich würde deinen knallharten Arsch jederzeit retten.«

»Wollt ihr noch mal spielen?«, fragt Luke, und ich hasse es, ihm den Spaß zu verderben, aber …

»Morgen ist Schule.«

»Ach komm schon, Hailey. Nur noch ein Spiel?«

»Das hast du gestern Abend auch gesagt, und dann ist es nach Mitternacht geworden …«

»Aber es ist noch nicht mal elf.«

»Schlafenszeit!« Ich bleibe hart, und Luke stöhnt.

»Spielen wir morgen wieder?«, fragt Mike, und schließlich gibt sich mein Bruder geschlagen.

»Okay. Danke, dass du wieder dabei warst, Mike.«

»Soll das ein Witz sein? Du bist ein Rockstar, Kleiner. Diese Sache mit den Raketenwerfern war echt krass.«

»Danke«, sagt Luke, und ich kann das Lächeln in seiner Stimme selbst über das halbe Land hinweg hören. Als er mir eine gute Nacht wünscht, sage ich ihm, dass ich ihn liebe, und er erwidert verlegen dasselbe, bevor er auch Mike gute Nacht sagt. Dann loggt sich Mike ohne ein weiteres Wort aus, und drei Sekunden später klingelt mein Telefon.

»Was hast du vorhin darüber gesagt, dass ich ein schlechter Schütze bin?«

Ich ziehe die Füße zu mir auf den Stuhl hoch, ein breites Lächeln im Gesicht. Heute ist der dritte Abend in Folge, an dem Mike mit mir und meinem Bruder Deadzone Five gespielt hat, seit er mich endlich überredet hat, es auch betazutesten. Und es ist auch der dritte Abend in Folge, an dem es nach elf Uhr ist und ich dem Klang seiner Stimme lausche.

»Irgendwie schwer danebenzuschießen, wenn man einen Raketenwerfer hat«, necke ich ihn, und Mike lacht.

»Du bist ja nur neidisch, weil du es nicht geschafft hast, die ganze Seite eines Gebäudes in die Luft zu sprengen.«

»Ja, na ja …« Ehrlich gesagt bin ich mir sicher, dass das von außen verdammt cool ausgesehen haben muss. »Reib es mir nicht noch unter die Nase.«

Mike lacht wieder, und ich lege zufrieden die Wange auf meine Knie. Schließlich sage ich: »Aber ich bin froh, dass du und Luke es wart. Er bewundert dich sehr.«

»Vermisst du ihn?«, fragt Mike, und ich antworte, ohne überlegen zu müssen.

»Jeden Tag.« Ich schließe die Augen, und füge hinzu: »Er ist der Hauptgrund, weshalb ich nicht schon viel früher weggezogen bin.«

Auf die Mayfield University zu gehen, hat mich schon immer gereizt. Denn hier gibt es einen sehr praktisch orientierten vorklinischen Studiengang, und die Fakultät für Tiermedizin ist ausgezeichnet. Aber die Wahrheit ist: Ich hätte auf eine billigere Uni gehen können. Auf eine, deren Gebühren von staatlichen Studiendarlehen und Beihilfen tatsächlich abgedeckt worden wären. Damit hätte ich den Abschluss in Tiermedizin wesentlich früher gehabt. Aber selbst die erschwinglicheren Unis sind ein paar Stunden von zu Hause entfernt, und sich bei ihnen zu bewerben, hätte sich angefühlt, als würde ich meinen kleinen Bruder im Stich lassen. Daher habe ich es nie getan. Stattdessen habe ich Teilzeit in irgendwelchen Jobs gearbeitet, Teilzeit auf der Farm, habe in Teilzeit allgemeinbildende Kurse auf dem örtlichen Gemeindecollege besucht und mit meinem kleinen Bruder rumgehangen, sooft ich konnte. Vermutlich hätte ich meinen Lohn sparen sollen, um mir eines Tages die Studiengebühren an der Mayfield U leisten zu können, aber stattdessen habe ich so viele Gebühren zurückgezahlt, wie ich konnte. Mit dem Rest stellte ich sicher, dass Luke im Kino so viel Popcorn essen konnte, wie er wollte, und ein paar mehr Weihnachtsgeschenke unter dem Baum hatte als ich als Kind.

»Warum bist du eigentlich nach Mayfield gezogen?«, fragt Mike, und ich würde mich am liebsten vor der Antwort drücken. Ich will nicht, dass er mich für einen Sozialfall hält, auch wenn ich genau das bin. Als Danicas Dad anbot, für all meine Kosten aufzukommen, bis ich meinen Abschluss in der Tasche hatte … da wusste ich, dass ich das Angebot nicht ausschlagen konnte. Es war einfach zu gut.

»Luke ist jetzt älter«, antworte ich. Und Mayfield war mein Ticket in die Freiheit.«

»Hast du nicht gern auf einer Farm gelebt?«

»Das ist kompliziert.« Ich starre auf ein Foto meiner Familie auf meinem Schreibtisch – Dad mit seiner Baseballmütze, Mom mit ihrem mütterlich-stolzen Lächeln, Luke mit seiner Farmerbräune und ich, die ich so aussehe, als ob ich dorthin gehöre. Vor Maisstängeln, die im Hintergrund vor sich hin sterben.

»Ich liebe meine Familie«, sage ich zu Mike. »Ich liebe die Tiere … ich liebe fast alles daran, wie es war, dort aufzuwachsen. Aber … ich weiß nicht.« Mike wartet geduldig, und ich hebe den Kopf von meinen Knien und lehne mich auf meinem Stuhl zurück. »Ich wollte mir schon immer ein eigenes Leben aufbauen, nicht nur eins erben.«

Mike schweigt eine Weile, und ich frage: »Klingt das logisch?«

»Sehr logisch«, antwortet er, und ich entspanne mich auf meinem Stuhl.

»Manchmal fühle ich mich wie eine Verräterin.«

»Das solltest du nicht«, versichert er mir. »Du solltest nie ein schlechtes Gewissen haben, weil du das verfolgst, was dich glücklich macht.«

»Und was macht *dich* glücklich?«, frage ich, obwohl ich weiß, dass ich das besser lassen sollte. Danica weiß nichts von diesen nächtlichen Videospielen, den Chats und Telefonaten, und irgendetwas sagt mir, dass es ihr nicht gefallen würde. Und es würde ihr erst recht nicht gefallen, dass ich ihren Freund frage, was ihn glücklich macht.

»Kleine Dinge«, antwortet Mike nach einer Weile. »Hören, wie die Fans unsere Songs mitsingen. Mit den Jungs neue Songs schreiben. Eine gute Pizza essen. Mit dir Videospiele spielen.«

Ich schlucke, und er ergänzt rasch: »Und mit Luke.«

»Richtig. Luke.«

»Luke ist toll.«

»Luke ist umwerfend.«

»Er ist praktisch mein bester Freund.«

Ich kichere, gehe zu meinem Bett und krieche unter die Decke. »Tourt ihr in absehbarer Zeit mal durch Indiana?«

»Nein. Warum?«

»Ich bin mir sicher, er würde dich gern spielen sehen.«

»Das wäre cool … Wir fliegen tatsächlich bald ins Ausland. Für eine sechswöchige internationale Tour.«

»Wohin?«

»Asien, Australien. Wir haben sogar ein oder zwei Shows in Europa, glaube ich.«

»Wirklich?«, frage ich ungläubig, drehe mich auf die Seite und drücke mir das Telefon fester ans Ohr.

»Ja. Es ist verrückt. Unser Plattenlabel hatte eine andere große Band für die Tour verpflichtet, aber die hat sich getrennt. Die Termine waren schon gebucht, und sie haben stattdessen uns gebeten, als Hauptgruppe aufzutreten. Es ist ziemlich kurzfristig, aber …«

»Das ist ja fantastisch«, unterbreche ich ihn, und Mike atmet tief aus.

»Es ist der Wahnsinn. In zweieinhalb Wochen drehen wir ein großes Musikvideo, und gleich am nächsten Tag brechen wir nach Singapur auf.«

Ein langer Moment des Schweigens tritt ein, und schließlich fragt Mike: »Bist du noch dran?«

»Ich habe das Gefühl, ich sollte mir von dir ein Autogramm oder so geben lassen.«

Er lacht, und ich lächele ins Telefon. »Ja, du solltest dir vermutlich ein Foto mit mir geben lassen, bevor ich wegfahre.«

Die Vorstellung gefällt mir, aber das sage ich lieber nicht. »Was hält Danica eigentlich davon?« Ich frage mich, warum sie es nicht erwähnt hat. Es ist nicht so, dass wir viel reden, aber das ist sicher etwas, womit sie am liebsten ein ganzes Jahr lang prahlen würde.

»Sie ist aufgeregt«, sagt Mike, aber ich habe das Gefühl, dass er irgendetwas auslässt.

»Das ist ja schön …«

»Richtig aufgeregt.«

»Na klar. Stell dir nur all die coolen Orte vor, die ihr sehen werdet, und …«

»Sie kann nicht aufhören, davon zu reden, wie viel Geld wir verdienen werden.«

»Oh.«

»Ja.«

Ich drehe mich auf den Rücken zurück und schaue auf die schimmernden Sterne an meiner Zimmerdecke. Ein Teil von mir – der Teil, der mit Mike in seinem Tourbus gelacht und die letzten paar Nächte damit verbracht hat, dem Klang seiner Stimme zu lauschen – will ihm sagen, dass er zu gut für meine Cousine ist. Dass er sich ein Mädchen suchen sollte, das ihn verdient hat. Aber der andere Teil, der logische Teil, der weiß, dass er ein erwachsener Mann ist, der seine eigenen Entscheidungen treffen kann, und dass er vielleicht eine Seite von Danica sieht, die ich nicht sehe – weiß, dass ich mich besser nicht einmischen sollte.

»Na ja«, sage ich, »ich meine … ein eigenes Kino in deiner Villa zu haben wird schon ziemlich cool sein.«

Mike lacht, und die Anspannung in meinen Schultern löst sich. »Ich werde ein eigenes Kino in meiner Villa haben?«

»Wo solltest du es denn sonst haben?«, grinse ich, und Mike lacht wieder. »Ich meine, du könntest es natürlich auch in deiner privaten Grotte einrichten.«

»Richtig, die Grotte.«

»Die genau neben …« Ich klopfe mit den Fingern auf meine Bettdecke, während ich mich frage, wofür Mike exorbitant viel Geld ausgeben würde. »Genau neben deiner hauseigenen Brauerei sein wird«, entscheide ich schließlich.

»Na, dann ist das ja geklärt.«

»Was?«

»Du wirst meine Villa entwerfen.«

Lachend sage ich: »Und bekomme ich dann so viele Autogramme, wie ich will?«

»Und Bier und private Kinovorstellungen«, ergänzt Mike, und mein Lächeln wird noch breiter.

»Abgemacht.«

Ein angenehmes Schweigen breitet sich aus, bis ich einen Blick auf die Uhr werfe und widerstrebend sage: »Es wird langsam spät.«

»Ja.«

»Ich sollte vermutlich ein bisschen schlafen. Ich habe morgen Früh eine große Präsentation.«

»Spielen wir morgen wieder?«, fragt Mike, und ich kuschle mich tiefer unter meine Decke.

»Wir haben es deinem besten Freund ja schon versprochen«, erinnere ich ihn scherzhaft an das, was er über Luke gesagt hat.

Mikes Stimme klingt glücklich, als er flachsend sagt: »Meinst du, wir werden dich wieder retten müssen?«

»Gute Nacht, Mike«, knurre ich. Ich versuche ihn das Lächeln nicht hören zu lassen, das sich wieder auf mein Gesicht zu schleichen versucht.

»Süße Träume, Hailey«, sagt er.

10

»Ich bin mir nicht sicher, ob ich das richtig verstanden habe«, sagt Dee am Mittwochnachmittag im College-Café, einen Tag nach Mikes eindrucksvollem Trick, die Wand explodieren zu lassen, und drei Tage, nachdem ich Danica um ein Haar eine Wasserflasche an den Kopf geworfen habe. Als ich mich setzte und Rowan wissen wollte, was ich in letzter Zeit so getrieben habe, entschied ich, mich auf die Sache mit Danica zu konzentrieren. Nicht auf die letzten drei Nächte, die ich videospielend mit ihrem Freund verbracht habe.

Dees Stimme trieft vor Unverständnis, als sie fortfährt: »Du hattest allen Ernstes die Chance, diesem Biest etwas an den Kopf zu schmeißen, und hast *danebengeworfen?«*

»Ich habe gar nicht versucht, sie zu treffen.« Ehrlich gesagt *habe* ich versucht, sie zu treffen. Aber das war, bevor mir klar wurde, dass sie kein Einbrecher-Schrägstrich-Mörder-Schrägstrich-Vergewaltiger mit einem Fetisch für Pyjama tragende Farmmädchen war. Ich trinke einen Schluck Kaffee aus der Thermoskanne, die ich von zu Hause mitgebracht habe, und versuche mich darauf zu konzentrieren, wie gut er schmeckt, anstatt darauf, wie minderwertig ich mich damit fühle. Mein Onkel hat mir eine Kreditkarte gegeben, die ich verwenden kann, während ich auf der Uni bin. Ich hasse es aber, sie für Sachen zu benutzen, die nicht unbedingt nötig sind. Rechnungen, Lebensmittel, Benzin – diese Dinge sind unverzichtbar. Kaffee ist ein Luxus, den ich mir von zu Hause mitbringen kann.

»Ich habe keine Ahnung, wie du es mit ihr aushältst«, wirft Dee von der anderen Seite des Tischs ein. »Wenn ich mit ihr zusammenleben müsste, würde eine von uns diese Wohnung nicht lebend verlassen. Ich hätte sie am liebsten erwürgt, als sie am Sonntag zur Bandprobe gekommen ist.«

Rowan kichert und löffelt die Schlagsahne von ihrem Eiskaffee. »Ich glaube, sie hat Angst vor dir.«

»Das sollte sie auch!«

»Was ist denn passiert?«, frage ich.

»Sie hat einfach nicht aufgehört, alle zu kritisieren … Hat *Vorschläge* gemacht.« Dee deutet mit den Fingern Anführungszeichen an.

»Und sie wollte allen Ernstes, dass Mike diesen einen Song singt …«

Dee reißt die Hände in die Luft. »Mike! Sing!«

»Selbst Mike fand das zum Schreien komisch, aber Danica hat es todernst gemeint. Sie war richtig frustriert. Und zu dem Zeitpunkt war Dee bereits so genervt, dass …«

»So verdammt genervt.«

»… dass sie Danica gesagt hat, sie solle sich eine andere Band suchen, in der sie Yoko spielen kann …«

»Genau das hat Yoko gemacht, oder? Sie hat die Beatles auseinandergebracht?«

Rowan lächelt und nickt, während sie weiterredet. »Und dann haben sie angefangen zu streiten, und Danica hat zu Dee gesagt, dass Groupies kommen und gehen, als wollte sie andeuten, dass Dee ein Groupie oder so ist …«

Dee knurrt. »Ich hätte sie umbringen können.«

»Und dann musste die Probe abgebrochen werden, weil Dee völlig ausgerastet ist.«

Dees Miene verzieht sich zu einem reuelosen Grinsen. »Was man halt so tut.«

»Aber keiner von uns wollte sie wirklich aufhalten.«

»Und daher hättest du uns den ganzen Mist ersparen und sie enthaupten sollen, als du die Gelegenheit dazu hattest.«

Ich reibe eine Falte zwischen meinen Augen und höre auf, von Dee zu Rowan zu Dee zu Rowan zu schauen. Ich will gerade noch einen Schluck Kaffee trinken, als Rowan sagt: »Ich weiß gar nicht, warum Mike sie überhaupt mitgebracht hat.«

»Adam hat dich mitgebracht«, bemerke ich, und als Dee ihre dunklen Augenbrauen hochzieht, füge ich hinzu: »Und Joel dich.«

»Aber Danica kann keiner leiden«, wendet Dee ein.

»Aber sie ist immer noch Mikes Freundin.«

Dee macht ein abfälliges Geräusch. »Vermutlich wird er sie auch am Samstag mitschleppen.«

Rowan stöhnt und fährt mit ihren silbern lackierten Fingernägeln über ihren Nasenrücken. »Natürlich wird er das.«

Ich sehe wieder zwischen den beiden hin und her und frage mich, was am Samstag wohl ist. Ich will mich nicht danach erkundigen, nicht dass Rowan und Dee denken, ich würde mich zu irgendetwas selbst einladen wollen. Aber dann schaut mich Dee eindringlich an, sodass ich nervös auf meinem Platz herumzappele.

»Hailey, was hast du diesen Samstag vor?«

»Normalerweise gehe ich samstags mit den Hunden im …«

»Gut, dann hast du ja Zeit«, sagt sie mit einem spitzbübischen Lächeln auf den Lippen. »Wir schauen uns eine Location für ein Musikvideo, das die Band dreht, an. Denk dran, Stiefel anzuziehen.«

Am Mittwochabend sehe ich nach, ob ich meine Wanderstiefel von zu Hause mitgebracht habe. Natürlich nicht. Am Donnerstag schaue ich in ein paar Secondhandläden vorbei, aber ich finde keine Stiefel in meiner Größe. Am Freitag gebe ich mich geschlagen und kaufe welche vom Ausverkaufsregal bei Walmart. Und am Samstag rolle ich die Zehen in ihnen ein, während ich auf einer Decke aus rostroten Blättern stehe und über eine riesige offene Wiese mitten in einem Wald weit weg von der Großstadt starre. Raschelnde Bäume mit Herbstlaub bilden einen perfekten Kreis um diese Oase und bewachen den glitzernden Teich in der Mitte der Lichtung.

»Na endlich«, jammern Dee und Danica gleichzeitig und bestrafen sich dann gegenseitig mit abfälligen Blicken. Ich hätte nie gedacht, dass ich den Tag erleben würde, an dem sie bei irgendetwas tatsächlich einer Meinung sind. Heute hat es aber nicht lang gedauert, bis sie beide anfingen, über den ewigen Fußmarsch hierher zu maulen. Selbst Rowan war genervt und wollte immer wieder wissen, ob wir bald da seien und ob die Jungs auch wirklich wüssten, wohin sie gingen. Vierzig Minuten und eine schmerzhafte Blase später lichteten sich dann die Bäume endlich und gaben den Blick auf den verborgenen Teich frei.

»Wie habt ihr diesen Ort gefunden?«, frage ich mit leiser Stimme, da ich seine stille Schönheit nicht stören will. Lang gezogene Wolkenfetzen ziehen über den blauen Himmel, und das lange Gras bewegt sich in ihrem Schatten.

»Wir waren hier mal auf einer Party«, sagt Shawn irgendwo links von mir. Wir sind ein ganzer Haufen – Shawn, Kit, Adam, Rowan, Dee, Joel, Danica, Mike und ich.

»Unser Freund Driver hat Freunde, die diesen Ort kannten«, ergänzt Adam. Er dreht sich um und beginnt rückwärts zu gehen, ein strahlendes Lächeln im Gesicht. »Dieses Video wird so krass werden.«

»Wie wollt ihr denn das ganze Zeug hierher schaffen?«, fragt Rowan, und Adam grinst.

»Mit dem Geld von Mosh Records.«

Shawn folgt Adam auf die Wiese, und der Rest von uns geht hinterher. »Wir werden auf dieser Plattform dort drüben aufbauen«, sagt Shawn, und mein Blick wandert über einen stählernen Gittersteg, der in den Teich hinein ragt und zu einer großen runden Plattform führt. »Und wir werden den Teich mit allen möglichen bunten Lichtern bestrahlen, die über das Wasser wandern, und vielleicht Leuchtstäbe oder so in den Teich hängen.« Seine langen Beine kämpfen sich durch dichtes Gestrüpp, das sich um seine Knöchel schmiegt, dann dreht er sich um und zeigt auf die umliegenden Bäume. »Und da der Song ›Ghost‹ heißt, sollen haufenweise Leute in den Bäumen zu sehen sein, und wir werden dem Special-Effects-Team sagen, dass sie sie richtig fertig aussehen lassen sollen, wie …«

Er ringt nach dem richtigen Wort, und Joel führt den Satz für ihn zu Ende. »Wie Geister.«

»Irgendwie, ja«, sagt Shawn. Er dreht sich um und geht auf den Steg zu. »Und während der Song läuft, sollen die Statisten langsam zwischen den Bäumen hervorkommen.«

»Das wird so verdammt gruselig werden«, freut sich Adam diebisch. Er dreht sich um, um wieder rückwärts zu gehen, tänzelt fast vor Aufregung.

Shawn grinst ihn an, bevor er fortfährt. »Das heißt, sie kommen einfach immer näher und näher, und das wird richtig unheimlich. Aber je näher sie uns rücken, desto mehr gewinnen sie wieder an Farbe. Bis sie den Rand des Teichs erreichen, leuchten ihre Gesichter und Kleider richtig stark, und dann werden sie zu dem Song abgehen.«

»Und es werden einfach immer mehr«, sagt Adam.

»Wir haben Hunderte Statisten dafür engagiert«, bestätigt Shawn. »Sie werden immer weiter aus den Bäumen kommen, bis diese ganze Wiese …« – er zeigt auf die riesige offene Fläche – » … randvoll mit Fans ist, die zu dem Song tanzen.«

Und als ob das nicht genug wäre, ich bin schon völlig geflasht davon, dass sie so eine große Sache machen, wie viel Ruhm sie ernten werden, ergänzt Mike: »Wir kriegen Drohnen.«

»Drohnen?«, frage ich, und Adam lacht schallend auf.

»Oh, Mann, das wird der Hammer.«

»Ja«, sagt Shawn, und selbst er beginnt seine professionelle Fassung zu verlieren, während sich ein jungenhaftes Lächeln auf seinem Gesicht ausbreitet. »Sie werden Luftaufnahmen machen.« Er schenkt sein ganzes Lächeln Kit, die es strahlend erwidert.

Kein Wunder, dass sie alle vor Aufregung sprudeln – mit dem Video und der internationalen Tour, die Mike erwähnt hat, investiert Mosh Records tonnenweise Zeit und Geld in die Band. Ich lächle bei der Vorstellung, wie es sich für Mike und die anderen Jungs anfühlen muss, wenn so viele große Träume einfach plötzlich wahr werden.

»Wisst ihr, was ihr noch tun solltet?«, schaltet sich Danica auf einmal ein, und Shawns Lächeln schwindet. Adams Lächeln schwindet. Kits Lächeln verwandelt sich in etwas Mörderisches. »Ihr solltet irgendwie einen Star-Geist in dem Video haben. Ich meine, in dem Song geht es doch um ein Mädchen, oder?«

»Wer sagt das denn?«, fragt Kit herausfordernd, während ihre schweren Stiefel über den stählernen Steg poltern, aber Danica lächelt nur.

»Na ja, stimmt doch, oder nicht?« Kits Mund zuckt, aber Danica fährt fort: »Und sie müsste natürlich superheiß sein. Überlegt doch mal, in welchem Musikvideo tritt denn kein heißes Mädchen auf? Und ihr müsstet nicht mal jemanden dafür bezahlen.«

Shawn bleibt stehen, als er das Ende der Plattform in der Mitte des Teichs erreicht, und dreht sich mit zusammengekniffenen Augen um. »Ach wirklich? Wieso?«

Danicas Lächeln wird breiter, und ihre langen braunen Haare wehen hinter ihr in der Brise. »Weil ich es umsonst machen würde.«

Sie meint das todernst. Was wahrscheinlich der Grund ist, weshalb Kit völlig die Beherrschung verliert. Sie beginnt zu lachen, erst leise, aber als sich die persönliche Kränkung auf Danicas Gesicht abzeichnet, kann sie gar nicht mehr damit aufhören. Dee fällt mit ein, Joel versucht die Beherrschung nicht zu verlieren, aber es gelingt ihm nicht. Shawn gibt sich Mühe, ein Lächeln zu unterdrücken, das sich nicht verbergen lassen will, und schließlich lacht Kit so sehr, dass sie einen Hustenanfall bekommt.

Prusten und Lachen von praktisch allen begleitet dann auch unsere Wanderung durch den Wald. Kit bekommt sich gar nicht mehr ein, hustet und wischt sich immer wieder die Nase mit dem Ärmel ab. Als Shawn ihr vorwirft, sie wäre besser zu Hause geblieben, versichert sie beharrlich, es gehe ihr gut. Doch das Husten lässt nicht nach, bis sie irgendetwas hochwürgt und es neben Danica ins Wasser spuckt.

»Igitt«, schimpft Danica, womit sie Kit nur wieder zum Lachen bringt. »Was ist eigentlich dein Problem?«, faucht sie, und ich warte darauf, dass sie Kit umbringt oder dass Kit sie umbringt oder dass *irgendjemand irgendwen* umbringt und diesen Ort in einen Tatort verwandelt. Doch dann legt Mike Danica einen Arm um die Schultern.

»Kit ist einfach so aufgeregt«, sagt er und schaut Kit eindringlich an. Er dreht sich um und stellt sich vor Danica, seine großen Hände auf ihre Schultern gelegt. »Und sie haben sich viele Gedanken darüber gemacht. Das haben wir alle.«

»Ich versuche nur zu helfen«, sagt Danica schmollend, und Mike mustert sie einen Moment, bevor er antwortet.

»Ich weiß. Das weiß ich zu schätzen.«

»Meine Idee war nicht schlecht«, beharrt Danica. Sie sieht an Mike vorbei und wirft Shawn einen flehenden Blick zu. »Ich könnte dieses Musikvideo auf ein ganz anderes Niveau heben. Ein sexy Mädchen darin auftreten zu lassen, würde …«

»Dir ist aber schon klar, dass Kit verdammt sexy ist, oder?«, faucht Dee, und ich weiß nicht, ob Kits Wangen rot sind, weil sie verlegen ist oder weil sie krank ist, aber eben sah sie noch ganz normal aus. »Schau sie doch an. Sie ist eine verdammte Sexbombe. In diesem Video gibt es schon ein heißes Mädchen.«

»Na ja, okay«, räumt Danica widerstrebend ein, »aber …«

»Werdet ihr das Video nachts drehen?«, schalte ich mich ein, und alle Augen wenden sich zu mir. Ich weiß gar nicht, warum ich den Mund aufmache, aber irgendetwas, das damit zusammenhängt, dass Danica und ich Cousinen sind, zwingt mich, sie davor zu bewahren, noch tiefer ins Fettnäpfchen zu treten. »Um es noch gespenstischer zu machen?«

Shawn starrt mich an, während ich meine nicht vorhandenen telepathischen Fähigkeiten nutze, um ihn anzuflehen, sich meinem Themawechsel anzuschließen, und schließlich sagt er: »Ja.« Er fährt mit den Fingern über die Stoppeln an seinem Kinn. »Aber die Filmcrew wird alle möglichen Hightech-Lichtanlagen aufbauen, um den Steg zu beleuchten, damit wir alle gut zu sehen sind.«

»Das wird richtig gut«, sage ich, und schließlich kehrt ein leichtes Lächeln zurück auf Shawns Gesicht und erhellt seine waldgrünen Augen.

»Danke, Hailey.«

»Wessen Idee war das eigentlich?«

Die Jungs und Kit fangen an, mir zu erzählen, wer welche Ideen hatte, und ich höre zu. Ich lächele zu Shawn zurück, und meine Aufmerksamkeit huscht zwischen ihm, Adam, Joel, Kit, Mike und sogar Rowan und Dee hin und her – bis ich versehentlich bei Danica lande.

Sie sollte froh sein, dass ich das Thema gewechselt habe. Die Jungs waren für ihre Idee nicht zu haben, und ich habe nur zu verhindern versucht, dass sie geltungssüchtig aussieht. Oder irgendjemanden beleidigt. Oder … ich weiß nicht … Kit oder Dee dazu bringt, über den Steg zu stürzen und sie eigenhändig zu erwürgen.

Aber sie ist nicht froh. Nicht als sie mir fest in die Augen sieht. Ihre zusammengepressten Lippen und ihr harter Blick geben mir ein wortloses Versprechen.

Sie wird mich umbringen.

11

Etwas später an diesem Nachmittag, nachdem die Jungs den Wald rings um die Wiese vollständig erkundet haben, beschließt Danica, dass sie pinkeln muss und dass *ich* sie dabei begleiten soll. Das heißt, dass wir beide ganz allein tiefer in den Wald gehen müssen, und ich bin mir absolut sicher, dass ich niemals lebend aus dieser Nummer herauskommen werde. Ich weiß, dass sie noch immer stocksauer darüber ist, dass ich ihre »Ich sollte der Star eures Musikvideos sein!«-Kampagne zum Scheitern gebracht habe. Und die einzige Bestrafung für ein solches Vergehen ist bei Danica der sichere Tod.

Aber anstatt mich mit einem heruntergefallenen Ast zu erschlagen oder mich von einer günstig gelegenen Klippe zu stoßen, stapft Danica nur mit ihren Designerstiefeln neben mir durch das hohe Gras. Sie jammert: »Ich hasse es, die ganze Zeit mit seinen Freunden abhängen zu müssen. Ich habe es auf der Highschool gehasst, und jetzt hasse ich es sogar noch mehr.«

»Warum denn?«, frage ich, und sie sieht mich von der Seite scharf an.

»Sie hassen mich.«

»Sie hassen dich doch ni…«, beginne ich, aber Danica verdreht die Augen.

»Lüg mich nicht an, Hailey. Du bist eine erbärmliche Lügnerin. Das warst du schon immer.«

Damit hat sie tatsächlich recht. Früher musste ich, wenn

wir Ärger hatten, das Reden immer Danica überlassen. Denn wenn *ich* versuchte, die Wahrheit zurechtzubiegen, haben es unsere Eltern immer sofort gemerkt. Ich kicherte oder – noch schlimmer – brach unter dem Druck zusammen und platzte mit jedem winzigen Detail heraus, selbst denen, nach denen sie gar nicht gefragt hatten. Einmal, als Danica und ich dabei erwischt wurden, wie wir mit dem Traktor meines Dads herumfuhren, lieferte ich letztendlich uns beide ans Messer und gestand außerdem, dass wir das eine Woche zuvor schon mal gemacht hatten. Wir bekamen beide drei einsame, langweilige, elende Wochen Hausarrest.

»Na schön«, lenke ich ein, als wir den Waldrand schließlich erreichen und ich für meine Cousine einen dichten Busch beiseite schiebe, »sie hassen dich.«

»Das weiß ich«, murmelt sie, während sie durch die Lücke geht, die ich ihr aufhalte. »Aber dich hassen sie nicht.«

Im Schatten der roten Blätter, die sich hartnäckig weigern zu fallen, geht Danica so mit der Natur um wie mit allem anderen in ihrem Leben auch: Sie hält den Kopf hoch erhoben und zertrampelt sie unter ihren Füßen. Irgendwie marschiert sie ganz lässig über Zweige und Sträucher und Gräser, die zum Leben zu erwachen scheinen, nur um sich um unsere Beine zu schlingen. Ich dagegen hüpfe, springe und stolpere am laufenden Band und fluche die ganze Zeit vor mich hin.

»Fandest du meine Idee dumm?«, fragt Danica in dem Moment, in dem ich mich in einem Dornbusch verheddere. Sie bleibt stehen, um einen Blick zurück zu werfen, wo ich vorsichtig versuche, einen Dorn aus dem ausgeleierten Ärmel meiner orangefarbenen Kapuzenjacke zu entfernen. Ich höre auf, mit dem Busch zu kämpfen, um zu ihr hochzuschauen. Sie muss sehen können, dass ich überlege, wieder zu lügen, denn sie motzt mich prompt an: »Und wage es bloß nicht zu lügen.«

Ich richte den Blick wieder auf die Dornen, die in meiner Kapuzenjacke stecken, und entferne einen nach dem anderen mit chirurgischer Präzision. »Nein. Aber ich glaube, die Art, wie du sie vorgeschlagen hast, war das Problem.«

»Wieso das denn?«

Ich muss sie nicht wieder ansehen, um zu wissen, dass sich ihre Augen zu ihren typischen mascaraumrandeten Schlitzen verengt haben. Aber sie hat mir gesagt, dass ich sie nicht anlügen soll, daher werde ich ihrem Befehl ausnahmsweise einmal Folge leisten. »Du hast dabei nicht an die Band gedacht. Du hast nicht an die ganze Zeit gedacht, die sie in ihre Idee investiert haben, bevor du angefangen hast, ihnen zu erklären, was deiner Meinung nach alles falsch daran ist. Und du hast nicht gewartet, um zu hören, was sie von deiner Idee hielten, sondern gleich darauf bestanden, ihr ganzes Video umzukrempeln und selbst der Star darin zu sein. Du hast es so hingestellt, als ob es dabei nur um dich gehen soll.«

»Ich …« Danica will protestieren, aber ich führe den Satz zu Ende, bevor sie es tun kann.

»Du hast sie plattgewalzt. Du bist eine Dampfwalze, Dani.«

Ich überlege, ob ich mit meinem Vortrag fortfahren soll – ob ich all die Gefühle herauslassen soll, die sich in mir aufgestaut haben, seit ich vor zwei Monaten bei ihr eingezogen bin. Aber ich tue es nicht. Genau wie es bei dem Video der Band nicht um Danica ging, geht es hierbei nicht um mich. Wenn ich sie dazu bringen kann, *das* zu verstehen, wenn ich ihr klarmachen kann, warum sie in dieser Situation mit dem Video falsch gehandelt hat, dann wäre das ein riesiger Schritt in die richtige Richtung.

Danica steht lange da, die Arme fest vor der Brust verschränkt, und verdaut, was ich gesagt habe. Ihre langen Haare tänzeln um ihre Schultern, und der Rest von ihr sieht aus wie eine hübsche Statue. Als ich meinen Ärmel endlich aus dem Gestrüpp befreit habe, drehe ich mich zu ihr und lasse einige Sekunden verstreichen.

»Aber du gibst mir doch recht mit dem, was ich gesagt habe, oder?«, fragt sie schließlich.

»Hä?« Ich bin mir nicht sicher, was ich erwartet habe – eine Kehrtwende? –, aber diese Frage überrumpelt mich trotzdem.

»Du denkst doch auch, dass das Video mit einem Star-Geist in der Hauptrolle besser wäre?«

»Ja«, stammle ich. »Wahrscheinlich schon. Ich meine, ich glaube …«

»Okay, gut«, unterbricht mich Danica mit einem Lächeln, das sogar ihre glücklichen braunen Augen erreicht. »Dann kannst du mir vielleicht helfen.« Sie hakt sich bei mir unter, wir gehen weiter durch den Wald, und ich verliere jeden Orientierungssinn, während ich ihre Gedanken zu verstehen versuche.

»Dir helfen?«

»Mir helfen, sie von meiner Idee zu überzeugen. Ich weiß, dass ich es falsch angepackt habe, Hailey. Du hast recht.« Sie knufft mich an die Schulter, in einer verwirrenden Geste der Zuneigung. »Aber es ist eine richtig gute Idee. Dadurch wird das Video noch besser, was der Band helfen wird. Und ich möchte wetten, auf dich werden sie hören. Dann bin ich dir auf jeden Fall etwas schuldig.«

Ich stolpere über einen Stein, aber Danica stützt mich mit unseren untergehakten Armen und hilft mir, mein Gleichgewicht wiederzugewinnen. »Warum sollten sie denn auf mich hören?«, frage ich, als ich wieder festen Boden unter den Füßen habe.

»Weil du nicht lügst«, sagt sie und dreht den Kopf, um mich anzulächeln.

»Aber du schon?«

»Natürlich nicht«, sagt sie mit einem viel zu breiten Lächeln in genau dem Augenblick, in dem wir zwischen den Bäumen hervortreten. Die Nachmittagssonne knallt auf mich herunter, und mein Blick verschwimmt und fällt über Wellen aus goldenem Gras auf die große Plattform inmitten des Teichs, wo meine Freunde noch immer lachen und herumalbern.

»Ich dachte …« *Ich dachte, du musst pinkeln*, will ich eben schon fragen, aber ich komme nicht mehr dazu.

»Los!« Danica zerrt mich zum Steg und zu den verwirrten Blicken der anderen, die ich sofort bemerke als wir die Plattform erreichen.

Seid ihr jetzt beste Freundinnen, oder was?, fragt Rowans Blick.

Warum lässt du dich von diesem Miststück anfassen?, lese ich in Kits Augen.

Ich sehe von den beiden hinüber zu Dees gerunzelter Stirn, ihren verengten Augen und zusammengepressten Lippen. *Hat sie dich etwa dazu gebracht, ihr blind zu folgen? Wurdest du einer Gehirnwäsche unterzogen? Schreist du lautlos um Hilfe? Soll ich dich in diesem Teich ertränken, um dich von deinem Elend zu erlösen?*

»Habt ihr zwei euch verlaufen, oder was?«, fragt Mike, und ich lasse mich von seiner tiefen Stimme in den Bann ziehen. Als ich mich umdrehe, sehe ich, wie er vom Ende der Plattform, auf der er mit Joel auf einer pflaumenblauen Decke sitzt, zu Danica und mir hochlächelt. Er trägt eine schwarz-grüne Dallas-Stars-Kappe und einen dazu passenden grünen Kapuzenpulli, und ihn anzusehen fühlt sich an, als würde die Sonne aufgehen.

Ich habe versucht, ihn nicht allzu oft zu beobachten, seit ich mich heute mit allen getroffen habe. Es ist seltsam, richtig mit ihm abzuhängen. Ihm beim Reden zuzuhören. Ihm beim Lachen zuzusehen. Einfach … in seiner Nähe zu sein.

Diese Woche habe ich jeden Abend mit ihm Deadzone gespielt. Und jeden einzelnen Abend, abgesehen von denen, an denen wir telefoniert haben, kam eine SMS von »Supersexy Drummer«, kurz bevor ich einschlief.

Süße Träume, Hailey.

Ich muss mir eingestehen, dass ich auf diese drei schlichten Worte warte. Die SMS kommt nicht immer sofort, und wenn das so war, habe ich mich im Bett hin und her gewälzt und versucht, nicht an ihn zu denken.

Ich weiß, ich sollte nicht mit Gedanken an den Freund meiner Cousine einschlafen. Vermutlich sollte ich nicht einmal Videospiele mit ihm spielen. Ich habe unsere Deadzone-Sessions Danica gegenüber nie erwähnt, und da ich bislang noch nicht im Schlaf mit einer Axt erschlagen wurde, bin ich mir ziemlich sicher, dass Mike es auch nicht getan hat.

Tief in mir weiß ich, dass es für sie nicht okay wäre. Aber wenn es für Mike okay ist, warum sollte es dann eine Rolle spielen? Wir sind nur Freunde. Er weiß, dass wir nur Freunde sind. Selbst wenn er nicht mit Danica zusammen wäre, wären wir trotzdem nur Freunde … weil Mike Mädchen wie Danica mag und ich absolut nicht wie sie bin.

Aber … während ich hier stehe, habe ich nicht das Gefühl, dass Mike und ich überhaupt Freunde sind. Dieser Mike hier ist jemand, mit dem ich nicht reden kann. Dieser Mike hier gehört zu Danica, und hat nichts mit dem Mike zu tun, der mir eine SMS schickt, um mir süße Träume zu wünschen.

Ich frage mich, ob er das bei Danica auch macht …

»Hailey ist in einem Dornbusch hängen geblieben«, neckt mich meine hinreißende Cousine und lässt endlich meinen Arm los, um sich auf den Schoß ihres Freundes zu setzen. Er macht Platz für sie, aber er wendet den Blick nicht von mir ab.

»Geht es dir gut?«, fragt er, und die aufrichtige, offene Besorgnis in seiner Stimme sorgt dafür, dass meine Wangen vor Verlegenheit zu glühen beginnen. Die beiden Mikes, die ich kenne, kommen in diesen vier kleinen Worten zusammen: der Spieler, mit dem ich meine Abende verbringe, und der Rockstar, der mit meiner Cousine zusammen ist. Der Typ, den mein kleiner Bruder anhimmelt, und der Mann, der Konzertsäle voller kreischender Mädchen beherrscht.

»Ja.« Ich versuche zu lachen, aber es klingt so unbeholfen, dass ich versuche, es stattdessen wie ein Husten klingen zu lassen, was dazu führt, dass die anderen mich irritiert ansehen.

»Wirst du etwa auch krank?«, fragt Shawn in Anspielung auf die Infektion, die sich auf alle auszubreiten scheint. Seine Nase ist gerötet, da er sie den ganzen Tag über immer wieder geputzt hat, und Patient Zero – besser bekannt als Kit – sieht noch immer so aus, als könnte sie sich auf der Stelle einfach hinlegen und sterben. Joel kämpft mit Husten, Adam hat Rowans gesamten Vorrat an Taschentüchern aufgebraucht, und selbst Dee sieht aus, als hätte sie heute extra viel Make-up auftragen müssen, um ihren üblichen Covergirl-Schimmer hinzubekommen.

»Nein«, beeile ich mich zu sagen, während ich meine Wangen beschwöre, wieder ihre normale blasse Gesichtsfarbe anzunehmen.

»Bist du sicher?«, hakt Shawn nach, die Stirn besorgt gefurcht. »Du bist irgendwie ganz rot im Gesicht.«

»Shawn hat recht«, meint Mike, und ich überlege, ob ich in den Teich springen und bis in alle Ewigkeit auf seinem Grund leben soll.

Warum musste ich auch so lachen? Was für ein Loser täuscht denn ein Husten vor?!

»Hast du Fieber?« Rowan fühlt meine Stirn, und alle anderen

sehen zu, wie ich von hellrot zu knallrot bis hin zu einem richtig unheimlichen »Bringt mich jetzt einfach um«-Rot anlaufe.

Und in genau dem Augenblick, in dem ich denke, dass es nicht mehr schlimmer werden kann, beweist mir Danica das Gegenteil. »Das war doch ein vorgetäuschtes Husten?«, beschuldigt sie mich, und ich bin sicher, dass ich ungefähr so schaue wie ein Faultier, das im Begriff ist, überfahren zu werden.

»Was?«, krächze ich. »Was für eine bescheuerte Frage ist das denn? Natürlich war das kein vorgetäuschtes Husten. Warum sollte ich denn ein Husten vortäuschen? Warum sollte irgendjemand ein Husten vortäuschen? Gott, Danica. Wer würde so etwas denn tun?«

Ich. Ich würde so etwas tun. Ich ich ich ich iiich, oh Gott.

»Es geht mir gut«, erkläre ich beharrlich, während alle mich anstarren. Auch Mike mit seinen besorgten braunen Augen, seinen schönen Lippen und seinem perfekten Fünftagebart. Wäre ich ein kleines bisschen schlauer, würde ich mich vielleicht nicht so idiotisch benehmen. »Ich bin nur, ich meine, ich bin, es war …« Oh mein Gott, ich habe vergessen, wie man Worte benutzt. Ich habe vergessen, wie man Sätze bildet! »Es war ein ziemlich anstrengender Weg«, bringe ich schließlich zustande und wische mir nicht vorhandenen Schweiß von der Stirn, einfach weil ich irgendetwas anderes mit meinen Händen tun muss, außer mich hinter ihnen zu verstecken.

Ich weiß nicht, warum ich in diesem Augenblick nicht reden oder lachen oder husten oder auch nur atmen kann wie ein normaler Mensch, aber die misstrauische Miene in Dees Gesicht ist keine Hilfe.

»Willst du dich setzen?« Mike zeigt auf einen Platz neben sich auf der Decke. Mein Blick huscht hinüber zu Danica, die mich von seinem Schoß aus ebenso verwirrt betrachtet wie alle anderen.

»Äh, ja«, nehme ich Mikes Angebot an, einfach weil ich meinen Beinen nicht zutraue, dass sie ihren Job noch lange machen werden, wenn ich mich nicht bald hinsetze. »Okay.«

Ich lasse mich im Schneidersitz neben ihn fallen und fühle mich wie die größte Idiotin in der Geschichte der Idiotie. Warum habe ich ein Husten vorgetäuscht? Was zum Teufel wollte ich damit denn überhaupt erreichen? Ist ein seltsames vorgetäuschtes Husten vielleicht besser als ein seltsames vorgetäuschtes Lachen? Warum benehme ich mich so verdammt *seltsam?!*

»Wasser?« Mike hält mir seine halb leere Wasserflasche hin, und ich schüttle den Kopf und versuche, mir irgendeine Möglichkeit einfallen zu lassen, um die allgemeine Aufmerksamkeit von meinem nicht existenten, wahnauslösenden Fieber abzulenken.

Zum Glück zeigt sich Danica der Situation gewachsen. »Also, Hailey und ich waren im Wald und haben über euer Video geredet, und …«

»Scheiße!«, entfährt es mir. Mein Zeigefinger wackelt in dem Loch herum, das ich eben im Ärmel meines Kapuzenpullis gefunden habe. Ich weiß nicht, warum ich mit meinen Kleidern in letzter Zeit so ein Riesenpech habe, aber ich habe mich darauf verlassen, dass dieser Kapuzenpulli eine meiner Übergangsjacken für den Herbst sein würde. Und jetzt hat er ein verdammtes Loch. Ein gottverdammtes Loch. Ein Scheißlo…

»Was denn?«, fragt Mike, während ich so viele Flüche murmele, dass meine Mom mich enterben würde, und ich fuchtele ihm wütend mit dem Finger vor der Nase herum.

»Dieser verdammte Dornbusch hat meinen Kapuzenpulli gekillt!«

Mike hält meinen Zeigefinger mit seinen schwieligen Fingerspitzen fest und hebt meine Hand über meinen Kopf. Er inspiziert meinen Ärmel und steckt dann den Finger in ein anderes kleines Loch. »Hier ist noch eines.«

Ich reiße den Arm weg und verdrehe den Kopf, um die Unterseite meines Ärmels zu begutachten. »Verdammt.«

»So schlimm ist es nicht«, lügt Mike. »Gib ihn mir, wenn wir gehen, und ich sage meiner Mom, dass sie ihn für dich flicken soll.«

Mein erster Instinkt befiehlt mir, ihm zu sagen, dass seine Mom schon genug für mich getan hat. Aber ich habe Danica nie erzählt, wie Mikes Mom ihm mit meinem fleckigen Kapuzenpulli geholfen hat. Ich habe den Verdacht, dass sie weitaus mehr hineindeuten würde, als sie sollte, also lasse ich es. »Deine Mom könnte das richten?«

»Mikes Mom kann alles richten«, sagt Joel bewundernd, seine langen Beine auf der violetten Decke vor sich ausgestreckt. Er wirft einen Kieselstein ins Wasser, und sein blonder Irokesenschnitt trägt einen stillen, aber mutigen Kampf gegen die frische Nachmittagsbrise aus. »Sie kann blaue Haarfarbe aus gelben T-Shirts entfernen.«

»Und Lavakuchen aus weißem Teppich«, sagt Mike zu Shawn, und er lacht und hustet dann in seine Armbeuge.

»Und Grasflecken aus Boxershorts mit Zebramuster!«, wirft Adam ein. Er sitzt am Rand der Plattform und raucht eine Zigarette, und alle vier Jungs lachen schallend über irgendeine Insider-Erinnerung.

»Mir hat sie mal einen Schal gemacht«, wirft Danica ein, und Grübchen bilden sich auf ihren Wangen bei der Erinnerung. Sie verlagert ihre Haltung auf Mikes Schoß, um ihn anzulächeln. »Weißt du noch?«

»Zu deinem sechzehnten Geburtstag«, erinnert sich Mike, und Danica kreischt fast, weil er es noch weiß.

»Ja! Sie hat ihn mir geschenkt …«

»Du hast gesagt, dass du diesen Schal hasst«, unterbricht er sie, und Danicas Lächeln verschwindet.

»Habe ich nicht.«

»Hast du doch«, sagt Mike. Seiner Stimme fehlt auf einmal all die wehmütige Wärme, die noch vor einer Sekunde darin lag.

»Ich würde niemals …«, beginnt Danica empört.

»Du hast gesagt, du würdest dich nicht einmal tot darin blicken lassen, aber er könnte vielleicht an einem der Schweine deiner Familie niedlich aussehen.«

Mir klappt die Kinnlade herunter, und Danicas Miene verändert sich. Ihre Augen werden weit, ihre verkniffenen Lippen gelöst, und sie schüttelt heftig den Kopf, weil sie *weiß*, dass sie Mist gebaut hat. »Ich würde niemals …«

»Doch«, sagt Mike. »Das hast du. So etwas vergesse ich nicht, Danica.«

Die Miene meiner Cousine verbirgt nichts, als ihr eine Million Entschuldigungen durch den Kopf schießen. Ich habe keine Ahnung, wie sie aus dieser Sache wieder rauskommen will, und ich bin mir auch nicht sicher, ob sie es verdient hat.

»Was für eine biestige Bemerkung«, sagt Dee unversöhnlich, und auch wenn Mike es Danica nicht schuldig ist, er nimmt sie in Schutz. Es ist seine Ritterlichkeit, und ich sollte inzwischen wissen, dass ich nie weniger erwarten darf. Oder mehr.

»Hey …«, sagt er warnend, während er Dee über die Schulter meiner Cousine hinweg ansieht, und ich kann mit absoluter Klarheit sehen, wie es passiert: Ich sehe, wie Dees sämtliche Yoko-Prophezeiungen wahr werden. Das hier ist der Moment, in dem Danica einen Keil zwischen die Band treiben wird. Das hier ist der Moment, in dem sie sich zwischen Mike und Dee und Mike und Joel und Mike und alle anderen schiebt.

»Danica tritt nur manchmal ins Fettnäpfchen«, platze ich heraus. »Ich bin sicher, sie hat es nicht so gemeint.«

»Habe ich auch nicht!«, gibt sie mir hastig recht, obwohl ich mir sicher bin, dass niemand ihr glaubt. Ich tue es garantiert nicht.

»Warum nimmst du sie auch noch in Schutz?«, faucht Dee, und ich schrumpfe unter ihrem stählernen Blick zusammen.

Rowan antwortet für mich, weil ich meine Stimme wohl verloren habe. »Können wir alle vielleicht einfach aufhören, uns zu streiten?«, fleht sie. »Das ist doch lächerlich. Wir sind auf einer verdammten Wiese, Herrgott noch mal. Es ist hübsch hier.« Sie niest und wischt sich die Nase am Ärmel ab. »Es ist wie … wie etwas aus *Twilight*. Hier gibt es vermutlich Vampire oder so, und wahrscheinlich … glitzern sie irgendwie.«

Adam grinst, legt ihr einen Arm um die Schultern und küsst ihr Haar. »Nur Rockstars, Peach. Keine Vampire.«

»Das heißt, ich werde heute nicht mit Robert Pattinson knutschen können?«, fragt Rowan schmollend, und Adam zieht sie hoch und schleppt sie Richtung Teich. Sie kreischt und kichert und tritt um sich, und dann kitzelt er sie, bis sie Tränen lachen muss. Dann küssen sie sich und verschwinden in den Wald, während der Rest von uns noch immer dasitzt und sich fragt, was zum Teufel da gerade eigentlich passiert ist.

»Ich werde ihre Sandwiches essen«, erklärt Kit, geht ans andere Ende der Plattform und kniet sich hin, um Rowans Rucksack aufzumachen. Shawn, Dee, Joel und ich gehen ihr hinterher, suchen uns Plätze auf der karierten Picknickdecke auf dieser Seite, um Mike und Danica ein bisschen Privatsphäre zu lassen.

»Ich werde mich mit dir darum prügeln«, sagt Joel provozierend, während er an Kits Seite krabbelt.

»Dann schmeiß ich dich in den Teich.«

»Na und?«

»Du bist ein beschissener Schwimmer«, sagt sie, zieht ein paar in Frischhaltefolie gewickelte Sandwiches aus dem Rucksack und wirft sie auf die Decke. »Du würdest vermutlich ertrinken, bevor du das Ufer erreichst.«

»Du würdest mich ertrinken lassen?«

»Ich wäre zu sehr damit beschäftigt, meine Sandwiches zu genießen, um es mitzukriegen«, sagt Kit, packt eins aus und beißt einmal kräftig davon ab, um ihren Standpunkt zu betonen.

Joel lacht und nimmt sich klugerweise nur ein einziges Sandwich, und der Rest von uns folgt seinem Beispiel. Alle bis auf Mike und Danica, die dort bleiben, wo sie sind, um eine gedämpfte Unterhaltung zu führen, von der wir alle tun, als würden wir sie gar nicht mitbekommen.

Na ja, die meisten von uns. Dee versucht gar nicht erst zu verbergen, dass sie die beiden ansieht, als wären sie ihre persönliche Seifenoper.

»Und, Kit«, beginne ich, während ich ein Schinken-Käse-Sandwich auswickle. Ich nehme den Schinken runter und biete ihn Joel an, der sich die ganze Scheibe auf einmal in den Mund steckt. »Bist du auch mit den Jungs zur Schule gegangen?«

Kit nickt mit vollem Mund, zwei halb gegessene Sandwiches in den Händen. Sie braucht eine Minute, um zu Ende zu kauen, schluckt und sagt: »Ja. Aber ich war ein paar Klassen unter ihnen.«

»Habt ihr alle zur selben Clique gehört oder so?«

»Eigentlich nicht«, sagt sie, und dann berichtigt sie sich: »Irgendwie schon. Äh. Na ja, einer meiner Brüder kannte die Jungs. Sie waren nicht wirklich befreundet oder so, aber sie sind auf dieselben Partys gegangen.«

»Manchmal ist Kit auch mit zu diesen Partys gekommen«, ergänzt Shawn lächelnd, und Kits Wangen laufen knallrot an.

»Und Danica?«, frage ich. Meine Neugier bezüglich meiner Cousine ist größer, als die darauf, warum Kits Kopf rot leuchtet.

»Was ist mit mir?« Danica kommt auf unsere Seite der Plattform geschlendert, während die Jungs über meine Frage lachen. Ich mache ihr Platz, damit sie sich setzen kann, und Mike setzt sich auf ihre andere Seite, als Adam Rowan eben zurück auf den Steg scheucht.

»Ich habe nur gefragt, ob ihr auf der Highschool alle befreundet wart«, wiederhole ich, und zu meiner Verblüffung lacht Danica ebenso laut auf, wie es Shawn und Joel eben getan haben.

»Nein.«

»Lass mich raten«, sagt Dee und zeigt mit einem manikürten Finger über unseren behelfsmäßigen Kreis auf sie. »Cheerleader.«

»Captain«, prahlt Danica, und Dee schnaubt kurz, bevor sie sie wieder ignoriert.

»Und wie seid ihr zwei zusammengekommen?«, frage ich und drehe den Kopf, um die Frage an Danica und Mike zu richten.

Mike sieht von mir zu Danica zu mir – und schließlich gibt Danica mir eine Antwort.

»Er hat mich bei der Talentshow unserer Highschool in unserem ersten Jahr um ein Date gebeten.« Sie sieht liebevoll zu Mike hoch. »Er hat schon seit einer Ewigkeit für mich geschwärmt.«

»Seit der dritten Klasse«, pflichtet Mike wie aufs Stichwort bei, und die paar Bissen Sandwich, die ich gegessen habe, kommen mir fast wieder hoch.

»Vor dem letzten Song«, fährt Danica fort, als ihr Blick zu meinem zurückkehrt, »ist er ans Mikrofon getreten, hat allen Leuten gesagt, dass der nächste Song für das hübscheste Mädchen auf der Schule sei, und hat dann mit seinen Stöcken auf mich gezeigt.«

»Er war so verdammt nervös«, lacht Adam und vergräbt seinen ganzen mit Armbändern verzierten Arm in einer Tüte Barbecue-Kartoffelchips.

»Ich dachte schon, er würde sich übergeben«, sagt Shawn neckend, und Mikes Wangen röten sich vor Verlegenheit.

»Halt den Mund.«

»Meine Freundinnen fanden ihn verdammt heiß«, prahlt Danica. »Sie sind ausgeflippt. Und nach der Show, als Mike auf mich zugekommen ist und mich um ein Date gebeten hat, da dachte ich, meine beste Freundin Katie würde gleich in Ohnmacht fallen.«

Ich habe Katie kennengelernt. Sie ist ein tollwütiges Biest.

»Und du?«, frage ich, weil mir auffällt, dass die wichtigsten Details in Danicas Erinnerung sind, was ihre Freundinnen gefühlt haben. Nicht was *sie* gefühlt hat.

»Na ja, ich habe natürlich Ja gesagt«, sagt sie mit einem »Sieh mich an, ich bin ja so fabelhaft«-Lächeln. »Wie hätte ich das nicht tun können?«

»Er hat ihr seine Stöcke geschenkt«, erinnert sich Joel lachend. »Als ob er schon damals dachte, er sei irgendeine Art Rockstar.«

Mike kniet sich hin und knufft Joel in den Arm, und Danicas Lächeln wird noch breiter. »Und danach lebten sie glücklich und zufrieden bis ans Ende ihrer Tage.«

»Bis du ihm den Laufpass gegeben hast«, murmelt Kit, und dunkle Wolken ziehen über den Himmel und bilden ein Puzzle aus Schatten, das sich auf unseren Gesichtern zusammenfügt.

»Es war nur zum Besten«, sagt Danica völlig unbeirrt. »Ich bedauere die Art, wie es passiert ist, aber ich brauchte Zeit, um erwachsen zu werden. Ich brauchte Zeit, um mir darüber klar zu werden, was ich wirklich will.« Sie hakt sich bei Mike unter und klimpert ihn mit ihren langen Wimpern an, als er zu ihr hinuntersieht. »Mir wäre nie klar geworden, was ich vermisse, wenn ich keine Zeit gehabt hätte, es zu vermissen.«

Ich kann mich nicht erinnern, dass sie ihn vor ein paar Wochen vermisst hat. Ich kann mich erinnern, dass sie von Dates mit Typen von Alpha Cheeto Alpha spätabends nach Hause kam, ihr Haar zerzaust und ihre Mascara verschmiert. Und davor hatte ich nie von Mike gehört. Ich hatte nie von Mike Madden oder *The Last Ones to Know* oder dieser ewigen Liebe, die Danica angeblich für ihn empfindet, gehört.

»Hailey, geht's dir gut?«, fragt Rowan auf einmal, und mein Magen macht ein seltsames Geräuscht wegen des Käse-Mayo-Senf-Sandwiches, das ich eben gegessen habe.

»Ich glaube, mir wird schlecht.«

»Da bist du nicht die Einzige«, knurrt Dee. Mike löst sich von Danica und beugt sich vor, um mein kränkliches Gesicht zu mustern. Ich rapple mich hoch, denn ich werde mich absolut, *definitiv* gleich übergeben.

»Du bist vermutlich seekrank«, sagt Mike. Ich zittere, und als er seine Finger um meinen Arm legt, fahre ich vor Schreck fast zusammen. »Bringen wir dich weg von diesem Teich.«

»Ich komme mit«, flötet Danica, während Mike mich von der Plattform führt. Sie ist gerade am Aufstehen, als ich Shawn hinter uns rufen höre.

»Warte!« Eine kurze Pause. »Ich … wollte mit dir eigentlich über deine Idee für das Musikvideo reden …«

Danicas Schritte hallen plötzlich nicht mehr über den Steg, und eigentlich wüsste ich gern, ob sie uns noch folgt, aber ich bin zu sehr damit beschäftigt, mir eine Hand vor den Mund zu halten und mich von Mike ans rettende Ufer führen zu lassen. Wir verlassen den Steg, gehen durchs Gras, und als unsere Gruppe nur noch wie winzige Gestalten in der Ferne aussieht, lässt Mike meinen Arm schließlich los.

»Geht es dir gut?« Er streckt einen Arm aus, um meine Schulter zu drücken, und ich rieche den dezenten Duft seines Rasierwassers. Seine Augen werden von dem Schirm seiner Kappe überschattet, und irgendetwas an der perfekten Form seines Kinns sorgt dafür, dass mein Magen noch mehr in sich zusammensackt.

Ich schüttle den Kopf. Meine Arme fühlen sich schwach an. Er muss aufhören, mich zu berühren.

»Willst du ein bisschen spazieren gehen?«, fragt Mike, und ich werfe einen Blick zurück zu unserer Gruppe. Zurück dorthin, wo Danica ist.

Vermutlich sollte ich es nicht tun, aber ich nicke. Ich nicke mit dem Kopf, ja, und dann gehe ich mit ihm in den Wald.

12

Ich bin verloren. Ich gehe neben Mike her und bin völlig und hoffnungslos verloren. Ich habe eine Million Gedanken, die sich in meinem Kopf überschlagen. Ich fühle mich wie der eisige Wind und die rastlosen Blätter, und mein Puls hämmert in meinen Ohren.

Ich konzentriere mich auf meine zu großen Stiefel, steige vorsichtig über Steine und Zweige und wild wucherndes Unkraut. Wir reden nicht. Wir gehen nur. Wir gehen, während ich mich auf den Wirbelsturm, der in meinem Magen wütet, konzentriere, und auf den, der sich in meiner Brust zusammenbraut. Wir gehen, bis meine Übelkeit sich legt und ich endlich zu ihm hinübersehen kann, ohne über meine eigenen Füße zu stolpern.

Er hat den Blick auf den modernden orangefarbenen Teppich aus Laub gerichtet, der vor uns ausgerollt ist, und scheint ebenso gedankenverloren zu sein wie ich – hier und doch nicht hier. Seine dichten Wimpern sind über nachdenklichen Augen gesenkt, und seine schwarz-grüne Kappe schützt sein Gesicht vor der schwindenden Oktobersonne. Ich wünschte, ich wüsste, was er denkt. Und ich muss ihn ein bisschen zu lange angestarrt haben im Versuch, ihn zu ergründen, denn ohne den Blick von dem unsichtbaren Pfad abzuwenden, sagt Mike: »Das ist irgendwie seltsam, oder?«

Meint er, dass wir beide allein durch den Wald gehen? Oder die Tatsache, dass Danica uns nicht mehr folgt? Oder ganz allgemein den Teich mitten in dieser Wildnis? Oder vielleicht die Tatsache, dass er ein Rockstar ist? Oder dass seine Band ein großes Musikvideo dreht? Oder …

Er sieht mich von der Seite an, als ich mir bei der Antwort zu viel Zeit lasse. »Abhängen. Du und ich.«

Meint er wegen Danica? *Ist* es denn seltsam? Ist es falsch? Sollten wir zurückgehen? Sollte ich …

Mike nimmt seine Kappe ab, fährt sich mit der Hand durch die Haare und setzt sie dann wieder auf. »Es ist seltsam, so *richtig* zusammen abzuhängen, oder? Nachdem wir die ganze Zeit zusammen Videospiele gespielt haben. Du bist jetzt einer meiner besten Freunde, aber eigentlich haben wir uns nur dieses eine Mal vor ein paar Wochen gesehen.«

Er wartet auf meine Antwort, aber ich schaffe es nur, genau das zu sagen, was mir durch den Kopf geht: »Ich bin einer deiner besten Freunde?«

Mikes Blick verharrt noch einen Moment länger auf mir, bevor er wegschaut. Er schiebt seine Ärmel bis zu den Ellenbogen hoch und konzentriert sich angestrengt auf seinen Weg. Dann sieht er wieder zu mir hinüber, und seine Mundwinkel umspielt ein selbstironisches Lächeln.

»Im Moment klinge ich wie der größte Loser auf dem Planeten, oder?«

Mitten an einem kalten Herbsttag breitet eine sommerliche Wärme ihre Strahlen in mir aus. Er sieht so aufrichtig, so verletzlich aus. Ich ignoriere all die Selbstzweifel, die sich in meinem Magen fest verknotet haben, um ihm zu versichern: »Du bist auch einer meiner besten Freunde.«

Mikes Lippen verziehen sich zu einem sanften Lächeln. Er nimmt seine Kappe ab, faltet sie zusammen und steckt sie in seine Gesäßtasche, seine Haare ein Wirrwarr. »Gut, dann heißt das ja, dass ich nicht erbärmlich bin.«

»Ich bin mir ziemlich sicher, es heißt nur, dass wir beide erbärmlich sind«, sage ich, und er lacht auf eine Art, bei der meine Wangenmuskeln schmerzen von dem Versuch, nicht zu lächeln. Er hat den ganzen Tag noch nicht so gelacht wie jetzt, und mir war gar nicht bewusst, wie fad der Tag ohne den Klang dieses Lachens war.

»Geht es dir besser?«, fragt er, während er mit seinem großen Fuß so auf einen ausladenden Dornbusch tritt, dass ich darübersteigen kann. Er nimmt meine Hand, um mir über einen umgestürzten Baum zu helfen.

»Ja.«

»Willst du zurückgehen?«

Mein eines Bein baumelt auf der anderen Seite des Baumstamms in der Luft, und meine Hand liegt noch immer in Mikes. Ich setze mich und frage: »Was würden wir denn sonst machen?«

Mein Herz hämmert wie wild gegen meine Rippen, selbst nachdem er meine Hand losgelassen hat. Ich presse die Handflächen gegen die raue Rinde des Baumstamms und wünschte, ich könnte mich verstecken, um den letzten sechs Worten zu entkommen, die so aus mir rausgeplatzt sind. Ich wollte nicht, dass sie so … gefährlich klingen. Sie fühlt sich gefährlich an, diese Frage, und ich wünschte, ich könnte sie zurücknehmen. Aber das kann ich nicht, denn jetzt schwebt sie schon in der Luft.

Was würden wir denn sonst tun? Nichts.

Nicht spazieren gehen, wie ich es vielleicht mit Rowan tun würde. Nicht auf Bäume klettern, wie ich es vielleicht mit Kit tun würde. Nicht Wolken nachjagen, wie ich es vielleicht mit Luke tun würde.

Nichts. *Nichts.*

Mike hält meinem Blick stand, und meiner hält seinem

stand, und als ein Donner wie ein Peitschenknall durch den Wald schallt, falle ich fast von dem Baumstamm.

Ein Regentropfen fällt, während ich mein Gleichgewicht wiederfinde. Und dann noch einer. Und noch einer.

»Scheiße«, flucht Mike. Er sieht zu der unsichtbaren Bedrohung, die zwischen dunklen Wolken an einem noch dunkleren Himmel hängt. Wir sind jetzt weit entfernt vom Teich, was heißt, dass wir richtig, *richtig* weit entfernt von den Autos sind. Wenn wir dorthin wollen, sind wir in null Komma nichts völlig durchnässt – falls wir nicht vorher vom Blitz getroffen oder von einem umstürzenden Baum erschlagen werden.

Mike neigt das Kinn und wischt sich die Tropfen von der Stirn. »Als ich letztes Jahr zu dieser Party hier oben war, habe ich eine alte Hütte gefunden. Ich glaube, sie ist in der Richtung, in die wir gehen.«

»Du *glaubst* es?«

»Sie müsste ganz in der Nähe sein.« Ich verziehe den Mund, und Mike zieht seine Kappe aus seiner Gesäßtasche. »Wollen wir es versuchen?«, fragt er und setzt mir die Kappe auf den Kopf.

Die Frage bleibt in seinen Augen stehen, selbst als ein Blitz über den Himmel zuckt. Noch ein Donnerschlag, noch ein Blitz, noch mehr Regen.

»Und du bist dir ziemlich sicher, dass sie in dieser Richtung ist?«, frage ich und schiebe mir die Haare hinter die Ohren.

Mike nickt, aber seine Miene sieht nicht allzu überzeugt aus. »Ich glaube es … aber wir könnten uns dabei auch verlaufen.«

Ich klammere mich an den Baumstamm und kaue auf meiner Lippe, und Mike sieht zu, wie ich mich an den Baumstamm klammere und auf meiner Lippe kaue.

»Versuchen wir's«, sage ich schließlich und schwinge das

Bein auf die andere Seite des umgestürzten Baums. Ich lande auf der harten Erde und warte darauf, dass seine Füße neben meinen auf dem Boden landen.

Mike geht voran, und ich folge ihm tiefer in den Wald. Ich folge ihm durch Blitz und Donner, durch Schlamm und Gestrüpp. Ich folge ihm, selbst als der Himmel seine Schleusen öffnet und die Hölle über uns losbricht.

Ein paar Minuten später, während der Regen gnadenlos auf uns peitscht, renne ich an ihm vorbei. Jeder Tropfen fühlt sich an, als wäre er vom Himmel geschossen worden. Der Regen prasselt auf mich ein, während ich versuche, zwischen den Bäumen hindurchzurennen, auf nassem Gras ausrutsche und es nur knapp vermeide, von Büschen mit Zähnen bei lebendigem Leib gefressen zu werden. »Deinetwegen werden wir sterben!«

Jeder Blitzschlag ist ein Herzinfarkt in meiner Brust, und meine Lunge versucht verzweifelt, Sauerstoff in meine Beine zu pumpen. Ich bin im Wald, verloren, mitten in einem Gewitter, das heult und tobt wie ein lebendiges Ungeheuer. Ich werde vom Regen ertränkt.

»Es tut mir leid!«, ruft Mike, aber er klingt nicht so, als ob es ihm wirklich leid täte.

»Lachst du etwa?!«

»Es tut mir leid!«, brüllt Mike noch einmal, und diesmal lacht er tatsächlich.

Ich will eben schon zu ihm rennen und diesem Gewitter, das von allen Seiten auf uns einprasselt, die Mühe ersparen, ihn umzubringen, als sich der Wald auf einmal so weit lichtet, dass ich sie entdecke: ein paar alte Holzstufen, die hoch zu einer alten Holzveranda führen, die an eine alte Holzhütte angebaut ist.

»Gott sei Dank!«, rufe ich und lege einen letzten irrsinnigen

Sprint durch die wogende Wand aus Regen hin. Meine Stiefel klatschen eins-zwei-drei die Verandastufen hoch, und ich drehe den Knauf, werfe mich gegen die Tür und purzle praktisch hinein. Ich krümme mich, die Hände auf den Knien und versuche, zu Atem zu kommen. Und als ich es endlich schaffe, sehe ich, dass Mike dieselbe Haltung eingenommen hat. Gekrümmt, die Hände auf den Knien.

Nur dass er *lacht*. Sein ganzer Körper bebt vor Lachen, und als er zu mir hochschaut und die empörte Miene in meinem Gesicht sieht, lacht er noch heftiger.

»Ich hätte dich dort draußen stehen lassen sollen«, sage ich mit einem verbissen unterdrückten Lächeln, und jedes noch verbliebene Gefühl von Selbstbeherrschung verlässt ihn, als er hysterisch losprustet.

»Ich bin nie mit einer Seekuh geschwommen!«, macht sich Mike laut lachend über all die verrückten Dinge lustig, die ich gerufen habe, während ich durch den Monsun gerannt bin und mein Leben vor meinen Augen vorbeiziehen sah. »Ich habe nie Wasserskifahren gelernt! Ich habe nie einen Koala umarmt!«

Die Geräusche, die er macht, klingen nicht einmal mehr wie Lachen. Er heult, hustet und prustet, und dann kann auch ich nicht mehr und lache mit.

»Hör auf, dich über mich lustig zu machen!«

Ich werfe zum Spaß mit seiner Kappe nach ihm, und er richtet sich auf, um sie zu fangen. »Ich habe nie in Italien Pizza gegessen!«, sagt er grinsend.

»Pizza in New York!«, berichtige ich ihn, und Mike grinst, als das Wasser noch immer in Strömen über sein fröhliches Gesicht rinnt. Er ist von den Haarspitzen bis zu den Schnürsenkeln durchnässt, und ich bin in keinem besseren Zustand.

»Wir werden beide eine Lungenentzündung kriegen«, warne ich ihn, aber Mike schüttelt nur lachend den Kopf.

»Du wirst leben, um eines Tages mit einem Koala zu kuscheln, Hailey, versprochen.«

Er zieht seinen durchnässten Kapuzenpulli aus und hängt ihn zum Trocknen an einen Haken an der Wand, und dann setzt er sich auf den Boden und streckt seine langen Beine vor sich aus und sieht zu, wie der Regen draußen auf den Wald eintrommelt.

Die Hütte ist leer bis auf den Schmutz und Staub von ungefähr zehn Jahren. Ich wische mit einem Stiefel über eine schmuddelige Stelle auf dem Holzboden, dann setze ich mich ebenfalls. »Was meinst du, wie lange das hier dauern wird?«

Mike zieht sein Handy aus seiner Hosentasche, als könnte es ihm die Antwort liefern. »Keine Ahnung.«

»Kein Empfang?«

»Nein.« Er lehnt sich auf den Handflächen nach hinten, und ich schlage die Beine übereinander.

»Meinst du, die anderen hat es auch so erwischt?«, frage ich, und Mike grinst.

»Es würde mich nicht wundern, wenn Rowan ein Wurfzelt und einen Heizlüfter in ihrem Rucksack hat.«

Wenn nicht, dann würde ich viel Geld darauf wetten, dass Danica nicht sehr glücklich sein wird, wenn wir zurückkommen, aber diese kleine Prophezeiung behalte ich für mich. Ich bin sicher, Mike weiß es selbst gut genug.

»Hast du wirklich noch nie in New York Pizza gegessen?«, fragt er. Der Regen trommelt auf das Dach und schlägt gegen die staubigen Fensterscheiben, aber Mike sitzt seelenruhig bei der offenen Tür der Hütte, zufrieden damit, einen Knöchel über den anderen zu schlagen und mit mir über Pizza zu reden.

»Ich war überhaupt noch nie in New York«, gestehe ich. Ich war in drei Bundesstaaten. Indiana, wo ich herkomme. Virginia, wo ich jetzt bin. Delaware, wo meine Familie manchmal

Urlaub machte, als ich ein Kind war. Und wenn man die Staaten mitzählen will, durch die ich durchgefahren bin – Ohio, Pennsylvania und Maryland –, dann könnte man, nehme ich an, sechs sagen, auch wenn sie für mich alle gleich aussahen – lange Highways und waldumsäumte Raststätten.

»Da hast du nicht viel verpasst«, sagt Mike. »Der Bundesstaat ist ganz okay, aber …«, er hält sich eine Hand an den Mund und flüstert: »In Minnesota gibt es bessere Pizza.«

»Minnesota?«, frage ich lachend, und Mike richtet sich auf und beginnt an seinem Handy herumzufummeln.

»Schau mal«, sagt er und hält es mir so hin, dass ich ein Bild eines Pizzastücks sehen kann. Ich nehme ihm das Handy aus der Hand, und er sagt: »Das ist die beste Pizza, die ich in meinem ganzen Leben je gegessen habe. In dem Laden gibt es die unterschiedlichsten Beläge – ich meine, du kannst sogar Kartoffelchips kriegen, Hailey. Auf deiner Pizza. Aber dieser Prosciutto …«, er schließt die Augen. »Das ist der Grund, weshalb ich keine US-Touren ohne einen Gig in der Nähe von Minneapolis machen werde.«

»Meinst du das ernst?«, frage ich lachend.

Er schlägt seine braunen Augen wieder auf, amüsiert von meiner Skepsis. »Todernst. Ich bin mir ziemlich sicher, Shawn hat es sogar in unseren Vertrag mit Mosh Records aufnehmen lassen.«

Ich gebe ihm das Handy wieder. »Ich müsste die mit Kartoffelchips nehmen. Ich esse keinen Schinken.«

»Du isst keinen Schinken?«, stöhnt er.

»Ich esse kein Fleisch. Ich bin Vegetarierin.«

Mike zieht die Augenbrauen hoch und starrt mich an. »Du …«

»Isst kein Fleisch.«

»Du isst …«

»Kein Fleisch.«

»Du machst Witze.«

»Mache ich nicht«, versichere ich ihm, während ich mir das Lachen verbeiße.

»Aber du bist Farmerin!«

»Meine Eltern sind Farmer«, berichtige ich ihn, und Mike starrt durch die Tür der Hütte hinaus, sichtlich verwirrt.

»Ich war ja schon mit allen möglichen Leuten befreundet, aber …« Er sieht mit einer übertrieben angewiderten Miene zu mir zurück, »eine Vegetarierin?«

Ich lache, und er hat immerhin so viel Anstand, so zu tun, als würde er umfallen, als ich ihm mit der Faust auf die Schulter haue. »Und ich dachte, wir wären beste Freunde.«

»Das war, bevor ich die Wahrheit über dich kannte, Hailey Harper.«

»Wie auch immer, Mike Madden. Wenn ich damit umgehen kann, dass du ständig auf alles eintrommelst, kannst du sicher auch mit meiner Abneigung gegen Schinken umgehen.«

Seine Finger hören auf, auf die Dielenbretter der Hütte einzutrommeln. »Ich trommele nicht auf alles ein.«

»Im Moment trommelst du!«, widerspreche ich und zeige auf seine andere Hand, und Mike beginnt zu lachen. Er dehnt die Finger.

»Das ist so ein Drummer-Ding. Ich kann nichts dafür.«

»Ist schon gut«, sage ich, und mit *gut* meine ich *niedlich.* Aber niedlich ist verboten, und gut ist … gut.

»Danica hasst es«, sagt Mike, und ich verdrehe die Augen.

»Danica hasst alles.«

Mich, Wandern, Secondhandkleider, Welpen, Regenbogen …

»Wenigstens mag sie Schinken«, witzelt Mike, und mein Rücken versteift sich.

»Klingt, als ob ihr wie füreinander geschaffen seid.«

»Hm«, brummt Mike, und ich kann spüren, wie er mich anstarrt und sich vermutlich fragt, warum meine Stimme auf einmal einen solch harten Ton angenommen hat. Ich wage es nicht, ihn anzusehen. Ich versuche, meinen plötzlichen Stimmungsumschwung nicht zu hinterfragen. Aber ich bin mir ziemlich sicher, ich würde die Antwort finden, wenn ich den Kopf drehe, wenn ich in seine Augen schaue, wenn ich mir gestatten würde, wirklich hinzusehen.

»Der Regen lässt nach«, sage ich, stemme mich hoch und gehe zur Tür. Ich trete auf die Veranda hinaus, lausche auf die letzten Regentropfen, die auf das Holzdach und die sterbenden Blätter und die durchnässte Erde platschen.

»Ich könnte mit Käsepizza leben«, höre ich Mikes Stimme aus der Hütte. Ich drehe mich um, um ihn anzusehen, aber ich weiß nicht, was ich erwartet habe. Er streift seinen Kapuzenpulli über, setzt mir seine Kappe auf den Kopf, geht an mir vorbei und bringt mich zurück zum Teich.

Zurück zu Danica.

13

Der Weg zurück ins wirkliche Leben ist still, dunkel und nass. Selbst als sich die Wolken zu lichten beginnen, hängt ihr Schatten noch immer über und in mir und um mich herum. Mike hilft mir, die Teile des Waldes zu durchqueren, die offenbar dazu bestimmt sind, einen Meter dreiundfünfzig große Mädchen vom Land zu verschlingen, aber wir reden nicht viel. Wir gehen und gehen und gehen einfach nur. Ich hatte keine Ahnung, dass wir so weit gelaufen waren, aber als wir zurück zur Lichtung kommen, pocht eine Blase an meinem kleinen Zeh gegen meinen Stiefel.

Als Rowan uns sieht, stürzt sie sofort auf uns zu, ihr gewelltes blondes Haar noch krauser als mein eigenes. »Ich dachte schon, ihr seid tot!«, ruft sie, während sie den Abstand zwischen uns schließt, Mike zu einer Umarmung an sich zieht, sich zurücklehnt, um ihn zu mustern, und dann mich halb zu Tode drückt. »Wie könnt ihr nicht tot sein?!«

»Wir haben eine Hütte gefunden«, sagt Mike, und Rowan sieht mich an. Ihre blauen Augen schweifen hoch zu Mikes Kappe auf meinem Kopf, und dann schaut sie mir wieder in die Augen.

»Eine Hütte?« Sie dreht den Kopf zu Mike, und er nickt.

»Und du?«, fragt er. »Wieso bist du so trocken?«

»Oh, diese Decke, die ich mitgebracht habe, ist von innen wasserdicht. Man faltet sie einfach von innen nach außen, und …«

Als Mike in Lachen ausbricht, muss ich unwillkürlich lächeln.

»Ich habe dir ja gesagt, sie hat ein Zelt dabei!«, sagt Mike, und ich verbeiße mir ein Lachen, als ich Rowans verwirrte Miene sehe.

»Aber die eigentliche Frage ist doch, hat sie auch einen Heizlüfter mitgebracht?«

»Die wasserdichte Seite der Decke ist thermo…«, beginnt Rowan. Mike grinst, legt ihr einen Arm um die Schultern und führt uns zurück zu der Plattform auf dem Wasser. Vermutlich ist es nicht unbedingt die schlaueste Idee, unmittelbar nach einem Gewitter auf einer Stahlkonstruktion rumzuhängen. Aber die Sonne kämpft darum, die Wolken zu vertreiben, und soll ich ernsthaft einem Haufen Rockstars sagen, was sie zu tun haben?

Bevor wir den Teich erreichen, nehme ich Mikes Kappe ab und gebe sie ihm wortlos wieder. Er nimmt den Arm von Rowans Schultern und runzelt die Stirn, und ich wende den Blick von der Kappe ab.

Ja, ich weiß schon, dass er die Art Typ ist, der seinen weiblichen Freunden seine Kappe leiht und ihnen den Arm um die Schultern legt. Aber meine Cousine ist seine *Freundin*, und selbst wenn ich schon die Kappen vieler männlicher Freunde getragen habe, fühlt es sich nicht wirklich harmlos an, Mikes zu tragen.

Vielleicht ist es der Gedanke an den Blick, den Danica mir zuwerfen würde, wenn sie mich damit sehen könnte …

Vielleicht ist es aber auch irgendetwas anderes.

Wie sich herausstellt, ist das aber sowieso total egal. Drei Paar Stiefel scheppern über den Steg und dann auf die Plattform hinaus, aber Danica ist zu sehr damit beschäftigt zu telefonieren, um es überhaupt mitzukriegen.

»Hattet ihr zwei Spaß im Wald?«, fragt Dee anzüglich, aber ich verziehe keine Miene.

»Kann schon sein, falls es deine Vorstellung von Spaß ist, durch Schlamm und Blitze um dein Leben zu laufen.«

»Ich hatte Spaß«, sagt Mike hinter mir. Seine Kappe wird mir zum dritten Mal auf den Kopf gedrückt, und ich sehe ihn über die Schulter mit zusammengekniffenen Augen an. »Wusstet ihr, dass Hailey Vegetarierin ist?«

»Du isst kein Fleisch?«, fragt Joel und macht seinen Hosenschlitz zu, nachdem er vom Rand des Stegs gepinkelt hat. Er schaltet sich in unsere Unterhaltung ein, und ich warte auf den Schock und die Ehrfurcht, die mir im Allgemeinen entgegenschlagen, wenn die Leute erfahren, dass ich Vegetarierin bin. Doch dann springt Danica plötzlich auf und schlingt die Arme um Mike. Sie zerrt ihn fast auf die Knie.

»Haben sie dir schon das Neueste erzählt?!«

»Was denn?«

»Sie wird in dem Musikvideo auftreten«, sagt Dee mit verdächtig viel Anerkennung in der Stimme, und Danica strahlt.

»Shawn gefällt meine Idee! Ich werde der Star sein!«

»Der Star-Geist!«, stellt Dee klar, und Danica strahlt noch immer über das ganze Gesicht.

»Richtig. Richtig. Der Star-Geist. Das wird so unglaublich! Ich …« Ihr Handy beginnt zu klingeln, und sie wirft einen Blick auf das Display. Ohne sich zu entschuldigen, nimmt sie ab. »Katie, du Schlampe! Ich habe den ganzen Tag versucht, dich anzurufen! Rate mal, wer in einem Musikvideo auftreten wird. Ja!« Meine Cousine schlendert an den Rand der Plattform, und Mike seufzt.

»Wir sollten gehen«, meint Rowan, und wie aufs Stichwort grollt ein warnender Donner in der Ferne. »Es wird gleich wieder regnen.« Sie ruft Adam und Shawn, die auf der anderen Seite der Plattform sitzen, und fordert sie auf, mit dem Zusammenpacken anzufangen.

»Haben sie denn alles geschafft, was sie sich für heute vorgenommen haben?«, frage ich. Ich erinnere mich, dass Adam und Shawn viel Zeit damit verbracht haben, den Wald zu erkunden, bevor Danica mich heute Nachmittag gebeten hat, mit ihr diesen Waldspaziergang zu unternehmen. Ich bin mir nicht sicher, ob sie alles erledigt haben, wofür sie heute hierhergekommen sind, aber ich hoffe es, denn das Video soll schon in zwei Wochen gedreht werden.

Rowan antwortet mir, während ich ihr helfe, die Picknickdecke zusammenzurollen. »Ja, sie haben Stellen für gute Aufnahmen gefunden, und sie haben eine ungefähre Vorstellung davon bekommen, wie viele Statisten und Scheinwerfer sie brauchen. Ich denke, es ist alles startklar.« Sie sieht seufzend in Danicas Richtung. »Kannst du sie holen? Ich glaube nicht, dass sie mich gehört hat.«

Und natürlich, Danica läuft ganz am Rand des Stegs entlang und quasselt noch immer in ihr Handy. Ihre Hand unterstreicht ihre Worte und beweist nur, wie wenig sie auf alles um sich herum achtet. Widerstrebend gehe ich zu ihr hinüber. »Hey, Dani … Danica.«

Das Telefon ans Ohr gedrückt, wirft sie mir einen entnervten Blick zu, den, der mir inzwischen über die Maßen vertraut ist, und ignoriert mich dann wieder.

»Wir gehen bald. Rowan wollte …«

»Was willst du?«, faucht sie mich an. »Ich versuche mit Katie über das Video zu reden.« Sie dämpft die Stimme zu einem Flüstern und hält eine Hand über das Telefon. »Diese Sache, bei der du mir helfen solltest, was du aber nicht getan hast.«

»Ich …«

»Und denk bloß nicht, dass ich dir noch immer einen Gefallen schulde.«

Danica grinst mich spöttisch an und hält sich das Handy wieder ans Ohr. Ich stehe benommen da, und sie entfernt sich rückwärts von mir. »Bist du noch dran?«, fragt sie Katie. »Ja, ich habe nur eben …«

Ihre Stimme verhallt, während ich zusehe, wie sich die Katastrophe anbahnt. Der Klumpen nasser Blätter, der an dem stählernen Steg klebt, Danicas ungeeigneter ultramoderner Stiefel, der im Begriff ist, rückwärts darauf zu treten. Ich strecke in dem Moment einen Arm aus, in dem ihr Fuß unter ihr wegrutscht. Sie fällt nicht nach hinten, aber ich werde nach vorn gerissen.

»Dani!«, kreische ich, als sie an meinem Arm zerrt, um sich zu retten. Und dann werde ich …

… von dem Steg …

… durch die Luft …

… hinunter in das pechschwarze Wasser katapultiert.

14

Ich wusste nicht, dass Funken still sein können – wie ein lautloses Feuerwerk, von dem niemand weiß, bis die Leute zum Mond hochstarren und sehen, dass der ganze Nachthimmel von brennender Farbe erfüllt ist. Ein Mensch kann einfach in einem Teich ertrinken, mit nichts als sich selbst beschäftigt, während die ganze Welt Feuer fängt.

Wälder lodern. Häuser brennen nieder. In einem Augenblick atmet man frische Luft. Und im nächsten bekommt man überhaupt keine mehr. Manchmal verbrennt man bei lebendigem Leib.

Ich weiß nicht, in welchem Moment ich Funken gesprüht habe. Aber ich weiß, in welchem Moment mir klar wurde, dass ich keine Luft mehr bekam. Nicht, als Danica mich in diesen Teich riss oder ich mir an der Seite des Stegs die Wade aufriss. Nicht, als Mike mich aus dem Wasser zog, und auch nicht, als er darauf bestand, mich auf dem ganzen Weg zurück zu den Autos auf dem Rücken zu tragen, damit ich meine schlimme Verletzung nicht noch schlimmer machte.

Es war irgendwann auf diesem langen Marsch zurück durch den Wald, während ich mich mit den Händen an Mikes Schultern klammerte und er die Finger fest um meine Schenkel gelegt hatte. Ich trug seinen inzwischen fast trockenen Kapuzenpulli und ein Extra-Paar Leggings, die Rowan dabeihatte, und rings um mich herum waren sein Duft und seine Berührung, einfach er. Die rauen Schwielen an seinen Händen. Die kräftigen Muskeln an seinem Rücken. Das Auf und Ab seines Gangs.

Ich wusste, wenn ich mich entspannte, wenn ich das Kinn auf seine Schulter legte und es meiner Wange gestattete, seine zu streifen, dann würde ich den Bart an seinem Kinn spüren und seine Haare an meiner Schläfe. Und seine sanft geschwungene Halsbeuge.

Aber wenn ich mich so sehr entspannte, dann würde *er* das hektische Hämmern meines Herzens spüren können. Dass es wie wild in meiner Brust trommelte bei dem Gedanken an diesen Bart, seine Haare, seinen Hals, diese Augen, seine Stimme, sein Lachen, dieses Lächeln …

Und hier war er, der Moment, in dem ich aufhörte zu atmen. Irgendetwas hatte in mir Funken gesprüht, und diese Funken raubten allen Sauerstoff der Welt. Irgendetwas, das damit zu tun hatte, dass ich heute mit ihm zusammen war … dass ich sein Lächeln sah und sein Lachen hörte und spürte, wie er mich durch den Wald trug … das löste irgendetwas in mir aus. Die Erkenntnis traf mich in der Nähe eines Baums, der so aussah wie jeder andere Baum – während Danica genau neben mir ging.

Du schwärmst für Miiiike!

Dee hatte mir eine SMS geschickt, und als ich einen Blick über die Schulter warf, sah ich, wie sie mir zuzwinkerte. Unsere ganze Gruppe war mit uns zusammen, stapfte zügig durch den triefenden Wald, um zu den Autos zu gelangen, bevor das nächste Gewitter heranrollte. Und ich hoffte, dass die Flammen, die in mir flackerten, für alle anderen nicht so deutlich zu sehen waren wie für meine sehr anstrengende, sehr neugierige, sehr sture Freundin Dee.

Aber sie hatte recht.

Ich schwärmte für Mike.

Ich *schwärme* für Mike.

Ich schob mein Handy in den Ärmel seines Kapuzenpullis und versuchte mich zu erinnern, wie man gleichmäßig atmet. Aber das Einzige, worauf ich mich konzentrieren konnte, waren seine Hände an meinen Beinen.

Danica hatte nicht dagegen protestiert, dass er mich trug, was verwunderlich war. Und sie hatte sich außerdem ein halbes Dutzend Mal dafür entschuldigt, dass sie mich ins Wasser gerissen hatte, was noch verwunderlicher war. Sie sagte, es sei keine Absicht gewesen, und ich glaubte ihr.

Was der Grund war, weshalb ich mich wie das größte Miststück auf dem Planeten fühlte, weil ich für ihren Freund schwärmte. Und die Arme und Beine um ihn geschlungen hatte.

Er war ein Gentleman. Danica war nett. Und ich war einfach das Allerletzte. Ich hatte es nicht verdient, huckepack getragen zu werden oder Entschuldigungen oder Gefälligkeiten zu bekommen. Ich war ein Mädchen, das eine glühende Schwärmerei für den Freund ihrer eigenen Cousine entwickelte. Ich war ein Mädchen, das nicht einfach mit ihm befreundet sein konnte. Das ihm nachts SMS schrieb. Das das geheim hielt. Das mit ihm durch den Wald rannte, während er mit seiner Freundin zusammen sein sollte.

Seiner Freundin.

Danica.

Meiner Cousine.

An dieser Stelle, in diesem Augenblick schwor ich mir, Abstand zu Mike Madden zu halten. Keine Videospiele mehr. Keine SMS mehr. Keine nächtlichen Telefonate mehr. *Überhaupt keine* Telefonate mehr.

»Komm schon«, winselt Luke vier Tage später am Telefon. Ich putze mir gerade die Zähne.

»Ich kann nicht«, sage ich zu ihm, den Mund voller Zahnpasta, und er winselt noch ein bisschen mehr.

»Kooomm schon.«

»Ich spiele heute Abend keine Videospiele«, sage ich, nachdem ich mir den Mund ausgespült habe. Ich habe ein schlechtes Gewissen, weil ich meinen kleinen Bruder enttäuschen muss, aber er ist besessen von Deadzone Five, und ich bin besessen davon, Mike aus dem Weg zu gehen.

Ich kann das. Ich kann über ihn hinwegkommen. Ich muss.

Selbst wenn es schmerzlicher ist, als ich gedacht hatte – schmerzlicher als es sein sollte. Es ist schmerzlicher als einen guten Freund zu verlieren, und das ist genau der Grund, weshalb ich mich von Deadzone fernhalten muss. Zumindest bis sich dieser Schmerz in meiner Brust gelegt hat und ich nachts wieder schlafen kann.

»Und du solltest im Bett sein«, weise ich meinen zwölfjährigen Bruder zurecht. »Morgen ist Schule.«

»Ich schwänze«, erklärt Luke, und ich reibe mit einem Daumen über meine mit Zahnpasta verschmierten Mundwinkel.

»Warum?«

»Weil ich will.«

»Warum?«

»Weil ich es hasse.«

Ich wische mir das Gesicht mit einem Reinigungstuch ab. »Hat das mit diesem Schwachkopf Grayson zu tun?«

Lukes Schweigen ist Antwort genug, und ich seufze, während ich das Reinigungstuch in den Abfalleimer werfe.

»Du musst dich wehren, Luke.«

»Wie denn? Ich bin der schmächtigste Junge in meiner Klasse.«

»Ich weiß nicht … kannst du dich nicht mit ein paar größeren Kindern anfreunden?«

Luke schnaubt verächtlich. »Er ist der Anführer der großen Kinder. Sie machen alle, was er sagt.«

»Na ja … kannst du dann vielleicht Mom dazu bringen, dass sie mit dem Schulleiter redet oder so?«

Mit einem sehr erwachsenen Seufzer entgegnet mein Bruder: »Hailey, bist du wirklich schon so alt, dass du dich nicht mehr erinnern kannst, wie es in der siebten Klasse ist? Ich kann es nicht einfach *meiner Mom sagen.«*

»Du kannst aber auch nicht einfach die Schule schwänzen.«

»Ich sollte einfach abbrechen und Farmer werden.«

»Ein sehr dummer Farmer«, entgegne ich, und als das nicht reicht, um Luke von seiner Meinung abzubringen, sage ich: »Hör zu, Luke, du kannst vor deinen Problemen nicht einfach davonlaufen. Wenn du dich nicht wehrst, wird er nie aufhören.«

»Du lässt dich doch selbst von Danica herumkommandieren«, gibt Luke zurück, und ich lege die Stirn in Falten und gehe in mein Zimmer.

»Das ist etwas anderes.«

»Wieso?«

Na ja, erstens einmal habe ich es verdient. Ich habe eine Schwärmerei für ihren Freund entwickelt, was heißt, dass ich das Allerschlimmste verdient habe, was sie mir antun kann. Und zweitens … »Wir sind Familie«, sage ich, und mein Bruder schnaubt verächtlich.

»Das ist Blödsinn, und das weißt du.«

»Ja, na ja …« In Ermangelung eines besseren Arguments befehle ich ihm nur: »Du gehst morgen trotzdem zur Schule.«

»Kannst du nicht wenigstens eine kleine Weile mit mir spielen?«, bettelt Luke, und ich starre auf meinen Computer. Ich kann nicht Deadzone mit ihm spielen, denn wenn Mike sich einloggt, dann wird er mit uns spielen. Was Reden beinhalten wird. Was diese verdammten Schmetterlinge in meinem Bauch wieder zum Leben erwecken wird.

Ich reibe meine schmerzende Brust und sage: »Was ist mit diesem Dragon-Spiel, das wir davor gespielt haben?«

»Ich will Deadzone spielen.«

»Warum? Ich wäre heute Abend gern eine Prinzessin.«

»Weil ich es vermisse, mit dir und Mike zu spielen, aber er ist noch nicht online.«

Meine Kehle schnürt sich zu, und ich krächze: »Bist du gerade eingeloggt?«

»Ja.«

»Aber Mike nicht?«

»Noch nicht.«

Ich setze mich an meinen Schreibtisch und kaue auf meiner Lippe. Mike hat mir am Sonntagabend eine SMS geschickt, um mich zu fragen, ob ich spielen will, aber ich habe ihn ignoriert. Er hat mir noch ein paar weitere Nachrichten geschickt, während ich an meinem Schreibtisch saß und stirnrunzelnd auf meinen schwarzen Computerbildschirm starrte, und dann eine letzte für diesen Abend.

Süße Träume, Hailey.

Am Montagabend war es dasselbe. Aber gestern Abend hat er nicht mehr gefragt. Ich lag im Bett und überlegte, was er wohl machte, als mein Handy piepste. Er wünschte mir süße Träume. Sonst nichts – nur süße Träume.

Ich schrieb nicht zurück.

Er ist eine Sucht, der ich kein Futter mehr geben darf, mir und ihm zuliebe. Er hat mir gesagt, dass ich einer seiner besten Freunde bin. Und ich versuche, ein guter zu sein, indem ich meine Gefühle für ihn nicht wachsen lasse. Er hat eine Freundin, und selbst wenn er keine hätte, würde das alles nur in verletzten Gefühlen enden. Für mich: weil ich nicht Mikes Typ bin – ich bin nicht Danica –, und das würde ich letztendlich von ihm hören. Und für ihn: weil er eine gute Freundin verloren hat, von der er dachte, er könnte sich darauf verlassen, dass sie sich nicht in ihn verknallt so wie jedes andere Mädchen, das ihn je auf sein Schlagzeug hat einhämmern sehen.

Wir können wieder Freunde sein. Bald, hoffe ich. Ich muss nur zuerst diese verdammten Funken löschen.

»Na schön«, sage ich zu Luke und fahre meinen Computer hoch. »Eine halbe Stunde, aber dann gehst du ins Bett und morgen zur Schule.«

»Abgemacht«, sagt Luke, bevor ich es mir anders überlegen kann, und wir legen auf, um mit dem Chatten im Spiel zu beginnen. Dreiundzwanzig Minuten lang vergesse ich Mike fast – genau bis zu dem Augenblick, in dem sein Username rechts auf meinem Bildschirm erscheint.

»Luke, ich muss Schluss machen.«

»Aber Mike hat sich eben eingeloggt!«

»Tut mir leid«, beeile ich mich zu sagen. »Ich habe Bauchschmerzen.«

»Aber du hast versprochen, eine halbe Stunde mit mir zu spielen …«

»Ich liebe dich«, sage ich rasch. »Wir spielen bald wieder. Geh morgen zur Schule.«

Ich logge mich aus, bevor er noch ein Wort sagen kann, und dann presse ich die Finger auf meine brennenden Augen.

Ich vermisse Mike. Ich vermisse das Geplänkel mit ihm und sein Lächeln und seinen Humor und seine Stimme. Ich vermisse es, ihn am Telefon zum Lachen zu bringen. Ich vermisse es, dass er mir süße Träume wünscht, kurz bevor ich einschlafe.

Ich krieche unter meine Bettdecke und frage mich, wie lange es dauern wird, bis ich aufhören werde, so zu fühlen. Wenn ich in nur zweieinhalb Wochen diese Schwärmerei für ihn entwickelt habe, sollte es eigentlich nur genauso lange dauern, sie wieder loszuwerden, oder? Vier Tage habe ich schon geschafft, das heißt, ich sollte nur noch zwei Wochen vor mir haben. Nur zwei Wochen. Das ist doch gar nicht so lang …

Aber Mike wird in elf Tagen auf Tour gehen, und dann wird er sechs Wochen fort sein. Das heißt, selbst wenn ich nur zwei Wochen brauche, um über ihn hinwegzukommen, werde ich ihn zwei Monate lang nicht sehen. Zwei Monate, in denen ich versuchen kann, wieder nur mit Mike befreundet zu sein … Und ich habe mir geschworen: keine Telefonate, keine privaten Chats mehr.

Auf meinem Telefon piepst eine SMS, und mein Display erhellt mein dunkles Zimmer, als ich sie lese.

Süße Träume, Hailey.

Ich schließe die Augen, stelle mir vor, wie Mike in diesem Moment an mich denkt, und es reißt das Loch in meiner Brust wieder auf.

Weiß er, dass ich ihm aus dem Weg gehe? Er muss es wissen. Hat er meinen Namen auf seinem Bildschirm gesehen, bevor ich mich ausgeloggt habe? Wenn ja, dann hoffe ich, dass mein Bruder ihm gesagt hat, dass ich Bauchschmerzen habe. Ich hoffe, dass Mike ihm geglaubt hat …

Es fühlt sich an, als ob mein Herz am Verhungern ist, und ich weiß nicht, wie ich das richten soll: denn zwei Wochen werden nicht genug sein.

Nicht genug, um aufzuhören, mich in Mike Madden zu verlieben.

15

Drei weitere Tage verstreichen, in denen ich mich von Deadzone fernhalte. Ich versuche, Mikes »Süße Träume«-SMS nicht zu vermissen, als sie nicht mehr kommt. Ich tue mein Bestes, um die hohle Leere in meiner Brust zu ignorieren, die es mir so schwer macht, nachts zu schlafen, nachts zu *atmen*. Und ich tue so, als wäre es mir egal, als Dee mir erzählt, dass Mike sich mit der fiesen Erkältung angesteckt hat, die Kit in die Welt gesetzt hat.

Sie sagt, dass Mike krank sei – na ja, etwas dramatischer, sie behauptet, dass er im Sterben liege. Niemand habe von ihm gehört, und vermutlich verrotte er auf seinem Küchenboden vor sich hin. Und dass niemand sonst hinfahren und ihm helfen könne, da alle anderen entweder immer noch krank oder gerade erst auf dem Wege der Besserung seien. Sie sagt, dass ich hinfahren soll, aber ich weiß, dass mir das nicht zusteht. Ich habe erst eine Woche Genesung von meiner Mike-Sucht hinter mir, und ich will jetzt nicht rückfällig werden, nicht nachdem diese letzten sieben Tage so verdammt schwer waren.

Stattdessen appelliere ich an Danica.

»Du solltest nach Mike sehen«, sage ich eine Woche nach dem Desaster am Teich zu ihr. Wider besseres Wissen versuche ich, sie zu überreden zu tun, was jede gute Freundin tun würde. »Die Mädels haben gesagt, es gehe ihm nicht gut«, fahre ich fort, während sie auf ihrem Bett kauert, rosa Schaumstoff-Trennkeile zwischen ihre Zehen geklemmt. Sie konzentriert sich auf den silbern glitzernden Pinsel, den sie über ihren Zehennagel streicht.

»Er ist ein großer Junge«, entgegnet sie ohne mich anzusehen.

»Du bist seine Freundin.«

»Na und?«

»Ist er dir denn völlig egal?«

Danica sieht mürrisch zu mir hoch. »Natürlich nicht. Nicht dass es dich irgendetwas angeht.« Sie beginnt wieder ihre Zehen zu verhätscheln, hochnäsig wie eh und je. »Ich habe gestern mit ihm geredet.«

»Und, klang er okay?«

Ihre Pause sagt mehr als jedes Wort. »Er hat gesagt, es gehe ihm gut.«

»In einer SMS?«

Ich seufze, als sie es nicht einmal abzustreiten versucht. »Hör zu, Hailey, dieses Musikvideo wird in sieben Tagen gedreht. Was soll ich deiner Meinung nach tun – hinfahren und mich anstecken?«

Ich starre sie nur an, denn was kann ich darauf schon erwidern? So vieles von dem, was sie eben gesagt hat, ist einfach nicht richtig, dass ich gar nicht weiß, wo ich anfangen soll.

Als sie die Miene auf meinem Gesicht sieht, macht sie ein Geräusch und beginnt, auf ihre Zehennägel zu pusten. »Wie wär's damit … Wie wär's, wenn *du* hinfährst und ihm ein paar Taschentücher und etwas Suppe und all das bringst, was zum Teufel er deiner Meinung nach sonst noch unbedingt braucht, okay? Pack es in einen Korb. Wie einen Genesungskorb.« Sie schaut zu mir hoch, während sie noch immer in regelmäßigen Abständen auf ihre Zehen pustet. »Ich gebe dir das Geld. Besorg ihm eine Dose Suppe, okay? Leg ein paar Cracker dazu. Und eine Karte. Unterschreib sie von mir.« Sie schüttelt ein schwarzes Fläschchen mit Überlack. »Du kannst sie sogar von uns beiden unterschreiben, wenn du willst. Du musst nicht mal etwas dazu beisteuern. Stell es einfach vor seiner Tür ab.«

»Ist das dein Ernst?«

Die Verachtung in meiner Stimme lässt Danica die Augen verdrehen. »Du kannst natürlich auch bei ihm klingeln und es ihm persönlich überreichen und dich anstecken. Womit auch immer du dich besser fühlst, heilige Hailey.«

Eine Stunde später stehe ich auf Mikes Veranda am Rande der Stadt, mit einem Flechtkorb, der von meiner Hand baumelt. Darin enthalten: drei Dosen Suppe, eine Box Taschentücher, ein Fläschchen Nasenspray, ein Fläschchen Erkältungsmedizin, eine Karte mit Danicas Namen, in meiner Handschrift gekritzelt.

Ich spiele mit dem Gedanken, den Korb wirklich einfach auf der Veranda stehen zu lassen.

Ich lege die Stirn in Falten.

Was, wenn es ihm wirklich nicht gut geht? Irgendjemand sollte nach ihm sehen.

Ich hebe die Hand Richtung Klingel.

Ich lasse sie sinken.

Bin ich ein schlechter Mensch, wenn ich mich vergewissere, dass es ihm gut geht?

Bin ich ein schlechter Mensch, wenn ich es nicht tue?

Ich seufze, hole einmal tief Luft und hebe die Hand wieder. Einen Klingeldruck später klopf-klopf-klopft mein Fuß auf die Betonstufe, während ich auf das schwache Geräusch der Klingel in Mikes bescheidenem weißen Haus lausche. Ich warte, aber niemand antwortet. Ich warte noch ein bisschen länger, und noch immer passiert nichts. Ich überlege, ob ich noch einmal klingeln soll, aber stattdessen zwinge ich mich, den Korb auf der Veranda abzustellen. Vielleicht ist das hier ein Zeichen. Vielleicht ist das hier das Universum, das mir sagt, dass ich gehen soll.

Oder vielleicht liegt er wirklich mit dem Gesicht nach unten auf seinem Küchenboden …

»Gott«, stöhne ich, als Mikes Tür schließlich aufgeht. Meine Hand fliegt instinktiv an den Kragen seines zugezogenen Kapuzenpullis, und ich stelle mich auf die Zehenspitzen um ihn zu mir herunterzuziehen und die Hand auf seine Stirn zu legen. Er ist in voller Krankenmontur – ein übergroßer dunkelgrauer Kapuzenpulli, lange schwarze Trainingsshorts und schwarze Knöchelsocken – und seine Haut glüht unter meiner flachen Hand. »Mike!«, schimpfe ich besorgt.

»Du solltest mich besser nicht anfassen«, warnt er mich mit rauer Stimme.

Er verbrennt unter meiner Hand, aber das ist nicht der Grund, weshalb ich vor ihm zurückweiche.

Er hat recht. Ich sollte ihn nicht anfassen. Ich sollte nicht einmal hier sein.

»Ich will nicht, dass du dich bei mir ansteckst«, ergänzt er. Er schlingt die Arme um sich und fröstelt, die Haarspitzen feucht von Schweiß, ein Knäuel Taschentücher in der Hand.

»Wie hoch ist dein Fieber?«, frage ich fürsorglich.

»Ich habe mein Thermometer verlegt«, sagt er mit klappernden Zähnen. Seine Augen sind rot gerädert vor Erschöpfung, und ich frage mich, wann er zuletzt durchgeschlafen hat.

»Wann hast du denn das letzte Mal Fieber gemessen?«

»D-Donnerstag?«

Ich sehe mit gerunzelter Stirn auf den Mann vor mir, dann auf den Korb, der neben mir auf der Veranda steht, dann wieder auf ihn. Selbst krank, mit ein paar Tage alten Bartstoppeln und Haaren, die so aussehen, als ob sie seit Jahren nicht mehr gekämmt wurden, sorgt er dafür, dass diese Funken in mir wieder aufflackern wollen, aber ich kämpfe darum, sie in meiner Brust im Keim zu ersticken.

Ich sollte gehen. Ihm den Korb geben, ihm das Versprechen abnehmen, die Erkältungsmedizin zu nehmen, und gehen.

Vielleicht sollte ich ihm zuerst noch helfen, sein Thermometer zu finden, aber danach muss ich eindeutig gehen.

Ich sollte nicht anrufen, um zu hören, wie es ihm geht, und noch nicht einmal eine SMS schreiben. Das ist Danicas Job. Nicht meiner. Ich sollte ihn einfach hier stehen lassen, frierend und krank und allein und …

Stirnrunzelnd stelle ich mich wieder auf die Zehenspitzen und presse ein letztes Mal meine Hand an Mikes Stirn. Diesmal protestiert er nicht; er lehnt sich nur in meine Handfläche und lässt meine Haut die Hitze fühlen, die er ausstrahlt. Ich weiß nicht, wie hoch sein Fieber ist, aber ich weiß, dass es hoch genug ist, dass sich jemand um ihn sorgen sollte, selbst wenn dieser Jemand ich bin.

»Gehen wir rein«, entscheide ich schließlich, ziehe meine Hand zurück und schiebe ihn durch die Tür zurück ins Haus. Ich habe vielleicht noch immer »Mehr als nur Freunde«-Gefühle für ihn, aber meine Freunde-Gefühle waren zuerst da, und ich werde ihn nicht im Stich lassen, wenn er mich braucht.

»Hä?«

»Gehen wir rein«, sage ich noch einmal und hebe den Korb von der Veranda auf. »Ich gehe nicht, bevor es dir besser geht.«

16

In meinen dreiundzwanzig Jahren auf dieser Erde hat mir meine Mutter nicht ein einziges Mal Suppe in der Mikrowelle gemacht. Egal, wie hungrig ich war oder wie krank oder wie sehr ich einfach nur das Mittagessen hinunterschlingen wollte, damit ich zum Spielen hinauslaufen konnte – sie hat mir immer, *immer* Suppe in einem Topf gekocht.

»Jeder kann etwas in die Mikrowelle werfen«, belehrte sie mich oft, während sie selbst gekochte Hühnernudelsuppe in dem gusseisernen Topf umrührte, den sie von ihrer Mutter bekommen hatte, die ihn von ihrer Mutter bekommen hatte, die ihn vermutlich von ihrer Mutter bekommen hatte. Ich saß an unserem Küchentisch und starrte mit dem lächelnden Keramikschwein um die Wette, das sich dort häuslich niedergelassen hatte und sich jedes Mal über mich lustig machte, wenn meine Nase lief. »Wenn du etwas in einem Topf kochst, kochst du es mit Liebe. Und mit Liebe geht es dir bald besser.«

In Mikes Küche gieße ich zwei Dosen Campbell's-Hühnernudelsuppe in einen Topf, den ich unter dem Herd gefunden habe. Dann stelle ich die Herdplatte auf mittlere Hitze und gehe wieder ins Wohnzimmer, um mich zu vergewissern, dass Mike sich auch wirklich hingelegt hat.

Er muss ins Bett, aber zuerst muss er etwas essen.

Um genau zu sein, sollte er zum Arzt gehen, aber diesen Kampf habe ich keine dreißig Sekunden, nachdem ich zur Haustür hereingekommen war, verloren.

»Geht es dir gut?«, frage ich und sehe stirnrunzelnd auf den zitternden Mann, der sich auf dem großen Plüschsofa an der Wand ausgestreckt hat. Sobald wir drinnen waren, verabreichte ich ihm eine Dosis Erkältungsmedizin und suchte vergeblich nach seinem Thermometer. Ich besorgte ihm eine Decke, und ich befahl ihm, sich hinzulegen. Jetzt ist er in die marineblaue Fleecedecke gewickelt und fröstelt, trotz der Schweißperlen, die ihm auf der Stirn stehen.

Mike versucht zu antworten, aber er bringt nur ein Husten zustande. Mein Stirnrunzeln vertieft sich, und ich nehme ein Kissen und stecke es ihm unter den Kopf. Ich knie vor ihm und betrachte sein bleiches Gesicht und die Ringe unter seinen geschlossenen Augen. »Wann hast du denn das letzte Mal etwas gegessen?«

»Gestern«, stößt er hervor, die Augen noch immer geschlossen.

»Geschlafen?«

»Z-zu schlimme Schmerzen.«

Ein heftiger Schauer schüttelt ihn, und ich kaue auf der Innenseite meiner Lippe. Ich wünschte, er würde sich von mir zu einem Arzt bringen lassen, aber wahrscheinlich hat er recht: Vermutlich würde es nichts nützen. Der Rest von uns – abgesehen von mir, Dee und Danica – hat dasselbe durchgemacht. Aber ihn hat es am schlimmsten erwischt. Er muss es ausschwitzen.

»Dich hat es am schlimmsten erwischt«, sage ich laut, um es uns beiden zu versichern, und Mike nickt.

Ich will eine Hand ausstrecken und ihm die feuchten Haare aus der Stirn streichen oder seinen Arm reiben oder … ich weiß nicht … irgendetwas tun, um ihn zu trösten. Aber stattdessen stehe ich auf, gehe zurück in die Küche und rühre diese Suppe um. Ich rühre und *beschwöre* sie, ihn gesund zu machen.

Doch das tut sie nicht. Zehn Minuten, nachdem Mike die ganze Schale aufgegessen hat, kommt alles wieder hoch. Er behält die Erkältungsmedizin nicht bei sich und auch keinen Saft, kein Wasser und kein Gatorade. Er zittert unkontrolliert, schwitzt durch zwei Decken und drei Kleiderschichten hindurch und weigert sich weiterhin, sich von mir zum Arzt bringen zu lassen, da sein Fieber, als wir es endlich messen können, weil ich das Thermometer gefunden habe, »nur« 39 Grad beträgt.

Und während der Abend langsam vergeht und das Licht, das durch Mikes Fenster hereinfällt, schwindet, bringe ich ihm Eiswürfel und frische Anziehsachen und überrede ihn, abwechselnd kleine Schlucke Wasser und Hühnerbrühe zu trinken. Er hört sich mit geschlossenen Augen Eishockey im Fernsehen an, und ich setze mich ans andere Ende der Couch und tue mein Bestes, um all die kleinen Dinge zu berichten, die der Sportreporter nicht erwähnt. Zusammen lauschen wir auf das Rumpeln seiner Wäsche im Trockner – er hatte nur noch ein einziges sauberes T-Shirt, und ich dachte, er könnte bald noch eines brauchen.

»Hailey«, sagt er irgendwann nach acht Uhr abends leise, und ich sehe zu ihm hinüber, wo er an dem nach hinten geklappten Ende des Sofas lehnt. Im trüben Schimmer einer einzigen Stehlampe ist er unter den Decken vergraben und von einer Festung aus Kissen umgeben. Sein Gesicht ist mir zugewandt, seine Wange ruht an der Sofalehne, und seine Augenlider sind schwer von Erschöpfung.

»Wenn du mir wieder sagen willst, dass ich gehen soll …«, beginne ich, bevor er mir zum hundertsten Mal versichern kann, dass ich nicht bei ihm bleiben muss. Aber er fällt mir ins Wort.

»Will ich nicht.« Er hält einen Moment inne. »Das werde ich nicht. Ich will, dass du bleibst.«

»Oh«, sage ich mit leiser Stimme. »Was … was ist denn dann?«

Mikes schwerer Blick verharrt für einen Moment auf meinem Gesicht, und dann fallen ihm die Augen zu. »Ach nichts.«

»Jetzt sag schon.«

Dichte Wimpern heben sich und bringen diese großen braunen Augen wieder zum Vorschein, und die Luft im Raum verdichtet sich, während die Sonne hinter dem Fensterbrett versinkt. »Warum hast du aufgehört, Deadzone zu spielen?«, fragt er mit leiser Stimme. Bei der Frage bekomme ich einen Kloß im Hals.

»Hausaufgaben«, entscheide ich schließlich nach einer allzu langen Pause. »Ich hatte viele Hausaufgaben.«

»Ist das auch der Grund, weshalb du auf keine meiner SMS geantwortet hast?«

Außerstande etwas zu sagen, nicke ich nur.

Mike betrachtet mich über zwei Kissen hinweg, und sein Blick droht die Wahrheit von dort hervorzuzerren, wo sie tief in meiner Brust vergraben liegt. »Weißt du eigentlich, dass ich es sehe, wenn du lügst?«

Dieser Kloß in meinem Hals schwillt und schwillt, und ich sitze einfach nur da und starre Mike an.

»Deine Augen werden ein bisschen größer und deine Lippen ein bisschen verkniffener. Als ob du dir auf die Innenseite deiner Unterlippe beißt.«

Meine Zähne lassen prompt die Innenseite meiner Unterlippe los, und schließlich wendet Mike sich von mir ab. Er betrachtet die Zimmerdecke, als würde sie jeden Augenblick auf ihn einstürzen. »Ich fühle mich beschissen.«

Dankbar für den Themenwechsel, sage ich: »Ich glaube nicht, dass es schon Zeit für mehr Erkältungsmedizin ist.«

»Erkältungsmedizin wird nichts nützen«, entgegnet er mit

einem schweren Seufzer, und dann dreht er sich wieder zu mir. »Kann ich mich hinlegen?«

»Soll ich mich woanders hinsetzen?«, frage ich und stelle die Füße auf den Boden, während Mike sich aus seinen Decken zu befreien beginnt.

»Nein.« Er wirft ein Kissen auf meinen Schoß, verlagert seine Haltung auf der Couch, bis sein schwerer Kopf darauf zu ruhen kommt. Die Federn, die unter den Kissen protestieren, übertönen das Hämmern meines Herzens in meinen Ohren, und Mike zieht sich eine Decke bis zum Hals hoch und macht es sich weiter bequem. Er schaut zum Fernseher, und ich sitze da, eine Hand auf der Armlehne und die andere auf dem Rückenkissen neben mir abgelegt.

Jeder Muskel in meinem Körper hat sich in Stein verwandelt und mein Presslufthammer-Herz trommelt weiter. Selbst meine Lunge ist zu Granit geworden und droht, mich zu ersticken, doch ich tue weiter so, als würde ich fernsehen.

»Ist das okay so?«

»Hä?«, piepse ich, und Mike dreht den Kopf auf dem Kissen, um zu mir hochzusehen, und ich bin mir fast sicher, dass ich sterben werde. Diese Augen. Mein Herz.

»Geht das so?«

»Ja«, bringe ich zustande, und Mikes Blick verharrt für einen Moment auf meinen Lippen, bevor er sich wieder zum Fernseher wendet.

Ich atme langsam einmal tief aus.

»Was ist dein Lieblings-Pizzabelag?«

»Was?« Beim Geräusch meiner eigenen piepsigen Stimme widerstehe ich dem Drang, mich zu ohrfeigen. *Hör auf zu piepsen! Es gibt keinen Grund zu piepsen!*

»Du isst kein Fleisch«, erklärt Mike. »Was magst du denn dann auf deiner Pizza?«

Ich weiß noch immer nicht, was zum Teufel ich mit meiner rechten Hand tun soll. Soll ich sie ihm auf die Schulter legen? An seine Taille? »Ähm, ich mag schwarze Oliven«, sage ich, während ich mir die Hand an den Kopf lege wie ein verdammter Idiot.

Als Mike sich fragend zu mir umdreht, tue ich so, als würde ich mich am Kopf kratzen. »Oliven?«

»Und Chili.« Mikes Stirn furcht sich zu einem tiefen V, und ich kratze mich weiter am Kopf, bis ich mir ziemlich sicher bin, dass er denkt, ich hätte Läuse.

»Schwarze Oliven und *Chili?*«

Da ich keine andere Wahl habe, lege ich ihm die Hand auf die Schulter. »Das schmeckt gut.«

»Darüber sollten wir vermutlich nicht reden«, sagt er und dreht sich wieder zum Fernseher.

»Warum?« Meine Hand ist federleicht.

»Ich werde mich wieder übergeben müssen«, stöhnt Mike, und ich muss unwillkürlich lachen.

»Du solltest es nicht schlecht machen, bevor du es nicht probiert hast.«

»Hm«, brummt er. »Erzähl mir noch etwas anderes.«

»Was zum Beispiel?«

»Bist du Vegetarierin, weil du glaubst, dass man Tiere nicht töten soll?«

Ich dehne meine Finger, um die Knoten in ihnen zu lösen, bevor ich sie wieder auf der Decke über seinem Arm ruhen lasse. »Nein, ich glaube, dass man Tiere auf eine humane Weise töten darf. Auf der Farm meiner Eltern dürfen alle Tiere frei herumlaufen und ein langes Leben führen. Ich denke, das ist okay.«

»Warum denn dann?«

Ich kann ein leises Kichern nicht unterdrücken, und als

Mike sich umdreht und mich wieder fragend ansieht, sage ich: »Versprich mir, dass du es Danica nicht erzählst.«

Er dreht sich auf den Rücken, und seine Antwort kommt prompt und leicht: »Versprochen.«

Während er so daliegt ist es unmöglich, die Tatsache zu ignorieren, dass *Mike Madden* mit dem Kopf auf meinem Schoß ruht. Ich bin in Mike Maddens Haus, auf seiner Couch, nachts, mit seinem Kopf auf meinem Schoß. Ich ignoriere mein Herz, das wahrscheinlich so laut hämmert wie sonst sein Schlagzeug. Ich brauche einen Moment, bis mir wieder einfällt, wie man redet.

»Als ich fünfzehn war«, beginne ich, in der Hoffnung, dass ich diese Geschichte ohne noch mehr peinliche Piepser zu Ende bringen kann, »ist meine Familie an Thanksgiving zu Danicas Eltern gefahren. Wir hatten das Thanksgivingdinner sonst immer bei uns gemacht, weil meine Eltern es sich nie leisten konnten, die weite Strecke nach Virginia zu fliegen …« Eine glühende Röte breitet sich über meine Wangen aus, und ich wünschte, ich hätte diesen letzten Teil nicht erwähnt. »Aber in dem Jahr hat mein Onkel Rick uns alle eingeladen, auch auf den Flug, und meine Tante Tilly hat den Truthahn gemacht.«

Mike beobachtet mich nur, ohne Verurteilung in seinem Blick, und ich atme ein bisschen gleichmäßiger.

»Na ja, ehrlich gesagt, weiß ich nicht einmal, ob sie den Truthahn wirklich selbst gemacht hat. Vermutlich hat sie ihn vorgekocht bestellt oder so. Aber egal, ihr Truthahn war ungefähr so groß wie ein vollständig ausgewachsenes Yorkshire-Schwei… äh, ein richtig großes Schwein. Eines dieser riesigen rosa Schweine.« Mike nickt zum Zeichen, dass er verstanden hat, und ich zwinge mich, mit dem Stottern aufzuhören. »Okay. Also, von diesem Truthahn hätten wahrscheinlich noch fünfzig weitere Leute satt werden können, selbst nachdem wir sieben uns den Bauch vollgeschlagen hatten. Es war wirklich der größte und schönste Truthahn, den ich je gesehen hatte, aber meine Mom … meine Mom hatte bis dahin jedes Jahr den Truthahn gemacht, und ihrer war nie auch nur annähernd so groß gewesen. Und ich konnte sehen, wie schlecht sie sich deswegen fühlte.«

Ein Stirnrunzeln schleicht sich auf Mikes Gesicht, und ich erinnere mich an die Miene, die meine Mom an dem Tag aufgesetzt hatte.

»Ich weiß noch, wie ich über den Tisch geschaut habe und meine Mom mich anlächelte. Aber das Einzige, was ich denken konnte, war, dass sie noch nie so traurig ausgesehen hatte. Und Danica saß genau neben mir, und sie fragte uns immer wieder, ob wir je einen so großen Truthahn gesehen hätten, und redete ständig davon, dass sie noch nie einen Truthahn gesehen hätte, der auch nur *halb* so groß war.«

Ich verdrehe die Augen bei der Erinnerung, wie gedankenlos sie war. Einmal trat ich sie sogar unter dem Tisch, aber sie gab mir nur einen Klaps und befahl mir mit lauter Stimme, dass ich aufpassen solle, wohin ich meinen Fuß stelle.

»Und ihre Eltern waren keinen Deut besser. Sie redeten davon, wie sie *besondere* Leute kontaktieren mussten, um diesen *besonderen* Truthahn zu bekommen, und wie *besonders* das alles war.« Ich schüttle seufzend den Kopf. »Und dann hat mein Onkel diesen lächerlichen Truthahn aufgeschnitten, und in dem Moment, als er mir ein Stück davon geben wollte, habe ich einfach die Hände über meinen Teller gehalten und gesagt: ›Oh nein, ich bin Vegetarierin.‹«

Ich lache vor mich hin, und Mike lächelt zu mir hoch.

»Auf einmal stand *ich* im Mittelpunkt der Aufmerksamkeit, nicht mehr dieser dämliche Truthahn, alle starrten mich an, und Danica wurde *so* sauer. Sie befahl mir immer wieder zuzugeben, dass ich log, und den Truthahn zu essen, aber das habe ich nicht gemacht.« Ein stolzes Lächeln breitet sich auf meinem Gesicht aus. »Denn das war der Tag, an dem ich Vegetarierin wurde.«

»Du hast seit acht Jahren kein Fleisch mehr gegessen, nur um deine Familie zu ärgern?«

»Ich nehm's an«, sage ich kichernd, und Mike lacht schallend, bis er zu husten beginnt und sich wieder von mir wegrollen muss.

»Du bist umwerfend«, sagt er anerkennend, als er schließlich wieder zu Atem kommt, und ich grinse ihn von der Seite an.

»Eine echte Rebellin.« Eine, die nie später als erlaubt nach Hause kam, die kein Auto bekam, bevor sie achtzehn wurde, und die am Wochenende nur zum Spaß auf ihren kleinen Bruder aufpasste.

»Erzähl mir noch etwas anderes.«

Ich frage Mike, was er wissen will, und die Liste, die er aufzuzählen beginnt, ist schier endlos. Wir verbringen eine Stunde nach der anderen mit einer Geschichte nach der anderen.

Er fragt mich, warum ich Tierärztin werden will, und ich erzähle ihm von den dreizehn Fotos, die meine Mom in einer Hutschachtel in ihrem Kleiderschrank aufbewahrt. Jedes Jahr am ersten Schultag stellte sie mich auf unsere Eingangsveranda, mit einem Schild, auf dem stand: »Wenn ich groß bin, werde ich …« Und jedes Jahr wurde dieser Satz mit »Tierärztin« beendet. Die Handschrift veränderte sich im Laufe der Zeit – von der meiner Mom über die krakelige Schreibweise eines Kindes bis hin zu der Handschrift, die ich heute habe –, aber der Traum ist immer derselbe geblieben. Ich will Tierärztin werden, seit ich mich erinnern kann, weil ich mich um Tiere kümmern möchte, die geliebt und nicht nur versorgt werden. Ich wuchs mit dem Wissen auf, dass ich unsere Hühner oder Schweine nicht zu sehr ins Herz schließen durfte – mit Ausnahme von Teacup, die ich zu meinem sechzehnten Geburtstag geschenkt bekam –, aber es versetzte meinem Herzen immer einen kleinen Stich zu wissen, dass sie nie wirklich geliebt wurden. Daher liebte ich unsere Hunde und Katzen umso mehr, und ich wollte mein Leben schon immer damit verbringen, Leuten zu helfen, die ihre Tiere ebenso sehr lieben wie ich meine. Ich will dafür sorgen, dass ihre Tiere so lange wie möglich bei ihnen bleiben können.

Mike fragt mich auch noch andere Dinge – zum Beispiel, wie es war, auf einer Farm aufzuwachsen, ob es schwer ist, wenn die Hunde aus dem Tierheim adoptiert werden, ob ich vorhabe, zurück nach Indiana zu ziehen, wenn ich meinen Abschluss habe. Er stellt mir eine Million Fragen, die ich mit Geschichten beantworte. Ich erzähle ihm von dem kranken Ziegenbaby, das ich zu Hause rettete, und dass es das allererste Tier war, dem ich einen Namen gab. Ich erzähle ihm, wie ich mir den Arm brach, als ich kopfüber vom Heuboden unserer Scheune fiel. Ich erzähle ihm, wie ich zum Geruch des Regens, der vor meinem Fenster trommelte, einschlief. Ich erzähle ihm von dem Pudel im Tierheim, der letzte Woche von einem kleinen Jungen und seiner Familie adoptiert wurde, und wie er nicht aufhören wollte, dem Jungen das Gesicht und die Kleidung abzuschlecken.

Ich erzähle ihm Geschichten, bis mir die Augen zufallen und meine Hand schwer auf seiner Schulter ruht. Aber ich merke, wie er unter meiner Hand zu frösteln beginnt.

»Zitterst du etwa wieder?«, frage ich, während ich mich vorbeuge, um Mikes Gesicht zu mustern. Im Schimmer des Fernsehers kann ich den Schweiß sehen, der auf seiner Stirn glänzt.

»Es geht mir gut«, sagt er zähneklappernd, die Augen wieder geschlossen.

»Nein, das tut es nicht.« Ich werfe einen Blick auf die Uhr, und mir wird ganz anders. »Du hättest vor einer Stunde noch etwas von der Erkältungsmedizin nehmen sollen.« Es ist nach elf. Wo ist die Zeit geblieben?

»Ich wollte nicht aufstehen«, erklärt er.

Ich zucke zusammen, als ich meine Hand an sein Gesicht halte. »Du glühst ja.« Noch ein schwerer Schauer durchzuckt ihn, und ich streiche ihm das Haar aus der Stirn. »Lass mich aufstehen.«

»Es geht mir gut.«

»Tut es nicht.«

»Ich fühle mich wohl.«

»Ich hole dir nur noch etwas Erkältungsmedizin«, verspreche ich und rutsche unter ihm hervor. Ich verfluche meine erbärmlichen Fähigkeiten als Krankenschwester auf dem ganzen Weg zur Küche, wo ich mir die Erkältungsmedizin, ein Glas, eine Schale mit kaltem Wasser und einen Waschlappen schnappe.

»So«, sage ich, damit er sich aufsetzt, als ich wiederkomme. Ich stelle mich vor die Couch, reiche ihm eine Messkappe mit blauer Medizin und dann ein Glas Wasser. Er leert es und starrt dann zu mir hoch, wartet, bis ich mich wieder auf meinen Platz am Ende der Couch gesetzt habe.

Zwei Sekunden später liegt sein Kopf wieder auf meinem Schoß. Ohne Kissen. Nur seine Wange und seine Stoppeln und sein Atem an meiner Jeans.

Meine zitternde Hand taucht den Waschlappen in die Schüssel, die ich auf dem Couchtisch abgestellt habe. Ich wringe ihn mit einer Hand aus und lege ihn Mike sanft auf die Stirn. »Fühlt sich das gut an?«

Er schlingt einen Arm um meine Beine, steckt die Finger unter meinen Schenkel. Jetzt könnte ich mich nicht mehr unter ihm hervorwinden, selbst wenn ich es versuchen würde. »Ja.«

Mein ganzer Körper schmerzt vor Anspannung, aber trotzdem fahre ich immer wieder, ganz langsam und sanft, mit diesem Waschlappen über Mikes Stirn. Ich streiche ihm die feuchten Haare mit den Fingern aus den Augen und folge ihnen mit dem kalten Waschlappen, an den ich mich wie an eine Rettungsleine klammere. »Du gehörst ins Bett.«

Mikes Finger schieben sich noch ein bisschen weiter unter meine Jeans, und sein Griff um meine Beine wird fester. »Ich gehöre genau hierher.«

»Danica würde das nicht gefallen«, platze ich heraus, weil mein Herz hämmert, und mein Blut rauscht, denn Mikes *Wange* liegt auf meinen *Beinen.*

»Danica ist nicht da.«

Ich erstarre mit dem Waschlappen an seiner Schläfe, und Mike dreht das Kinn, um zu mir hochzusehen. »Es ist alles gut.« Bei meiner zweifelnden Miene schwört er: »Es ist alles gut. Glaub mir … es wird alles gut.«

Ich weiß nicht, ob ich ihm glaube, aber als er sich wieder von mir abwendet, fahre ich mit dem Waschlappen erneut über seine Stirn. Ich lasse mich von ihm halten, und ich kümmere mich um ihn, obwohl ich im Grunde meines Herzens weiß, dass nichts von alledem gut ist.

Danica sollte hier sein und sich um ihn kümmern.

Sie ist diejenige, die er halten sollte.

Ich sollte diese Gefühle nicht haben. »Ich bin nicht sie, Mike.«

»Das weiß ich«, sagt er. »Glaub mir. Das weiß ich.«

17

»Ich musste bleiben«, sage ich zu dem Wackelkopf-Zombie, der mich von meinem Armaturenbrett aus vorwurfsvoll ansieht. »Er war so krank. Du hättest ihn sehen sollen, Danica.«

Der Wackelkopf nickt wie wild, als ich über ein Bahngleis holpere, sein Grad an Verrücktheit eine gute Entsprechung zu dem meiner Cousine.

»Warum ich dich nicht angerufen habe?« Meine Daumen kratzen an meinem Lenkrad herum, und ich zermartere mir das Gehirn, um mir eine gute Antwort zurechtzulegen. »Weil ich nicht wollte, dass du dir Sorgen machst und vorbeikommst, letztendlich auch noch krank wirst und dieses Musikvideo sausen lassen musst. Ich weiß doch, wie viel dir das bedeutet.«

Ich lasse die Innenseite meiner Lippe zwischen meinen Zähnen los, erinnere mich, was Mike darüber gesagt hat, wie leicht man mir das Lügen ansieht.

»Natürlich ist nichts passiert. Ich bin deine Cousine, Danica. Gott.«

Der Zombie verurteilt mich schweigend.

»Ich schwöre es! Er hat die ganze Nacht nur gezittert und sich übergeben. Ich wollte ihn ja zum Arzt bringen, dann hätte ich nicht so ewig dort herumhängen müssen, aber er wollte einfach nicht.«

Ich sehe stirnrunzelnd in den Rückspiegel, und mir wird bewusst, dass ich schon wieder auf meiner Lippe kaue. Meine dunklen Brauen sind hochgezogen, und meine Unterlippe schiebt sich vor. Ungekämmte Locken erinnern mich an die Stunden, die ich damit zugebracht habe, auf Mikes Couch zu schlafen – mit seinem Kopf auf meinem Schoß und seinen Armen um meine Beine.

»Ich lüge nicht«, sage ich zu meinem Spiegelbild, und dann erkläre ich dem Zombie: »Ich habe keinen Grund für ein schlechtes Gewissen.«

Er nickt mir zu, ich nicke zurück, und dann biege ich widerstrebend nach links auf den Parkplatz vor der Wohnung ein, die ich mir mit Danica teile.

Ich konzentriere mich auf meine Lippe, während ich die Eingangsstufen hochsteige, während ich den Türknauf drehe, während ich die Wohnung vorsichtig betrete. Und als Danica von der Couch aufspringt und auf mich zustürzt, bin ich kurz davor, die Arme hochzureißen, um mich zu schützen.

»Welche Farbe?«, fragt sie, und ich zucke zusammen, als sie mir zwei Fläschchen Nagellack unter die Nase hält. »Für das Musikvideo. Den hier oder den hier?«

Ich starre auf zwei identische knallrosa Farbtöne und dann hoch in die dunklen Augen meiner größeren Cousine. Überrumpelt von ihrer gewaltfreien Begrüßung, trete ich prompt so richtig tief ins Fettnäpfchen. »Willst du denn gar nicht wissen, wo ich war?«

Danica steht da, die Fläschchen noch immer in die Luft gereckt, und zieht eine Augenbraue hoch. »Warst du nicht im Tierheim?«

»Ich war bei Mike«, gestehe ich. Als sich ihr Gesicht verzieht, sage ich schärfer als beabsichtigt: »Er war *richtig* krank, Dani.«

Ich weiß gar nicht, warum ich so wütend bin, aber scheinbar habe ich ihr damit den Wind aus den Segeln genommen. Denn anstatt den Nagellack gegen die Wand zu schleudern oder mir damit ein Auge auszustechen, lässt sie die Fläschchen sinken und fragt mit nur einem Hauch von Skepsis: »Wie krank genau?«

»Er hat die ganze Nacht unkontrolliert geschwitzt und sich übergeben.«

Sie verzieht angewidert das Gesicht. »Igitt.«

»Ja.«

»Und wie geht's ihm jetzt?«

»Besser«, antworte ich, und mein harter Ton wird etwas sanfter. »Sein Fieber ist gesunken. Sein Hals ist noch kratzig, und er ist ziemlich schwach und erschöpft, aber in ein paar Tagen dürfte es ihm wieder gutgehen.«

Danica betrachtet mich ungefähr so, wie eine Schlange eine Maus betrachtet, mit aufmerksamen Augen und angespannten Muskeln. Mein winziges Herz rast und rast, und ich frage mich, ob sie zuschlagen oder mich noch einen Tag länger in ihrem Terrarium leben lassen wird, um mit mir zu spielen.

»Na ja, danke, dass du das für mich getan hast«, sagt sie schließlich, und mein Gehirn erleidet einen Kurzschluss. Hat sich Danica eben allen Ernstes bei mir dafür *bedankt*, dass ich die Nacht mit ihrem Freund verbracht habe? »Hast du ihm gesagt, dass der Korb von mir war?«, fragt sie.

Ich nicke.

»Hat er ihm gefallen?«

Ich nicke wieder, und sie lächelt.

»Gut. Und jetzt such eine Farbe aus.«

Ich hebe eine Hand, zeige wahllos auf ein Fläschchen und höre die nächsten paar Minuten zu, wie Danica mir erklärt, warum diese Farbe grauenhaft ist. Sie entscheidet sich für den anderen, identischen Rosaton, und schließlich flüchte ich in mein Zimmer, wo ich mich auf die Bettkante fallen lasse und auf die indigoblaue Wand starre.

Ich bin Alice im Wunderland, schrumpfe auf fünf Zentimeter zusammen, während ich versuche, Rätsel zu lösen und an unmögliche Dinge zu glauben.

Mike ist in Danica verliebt, aber er klammert sich im Schlaf an mich.

Danica hasst mich, aber sie bedankt sich bei mir, weil ich mich um ihren Freund kümmere.

Ich bin ein guter Mensch, aber mein Herz schlägt jedes Mal schneller, wenn ich den Freund meiner Cousine sehe. Oder den Freund meiner Cousine höre. Oder an den Freund meiner Cousine denke.

Ich presse die Augen fest zusammen und hole einmal tief Luft, versuche meinen Kopf vom Pfeifenrauch der Raupe zu klären. Ich denke an Rote Königinnen und singende Blumen und Kartenhäuser – als meine Tür auffliegt und der Knauf den Türstopper glatt durch die Wand schlägt.

Danica steht da, das Gesicht zu einer wütenden Maske verzerrt. »Du verdammte verlogene Schlampe!«

Ich starre sie mit offenem Mund an.

»Was zum Teufel hast du letzte Nacht dort drüben getrieben?«

Mein Herz kommt ins Schleudern, stolpert und fällt auf die Nase. »Was denn?«, piepst meine Haselmaus-Stimme.

»Sitz nicht da und spiel den Unschuldsengel, du Miststück! Was zum Teufel ist das hier?!«

Sie hält mir ihr Handy unter die Nase, und ich lese zwei SMS mit Mikes Namen obendran.

Ich habe es versucht. Es ist vorbei.

Bitte sag Hailey, dass sie ihr Handy vergessen hat.

Als ich mit weit aufgerissenen Augen zu Danica hochstarre, ist ihr zartes Gesicht in einem tiefen, wütenden Rot angelaufen. »Ich …«

»Du hast mit ihm gevögelt!«

»Habe ich nicht!«, protestiere ich. Ich würde ja aufstehen, um mich zu verteidigen, aber Danica lehnt praktisch über mir.

»Du bist so eine verdammte *Lügnerin!* Du wolltest ihn seit dem Tag, an dem du ihn zum ersten Mal gesehen hast! Gib's schon zu, du Miststück!«

»Es gibt nichts zuzugeben!«, schreie ich, springe endlich auf und dränge Danica zurück. »Ich habe verdammt noch mal nicht mit deinem Freund geschlafen!«

»Warum trennt er sich dann von mir?«, brüllt sie mich an, und ihre Hände ballen sich zu Fäusten. Ich sollte das als Warnung auffassen, aber das Adrenalin schießt bereits durch meine Adern.

»Vielleicht weil du ihn verdammt noch mal nicht liebst? Vielleicht weil du ein egoistisches Biest bist, das an niemanden außer sich selbst denkt!«

Danicas Mund klappt herunter, als wäre er im Begriff, sich von ihrem Kopf zu lösen und mich in einem Stück zu verschlingen. Mein Körper spannt sich an in Erwartung des Schlags, den sie mir gleich verpassen wird, aber anstatt mir die Faust ins Gesicht zu rammen, geht sie hinüber zu meinem Schreibtisch.

»Verschwinde verdammt noch mal aus meiner Wohnung«, befiehlt sie mir, während sie meinen Computer mit geballter Kraft von meinem Schreibtisch fegt. Er fliegt von der Tischplatte und kracht auf den Boden, reißt meine halb fertigen Zwischenprüfungsdateien mit in den sicheren Tod.

Ich starre erst den Computer und dann Danica an, während mir die Tränen in die Augen treten.

»Verdammt, bist du taub?«, fragt sie, schnappt sich ein gerahmtes Foto meiner Familie vom Schreibtisch und schleudert es gegen die Wand hinter mir. Das Glas zerspringt in eine Million Scherben. »Verschwinde, verdammt noch mal!«, kreischt Danica, packt meinen leichten Schreibtisch an einer Seite und wirft das ganze Teil um. Ein Bein bricht ab, als er auf den Boden kracht und meine Lehrbücher und Ordner auf den Boden fallen. Papiere flattern herum, und ich gehe auf die Knie, um sie aufzusammeln.

»Du bist wirklich das Allerletzte«, faucht Danica über mir. Als ich die Hand nach meinem Biologiebuch ausstrecke, kickt sie es weg. »Warte nur ab, bis mein Dad erfährt, was für eine kleine Schlampe du bist. Das war's dann mit den Studiengebühren.«

Tränen tropfen auf die Papiere zwischen meinen Knien, als ich sie mit zitternden Händen einsammele. Ich weiß gar nicht, wieso ich mir überhaupt die Mühe mache – wenn Danicas Dad aufhört, meine Studiengebühren zu bezahlen, wird nichts von alledem noch wichtig sein.

»Sag was, du Miststück!«, kreischt Danica.

»Ich habe nicht mit ihm geschlafen«, schwöre ich noch einmal. Meine Stimme bricht bei einem Schluchzer, und Danicas Gelächter erfüllt mein Zimmer.

Sie beschimpft mich weiter und hört auch nicht auf, mein Zimmer zu zertrümmern. Ich schnappe mir alles, was ich kann und stopfe es in meinen Rucksack – Unisachen, ein paar Kleider aus Schubladen, die sie auf dem Boden auskippt, ein paar persönliche Dinge, von denen ich weiß, dass sie sie zerschlagen wird, wenn ich sie zurücklasse. Und dann schnappe ich mir meine Schlüssel vom Bett und gehe zur Wohnungstür, dicht gefolgt von Danica.

»Wag es bloß nicht, *je* wieder hierherzukommen«, warnt sie

mich und tritt mir in die Ferse. »Mike wird begreifen, was für eine erbärmliche Bauernschlampe du bist, und er wird mich anbetteln, ihn zurückzunehmen. Und weißt du was? Das werde ich, Hailey. Denn er gehört *mir*, und du bist *nichts*. Du wirst *immer* nichts sein.«

An der Tür hält sie inne und bleibt auf der Schwelle stehen. Ich gehe auf schwachen Beinen zu meinem Auto und versuche mit zitternden Fingern, die Tür aufzuschließen, meine Sicht verschwommen von unvergossenen Tränen.

»Tschüs, Schlampe!«, schreit Danica so laut, dass es die Nachbarn hören können. Als ich einen letzten Blick zurückwerfe, sehe ich, wie sie mir mit den Fingern zuwinkt, ein gehässiges Grinsen im Gesicht. Tränen strömen mir über die Wangen, als ich den Rückwärtsgang einlege und von unserer Wohnung wegfahre.

Auf der Straße erinnere ich mich an die Art, wie sich früher, als wir Kinder waren, Grübchen auf ihren Wangen bildeten, wenn sie lächelte. Ich überlege, wie ich es meinen Eltern beibringen werde, dass ich zurück nach Hause ziehen muss. Ich denke an den Kellnerinnenjob, in dem ich für den Rest meines Lebens werde arbeiten müssen. Ich denke daran, wie fest Mike mich letzte Nacht gehalten hat, wie er mich heute Morgen angelächelt hat, dass ich ihn nie wiedersehen werde, wenn ich auf einer Farm in Indiana lebe. Ich denke an all die süßen Träume, die ich nie hätte haben sollen.

Noch ein Schluchzer erschüttert mich, und ich parke am Straßenrand, um restlos und vollkommen zusammenzubrechen.

18

Ganz hinten in einem Zwinger, ganz hinten in einem Flur des Tierheims, sitze ich da, die Stirn auf die Knie gelegt, während ein übergewichtiger Basset mir Würstchenfett von den Fingern leckt. Irgendwo im Neonlicht dieses Flurs habe ich mein Zeitgefühl verloren. Ich bin mir nicht sicher, ob das im ersten Käfig oder im zweiten oder im dritten passiert ist, aber hier bin ich jetzt, am allerletzten Käfig angelangt, und habe keinen anderen Ort, an den ich gehen kann.

»Hailey«, trällert die Leiterin des Tierheims, Barb, die mit ihren grasverschmierten Timberland-Stiefeln den Flur hinunter stapft. »Hier ist ein junger Mann für dich.«

Als ich von meinen Knien hochschiele, grinst sie von einem Ohr bis zum anderen. Dann sehe ich Mike. Er sieht tausendmal besser aus als heute Morgen, frisch geduscht und rasiert, in einem schwarzen *Dogfish-Head*-T-Shirt und abgewetzten Jeans. Barb wackelt mit ihren buschigen Augenbrauen und lässt ihn herein.

»Was tust du denn hier?«, frage ich, als Barb weg ist. Mike kniet sich hin, um den dickbäuchigen Welpen zu tätscheln, der aufgeregt an seiner Seite schnuppert.

»Ich versuche dich zu finden.« Er hebt den Blick von dem Hund zu mir, und seine Miene verrät, dass er weiß, was passiert ist. »Danica hat mir erzählt, dass sie dich rausgeschmissen hat.«

»Hat sie dir auch erzählt, dass sie mein Zimmer zertrümmert

hat?«, frage ich. Ich ignoriere, dass meine Augen zu brennen beginnen. »Und meinen Computer zerstört? Und Kleinholz aus meinem Schreibtisch gemacht?«

Mike setzt sich neben mich. Er zögert einen Moment, bevor er mir tröstlich einen Arm um die Schultern legt. Der Basset lässt prompt den Kopf und die Vorderpfoten auf Mikes Schoß sinken, sein plumper Bauch hängt bis zum Boden.

»Ich nehme dich mit zu mir nach Hause«, sagt Mike und drückt mich an sich. »Ich habe die Adoptionspapiere schon ausgefüllt.«

Meine Augen brennen noch heftiger, und eine Träne läuft mir über die Wange. »Ich fahre morgen nach Hause.«

»Nach Indiana?«, fragt Mike und dreht sich zu mir, um mich anzusehen. Ich weiche seinem Blick aus. »Warum?«

»Ich habe keine Bleibe mehr, Mike.«

»Ich habe dir doch eben gesagt, dass du bei mir wohnen kannst …«

Noch eine schwere Träne fällt auf meinen Schoß. Ich schüttle den Kopf, denn natürlich versteht er es nicht. Er weiß nicht, dass Danicas Vater meine Studiengebühren, meine Miete, meine Versicherung, mein Benzin, mein *alles* bezahlt. Es hat keinen Sinn, noch länger hierzubleiben, denn Danica wird dafür sorgen, dass mir der Geldhahn zugedreht wird. Und wenn das passiert, bleibt mir gar nichts anderes übrig, als zurück nach Hause zu ziehen und so zu tun, als hätte ich nie versucht, mich aus dem Schlamm zu ziehen, als hätte ich nie meine Träume verfolgt.

Dreizehn Jahre mit »Wenn ich groß bin, werde ich Tierärztin«-Fotos – für nichts und wieder nichts.

»Es hat keinen Sinn«, sage ich zu Mike, in dem Wissen, wie viel Einfluss Danica auf meinen Onkel hat. Er ist ein guter Mann, aber seine Tochter ist seine Prinzessin, und sie ist mit diesem Wissen aufgewachsen. Sie hat diesen Mann schon immer um den kleinen Finger gewickelt. Deshalb musste sie auch noch nie wirklich arbeiten, und das mit vierundzwanzig.

»Warum nicht?«, fragt Mike mit besorgter Stimme.

»Danica wird ihre Meinung nicht ändern. Und ich kann ja auch nicht ewig bei dir wohnen.«

»Klar kannst du das«, entgegnet Mike, und als ich zu ihm hochsehe, versucht sein Lächeln, die Welt wieder einzurenken. »Wir werden Pizza essen, Bier trinken, Videospiele spielen – das wird super.«

Ich frage mich, warum er so nett zu mir ist, warum er sich von Danica getrennt hat. Warum er hierhergekommen ist, um mich zu finden, und mich mit zu sich nach Hause nehmen will. Was er tun würde, wenn ich auf seinen Schoß kriechen und ihn küssen würde, bis die Funken in mir die Welt niederbrennen.

Er ist jetzt Single. Warum ist er Single?

»Warum hast du dich von Danica getrennt?«, frage ich, denn ich habe nichts mehr zu verlieren, und Mikes Lächeln flackert kurz auf, bevor es verschwindet.

»Das ist eine schwierige Frage, Hailey …«

Ich will fragen, ob es meinetwegen war. Die Worte stolpern auf meiner Zungenspitze über sich selbst. Mike beobachtet mich und ich ihn. Ich starre hoch in diese unglaublich warmen braunen Augen und erinnere mich daran, wie fest er letzte Nacht meine Beine gehalten hat. Aber dann betrachte ich die geschwungene Form seiner Lippen, die Art, wie sein mit den Fingern gekämmtes Haar perfekt an seinem Kopf liegt. Und erinnere mich an all die Mädchen, die ihm aus der Menge dreckige Versprechen zugebrüllt haben. Und an meine Cousine, der er den Laufpass gegeben hat, die aber so aussieht, als würde sie auf einen Laufsteg in Paris gehören. Ich erinnere mich an meine zerzausten Locken, meine Größe, meine Secondhandkleider. »Sag's mir trotzdem«, erwidere ich nur.

Mike hält meinem Blick einen Moment stand, bevor er auf die Maschendrahtwand vor uns starrt. Er holt einmal tief Luft und sagt: »Sie ist nicht die Richtige für mich.«

»Woher willst du das wissen?«

»Ich liebe sie nicht mehr.« Seine Augen finden meine, und ich verliere mich in ihnen. »Ich weiß gar nicht, wie ich das je tun konnte.«

»Was hat sich geändert?«, frage ich mit leiser Stimme.

Jede meiner Fragen fühlt sich an, als würde ich mich einen Schritt weiter ins Meer wagen. Irgendwann werde ich ertrinken.

Mike schaut wieder zu mir hinunter, den Arm bequem um meine Schultern gelegt. Seine Stimme ist leise und sanft, als er sagt: »Alles.«

Mein Herz klopft wie wild, als ich den Blickkontakt zu ihm abbreche, um auf die ausgefransten Enden meiner Schnürsenkel zu starren. Mein Blick schweift zu dem Loch am Knie meiner Jeans, dem Saum meines übergroßen Sweatshirts.

Ich sollte in diesem Moment nicht mit ihm zusammen hier sein – weil er ein Rockstar ist, weil er der Ex meiner Cousine ist, weil es wichtigere Dinge gibt, um die ich mir Sorgen machen sollte. Weil Typen wie er niemals Mädchen wie mich wollen.

»Sie denkt, dass ich mit dir geschlafen habe«, sage ich, und Mike drückt meine Schulter, ruft mir in Erinnerung, dass wir Freunde sind.

Gute Freunde.

»Nein, das tut sie nicht.«

»Doch, Mike. Sie hat gesagt …«

»Sie ist verletzt«, unterbricht er mich. »Sie ist wütend. Sie will jemandem die Schuld geben.« Ich schaue zu ihm hoch, und er sagt: »Sie kennt dich besser, Hailey. Jeder, der dich kennt, weiß, dass du so was niemals tun würdest.«

Ich bin mir nicht sicher, ob ich ihm glaube. Ich erinnere mich an die Wut in ihren Augen, als sie in mein Zimmer platzte, als würde sie mir mit nichts als Fingernägeln und Zähnen das Herz aus der Brust reißen wollen.

»Und sie weiß, dass *ich* so etwas auch niemals tun würde«, ergänzt Mike, als er die Zweifel in meinem Gesicht sieht. »Sie wird sich schon wieder beruhigen. Du wirst sehen. Morgen wird das alles schon wieder anders aussehen.«

Der Basset schafft es schließlich, weit genug hochzuspringen, um zu uns beiden auf den Schoß zu kriechen, und sein schwerer Kopf ist ein tröstliches Gewicht auf meinen Schenkeln. Ich kraule ihn hinter den Ohren und sage: »Das glaube ich nicht.«

Mike krault ihn am Rücken, und der Hund strampelt mit den Beinen, im siebten Himmel. »Wie auch immer, du kommst heute Abend mit zu mir nach Hause, Hailey. Du schläfst nicht in einem Zwinger.«

»Okay«, sage ich, um die Schuldgefühle, die er zu empfinden scheint, zu beruhigen. Er glaubt, dass Danica mich wegen etwas, das *er* getan hat, rausgeschmissen hat. Er denkt, dass ich bei dieser Sache unschuldig bin.

»Danica ist sauer auf *mich*«, versucht er mich zu beschwichtigen. »Nicht auf dich.«

Ich seufze.

»Ihr seid Cousinen. Vermutlich wird sie sich schrecklich fühlen, weil sie dich so behandelt hat, und dich anflehen, ihr zu verzeihen.«

Er täuscht sich, aber das sage ich ihm nicht.

Danicas Gewissen ist irgendwann in der Pubertät gestorben, und jetzt tut sie, was immer sie will, ohne Schuldgefühle oder Reue. Ich bin sicher, dass mir mein Onkel schon auf die Mailbox gesprochen hat. Er wird mich bitten, ihn zurückzurufen, und natürlich werde ich das tun – aber Danica wird sich bereits bei ihm ausgeheult haben, und *meine* Tränen werden bedeutungslos sein.

»Okay?«, fragt Mike, während er sich zurücklehnt, um in meinen Augen zu forschen. »Kein Wort mehr darüber, dass du nach Hause fährst.«

Ich kann die Träne nicht unterdrücken, die mir lautlos über die Wange kullert, oder die, die gleich darauf folgt, als Mike die erste mit dem Daumen fortwischt. Ich nicke zustimmend, denn ich will nicht darüber reden.

Danica wird ihre Meinung nicht ändern. Ich werde keine andere Wahl haben, als zurück nach Hause zu ziehen.

Selbst wenn Mike nicht will, dass ich es tue. Selbst wenn ich es auch nicht will.

Es gibt nichts mehr zu reden.

19

Es ist spät, als wir zu Mikes Haus zurückkommen. Da ich in keiner emotionalen Verfassung war, um mich hinters Lenkrad zu setzen, hat er mir auf den Beifahrersitz seines Trucks geholfen. Und irgendwann auf der langen, schweigsamen Fahrt habe ich mich wieder gesammelt.

Als meine Füße auf dem Kies in seiner Auffahrt landen, ist die letzte Träne an meiner Wange längst getrocknet, und drinnen bediene ich mich an seinem Wäscheschrank. Ich gehe die Stapel mit Laken, Bettwäsche und Handtüchern durch, die ich erst heute Morgen selbst gewaschen und zusammengelegt habe, und Mike geht in die Küche, um etwas zu essen für uns zu holen.

»Du machst es mir nicht gerade leicht!«, ruft er, als ich gerade ein marineblaues Bettlaken ausschüttele und es auf der Couch ausbreite.

»Bring einfach ein bisschen Müsli und Bier mit!«, brülle ich zurück, denn ich weiß, dass sein Gefrierfach genauso gut ein Fleischkühlraum sein könnte. Als ich gestern Abend einen Blick hineinwarf, sah es aus wie ein Tetris-Spiel aus Supreme-Pizzas und Hackfleischteigtaschen.

Mike steckt den Kopf aus der Küche, und ich höre auf, Betttücher auseinanderzufalten.

»Was denn?«

»Hast du eben allen Ernstes Müsli und Bier zum Abendessen vorgeschlagen?«

»Oh«, beginne ich, als mir einfällt, dass er noch immer dabei ist, sich von seiner Erkältung zu erholen. »Du hast recht. Wir sollten vermutlich eine Suppe für dich machen oder ….«

»Nein«, sagt Mike grinsend. »Es geht mir schon besser. Ich bin am verhungern.«

»Was ist denn dann?«, frage ich, und er schüttelt den Kopf, noch immer lächelnd.

»Du.«

Er verschwindet wieder in die Küche, und irgendetwas, das sich verdammt stark nach pelzigen Raupenbabys anfühlt, rollt in meinem Magen herum, während ich weiter die Couch für die Nacht herrichte. Bis Mike zu mir ins Wohnzimmer kommt, zwei Schalen mit Lucky Charms in den Händen und zwei Flaschen Guinness unter die Arme geklemmt, habe ich mir ein Bett hergerichtet und glattgestrichen und aufgeschüttelt. Ich kann es kaum noch erwarten, diesen höllischen Tag darin einfach zu vergessen.

Mike setzt sich neben mich und reicht mir eine Schale Müsli. »Du weißt aber schon, dass du nicht auf der Couch schlafen wirst, oder?«

»Hä?«, frage ich, den Mund voller bunter Marshmallows. Ich halte mir die Schale unters Kinn und versuche zu verhindern, dass ich Milch aus dem Mund pruste.

»Ich nehme die Couch. Du schläfst in meinem Bett.«

Ich schüttle den Kopf und schlucke, wie ich vermute, nicht weniger als zwanzig Herzen, Sterne und Hufeisen auf einmal hinunter. »Auf keinen Fall. Du bist noch immer nicht richtig gesund. Mir reicht die Couch.«

»Hailey.« Mike stellt sein Müsli auf dem Couchtisch ab und nimmt sich stattdessen ein Bier. »Es kommt absolut nicht infrage, dass ich in diesem großen, bequemen Bett schlafe und du hier draußen auf der Couch liegst.«

»Es ist eine bequeme Couch …«

»Deshalb werde ich hier schlafen.«

Ich sehe ihn stirnrunzelnd an, aber seine Miene bleibt kompromisslos – starre Augen über einem geradlinigen Mund. »Es reicht, dass du mich überhaupt hier schlafen lässt, Mike.«

»Nein, das reicht nicht. Ich bin nicht so ein Arschloch, das ein Mädchen auf seiner Couch schlafen lässt.«

Ich schnaube. »Dann geht es hier also um Sexismus«, werfe ich ihm mit finsterer Miene vor.

»Nenn es, wie du willst«, sagt Mike und klaut grinsend ein rotes Herz aus meiner Schale. »Du schläfst trotzdem in meinem Bett.«

Ich zwinge mich, ihn wütend anzufunkeln, trotz der Wärme, die in meine Wangen strömt. Aber er lächelt mich weiter an, und mein Herz beginnt hinter meinen Rippen zu hüpfen. Ich ignoriere es und versuche, pragmatisch zu bleiben – ich will die Couch, er will die Couch, aber wir können nicht beide auf der Couch schlafen. Und selbst wenn wir es könnten, wäre es idiotisch.

»Hör zu, wir sind beide erwachsen«, sage ich, bevor ich überdenken kann, was ich gleich sagen werde. »Wenn du mich wirklich nicht auf der Couch schlafen lassen willst, können wir uns das Bett teilen.«

»Alles klar«, willigt Mike prompt ein.

»Alles klar«, wiederhole ich, während mein Gehirn schreit: *Ach du liebe Güte! Hast du dich eben allen Ernstes einverstanden erklärt, mit Mike zu schlafen?! In seinem Bett! Zusammen?! Zusammen!!! In seinem Bett! Was?! Was zum Teufel ist denn daraus geworden, Abstand zu halten?!*

»Wie schmecken die Lucky Charms?«, fragt Mike, und mein schockierter Blick fällt hinunter auf mein matschiges Müsli. Mein Verstand schreit noch immer, dass ich soeben einen Riesenfehler begangen habe, dass sich, wenn ich in seinem Bett schlafe, nur meine idiotischen Funken aufs Neue entfachen werden. Dass es falsch ist. Dass es dazu führen wird, dass Danica mich noch mehr hasst, als sie es ohnehin schon tut. Dass sie meine Cousine ist, dass sie ihn nie verdient hatte, dass er jetzt Single ist, dass er ein Rockstar ist. Dass er mich nur als gute Freundin mag, dass nichts von alledem wichtig sein sollte, dass ich … »Hailey?«, fragt Mike.

»Hä?«, piepse ich.

»Was geht dir durch den Kopf?«

Was mir durch den Kopf gehen *sollte*, sind meine Ausbildung, mein Onkel, meine Studiengebühren, meine Zukunft. Aber die ehrliche Antwort ist *Mikes Bett*, aber das würde ich ihm niemals sagen. »Dein Musikvideo«, wechsle ich hektisch das Thema von Betten zu *irgendetwas* anderem. »Wird Danica trotzdem darin auftreten?«

»Nachdem sie dich so behandelt hat?« Mike knurrt fast. Seine Finger hören auf, am Hals seiner Bierflasche zu trommeln, und legen sich stattdessen fest darum. »Garantiert nicht.«

Ich trinke einen kräftigen Schluck Guinness, um meine Nerven zu beruhigen. Es passt nicht zu Lucky Charms – nicht dass irgendein Bier das wirklich würde –, aber egal, es ist Bier. »Bist du nervös?«

»Wegen Danica?«

»Wegen des Videos.« Ich ziehe die Beine unter mich und hoffe, dass das Video ein halbwegs unverfängliches Thema ist. Kein großes Bett, keine wütende Danica, keine Funken mit Schmetterlingsflügeln. »Habt ihr schon mal eins gedreht?«

»Wir haben auf der Highschool mal eins gemacht«, sagt Mike. »Aber das war nur alberner Kinderkram. Nicht so wie das hier.«

»Also? Bist du nervös?«

»Nein. Niemand achtet auf den Drummer.« Er nimmt noch einen Schluck und rutscht auf der dick gepolsterten Couch vor, sodass er auf der Kante hockt. »Ich muss nur im Hintergrund sitzen und das hier machen.« Er hält sein Bier mit zwei Fingern und spielt das lahmste Luft-Schlagzeug aller Zeiten. Ich kichere.

»Nur das hier, ja?« Ich stelle meine Flasche auf dem Couchtisch ab, um seine Bewegungen nachzumachen, und sein Mund verzieht sich zu einem breiten Grinsen. »Vielleicht sollte ich Drummer werden«, ziehe ich ihn auf. »Das ist einfach.«

»Meinst du?«, fragt er belustigt, als ich auf ein unsichtbares Becken schlage.

»Ich meine, ich will ja nicht angeben …« Ich stelle meine Füße auf den Boden, sodass ich ein bisschen Fußpedalarbeit mit einbauen kann, während ich weiter auf mein imaginäres Schlagzeug eintrommle, »aber ich denke, ich bin vermutlich besser als du.«

Mike sieht eine Weile zu, wie ich mich wie ein Idiot aufführe, nimmt einen letzten Schluck von seinem Bier und steht dann plötzlich auf. Mein Luft-Drummen erstarrt, während ich reglos auf der Couch sitze und weit, weit zu ihm hochstarre. »Na dann komm«, sagt er und hält mir eine Hand hin.

»Komm wohin?«

»Zu meinem Schlagzeug, Keith Moon. Wollen wir doch mal sehen, was du so draufhast.«

Ich sitze auf einem Hocker vor einem riesigen, glänzenden schwarzen Schlagzeug, meine Hände schwitzen um zwei glatte Schläger, und meine Füße baumeln über dem Boden. »Bist du *sicher*, dass ich dich so in Verlegenheit bringen soll?«, necke ich ihn mit erzwungenem Mut, und Mike lächelt breit über meine Kampfansage.

»Ich kann es kaum erwarten.«

»Aber danach wirst du es nie wieder ungeschehen machen können«, gebe ich zu bedenken. »Du wirst für den Rest deines Lebens denken: ›Wow, was soll das alles überhaupt noch? Ich werde niemals ein so guter Drummer werden wie Hailey Harper.‹«

Mike lacht, seine braunen Augen funkeln erwartungsvoll, und ich schlucke schwer. Mein Griff um die Schläger verstärkt sich, und ich frage mich, auf welche Trommel ich zuerst schlagen soll. Eine der großen Fußtrommeln mit dem Logo von *The Last Ones to Know* darauf? Eine der tiefen Trommeln zu meinen Seiten? Eine der flachen Trommeln vor mir? Großer Gott, es sind so viele Trommeln.

Ich blicke zu Mike hoch, und er grinst mich an. »Okay, Hailey Harper, wie wär's mit einem kleinen Spiel? Du musst nur nachmachen, was ich tue, da wirst du mich nicht allzu sehr in Verlegenheit bringen.«

Ich werfe ihm die Schläger zu und rutsche vom Hocker, als würde er gleich anfangen zu brennen. »Okay«, willige ich ein und denke: *Wie schwer kann es schon sein, nachzumachen, was er tut?*

Mike lächelt, fängt die Schläger auf und setzt sich so auf den Hocker, wie ich mich an einen Schreibtisch setzen würde – als ob es die natürlichste Sache der Welt ist. Die Schläger sehen aus, als ob sie in seinen Händen zu Hause wären, und er sieht mich mit einem lässigen Lächeln an. »Bist du bereit?«

Ich nicke, und Mike beginnt mit der rechten Hand auf eines der Beckendinger zu klopfen. Einfach nur achtmal klopfen in einem gleichmäßigen Rhythmus. Als er mir die Schläger reicht, sehe ich ihn mit einer hochgezogenen Augenbraue an. Er grinst und macht den Hocker frei.

Mein Griff um die Schläger ist diesmal nicht ganz so angespannt, und ich kann den Rhythmus leicht halten, den Mike vorgegeben hat.

»Gut«, sagt er anerkennend, nimmt die Schläger, die ich ihm hinhalte, und rutscht wieder auf den Hocker. Er geht einen Schritt weiter, spielt denselben klopfenden Rhythmus mit der linken Hand. Er wiederholt es ein paarmal und sieht dann zu mir hoch. »Alles klar?«

Ich nicke, und er reicht mir die Schläger. Er kurbelt den Hocker für mich herunter, bevor ich wieder darauf rutsche, und ich stelle vorsichtig den Fuß auf eines der Pedale und hole einmal tief Luft. Mike schenkt mir ein aufmunterndes Lächeln, und ich versuche nachzuahmen, was er getan hat. Als ich es zweimal ohne Fehler geschafft habe, sehe ich strahlend zu ihm hoch.

»Du bist ein Naturtalent«, lobt er mich, und ich lache, denn er redet einfach nur Scheiße. Meine Wangen schmerzen von meinem Lächeln.

»Ich werde den Bass und die Hi-Hat diesmal noch um die Snare ergänzen«, erklärt er mir. Ich speichere diese neuen Begriffe in meinem Kopf ab und beobachte ihn genau. »Bist du bereit?«

Ich nicke und hoffe, dass ich diesen neuen Rhythmus auch hinkriege, und Mike spielt ihn mir ein paarmal vor und gibt mir Zeit, mir alles einzuprägen. Es juckt mich in den Fingern, ihm die Schläger abzunehmen, damit ich es selbst versuchen kann. »Alles klar?«

»Wir werden sehen«, sage ich, und er lacht. Ich kaue auf meiner Lippe. Mein Selbstbewusstsein schwindet, während ich den Rhythmus in Gedanken nachspiele und an meiner Koordination zweifle.

»Du kannst das«, verspricht mir Mike, und der aufmunternde Blick in seinen großen braunen Augen sorgt dafür, dass ich meinen eisernen Griff um die Schläger lockere. Seine Hand drückt meine Schulter, sein Daumen klopft einen Rhythmus an meiner Haut.

»Ich kann mich nicht konzentrieren, wenn du das tust«, gestehe ich, und er hört auf, aber lässt seine Hand wo sie ist. Er beginnt auf meiner Schulter hin und her zu reiben, und meine Zehen rollen sich in meinen Sneakers ein.

Ich sehe zu ihm hoch und er zu mir herunter. Niemand spricht, und mein Herz gibt seinen eigenen Rhythmus vor: Es hämmert wie wild.

»Du schummelst«, hauche ich, und Mikes Mund verzieht sich zu einem verschlagenen Grinsen.

»Wieso schummle ich?«

»Wenn du so weitermachst«, warne ich ihn, »muss ich dir einen Punkt oder so was abziehen.«

Mike lacht und lässt die Hand sinken, und ich versuche angestrengt, ruhig genug zu atmen, um einen gleichmäßigen Rhythmus auf den Trommeln beizubehalten. *Hat er eben mit mir geflirtet? Hat er mich nur geneckt? Weiß er, dass ich ihn mag?*

Oh Gott. *Weiß er*, dass ich ihn mag?

Meine Zehen machen wieder diese seltsamen Dinge in meinen Schuhen, sodass das Fußpedal mit voller Wucht gegen die Basstrommel knallt. »Das zählt nicht!«, rufe ich, und Mike lacht wieder. Ich knuffe ihn mit einem Schläger in den Bauch. »Das war ein Versehen! Das zählt nicht.«

»Na schön«, lenkt er grinsend ein und schnappt sich das Ende meines Schlägers, damit ich ihn nicht noch einmal damit knuffen kann. »Es zählt nicht.« Er hält den Schläger fest, beugt sich näher vor, ein verschmitztes Lächeln im Gesicht. »Aber du wirst dieses Spiel trotzdem verlieren.«

Als er den Schläger loslässt und die Arme vor der Brust verschränkt, wende ich mich wieder zum Schlagzeug und mache mich daran, ihm das Gegenteil zu beweisen. Mein rechter Schläger klopft auf die Hi-Hat, mein Fußpedal schlägt auf den Bass. Ich spiele weiter, und ich lache, weil mir keine Fehler passieren. Ich grinse Mike an, voller Ehrfurcht angesichts der Tatsache, dass ich allen Ernstes Schlagzeug spiele. Vor zehn Minuten wusste ich noch nicht einmal, was eine Hi-Hat ist, und jetzt sitze ich hier und gebe einen Rhythmus vor wie ein echter Drummer. »Das ist ja umwerfend«, staune ich lachend, und Mikes Lächeln wird breiter, während er mich beobachtet.

»Ich habe dir ja gesagt, du bist ein Naturtalent.«

»Bin ich schon besser als du?«

Mike versucht, sich ein Lächeln zu verbeißen, und streckt die Hände nach den Schlägern aus. Als ich sie ihm reiche, nimmt er meinen Platz ein und schenkt mir ein liebevolles Grinsen. »Wir werden sehen.«

Er beginnt auf die Snare einzutrommeln, und ich versuche mir die Reihenfolge einzuprägen. Aber seine Hände bewegen sich zu schnell, um ihnen folgen zu können. Seine Schläger tänzeln über Snares und Becken, und mit den Füßen hämmert er auf die beiden Basstrommeln ein und gibt einen schnellen, lauten, unmöglichen Rhythmus vor. Ich stehe da und sehe ihm voller Respekt zu. Wie viele Stunden und wie viele Nächte und wie viele Jahre muss er gebraucht haben, um dieses Niveau zu erreichen? Er spielt diesen wilden Rhythmus, als wäre er ganz leicht, als wäre er so einfach wie denken, wie atmen.

Schließlich höre ich auf, mich auf seine Hände zu konzentrieren, und mein Blick schweift zu seinen Armen, seiner Brust, seinem Gesicht. Ich bewundere die geschwungene Form seiner Lippen, den Bart an seinem Kinn, seine Augen. Die Schmetterlinge beginnen sich wieder in mir zu regen, und als Mike schließlich einen letzten harten Trommelwirbel hinlegt, bin ich eines dieser Mädchen, die ihm bei seinen Shows von der ersten Reihe aus mit weichen Knien zusehen.

»Du bist dran«, sagt er, als ich atemlos dastehe und schließlich auf die Erde zurückkehre.

»Hä?«

Er reicht mir die Schläger. »Dann wollen wir mal sehen, was du draufhast«, sagt er neckend.

Ich setze mich benommen ans Schlagzeug, und dann muss ich unwillkürlich lachen. Denn ja, verdammt, richtig. »Wie wär's, wenn ich etwas noch Besseres mache?«, frage ich, und Mike zieht fragend eine Augenbraue hoch.

»Zum Beispiel?«

Ich drehe mich zu ihm herum und halte die Schläger vor ihm hoch. Und dann, als ich seine volle Aufmerksamkeit habe, beginne ich sie zwischen meinen Fingern herumzuwirbeln. Fünf Jahre Stabdrehen haben mich auf diesen Moment vorbereitet, und ich drehe, was das Zeug hält. Die Schläger nehmen Fahrt auf und wirbeln immer schneller um meine Finger. Ich stehe auf und gehe in die Mitte des Garagenstudios, wo ich die Schläger hochwerfe, mich einmal im Kreis drehe, während sie in der Luft sind, sie dann mit den Fingern auffange und weiter herumwirble. »Alles klar?«, wiederhole ich, was Mike vorhin zu mir gesagt hat, und er lacht.

»Ausgeschlossen. Du hast gewonnen.«

Ich grinse und werfe sie noch einmal in die Luft, um sie diesmal hinter meinem Rücken aufzufangen, aber dann klingelt mein Handy, und sie fallen scheppernd auf den Boden.

20

Es ist schwierig, mit Dee und Rowan in regelmäßigem Kontakt zu bleiben, aber ob ein Dreiertelefonat nach dem Tag, den ich hatte, sinnvoll ist?

Dee: »Heute Nacht wirst du ihn um den Verstand vögeln, oder?«

Rowan: »Dee …«

Dee: »Er ist Single!«

Rowan: »Sie will doch kein Lückenbüßer sein!«

Dee: »Wer ist hier ein Lückenbüßer? Er ist in sie verliebt!«

Ich trete hinaus in die eiskalte Luft, denn ich würde lieber einen langsamen Tod durch Erfrieren sterben, als dass Mike *irgendetwas* von dieser lächerlichen Unterhaltung mitbekommt.

»Hailey«, sagt Rowan, »du weißt aber schon, dass du bis zum Ende des Semesters abwechselnd bei mir und Dee schlafen kannst, oder?«

Ich bekomme keine Chance zu antworten, weil Dee direkt schimpft: »Sag ihr das doch nicht! Sie wohnt jetzt bei Mike!«

»Leute …«, beginne ich, aber über ihrem ganzen Gezanke hören sie mich gar nicht.

»Dee, das ist zu schnell!«

»Du hast es doch selbst gemacht!«

»Leute …«, versuche ich es noch einmal.

»Das war etwas anderes! Ich …«

»Wieso war es etwas anderes? Du …«

»LEUTE.« Tödliche Stille dehnt sich in der Leitung aus, und ich hole einmal tief Luft. »Ich bin euch sehr dankbar für das Angebot, aber ich fahre morgen zu meiner Familie nach Indiana.«

Noch mehr Schweigen.

»Hallo?«

Nach einem Moment sagt Dee: »Warum solltest du etwas so Idiotisches tun?«

Und auf einmal hat es Rowan überhaupt nicht eilig, mich zu verteidigen.

»Was habe ich denn für eine Wahl?«, frage ich, während eine nächtliche Brise um meine Ohren weht. Ich stehe vor Mikes Haustür, erhellt von seinem Verandalicht und einem Himmel voller Oktobersterne. »Ich kann es mir nicht leisten, hier zu bleiben.«

»Vermutlich kann ich dir in dem Restaurant, in dem ich früher gearbeitet habe, einen Job als Kellnerin besorgen«, schlägt Dee vor. »Der Job hat echt genervt, aber …«

»Und nächstes Semester?«, wende ich ein. »Wenn Danica ihren Dad dazu bringt, mir den Geldhahn zuzudrehen, muss ich die Uni abbrechen. Ich kann mir die Studiengebühren allein auf keinen Fall leisten.«

»Aber *dieses* Semester ist doch bereits abgedeckt, oder?«, fragt Rowan, und da hat sie recht. Ein Semester an der Mayfield University ist mehr, als ich mir noch vor ein paar Monaten erträumt hätte, und ich weiß, wenn ich jetzt abbreche, dann wäre das eine Vergeudung all der harten Arbeit der letzten zwei Monate. Eine Vergeudung des Geldes meines Onkels. Eine Vergeudung all der Male, die ich mir auf die Zunge gebissen habe, wenn Danica mich gezwungen hat, mir jeden Cent dieser Studiengebühren zu verdienen.

Aber ich will Rowan und Adam oder Dee und Joel oder

Mike nicht zur Last fallen. Ich weiß, sie würden mich für die letzten zwei Monate dieses Semesters bei sich aufnehmen, weil sie meine Freunde sind, aber gerade weil sie meine Freunde sind, will ich nicht, dass sie das tun. Sie haben sich nicht dazu verpflichtet, dem Sozialfall, der ich bin, als Sponsor zur Verfügung zu stehen … Das hier ist mein Problem, nicht ihres.

»Können deine Eltern dir nicht helfen?«, fragt Dee, als ich mich in meinen Gedanken verloren habe, vergeblich bemüht, irgendeinen Ausweg zu finden, um die Uni nicht abbrechen zu müssen.

»Wenn sie das könnten, meinst du, dann hätte ich die letzten zweieinhalb Monate mit Danica zusammengelebt?« Ich seufze und presse die Augen fest zusammen, spüre schon jetzt den Stich in meinem Herzen von dem, was ich als Nächstes sagen muss. Aber sie müssen es verstehen – sie müssen verstehen, dass nichts von alldem so einfach ist. Meine Stimme ist leise, als ich gestehe: »Ich trage diese Secondhandkleider nicht, weil ich exzentrisch bin … das ist euch beiden schon klar, oder?«

»Hailey«, unterbricht mich Rowan prompt. »Erstens bist du wunderschön, und deine Kleider sind umwerfend, also red keinen Scheiß. Und zweitens …«

Als sie den Satz nicht zu Ende führt, frage ich: »Ja?«

»Na ja … eigentlich habe ich noch keinen zweiten Punkt. Lass mich nachdenken.«

Wir drei brüten schweigend vor uns hin, während ich mich auf Mikes Veranda setze. Die Kälte dringt durch meine Jeans, und in den grünen Ivy-Tech-Kapuzenpulli, den Mike an dem Abend, an dem wir uns kennenlernten, für mich gerettet hat. Ich schlinge die Arme um meine Beine.

»Ich werde Stipendien recherchieren«, entscheidet Rowan schließlich.

»Ich auch«, stimmt Dee zu.

Ich schaue zum Mond, hilflos, während sich die Welt in Richtung morgen dreht und dreht und dreht. »Das hat keinen Sinn«, sage ich zu den beiden Mädchen, die meine Freundinnen geworden sind. »Ich habe sie schon alle recherchiert.«

»Hailey, Tierärztin zu werden ist dir wichtig …«, beginnt Rowan, aber daran kann ich im Moment nicht denken. Ich kann es nicht, weil es *wirklich* keinen Sinn hat. Ich kann es nicht, weil es wehtut.

»Ich weiß, aber …«

»Ich werde trotzdem recherchieren«, beharrt Rowan, und Dee schließt sich ihrem Plan an.

»Ich auch.«

Ich will ihnen sagen, dass ich sie vermissen werde, wenn ich weggehe – ich werde den Kaffee mit ihnen in der Uni vermissen, und diese wahnsinnigen Telefonate, bei denen ich nicht mitkomme. Ich werde Dees verrückte SMS und Rowans liebes Lachen vermissen.

»Was sagt Mike dazu, dass du weggehst?«, fragt Rowan, und ich schlinge die Arme gegen die Kälte noch fester um mich.

»Er denkt, dass das alles vorbeigehen wird. Als ob Danica über Nacht ein Herz wachsen würde oder so.«

»Ich verstehe immer noch nicht, wie er so viele Jahre mit ihr zusammen sein konnte und noch immer nicht begreift, wie sie wirklich ist«, kritisiert Dee.

»Mit ihm zusammen war sie anders«, wendet Rowan ein.

»Er weiß es ja«, sage ich, und Schweigen schleicht sich in unsere Unterhaltung. Ich seufze, bevor ich fortfahre. »Ich glaube, Danica war anders, als er sich in sie verliebt hat …« – das Wort *verliebt* fühlt sich in diesem Satz so widerlich an, aber ich fahre trotzdem fort – »… und er hat sich in diesen letzten

Wochen einfach an die Hoffnung geklammert, dass sie tief in ihr vielleicht noch immer dieselbe Person ist. Dass sie vielleicht wieder zu dieser Person wird.« Ich kenne das Gefühl, denn ich hatte es selbst einmal. Aber Danica ist nicht mehr das kleine Mädchen, das mit mir zusammen im Hühnerstall gekichert hat, und sie ist auch nicht mehr die Person, in die Mike sich verliebt hat.

»Ich glaube, du hast recht«, sagt Rowan, und der verständnisvolle Ton in ihrer Stimme lässt mich fragen, ob sie das Gefühl auch kennt … ob sie weiß, wie es ist, den Verlust von jemandem zu betrauern, der noch immer redet, atmet, da ist … »Manchmal ist es schwer loszulassen.«

»Aber du solltest nicht an einem Fehler festhalten, nur weil du ihn irgendwann mal gemacht hast«, sagt Dee, und da sind wir drei uns einig.

»Ich nehme an, du hast Mike gesagt, dass es ausgeschlossen ist, dass Danica ihre Meinung zu dieser Sache ändern wird?«, fragt Rowan.

»Ja. Er hat mir angeboten, für den Rest des Semesters bei ihm zu wohnen, aber …«

»Aber was?«

»Er weiß nicht, dass Danicas Familie nicht nur die Wohnung stellt. Er hat keine Ahnung, dass sie auch meine Studiengebühren, meine Rechnungen, meine Einkäufe bezahlen …«

»Und warum willst du nicht, dass er es weiß?«, fragt Rowan, und ich nehme an, das hier ist der Teil, den ich laut aussprechen muss …

»Weil es peinlich ist.« Peinlich. Ich weiß, ich sollte nicht so fühlen, aber ich tue es nun einmal. »Ich hasse es, dass ich mir den Kaffee von zu Hause mitbringen muss. Ich hasse es, dass ich mir nie Kleider mit richtigen Preisschildern dran kaufen kann. Mike ist dieser verdammte Rockstar, und …«

»Mike ist nichts von alldem wichtig«, unterbricht mich Rowan.

»Das weiß ich ja, aber …«

»Kein Aber. Hast du mich verstanden? Mike ist nichts von diesem Zeug wichtig. Mike ist kein Rockstar. Mike ist einfach nur *Mike.*«

Und wie aufs Stichwort fällt gelbliches Licht auf die Veranda, als die Haustür knarrend aufgeht. Mike steckt den Kopf hinaus und sieht mich, wie ich die Arme um mich geschlungen habe. »Hey, entschuldige die Störung, aber … es ist kalt. Willst du vielleicht eine Jacke?« Er hält mir eine schwarze Leinenjacke hin, und mein Herz verkrampft sich, als ich sie entgegennehme.

»Danke.«

»Ich habe Pizza bestellt«, sagt Mike. »Chili hatten sie nicht, aber Oliven habe ich für dich bekommen.«

Ich habe einen Kloß im Hals, als ich mich noch einmal bei ihm bedanke, und als er wieder ins Haus verschwindet, presse ich die Augen gegen die beißende Luft fest zusammen.

»Ich sage ja immer noch, du solltest ihn heute Nacht um den Verstand vögeln«, schlägt Dee vor, und ich muss lachen. »Hör zu«, beharrt sie, »wenn du wirklich bald weggehst, dann denke ich, du solltest mit einem Bums gehen.«

Sehr witzig.

»Verstanden? Du sollst mit einem *Bums* gehen.«

»Das ist so abgedroschen«, schnaubt Rowan, aber keine von uns kann sich das Lachen verkneifen. Deshalb liebe ich die beiden – weil sie mich selbst an meinem schlimmsten Abend zum Lachen bringen können. Das ist der Grund, weshalb ich sie vermissen werde, zusammen mit Mike und der Uni und dem Tierheim und allem anderen an dieser Stadt.

Na ja, fast allem.

Schließlich finde ich eine Ausrede, um das Telefongespräch zu beenden, und ich verspreche den beiden, dass ich nicht weggehen werde, bevor wir nicht jede Option ausgelotet haben. Ich weiß, dass Rowan die ganze Nacht aufbleiben wird, um Stipendien und Wohnmöglichkeiten für mich zu recherchieren, und dass ich absolut nichts sagen könnte, was sie davon abhalten würde. Und ich bin mir sicher, dass Dees großer Plan darin besteht, mich mit Gewalt festzuhalten, damit sie mich einer Gehirnwäsche unterziehen und mich dazu bringen kann, Mike zu heiraten und ein Dutzend Babys mit ihm zu machen. Denn sie weigert sich standhaft zu glauben, dass er mich nur als gute Freundin sieht. Aber ich versuche nicht, die beiden von ihren Meinungen abzubringen. Ich lasse einfach zu, dass sie sich um mich kümmern. Ich lasse es zu, denn wenn ich gezwungenermaßen zurück nach Indiana ziehen werde, muss ich wissen, dass das hier irgendwie wichtig war, dass all das hier nicht umsonst war.

Im Haus sitzen Mike und ich nebeneinander auf der Couch, Gamecontroller in den Händen, Pizzastücke auf Papptellern neben uns, Flaschen mit Bier vor uns auf dem Tisch. Wir spielen mit Kyle dem *PussySlayer* und machen ihm die Hölle heiß, bis ich so heftig lachen muss, dass ich das richtige Leben vergesse. Ich vergesse, dass ich weggehen muss. Es gibt nur noch Mike, der mit mir lacht, mich auf seine besondere Art anlächelt.

»Was denn?«, frage ich irgendwann gegen drei Uhr morgens, kichernd über die Miene in seinem Gesicht.

»Ich denke, das hier könnte glatt die beste Nacht meines Lebens sein.«

Ich schnaube verächtlich. »Du hast zu viel getrunken.«

Er schüttelt den Kopf, dieses alberne Lächeln noch immer im Gesicht. »Nein, das meine ich ernst.«

»Ich glaube, du meinst es im Wahn.« Als er mich immer noch einfach nur angrinst, steigt mir die Röte in die Wangen. »Du musst ins Bett gehen.«

»Komm mit mir.«

Diese Röte verwandelt sich in einen heißen, lodernden Flächenbrand. »Ich bin noch nicht müde.«

Mike legt seinen Controller auf die Couch. »Komm trotzdem.«

Meine Nase fängt Feuer. Meine Ohren fangen Feuer. Mein Nacken fängt Feuer. »Warum?«

»Damit ich nicht aufbleiben muss.«

»Ich bin mir ziemlich sicher, dass du auch ohne mich ins Bett gehen kannst.«

»Ja«, sagt Mike, während er die Fernbedienung auf den Fernseher richtet und ihn ausschaltet, »aber ich will nicht.«

21

Ich weiß nicht, wie es sich anfühlt, auf Drogen zu sein, da ich noch nie irgendwelche genommen habe. Aber ich stelle mir vor, es muss sich ungefähr so anfühlen, wie wenn Mike Madden dir befiehlt, mit ihm ins Bett zu gehen. Die Welt dreht sich schneller, die Zeit beschleunigt sich, und mein ganzer Körper kribbelt vor nervöser Vorfreude.

Es ist spät – richtig spät –, und ich laufe in Mikes Badezimmer auf und ab. Meine flauschigen blauen Socken fressen gefühlt eine Furche in die schiefergrauen Fliesen.

Als ich dreizehn war, hatte ich diesen immer wiederkehrenden Traum, dass eine einen Meter achtzig große blaue Maus in mein Zimmer eindrang, um auf meinem Bett Himmel und Hölle zu spielen. Und *das* ergab mehr Sinn als alles, was heute Abend mit Mike passiert ist. Ich gehe auf die Badewanne zu und erinnere mich, wie sein Daumen meine Schulter massiert hat, wie er sich geweigert hat, ohne mich ins Bett zu gehen. Dann laufe ich zurück zur Tür, denke daran, wie wir Pizza gegessen und zusammen Kriegsspiele gespielt haben wie zwei zwanzigjährige Verbindungsstudenten. Auf die Badewanne zu – wie fest er meine Beine gestern Abend gehalten hat. Auf die Tür zu – die Tatsache, dass er zwei Wochen gebraucht hat, um sich von Danica zu trennen, obwohl ich die ganze Zeit da war.

Seine Stimme am Teich hallt in meinem Kopf wider: *Du bist jetzt einer meiner besten Freunde.*

Ich setze mich auf den Toilettendeckel und presse mir die Handballen auf die Augen. Ich bin erschöpft, ich bin ausgelaugt, und ich steigere mich da in etwas hinein. Mike hat meine Schulter gerieben, um mich zu necken, wie es gute Freunde tun. Er wollte, dass ich mit ihm ins Bett komme, damit wir weiter reden und lachen können, wie es gute Freunde tun. Er hat mich durch den Wald getragen, er hat mich vom Tierheim abgeholt, er hat mir seine Gefühle für Danica anvertraut, weil all das Dinge sind, die Freunde – richtig, richtig gute Freunde – tun.

Er wird mich vermissen, wenn ich nicht mehr da bin. Aber nicht so, wie ich ihn vermissen werde.

Und überhaupt, selbst wenn er mich so sehr mögen würde, wie ich ihn mag, würde es keine Rolle spielen. Er ist ein Rockstar. Er wird lächerlich berühmt werden. Er wird in jedem Land der Welt Mädchen haben, die sich ihm zu Füßen werfen, angefangen nächste Woche, wenn er auf Tour geht. Die meiste Zeit seines Lebens wird er weit weg von Virginia verbringen. Weit weg von Indiana. Weit weg von mir.

Vielleicht sollte er immer nur meine eine aufregende Geschichte sein. In fünfzig Jahren, wenn ich noch immer auf der Farm lebe, auf der schon meine Eltern und meine Großeltern gelebt haben, wenn meine eigenen Enkelinnen die eintausend langweiligen Geschichten über das Vieh und das Wetter und die Ernten leid sind, werde ich ihnen von dem heißen Drummer erzählen, für den ich in meinem einen Semester in Virginia geschwärmt habe. Vielleicht werde ich ihnen sogar von der einen Nacht erzählen, die ich in seinem Bett geschlafen habe. Vermutlich werden sie denken, dass er es war, der sich verdrückt hat, und vielleicht werde ich das auch denken … Aber ich werde trotzdem lächeln, denn es gibt Schlimmeres, als Mike Maddens gute Freundin zu sein – ihn überhaupt nicht kennengelernt zu haben zum Beispiel.

Ich ignoriere den stechenden Schmerz in meiner Brust, drücke die Badezimmertür auf und schlurfe den Flur hinunter zu Mikes Schlafzimmer. Im trüben Schimmer einer Ecklampe streicht er gerade die Laken seines riesigen Betts glatt. Seine braunen Augen sehen hoch in meine, dunkel unter dichten Wimpern im weichen Lampenlicht. Er richtet sich zu seinen ganzen einen Meter achtzig und ein bisschen mehr auf, in einem weißen T-Shirt, einer roten Trainingsshorts und schwarzen Sneakersocken, und mir fällt auf, wie groß er ist – wie ich mich, wenn er die Arme um mich legen würde, völlig in ihnen verlieren könnte.

»Welche Seite willst du?«, fragt er.

»Die, auf der du normalerweise nicht schläfst.«

»Normalerweise schlafe ich in der Mitte.« Mike trommelt mit den Fingern auf sein Bein, und ich rolle meine Zehen auf dem Boden immer wieder ein und aus.

»Es ist dein Bett. Entscheide du.«

»Ich denke, ich nehme die hier«, meint er dann und zeigt auf die Seite, die näher an der Tür ist. Ich nicke und kaue auf meiner Lippe, während wir am Fußende des Betts aneinander vorbeigehen. Der schwache Geruch seines Aftershaves versetzt meinem Herzen einen Stich. Es riecht, als würde man durch den Regen laufen, als würde man durch rote Blätter getragen werden.

Mike und ich schlüpfen gleichzeitig unter seine Decken – ich verharre zögernd am Rand der Matratze, als er es sich auf seiner Seite bequem macht. Als er in diesem weichen gelben Licht meinen Blick auffängt, falle ich fast aus dem Bett.

Ich erwarte, dass er einen Witz darüber reißt, wie verkrampft das alles ist, oder mich fragt, ob ich es bequem habe, oder *irgendetwas* sagt, egal was, aber stattdessen liegt er einfach nur da, und ich auch. Ich lasse ihn mich anschauen, denn das heißt, dass ich ihn auch anschauen kann. Ich betrachte die geschwungene Form seiner schwarzen Wimpern, die goldene Schattierung in seinen Augen, die kräftigen Konturen seiner Wange. Es fühlt sich verboten an, ihn so anzustarren, ihm so nah zu sein. Aber nicht wegen Danica. Sondern weil er zu perfekt ist. Wie weich sein Haar auf dem marineblauen Kissen aussieht. Die Art, wie es perfekt in den Bart an seinem Kinn übergeht. Die verlockende Form seiner Lippen.

Ich schließe die Augen und versuche, das alles in meinem Gedächtnis abzuspeichern, denn ich will diesen Moment mit nach Hause nehmen. Ich will ihn für immer nah bei mir behalten.

»Ich habe es vermisst, dir süße Träume zu wünschen«, sagt Mike, und seine leise Stimme überredet meine Augen, sich wieder zu öffnen. Er liegt noch immer nur wenige Zentimeter von mir entfernt und mustert mich mit diesem Blick, der an den Fäden in meinem Inneren zerrt.

Ich will ihn fragen, warum er damit aufgehört hat, aber ich weiß die Antwort bereits. Er hat es getan, weil ich aufgehört habe, darauf zu antworten. Ich wollte nicht, dass er merkt, was ich für ihn empfinde, und ich will es noch immer nicht. Ich kann nicht den Rest meines Lebens damit verbringen, mich zu fragen, ob das der Grund ist, weshalb er nie wieder mit mir redet, sobald ich diese Stadt hinter mir gelassen habe.

»Ich auch«, sage ich, und als mein Blick sich in seinem verfängt, lasse ich es zu. Ich lasse mich in diese Augen fallen und fallen und fallen.

»Süße Träume, Hailey.«

Mein empfindliches Herz hämmert in meiner Brust und droht bei jedem Schlag zu brechen. Ich zwinge mich zu schlucken, zwinge mich zu atmen. »Süße Träume, Mike.«

Als er das Licht ausschaltet, schließe ich die Augen wieder. Und im Dunkeln lausche ich darauf, wie mein Herz unter der Schwere des Abschiednehmens zersplittert.

22

Es ist kein Wunder, dass ich nicht schlafen kann, denn ich bin in Mike Maddens Zimmer, in Mike Maddens Bett. Nicht einmal das Mondlicht durchdringt seine schweren Vorhänge, daher gibt es nichts, was nach meiner Aufmerksamkeit verlangt, bis auf die Gedanken, die mir durch den Kopf jagen.

Morgen wird mich mein Onkel Rick anrufen. Er wird Danicas Anschuldigungen wiederholen, und ich werde sie abstreiten. Ich werde darauf achten, keine Wörter wie *eifersüchtig* oder *wahnhaft* oder *psychotisch* zu verwenden, wenn ich über seine Tochter spreche, aber ich werde mich verteidigen. Ich werde ihm sagen, dass ich nie so etwas tun würde, wie ihr den Freund auszuspannen, und vielleicht wird er mir sogar glauben.

Aber es wird keine Rolle spielen. Danicas Tränen haben schon immer mehr bedeutet als meine Aufrichtigkeit. Wie zum Beispiel an dem Weihnachten, an dem sie mich nicht mit ihren Spielzeugedelsteinen spielen lassen wollte, weil sie sagte, es gebe nicht genügend Glitzersteine für uns beide. Oder an dem Ostern, an dem ich nichts von ihrer rosa Eierfarbe benutzen durfte, weil sie sagte, sie bräuchte alles davon für sich selbst. Daher werde ich nicht betteln, und ich werde nicht weinen, und ich werde meinem Onkel nicht einmal sagen, dass sie meinen Computer zerbrochen hat, denn das hätte gar keinen Sinn – Computer sind für ihn so ersetzbar wie Bleistifte. Bedeutungslos. Meine Gefühle werden bedeutungslos sein. Und letztendlich wird er entscheiden, dass Danica, wenn sie diese Stadt nicht teilen will, es nicht tun muss. Er wird nie verstehen, wie viel es mir bedeutet hätte, mit diesen Edelsteinen zu spielen.

Das Bett bewegt sich zum gefühlt hundertsten Mal unter Mikes Gewicht und bringt meine Gedanken zu einem näher gelegenen Ort. Danach zu urteilen, wie er sich immer wieder hin und her gewälzt hat, vermute ich, dass er auch noch nicht geschlafen hat. Im Stockdunkeln neben ihm liegend, habe ich jede Bewegung, jedes Herumwälzen, jeden tiefen Atemzug deutlich wahrgenommen.

»Ich kann nicht schlafen«, bestätigt seine leise Stimme, auch wenn ich mir sicher bin, dass er es aus völlig anderen Gründen nicht kann. Ich kann nicht schlafen, weil es wehtut, ihm so nahe zu sein. Es ist ein Engegefühl in meiner Brust. Es ist ein Krampf in meinen Fingern. Es ist die Folter, ihm so nah und doch so, so fern zu sein. Es war leichter, meine Gedanken in die Zukunft schweifen zu lassen, als sich mit dem Hier und Jetzt in Mikes Bett zu beschäftigen. Ich weiß nicht, ob es nur Minuten waren, in denen ich angestrengt versucht habe, neben ihm gleichmäßig zu atmen, oder Stunden, aber es fühlt sich wie Stunden an. Es fühlt sich wie Tage an. Wochen.

»Warum nicht?«, frage ich.

»Finde keine bequeme Position.«

Ich drehe mich auf die Seite, um ihn unter den leichten Decken hervor anzusehen, und obwohl ich in diesem Moment meine eigene Hand vor dem Gesicht nicht erkennen könnte, spüre ich die Entfernung zwischen uns. »Willst du die Seiten tauschen?«

»Nein«, sagt Mike, und das Bett bewegt sich wieder, neigt sich zu mir. Ich weiß genau, wenn ich jetzt die Hand nur ein klein wenig ausstrecken würde, wäre er genau da. Ich könnte ihn berühren.

»Bist du sicher?«, flüstere ich, und mein Kissen bewegt sich. Mikes warmer Atem streift meinen Nacken, als er mir antwortet.

»Ja.« Seine Stimme ist leise, weicher als das Kissen, das wir uns teilen. »So fühlt es sich besser an.«

»Okay«, sage ich. Er ist mir so nah, dass meine Haut kribbelt. Sie wartet darauf, berührt zu werden – dass er die Arme um mich legt und mich nah an sich zieht oder vorrutscht, bis sein Körper fest an meinen gedrückt ist. Aber stattdessen liegt er mehrere quälende Zentimeter entfernt da und erweckt meine Nervenenden mit jedem einzelnen Atemzug zum Leben.

Wenn ich nicht bald weggehen müsste, vielleicht würde ich dann tatsächlich die Hand ausstrecken. Vielleicht würde ich das Shirt finden, das locker über seinem harten Bauch liegt, und es mit einer Faust umklammern. Vielleicht würde ich ihn an mich ziehen und die Zurückweisung riskieren, um seine Lippen im Dunkeln zu finden. Vielleicht würde er im Dunkeln meinen Kuss erwidern.

Wenn ich nicht weggehen müsste.

Wenn ich nicht weggehen müsste.

Für heute Nacht schließe ich die Augen, und auf einem geteilten Kissen lasse ich zu, dass mein Atem sich mit seinem vermischt, und ich versuche, süße Träume zu haben.

23

Es ist fast schlimmer, den Anruf *nicht* zu bekommen. Es heißt, dass ich ständig nachsehe, ob der Klingelton laut gestellt ist. Es heißt, dass mein Telefon praktisch an meiner Hand klebt. Es heißt, dass meine Nerven angespannt sind, mein Kopf irgendwie schmerzt und mein Magen sich seiner selbst sehr unsicher ist.

In Mikes Küche wende ich ein Omelett in einer Pfanne und drehe den Kopf zur Seite, um für einen Moment nicht nach Ei riechende Luft zu atmen. Heute Morgen habe ich mich leise unter seiner Decke hervor aus dem Bett gestohlen, sobald die Uhr auf meinem Telefon von 5:59 auf 6:00 umsprang, und mich in seinem Bad kurz unter die Dusche gestellt. Nachdem ich einen Finger mit Zahnpasta bestrichen und mir damit die Zähne geputzt hatte, setzte ich mich an seinen Küchentisch und wägte all meine Optionen ab – und dann beschloss ich zu kochen, denn kochen ist leichter als nachdenken.

Jetzt stehe ich an seinem Herd und tue beides. Ich weiß, dass Danica Spielchen spielt, aber ich habe keine Ahnung, wie lange sie vorhat, sie zu spielen. Sollte ich in die Offensive gehen? Meinen Onkel anrufen und ihm alles selbst erklären? Nein … denn was, wenn Mike recht hat? Was, wenn ich mich täusche? Was, wenn sie ihre Drohung, mein Leben zu ruinieren, tatsächlich gar nicht wahrmachen wird?

Ja, na klar. Wann würde sich Danica eine solche Gelegenheit je entgehen lassen? Selbst wenn ich jetzt zu ihren Füßen um Gnade winseln würde, würde sie mein Gesicht in den Staub treten.

»Guten Morgen«, sagt Mike, und als ich einen Blick über die Schulter werfe, sehe ich, wie er sich am Kopf kratzt und gähnt. Seine Haare stehen auf der Seite ab, mit der er auf dem Kissen lag, das wir uns letzte Nacht geteilt haben, und ich speichere das Bild ab, um es mit nach Hause zu nehmen: Mike Madden mit schläfrigen Augen, vom Schlaf zerzausten Haaren und Kleidern, in denen er geschlafen hat. Dann wende ich mich wieder um, bevor ich irgendetwas Dummes tun kann wie zum Beispiel, zu ihm hinübergehen, um ihm die Haare glatt zu streichen.

»Ich mache Frühstück«, erkläre ich, während ich die Eier wende und sie in der Pfanne herumschiebe – alles, nur um nicht noch einmal einen Blick über die Schulter zu werfen. Dann haben wir eben das Bett geteilt, na und? Wir sind noch immer nur Freunde. Er ist noch immer der Ex meiner Cousine. Er ist noch immer ein Rockstar. Er ist noch immer unerreichbar. Ich muss noch immer zurück nach Hause ziehen.

»Du isst Eier?«

Mir stockt der Atem, als ich Mikes Stimme genau hinter mir höre, und mein ganzer Körper versteift sich, als seine Brust meinen Rücken streift. Ich sehe über meine Schulter zu ihm hoch, verliere mich für einen Moment in diesen großen braunen Augen. Während ich noch nach meiner Stimme suche, fügt er hinzu: »Ich dachte, Vegetarier essen keine Eier.«

»Manche schon«, bringe ich zustande. »Aber ich nicht … Die sind für dich.«

Der Schlaf scheint aus Mikes Augen zu weichen, und die Sonne geht auf seinem Gesicht auf. »Woher wusstest du, wann ich aufwache?«

»Ich wusste es nicht«, sage ich, und als ich einen Arm ausstrecke, um die Mikrowelle zu öffnen, lacht er. Er nimmt den Teller, auf dem zwei bereits fertige Omeletts liegen, heraus, schnappt sich Gabel und Messer aus einer Schublade und setzt sich an den Küchentisch.

»Zum Glück habe ich Hunger.«

»Vermutlich schmecken sie fürchterlich«, warne ich ihn und wende das dritte Omelett in der Pfanne. »Ich habe seit einer Ewigkeit keine Eier mehr gemacht.«

»Ich bin sicher, sie schmecken fantastisch«, sagt er, und als ich einen Blick über die Schulter werfe, sehe ich, wie er sich ein Stück abschneidet.

»Würdest du es mir sagen, wenn nicht?«, frage ich.

Mike schaufelt sich den Bissen in den Mund und lächelt. Er schüttelt den Kopf, nein. Als er schluckt, frage ich: »Und?«

»Fantastisch«, wiederholt er, und seine Neckerei zwingt mich, mich von ihm abzuwenden, um mein Lächeln zu verbergen.

Ich stehe da und frage mich plötzlich, ob er das auch für Danica getan hätte – sie mitten in einem Gewitter finden und sie vergessen lassen, dass es regnet. Und wenn er es wäre, dann frage ich mich, wie sie das je aufgeben könnte, warum sie nicht mit Zähnen und Klauen darum kämpfen würde, ihn zu behalten.

Einen Moment lang glaube ich, dass ich fast verstehen kann, warum sie gestern ausgerastet ist und meinen Computer zerbrochen und mein Zimmer zertrümmert hat. Aber der Moment verstreicht, und ich schüttle den Kopf und rufe mir in Erinnerung, dass sie ein psychotisches Biest ist.

»Und«, sagt Mike, und als er kurz zögert, bevor er den Satz zu Ende führt, weiß ich, was als Nächstes kommt. »Hast du schon von deiner Cousine gehört …?«

Ich muss heute Morgen ungefähr fünfhundertmal auf mein

Handy gesehen haben – ob mein Onkel mich angerufen hat, Danica mir eine SMS geschickt oder die Feuerwehr versucht hat, mich zu erreichen, um mir Bescheid zu geben, dass Danica den Rest meiner Habseligkeiten auf dem Rasen vor unserer Wohnung verbrannt hat. Aber fünfhundertmal war nichts da. Bis auf eine SMS von Dee, die mich fragte, ob ich schon flachgelegt wurde. Sie war um sieben Uhr morgens gesendet, und da ich den Verdacht hatte, dass sie ihren Wecker eigens für diese Frage gestellt hat, habe ich ihr zurückgeschrieben, sie solle sich wieder ins Bett legen.

Jetzt lege ich den Pfannenwender auf dem Tresen ab und suche in meinen Hosentaschen nach meinem Handy. Erst in der einen, dann in der anderen. Dann wieder in der rechten, der vorderen, der linken. »Scheiße.« Ich drehe mich um, suche die Küchentresen ab, den Tisch. »Hast du mein Handy gesehen?«

Mike steht auf, um mir beim Suchen zu helfen, während ich nervös im Wohnzimmer, im Bad, im Schlafzimmer nachsehe. In der Küche treffen wir uns schließlich wieder, beide erfolglos.

»Soll ich anrufen?«, fragt er und hat seines schon in der Hand.

Ich werfe einen letzten Blick durch die Küche, bevor ich nicke. »Ja, das wäre gut, der Klingelton ist laut gestellt.«

Ein paar Sekunden verstreichen, und dann höre ich irgendwo im Haus meinen Klingelton. Ich gehe zurück ins Wohnzimmer und verliere die Spur, während Mike den Flur hinuntergeht, der in den hinteren Teil des Hauses führt.

»Ich glaube, es ist hier drinnen«, ruft er und dann klickt das Schloss des Wäscheschranks. Nur ein einfaches Klicken, aber meine Augen weiten sich vor Entsetzen.

»Warte!«, flehe ich und stürze den Flur hinunter. Meine

Socken kommen auf dem Hartholzboden ins Rutschen, aber ich zwinge meine Beine, weiter vorwärts zu rennen und zu schlittern, in einem verzweifelten Versuch, mein Telefon vor Mike zu erreichen. Ich bin eine Comicfigur, die auf einer Bananenschale ausrutscht, während ich panisch schreie: »Warte! Nicht!«

In einer Sekunde schieße ich auf die Rückseite der geöffneten Schranktür zu. In der nächsten fällt diese Tür zu, und Mike starrt auf mein Handy hinunter. Ich komme einen halben Meter von ihm entfernt schlitternd zum Stehen und verfluche den Tag meiner Geburt. Das Telefon muss mir in den Wäschekorb gefallen sein, als ich nach dem Duschen meine schmutzigen Handtücher hineingeworfen habe, und jetzt wandert einer von Mikes Mundwinkeln langsam hoch, hoch, hoch, während er auf das Handy hinunterstarrt. Als er meinen Blick auffängt, liegt in seinen Augen eine Heiterkeit, die dafür sorgt, dass ich am liebsten auf der Stelle tot umfallen will.

»Supersexy, ja?«

Dees Name für ihn in meinem Handy. Gott hasst mich. Gott hasst mich so richtig, richtig.

»Das war Dee!«, verteidige ich mich. Ich weiß verdammt gut, dass meine glühenden Wangen nicht für mich sprechen. Meine erbärmliche Ausrede trägt nicht dazu bei, die selbstgefällige Belustigung von Mikes Miene zu wischen.

»Warum flippst du denn dann so aus?«

Meine Zunge ist so völlig verknotet, dass ich nur dastehe wie ein Idiot.

»Gib's doch einfach zu, Hailey«, neckt mich Mike, während er mir das Telefon hinhält. »Du findest mich heiß.«

Das Telefon fällt fast auf den Boden, als ich es ihm aus der Hand reiße. »Egal.«

Ich gehe von ihm weg und wünsche, ich wäre in diesem

dämlichen Teich ertrunken, als ich die Gelegenheit dazu hatte. Dann fragt Mike: »Was genau findest du denn heiß an mir?«

»Warum fragst du nicht Dee?«, entgegne ich, und Mike grinst, während ich weiter meinen Weg der Schande zurück zu seinem verbrannten Omelett gehe. Ich will mich in der Speisekammer verkriechen oder mein Gesicht gegen eine Wand schlagen oder den Kopf in den Ofen stecken. Stattdessen muss ich weiter so tun, als wäre das nicht das Peinlichste, was ich je erlebt habe.

Ich schalte die Herdplatte aus, bleibe von Mike abgewandt stehen, checke mein Handy und warte darauf, dass meine Wangen aufhören zu glühen. Ich habe keine entgangenen Anrufe oder SMS von meinem Onkel, nicht dass dieser Tag überhaupt noch schlimmer werden könnte. Aber eigentlich tue ich nur so, als würde ich mich um mein Handy kümmern, während ich diese letzten sechzig Sekunden noch einmal durchlebe. Ich wünsche, ich hätte ein bisschen schneller rennen und Mike zu Boden ringen können, bevor er diese verdammte Schranktür aufgemacht hat.

»Wenn du mir sagst, warum du mich heiß findest«, verhandelt er vom Eingang der Küche, »werde ich dir sagen, warum ich dich heiß finde.«

Ich werfe über die Schulter einen Blick auf ihn, bevor ich mich beherrschen kann, denn *hat er eben gesagt, dass ich heiß bin?* Aber Mike sieht nicht so aus, als ob er Witze macht oder Spielchen spielt oder lügt. Er steht einfach gegen den Türpfosten gelehnt da – mit seinen ganzen einen Meter achtzig, seinen Rockstar-Haaren, seinen Augen zum Dahinschmelzen – und wartet auf meine Antwort. Sein Blick weicht meinem nicht aus.

»Hör auf, Witze zu machen«, befehle ich ihm.

»Wer macht hier Witze?«

Als ich mich von ihm abwende, glühen selbst die Spitzen meiner Ohren, und ich weiß, dass er es sehen kann. Seine Schritte kommen näher, während ich sein verbranntes Omelett auf einen Teller schaufle, und als ich mich wieder umdrehe, steht er genau vor mir, völlig ernst, und wartet darauf, dass ich etwas sage.

»Ich muss pinkeln«, piepse ich und schiebe ihm den Teller hin.

Das ist meine tolle Reaktion darauf, dass Mike mich anbaggert. *Baggert er mich denn an?!* Ich habe eben verkündet, dass ich pinkeln muss, und jetzt stürze ich aus der Küche. *Oh mein Gott, was zum Teufel tue ich hier eigentlich?!*

»Deine Lippen«, ruft Mike mir nach, und ich bleibe wie angewurzelt stehen und sehe über meine Schulter zurück. Er fängt meinen Blick auf, und mein Herz hämmert so hart in meiner Brust, dass ich mir sicher bin, dass wir beide es hören können. Ich halte seinem Blick stand, so lange ich kann – für einen Sekundenbruchteil –, und dann flüchte ich weiter in Richtung Toilette.

24

In Mikes Badezimmerspiegel sehe ich mir selbst zu, wie ich auf meiner Unterlippe herumbeiße. Ich frage mich, ob Mike das ernst gemeint hat: dass er vielleicht wirklich findet, dass ich attraktive Lippen habe … Sie sind nicht besonders rosa. Sie sind nicht besonders voll. Sie sind nicht besonders *irgendwas.*

Bernsteinfarbene Augen starren zu mir zurück, und Brauen furchen sich.

Ich muss pinkeln. Ganz toll, Hailey, ganz toll. Ich schließe die Augen und schüttle vor mir selbst den Kopf. *Ich muss pinkeln.* Hat es, in der Geschichte unbeholfener Mädchen weltweit, je eine erbärmlichere Reaktion auf einen Flirtversuch gegeben?

Hat Mike mit mir geflirtet?

Ich erinnere mich an die Miene in seinem Gesicht und beiße weiter an meiner Unterlippe herum.

Die letzten zwei Tage haben sich wie Albtraum und Traum zugleich angefühlt.

Danica, die mich rausgeschmissen hat: Albtraum. Mike, der mir Schlagzeugspielen beigebracht hat: Traum. Auf einen Anruf von meinem Onkel warten, der mein ganzes Leben ruinieren wird: Albtraum. Ein Kissen mit dem einzigen Mann teilen, der je Funken in mir entfacht hat: Traum. Dass er mir sagt, dass meine Lippen heiß sind: verwirrend.

Verwirrend, verwirrend, verwirrend.

Es ist nicht so, dass da noch nie ein Typ war, der mich

attraktiv fand. Zu Hause wurde ich oft genug um ein Date gebeten, und ich weiß, dass durchaus einige Jungs mich hübsch fanden … Nicht Danica-hübsch, aber … Hailey-hübsch. Kleinstadt-hübsch. Secondhand-hübsch.

Eindeutig nicht Rockstar-hübsch. Nicht hübsch genug, damit Mike mich so ansieht, wie er es getan hat.

Aber da war er: dieser Blick. Er ist klar in meinem Kopf abgespeichert, zusammen mit der Art, wie seine Augen gestern Nacht im weichen Licht seines Schlafzimmers aussahen, der Art, wie seine Haare heute Morgen von seinem Kopf abstanden.

Meine Zähne malträtieren meine Unterlippe, während ich noch immer stirnrunzelnd auf mein zerzaustes Spiegelbild starre. Meine Wangen sind ein wenig zu blass. Meine Augen sind ein wenig zu groß. Meine Brauen sind ein wenig zu dicht. Alles von mir ist ein bisschen zu wenig.

Ich versuche erfolglos, meine Haare mit einem von Mikes Kämmen zu bändigen, als es an der Haustür klingelt. Meine Hand verharrt still, während die Klingel durchs Haus hallt, und ich höre, wie die Haustür aufgeht. Dann Stimmen: Mikes und …

Als ich um die Ecke ins Wohnzimmer komme, sehe ich sie: ihre perfekten rotbraunen Haare, ihren lavendelblauen Kaschmirpullover, den riesigen Geschenkkorb in ihren Armen.

»Was zum Teufel?«, faucht Danica, als sie mich sieht, mit einem Kamm, der in meinen Haaren steckt.

»Was tust du denn hier?«, fragt Mike. Danicas Augenbrauen ziehen sich zusammen, und sie sieht ihn finster an.

»Was tut *sie* denn hier?«

»Du hast sie rausgeschmissen.«

Danicas Blick schnellt in meine Richtung, als ich gerade den Kamm aus meinen Haaren befreit habe. »Du hast mir gesagt, dass du nicht mit ihm schläfst! Du verdammte Lügnerin! Du bist so ein verdammtes …«

»Das tue ich auch nicht …«, beginne ich, aber Mikes Stimme übertönt meine eigene.

»Wag es bloß nicht, diesen gottverdammten Satz zu Ende zu führen«, fährt er sie an, und der wahnhafte Blick in Danicas Augen lichtet sich prompt. Sie starrt zu ihm hoch wie ein Pitbull, der eben begriffen hat, dass er ein Herrchen hat, und Mike starrt zu ihr hinunter, als würde er gern sehen, dass sie eingeschläfert wird.

Danica, berechnend wie immer, nimmt sich einen Moment Zeit, um sich zu sammeln, und in diesem Moment bemerkt sie die Couch. Sie sieht die verhedderten Laken, die zerknautschte Decke, das Kopfkissen an einem Ende, und sie setzt alles wie Puzzleteile blitzschnell zusammen. Dieses Bild sagt ihr, dass ich im Wohnzimmer geschlafen habe, dass ich keine Bedrohung bin, dass Mike noch immer ihr gehört.

Sie holt unter großem Getue einmal tief Luft, um sich zu beruhigen, und streicht sich die Haare hinter die Ohren. »Entschuldige.« Sie starrt mich an, und meine Augen verengen sich zu Schlitzen. »Entschuldige, Hailey. Ich werde nur leicht richtig eifersüchtig.« Sie lacht vor sich hin, zuerst leise, und dann kichert sie richtig los. »Sieh mich an, ich bin ein Häufchen Elend. Ich habe …«, sie klimpert mit den Wimpern, während sie zu Mike hochsieht, »… ich habe mich nur verrückt gemacht mit dem Gedanken, dich zu verlieren. Ich weiß, ich hätte dir das hier schon früher bringen sollen, aber …«, sie hält den Geschenkkorb als Angebot hoch, »… sieh mal, ich habe dir einen Genesungskorb gemacht. Darin sind deine Lieblingssuppe und deine Lieblingskekse und …«

»Ich bin nicht mehr krank«, unterbricht Mike sie mitten im Satz, und Danica runzelt die Stirn.

»Hat Hailey dir meine Karte mit dem anderen Korb gegeben?«, fragt sie, und Mike zieht eine Augenbraue hoch.

»Du meinst die, die sie mit deinem Namen unterschrieben hat? Ich kenne deine Handschrift, Danica. Du hattest nichts mit dieser Karte zu tun.«

»Aber der ganze Korb war meine Idee! Ich habe …«

»Was?«, unterbricht Mike sie. »Du hast was? Willst du eine Medaille dafür, dass du jemand anderen zum Einkaufen geschickt hast, um irgendwelchen Scheiß in einen Korb zu werfen?«

»Warum bist du so gemein?«, schmollt Danica, und Mike seufzt und reibt eine Falte zwischen seinen Augen.

»Ich will das hier einfach nicht mehr.« Er zeigt mit dem Finger zwischen sich und meiner Cousine hin und her. »Hier ist nichts. Es tut mir leid. Ich habe für dich geschwärmt, als wir Kinder waren, mehr ist da nicht.«

Irgendetwas sagt mir, dass ich den beiden ihre Privatsphäre lassen und mich langsam zurückziehen und verschwinden sollte. Aber ich bin zu sehr damit beschäftigt zuzusehen, wie sich Danicas Knöchel weiß verfärben, während sie den Griff ihres Geschenkkorbs fester umklammert, und dann nageln ihre Viperaugen mich fest.

»Ist es ihretwegen?«, faucht sie und funkelt mich wütend an.

»Nein.«

»Blödsinn«, spuckt Danica. Sie starrt finster zu ihm hoch. »Denkst du, ich bin bescheuert?«

»Warum tust du das?«, fragt er.

»Tue ich was?!«

»So hart kämpfen.« Mikes Stimme ist erschöpft, aber fest. »Hier gibt es nichts, worum du kämpfen könntest.«

»Warum sagst du das ständig?!«, kreischt sie. »Du sagst das doch nur ihretwegen!«

»Hier geht es nicht um sie«, beharrt Mike.

»Hier geht es *nur* um sie. Sag mir, dass du sie nicht magst!«

»Danica …«

»Sag mir verdammt noch mal, dass du sie nicht willst, Mike! Ich bin nicht blind! Meinst du, ich kann das nicht sehen?!«

»Hier geht es um dich und mich …«

»Sag es!« Danicas Gesicht läuft rot an, und ihre Stimme dröhnt in meinen Ohren. »Sieh mir in die Augen, und sag mir, dass du keine Gefühle für meine verdammte Cousine hast!«

Mike ist still, zögert, und dann fängt er über das Zimmer hinweg meinen Blick auf. Danica starrt zu ihm, und er starrt zu mir, und ich halte den Atem an, als er sagt: »Ich habe mich in sie verliebt.«

25

Ich habe mich in sie verliebt.

Irgendjemand stöhnt auf. Ich? Danica? Ich kann nichts tun, außer dazustehen und mir einzureden, dass ich nicht gehört haben kann, was ich glaube, eben gehört zu haben. Mike steht an der Tür, das Haar noch immer zerzaust von einer Nacht auf meinem Kissen, und seine braunen Augen bringen meine Welt zum Einsturz. Er sagt es noch einmal.

»Ich habe mich in sie verliebt.«

Meine Lippen teilen sich, doch dann hallt schon ein gellender Schrei durchs Zimmer. Mein Blick huscht in genau dem Augenblick hinüber zu Danica, als sie ihren Geschenkkorb gegen eine Wand schleudert, sodass Suppendosen in alle Richtungen rollen. Sie schreit weiter, während sie die Fäuste ballt, mit dem Fuß aufstampft und aus dem Haus stürmt.

Mike sieht mich an, ich sehe ihn an, und ich weiß nicht, was ich sagen soll, daher sage ich das Einzige, was mir dann doch einfällt: »Du solltest ihr nachgehen.«

Er fährt sich mit einer Hand durchs Haar, und meine Augen flehen ihn an zu gehen. Ich brauche eine Minute. Ich brauche *unbedingt* eine Minute. Und als er sie mir gibt und die Tür hinter sich schließt, stehe ich da und zittere am ganzen Körper.

Diese Worte waren unmissverständlich. Er hat sie zweimal gesagt, um sicherzustellen, dass ich sie verstanden habe.

Mike hat sich in mich verliebt.

Er hat sich in mich verliebt?

Er hat sich in mich verliebt.

Ich setze mich auf den Boden, da meine Knie zu weich sind, um mich noch länger auf den Beinen zu halten, und ich vergrabe die Finger in meinen Haaren und versuche nachzudenken. *Wann? Wie lange schon? Warum? Wie?*

Nach dieser Sache wird mich Danica umbringen – *absolut* umbringen.

Mike liebt mich. Er *liebt* mich.

Ich weiß nicht, ob ich lachen oder weinen soll, daher sitze ich einfach nur da und starre auf den Boden. Mein Kissen teilen: Es hat ihm etwas bedeutet. Mich gestern Abend bitten, ins Bett zu kommen: Es hat ihm etwas bedeutet. Ein Dutzend »süße Träume«: All das hat nicht nur mir, sondern auch ihm etwas bedeutet.

Auch unsere nächtlichen Telefonate. Unser Spaziergang im Wald. Die Art, wie er mir immer wieder seine Kappe auf den Kopf gesetzt hat.

Er liebt mich.

Als die Haustür wieder aufgeht, ist Mike nicht allein. Danica kommt genau auf mich zu, und von meinem Platz auf dem Boden recke ich den Hals, um zu ihr hochzusehen. Ihr Make-up ist von Tränen verschmiert, die – wie ich hoffe – bei Mike nicht gezogen haben, und als sie eine Hand vor mein Gesicht hält, kapiere ich, dass sie mir hochhelfen will.

Es ist das Unheimlichste, was sie je getan hat.

»Komm schon«, befiehlt sie mir, als ich zögere, und ich gehorche nur deshalb, weil ich mir sicher bin, dass die Alternative ein Tritt ins Gesicht wäre. Ich lasse mich von ihr hochziehen, und dann stehe ich da und warte darauf, dass sie mich wieder auf den Boden schubst.

»Ich bin nicht sauer auf dich, Hailey«, sagt sie, und sie könnte genauso gut in einer fremden Sprache reden, denn nichts von alldem ergibt in meinem Kopf irgendeinen Sinn. »Ich fühle mich fürchterlich, weil ich dich rausgeschmissen habe.«

Augenblick, *was?*

»Ich will einfach nach Hause, okay? Das ist alles meine Schuld.«

Alles ihre Schuld …?

Danica hat nie die Verantwortung für ihr Tun übernommen, nicht seit sie alt genug war, um zu begreifen, dass ihr hübsches Lächeln die Entsprechung zur »Du kommst aus dem Gefängnis frei«-Karte ist. Zerbrochenes Spielzeug, schlechte Noten, zu spätes Nach-Hause-Kommen: Alles war immer die Schuld von irgendjemand anderem. Und das ist der Moment, in dem es bei mir klick macht, ich verstehe, was hier abläuft. Ich kann ihr allzu breites Lächeln, das sich hinter der Show hier verbirgt, fast sehen, und ich sträube mich gegen meinen »Kampf oder Flucht«-Instinkt. Meine Füße bleiben fest auf dem Boden. Ich bin eine Haselmaus, die gleich bei lebendigem Leib gefressen wird.

»Ich mache es wieder gut«, sagt Danica, und da ist es: dieses Lächeln.

In genau diesem Augenblick entscheide ich, dass ich nicht bei lebendigem Leib gefressen werden will. Verdammt, ich will überhaupt nicht gefressen werden.

»Du redest nur Scheiße«, sage ich, und Danicas Lächeln verschwindet. Mike steht hinter ihr, daher kann er nicht sehen, wie sich ihre Augen zu Schlitzen verengen.

»Hailey, ich weiß, dass du nicht mit Mike geschlafen hast. Ich …«

»Oh, ich weiß, dass du das weißt«, pflichte ich ihr bei. »Aber es tut dir nicht leid.«

Danica steht da – abschätzend, berechnend. Und dann tritt sie einen Schritt vor und schlingt die Arme um mich, zieht mich zu einer bedrohlichen Umarmung an sich. Leise, so leise, dass nur ich es hören kann, flüstert sie mir ins Ohr: »Ich habe meinen Dad noch nicht angerufen. Aber hör auf, mich auf die Palme zu bringen, du kleines Biest.« Und dann, so laut, dass Mike es hören kann, fährt sie fort: »Das ist mein voller Ernst, okay? Ich will, dass du mit mir nach Hause kommst. Wir sind Familie.«

Sie löst sich von mir, und ihr perlweißes Lächeln befiehlt mir, sie nicht noch einmal zu provozieren. Ein falsches Wort, und sie wird meinen Albtraum wahr machen. Sie gibt mir eine Chance, hier zu bleiben, auf der Uni zu bleiben und zu Ende zu führen, wofür ich hergekommen bin. Eine einzige Chance.

»Brauchst du Hilfe, um deine Sachen einzusammeln?«, fragt sie, und als sie anfängt, sie für mich zusammenzusuchen, lasse ich es zu.

Wenn ich jetzt mit ihr gehe, dann kann ich meinen Abschluss machen. Ich muss nicht zurück nach Indiana. Ich muss Mike nicht für immer verlassen. Ich muss nicht auf dieser Farm alt werden.

Diese Dinge sage ich im Stillen vor mich hin, während ich beginne, meiner seelenlosen Cousine zu helfen. Die fünfzehn Sekunden, die es dauert, meine restlichen Sachen in meinen Rucksack zu stopfen, meide ich den Blickkontakt zu dem Mann, der mir eben gesagt hat, dass er sich in mich verliebt hat. Aber sobald ich fertig bin, finden meine Augen seine auf der anderen Seite des Zimmers.

Er steht an der Tür, macht sich nicht die Mühe, die Tatsache zu verbergen, dass er mich beobachtet. »Du kannst immer noch hierbleiben, weißt du.«

»Bist du so weit?«, fragt Danica und drückt mir meinen Rucksack in die Arme. Und als ich einfach nur dastehe, beginnt ihr klopfender Fuß die Sekunden zu zählen, die mir bleiben, bis sie in die Luft geht.

»Gib uns eine Minute«, sagt Mike.

Und Danica fragt theatralisch: »Im Ernst, Mike? *Im Ernst?*«

Mike legt die Stirn in Falten und reibt mit einer Hand darüber, aber dann sieht er die Miene in meinem Gesicht, und irgendetwas darin sorgt dafür, dass er nicht lockerlässt. Er geht an Danica vorbei, nimmt meine Hand und führt mich aus dem Zimmer. »Nur eine Minute.«

In der Küche zieht er mich so nah an sich, dass Danica uns nicht hören kann, und sagt: »Ich habe das ernst gemeint.« Seine Finger bleiben in meinen verhakt, und die Spitze seines Daumens umkreist nervös meinen, während er zu mir heruntersieht. »Vorhin … bevor ich rausgegangen bin … das habe ich ernst gemeint, Hailey. Das musst du wissen.«

Ich will ihn umarmen. Oder küssen. Oder einfach nur in seinen Armen weinen. Aber stattdessen schlucke ich nur. Ich schlucke schwer, und ich schwebe auf der Oberfläche dieser tiefbraunen Augen.

Ich glaube ihm – so unmöglich das auch sein sollte –, ich glaube ihm, dass er mich liebt.

Aber ich weiß auch, dass Danica nie, aber auch *nie* zulassen wird, dass das mit uns eine Zukunft hat.

Ich starre zu Mike hoch, bis er sich zu mir herunterbeugt. Seine Stimme ist gedämpft, aber fest, ein Flüstern, das mir eine Gänsehaut über die Arme jagt. »Geh heute Abend an dein Telefon, Hailey. Wenn du es nicht tust, komme ich vorbei.«

Ich sitze auf dem Beifahrersitz von Danicas Auto, starre aus dem Fenster und frage mich, ob sie den Wagen mit Absicht gegen einen Baum fahren und uns beide umbringen wird. Sie hat kein Wort gesagt, daher weiß ich, dass irgendetwas kommt. Ich kenne sie zu gut.

Sie sieht mich von der Seite an, aber ich starre stur weiter aus dem Fenster.

»Seit wann bist du eigentlich die Art Mädchen, die anderen den Freund ausspannt?«, fragt sie mich.

Ich will ihr sagen, dass ich ihn ihr nicht ausgespannt habe – dass sie ihn weggeworfen hat –, aber ich ignoriere sie und lehne den Kopf an die Scheibe.

»Ich meine, ich weiß ja, dass du mich nicht magst, aber mir meine Highschoolliebe stehlen? Die Nacht mit ihm verbringen? Ihn dazu bringen, dass er dir vor meiner Nase sagt, dass er dich liebt?« Danica sieht wieder auf die Straße, schüttelt den Kopf. »Ich hätte nie gedacht, dass du mich so verletzen würdest.«

Ich weiß, was sie tut. Sie stellt es so hin, als ob es meine Schuld sei. Sie will, dass ich die Schuld auf mich nehme, damit sie sie immer höher und höher und höher aufhäufen kann. Und wenn erst einmal genug auf mich gehäuft ist, werde ich nie mehr einen Ausweg daraus finden können. Sie wird die Einzige sein, die mich wieder ausgraben kann.

Ich schlucke das »Tut mir leid« herunter, das mir in der Kehle hochkriecht, und konzentriere mich auf die Bäume, die auf dem Weg zurück zu meinem Gefängnis verschwommen an mir vorbeiziehen.

Danica wirft wieder einen Blick auf mich, überdenkt zweifellos ihre Strategie. »Glaubst du, was er gesagt hat?«

Ein Baum, zwei Bäume, drei Bäume.

»Ach Süße«, sagt sie voller falscher Besorgnis. »Du *glaubst* ihm, stimmt's? Du glaubst, dass er dich wirklich liebt.«

Neun Bäume, zehn Bäume, elf Bäume.

Sie seufzt und tätschelt mein Bein. »Eigentlich sollte ich es dich auf die harte Tour lernen lassen, aber ich bin immer noch deine große Cousine, also …« Sie sieht mich an, wartet auf eine Reaktion, aber sie bekommt keine. »Manche Typen spielen einfach gern den Helden. Mike sagt immer gern, dass er sich in dem Moment in mich verliebt hat, in dem er mich gesehen hat. Aber weißt du, wann das war? In der dritten Klasse, als ich auf seine Schule kam.« Sie unterbricht ihren Vortrag für eine theatralische Pause, und ich widerstehe dem Drang, zu ihr hinüberzusehen. »Und weißt du, wer ich damals war? Ich war dieses traurige kleine Mädchen, das von allem wegziehen musste, was sie je gekannt hatte, einschließlich ihrer besten Freundin.«

Ich kann nicht anders – ich drehe den Hals, meine Augen finden ihre, und ich verfange mich in ihrem Netz.

»Mike mag gebrochene Mädchen, Hailey. Das gibt ihm das Gefühl, wichtig zu sein.«

Mein Blick kehrt langsam zurück zum Fenster, denn Bäume zählen ist leichter als zu versuchen, irgendetwas von dem zu verdauen, was sie sagt. Ich will ihr nicht glauben und weiß, dass ich es auch nicht tun sollte.

»Mit so einem Typen willst du doch nicht zusammen sein, oder?«

Sechzehn Bäume, siebzehn Bäume, achtzehn Bäume.

Danica wendet sich wieder nach vorn, und einen Augenblick später stößt sie einen übertriebenen Seufzer aus und sagt: »Na ja, ich nehme an, es spielt sowieso keine Rolle.«

Ich sehe sie wieder an, während Alarmglocken in meinem Kopf klingeln. Als sie das Kinn in meine Richtung dreht, furcht sie die Brauen zu einer mitleidigen Miene.

»Ach Süße, du hast doch nicht etwa gedacht, dass ich dich noch länger mit meinem Freund flirten lassen würde, oder?« Sie tadelt mich mit einem Kopfschütteln. »Ich tue dir einen Gefallen. Das ist dir schon klar, oder?«

»Was sagst du da?«, frage ich geradeheraus, denn ich bin die Scharade leid. Besorgte Cousine. Liebende Freundin. Anständiger Mensch.

»Ich sage dir, wenn du ihn je wiedersiehst, ihn je wieder anrufst, je wieder auch nur im Vorbeigehen mit ihm redest …« – ihre Maske verschwindet und zeigt das Monster darunter – »… dann kannst du von Glück reden, wenn ich nicht mehr tue als meinen Dad anzurufen.«

26

Dee Dawson und Rowan Michaels sind in vielen Dingen gut. Sie sind gut darin, Ersatzcomputer zu finden, die sie, wie sie behaupten, umsonst von irgendeinem Typen bekommen haben, der ihn von irgendeinem anderen Typen hat. Sie sind gut darin, zertrümmerte Zimmer in Ordnung zu bringen und umgeworfene Schreibtische wiederaufzurichten. Und sie sind gut darin, sicherzustellen, dass Mike Maddens Name, als er mich an jenem Abend anruft, während ich schon im Bett liege, auf meinem Handy als »Dee-licious-andra« statt als »Supersexy Drummer« erscheint.

»Hallo?«, sage ich beim vierten Klingeln, nachdem ich aufgehört habe, an meinem Daumennagel zu kauen, und den Mut aufgebracht, seine Stimme zu hören.

»Hey.«

Auf einmal fliegt meine Zimmertür auf, und als Danica auf mein Telefon zeigt, verdrehe ich die Augen und zeige ihr das Display. Zufrieden, dass ich mit ihrer Erzfeindin rede und nicht mit ihrem Exfreund, verzieht sie das Gesicht und lässt mich in Ruhe.

»Hey«, antworte ich.

»Hey.«

Ich lächle zur Zimmerdecke. »Wie lange wollen wir jetzt noch ›hey‹ sagen?«, frage ich, und seine Antwort lässt die Schmetterlinge in meinem Bauch flattern.

»Bis ich es leid bin, deine Stimme zu hören.«

Ich seufze und bin mir nicht sicher, ob ich es tue, weil es einfach eine so perfekte Antwort war, oder weil ich weiß, wie hoffnungslos das alles ist. Ich mag Mike, er mag mich, und Danica hasst uns beide. Wenn sie wüsste, dass ich in diesem Moment mit ihm rede, würde die Hölle losbrechen. Ich spreche eine persönliche Einladung an genau den Albtraum aus, den ich die letzten sechsunddreißig Stunden zu vermeiden versucht habe.

Zwei Jahre. Ich werde noch mindestens *zwei* Jahre brauchen, um meinen Bachelor zu machen, meine Pläne für die Doktorarbeit noch nicht einmal eingerechnet, und Danica hat vor, genauso lange hier zu sein. Mit »Dee-licious-andra« im Flüsterton zu telefonieren wird für eine solch lange Zeit einfach nicht genug sein, aber alles, was darüber hinausgeht, führt mich nur zurück auf die Farm.

Egal wie, ich verliere. Danica stellt die Regeln auf, und egal wie ich das Spiel spiele, ich verliere.

»Wie ist es gelaufen?«, fragt Mike, und ich beschließe, mit den guten Dingen anzufangen.

»Dee und Rowan haben mir geholfen, mein Zimmer in Ordnung zu bringen.«

»Das ist gut … Was hast du sonst noch getrieben?«

»Eigentlich nur an den ganzen Hausaufgaben gearbeitet, die ich morgen einreichen muss.«

»Danica hat dir keinen Ärger gemacht?«, fragt Mike, und ich finde Formen in dem Muster an meiner Zimmerdecke. Einen Schneemann. Einen Hund. Ein dreiköpfiges Höllenungeheuer mit langen, scharfen Zähnen.

»Sie hat gesagt, dass du mich nur magst, weil ich ein gebrochenes Mädchen bin.«

Es fühlt sich wie ein Geständnis an, daher sage ich es extra leise. Ich gebe zu, dass ich mich erinnere, was Mike gesagt hat. Ich bitte ihn, mir zu sagen, ob Danica recht hat.

»*Was?*«, fragt er fassungslos. Als ich nicht gleich antworte, will er wissen: »Inwiefern bist du ein gebrochenes Mädchen?«

Anstatt eintausend Arten aufzuzählen, sage ich nur: »Ich weiß nicht.«

»Du bist schlau. Du gehst auf die Uni. Du arbeitest hart für deine Träume.« Ich kann die Wut in seiner Stimme hören. Sie ist wie eine fett gedruckte Linie, die jedes Wort, das er sagt, unterstreicht. »Du bist schön. Du bist witzig. Du bist freundlich. Du arbeitest in einem Tierheim, um Himmels willen. Alle lieben dich. Wie zum Teufel kannst du denn gebrochen sein?«

Schön. Schlau. Witzig. Freundlich. Ich lasse mich von seinen Worten trösten, will mich nicht streiten.

Ein entnervter Seufzer kommt durch die Leitung. »Hör zu, Hailey, Danica wird viele Dinge zu dir sagen, weil sie sauer ist. Sie hat den ganzen Tag nicht aufgehört, mir SMS zu schicken …«

»Sie hat dir SMS geschickt?« Eine ungewohnte Flamme der Eifersucht flackert in meiner Brust auf, aber Mike löscht sie prompt.

»Seit einer Stunde nicht mehr. Ich habe sie geblockt. Aber hör zu, lass sie … lass sie das hier nicht kaputt machen, okay? Du bist kein gebrochenes Mädchen, und das ist auch nicht der Grund, weshalb ich gesagt habe, was ich gesagt habe. Wenn hier jemand ein gebrochenes Mädchen ist, dann sie, und das hat mit keinem von uns beiden irgendetwas zu tun.«

Ich weiß, dass er recht hat. Ich weiß, dass er recht haben muss. »Okay.«

Ein Moment des Schweigens verstreicht, und ich finde noch ein paar Formen an der Decke. Ein Nilpferd. Eine Sonnenblume. Ein halbes Herz.

»Ich will mit dir ausgehen«, sagt Mike, und mein Puls beschleunigt sich. »Morgen. Kann ich dich zum Essen einladen?«

Er bittet mich, mit ihm auszugehen. Ein Date. Ein richtiges Date … Oh mein Gott. »Ich habe viele Hausaufgaben nachzuholen«, stammle ich panisch.

»Was ist mit Freitag?«

»Da muss ich im Tierheim arbeiten.«

»Samstag?«

»Samstag ist dein Musikvideodreh.«

»Frühstück am nächsten Morgen?«

Mein Herz hämmert in meinem Hals, wohin es von dem beklemmenden Gefühl geschoben wurde, das in meinem Magen um sich schlägt. Wenn ich Ja sage, setze ich alles aufs Spiel. Und wofür? Selbst wenn ich ignoriere, dass Mike weit außerhalb meiner Liga spielt, dass er der Exfreund meiner Cousine ist … ist er immer noch ein verdammter *Rockstar*. Es ist unmöglich zu vergessen, wie er ausgesehen hat, als ich ihn zum ersten Mal sah: schweißbedeckt ganz hinten auf der Bühne, wo er unter laserblauen Lichtern auf sein Schlagzeug eintrommelte, für all die Mädchen, die später draußen auf dem Gehsteig seinen Namen kicherten.

Und ich bin Hailey Harper. Farmhelferin. Große Schwester. Flohmarktbesucherin. Angehende Tierärztin, wenn ich Glück habe. Ich gehöre nicht auf eine Bühne oder neben eine Bühne oder irgendwo in die *Nähe* einer verdammten Bühne.

Ich zögere zu lange. Zu, zu lange. Unsicherheit schleicht sich in Mikes Stimme, als er sagt: »Wenn du nicht willst, ist das auch okay. Ich dachte nur …«

»Ich will ja«, beeile ich mich ihm zu versichern. »Wirklich.« In Gedanken schreie ich: *Du hast ja keine Ahnung, wie sehr ich will. In meinem eigenen Bett zu schlafen wird nach letzter Nacht nie wieder genug sein!*

»Aber?«

Ich ringe um Worte. Ich suche die Formen an meiner Decke

ab, aber ich finde nur einen übergewichtigen Delfin, einen Halbmond und eine Kartoffel.

»Hailey«, sagt Mike, »ich wollte dich mit all dem heute nicht überfallen. Es ist okay, wenn du nur befreundet sein willst. Ich habe nie erwartet …«

»Deine Arme«, platze ich heraus, und absolute Stille antwortet mir.

»Hä?«, sagt Mike schließlich.

»Als du mich gefragt hast, was ich heiß an dir finde.« Ich hole einmal tief Luft und schließe die Augen. »Deine Arme … und deine Augen. Und die Art, wie sich in deiner linken Wange ein Grübchen bildet, wenn du lächelst. Und dein Lachen. Und wie gut du Schlagzeug spielst. Und die Art, wie du mich durch den Wald getragen hast, als ich mir an diesem Teich das Bein verletzt habe.«

Die Augen noch immer fest zusammengepresst, schlage ich die Bettdecke zurück, bevor ich verbrenne. Ich habe eine gottverdammte Hitzewallung, so absolut verlegen bin ich. Und als Mike nichts sagt, liege ich da und sterbe. Ich sterbe. »Bist du noch da?«, frage ich.

»Ja«, sagt er, und seine Stimme lässt die Temperatur in meinem Zimmer noch höher schießen. »Aber ich wünschte, ich wäre stattdessen bei dir.«

Die Andeutung ist unmissverständlich, und ich streife mein Shirt ab, nur um nicht zu einem Haufen Asche zu verbrennen. Warum ist es hier drinnen so gottverdammt *heiß?*

»Ausgeschlossen, dass ich auf Tour gehe, ohne dich vorher noch einmal zu sehen, Hailey«, verspricht Mike, während ich für mein Vorsprechen als menschliche Fackel übe. »Komm am Samstag zu dem Videodreh, okay?«

»Okay«, erkläre ich mich einverstanden, hauptsächlich da sich das Thema, wenn ich dieses Gespräch nicht bald beende, erledigt haben wird. Meine Eltern werden sich nicht einmal die Mühe machen müssen, meine sterblichen Überreste einzuäschern, da ich einfach zum Fenster hinauswehen werde, wo es schön und luftig und *kalt* ist.

Als Mike lacht, ist es ein Wunder, dass ich überhaupt mehr als ein Wort zustande bringe. »Worüber lachst du?«

»Ich kann hören, wie du rot wirst«, sagt er, während ich dabei bin, meine Hose wegzustrampeln. Sie ist aus Satin, aber ich schwöre bei Gott, im Moment könnte sie genauso gut eine Wolle-Polyester-Mischung sein. Meine Beine schmelzen, *schmelzen.*

»Halt den Mund«, schimpfe ich, und er lacht noch heftiger. »Ich lege jetzt auf!«

Ich kann das Grübchenlächeln in Mikes Stimme hören, als er sagt: »Süße Träume, Hailey.«

Und trotz allem – Danicas Drohungen, Mikes bevorstehender Tour, meiner *eindeutig* funktionsgestörten Temperaturregelung – lächle ich ebenfalls, denn in der ganzen letzten Woche habe ich diese Worte und den Klang dieses Lächelns vermisst. Ich hole einmal tief Luft, stoße sie wieder aus, grinse ein halbes Herz an meiner Decke an. »Süße Träume, Mike.«

27

Es gibt gute Tage, und es gibt schlechte Tage. Es gibt Tage, an denen du mit Mike Madden auf deinem Kissen aufwachst, an denen du begreifst, dass deine Träume vielleicht doch nicht zerschlagen werden, an denen du mit Schmetterlingen im Bauch einschläfst. Und dann gibt es Tage, an denen dein Professor deine zu spät eingereichte Hausarbeit nicht annehmen will, an denen du von der Leiterin des Tierheims zusammengestaucht wirst, weil du eine Schicht versäumt hast, und an denen du begreifst, dass du vergessen hast, dich zur vereinbarten Zeit bei Deadzone einzuloggen, um mit deinem kleinen Bruder zu spielen.

»Es tut mir *so* leid«, krieche ich am Donnerstag zu Kreuze, aber Luke bleibt von meinem Flehen unbeeindruckt.

»Da bist du nicht die Einzige«, entgegnet er. »Das ist jetzt das zweite Mal, dass du mich vergessen hast.«

»Ich habe dich nicht vergessen«, versichere ich ihm und packe einen hähnchenfreien Hähnchen-Wrap auf dem Parkplatz des vom Tierheim nächstgelegenen McDonald's aus. Vor die Wahl gestellt, auf dem Parkplatz zu essen oder mein Zimmer nach Pommes frites riechen zu lassen und mit Danica reden zu müssen, werde ich jederzeit den Parkplatz wählen. »Ich hatte einfach viel um die Ohren«, fahre ich fort. »Aber ich vermisse dich.« Ich halte einen Moment inne, den Wrap zwei Zentimeter von meinem Mund entfernt. »Wahnsinnig.«

Stets der Pragmatiker, fragt Luke: »Wie hast du denn Zeit, mich zu vermissen, wenn du so viel um die Ohren hast?«

Ich kaue einen Mundvoll Tausend-Kalorien-Köstlichkeit und antworte: »Ich werde dir zeigen, wie sehr ich dich vermisse, wenn ich dich vor deinen ganzen Freunden zu Tode umarme.«

Er schnaubt. »Was denn für Freunde?«

»Was ist denn aus Jimmy geworden?«, frage ich mit mehr Besorgnis in der Stimme als beabsichtigt, und ich kann fast hören, wie Luke die Augen verdreht.

»Er hat eine Freundin.«

»Und?«

»Du kennst das doch. Kein Deadzone mehr, kein Einkaufszentrum mehr, kein Spaß mehr.«

Ich räuspere mich. »Nicht alle Mädchen sind so.«

»Schwestern zählen nicht«, entgegnet Luke, und bevor ich etwas dagegenhalten kann, sagt er: »Hey, wusstest du, dass Mike sich von Danica getrennt hat?«

Ich verschlucke mich fast an meinem Wrap. »Was?«

»Ja. Wir haben gestern Abend Deadzone gespielt, und …«

»Du hast mit Mike gespielt?«

»Wir spielen ständig. Aber …« – ich kann die Frustration in der Stimme meines Bruders hören – »… kannst du vielleicht einfach zuhören?«

»Ja.« Ich gebe mir alle Mühe, geduldig zu sein. »Was denn?«

»Also, ich habe vergessen, wie wir überhaupt darauf gekommen sind, aber er hat mir erzählt, dass er sich von Danica getrennt hat, und ich wollte ihm sagen, dass er mit dir ausgehen sollte …«

»Das hast du *nicht* getan«, stöhne ich, und Luke knurrt mich fast an.

»Lass mich ausreden.«

Ich unterdrücke selbst ein Knurren, und Luke wartet, bis er sich sicher ist, dass ich ihn nicht wieder unterbrechen werde.

»Ich habe ihm gesagt, ich wüsste, mit wem er ausgehen sollte, aber er hat mir gesagt, dass er schon eine andere mag. Er hat gesagt, dass sie richtig schlau und hübsch ist, aber … ich glaube, du solltest einfach trotzdem versuchen, einen Fuß in die Tür zu kriegen.«

»Einen Fuß in die Tür zu kriegen?«, frage ich, und Luke tut, als wäre ich ein Idiot.

»Ja, ihn dazu bringen, dich zu mögen.«

Ich weiß nicht, ob ich lachen oder ihm einen Vortrag darüber halten soll, dass er sich um seine eigenen Angelegenheiten kümmern muss. »Und warum sollte ich das tun?«

»Willst du denn nie heiraten?«, fragt Luke, und diesmal verschlucke ich mich *tatsächlich.*

Ich muss meinen Wrap hinlegen und in meinen Ellenbogen husten, und meine Augen tränen, als ich sage: »Heiraten?«

»Du bist dreiundzwanzig«, erläutert mein Bruder, und ich sehe stirnrunzelnd auf das Lenkrad.

»Richtig. Dreiundzwanzig.«

»Willst du denn keine Kinder haben?«

»Luke!«

»Ich sage ja nur, Schwesterchen … Ich glaube nicht, dass du je einen anderen Typen finden wirst, der so gut ist wie Mike.«

Mir vergeht der Appetit, und ich reibe eine Stelle zwischen meinen Augen. Ich benutze meinen Handrücken, um Mayo von meinem Kinn zu wischen, und hole einmal tief Luft, um mich zu beruhigen. Ich werde nicht anfangen, mein Liebesleben mit einem Zwölfjährigen zu erörtern – schon gar nicht mit einem, der meinen Nachnamen teilt –, daher sage ich ihm die halbe Wahrheit. »Im Moment konzentriere ich mich auf mein Studium.«

Unbeirrt fährt mein Bruder fort: »Er fragt manchmal nach dir.«

»Wirklich?«, frage ich, bevor ich mich eines Besseren besinnen kann.

»Ja. Gestern Abend habe ich ihm erzählt, wie du damals versucht hast, diesen Kühen etwas vorzusingen, um sie zusammenzutreiben. Wie war gleich wieder das Wort dafür?«

»Oh mein Gott«, sage ich. »Das hast du nicht getan.«

Lukes Lachen ist meine Demütigung fast wert, aber ich werde ihn trotzdem umbringen. »Er fand es witzig.«

Kulning. Es ist ein uralter schwedischer Treibruf, den ich auf YouTube gesehen hatte, und ich hörte mich wie ein *extrem* betrunkener Jodler an. Mein Bruder saß auf dem Zaun und lachte sich halb tot. »Und du erwartest, dass er mich heiratet?«

»Er hat gesagt, er fände es niedlich.«

Bei dem Wort niedlich muss ich unwillkürlich lächeln, aber ich scheuche meine Miene rasch zurück auf neutrales Gebiet. »Na ja, ich sag's dir ja nur ungern, Kleiner, aber ich habe nicht diese ganze Mühe auf mich genommen, nur um die Uni abzubrechen und anzufangen, Babys zu werfen.«

»Wer hat denn gesagt, dass du die Uni abbrechen musst, um mit ihm zu gehen?«, fragt Luke, und mir wird bewusst, was ich soeben von mir gegeben habe.

Es ist eine Entscheidung, die schon seit einer ganzen Weile an meinem Hinterkopf nagt, eine, die ich zu ignorieren versucht habe. Und ohne dass ich es wollte, habe ich Luke bereits eine Antwort gegeben: Ich habe nicht diese ganze Mühe – fünf Jahre Teilzeit-Gemeindecollege, tonnenweise abgelehnte Bewerbungen um finanzielle Unterstützung und Stipendien, fast drei Monate, die ich Danica ertragen habe, zwei Tage quälendes Warten darauf, dass sie ihren Dad anruft – auf mich genommen, nur um das alles wegzuwerfen.

»Können wir vielleicht über irgendetwas anderes reden?«, flehe ich und fahre mein Fenster herunter, um ein bisschen frische, eiskalte Luft zu bekommen.

»Wie zum Beispiel?«

»Wie zum Beispiel, wann du dir selbst eine Freundin zulegen wirst«, necke ich ihn, damit Luke das momentane Thema vergisst, und als er aufstöhnt und selbst nach einem Themawechsel zu suchen beginnt, versuche ich es einfach zu genießen, mit meinem kleinen Bruder zu reden. Ich versuche nicht an Mike oder unmögliche Entscheidungen zu denken, und ich versuche zu vergessen, wie speiübel mir ist. Ich verspreche Luke sogar, an diesem Abend mit ihm Deadzone zu spielen, und ich tue es – zusammen mit Mike. Wir drei spielen und lachen, und Luke versucht alles andere als taktvoll, Mike klarzumachen, wie umwerfend ich bin. Als wir das Spiel beenden, ruft Mike mich an, und wir lachen darüber, und er versichert mir, dass er Luke in jedem einzelnen Punkt recht gibt. Meine Wangen sind beim Zuhören rot angelaufen, und bis er mir süße Träume wünscht, bin ich mir nicht gänzlich sicher, ob ich nicht bereits in einem lebe.

Aber dann ist das Gespräch zu Ende, und ich liege allein in einem Bett in einem Zimmer in Danicas Wohnung. Ich schlafe mit dem Wissen ein, dass Mike in drei Tagen auf Tour geht, dass ich ihn in zweien sehen werde und dass es vermutlich zum allerletzten Mal sein wird.

28

Das Gefühl, fehl am Platz zu sein, ist mir nicht fremd. Highschoolpartys, Beerdigungen von Freunden der Familie, die ich nie kennengelernt habe, Danicas dreizehnter Geburtstag in einem gehobenen Frisier- und Nagelsalon, bei dem all die beliebtesten Mädchen ihrer Schule waren … Ich habe mich bei nichts von alldem wirklich wohl gefühlt, aber ich habe mich noch nie so derart fehl am Platz gefühlt, wie ich es tue, als ich am Samstagnachmittag zu dem Teich gehe.

Überall sind Leute.

Ich musste einen Shuttlebus nehmen. Einen verdammten *Shuttlebus.* Alle wurden angewiesen, auf einem riesigen Parkplatz ein paar Meilen von der Location entfernt zu parken. Es gab Schilder, Arbeiter, die den Verkehr umleiteten – ich wusste schon beim Anblick leuchtend orangefarbener Leitkegel und professionell gedruckter Geistervideo-Schilder, dass ich nicht hierher gehörte. Ich parkte meinen Wagen in einem glitzernden Meer von Fahrzeugen und versuchte, mich unauffällig unter die Leute zu mischen, während ich allen anderen zu den Bussen folgte.

So viele Leute. Rosa Haare, blaue Haare, gepiercte Nasen, Iros, Kleider, Chucks, Highheels, Netzstrümpfe, Lederhosen, Tutus, Leggings, bauchfreie Shirts, hautenge Jeans, Choker-Halsbänder, Tattoos. Ich versuchte in meinem verwaschenen blauen Kapuzenpulli, meiner fünf Jahre alten Levi's und Stiefeln aus dem Schlussverkauf nicht aufzufallen.

Schließlich setzten uns die Busse an einer Zufahrtsstraße am Teich ab, und wieder musste ich meine Nervosität hinunterschlucken, um weiter einen Fuß vor den anderen setzen zu können.

Trucks, *überall.* Und nicht nur kleine Trucks, auch wenn ich glaubte, Mikes kirschroten Dodge Ram zu erkennen. Nein, schwere Trucks, geeignet, um militärische Ausrüstung oder ausgewachsene Bäume zu transportieren. Und Traktoren, alle möglichen. Sie hupten Leute an, damit sie auf dem schmalen Weg zum Teich zur Seite sprangen, während sie an uns vorbeirumpelten, mit Ausrüstung aller Art beladen, die mir erneut in Erinnerung rief, wie *groß* dieses Video ist, wie *groß* die Band ist, wie *groß* Mike ist.

Wie *klein* ich bin.

Ich schluckte den Kloß in meiner Kehle hinunter und ging weiter, und das Gedränge wurde dichter … und dichter … und dichter. Ich wusste, noch bevor ich auf die Lichtung trat, dass das hier der reinste Wahnsinn sein würde, danach zu urteilen, wie der Lärm immer lauter … und lauter … und lauter wurde. Aber nichts hätte mich auf das vorbereiten können, was ich dann sah.

Hunderte, *Tausende* von Leuten – und hinter mir noch mehr. Die meisten waren bunt gekleidete Statisten für das Video, aber da waren auch tonnenweise Typen mit Kopfhörern und schwarzen Mitarbeiter-T-Shirts, die alle herumwuselten wie zielstrebige Arbeitsbienen.

Ich stehe am Abhang zur Lichtung, wie gelähmt vor Schock, als eine Hand schwer auf meine Schulter fällt.

»Wie verdammt krass ist das denn!«, jubelt ein Typ mit neongrünen Haaren und einem Augenbrauenpiercing mir zu, und ich bringe ein Nicken zustande, das ihn veranlasst, aufgeregt zu kreischen und davonzuspringen. Er ist wie ein extrem bekiffter Mr. Tumnus … ich bin offiziell im durchgeknallten Narnia.

Ich krame mein Handy aus meiner Tasche, bevor noch mehr Waldgeschöpfe begreifen können, dass ich ein menschliches Mädchen bin, wo menschliche Mädchen nicht hingehören, und wähle Dees Nummer. Aber es klingelt und klingelt und klingelt. »Oh Gott«, stöhne ich laut, als ich auf die Mailbox umgeleitet werde und auf Dutzende von Gesichtern starre, die ich nicht kenne.

»Entschuldigung«, platze ich heraus und halte einen vorbeilaufenden Mitarbeiter am Arm fest, bevor ich ihn in dem Chaos verliere. Er sieht mich stirnrunzelnd an, und ich beeile mich zu erklären: »Ich soll hier die Band treffen.«

»Ja, na klar, Kleine«, sagt er und schüttelt meine Hand ab. »Du und alle anderen. Ihr könnt sie später treffen.«

»Nein.« Ich laufe sinnloserweise hinter ihm her. »Hören Sie, ich …«

»Hailey!«

Ich war noch nie so glücklich, Dees Stimme zu hören. Schnell drehe ich mich um und entdecke sie in der chaotischen Menge. Sie ist schwer zu übersehen angesichts der Tatsache, dass alle anderen sie ebenfalls anstarren: ihr bläulich-violettes Minikleid, ihre kniehohen Stiefel, ihre langen, langen Beine. Schokoladenbraune Locken fallen ihr über die Schultern, und sie drückt mich in einer aufgeregten Umarmung an sich. »Ich bin ja so froh, dass ich dich nicht umbringen muss, weil du nicht gekommen bist!«

»Das ist ja der reinste *Wahnsinn!*«, sage ich und spüre ihr quirliges Lachen.

»Ja, nicht wahr?« Sie lehnt sich zurück und lächelt breiter, als ich sie je habe lächeln sehen. »Sie haben ja gesagt, dass es groß sein würde, aber heilige Scheiße, sieh dir das alles nur an!«

Mit meiner treuen Freundin an der Seite nehme ich schließlich alles richtig auf, das gewaltige Ausmaß von alldem. Die ganze Lichtung wurde gemäht und gestutzt, das Gras geschnitten, sodass es jetzt nur noch bis zu den Rändern meiner Stiefel reicht anstatt den Beinen meiner Jeans. Riesige weiße Generatoren sind zu hören, surren leise unter Hunderten von Stimmen. Und überall stehen technische Geräte: Kräne und Hebebühnen mit riesigen Scheinwerfern, schwere Kameras, die auf Gelände-Segways montiert sind, rollende Trucks, die im Gras versunken dastehen. Dee beginnt, mich auf Dinge hinzuweisen: Condor-Scheinwerfer, Kranausleger, Fisher-Kamerawagen. Ich starre sie mit weit aufgerissenen Augen an, und sie wirft mir ein Lächeln zu.

»Was denn, meinst du etwa, ich kann nicht ein, zwei Dinge lernen?«

Das Surren einer Drohne zieht unsere Aufmerksamkeit auf sich, und meine Augen folgen ihr über den Himmel in die untergehende Sonne. Ich blinzle, halte mir eine Hand über die Augen und versuche zu sehen, wohin sie verschwunden ist.

»Okay, alle mal zuhören.«

Adam Everests Stimme dröhnt aus jeder Richtung aus Lautsprechern, die zwischen den Bäumen versteckt sind, und die Menge rastet völlig aus. Ich kann das typische Geräusch hören, mit dem Adam ein Lachen zu unterdrücken versucht, bevor Dee meine Hand nimmt und mich in die Richtung zu zerren beginnt, in die alle anderen rennen, während sie klatschen und jubeln und sich drängeln, um eine bessere Sicht zu haben. »Wir fangen gleich an«, verkündet Adam, und ich klammere mich verzweifelt an Dee, als ich von einem Meer von Menschen, die alle weitaus größer sind als ich, bei lebendigem Leib verschluckt werde. Sie lässt meine Hand nicht los, schubst Leute erst aus ihrem und dann meinem Weg, damit wir weiter vorwärtskommen. »Daher wollte ich euch nur kurz ein bisschen was zu dem Song und was wir vorhaben erzählen.«

Auf einmal bleibt Dee stehen, und als ich mich neben sie zwänge, sehe ich, warum. Eine Seilabsperrung verhindert unser Weiterkommen, und dahinter ist der Rand der Wiese. Dahinter der Teich. Und dahinter Adam, der am Rand der Stahlplattform steht, ein Mikrofon an den Lippen. Er sieht bis ins kleinste Detail wie ein Rockstar aus, in einer zerschlissenen schwarzen Jeans und einem maßgeschneiderten schwarzen Hemd, mit Armbändern, die an seinen Handgelenken aneinandergereiht sind, und Haaren, die ihm bis zu den Schultern reichen. Aber meine Aufmerksamkeit wird sofort an ihm vorbei zum hinteren Teil der Plattform gezogen, wo Mike an seinem Schlagzeug sitzt.

Er trägt denselben Dallas-Stars-Kapuzenpulli, den er getragen hat, als wir das letzte Mal hier waren – den, bei dem sich meine Zehen damals einrollten, was sie auch jetzt tun. Er hält einen Schläger in der Hand, und während Adam zur Menge spricht, wirbelt Mike ihn zwischen den Fingern herum. Ich muss lächeln, als mir bewusst wird, dass er einen der Stabtricks übt, den ich ihm vor ein paar Abenden beigebracht habe.

»Wisst ihr, weshalb der Song ›Ghost‹ heißt?«, fragt Adam die Menge. »Die Idee bei diesem Video ist im Grunde, dass die Musik euch wieder zum Leben erweckt. Es wird damit anfangen, dass ihr alle in dem Wald seid, der diese Lichtung umgibt.« Adam streckt einen Arm aus und dreht sich einmal im Kreis. »Wir werden Computeranimationen einsetzen, damit ihr richtig fertig ausseht. Aber während der Song läuft, kommt ihr zwischen den Bäumen hervor, und wenn ihr euch dieser Plattform hier nähert, werdet ihr allmählich an Farbe gewinnen.«

»Die Kostümabteilung hat Karten verteilt«, verkündet Shawn in sein eigenes Mikrofon, während er neben Adam tritt. »Dort hinten, wo ihr hereingekommen seid, stehen Trailer. Sie sind farblich gekennzeichnet. Falls ihr euch noch nicht bei dem Trailer gemeldet habt, der eurer Karte entspricht, dann macht das direkt, wenn wir hier fertig sind.«

»Wir wollen, dass alle verdammt bunt angezogen sind«, erklärt Adam, und Shawn grinst.

»Okay. Die meisten von euch haben das Memo bekommen und sehen toll aus, aber wenn ihr eine Karte habt, dann gibt es einen Grund dafür, also geht zu den Trailern.«

»Keine Logos«, ruft Adam allen in Erinnerung, und Shawn nickt.

»Keine Logos. Wenn ihr ein Logo tragt und die Kostümleute euch übersehen haben, geht auch zu den Trailern.«

Adam sieht hinüber zu einem Typen, der etwas abseits auf der linken Seite steht und der, so meine Vermutung, der Videoproduzent sein muss. »Haben wir irgendwas vergessen?« Der Typ gibt ihm ein »Daumen hoch«-Zeichen, und Adam fährt fort. »Also, wir werden vermutlich ein paar Stunden damit zubringen, diesen Baumscheiß zu machen.«

»Wir müssen jede Einstellung einzeln drehen«, erklärt Shawn.

»Aber es wird krass aussehen, wenn wir fertig sind.« Ein paar Jubelrufe fliegen ihnen aus der Menge entgegen und lassen Adam strahlen. »Bis ihr die Menge erreicht, die sich um diesen Teich hier bilden wird …« – Adam zeigt auf das Wasser, das die Plattform umgibt – »… werdet ihr in leuchtend bunten Farben strahlen, und ihr werdet richtig rocken. Bis ihr von dort …« – er zeigt auf die Bäume – »… hierher …« – er zeigt auf irgendein Mädchen am Rand des Wassers, das aussieht, als ob es gleich in Ohnmacht fallen würde – »… kommt, wollen wir, dass ihr wahnsinnig aufgeregt seid.«

»Breit lächeln«, verdeutlicht Shawn. »Hände in die Luft reißen, auf und ab springen.«

»Abrocken, was das Zeug hält«, sagt Adam abschließend, und als ich zu Mike sehe, lächelt er breit. Und ich auch, überwältigt von meiner Begeisterung für ihn. Auch wenn ich ihn nicht kannte, als er jünger war, *weiß* ich, wie hart er für das hier gearbeitet hat. Ich kann es an der Art sehen, wie er dieses Schlagzeug spielt, wie er selbst in seinen Träumen geübt hat.

»Immer noch gut?«, fragt Shawn den Produzenten und bekommt auch ein »Daumen hoch«-Zeichen.

»Also, wenn wir für das Video auftreten«, sagt Adam, »wird es nur Show sein. Ihr werdet den Song hören, durch die Lautsprecher, aber wir werden nicht live spielen.«

Ein Murmeln geht durch die Menge, und Adam sieht kopfschüttelnd hinüber zu Shawn. »Sie haben so wenig Vertrauen«, grinst Shawn, und Adam sieht zurück zu der Menge. »Das Beste habe ich euch noch gar nicht gesagt.«

»Das solltest du jetzt vermutlich tun«, rät Shawn ihm lachend, und Adam lächelt.

»Wir werden ein paar Aufnahmen von uns machen müssen, wie wir spielen, aber danach wird diese ganze verdammte Lichtung …« – er dreht sich noch einmal im Kreis vor der riesigen Menge, die ihn von allen Seiten umgibt – »… in die verdammt größte Höllenparty verwandelt werden, die ihr je gesehen habt.«

Ich zucke zusammen, als die Menge von Aufregung mitgerissen wird und ohrenbetäubendes Schreien und Jubeln ertönt. Über den Lärm hinweg ruft Shawn: »Es werden Trucks kommen, mit Bierfässern und Essen und diesem Leuchtscheiß.«

»Und wir werden zwei Songs von unserem nächsten Album für euch spielen, das heißt, ihr werdet sie vor allen anderen hören«, ergänzt Adam, und das Schreien wird noch irrsinniger. Ich werfe wieder einen Blick auf Mike, und mein Herz setzt einen Takt aus, als ich merke, dass er mich in der Menge gefunden hat. Er grinst breit, und dann beginnt er, dem ganzen Geschrei zum Trotz, den Schläger zwischen seinen Fingern herumzuwirbeln, um mir zu zeigen, dass er den Trick beherrscht, den ich ihm beigebracht habe.

Meine Wangen laufen rot an, und ich kichere – ich *kichere.* Und dann danke ich Gott, dass Mike mich nicht hören kann.

»Dieser Typ hier drüben wird euch noch weitere Anweisungen geben, während wir drehen«, sagt Shawn und zeigt auf den Regisseur. »Also hört gut zu, was er zu sagen hat. Falls ihr eure Einverständniserklärung noch nicht unterschrieben habt, wendet euch an diese Dame dort drüben, denn ihr *müsst* sie unterschreiben, um bei dem Video dabeizusein.« Shawn zeigt auf eine Frau, die weiter hinten auf der Lichtung steht und winkt. »Und wenn ihr eine Karte von der Kostümcrew habt, dann geht zurück in die Richtung, aus der ihr gekommen seid, und lasst euch von ihnen zurechtmachen.«

Ich sehe stirnrunzelnd hinunter auf meinen langweiligen Kapuzenpulli, meine Jeans und Stiefel, aber Dee stößt mich mit dem Ellenbogen an und schüttelt den Kopf, gibt mir zu verstehen, dass ich mir keine Sorgen machen soll.

»Und gratuliert euch dazu, dass ihr heute Abend alle hierhergekommen seid«, sagt Adam anerkennend, stets der energiegeladene Frontmann. »Ihr werdet in einem Musikvideo der verdammten *The Last Ones to Know* mitspielen!«

29

Mein Outfit ist eine perfekte Kombination aus Dee und Rowan.

Meine schwarzen Ankle Boots: Dee. Meine schwarzen Leggings: Rowan. Meine Ich-will-gar-nicht-wissen-wie-teure Lederjacke: Dee. Meine mit den Fingern zu Locken gestylten Haare: Rowan.

Und mein Kleid … mein *Kleid*. Die weichen Tüllschichten erinnern mich an Rowan, aber die leuchtend rote Farbe ist typisch Dee. Und es ist seltsam, wie sich das alles zusammen wie *ich* anfühlt. Wie eine Version von mir, von der ich nie wusste, dass sie existierte, die ich aber gern kennenlernen würde.

Ich stehe in dem privaten Trailer der Band vor einem Ganzkörperspiegel und habe mich in meinem ganzen Leben noch nie so hübsch gefühlt.

»Ich kann noch immer nicht fassen, wie hinreißend du aussiehst«, schwärmt Dee, während sie den zarten roten Tüll von meinen Knien anhebt und zusieht, wie er fällt. Rowan streicht mir den Pony aus dem Gesicht und lächelt mein Spiegelbild an.

»Ich kann gar nicht glauben, dass *du* dieses Kleid gemacht hast«, entgegne ich, und Dee hebt den Blick und fängt meinen im Spiegel auf.

»Du musst es mir noch mal leihen, damit ich es in der Schule benoten lassen kann«, sagt sie, »aber danach kannst du es haben.«

»Wirklich?«

Die Frage klingt wie ein Kreischen, und Dee lächelt. »Natürlich. Ich habe es für dich gemacht.«

»Und die Schuhe und die Leggings und die Jacke kannst du auch behalten«, ergänzt Rowan, und als ich die Stirn in Falten lege, versichert sie mir: »Mosh Records hat sie bezahlt.«

»Wir haben eine Sonderbestellung aufgegeben«, erklärt Dee grinsend.

»Woher wusstet ihr denn meine Schuhgröße?«

»Ich habe auf deinen Stiefeln nachgesehen, nachdem du in den Teich gefallen warst«, gesteht Rowan, und sie lachen beide. Ich selbst bin damit beschäftigt zu versuchen, nicht in Emotionen zu ertrinken.

Schon damals hatten sie das hier für mich geplant. Unser Erkundungstrip zum Teich ist zwei Wochen her, und Dee muss sogar noch länger gebraucht haben, um etwas so Umwerfendes zu schneidern. Ich kann ihre harte Arbeit in jedem Stich, jeder unvorstellbar zarten Stoffschicht erkennen. Sie sieht im Spiegel, wie sich meine Augen mit Tränen füllen, und schüttelt streng den Kopf.

»Wag es bloß nicht, Hailey. Wenn du dein Make-up ruinierst …«

Rowan lacht und befächelt mein Gesicht mit den Händen. »Sie wollte sagen, gern geschehen. Und jetzt beruhige dich.«

»Entschuldigung …«, beginne ich, aber Rowan befächelt mich nur noch mehr.

»Du sollst dich nicht entschuldigen. Du sollst einfach nicht weinen. Ich will auch nicht, dass du dein Make-up ruinierst. Du siehst so hübsch aus.«

»Mike wird sterben«, sagt Dee, womit sie mir in Erinnerung ruft, dass ich wieder dort hinausgehen muss. Ich muss dort hinausgehen, vor alle anderen – vor *Tausende* von Leuten, und vor eine Person insbesonders –, in einem roten Kleid, das unmöglich zu übersehen ist.

»Seid ihr sicher, dass es ihm gefallen wird?«, frage ich besorgt und sehe, wie Dee im Spiegel eine Augenbraue hochzieht.

»Welchen Teil von ›Er wird verdammt noch mal *sterben*‹ hast du nicht verstanden?«

Als ich zurück zum Teich gehe, habe ich eher das Gefühl, dass *ich* sterben werde, nicht Mike. Meine Knie sind weich, mein Herz rast, und ich bin mir ziemlich sicher, dass Rowans Arm, der in meinen eingehakt ist, das Einzige ist, was mich weiter vorwärts trägt.

»Wenn ihn das hier nicht dazu bringt, dir seine unsterbliche Liebe zu erklären«, sagt Rowan, »dann wird nichts es tun.«

Ich antworte mit einem nervösen Kichern, denn diesen kleinen Teil habe ich ausgelassen, als ich den Mädels erzählte, wie Danica an dem Morgen, nachdem ich bei ihm übernachtet hatte, in sein Haus geplatzt ist. Seine Worte fühlten sich einfach zu groß an, um sie laut zu wiederholen.

Ich habe mich in dich verliebt.

Und seitdem hat er sie nicht wieder gesagt. Manchmal frage ich mich, ob er sie überhaupt je gesagt hat, ob ich mir das alles vielleicht nur eingebildet habe.

Während Rowan, Dee und ich zurück auf die Lichtung gehen, kann ich mehr als nur ein paar Blicke auf uns spüren – auf Dees Minikleid und langen Beinen, auf Rowans hübschen blonden Haaren und blauen Augen, auf meinem roten Kleid und den schwarzen Boots, in denen ich verzweifelt nicht zu stolpern versuche.

»Oh. Mein. Gott!«, stöhnt ein Mädchen in einem königsblauen Schlauchtop und einem langen, aquamarinblauen Rock, als ich an ihr vorbeigehe. »Ich *liebe* dein Kleid!«

Ich lächle über die Miene in ihrem Gesicht und bedanke mich bei ihr, und dann, bevor wir zu weit entfernt sind, rufe ich: »Das wurde von Deandra Dawson entworfen! Google sie!«

Dee strahlt, und ich tue mein Bestes, um ihrem Kleid gerecht zu werden. Ich schlucke meine Nervosität hinunter, ich drücke den Rücken durch, und ich tue so, als würde ich ihr unerschütterliches Selbstvertrauen besitzen, während wir uns dem Teich nähern.

Während wir uns Mike nähern.

Er steht mit einer Gruppe Fans beisammen und zeigt ihnen die Schlägerwirbel, die ich ihm beigebracht habe, bis einer der Typen mich über Mikes Schulter bemerkt. Seine Augen weiten sich, und als Mike seinem Blick folgt, tun seine es ebenfalls. Der Schläger rutscht ihm aus den Fingern und fällt ins Gras. Dee und Rowan kichern beide zu meinen Seiten und bringen mich zu ihm.

Er vergisst seinen Schläger und kommt mir auf halbem Weg entgegen.

»Wow«, haucht er. Mir stockt der Atem, als ich den Blick in seinen Augen sehe, aber Dee ist nicht beeindruckt.

»Wow? Im Ernst? Das ist das alles, was dir einfällt?«

Mike sieht von ihr zu Rowan, aber Rowan hilft ihm nicht weiter. Stattdessen grinst sie. Dee hebt meine Hand in die Luft und wirbelt mich herum. Ich laufe hochrot an, während ich mich vor ihm im Kreis drehe, und als Mikes Blick meinen wieder auffängt, liegt in seinen Augen sogar noch mehr Bewunderung als davor.

»Versuch's noch mal«, befiehlt Dee ihm, und er zögert nicht.

»Du hast mir den Atem geraubt«, sagt er, die Stimme erfüllt von einer Ehrfurcht, die, glaube ich, nicht einmal Dee erwartet hat. Ich schwöre, ich kann hören, wie sie neben mir fast in

Ohnmacht fällt, und meine Wangen sind ebenso rot wie mein Kleid, als sie mich mit dem Ellenbogen anstößt.

»Siehst du, und du hast dir Sorgen gemacht, ihm könnte dein Kleid nicht gefallen.«

Es gibt kein Wort, um die Farbe zu beschreiben, die mein Gesicht annimmt. Meine Haut errötet zu einem brandneuen Ton von bringt-mich-jetzt-einfach-um, und Mikes Lippen verziehen sich zu einem belustigten Lächeln.

»Können wir ein Stück spazieren gehen?«, fragt er, und bei der Aussicht brechen die Schmetterlinge in meinem Bauch in einen Tumult aus.

»Müsst ihr nicht bald drehen?«

Mike antwortet in demselben Moment mit einem aufrichtigen Ja, in dem Dee und Rowan beide mit einem Nein herausplatzen. Dann schubst Dee mich sanft nach vorn, und bevor ich mich versehe, hält Mikes Hand die meine.

30

Es ist schon seltsam, wie intim etwas so Schlichtes wie Händchenhalten sein kann, wenn es mit der richtigen Person geschieht. Letzten Sommer habe ich das mit Billy Lynch beim Apfelerntefest auf dem Riesenrad gemacht. Die Aussicht war wunderschön: weiße Lichter, die in den Straßen aufgehängt waren, Fahrgeschäfte, die aufblinkten, während sie in die Luft hochschnellten, Luftballons und Zuckerwatte, die weit, weit unten über dem Boden schwebten. Und nichts. Nicht ein Schmetterling, nicht ein Funke.

Aber hier, mit Mike, wo es nichts zu sehen gibt als technische Ausrüstung und unbekannte Gesichter, schlägt mein Herz wie verrückt. Ich hoffe, dass meine Handfläche nicht schwitzt, aber ich kann es wirklich nicht sagen, denn ich klammere mich so fest, als ob mein Leben davon abhinge.

»Um wie viel Uhr bist du denn heute Morgen hierhergekommen?«, frage ich in einem Versuch, die Fassade zu wahren, dass ich die Art Mädchen bin, die mit einem Rockstar Händchen halten kann. Ich kann cool sein. Ich kann ruhig sein. Ich kann mit Worten umgehen.

»So gegen sieben«, sagt Mike, und ich schaue ihn mit offenem Mund an. Dee und Rowan haben mir gesagt, dass das Video planmäßig nicht vor drei Uhr morgens im Kasten sein wird. Das ist ein verdammter Zwanzig-Stunden-Arbeitstag.

»Das ist doch Wahnsinn«, sage ich. Ich hoffe, dass die Crew ihm wenigstens etwas zu essen besorgt hat. Ich hätte anrufen sollen, bevor ich von zu Hause losgefahren bin, um zu fragen, ob ich ihm irgendetwas mitbringen soll: Sandwiches oder Kaffee oder Pizza oder …

»Ja, na ja, ich meine, ich hätte eigentlich nicht so früh hier sein *müssen*«, unterbricht Mike meine mentale Checkliste. »Aber Shawn muss immer alles ganz genau in Blick haben, und ich dachte, er könnte ein bisschen Gesellschaft gebrauchen.«

Es verblüfft mich, wie typisch *Mike* es ist, so etwas zu machen, und dann wird mir bewusst, dass er das oft tut: Er tut unglaublich süße Dinge, ohne irgendwelches Lob dafür zu erwarten. Es wärmt mein Herz, und als ich zu ihm hochstarre und er meinen Blick erwidert, sage ich zu ihm: »Du bist ein guter Mann.«

Mike lacht und hört auf, auf meine Hand zu trommeln, hält sie stattdessen fester. »So gut bin ich nun auch wieder nicht.«

»Doch, das bist du.«

Er grinst kopfschüttelnd, und als ich auf eine Erklärung warte, weist er mit dem Kinn auf ein paar Typen, die völlig schamlos mein Kleid beäugen. »Ich bin ein egoistischer Mann. Ich bin im Begriff, dich deinem Fanklub zu entführen.«

Er zieht mich Richtung Wald, und während ich mich von ihm wegführen lasse, entdecke ich den Weg vom letzten Mal.

Die Hütte. Wir gehen zu der Hütte.

Das letzte Mal war der ganze Weg von Bäumen gesäumt, die wegen ihrer roten Blätter aussahen, als würden sie bluten. Jetzt welken diese Blätter unter unseren Füßen vor sich hin. Jedes Rascheln legt sich schwer auf meine Nerven, ruft mir in Erinnerung, dass Mike Single ist, dass er meine Hand hält, dass wir in den Wald gehen, dass er mir gesagt hat, dass er mich liebt.

Nichts von alldem sollte passieren. Er ist der Exfreund

meiner Cousine. Er geht demnächst auf Tour. Er ist ein verdammter *Rockstar*. Und wenn Danica in diesem Moment hinter einem Baum hervorspringen und sehen würde, wie ich seine Hand halte, dann würde sie mich wieder aus der Wohnung werfen. Sie würde ihren Dad dazu bringen, dass er aufhört, meine Studiengebühren zu bezahlen, sie würde es genießen, meine Träume zu zerschlagen … und dann würde sie mich mit bloßen Händen umbringen, aus purem Vergnügen.

Ich löse meine Finger aus Mikes Hand und bücke mich, um ein leuchtend rotes Blatt aufzuheben. Ich tue so, als wäre meine Faszination dafür der Grund, weshalb ich meine Hand weggezogen habe.

Ich habe nicht wirklich Angst davor, dass Danica mich heute Abend hier ertappen könnte, da Shawn ihr gesagt hat, dass der Dreh auf morgen verschoben wurde. Es ist nur so: Selbst wenn sie uns heute Abend nicht ertappt, selbst wenn sie uns morgen nicht ertappt … irgendwann würde sie uns ertappen. Ich bin schlau genug, das zu wissen, und Mike bedeutet mir zu viel, als dass ich so tue, als wüsste ich es nicht. Ich will ihm nichts vormachen.

Ich drehe den verdorrten Blattstiel zwischen meinen Fingern, versuche das Gefühl von drohendem Verlust zu ignorieren, das ich ohne Mikes Berührung schon jetzt empfinde.

»Shawn und du, ihr seid schon lange befreundet, oder?«, frage ich, um das Thema zu wechseln, und als ich zu Mike hochsehe, ist seine Miene unergründlich.

Er mustert mich einen langen Moment, und dann steckt er seine frei gewordene Hand in die Hosentasche. »Seit wir Kinder waren.«

»Wie habt ihr euch denn eigentlich kennengelernt? Ich meine, ich weiß, dass ihr zusammen zur Schule gegangen seid, aber wie habt ihr letztendlich zu einer Band zusammengefunden?«

Mike hält mir den ausladenden Zweig eines Dornbuschs aus dem Weg und sagt: »Adam und Shawn sind eines Tages beim Mittagessen in der Cafeteria einfach auf mich zugekommen und meinten: ›Wir haben gehört, du spielst Schlagzeug.‹« Er lächelt bei der Erinnerung, und als ich erwartungsvoll zu ihm hochsehe, erzählt er die Geschichte weiter. »Ich saß einfach nur da und habe einen Kakao getrunken, und sie setzten sich zu mir und erzählten, dass sie eine Band gründen und mich spielen hören wollen. Nach der Schule fuhren sie mit meinem Bus mit zu mir nach Hause. Ich nehme an, sie mochten, was sie hörten, denn letztendlich verbrachten wir den ganzen Abend damit, einfach in meiner Garage abzuhängen und von dieser umwerfenden Band zu träumen, die wir sein würden.«

Damals kannte ich die Jungs noch nicht, aber ich kann es fast vor mir sehen. Ich möchte wetten, Mike war die Art Teenager, der sich nicht einmal die Mühe machte, die Haare zu kämmen, bevor er morgens zur Schule ging. Ich kann ihn mir genau vorstellen, die Haare seit Stunden vom Schlaf zerzaust, während er mit den Fingern auf den Rand seines Kakaobechers trommelt. Und ich kann mir den neugierig-skeptischen Blick vorstellen, mit dem er die beiden schlaksigen Jungs angestarrt haben muss, als sie sagten, sie wollten ihn spielen hören. Es fühlt sich an wie eine schöne Erinnerung – eine, die mich zum Lächeln bringt.

»Es war verrückt«, fährt Mike fort. »Shawn hatte schon damals diesen Blick in den Augen. Als er davon redete, wie wir eines Tages groß rauskommen würden, da habe ich ihm geglaubt. Und Adam auch. Ich wollte einfach ein Teil davon sein, nehme ich an … An dem Abend habe ich das erste Mal überhaupt für irgendjemand anderen als meine Mom getrommelt, und da waren diese beiden Typen, die mir sagten, ich könnte ein Rockstar werden.«

Als Mike zu mir hinuntersieht, fragt er: »Was denn?«

Ein Lächeln stiehlt sich auf meine Lippen, und ich sage: »Und jetzt sieh dich an.« Eine feine Röte schleicht sich unter die Stoppeln auf Mikes Wangen, und ich fahre fort: »Großer Plattendeal mit einem riesigen Label. Ein gigantisches Musikvideo mit Tausenden von Leuten. Eine internationale Tour.« Ich sehe strahlend zu ihm hoch, so stolz darauf, wie weit er es gebracht hat. »Du hast alles gekriegt, was du je wolltest.«

»Nicht alles«, stellt Mike richtig, und der ernste Blick in seinen Augen fühlt sich wie eine Herausforderung an – muss ich es wissen? *Will* ich es wissen?

»Was gibt es denn sonst noch?«, frage ich schließlich, und Mike lässt sich Zeit mit seiner Antwort, den Blick auf die Blätter geheftet, die unseren Weg säumen.

»Im Augenblick?« Er schaut wieder zu mir, und mein Hals ist auf einmal wie ausgedörrt. »Im Augenblick will ich eigentlich nur wieder deine Hand halten.«

Ich kaue auf der Innenseite meiner Unterlippe, wäge die Konsequenzen dessen, was er will, gegen die Schwere in meinem Herzen ab. Und dann, bevor ich auch nur eine Sekunde länger darüber nachdenken kann, strecke ich den Arm aus und warte darauf, dass er meine Hand ergreift.

31

Die Art, wie Mike seine Finger in meinen verhakt – seinen Daumen über meinem Daumen, seine Fingerspitzen bequem auf meinen Handrücken gelegt –, fühlt sich nach mehr als nur Händchenhalten an. Aber ich sage es mir immer wieder: Es ist nur Händchenhalten, es ist nur Händchenhalten.

Während wir gehen, frage ich ihn weiter darüber aus, wie es war, mit Adam und Shawn aufzuwachsen. Ich lache darüber, wie er einen hohlköpfigen pubertären Joel beschreibt. Ich bringe ihn dazu, mir von seiner Mom zu erzählen, seinem Dad, der in Texas lebt, seiner Halbschwester und der Schildkröte, die sie eine Zeit lang als Haustier hatte. Ich weiß selbst nicht genau, warum ich ihn nach all diesen Dingen frage, aber ich will einfach alles über ihn wissen.

Mike ist wie ein Buch, das ich nicht aufhören kann zu lesen. Und selbst wenn ich es zu Ende lesen würde – selbst wenn ich bis zur allerletzten Zeile der allerletzten Seite käme –, bin ich mir ziemlich sicher, dass ich es immer und immer wieder lesen wollen würde.

Wir gehen in Richtung der Hütte, drehen aber um, als es dunkel zu werden beginnt. Es ist nur ein Spaziergang – ein Spaziergang im Wald unter einem dämmernden Himmel, auf dem Mike Madden mich zum Lachen bringt. Ich trage ein hübsches Kleid, und er hält meine Hand, und nichts kann schiefgehen – bis es das doch tut.

»Oh mein Gott«, platze ich auf einmal heraus, während ich

wie angewurzelt auf dem Weg stehen bleibe. Ich reiße meine Hand von Mikes los und stehe in blinder Panik da. »Oh mein Gott, oh mein Gott, oh mein Gott.«

»Was denn?« Mike sieht sich besorgt nach einer Schlange oder einem tollwütigen Waschbären oder einem Chupacabra oder sonst irgendetwas um, aber ich kann nur wie gelähmt dastehen und mit weit aufgerissenen Augen auf mein Kleid hinunterstarren.

»Mein Kleid.«

Im Dämmerlicht folgt Mike meinem Blick und entdeckt den Zweig, der seine Krallen in eine Schicht des makellosen roten Tülls geschlagen hat. »Beweg dich nicht.«

»Oh mein Gott.«

»Halt einfach still«, befiehlt mir Mike und lässt sich auf die Knie fallen. »Es wird alles gut«, versichert er mir. »Ich bekomme das hin.«

»Ich habe es ruiniert.«

»Wann habe ich dich je im Stich gelassen?«, fragt Mike. Ich stütze mich mit den Händen auf seinen Schultern ab, um nicht das Gleichgewicht zu verlieren. Ich kann nicht glauben, dass ich mit Dees hinreißendem, unbezahlbarem, perfektem Kleid hängen geblieben bin. Sie hat noch nicht einmal eine Note dafür bekommen, und ich habe es ruiniert.

»Ich habe deinen Kapuzenpulli gerettet, oder?«, ruft mir Mike in Erinnerung, als ich zum Himmel hochstarre und um ein Wunder bete. »Und ich habe dich davor bewahrt, im Teich zu ertrinken. Und ich habe dich vor diesem Basset im Tierheim gerettet.« Ich neige das Kinn, um ihm einen verwirrten Blick zuzuwerfen, und er sieht grinsend zu mir hoch. »Dieser Hund war ein unersättliches kleines Monster. Vermutlich hätte er dich bei lebendigem Leib gefressen.«

»Barb hat ihn KissyPie genannt …«

»Sie hätte ihn Cujo nennen sollen«, entgegnet Mike, und ich lache.

»Mein Held«, witzle ich, und er wirft mir noch ein atemberaubendes Lächeln zu, bevor er seine Aufmerksamkeit wieder meinem Kleid zuwendet.

»Apropos«, beginnt Mike und dreht den roten Tüll behutsam hin und her, »ich habe gestern Abend mit Luke gesprochen, und ich habe mir gedacht … wenn wir von der Tour zurückkommen, würde ich gern ein kleines Konzert an seiner Schule spielen. Mit den Jungs.«

»Was?«, frage ich ungläubig. Ich weiß, dass er versucht, mich von dem Kleid abzulenken, und es klappt. Ich stelle mir vor, wie eine Band, die so groß ist wie Mikes, an einer Schule spielt, die so klein ist wie Lukes, und wie viel das meinem schüchternen kleinen Bruder bedeuten würde.

»Ich dachte, das könnte vielleicht helfen. Ich weiß, dass auf ihm viel herumgehackt wird und dass er es nicht leicht hat, Freunde zu finden. Aber ich wette, viele der Kids, mit denen er zur Schule geht, haben von uns gehört. Ich wette, sie würden es cool finden, dass er unser Freund ist.«

Freund. Mike Madden. Der supersexy Rockstar mit Tausenden von Fans, die im Moment darauf warten, in seinem Musikvideo aufzutreten, will mit meinem zwölfjährigen Bruder befreundet sein, damit er auf seiner Schule leichter Freunde findet. Als er vom Boden zu mir hochsieht, kann ich ihn nur anstarren.

»Was denkst du?«, fragt er, und ich sage ihm die Wahrheit.

»Ich denke, du bist umwerfend.«

Mikes Mundwinkel heben sich, und meine Augen folgen ihm, als er aufsteht. Alles, was ich denken kann, ist, wie weich diese Lippen sein müssen, wie unbedingt ich es herausfinden will.

»Ich meinte das Kleid«, sagt er, und als ich den Blick senke, wird mir klar, dass er es mir hinhält. Er fischt sein Handy aus seiner Hosentasche und leuchtet damit auf den roten Tüll. Seine Finger streifen meine, während wir beide den Stoff begutachten.

Es ist nichts zu sehen. Nicht ein Riss, nicht ein Loch, keine Spur von dem Dorn, der das Kleid zu ruinieren drohte.

Worte sind nicht genug, als ich diesmal zu ihm hochsehe. Ich schaue in seine großen braunen Augen, und dann gleitet mein Blick langsam wieder hinunter zu seinen Lippen. Mit meinen zehn Zentimeter hohen Boots sind sie gar nicht so weit entfernt. Mike lässt mein Kleid los, und …

»Mike Madden«, dröhnt Adam Everests Stimme aus nicht allzu weit entfernten Lautsprechern. »Mike Madden, wir brauchen dich jetzt, damit wir mit dem Dreh anfangen können, also beweg deinen Arsch hierher, over.« Eine kurze Pause. »Es sei denn, du wirst gerade flachgelegt, over. In dem Fall: Mach schnell, over.«

»Ich bringe ihn um«, sagt Mike, während wir beide in die Richtung von Adams Stimme starren. Mikes Gesicht läuft ebenso knallrot an wie mein eigenes, und er schüttelt den Kopf. »Ich werde ihn ernsthaft umbringen.«

»Aber erst, nachdem du an der Schule meines Bruders gespielt hast«, stimme ich ihm zu, und Mike reibt sich mit einer Hand übers Gesicht.

»Okay«, sagt er mit einem entnervten, aber belustigten Lachen. »Nach dem Auftritt an der Schule deines Bruders. Dann ist er ein toter Mann.«

Mit einem tiefen, schweren Seufzer nimmt er meine Hand in seine, und diesmal lasse ich widerspruchslos zu, dass er sie hält. Ich gestatte mir zu genießen, wie sie meine Haut kribbeln, mein Herz hämmern lässt. Ich präge mir all das ein, da ich mir nicht sicher bin, ob ich es je wieder fühlen werde.

»Ich wette, du bist mit vom Schlaf zerzausten Haaren zur Schule gegangen«, necke ich ihn, als wir zurück zur Lichtung gehen, mein Bild des jungen Mike von vorhin im Kopf, wie er in seiner Cafeteria beim Mittagessen saß.

Die Art, wie sein Mund zuckt, um ein Lächeln zu verbergen, bestätigt es.

»Ich wusste es«, sage ich, und er lacht.

»Die Schule war mir eigentlich egal. Ich war nicht schlecht, aber ich fand einfach, es war eine solche Zeitverschwendung. Ich wäre lieber zu Hause geblieben, um Videospiele oder Schlagzeug zu spielen oder zu skaten oder so.«

»Du bist geskatet?«, frage ich, und Mike grinst.

»Ein bisschen. Ich war nicht besonders gut.«

»Aber du warst kein Skater?«

Er trommelt mit den Fingern auf meinen Handrücken und sagt: »Nein. Ich bin meistens für mich geblieben. Niemand hat groß auf mich geachtet, bevor ich zu der Band gestoßen bin.«

Ich füge alles, was ich über Mike weiß, zusammen, und ich zeichne in Gedanken ein Bild: ein Teenager, der in Schulstunden sitzt, die ihm völlig egal sind, nicht interessiert an Highschoolcliquen, aber schmachtend nach der Cheerleaderin, für die er seit der dritten Klasse schwärmt. Er stößt zu einer Band mit den beliebten Jungs. Leute fangen an, ihn zu bemerken …

»Und dann bist du mit dem beliebtesten Mädchen der Schule zusammengekommen«, sage ich laut, und Mike hört auf, mit den Fingern auf meine Hand zu trommeln. Er hält meinem Blick stand.

»Wir werden sicherstellen, dass dein Bruder nichts so Dummes tut. Keine Cheerleadingcaptains für ihn.« Seine Hand drückt meine, und er schenkt mir ein sexy Lächeln, das mein ganzes Blut in meine Wangen zaubert. »Nur hübsche Stabdreherinnen.«

Als Mike und ich zwischen den Bäumen wieder auf die Lichtung treten, sieht der ganze Platz viel weniger nach Chaos und viel mehr nach Arbeit aus. Alle Statisten sind dabei, sich zwischen den Bäumen aufzustellen, dirigiert von einem Schwarm von Mitarbeitern, die hier und da und überall herumwuseln. Mike zieht mich von ihnen allen fort, zwischen den Nachzüglern hindurch, die auf dem Weg zum Wald sind.

»Du!«, ruft eine Frau in einer Cargohose und einem schwarzen Thermohemd mir zu, als wir auf halbem Weg zum Teich sind, und ich umklammere Mikes Hand fester. Ich habe das Gefühl, gegen die Regeln zu verstoßen, indem ich mit ihm zusammen unterwegs bin. »Ich habe dich überall gesucht!«

Ich sehe über meine Schulter und dann wieder zu ihr zurück, entnervt von der Aufregung in ihrem Lächeln, während sie in meine persönliche Seifenblase platzt. Sie grinst mir ins Gesicht, mustert mich von Kopf bis Fuß und beginnt, um mich herum zu gehen.

»Hä?«, bringe ich zustande, als sie ihre 360-Grad-Inspektion abgeschlossen hat. Ihr Lächeln ist noch breiter, als sie wieder vor mir steht.

»Das Mädchen in dem roten Kleid. Wow, du bist umwerfend. Ich habe dich vorhin hier durchgehen sehen, und …« Schließlich scheint sie Mike zu bemerken. »Augenblick, du bist doch der Drummer, oder? Mike?«

Mike und ich tauschen einen verwirrten Blick.

»Oh, das ist perfekt«, sagt sie mit ihrer rauchigen Stimme und klatscht einmal in die Hände. »Seid ihr ein Paar?« An Mike gewandt, fragt sie: »Dieses Mädchen ist zu hübsch, um nur ein Techtelmechtel im Wald mit ihr zu haben, stimmt's?«

»Nein«, stammle ich, und die Frau zieht eine sandfarbene Augenbraue hoch.

»Nein, was das Paar oder was das Techtelmechtel angeht?«

Sie tut ihre eigene Frage mit einem raschen Kopfschütteln ab. »Nein, hört zu, es ist egal, es ist egal. Paul!«, ruft sie über die Schulter. »Paul, ich habe sie gefunden!«

»Ich bin … nur … Hailey«, stottere ich, um alle anderen Worte verlegen. Als die Frau zu mir zurücksieht, wird ihr Lächeln noch breiter.

»Oh nein, Süße. *Du* bist mein Mädchen in Rot.« Sie beugt sich herunter, um auf Augenhöhe mit mir zu sein, und ihre grünen Augen funkeln vor Begeisterung. *»Du* bist mein Star.«

»Okay, alle mal zuhören!« Draußen auf der Lichtung hält sich Paul, der Regisseur, ein Mikrofon an den Mund. Seine Stimme dröhnt aus den Lautsprechern, die zwischen den Bäumen versteckt sind.

Dee flüstert mir zu: »Ich schwöre bei Gott, ich habe nichts damit zu tun.«

Wir stehen Schulter an Schulter genau hinter dem Waldrand, zusammen mit Hunderten anderer Leute. Aber ich weiß, dass die riesige Kamera, die draußen auf der Lichtung aufgebaut ist, auf mich gerichtet ist. Schließlich bin *ich*, nach den Worten von Jillian, der Produzentin, der Star.

Sie war nicht davon zu überzeugen, dass sie das falsche Mädchen hatte. Sie hatte sich auf mich eingeschossen, und als ich ihr sagte, ich könne nicht in ihrem Video auftreten, weil meine psychopathische Cousine mich dafür umbringen würde, nahm sie nur mein Gesicht in ihre Hände und sagte mir, ich solle mir von niemandem meinen Glanz trüben lassen.

Meinen *Glanz?* Was für einen Glanz?

Trotzdem, wie hätte ich *dagegen* etwas sagen können?

Es war Mike, der mir versicherte, dass ich nicht in dem Video auftreten müsse, wenn ich nicht wollte. Aber alle sahen mich an, und ich wusste, was es für Dees Karriere bedeuten würde, wenn ich ihr Kleid vorführte, und … hier bin ich. Es ist eine absolut fürchterliche Idee, aber hier bin ich. Der Star.

»Und du hast ihr das wirklich nicht eingeredet?«, frage ich Dee wieder, obwohl ich ihr glaube, als sie beharrlich erklärt, dass sie es nicht getan hat. Ich klappere mit den Zähnen, und das hat nichts mit der Kälte zu tun.

»Ich schwör's dir.«

»Ich falle gleich in Ohnmacht«, warne ich sie, weil mir übel wird. Die eisige Herbstluft fühlt sich wie dicke Melasse an, die sich in meinem Magen verhärtet.

»Du wirst nicht in Ohnmacht fallen.«

»Ich werde sterben.«

Ungerührt wendet Dee ein: »Du musst nichts tun außer gehen.«

Leichter gesagt als getan, wenn meine Knie heftiger zittern als die eines neugeborenen Fohlens.

»Danica wird mich umbringen, wenn sie mich in diesem Video sieht.«

Dee dreht sich zu mir um, ihr makelloses Gesicht erhellt von dem weißen Scheinwerferlicht, das von dem fünfzehn Meter hohen Kran strahlt. »Danica hat nur gesagt, dass du Mike nicht mehr sehen darfst, oder?« Ich nicke, und sie fährt fort: »Dann sag ihr, dass eure Szenen getrennt gedreht wurden. Du kannst sogar sagen, dass ich dich *gezwungen* habe, in dem Video aufzutreten, um mein Kleid vorzuführen. Hoffentlich ruft sie mich an, damit ich es bestätige.« Ihr böses Grinsen verrät ihre Absichten, und ein eiskalter Schauer läuft mir den Rücken runter.

»Sie wird trotzdem fuchsteufelswild sein, weil ich darin aufgetreten bin.« Ich kann sie schon jetzt hören – du hast mir meine *Idee* weggenommen, meine *Rolle*, meinen *Freund*. Und die Sache ist die, sie hätte bei allem nicht ganz unrecht.

Ich lege die Stirn in Falten, als Dee ihr teuflisches Lächeln ablegt und sagt: »Ich weiß, sie hat dich irgendwie in der Zange, aber du musst begreifen, dass ein Mädchen wie Danica immer irgendetwas finden wird, wofür sie dich hassen kann, Hailey. Ich weiß, du glaubst, du kannst mit ihr einen Eiertanz aufführen, bis du deinen Abschluss in der Tasche hast, aber ich liebe dich genug, um dir zu sagen, dass du dich irrst.«

Ich will Dee sagen, dass sie es ist, die sich irrt. Ich will ihr sagen, dass es nur zwei Jahre sind, dass ich zwei Jahre überstehen kann. Aber dann beendet der Regisseur seine Ansprache und will wissen, ob es noch irgendwelche Fragen gibt. Und da ich ihn schlecht bitten kann, alles zu wiederholen, was er eben gesagt hat, stehe ich einfach nur da wie ein Reh in einem Zehntausend-Megawatt-Scheinwerferlicht. Ein paar Mitarbeiter beziehen hinter oder neben den Kameras ihre Posten. Eine Klappe fällt.

Und dann gehen wir los.

Schritt, Schritt, Schritt, Schritt. Ich sehe auf meine Füße, und irgendjemand ruft: »Cut!«

»Nein, nein, nein, nein, nein!«, beklagt sich Jillian und marschiert auf mich zu. »Was macht sie denn hier?« Sie sieht Dee kopfschüttelnd an, ihre Sonnenbrille droht ihr vom Kopf zu fliegen, und mir wird bewusst, dass sie gar nicht mich gemeint hat. Alles an Dees steifer Haltung schreit förmlich, dass sie drauf und dran ist, sich mit der Produzentin vor ihr anzulegen, die sie offenbar loswerden will. Aber Jillian nimmt ihr prompt den Wind aus den Segeln: »Entschuldige, Süße, aber du bist viel zu hübsch. Du lenkst die Aufmerksamkeit von Hailey ab. Ich brauche dich woanders.«

Jillian schnippt mit den Fingern, und ein paar Mitarbeiter eilen herbei, um Dee zu zeigen, wohin sie gehen soll.

»Sind Sie sicher, dass Sie nicht lieber sie als Star haben

wollen?«, frage ich. Ich sehe über Dees Schulter Jillian an, als Dee mich zu einer Umarmung an sich drückt. Jillian macht eine wegwerfende Handbewegung, während sie sich entfernt, und Dee flüstert mir ins Ohr.

»Das hier ist dein Moment, Hailey. Glaub mir, das hier *soll* dein Moment sein. Zeig ihnen, was in dir steckt.« Sie lehnt sich zurück, lächelt mich an und hat dann noch einen *super*hilfreichen Rat für mich. »Lass einfach mein Kleid gut aussehen!«

Und dann dreht sie sich um und lässt sich durchaus glücklich wegbringen. Und ich stehe einfach nur da und zittere in meinen Boots.

»Okay, alle zurück auf ihre Position!«, ruft Paul, und alle um mich herum ziehen sich wieder zwischen die Bäume zurück. Ich tue es ihnen gleich, schrumpfe unter dem Scheinwerferlicht zusammen. »Augen zum Teich. Langsam und gleichmäßig. Rücken durchdrücken. Uuund drei, zwei …«

Die Klappe fällt, und wir gehen wieder los. Wir machen eine Aufnahme, zwei Aufnahmen, fünf Aufnahmen, neun Aufnahmen. Bei der zehnten Aufnahme kommt Paul auf mich zu, und ich weiß nicht, ob ich beschämt sein soll, weil ich alle enttäuscht habe, oder erleichtert, weil sie endlich erkannt haben, dass ich kein Star bin.

Er ist ein hagerer Typ in einer hautengen Jeans, mit angegrauten Schläfen und einem langen Kinn. »Hey, Rote, hör zu … wie heißt du?«

Alle starren mich an – die Statisten links und rechts von mir, die Mitarbeiter auf der Wiese, die Band draußen auf dem Teich, Dee irgendwo, wo sie mir *absolut* keine Hilfe ist. Meine Stimme ist leise und schüchtern, als ich antworte: »Hailey.«

»Hailey«, wiederholt Paul sanft und lächelt mich an. »Wie ist dein Nachname, Hailey?«

»Harper.«

»Hailey Harper.« Noch immer lächelnd legt er mir die Hände auf die Schultern. »Du bist mein Star, Hailey Harper. Jillian war ein Genie, dich zu finden. Wir lieben alles an dir. Dein Kleid, deine Haare, deinen Gang. Du hast diese richtig süße, richtig sexy Ausstrahlung, und das lieben wir … aber an deinem Gesicht müssen wir noch arbeiten.«

»Meinem Gesicht …«

»Es ist hinreißend. Deine großen bernsteinfarbenen Augen und deine langen Wimpern. Ich liebe diesen durchsichtigen Schimmer, den du für deine Lippen ausgewählt hast. Wirklich schön.« Er drückt meine Schulter. »Aber, Hailey, du siehst aus, als ob du eine Höllenangst hast.«

Eine verlegene Röte steigt mir in die Wangen, und ich schlucke schwer.

»Reden wir über deine Motivation, okay?«

»Meine Motivation …«

Paul nickt lächelnd. »Ist dir je das Herz gebrochen worden?«

Ich denke einen Moment darüber nach, und dann schüttle ich den Kopf.

Stirnrunzelnd fragt er: »Wirklich nicht? Nicht ein einziges Mal?«

»Ich glaube nicht«, sage ich, und nach einem Moment entfährt ihm ein leises Lachen.

»Nein, ein hübsches Mädchen wie du, ich nehm's nicht an. Okay, na schön, kannst du vielleicht so tun, als ob? Kannst du an eine Zeit denken, als du richtig traurig oder deprimiert warst?«

Ein Bild schießt mir durch den Kopf, aber es ist nicht aus der Vergangenheit – es ist aus der Zukunft. Ich stelle mir ein Szenario vor, das ich mir schon tausendmal vor Augen geführt habe: dass ich zurück nach Indiana ziehen muss. Ich stelle mir vor, die Uni zu verlassen, mich von meinen neuen Freunden zu verabschieden, Mike nie wiederzusehen. Dieser letzte Teil schnürt mir die Kehle zu, und ich nicke mit dem Kopf.

»Wunderbar! Okay, dann erzähl mir davon.«

»Äh …« Ich breche in Panik aus, nicht gewillt, meine Geheimnisse preiszugeben. »Als mein Welpe starb«, lüge ich und kaue auf meiner Unterlippe.

»Perfekt!«, sagt Paul, und ich habe noch nie gesehen, dass sich jemand so über den Tod eines Welpen gefreut hat. »Ich will, dass du dich erinnerst, wie du dich damals gefühlt hast. Ich will, dass du dich erinnerst, dass du dich gefühlt hast, als ob du dich von diesem Verlust niemals erholen würdest. Und dann will ich, dass du dir vorstellst, dass die Freiheit von diesem Schmerz zum Greifen nah ist. Das Glück wartet auf dieser Plattform dort drüben auf dich …«

Er zeigt in die Richtung, und als ich den Blick hebe, sehe ich Mike auf der Plattform stehen, die Arme vor der Brust verschränkt, während er mich ansieht. Rowan winkt, und der Rest der Band sieht mich ebenfalls an. Aber es ist Mike, auf den ich mich konzentriere, als der Regisseur sagt: »Stell dir vor, auf dieses Gefühl zuzugehen. Vielleicht ist das Glück eine Farbe. Vielleicht ist es ein Geräusch. Vielleicht ist es dein Welpe. In diesem Video wird es ein Song sein. Dieser Song wird dich dazu bringen, das Leben wieder zu lieben, Hailey. Du musst nur durch die Dunkelheit gehen, um es zu erreichen. Okay?«, fragt er, und ich reiße mich von Mikes Anblick los, um zu nicken.

Ein letzter Druck auf meiner Schulter, ein paar letzte aufmunternde Worte, und dann nimmt der Regisseur wieder seinen Platz hinter der großen fahrbaren Kamera ein. Seine Finger zählen drei, zwei, eins.

Eine Klappe fällt.

Ich hefte den Blick auf Mike.

Und ich gehe los.

32

Es ist verrückt, wie viel Filmarbeit in ein drei Minuten langes Musikvideo fließt. Wir unterbrechen nach jeder Aufnahme, jeder Einstellung. Paul filmt mich, wie ich im Wald stehe, aus dem Wald herauskomme, auf den Teich zugehe. Zigtausende Einstellungen, aus mindestens einer Million unterschiedlicher Kameras. Dann lässt er Aufnahmen von mir machen, wie ich durch die Menge gehe, die rings um den Teich abrockt. »Sei ein Kieselstein, der übers Wasser hüpft«, weist er mich an, und ich versuche, ein verdammter Kieselstein zu sein.

Der Mond steigt höher und höher, und ich bin nicht bei allen Aufnahmen, Gott sei Dank. Paul lässt die Band filmen, wie sie auf der Bühne spielt, und ich genieße es, ihnen einfach nur zuzusehen, während ihr neuer Song aus den Lautsprechern fließt, die rings um die Lichtung aufgebaut sind. Obwohl in dem endgültigen Video der vorab aufgenommene Song zu hören sein wird, verwirft die Band den Plan des Produktionsteams und besteht darauf, den Song live zu spielen, und die Begeisterung der Fans ist schier unfassbar. Hände werden in die Luft gerissen, wilde Aufregung zeichnet sich auf ihren Gesichtern ab. Paul lässt Aufnahmen davon machen, wie sie zu dem Song auf und ab springen, wie die Band ihn spielt, und dann machen wir alles noch einmal von vorn für die Drohnen, die über unseren Köpfen fliegen.

Am Schluss bin ich noch einmal dran, wie ich den Steg betrete, während die Band spielt, und dann, wie ich auf die Plattform gehe, die jetzt komplett leergeräumt ist. Ich gehe allein in die Mitte, und dann drehe ich mich immer wieder im Kreis, die Arme weit ausgestreckt, mein rotes Kleid um mich herumwirbelnd.

»Lass alles los«, hatte Paul mich angewiesen. »Du gehst doch auf die Uni, oder? Öffne dich einfach, während du dich im Kreis drehst, und lass deine Hausaufgaben los, lass deine Abschlussprüfungen los, lass dein Studiendarlehen los … alles, was dir einfällt, was dich belastet, wirble einfach herum und lass es alles los.«

Während Tausende von Leuten mir zusehen, wirble ich auf der Plattform herum und herum, und die Nachtluft küsst meine Haut und ich verliere mich in dem Gefühl, dem ich den ganzen Abend nachgejagt bin. Ich schließe die Augen und recke das Gesicht in den Nachthimmel, tue genau das, was Paul mir gesagt hat: Ich lasse meine Kurse los, ich lasse meine Schuld gegenüber meinem Onkel los. Während ich mich immer schneller im Kreis drehe, lasse ich Danicas erdrückende Gegenwart los, ich lasse ihr Ultimatum los, und dann lasse ich sie insgesamt los. Ich erinnere mich, wie Mike mir gesagt hat, dass er mich liebt, und diesmal ist Danica nicht dabei. Es gibt nur ihn und mich, und ich fühle, was ich schon damals hätte fühlen sollen, als ich ihn diese Worte sagen hörte. Ich lächele den Mond an, und ich wirbele und wirbele und wirbele herum.

»Cut!«, ruft Paul, womit er mich von sternenbeschienenen Wolken herunterholt, und ich komme langsam zum Stehen, lachend, während die Welt sich ohne mich weiterdreht. Die Bäume verschwimmen, und ich versuche verzweifelt, mein Gleichgewicht wiederzugewinnen. Ich erwarte, dass Paul Befehle für noch eine Aufnahme bellen wird, aber stattdessen steht er von seinem Regiestuhl am Ende des Stegs auf und ruft: »Wir haben es! Das Ding ist im Kasten!«

Er gibt mir ein »Daumen hoch«-Zeichen, während Tausende von Leuten in Jubel und Beifall ausbrechen, und ich lasse mich auf die Plattform fallen, strecke mich auf dem Rücken aus und warte darauf, dass mein Kopf aufhört, sich zu drehen. Ich lächle den Mond an, bis an seiner Stelle auf einmal Mikes Gesicht erscheint, und dann lächele ich stattdessen ihn an.

»Du warst großartig«, lobt er mich und bietet mir seine Hand. Ich strecke einen Arm aus, um sie zu ergreifen, aber anstatt mir von ihm hochhelfen zu lassen, erliege ich dem Impuls und ziehe ihn zu mir herunter.

Mike liegt auf dem Rücken, die Schulter an meine gepresst.

»Ich fahre in zehn Stunden ab«, sagt er, und ich strecke eine Hand aus und verhake meine Finger in seinen. Ich halte sie fest, selbst als ich weiß, dass ich loslassen muss. Er hat nie mir gehört, ich habe kein Recht, ihn festzuhalten.

»Ich will nicht gehen«, gesteht er, und schließlich sehe ich zu ihm hinüber. Er sollte glücklich sein – seine Band hat eben ein absolut umwerfendes Musikvideo fertig gedreht, eine Riesenparty wird jeden Augenblick steigen, er geht morgen auf eine internationale Tour … aber ich finde nichts davon in seinen Augen, als er mich düster anstarrt.

»Warum nicht?«, frage ich, und er hält meine Hand fester.

»Ich bin noch nicht einmal dazu gekommen, mit dir auszugehen«, sagt er, und mein Herz weiß nicht, ob es Rad schlagen oder sich einfach zu einer Kugel zusammenrollen und weinen will.

»Schicke Restaurants werden überbewertet.«

Bei meinen missglückten Worten des Trosts zieht Mike einen Mundwinkel hoch. »Ich hatte nicht vor, dich in ein schickes Restaurant einzuladen.«

»Was hattest du denn dann im Sinn?«

»Eiscreme«, sagt er, und bei der Miene in meinem Gesicht vertiefen sich seine Lachfältchen.

»Im Oktober?«, frage ich, und als er nickt, wird mir bewusst, dass ich lächle. Ich kann uns beide sehen – Seite an Seite auf einer kleinen Bank vor einer Eisdiele, zähneklappernd von dem Eis. Mike, der den Arm um mich gelegt hat, um mich zu wärmen, und ich lachend, weil das alles einfach so perfekt ist.

Mein Herz beginnt zu schmerzen, und Mike und ich heben beide das Kinn, als Schritte über das Stahlgitter zu scheppern beginnen.

»Tut mir leid, dass ich euch stören muss«, sagt Shawn mit aufrichtiger Entschuldigung in der Stimme. Er fährt sich verlegen mit den Fingern durchs Haar. »Aber es ist Zeit, das Equipment wieder aufzubauen.«

Wieder auf dem Festland, nachdem ich mit Umarmungen und freundlichen Worten von Jillian, Paul und dem restlichen Team überschüttet wurde, gehe ich auf die lange Reihe mit Dixi-Klos zu, die hinten an der Zufahrtsstraße aufgestellt sind. Dee, Rowan und sogar Kit haben angeboten, mich zu begleiten, aber ganz ehrlich, nachdem ich die letzten fünf Stunden von Leuten buchstäblich *umzingelt* war, brauche ich ein bisschen Zeit allein.

Ich bereue meine Entscheidung fast augenblicklich, nachdem ich aus dem Dixi-Klo komme. Die Aftershowparty ist in vollem Gange – der dröhnenden Musik nach zu urteilen, die ich höre –, und Wogen von Leuten strömen in diese Richtung. Vorhin habe ich Adam sagen hören, dass nach dem Dreh noch viel mehr Leute kommen würden, da die Band gar nicht alle unterbringen konnte, die in dem Musikvideo auftreten wollten. Aber ich hätte niemals mit *so* vielen Leuten gerechnet.

Ich werde von der Flut verschluckt, während ich mir einen Weg zurück zum Teich bahne, und sobald ich die Lichtung erreiche, wird mir bewusst, dass ich *keine* Ahnung habe, wo die anderen sind. Ich weiß, dass die Band draußen auf dem Wasser sein muss, aber auf dem Gelände rings um den Teich wimmelt es nur so von Leuten, und es ist ausgeschlossen, dass mein einen Meter dreiundfünfzig großes Selbst sich auch nur in die Nähe begeben wird. Nicht nach meiner Erfahrung mit dem Achseltypen bei dem Konzert der Band vor ein paar Wochen. Ich fische mein Handy aus der Jacke und überlege, ob ich Rowan oder Dee anrufen soll, aber ich stecke es wieder ein, als mir klar wird, dass sie über der dröhnenden Musik, die diesen ganzen Wald erfüllt, ihr Handy niemals hören würden.

Stattdessen gehe ich. In meinem roten Kleid und meinen schwarzen Boots gehe ich durch das Gras und tue so, als wüsste ich, wohin ich gehe, was keine leichte Aufgabe ist angesichts der Tatsache, dass das ganze Gelände wie verwandelt ist. Nebelmaschinen, die vorhin eingesetzt wurden, um den Wald unheimlich aussehen zu lassen, sind voll aufgedreht, und überall auf der Lichtung schneiden blaue Lichter und Laser durch den Schleier. Ein Feuerwerk explodiert am Himmel, und als ich den Blick hebe, sehe ich einen Wasserfall weißer Funken vom Mond herabstürzen. Jubelrufe brechen um mich herum aus, und ich stehe einfach nur da, den Blick zum Himmel gerichtet, den Mund staunend geöffnet.

Eine Gänsehaut breitet sich über meinen Armen aus, und ich senke den Blick in genau dem Moment, in dem eine Frau, die Leuchthalsbänder verteilt, an mir vorübergeht. Die Nacht wird von Leuchtstäben und Leuchthalsbändern und Leuchtarmreifen erhellt, und dann werden die Plastikbecher auf einmal immer mehr, und mir wird bewusst, dass ich mich den Bierfässern nähere. Neben den Bierfässern bieten Foodtrucks kostenlos Pizza, Brezeln und Kuchen an. Irgendjemand trägt Zuckerwatte an mir vorbei, und mir wird wieder bewusst, dass ich einfach absolut keine Ahnung habe, wo ich hin soll.

Ich gehe weiter, und meine Augen beginnen mir Streiche zu spielen. Ich glaube Kit in der Menge zu sehen, aber dann stellt sich heraus, dass es nicht einmal ein Mädchen ist – nur irgendein Typ mit den gleichen unglaublich glatten schwarzen Haaren und dem gleichen hellen Teint. Und neben ihm steht ein anderer Typ mit einem Bürstenschnitt, der Kit *ebenfalls* verblüffend ähnlich sieht. Und ein paar Meter weiter: noch ein lächerlich hochgewachsener Typ, der genauso aussieht wie Kit und mit einer Gruppe Mädchen flirtet.

Ich entferne mich von dem Imbissbereich, reibe mir die Augen und versuche mir einzureden, dass ich gerade nicht den Verstand verliere, als ich auf einmal eine unbekannte männliche Stimme meinen Namen rufen höre.

»Hailey Harper«, wiederholt er, während er auf mich zukommt, ein warmes Lächeln im Gesicht, »hast du dich verlaufen?«

Er bleibt genau vor mir stehen, ein hochgewachsener Mann Mitte zwanzig, mit honigfarbenen Augen und gefärbten Ombré-Haaren – am Ansatz das gleiche auffällige Himmelblau, in dem heute Abend auch die Strähnchen in Kits Haaren gefärbt sind.

»Kennen wir uns?«, frage ich, und sein Lächeln wird breiter.

»Süße«, sagt er und klopft mir mit seinem Leuchtstab auf den Kopf, »ich bin dein guter Feenfreund.«

Ich ziehe eine Augenbraue hoch, und seine Miene verdüstert sich.

»Im Ernst? Schon wieder?« Er schüttelt enttäuscht den Kopf und stößt einen tiefen, frustrierten Seufzer aus. »Was muss man eigentlich tun, um sich hier einen Ruf zu machen?

Als Kit mich nicht erkannt hat, war das eine Sache, aber …« Er starrt mich unter gefurchten Brauen an und sagt: »Großer schwuler bester Freund? Kommt dir nicht bekannt vor?«

»Leti?«, frage ich. Ich erinnere mich an Geschichten, die Rowan und Dee beim Kaffee erzählt haben, und sein Lächeln leuchtet heller auf als die blinkenden Bühnenlichter drüben beim Teich.

»Du *hast* von mir gehört!« Er legt mir einen Arm um die Schultern und beginnt mich weiß Gott wohin zu führen. »Diese Mädchen hätten mir fast Komplexe gemacht. Hey …« – er sieht zu mir hinunter, und ich starre zu ihm hoch – »… du hast nicht zufällig irgendwo hier meinen Freund gesehen, oder? Kits Bruder.«

»Oh!«, sage ich, erleichtert, dass ich doch nicht im Begriff bin, den Verstand zu verlieren. »Bürstenschnitt? Jede Menge Tattoos?«

»Mason?«, schnaubt Leti. »Nein, nicht der.«

»Groß? Sieht ein bisschen älter aus?«

»Ich glaube, du redest von Ryan«, sagt er kopfschüttelnd. »Er ist der Älteste. Ich bin mit Kits Zwillingsbruder zusammen.«

Ich denke an den Typen, der mit der Gruppe Mädchen geflirtet hat, und ich bete, dass ich mich irre, als ich frage: »Muskulös? Richtig kurze Haare?«

»Bryce«, lacht Leti, und ich spüre, wie ich mich unter seinem Arm entspanne. Mit ihm fühle ich mich sicher in diesem Chaos – als ob er ein Einheimischer in diesem von Lichtern erhellten Narnia ist, der mir helfen kann, den Weg nach Hause zu finden.

Das Kinn ungläubig hochgereckt frage ich: »Wie viele Brüder hat sie denn?«

»Zu viele«, sagt er mit einem warmen Lachen und tippt irgendetwas in sein Handy. Dann steckt er es weg und lächelt wieder zu mir hinunter. »Der, mit dem ich zusammen bin, ist der mit den perfekten Haaren und dem perfekten Lächeln und der perfekten Schuhgröße und …«

»Hey!«, sagt Mr. Perfect, der in diesem Moment auf uns zusprintet, und ich sehe prompt Kit in seinen dunklen Haaren und seinen noch dunkleren Augen. Er ist nur ein klein wenig größer, mit dem gleichen schlanken Körperbau, den gleichen langen Wimpern und geschwungenen Lippen. Leti zwinkert mir zu, und sein Freund keucht ein bisschen, als er uns endlich erreicht.

»Ich habe dich überall gesucht«, sagt er zu Leti, und Leti legt ihm einen Arm um die Schultern.

»Schau mal, wen ich gefunden habe.«

Ich strecke die Hand aus und stelle mich als Hailey vor, und Mr. Perfect sagt mir, dass sein Name Kale ist.

»Er hat aber nicht die Guter-Feenfreund-Nummer bei dir gebracht, oder?«, fragt Kale. Als Leti mich loslässt, um Kale mit dem Handrücken einen Klaps auf den Arm zu geben, lacht er. »Das hat er den ganzen Abend geplant.«

»Hör nicht auf ihn«, befiehlt mir Leti. »Unsere Begegnung war rein zufällig. Ich habe dich überhaupt nicht gesucht.«

Ich sehe zwischen den beiden hin und her, aber Kale lächelt nur über meine Verwirrung. »Du sahst heute Abend umwerfend aus«, sagt er. »Kit meinte, du seist nervös, aber das konnte man dir wirklich überhaupt nicht ansehen.«

»Du warst *hinreißend*«, pflichtet Leti ihm bei. »Wie gefällt dir Dees Kleid?«

»Ich liebe es«, sage ich. Ich hebe den Teil des Kleides an, mit dem ich vorhin an dem Dornbusch hängen geblieben bin, noch immer voller Staunen, dass es nicht eingerissen ist. Ich sehe hinüber zum Teich, wünschte, ich könnte in dem Meer von Leuten einen Blick auf Mike erhaschen.

»Sie hat sich solche Mühe damit gegeben«, sagt Leti zu mir. »Als du auf dieser Plattform dort draußen herumgewirbelt bist …« Seine goldenen Augen betrachten mich voller Bewunderung, und er stößt einen leisen Pfiff aus. »Warte nur, bis du das Video siehst. Es ist hinreißend. Ich meine, das ganze Ding, wirklich – umwerfend.«

Er hält einen Moment inne, und dann sagt er: »Aber weißt du, was ich fand, dass das Schönste an dem ganzen Video war?«

»Was denn?«, frage ich, und er grinst.

»Die Art, wie Mike dich bei jeder einzelnen Szene angesehen hat. Wie ein liebeskranker Romeo.«

Hitze schießt mir in die Wangen, und Letis Lächeln wird noch breiter, bevor er mich wieder unter seinen Arm nimmt.

»Kann ich dir als guter Feenfreund einen Rat geben?«, fragt er, als wir wieder weitergehen, aber ich bin zu sehr damit beschäftigt, gegen mein rotes Gesicht zu kämpfen, um ihm zu antworten. Seine Stimme verliert ihren Humor, enthält nichts mehr als sanfte Aufrichtigkeit, als er mich nah an seine Seite drückt und sagt: »Du musst verstehen, dass ein Blick wie dieser etwas Besonderes ist. Er hat etwas zu bedeuten.«

Er lässt mich das verdauen, aber ich weiß ja ohnehin, dass Mike Gefühle für mich hat. Ich erinnere mich noch immer, wie er mich angesehen hat, als er mir sagte, er sei in mich verliebt – wie ich ihm seine Gefühle allein schon an den Augen hätte ablesen können.

Leti holt mich aus meiner Erinnerung zurück, als er sich hinunterbeugt und sagt: »Und du siehst ihn genauso an.«

Er zwinkert, als ich den Blick auf ihn hefte, und dann entlässt er mich in dem Moment aus seinem Arm, in dem wir die Menge erreichen, die sich um den Teich versammelt hat.

»Da ist ein Kuchen, der uns ruft, Hailey Harper«, sagt Leti, während er sich bereits entfernt. »Aber solltest du uns brauchen …«, er lacht und die beiden verschwinden in der Dunkelheit.

Ich stehe wieder allein da und starre auf die Stelle, wo Leti und Kale eben noch waren. Ich frage mich, ob ich hätte versuchen sollen, ihnen zu folgen, als sich auf einmal eine Hand auf meinen Rücken legt. »Hey.«

Ich sehe hoch in Mikes braune Augen, fühle mich noch verlorener als vorhin. »Was tust du denn hier?« Ich sehe in die Richtung, in die Leti in die Nacht verschwunden ist, und dann hinüber zu der Menge, die in der Nähe auf und ab springt. Blaue Lichter blitzen über ihren Köpfen auf, und Adams Gesang trägt sie über das Chaos. »Spielt ihr im Moment nicht?«

»Ein Freund ist für mich eingesprungen«, sagt Mike und verschränkt seine Hände hinter meinem Rücken, bis ich einfach in seinen Armen dastehe und mit weichen Knien zu ihm hochstarre. »Wir haben nur noch neun Stunden«, sagt er. In seinen Worten liegt eine Verzweiflung, die ich unter meiner eigenen Haut spüren kann. »Die will ich nicht vergeuden.«

Das hier ist sein Abend – sein Moment –, und er sollte auf der Bühne sein. Aber er ist hier, hält mich in seinen Armen und zählt die Stunden, die uns noch bleiben.

Mein Herz klopft wild, und ich weiß nicht, was ich sagen soll, aber Mike bewahrt mich davor, überhaupt etwas sagen zu müssen, denn er nimmt meine Hand in seine und sagt: »Komm mit. Ich will dir etwas zeigen.«

33

Neun Stunden fühlen sich vermutlich bestenfalls wie drei an, denn diese Nacht wird nicht ewig dauern. Bald wird die Sonne aufgehen, die Magie wird schwinden, und an diesem Teich wird es nichts mehr geben bis auf ein paar Reste, die als Erinnerung geblieben sind – einen Plastikbecher hier, einen Leuchtstab da. Aber im Moment ist Nebel unter unseren Füßen, Lichter sind in der Luft, und Mikes Hand hält meine.

»Durch welche Länder tourt ihr denn eigentlich?«, frage ich, als er mich zwischen leuchtenden Farben und lauten Geräuschen und Tausenden von Gesichtern hindurchführt.

»Kanada, China, Korea, Indonesien …«

»Wow«, hauche ich, meine Stimme unter der Musik verloren.

»Singapur, Malaysia, Thailand, Australien, England … vermutlich vergesse ich jetzt ein paar.«

Ich frage mich, wie viele tausend Meilen diese Länder wohl entfernt sind, und dann versuche ich, lieber nicht darüber nachzudenken.

»Meinst du, ihr werdet Internet haben?«, frage ich, obwohl ich weiß, dass ich es nicht tun sollte.

Diese Nacht wird nicht ewig dauern.

Diese Nacht wird nicht ewig dauern.

Mike sieht in dem Moment zu mir hinunter, in dem noch ein Feuerwerk am Himmel explodiert. Weiße Funken regnen aus schwarzen Wolken herunter, und er sagt: »Wenn du glaubst, dass ich dich nicht jeden einzelnen Tag anrufen werde, Hailey, dann täuschst du dich.«

Er geht nach rechts und führt mich in den Wald. Elektrisches Licht wird von Mondlicht abgelöst, und wir gehen zwischen kahlen Bäumen hindurch, bis die Musik verhallt und der Nebel sich lichtet, und Mike lässt meine Hand los. Ich kann die Band hinten auf der Lichtung noch immer spielen hören, aber es fühlt sich Welten entfernt an.

»Was wolltest du mir denn zeigen?«, frage ich so leise, dass meine Stimme kaum zu hören ist, und Mikes Antwort kommt sicher in der stillen Nacht.

»Was ich für dich fühle.«

Nervöse Energie durchströmt mich, und ich klinge weitaus gefasster, als ich mich fühle, als ich frage: »Und wie wirst du das machen?«

Mike streckt eine Hand aus und streicht mir eine Locke hinters Ohr, zieht mit den Fingern eine federleichte Spur über meine empfindliche Haut. »Dreh dich nicht weg, Hailey.«

Als er sich vorbeugt, droht alles in mir genau das Gegenteil dessen zu tun, was er mir eben gesagt hat. Er wird mich küssen, und ich bin so nervös, dass ich in Panik ausbreche. Er wird mich küssen. *Mike wird mich küssen!*

Als er mit den Lippen stattdessen mein Ohr streift, lockert sich die Anspannung in meinem Körper nur ein klein wenig.

»Im Moment bin ich nervöser als du«, flüstert er, und dann lehnt er sich zurück, um mir in die Augen zu sehen. Sein zögernder Blick hält meinem stand, und seine sanften Worte klingen flehend, als er sagt: »Bitte dreh dich nicht weg.«

Mein Herz klopft wie wild, und es klopft immer stärker und stärker, je näher er mir kommt. Ich schließe die Augen, hole Luft und halte sie an, bis seine unglaublich weichen Lippen meine streifen. Die Zeit steht still, und Mikes seidiger Mund kostet den Rand meiner Lippen und die ganze Welt explodiert um uns herum. Das Feuerwerk hat aufgehört, aber überall sind *Funken*. Sie verzehren mich von innen heraus – durch mein Herz, in meine Fingerspitzen –, und bevor ich mich versehe, stelle ich mich auf die Zehenspitzen und vergrabe die Finger in seinen dichten Haaren.

Die Stille des Waldes wird von dem leisen, sexy Geräusch unterbrochen, das Mike macht, als ich mich an ihn presse. Und ich kann den Augenblick spüren, in dem meine Funken ein Feuer in ihm entfachen. Ich schmelze an seinem harten Körper dahin, als er die Hand in meinen Nacken legt, als könnte er es nicht ertragen, dass ich mich jetzt wegdrehe – als ob ich das auch nur versuchen würde. Seine Zunge macht diese Sache in meinem Mund, und als ich verzweifelt aufstöhne und meine Knie zu zittern beginnen, gleitet er mit den Händen an meinen Seiten hinunter, verschränkt sie hinter meinen Schenkeln und hebt mich hoch.

»Oh mein Gott«, keuche ich zum Himmel gewandt, als er seine harten Bauchmuskeln fest zwischen meine Beine presst. Mike neigt die Lippen tiefer, sodass mein Blut wie ein Wasserfall rauscht. Sein Mund erkundet meine Halsbeuge, und als er sich zurücklehnt, um zu mir hochzustarren – sein Gesicht gerötet, seine Lippen geschwollen von Küssen und sein Haar ein zerzaustes Wirrwarr –, könnte der hungrige Blick in seinen Augen einen Stein zum Schmelzen bringen. Ich umfasse seine Wangen mit den Händen und küsse Mike, wie ich noch nie irgendjemanden geküsst habe.

Sein Körper ist wie Feuer zwischen meinen Beinen, und als ich die Knöchel hinter seinem Rücken verschränke und ihn noch näher an mich presse, beginne ich um ihn herum zu zittern. Ich bin in der Hitze seines Mundes, der Anspannung seiner Finger, der Kraft seiner Arme verloren. Es fühlt sich an, als ob wir diesem Moment ewig entgegengefiebert haben, und als ich seinen Bart unter meinen Fingern spüre, will ich nur noch eins: »Bring mich nach Hause«, flehe ich, meine Stimme heiser vor Verlangen, während Mikes glatte Lippen meine streifen. Er lehnt sich nur so weit zurück, dass er mich wieder mit diesem fiebrigen Blick durchbohren kann. Er ist fragend, besorgt, und ich lege die Stirn an seine. Hitze strömt zwischen uns, und ich stelle klar: »Zu dir. Bring mich zu dir nach Hause.«

»Bist du sicher?«, fragt er nach einem Moment, und falls ich es nicht schon vorher war, bin ich es, als er diese Frage stellt.

Neun Stunden.

Ich antworte, indem ich es meinen Fingern gestatte, sich die Konturen seines Kinns, die Stoppeln an seiner Wange, die weichen Haare an seiner Schläfe einzuprägen. Als meine Lippen seinen begegnen, präge ich mir auch das ein. Ich präge mir ein, wie süß er mich das Tempo vorgeben lässt, wie sich seine Finger um meine Schenkel anspannen, mit kaum kontrollierter Beherrschung, wie er an meinen Mund stöhnt, als ich diese Beherrschung wegküsse.

Mike trägt meinen zitternden Körper den halben Weg durch den Wald zurück, ohne die Lippen von meinen zu lösen, bis er mich schließlich wieder auf der Erde absetzt und meine Hand in seine nimmt. Die Musik wird lauter, als wir schließlich wieder auf die Lichtung treten und uns mit schnellen Schritten über die Wiese stehlen. Irgendjemand ruft Mikes Namen, aber er wendet nicht einmal den Kopf. Stattdessen führt er mich zu seinem Truck, öffnet die Tür und hilft mir hinein. Die Innenbeleuchtung geht an, als er die Fahrertür aufmacht, und sein gerötetes Gesicht jagt mir Funken über die Haut. Sein Truck erwacht knatternd zum Leben, und Mike umfasst mit einer Hand das Lenkrad und schiebt die andere auf meinen Oberschenkel.

Er sagt während der Fahrt kein Wort – wirft nur immer wieder Blicke zu mir, mit diesen verführerisch dunklen Augen, und bei jedem Schalten wandert seine Hand ein klein wenig höher. Sie schiebt sich unter den Tüll meines Kleides, rutscht über butterweiche Leggings hoch, und das Zittern in meinem Körper wird stärker.

Ich winde mich, als er den Griff verstärkt und seine Hand langsam noch weiter hochrutscht. Meine Finger umklammern den Saum meiner Lederjacke, während ich durch die Windschutzscheibe starre, und meine Muskeln spannen sich unter seiner Berührung an. Ich schaue zu ihm, und er hält meinem Blick stand, als seine Finger sich kreisend auf der Innenseite meines Schenkels bewegen und quälende Wellen aus Funken zu einer Stelle nur ein klein wenig weiter oben jagen.

»Fahr rechts ran«, befehle ich ihm, sobald ich es schaffe, meine Lippe mit den Zähnen loszulassen. Ich schnalle mich bereits ab und drehe mich auf meinem Sitz herum. Mike sieht mich an, als könne er nicht begreifen, was ich sage, aber ich kann nicht abwarten, bis er es versteht. Ich sehne mich verzweifelt nach dem salzigen Geschmack seiner Haut, und meine Lippen liegen an seinem Hals, noch bevor er auf den Seitenstreifen fährt.

Sein Truck schaltet sich aus, sein Sitz fährt zurück, und noch bevor ich vollständig auf seinen Schoß klettern kann, zieht er mich das restliche Stück hinüber.

Als ich mich auf ihn setze, ist er kein Rockstar. Er ist nicht der Exfreund meiner Cousine. Er ist mein. Ich fühle es an der Art, wie er mich küsst, an der Art, wie er meinen Hintern umklammert und mich nah an sich zieht, bis die Hitze zwischen meinen Beinen ein Brandmal auf seinen Bauch drückt. Seine Hände kneten meinen Hintern und reiben mich an seinem Körper, nur genug, um mich durch meine Leggings zu quälen.

Ich stöhne auf, nehme seine Lippe zwischen die Zähne und beiße sanft darauf, angefeuert von seinem Stöhnen an meinem Mund. Als ich mich zurücklehne, folgen mir seine Lippen, weigern sich, mich loszulassen, aber ich stemme mich gegen seine Schultern, bis er an den Sitz gedrückt ist.

Ich atme schwer, während ich auf ihn hinunterstarre, meine kleinen Hände auf seinen großen Schultern, seine Schenkel von meinen Knien umrahmt. Im Mondlicht ist er so schön – mit seinen dunklen Wimpern, seinen feuchten Lippen und diesen Schlafzimmeraugen, die zu mir hochsehen, als wäre ich eine Göttin.

»Du bist so schön«, sagt er, und ich erliege der Versuchung, strecke die Hände aus und fahre ihm sanft mit den Fingern durchs Haar.

Mike schließt die Augen, und dann umfasst er meine Hand und legt sie flach an seinen Mund. Sein sanfter Kuss versengt meine Haut, und Hitze sammelt sich zwischen meinen Beinen, als er die Augen aufschlägt, meine Handfläche noch immer an seinen Mund gedrückt. Mein Körper bebt vor Verlangen, und ich weiß, dass er es spüren kann.

»Du hast etwas so viel Besseres verdient als einen Truck am Straßenrand«, sagt er, als er meine Hand loslässt, und ich bin besorgt über den reumütigen Ton in seiner Stimme.

»Willst du aufhören?«, frage ich, und er hält meinem Blick nur einen Moment stand, bevor seine Hände an meinen Schenkeln hochgleiten, meine Hüften umklammern und mich langsam, *fest* auf seinen Schoß hinunterziehen. Ich stöhne auf, als sich seine Erektion gegen meine Hitze presst, sich verzweifelt gegen seine Jeans und meine hauchdünnen Leggings drückt.

»Nein«, sagt er, und die Lust in seiner Stimme lässt mich schaudern. Seine Hände wandern wieder unter den Tüll meines Kleides, gleiten sanft an meinen Beinen nach oben und jagen mir eine Gänsehaut über den ganzen Körper. Unsere Blicke verharren aufeinander, als er sich aufrichtet und seinen Mund nah zu meinem führt, nur einen Atemzug entfernt. »Ich werde dir später etwas Besseres bieten.«

Mike küsst mich auf eine Art, die uns beide in Flammen setzt, und sein Körper erweckt jeden einzelnen meiner Sinne zum Leben. Sein Schwanz neckt meine Klitoris, und seine Hände wandern weiter an meinen Seiten nach oben. Sie streifen höher und höher, bis er die Rundung meiner Brust umfasst und mit den Daumen über meine harten Nippel fährt.

Ich stöhne an seinem Mund, und Mike knabbert an meiner Unterlippe. »Du bist so weich«, haucht er, und als er die Hand sinken lässt und sich von mir löst, verzehrt sich mein Körper nach ihm. »Ich will dich sehen«, sagt er mit gebanntem Blick, auch wenn seine Stimme zweifelnd klingt.

Ein Kloß bildet sich in meinem Hals, aber ich kann mich gegen diese braunen Augen nicht wehren, die mich selbst in meinen Träumen dahinschmelzen ließen. Ich habe es mich schon früher gefragt – wie er unter mir aussehen würde. Und jetzt, wo ich es sehe, jetzt, wo ich es habe – da will ich ihm alles geben, was er will. Ich will ihm mich selbst geben.

Ich rutsche ein Stück zurück und finde den Saum meines Kleides. Mit zitternden Händen hebe ich ihn an, aber Mike nimmt mir die Aufgabe ab, streift mit den Fingern über die Unterseite meiner Arme, während er mir das Kleid über den Kopf zieht.

»Hailey«, sagt er voller Bewunderung. Seine Augen liebkosen meinen Körper, meinen Busen. Ich kämpfe gegen den Drang an, ihn zu bedecken, ihn vor ihm zu verbergen, aber er lässt mich nicht. Mike nimmt meine Hände, legt sie an seinen Hals und verlagert seine Haltung, bis ich gegen das Lenkrad gelehnt dasitze und er meinen Nippel in den Mund nimmt.

Ich erkenne mich selbst nicht, die Geräusche der Lust, die ich von mir gebe, oder die Art, wie meine Finger durch seine Haare fahren und ich ihn anflehe, nicht aufzuhören. Seine Zunge gleitet über meinen Nippel, jagt Wellen der Lust über meine Haut. Er saugt und zieht an ihm und hält ihn mit den Zähnen fest, während er den anderen zwischen glatten Fingerspitzen knetet, und ich kann nicht verhindern, dass ich auf ihn reagiere. Ich reibe mich an seinem Schwanz, und es quält uns beide, bis er an meiner Brust aufstöhnt und ich in die Luft keuche.

»Zieh sie mir aus«, japse ich, und Mike weiß genau, was ich will. Er verhakt die Finger in meinen Leggings und hilft mir, sie herunterzuzerren. Ich ziehe meine Boots aus, um den schwarzen Stoff das restliche Stück herunterziehen zu können, und dann setze ich mich wieder auf Mikes Schoß, mein Slip feucht an seiner Jeans.

Diesmal reibe ich mich ganz bewusst an ihm, küsse ihn mit einer wilden Lust, die die Scheiben des Trucks beschlagen lässt, und Mike umklammert meinen Hintern, während ich es tue, ermuntert mich, auf ihm zu reiten. Ich bewege die Hüften, bis das Gefühl seines Jeans-Hosenschlitzes an meinem dünnen Baumwollslip mir jedes Denkvermögen raubt, bis mein Stöhnen immer verzweifelter wird. Mike löst die Lippen von meinem Hals und keucht: »Lass mich in dich, Baby.«

Oh. Gott. Ich weiß nicht, ob es an seiner Stimme liegt oder an der Art, wie er mich Baby genannt hat, aber ich fummele bereits an seinem Reißverschluss, während er mir aus dem letzten Kleidungsstück hilft, das ich noch anhabe. Mike zieht seine Jeans und Boxershorts mit einer einzigen schnellen Bewegung herunter, und dann schwebe ich auf den Knien über dem Punkt, an dem es kein Zurück mehr gibt.

Ich sehe unwillkürlich hinunter, und meine Augen weiten

sich, als ich die Größe dessen sehe, was sich in seiner Jeans entwickelt hat.

»Scheiße«, haucht er, während er meinem Blick folgt, und eine Falte zeigt sich auf seiner Stirn. »Ich habe keine Kondome in meinem …«

Ich sehe ihn kopfschüttelnd an, noch immer überwältigt. »Ich nehme die Pille. Es ist nur …«

Ich sehe wieder hinunter und beiße mir auf die Lippe, und als ich den Blick hebe, entspannt sich seine Miene vor Erleichterung.

»Mach dir keine Sorgen«, versichert er mir, während seine Finger meinen Körper mit ihrem eigenen Willen erkunden. Sie kneifen meine Nippel, und ich beiße mir härter auf die Lippe, als mein Körper für ihn dahinschmilzt.

Ich bin besorgt. Ich bin *eindeutig* besorgt. Es ist zu lange her, seit ich zuletzt Sex hatte. Sex mit Mike wird wehtun … sehr wehtun.

»Hailey«, sagt er, und ich reiße mich vom Anblick der glänzenden Spitze seines riesigen Schwanzes los. Er hält meinem Blick stand und beugt sich vor, küsst mich sanft, bis meine Augen flatternd zugehen, und seine Berührung wandert tiefer, tiefer, tiefer.

Mikes Zunge tanzt mit meiner, berauschend und verwirrend, während er mit einer Hand meine Hüfte umklammert und mit der anderen zwischen meine Beine gleitet. Seine Fingerspitzen finden meine Knospe, und meine Knie geben fast unter mir nach.

»Mike«, stöhne ich, und er fängt seinen Namen mit einem Kuss auf, von dem mir schwindelig wird. Seine Finger bewegen sich in langsamen Kreisen, und die reibende Bewegung lässt mich dahinschmelzen wie einen Eiswürfel, der von einer Zunge verwöhnt wird. Seine Handfläche streicht über meine

Klitoris, als er mit der Hand weiter zwischen meine Schenkel gleitet und einen Finger tief, tief in meine Hitze steckt.

Ich versuche verzweifelt, Mike zu küssen, zu verhindern, dass mein Kopf auf seine Schulter fällt, weil er genau die richtige Stelle in mir streichelt und gleichzeitig meine Klitoris mit dem Daumen massiert. Er antwortet mit Küssen auf das Stöhnen, das meinen geöffneten Lippen entweicht und seine andere Hand gleitet an meinem Bauch hoch und über meine Brust, und er knetet meinen harten Nippel zwischen den Fingerspitzen. Kleine Stromstöße der Lust durchzucken mich von so vielen Stellen auf einmal, dass ich nicht weiß, wie er das alles schafft – seine Hand zwischen meinen Beinen, seine Finger um meinen Nippel, seine Lippen an meinen Lippen, seine Zunge in meinem Mund.

In meiner Ekstase begreife ich, dass es sich genau so anfühlt – genau *so* fühlt es sich an, von einem Drummer verführt zu werden.

Mike gleitet mit einem zweiten Finger in mich, und diesmal kann ich nicht umhin, den Kuss zu unterbrechen, um die Stirn auf seine Schulter fallen zu lassen. Ich beiße in sein T-Shirt, um nicht völlig die Kontrolle zu verlieren, aber als er den Kopf neigt und mit seiner seidigen Zunge die Vertiefung meines Schlüsselbeins findet, droht mir genau diese Kontrolle zu entgleiten.

Ich bin überwältigt. Während seine Finger mich ausfüllen und seine Zunge meinen Körper kostet, werde ich von elektrischen Funken verzehrt, die bis in mein Innerstes strahlen. Er entfacht ein Feuer, das außer Kontrolle gerät, und als er vorsichtig einen dritten Finger in meine Hitze steckt, werde ich von einer Mischung aus Lust und Schmerz durchzuckt.

»Scheiße«, zische ich, als Mike mit einem Handballen über meine brennende Knospe reibt, meinen Körper lockt, um seine Finger dahinzuschmelzen, sich zu dehnen, um sie in ihrer ganzen Breite in sich aufzunehmen.

»Tue ich dir weh?«, fragt er, und ich schüttle den Kopf an seinem Hals. Meine Fingerspitzen bohren sich in seine Schulterblätter, mein Körper nimmt ihn an und verlangt nach mehr.

»Du bringst mich um«, keuche ich an seinen glühenden Hals, und der Klang meiner eigenen Stimme sorgt dafür, dass sich meine Nippel vor Verlangen noch mehr versteifen.

»Komm für mich«, befiehlt mir Mike über die Geräusche hinweg, die ich an seiner Haut mache. Ich ziehe mich um seine Finger zusammen, nehme ihn tief in mir auf und flehe nach dem, was in seinem Schoß wartet.

»Ich will dich in mir«, stöhne ich und lehne mich zurück, um ihn anzusehen. Ich sehne mich verzweifelt nach ihm, und ich kann spüren, wie er mit der Beherrschung kämpft, als er sich zwingt, mir meine Bitte abzuschlagen.

»Komm zuerst, Hailey. Es wird so leichter für dich sein.«

»Bitte«, flehe ich, aber Mike beugt sich nur wieder vor, schiebt mich zurück und nimmt meinen Nippel zwischen seine Lippen.

»Oh mein Gott«, stöhne ich. Meine Hitze umschließt seine Finger, während er meine Brust mit nassen Küssen verwöhnt. »Oh mein Gott. Oh …« Mir stockt der Atem, und meine Muskeln schreien nach Erleichterung. Ich bin so kurz davor. Ich bin so verdammt kurz davor.

»Jetzt«, befiehlt mir Mike, und als er meinen Nippel mit den Zähnen neckt und mich mit seinen Fingern ausfüllt, breche ich absolut, *völlig* zusammen. Ich bäume mich auf, schreie seinen Namen und verkrampfe mich um seine Finger, als sie mich auf einmal leer zurücklassen. Der Verlust macht mich rasend vor Verlangen, und ich bin mir nicht sicher, ob ich weinen oder schreien werde, als sein Schwanz sich hart an meine Falte presst. Ich stöhne auf, als seine geschwollene Spitze Einlass begehrt. Ich bin noch nicht fertig, und Mike drückt mich auf seinen Schwanz und dehnt mich um die harte Länge.

»Hailey«, stöhnt er, während sich seine Fingerspitzen in meine Schenkel bohren und mich festhalten und Feuerwerke in meinem ganzen Körper explodieren. Sie sprühen in meinem Innersten Funken, als ich mich begierig um ihn zusammenpresse und seinen seidigen Schwanz umfasse, und endlich beginnt er, sich in mir zu bewegen.

»Verdammt, Hailey, du bist so bereit für mich«, haucht Mike an meine wundgeküssten Lippen. »Du fühlst dich so verdammt toll an. Du fühlst dich perfekt an. Baby, mach die Augen auf.«

Ich versuche angestrengt, die Augenlider zu öffnen, trotz der Empfindungen, die meinen schweißbedeckten Körper durchzucken. Als ich es schaffe, weiß ich, dass meine Pupillen geweitet und meine Augen noch immer halb geschlossen sind. Alles ist heller, klarer, und Mikes schokoladenbraune Augen lassen mich dahinschmelzen. Er hebt die Hände, streicht mir meine wirren Haare aus den Augen und umfasst sanft mein Gesicht. Ich weiß, was er sagen wird, noch bevor er es sagt – ich kann es an der Art ablesen, wie er mich ansieht, der Art, wie er mich berührt.

»Ich liebe dich.«

Wir starren uns in die Augen, während er es sagt, und diesmal sind nur wir beide da. Nur wir beide im Dunkeln, als er in meinen Körper und meine Seele eindringt, und als ich ihn küsse, lauscht er. Er lauscht auf alles, was ich noch nicht sagen kann.

Meine Lippen sagen ihm, dass niemand – *niemand* – je solche Gefühle in mir ausgelöst hat wie er. Er ist in meinem Kopf, in meinem Herzen, und ihn in mir zu haben fühlt sich an, als würde ich ein Puzzleteil finden, das mir mein Leben lang gefehlt hat. Er fühlt sich wie ein Teil von mir an, und ich werde das niemals vergessen. Er wird morgen fahren, und ich werde mich niemals von diesem Augenblick erholen. Aber heute Nacht habe ich ihn, und ich habe vor, zu nehmen und zu geben, bis ich nicht mehr weiß, wo er endet und ich beginne.

Ich küsse ihn, bis Mikes Hände langsam von meinem Gesicht gleiten, meine überempfindliche Haut streicheln und necken, bis ich die Kontrolle an mich reiße. Die Knie um seine Schenkel gepresst, reibe ich meinen Körper an seinem, liebe die Art, wie sich seine Finger dabei an meinem Hintern anspannen. Ich ziehe ihm das Shirt über den Kopf und gestatte es meinen Lippen, sein Schlüsselbein, seine Schultern, die Muskeln seiner Brust zu erkunden. Er ist so groß unter mir, und ich will jeden Zentimeter von ihm kosten.

Jedes Mal, wenn ich die Hüften anhebe, verzehrt sich mein Körper nach ihm, und jedes Mal, wenn ich sie wieder auf seinen Schoß sinken lasse, stöhne ich meine Ekstase an seine Haut. Je wilder ich werde, desto eindringlicher werden Mikes Hände, bis er versucht, mein Tempo zu verlangsamen, mein Verlangen zu besänftigen.

»Hailey«, warnt er mich, aber ich gleite mit der Zunge hinter sein Ohr und verkrampfe mich um seinen Schwanz. Ich weiß, dass ich ihn in den Wahnsinn treibe, und es ist zu viel für mich, ich kann mich nicht dagegen wehren. Er will mich – ich kann es an der Art spüren, wie er in mir pulsiert, an der Art, wie er meine Lippen jedes Mal einfängt, wenn sie zu nah an seinen sind. Und egal, wie falsch es ist – denn es gibt zu viele Gründe, weshalb wir nicht zusammen sein können –, ich will, dass er mich will. Wenn er die nächsten sechs Wochen auf Tour ist, will ich, dass er sich erinnert, wie meine enge Hitze um seinen riesigen Schwanz pulsiert hat. Ich will, dass er jedes andere Mädchen, mit dem er je zusammen ist, mit mir vergleicht, und ich will, dass er sie als unzulänglich empfindet.

»Baby, du fühlst dich zu verdammt gut an«, warnt mich Mike noch einmal, während er Druck auf meine Hüften ausübt, um zu verhindern, dass ich ihn so schnell reite. Er wird gleich kommen, ich weiß es. Und Gott, ich *will* es. Er tut mir physisch an, was er mir in den letzten Wochen emotional angetan hat – er geht mir unter die Haut, bringt mich dazu, ihn zu wollen, und ich kann es nicht länger leugnen. Ich *will*, dass er in mir kommt. Ich verzehre mich danach, wie sein Schwanz in meinem Körper pulsieren wird, wie seine Augen blicken werden, wenn er sich mir hingibt.

Ich stemme seine Hände von meinen Hüften los und gleite mit ihnen fest an meinem schweißglänzenden Körper nach oben, lege sie über meine Brüste und presse mein weiches Fleisch in seine Handflächen. Mikes Blick verschleiert sich, als er zusieht, wie ich mich mit seinen Händen berühre, und mein Herz schlägt außer Kontrolle. Er leckt sich die Lippen und schüttelt besiegt den Kopf.

»Du lässt mir keine andere Wahl.«

»Was meinst du damit?«, frage ich, und als ich seine Hände loslasse, kneift er in meine Nippel.

»Ich werde in dir kommen«, sagt Mike, den Blick fest auf meinen geheftet, während er elektrische Hitzewellen durch meine steifen Nippel und tief in mein geschmolzenes Inneres jagt, »und dann werde ich dich mit nach Hause nehmen und deine enge Muschi lecken, bis du in meinem Mund dahinschmilzt. Und dann werde ich mich in dir vergraben, bis ich morgen Früh fahren muss.«

Seine unerwarteten Worte bringen jeden Muskel in meinem Körper auf Touren, sorgen dafür, dass ich mich um ihn anspanne. Mikes Schwanz pulsiert zur Antwort, und er beugt sich vor und bedeckt mich vom Schlüsselbein bis zum Ohr mit warmen Küssen. »Sag okay«, verlangt er in einem heißen Flüsterton, der verführerisch über meine Haut brennt. Ich hätte nie gedacht, dass schlichte Worte mich so sehr anmachen könnten, aber als ich sie aus seinem Mund höre, fange ich auf ihm Feuer.

»Okay«, hauche ich, und dann umklammere ich seine Schultern, stemme mich hoch und lasse mich wieder auf seinen Schoß sinken.

Er vergräbt den Kopf an meiner Schulter, und ich höre ihn stöhnen: »Reite mich, Hailey.«

Ich vergrabe die Finger in seinen Haaren und drücke seinen Kopf nach hinten, sodass er keine andere Wahl hat, als mich anzusehen. Seine großen Augen fixieren meine, seine Pupillen verschlucken das Weiß, während ich mich vorbeuge und seine fiebrigen Lippen mit meinen einfange.

Mike stöhnt an meinem Mund, während ich genau das tue, was er mir gesagt hat – mein Körper spielt immer und immer wieder mit ihm, nimmt ihn und lässt ihn los, nimmt ihn und lässt ihn los. Ich weiß nicht, was über mich gekommen ist, aber mit diesem schönen, talentierten, hinreißenden Rockstar, der sich unter mir verliert, fühle ich mich wie eine Göttin, und ich reite ihn wie eine.

»Wieso fühlst du dich so perfekt an?«, keucht er an meinen Hals, während die Lust in mir immer eindringlicher wird. Ich spüre, wie sich mein Höhepunkt aufbaut, und als Mike den Kopf hebt, um zu mir hochzustarren, küsse ich ihn mit dem Feuer, das in mir brennt.

Mikes Stöhnen rumort an meinem Mund, und sein Griff um meine Hüften ist unnachgiebig, als er seine Lippen von meinen löst und sagt: »Hailey.«

Ich weiß, dass er gleich kommt. Ich weiß, dass er es vor mir tun wird. Ich erinnere mich an sein Versprechen.

»Komm«, dränge ich ihn und reibe meinen Körper an seinem. Ich umfasse sein Kinn und presse meine schweißbedeckte Stirn an seine. »Mike. Komm in mir.«

Er küsst mich fieberhaft, bevor ich noch ein Wort hauchen kann, und zwischen Küssen flehe ich ihn an.

Bitte. Gott. *Mike.* Bitte.

Der Schrei, den er ausstößt, als er sich in mir ergießt, sorgt dafür, dass mein Körper zu einem weißglühenden Feuer explodiert. Meine Finger krallen sich verzweifelt in seine Schulterblätter. Die Hitze schießt aus meinem Innersten und strömt in meine Beine, meine Arme, meine Finger, meine Kopfhaut. Als ich auf Mike zusammenbreche, fängt er mich auf und hält mich fest, während sein Körper mich noch immer als die Seine markiert.

Sein Herzschlag pocht in meiner Hitze und an meiner Brust, und mein Herz schwillt, während er die Arme um mich geschlungen hat. Ich vergrabe die Nase in seiner Halsbeuge, atme ihn ein und lasse mich von ihm halten. Ich weiß, dass ich ihn gehen lassen muss. Er ist ein Rockstar. Er geht auf Tour. Sein Leben wird so viel *größer* sein als ich. Und mein Leben – meine Zukunft – hängt davon ab, dass ich ihn nie wiedersehe.

Ich weiß, dass ich ihn nach heute Nacht gehen lassen muss.

Ich weiß nur nicht, wie ich das schaffen soll.

34

Auf der ganzen zehnminütigen Fahrt in Mikes Truck zu seinem Haus ist mein Gesicht rot angelaufen. Im Dunkeln, mit seinen Scheinwerfern vor uns auf der Straße, funkelt die Erinnerung an seine Lippen über meine Haut, und mein Innerstes pulsiert von der Erinnerung, wie *vollständig* er mich ausgefüllt hat, wie es sich anfühlte, als er sich in mir bewegt hat.

Er streckt eine Hand über die Mittelkonsole, aber anstatt Kreise auf meinem Schenkel zu ziehen, wie er es getan hat, bevor ich ihn aufforderte, rechts ranzufahren, nimmt er nur meine Hand. Er hält sie fest, und als ich zu ihm hinübersehe, lächelt er. Das Lächeln berührt seine Wangen und erhellt seine Augen – ein unverhohlenes Glücksgefühl, das mich auf seinem Beifahrersitz zum Kichern bringt. Sein Lächeln wird noch breiter, und ich erröte tief und richte den Blick aus dem Fenster.

Der Vollmond steht noch immer hoch am Himmel, aber er ist weitergezogen, seit wir dort hinten am Teich waren. Auf der Uhr auf Mikes Armaturenbrett ist es 4:02 Uhr, was heißt, dass aus neun Stunden jetzt weniger als acht geworden sind. Meine Brust schnürt sich zu, weil der Abschied immer näher rückt, und ich strecke meine freie Hand aus, um das Radio einzuschalten, in der Hoffnung, meine Gedanken zu übertönen.

»Die nächste Nummer ist ein Oldie but Goldie«, verkündet der Radio-DJ. »Diese Typen haben heute Abend drüben in Mayfield ein Video für ihre demnächst erscheinende Single ›Ghost‹ aufgenommen, und wie ich höre, soll es umwerfend gewesen sein. Fans wurden eingeladen, um an der Aufnahme mitzuwirken, aber falls ihr heute Abend nicht unter den geschätzten zwei*tausend* Leuten wart: Ich habe gehört, die Party soll noch immer in vollem Gange sein. Geht auf unsere Website, um euch genauer zu informieren, und in der Zwischenzeit kommt hier einer meiner persönlichen Lieblingssongs. Ihr hört ›Mayhem‹ von *The Last Ones to Know* auf 101 The Heat.«

Mike wirft wieder einen Blick auf mich, während das Trommeln seiner Schläger durch die Lautsprecher kommt, und einer der Songs, die seine Band an dem Abend gespielt hat, an dem ich ihn kennenlernte, erfüllt seinen Truck. Und in diesem Moment trifft es mich mit erneuter Wucht – dass er mich mit zu sich nach Hause nimmt, während Radiosender landauf, landab seine Songs spielen. Dass er hier meine Hand hält, während der Rest seiner Band mit über zweitausend Fans im Wald die Nacht durchfeiert.

Ich weiß, dass ich nicht hübsch genug oder besonders genug oder überhaupt genug für ihn bin – nicht nachdem ich die Menge gesehen habe, die er heute Abend angelockt hat. Nicht nachdem ich gefühlt habe, wie viel Leidenschaft, wie viel Hingabe, wie viel Liebe er zu bieten hat –, aber er fährt beschwichtigend mit einem Daumen über meine Hand, als würde er meine Gedanken lesen und mir versichern, dass ich es doch bin.

Als wir in seine Auffahrt einbiegen, bin ich mit den Nerven am Ende. Ich weiß nicht, wie ich mit ihm reden soll – nach dem, was wir eben getan haben. Alles ist jetzt anders, und ich habe das ungute Gefühl, dass ich das mit uns eben gründlich vermasselt habe. Ich werde mit ihm nicht mehr so lachen können, als ob wir einfach nur Freunde sind, falls wir je wieder Deadzone spielen – nicht mit der Erinnerung, wie sich meine Brüste unter seiner Zunge angefühlt haben, wie gut diese Zunge war.

Nicht einmal in meinen wildesten Träumen hatte ich mir vorgestellt, dass Sex mit Mike so sein würde – dass Sex im Allgemeinen je so sein könnte. Ich kann nicht daran zurückdenken, ohne dass sich Hitze in meinem Innersten sammelt, ohne dass ich die Knie zusammenpresse. Mein Herz klopft wie wild, als Mike zu mir herübersieht und sagt: »Beweg dich nicht.«

Die Innenbeleuchtung geht an, als er die Fahrertür öffnet, und dann landen seine Füße in seiner Kiesauffahrt. Er schließt mich allein in dem Truck ein, und ich sehe zu, wie er vor seinen noch immer eingeschalteten Scheinwerfern vorbeigeht und herumkommt, um mir die Tür zu öffnen. Ich drehe mich um, um mir von ihm herunterhelfen zu lassen, aber Mikes Hände gleiten prompt an meinen nackten Schenkeln nach oben – meine Leggings liegen noch immer irgendwo auf der Rückbank, seit er sie mir vorhin heruntergerissen hat. Seine rauen Finger schieben mein Kleid hoch, während er meine Schenkel spreizt und entschlossen zwischen sie tritt.

»Du glaubst doch nicht etwa, dass ich mein Versprechen vergessen habe, oder?«

Seine Worte hallen in meinem Kopf wider, im selben hitzigen Ton, in dem er gesprochen hat, als er tief in mir war: *Ich werde in dir kommen, und dann werde ich dich mit nach Hause nehmen und deine enge Muschi lecken, bis du in meinem Mund dahinschmilzt. Und dann werde ich mich in dir vergraben, bis ich morgen Früh abfahren muss.*

Ich beiße mir auf die Lippe, als Mike sich vorbeugt und sie mir raubt, sie meinen Zähnen mit der Zunge entlockt, damit er sie mit seinen eigenen festhalten kann. Ich stöhne an seinen Mund, und Mike streckt seine großen Hände hinter mich aus, schiebt sie unter meinen Hintern und zieht mich nach vorn. Ich taumle an der Kante des Sitzes, und sein Körper ist das Einzige, was verhindert, dass ich auf die Knie falle.

»Ich will dich in meinem Bett«, verlangt seine raue Stimme an meinem Mund, und mein noch immer feuchter Slip erwärmt sich von erneuter Hitze. Ich fahre mit den Fingern durch die weichen Haare in seinem Nacken nach oben, und Mike vertieft den Kuss, neckt meine Zunge, bis ich die Augen verdrehe und darum kämpfen muss, meine Stimme zu finden.

»Ich dachte, du hättest gesagt, du willst mich in deinem Bett«, stoße ich hervor, unterbreche widerstrebend den Kuss, als er keine Anstalten macht, mir aus dem Truck zu helfen. Ein Feuer lodert um uns herum auf, und wenn wir jetzt nicht gehen, wird es keine Hoffnung mehr geben, dem Inferno zu entkommen.

»Das will ich«, sagt er und zieht mir das Kleid über den Kopf, setzt meinen Körper der kalten Nachtluft aus. Dabei versteifen sich meine ohnehin schon harten Nippel, und Gänsehaut erobert meinen Körper, während Mike Dees Kreation behutsam auf die Rückbank legt und mich mit den Augen weiter auszieht. »Ich will dich aber auch in meinem Truck«, sagt er, und küsst mich unter das Ohr. »Und auf meinem Küchentresen.« Seine Lippen gleiten weiter hinunter, in die Vertiefung meines Schlüsselbeins, bis ich meine Fingerspitzen verzweifelt in seine Schultern presse. »Und in meiner Dusche.« Er drückt mich nach hinten, bis meine zitternden Ellenbogen auf der Mittelkonsole ruhen, und dann nimmt er einen harten Nippel zwischen seine Lippen und wärmt ihn mit seiner Zunge, bevor er den anderen mit sanften, quälenden Küssen verwöhnt. Mein Kopf sackt nach hinten, ich stöhne auf, aber Mike lässt sich Zeit mit mir, knabbert und küsst, bis mein Körper verlangt, dass ich meine halb geschlossenen Augen wieder aufschlage, um ihn anzusehen. »Und auf meiner Couch«, sagt er grinsend, kurz bevor sein Atem an meinem Körper hinuntergleitet. Seine Zunge taucht in meinen Bauchnabel, sodass sich meine Zehen einrollen, bevor er eine Spur zum Saum meines Slips zieht. »Und auf meinem Rasen.« Er küsst die feuchte Baumwolle, die den Scheitelpunkt meiner Schenkel bedeckt, und ich wimmere, als seine Zunge ihn durchnässt. Er neckt mich durch den Stoff, bevor er an meiner Klitoris zu knabbern beginnt. Und dann verhakt er einen Finger in meinem Slip und zieht ihn zur Seite. »Und meinem Schlagzeug«, sagt er, kurz bevor seine warme Zunge entschlossen einen Weg durch meine Hitze findet. Er umkreist meine Klitoris, steckt meine Nerven in Brand, bis seine Lippen sich öffnen und er sie sanft in den Mund nimmt.

»Oh Gott, verdammt noch mal«, stöhne ich, als Mike meine geschwollene Knospe kostet. Er hält sie zwischen seinen Lippen und erkundet sie mit seiner harten Zungenspitze, und meine Beine zittern wie wild, bis meine Erleichterung sich Bahn bricht, sich in meinem Innersten aufbaut. Ich sehe zu ihm hinunter, zwischen meinen Beinen, und er starrt mit lodernden Augen zu mir hoch, als er mich weiter leckt.

»Du hast ja keine Ahnung, wie lange ich dich schon schmecken will«, sagt er. Er kostet von mir, hält meinem Blick stand, und meine Knie zittern immer weiter. Und als Mike einen Finger in mich gleiten lässt, schreie ich vor Lust fast auf.

»Sieh mich an, Hailey«, befiehlt er mir, und ich bringe die Kraft auf, den Kopf zu heben, als er noch einen Finger tief in meine Hitze steckt. Die Innenbeleuchtung geht aus, und er wird überschattet von der Hängelampe an seiner Garage, und die Gefahr dieses Augenblicks kriecht langsam mein Rückgrat hoch. Auch wenn Mikes Haus von einer Seitenstraße zurückgesetzt ist, könnte jeder hier vorbeifahren. Jeden Augenblick könnten Scheinwerfer am Ende der Straße auftauchen, und ich könnte gesehen werden, wie ich zurückgelehnt auf dem Beifahrersitz von Mikes Truck liege, sein Kopf zwischen meinen Schenkeln vergraben.

Meine Nippel verhärten sich zu zwei Spitzen bei dem Gedanken daran, und als Mike mir mit seinen Fingern Lust bereitet, drückt er einen nassen Kuss auf meine Klitoris. »Hailey, wenn ich dich küsse …«, sagt er, während er seine glühenden Lippen wieder um mein angespanntes Nervenbündel legt. Der Rest von mir ist durchgefroren, daher konzentriere ich mich auf das Feuer, das er zwischen meinen Beinen entfacht. Seine Lippen gleiten über meine Knospe, und er zieht seinen Kuss in die Länge, nur um mich mit dem nächsten und dann wieder dem nächsten zu verwöhnen. »Ich will wissen, wenn ich dich küsse, fühlst du dann Funken?«

Seine Finger vögeln mich, während er zu mir hochstarrt, mich mit einer Frage ködert, auf die er die Antwort bereits weiß, aber über den Geräuschen qualvoller Lust, die mir über die Lippen kommen, kann ich keine zusammenhängenden Worte formen.

»Antworte mir, Hailey«, sagt er und neigt den Mund erneut zu meiner Hitze, verwöhnt mich mit seiner Zunge.

Ein Feuerwerk explodiert hinter meinen Augen, während meine Hüften sich unter ihm aufbäumen, und mein Körper zerspringt und fügt sich wieder zusammen, nur um gleich darauf erneut zu zerspringen. »Ja«, schreie ich, als mein Orgasmus mich in den Wahnsinn treibt. Mike zieht seinen Finger heraus, um mit der Zunge an mir zu lecken, verschlingt mich begierig, als ich meinen verdammten Verstand verliere. »Ja, ja, *ja!*«, schreie ich. Es ist mir egal, wer vorbeifahren und mich hören könnte. »Oh Gott, *Mike!*«

Im nächsten Augenblick hebt er mich hoch, küsst mich leidenschaftlich, und trägt meinen fast nackten Körper über seine Auffahrt, seinen Fußweg hoch und in sein Haus. »Ich will, dass du auf meinem Schwanz kommst«, knurrt er und legt mich auf sein Bett, krabbelt auf mich, und ich kann nicht anders, als ihn zu küssen, obwohl ich unter seinem Körper bei lebendigem Leib verbrenne. Er kickt seine Jeans und Boxershorts von sich, schleudert meinen Slip durchs Zimmer und lässt sich auf mich sinken.

»Ich brauche dich«, sagt er, und mir wird bewusst, dass er um Erlaubnis bittet. Sein Körper bebt vor Verlangen nach mir, aber er starrt in meine Augen hinunter und bittet mich zum zweiten Mal an diesem Abend, ihn in meinem Körper willkommen zu heißen.

»Ich gehöre ganz dir«, sage ich und gleite mit den Fingern an seinem Hals hoch. Ich halte seine Wangen in meinen Händen und ziehe ihn an meinen Mund, küsse das Stöhnen fort, das aus seiner Kehle rumort, als er in mich eindringt.

In Mikes Bett, in seinen Armen, ist die Stimmung anders als im Truck. Er bewegt sich langsam in mir, verwöhnt meinen Körper mit Küssen, bei denen ich den Rücken krümme und meine Finger in seine Schultern kralle.

Er fährt in ein paar Stunden ab – ich *kann* ihn nicht lieben. Ich kann nicht.

Die Art, wie mein Herz schwillt, während er mich liebt, ist ein Geheimnis, das ich für mich behalte, eines, das mich auslaugt, als ich mir Mikes Körper mit meinen Fingerspitzen, meinen Lippen, meiner Zunge einpräge. Unter ihm verliere ich jedes Zeitgefühl, und als er sich schließlich in meinem Körper ergießt, bin ich mir nicht mehr sicher, ob wir seit zwei Stunden oder zwei Tagen in seinem Bett sind.

Als er sich auf die Seite rollt und mich an seine Brust zieht, kuschle ich mich noch näher an ihn. Ich seufze über die Art, wie er sich an mich schmiegt, und schlafe in seinen Armen ein.

35

Als ich das erste Mal in Mikes Bett geschlafen habe, wollte ich nichts mehr, als die Hände auszustrecken und ihn zu berühren. Ich wollte über seine extrabreite Matratze rutschen, mich neben ihm zusammenrollen und meine Wange an seine Brust drücken. Und als ich am Sonntagmorgen aufwache und mich an alles erinnere, was wir in der Nacht getan haben, mache ich genau das. Ich bin im Schlaf aus seinen Armen geglitten, aber jetzt rutsche ich über das Bett, bis ich an seinem Körper dahinschmelze. Ich genieße, wie sich seine kräftigen Arme um mich legen, als würde er mich nie wieder loslassen wollen.

Mike seufzt zufrieden und drückt mir einen Kuss auf den Kopf, und ich kann nicht anders – ich kichere.

Er lockert den Griff, um zu mir hinunterzuschauen, und der Anflug eines Lächelns umspielt seine Lippen. »Was denn?«, fragt er, und ich muss unwillkürlich wieder lachen.

»Du redest gern versaut«, sage ich schließlich laut, und die Röte, die Mike in die Wangen schießt, sorgt dafür, dass mein Herz in meiner Brust Purzelbäume schlägt. Er war gut gestern Nacht – dominierend, selbst während er mich auf seinen Knien nahm. Und die Worte, die ihm über die Lippen kamen, die Art, wie seine Stimme klang, als er mir befahl, auf seinem Schwanz zu kommen – das war unerwartet und einfach so, so unglaublich verdammt heiß.

»Hat es dir gefallen?«, fragt er, und meine Wangen laufen ebenso rot an wie seine.

»Hast du das nicht gespürt?«

Mikes Mundwinkel verziehen sich zu einem hinreißend sexy Lächeln, und bevor ich darüber nachdenken kann, gebe ich der Versuchung nach und strecke mich nach oben aus, um einen Kuss auf diese unwiderstehlichen Lippen zu drücken. Mikes Lächeln wird breiter, als er mir eine Locke aus den Augen streicht.

»So etwas habe ich noch nie bei jemandem gemacht«, sagt er. Ich sehe ihn fragend an. »Das, äh … versaute Reden.«

»Du warst nicht so bei …« Meine Stimme verliert sich, und er schüttelt den Kopf.

»Nein. Ich habe diese Dinge bei irgendeiner anderen nicht einmal *gedacht*. Du hast keine Ahnung, was du mit mir machst, Hailey. Du bringst das in mir hervor.«

»Deinen inneren Neandertaler?«, grinse ich, und Mike ballt in meinen Nackenhaaren die Faust, übt sanften Druck aus und lächelt mich an. Ich beiße mir auf die Lippe, und er lässt meine Haare los, um mit dem Daumen über meinen Mund zu streichen und lacht verblüfft auf, als ich darauf beiße.

Ich lasse seinen Daumen los, um zu ihm hochzulächeln. Ich liebe die Art, wie sein Lachen bis zu seinen Augen reicht, die Art, wie sich in seinen Augenwinkeln Fältchen bilden, als er mit mehr Liebe, als nach so kurzer Zeit möglich sein sollte, zu mir hinuntersieht.

»Was denkst du gerade?«, frage ich, und Mike stützt sich auf einen Ellenbogen auf, um den Blick über meine Lippen, mein Kinn, meine Wangen, die winzige Sommersprosse auf meiner Nase gleiten zu lassen. Schließlich schaut er mir in die Augen.

»Ich wünschte, ich könnte morgen mit dir zusammen aufwachen.«

Mein Hals schnürt sich zu, und er küsst mich sanft. Es ist kein leidenschaftlicher Kuss – es ist eine Kuscheldecke, die sich um mich legt, mich von innen heraus wärmt. Er lehnt sich zurück und bändigt noch eine Locke, die mir in die Stirn gefallen ist.

»Was noch?«, frage ich, weil ein geheimnisvolles Lächeln seine Lippen umspielt.

Seine Aufmerksamkeit verlagert sich von meinen Haaren zu meinen Augen, und er hält meinem Blick stand, als er sagt: »Du bist das Schönste, was ich je gesehen habe.«

Ich kann nicht verhindern, wie meine Mundwinkel nach oben wandern, selbst während ich die Augen verdrehe. »Du bist ein solcher Lügner.«

Mikes Miene wird ernst, und seine Stimme ist voller Aufrichtigkeit, als er sagt: »Ich würde dich niemals belügen, Hailey.«

Ich erwidere nichts. Ich schaue nur zu ihm hoch.

»Glaubst du mir?«

Ich nicke, aber das scheint ihm nicht zu reichen. Er verhakt die Finger in meinen Haaren und reibt mit dem Daumen sanfte Kreise an meiner Schläfe. »Ich will uns eine Chance geben. Ich will, dass das mit uns klappt.« Er hält einen Moment inne, als wollte er, dass ich irgendetwas sage, aber ich weiß nicht, was. Danica hat es verboten. Und außerdem, er fährt in ein paar Stunden weg, und ich werde ihn mehrere Wochen nicht sehen. *Monate.* Wir sind noch nicht einmal richtig zusammen, und jetzt fährt er weg.

»Ich werde lange weg sein«, fährt er fort, »und du weißt, dass es Fans gibt … Mädchen.« Ich spüre, wie sich seine Finger in meinen Haaren anspannen, als ob sie auf meine Kopfhaut trommeln wollen. »Aber du musst nur eines wissen.«

»Was denn?«

»Ich will sie nicht«, verspricht er. »Ich will dich. Ich habe zu lange auf dich gewartet, um das hier zu vermasseln.«

»Du hast auf mich gewartet?«, frage ich, weil ich es nicht verstehe. Wir haben uns eben erst kennengelernt. Vor ein paar Wochen wusste er noch nicht einmal von meiner Existenz.

»Ich habe mein ganzes Leben auf dich gewartet, Hailey«, sagt Mike, und mir stockt der Atem. »Wirst du mir eine Chance geben?«

Diese Frage ist so viel komplizierter, als er denkt. Wenn Danica wüsste, dass ich in diesem Moment in seinem Bett liege … wenn sie wüsste, wie er mich letzte Nacht berührt hat …

Ich kaue auf der Innenseite meiner Lippe und frage mich, wie das mit Mike und mir je klappen könnte. Wir würden unsere Beziehung vor Danica geheimhalten müssen, und wenn ich eins aus dem Fernsehen gelernt habe, dann, dass heimliche Beziehungen nie eine gute Idee sind.

Und offen gestanden sind Fernbeziehungen es auch nicht. Als ich achtzehn war, war ich mit einem Typen namens Tom zusammen, und er betrog mich, nachdem er auf dem College war. Zugegeben, ich war irgendwie erleichtert, dass ich nicht mehr jeden Abend stundenlang am Telefon hängen und mir anhören musste, wie sehr er mich vermisste, aber trotzdem …

Und Mike wird auf Tour so viel mehr Gelegenheiten haben, als man sie in einem Studentenwohnheim auf einem College hat. Die Mädchen werden bei ihm buchstäblich Schlange stehen. Sie werden vor den Klubs warten, in denen er spielt. Sie werden bei seinen Shows in der ersten Reihe seinen Namen kreischen. Sie werden vor seinem Bus stehen, in kurzen Röcken und knappen Tops.

»Was würde es denn beinhalten, uns eine Chance zu geben?« Ich verblüffe mich selbst mit der Frage, und obwohl ich noch nicht Ja gesagt habe, lächelt Mike bereits.

»Lass uns fest zusammen sein«, sagt er. »Mach nichts mit anderen, solange ich weg bin.«

»Aber du wirst am anderen Ende der Welt sein«, gebe ich zu bedenken, und er streicht mit den Fingern über meinen Arm, jagt mir eine Gänsehaut über den Körper.

»Ich könnte am anderen Ende des Universums sein, Hailey, und es würde mich nicht von dir fernhalten.«

Schmetterlinge flattern in meinem Bauch angesichts der Eindringlichkeit seiner Worte, angesichts des Versprechens in seinen Augen. Ich nicke, und trotz meiner ausgedörrten Kehle bringe ich ein leises »Okay« zustande.

»Okay?«, fragt er mit einem Hoffnungsschimmer in den Augen.

Das hier ist sicher die falsche Entscheidung. Vermutlich werde ich sie bereuen. Aber ich habe in dem Moment angefangen, mich in Mike Madden zu verknallen, in dem ich ihn neben mir in seinem Tourbus zum Lachen gebracht habe, und ich habe nicht die Kraft, mir selbst das Herz zu brechen. Nicht heute, nicht wenn seine Augen vor Glück strahlen, nicht wenn ich diejenige bin, die dieses Strahlen hervorgerufen hat.

»Okay«, sage ich noch einmal, und Mike besiegelt das Versprechen mit einem Kuss, der meine Sorgen verschwinden lässt. Sie werden morgen wichtig sein, und am nächsten Tag, und am übernächsten, aber jetzt, an diesem Morgen, gibt es nur Mike Madden – Rockstar, Spieler, Pizzaliebhaber, Trommelwirbler, Biertrinker, Sexgott.

Mein Freund.

Wir werden bald Abschied nehmen müssen, aber so oder so, ich weiß, dass das hier erst der Anfang ist.

36

Dee: *Hailey, bitte, um Himmels willen, sag uns, dass du gestern Nacht atemberaubenden Sex mit Mike hattest.*

Rowan: *Und dass ihr beide nicht im Wald mit einer Axt erschlagen wurdet …*

Dee: *Mikes Truck war verschwunden!*

Rowan: *Vielleicht hat der Axtmörder ihn mitgenommen.*

Ein Lächeln breitet sich auf meinem ganzen Gesicht aus, während ich allein in Mikes leerem Haus sitze und zurückschreibe: *Ich hatte gestern Nacht atemberaubenden Sex mit Mike.*

Dee: *Oh mein Gott, oh mein Gott, oh mein Gott!*

Rowan: *OMG!*

Kit: *Wie bin* ich *eigentlich in diese Unterhaltung geraten?*

Die Röte schießt mir ins Gesicht, als mir bewusst wird, dass an diesem SMS-Gruppenaustausch mehr Leute als nur Dee, Rowan und ich beteiligt sind.

Unbekannte Nummer: *Jaaaaaaa!!!!!!*

Ich: *Wer ist das?*

Unbekannte Nummer: *Wie kann ich denn ein guter Feenfreund sein, wenn niemand weiß, wer ich bin?*

Dee: *Reg dich ab, Leti.*

Rowan: *Steht dein Wagen noch immer auf dem Parkplatz beim Teich, Hailey?*

Kit: *Hailey, ist Mike schon weg?*

Ich speichere »Unbekannte Nummer« als Leti in mein Handy, und dann reibe ich eine Falte zwischen meinen Augen und sage Rowan, dass mein Wagen noch immer am Teich steht, ja, und ich sage Kit, dass Mike eben abgefahren ist, ja. Ich weiß, dass er spät dran ist, da wir unseren Abschied länger hinausgezögert haben, als wir es hätten tun sollen. Aber es war nicht einfach, ihn loszulassen, und ich konnte sehen, wie schwer auch ihm der Abschied fiel.

Er hat mir einen Schlüssel von seinem Haus gegeben und darauf bestanden, dass ich ihn behalte, nur für den Fall, dass Danica mich wieder rausschmeißen sollte. Und dann sagte er mir, er würde heute Abend in einer Zeitzone auftreten, die zwei Stunden hinter meiner ist, und versprach mir, mich vor der Show anzurufen. Er hat mir auch angeboten, mich zu meinem Wagen zu fahren, aber dadurch hätte er sich noch mehr verspätet. Deshalb erklärte ich entschieden, ich könnte irgendjemand anderen finden, der mich hinfährt. Er verabschiedete sich mit einem Kuss, der auf meinen Lippen verweilte, und ich stand in seiner Auffahrt und sah zu, wie sein Truck die Straße hinunter verschwand.

Ich: *Rowan, kannst du mich bei Mike zu Hause abholen?*

Rowan: *Bin schon unterwegs.*

Unter Mikes Dusche lasse ich zu, dass das Wasser seinen Geruch von meiner Haut spült, und mir steigen die Tränen in die Augen. Er wird eineinhalb Monate fort sein, und mir wird schon jetzt schwer ums Herz bei dem Gedanken daran. Ich erinnere mich, wie hart es war, als ich ihm die eine Woche aus dem Weg gegangen bin, nachdem mir klargeworden war, dass ich eine Schwärmerei für ihn entwickelt hatte, und jetzt muss ich das versechsfachen.

Wenigstens werden wir telefonieren können …

Ich schließe die Augen unter dem Wasserstrahl und erinnere mich, wie er mich heute Morgen angelächelt hat, als er neben mir lag und mit meinen Haaren spielte. Ich werde ihn *sechs*

Wochen nicht sehen. Ich werde seine Fingerspitzen nicht auf meiner Haut und seinen Mund nicht auf meinen Lippen spüren, und nachdem ich erfahren habe, wie gut sich diese Dinge anfühlen, tut es weh. Er ist erst seit vierzig Minuten fort, und mein ganzer Körper vermisst ihn jetzt schon.

Als Rowan klopft und ich die Tür öffne, sind meine Haare noch nass, und ich trage die Leggings von gestern Abend unter einem von Mikes kleinsten T-Shirts. Ich ertrinke darin, aber es schmiegt sich tröstlich um mich, trotz des Lochs in meiner Brust und des Brennens in meinen Augen. Rowan steht auf Mikes Türschwelle und mustert mich, bevor sie mich zu einer festen Umarmung an sich drückt.

Ihre Augen sehen gerötet aus, als ob sie auf dem Weg hierher geweint hat, daher drücke ich sie ebenso fest. »Er kommt ja bald wieder«, versichere ich ihr, und sie nickt an meine Wange.

»Mike auch.«

Als sie sich von mir löst, schenkt sie mir ein trauriges Lächeln und wischt mir eine Träne von der Wange, die ich gar nicht bemerkt hatte.

»Ist es immer so schwer?«, frage ich, und sie nickt und reibt mit dem Daumen meine Haut trocken.

»Jedes Mal.«

»Aber ihr kriegt es hin?«

Sie nickt und wischt sich mit dem Finger unter ihren eigenen feuchten Augen. »Das ist es wert.«

»Wie geht es Dee?«

Rowan und Dee sind in der gleichen Situation – allein, während Adam und Joel auf Welttour sind. Shawn ist der Einzige, der niemanden zurücklassen muss, weil Kit zur Band gehört.

Rowan schenkt mir noch ein mattes Lächeln, und ihre normalerweise dunkelblauen Augen sind einen Ton heller von unvergossenen Tränen. »Sie kann nicht wirklich darüber reden. Aber sie schafft das schon.« Sie zupft an meinem T-Shirt, während sich ein Grinsen auf ihr Gesicht schleicht. »Ich bin sicher, Details von gestern Nacht wären genau die Ablenkung, die sie braucht.« Ich laufe knallrot an, und Rowan lacht und zieht mich zu noch einer Umarmung an sich.

»Ich freue mich so für dich.«

Ich will ihr sagen, dass Danica mich umbringen wird, dass es eine schreckliche Idee ist, mit ihrem Ex zusammen zu sein, und dass ich mir ziemlich sicher bin, einen Riesenfehler gemacht zu haben. Stattdessen zwinge ich mich zu einem Lächeln, als sie sich von mir löst, und versuche, nicht zusammenzubrechen.

In ihrem blauen Honda Accord quetscht sie mich nicht nach Details darüber aus, was passiert ist, nachdem Mike und ich die Party gestern Abend verlassen haben. Stattdessen reden wir über den Videodreh, wir reden über Dees Kleid, wir reden darüber, wie sie Leti kennengelernt hat und wie Leti letztendlich mit Kits Bruder zusammenkam. Ich lache, als sie mir die Geschichte von ihr und Adam erzählt – wie sie, Leti und Adam alle in demselben Französischkurs saßen, und wie jeder auf der Welt, einschließlich Leti, für Adam Everest schwärmte. Aber Rowan und er hatten mal was miteinander, und als sie gezwungen waren, ein Wochenende zusammen auf Tour zu verbringen, verknallten sich beide, und beide verknallten sich schwer. Ihre Geschichte ist Stoff für einen Roman, und ich frage sie, wie Dee mit Joel und wie Kit mit Shawn zusammenkam. Rowan erzählt mir alles bei Erdbeerpancakes im IHOP, und als wir dann auf dem Weg zu meinem Auto sind, dreht sie sich zu mir um und fragt: »Hailey, kann ich ganz aufrichtig zu dir sein?«

Ich nicke, und Rowan starrt wieder auf die Straße.

»Als ich mit der Band auf Tour gegangen bin, nachdem ich Adam kennengelernt hatte, da war Mike der Erste der Jungs, der mir wirklich das Gefühl gegeben hat, willkommen zu sein. Ich war völlig außerhalb meiner Komfortzone, und ich glaube, das hat er einfach gemerkt. Denn er hat sich solche Mühe gegeben, damit ich mich wohl fühle.« Sie sieht zu mir hinüber, und der ernste Blick in ihren Augen stellt sicher, dass ich gut zuhöre. »Mike ist einer der nettesten, aufmerksamsten, witzigsten, selbstlosesten Typen, die ich kenne. Er ist nicht wie andere Typen, Hailey. Er ist etwas Besonderes.«

Ich starre nur zu ihr zurück, gebe ihr wortlos in allem recht.

»Jedenfalls«, fährt sie fort, »nach einer der Shows an diesem Wochenende, gingen er und ich zu dieser kleinen Pizzabude, um Essen zu holen, und irgendwie kamen wir schließlich auf seine Exfreundin zu sprechen.«

Ich schlucke schwer, und Rowan fragt: »Er hat gesagt, ihre Eltern hätten eine Schweinefarm mit einem Erdbeerfeld besessen?«

Ich nicke, bestätige, dass er von Danica gesprochen hat.

»Wir haben ein bisschen über sie geredet, und schließlich habe ich Mike gefragt, warum keiner der Jungs eine Freundin hätte. Ich wollte wissen, warum Adam keine hatte, und er sagte mir, dass Adam, Shawn und Joel keine wollten.« Ich verziehe den Mund zu einem amüsierten Lächeln, denn sie alle haben ihre Meinung ganz offensichtlich gründlich geändert, und Rowans Lächeln spiegelt mein eigenes, bevor sie fortfährt: »Aber weißt du, was Mike über sich selbst gesagt hat?«

Ich warte auf ihre Antwort, und sie hält meinem Blick stand. »Er hat gesagt, er hätte noch nicht die Richtige gefunden.«

Eine Flut von Emotionen wirbelt in meinem Magen umher – ich bin stolz und unglaublich glücklich, dass er denkt, dass ich die Richtige bin, aber ich bin besorgt und fühle mich unter Druck, dass ich es vielleicht nicht bin.

Ich bin nichts Besonderes. Ich weiß, er denkt es, aber das bin ich nicht.

»Es war irgendwie … *traurig* ist nicht das Wort, das ich suche … aber, ich meine, Adam, Joel und Shawn haben alle vor Mike eine feste Beziehung gefunden, obwohl es die ganze Zeit Mike war, der eine wollte.« Rowan sieht wieder zu mir hinüber, kaut auf ihrer Lippe, als ob sie versucht, ihre Worte sorgfältig zu wählen. »Ich liebe Mike wie einen Bruder, Hailey. Ich will, dass er glücklich ist.«

Ich weiß, was sie mir sagt. Sie sagt mir, dass ich ihm nicht das Herz brechen soll. Ich kann mich selbst hören, wie ich dieses Gespräch in ein paar Jahren mit Lukes Freundin führe.

»Ich auch«, sage ich und meine es ernst.

Mike hat das Mädchen verdient, auf das er gewartet hat … Ich weiß nur nicht, ob ich es sein kann, wenn Danica so entschlossen ist, dafür zu sorgen, dass ich es nicht bin.

37

Manche Tage im Tierheim lösen in mir das Gefühl aus, nicht mehr auf diesem Planeten leben zu wollen. Zum Beispiel Tage, an denen es an der Zeit ist, die Hunde zu beurteilen, die vor ein paar Tagen aus einem Hundekampfring gerettet wurden. Wenn ich sehen muss, wie absolut verheerend menschliche Grausamkeit sein kann. Auch wenn wir ein Tierheim sind, in dem nicht getötet wird, sind viele der Pitbulls zu aggressiv, um eine Familie für sie zu finden, und müssen eingeschläfert werden. Und viele andere sind einfach zu schwer verletzt.

Im Rahmen meines Praktikums helfe ich bei dieser Arbeit, und jedes Mal, wenn einer mich anspringt oder wegen eines Stofftiers ausrastet, kämpfe ich mit den Tränen. Ich weiß, dass sie nicht so geboren wurden – sie wurden so *gemacht* –, deshalb bricht mir jedes Mal das Herz, wenn ich einen von ihnen zum Hinterzimmer bringen muss.

An diesem Abend fahre ich mental, physisch und emotional ausgelaugt nach Hause. Ich habe mich sofort auf den Weg zum Tierheim gemacht, nachdem Rowan mich bei meinem Wagen abgesetzt hat, und es war ein schrecklicher, langer Tag. In den Kleidern, in denen ich am Abend zuvor zu dem Videodreh erschienen bin, sitze ich auf dem Parkplatz vor meiner Wohnung und frage mich, ob ich einfach auf der Rückbank meines Wagens schlafen sollte.

Ich habe letzte Nacht mit Danicas Exfreund geschlafen. Ich

hatte seine Finger und seine Zunge und seinen Schwanz tief in mir, und jede Sekunde davon war pure Glückseligkeit. Bei ihm habe ich Dinge gefühlt, die ich nicht kannte und bei denen ich bezweifle, dass ich sie je wieder für irgendeinen Mann fühlen werde. Und ich bin mir ziemlich sicher, dass es mir übers ganze Gesicht geschrieben steht – dass Danica, sobald ich zur Tür hereinkomme, seine Küsse an meinem Hals und seine Fingerabdrücke überall auf meiner Haut sehen können wird.

Ich spiele mit meinen Daumen an meinem Handy herum, bis ich schließlich eine SMS an Rowan schreibe, nur um nicht noch länger untätig herumzusitzen.

Ich: *Ich sitze vor meiner Wohnung.*

Rowan: *Aus irgendeinem bestimmten Grund?*

Ich: *Angst davor, mich dem Höllenbiest zu stellen.*

Rowan: *Willst du hier übernachten?*

Ich starre auf die erhellten Fenster des Zuhauses, das ich mir mit meiner Cousine teile. Ich kann nicht ewig weglaufen. Sie ist dort drinnen, sie ist wach, und früher oder später muss ich mich ihr stellen.

Ich: *Nein. Aber wenn du morgen nichts von mir hörst, finde heraus, wo sie meine Leiche vergraben hat.*

Mit erzwungenem Mut stecke ich mein Handy ein und befehle meinen Füßen, die Eingangsstufen hochzugehen. Dann lege ich eine Hand an den Türknauf und drücke die Tür so leise, wie es menschenmöglich ist, auf. Ich hoffe, dass Danica in ihrem Zimmer ist und dass ich still in meines schleichen kann, aber ihre dunklen Augen schießen sich auf mich ein wie eine wärmesuchende Rakete, die ihr Ziel gefunden hat.

»Wusstest du, dass Mikes Band gestern ihr Video gedreht hat?«, fragt sie mich und springt zähnefletschend von der Couch auf.

»Hä?«

Das ist alles, was ich zustande bringe. Sie steht vor mir, in einem engen schwarzen Minikleid, ihre Haare und ihr Make-up offenbar professionell gemacht, und ich weiß, dass sie mich am liebsten in Stücke reißen will. Sie muss auf der Lichtung aufgetaucht sein, nur um sie leer vorzufinden. Vielleicht war ein Aufräumtrupp dabei, den ganzen Müll einzusammeln – und Danica stand in ihrem Kleid da.

Ich will Mitleid mit ihr haben, aber das ist schwer, wenn sie vor mir steht wie ein Todesser, der kurz davor ist, mich in einem Stück zu verschlingen. Panisch sage ich das Erstbeste, was mir einfällt, was eindeutig *nicht* die detaillierte Entschuldigung ist, die Dee mir eingebläut hat. »Nein!«

Danicas Augen verengen sich. »Ach wirklich? Wo warst du denn dann gestern Abend? Bist du überhaupt *nach Hause gekommen?«*

»Ich hatte ein Date.« Die Lüge verblüfft sogar mich selbst, und Danicas Augen funkeln misstrauisch.

»Ein Date mit meinem Freund?«, zischt sie.

Ich muss mich schwer zusammenreißen, um sie nicht anzuschreien, dass er nicht ihr verdammter Freund ist, dass er *meiner* ist, aber ich beherrsche mich und gifte stattdessen zurück: »Mit einem Typen von der Uni. Ich habe bei ihm übernachtet, nur um für eine Nacht von dir wegzukommen.«

Danicas Gesicht verzerrt sich zu einer hässlichen Maske des Ekels. »Wow, du bist ja *wirklich* eine Hure.«

»Du musst ja wissen, wovon du redest«, fauche ich, und dann warte ich darauf, dass sie mir die Faust ins Gesicht rammt. Sie hat die Hände an den Seiten zu Fäusten geballt und die Augen zusammengekniffen wie eine Schlange.

»Beweise es«, verlangt sie, während ich von einer Mischung aus Angst und Ungeduld zittere.

»Beweise was?«

»Ruf ihn an. Lautsprecher. Beweise es verdammt noch mal, oder verpiss dich aus meiner Wohnung.«

Ich lasse mir die Panik, die durch mich schießt, nicht anmerken und versuche, mir irgendeinen Ausweg aus dieser Situation einfallen zu lassen. Aber Danicas zusammengekniffene Augen und ihre vorgestreckten Hüften verraten mir, dass sie mir keine Ausreden abnehmen wird. Mit hämmerndem Herzen nehme ich mein Telefon in die Hand und tippe eine Nummer an.

»Du Vamp!«, ruft Leti, sobald er abnimmt, und ich schneide ihm prompt das Wort ab, um zu verhindern, dass er die Geheimnisse von gestern Abend ausposaunt.

»Leti, meine paranoide Cousine hier denkt, dass ich gestern Abend mit ihrem Exfreund bei irgendeinem Videodreh war.« Danicas Gesicht läuft vor Wut rot an, aber ich fahre unbeirrt fort: »Würdest du ihr bitte sagen, wo ich war, damit sie mich in Ruhe lässt?«

Mein guter Feenfreund schweigt einen Moment, der sich wie eine Ewigkeit anfühlt, aber dann eilt er mühelos zu meiner Rettung. »Betrügst du mich etwa?«

»Nein!«, spiele ich mit. »Sie denkt nur …«

»Ich lade dich in die schicksten Restaurants der Stadt ein«, beklagt sich Leti zum Schein. »Ich halte dir die Tür auf und ziehe dir den Stuhl zurück und schenke dir einen hinreißenden Strauß aprikosenfarbener Amaryllis …« Ich halte den Atem an, wünschte, er hätte sich einfach für *Rosen* entscheiden können. »Ich behandle dich wie meine Königin, und du betrügst mich verdammt noch mal?«

Danicas Miene schwankt irgendwo zwischen misstrauisch und zufrieden. Ich kann sehen, dass sie es genießt, für Probleme in meiner fiktiven Beziehung zu sorgen, und ich fahre unbeirrt fort.

»Ich treffe mich mit *niemand* anderem! Genau darum geht es hier doch!« Ich wende mich theatralisch von Danica ab. »Aber nur fürs Protokoll, es ist ja sowieso nicht so, dass du mich je gebeten hast, exklusiv mit dir zu gehen.«

»Na ja, verdammt, darum bitte ich dich aber, Hailey. Ich kann den Gedanken nicht ertragen, dass du mit irgendjemand anderem zusammen bist. Du bist etwas ganz Besonderes für mich, Mädchen. Ich will dich verwöhnen und dich wie die Prinzessin behandeln, die du für mich bist.«

Ich muss fast lachen, als ich einen Blick über die Schulter werfe und die Eifersucht sehe, die in Danicas Gesicht aufblitzt. Insgeheim schwöre ich mir, Leti zu Tode zu umarmen, wenn ich ihn das nächste Mal sehe.

»Bist du jetzt zufrieden?«, zische ich meiner Cousine zu, und sie funkelt mich wütend an, lässt mich aber den Lautsprecher ausschalten und weggehen. In meinem Zimmer verziehe ich mich in die hinterste Ecke und lasse mich auf den Boden sinken.

»Du bist wirklich mein guter Feenfreund.«

Leti lacht. »Sie hat es dir abgenommen?«

»Ich glaube, sie ist sogar eifersüchtig.«

Er lacht noch heftiger, und auch ich muss lächeln, weil mir bewusst wird, dass ich es kaum erwarten kann, ihn besser kennenzulernen. Mein Freundeskreis in dieser Stadt wird immer größer, und ich will nicht von hier weggehen. Es bestärkt mich nur in meinem Entschluss, mich weiter mit Danica abzufinden, weiter zu versuchen, ihr bei ihrem Spiel immer eine Nasenlänge voraus zu sein.

»Ich bin nicht einmal dazu gekommen, meinen besten Spruch zu bringen«, sagt Leti schmollend.

»Dann bring ihn jetzt.«

»Okay, bist du sicher, dass du bereit dafür bist?«

Ich grinse, und Leti räuspert sich.

»Seit ich diesen Bernhardiner-Pudel-Mischling aus dem Tierheim von dir adoptiert habe, Babe, will ich nur noch in *deinem* Käfig landen, alles klar?«

»Warum redest du denn auf einmal wie ein Gangster?«, frage ich unter Gelächter, und Leti kichert.

»Weil ich voll auf dich abfahre, Babe.«

Wir lachen beide wie zwei unreife Zehnjährige, bis ein anderer Anruf anklopft, und als ich das Telefon von meinem Ohr weghalte, sehe ich Dee-licious-andras Namen auf meinem Display. Ich werde rot, presse mir das Telefon wieder ans Ohr und flüstere: »Hey, Leti, Mike ruft an, ich muss Schluss machen. Danke, dass du mich gedeckt hast.«

»Jederzeit, Hailey-rella.«

Ich hole einmal tief Luft, bevor ich Mikes Anruf entgegennehme, und dann finde ich meine Stimme wieder. »Hey.«

»Ich vermisse dich.«

Drei Worte in seinem sanften Bariton, und Schmetterlinge flattern in meinem Bauch auf.

»Du bist erst seit ein paar Stunden weg«, sage ich betont, und ich wünschte, ich hätte einen Eisbeutel, um ihn auf meine glühenden Wangen zu pressen.

»Ich weiß. Morgen wird es richtig anstrengend werden.«

Ich schließe die Augen und lächle, wünsche, dass ich nicht auf die Lautstärke meiner Stimme achten müsste, während ich mit ihm rede. Ich wünschte, meine Wände hätten keine Ohren.

»Hat dich jemand zurück zu deinem Wagen gebracht?«, fragt er, und ich sage ihm, dass Rowan mich hingebracht hat. Ich erzähle ihm, dass ich im IHOP Pancakes mit ihr gegessen habe, aber nichts von dem ernsten Gespräch, das wir danach geführt haben.

Ich frage ihn, wie sein Flug war, und er erzählt mir, dass die

Band zum ersten Mal am Flughafen erkannt wurde. Ich frage ihn, wie Kanada ist, und er erzählt mir von dem eiskalten Wetter. Ich frage ihn, wie die Vorbereitungen für die Show laufen, und er erzählt mir, dass sie eben mit dem Soundcheck fertig geworden sind und dass bereits Fans draußen Schlange stehen.

»Und du?«, unterbricht er mich, bevor ich ihn noch irgendetwas anderes fragen kann. »Wie war dein Tag?«

Ich denke zurück an die Pitbulls, deren Todesurteile ich praktisch unterzeichnet habe, und meine Stimmung sackt in den Keller. »Gut«, sage ich in dem Wissen, dass Mike bald auf die Bühne muss. Er hat jetzt keine Zeit, sich das anzuhören, und selbst wenn, würde ich ihn nicht damit belasten wollen.

»Warum lügst du?«

»Das ist eine lange Geschichte«, gestehe ich. »Ich weiß, du hast jetzt keine Zeit, um …«

»Ich habe immer Zeit für dich, Hailey. Und wenn nicht, dann werde ich mir die Zeit nehmen. Und jetzt erzähl mir alles.«

Irgendetwas in seiner Stimme gibt mir den Rest, und ich lasse all die Emotionen heraus, die ich den ganzen Tag unter Verschluss gehalten habe. Ich erzähle ihm alles – den Hass, den ich auf die Hundekämpfer empfinde, die Hoffnung, die ich für die Welpen und ein paar der jüngeren Hunde habe, die überwältigende Traurigkeit, die ich wegen der Hunde empfinde, die wir nicht retten konnten. Ich erzähle ihm von den Träumen, die ich von den Tieren habe, die das Tierheim nie verlassen, und Mike hört sich alles an. Er hört sich das Negative an und hilft mir, mich auf das Positive zu konzentrieren, fragt mich, wie ich die jungen Hunde resozialisieren werde. Als ich fertig bin, die Last abzuladen, die schwer auf meinen Schultern ruht, seit ich dieses Tierheim heute Nachmittag betreten habe, fühle ich mich tatsächlich … besser. Ich fühle mich, als könnte ich heute Nacht vielleicht wirklich schlafen.

»Danke«, sage ich und krieche unter die Decke. Es ist fast zehn Uhr, für ihn ist es bald Zeit, auf die Bühne zu gehen, falls er nicht schon spät dran ist. »Jetzt fühle ich mich besser. Jetzt kannst du gehen und ein Rockstar sein.«

»Und was, wenn ich nicht gehen will?«, fragt Mike, und ich lächle, während ich mir die Decke bis zum Kinn hochziehe.

»Ich bin mir ziemlich sicher, dass du musst.«

Wir schweigen beide, und ich zwinge mich zu fragen: »Aber kannst du mir einen Gefallen tun?«

»Was denn?«

»Mir ein Foto schicken?«

»Wovon?«

»Von dir«, antworte ich schüchtern. »Ich habe gar keins.«

Ich weiß, ich könnte ins Internet gehen. Ich bin sicher, dort gibt es jede Menge Fotos, Videos und Interviews. Mike ist berühmt, und ich bezweifle nicht, dass ich ein Foto von ihm finden könnte, das mein Herz zum Schmelzen bringen würde.

Aber ich will eines für mich. Ich will ein Lächeln von ihm, das nur mir gilt.

Er verspricht, dass er mir eines schicken wird, und wünscht mir süße Träume. Ich lege widerstrebend auf, da ich weiß, dass er wirklich gehen muss. Ein paar Sekunden später piepst eine SMS auf meinem Handy.

Ich öffne das Foto und lächele mein Display an, während ich in seine warmen braunen Augen starre. Er ist im Backstagebereich bei einer offenbar gut besuchten Show, all den Leuten nach zu urteilen, die ich im Hintergrund herumwuseln sehe. Aber sein sanftes Lächeln gilt nur mir. Es reicht bis zu seinen Augen und lässt mein Herz schneller schlagen, und ich halte das Handy an meine Brust gedrückt, als ich an diesem Abend einschlafe, und wünschte, er wäre nicht so weit weg.

38

Fast eine Woche lang schickt Mike mir jeden Tag ein Foto. Ein paarmal versuchen wir auch per Video zu chatten, aber die Verbindung ist jedes Mal so schlecht, und da er ständig auf dem Sprung ist, geben wir das bald auf. Gestern Nacht ist er nach Peking geflogen, deshalb haben wir jetzt einen Zeitunterschied von zwölf Stunden. Als ich heute Morgen aufgewacht bin, hatte er mir auf die Mailbox gesprochen, mir einen schönen Tag gewünscht und mir gesagt, wie sehr er es vermisst, neben mir aufzuwachen. Mir wurde schwer ums Herz, als ich seine Stimme hörte, da ich wusste, dass die Sonne dort, wo er ist, unterging, und vor meinem Fenster eben auf.

Die Erinnerung an seine Hände in meinem Haar fühlt sich allmählich wie ein verblassender Traum an, aber ich versuche mir einzureden, dass seine Stimme genug ist. Ich vermisse die geschwungene Form seiner Lippen und den Geruch seiner Haut und wie zerzaust seine Haare morgens nach dem Aufwachen aussehen. Ich vermisse es, auf seiner Couch neben ihm zu sitzen. Ich vermisse es, heimliche Blicke durchs Zimmer zu werfen. Ich vermisse die Wärme seiner Lippen und die Weichheit seiner Berührung, und es macht mich traurig, wenn ich an den Verlust all dieser Dinge denke, auch wenn sie in Wirklichkeit nur einen Herzschlag mein waren.

Und doch, trotz alldem – trotz der Wunde in meiner Brust, die jedes Mal wieder aufreißt, wenn wir auflegen – spüre ich, wie ich mich noch mehr in ihn verliebe. Der Abstand zwischen uns wird immer größer, aber jeder Tag, der verstreicht, bringt uns einander näher. Er ist das Erste, woran ich denke, wenn ich morgens aufwache, und ich habe mich noch nie so sehr auf irgendetwas gefreut wie auf den Moment, in dem sein Name auf meinem Telefon aufblinkt.

»Gib mir mal dein Handy«, befiehlt Danica am Freitag nach meinen Vormittagskursen, und als ich von meinem Platz auf dem Zweiersofa aufblicke, sehe ich, wie sie mir ein Zeichen gibt, damit ich ihr mein Telefon zuwerfe.

»Nimm doch dein eigenes.«

»Das geht nicht«, beklagt sie sich und streckt noch immer eine Hand aus. Sie hat die Füße auf den Couchtisch gelegt, die Zehen mit Schaumstoff-Trennern gespreizt, während ihr silberner Glitzernagellack trocknet. Wir saßen die letzte halbe Stunde schweigend so da, sie lackierte ihre Nägel, ich machte Hausaufgaben, weil ich es gründlich leid bin, mich in meinem zweieinhalb mal drei Meter kleinen Zimmer zu verkriechen, nur um ihr aus dem Weg zu gehen.

»Warum nicht?«, frage ich.

»Weil Mike meine Nummer geblockt hat. Und jetzt gib schon her.«

Ich verziehe das Gesicht und ignoriere sie wieder, denn das wird aus so vielen Gründen *absolut* nicht passieren. Erstens würde er, wenn sie seine Nummer eingibt, als Dee-licious-andra erscheinen, und ich wäre total im Arsch. Und zweitens hasse ich sie bis aufs Blut, und auf gar keinen verdammten Fall werde ich ihr *mein* Handy geben, damit sie versuchen kann, *meinen* Freund zurückzuerobern.

»Komm schon«, beharrt sie. »Willst du allen Ernstes so zu mir sein?«

Ich umklammere eisern meinen Stift und versuche, Probleme organischer Synthese zu lösen. Früher dachte ich immer, die Hölle müsse mit Chemielehrbüchern und Strukturformeln gefüllt sein. Jetzt bin ich überzeugt, dass sie mit einer Million Danicas gefüllt ist, die sich auf unserem gemeinsamen Couchtisch die Zehennägel lackieren.

Sie seufzt theatralisch und lässt die Hand sinken. »Ich kann nicht glauben, dass du immer noch sauer auf mich bist.«

Ich starre sie mit offenem Mund an, und sie verdreht die Augen.

»Das ist jetzt ungefähr zwei ganze Wochen her, Hailey. Was hast du vor, bis in alle Ewigkeit sauer auf mich sein?«

»Du hast mich *Hure* genannt«, rufe ich ihr in Erinnerung. »Du hast mein Zimmer zertrümmert. Du hast meinen Schreibtisch umgeworfen. Du hast mich erpresst. Du hast meinen Computer kaputtgemacht …«

»Soll ich dir einen neuen kaufen?«, fragt sie. »Ist es das, worum es hier geht?«

Ich schwöre, ich sehe rot. Mir steht der Mund offen, aber Danica sitzt einfach nur da und starrt mich an, als wäre *ich* diejenige, die Probleme hat.

»Wenn ich dir einen neuen Computer kaufen soll, Hailey …«

»Verdammt, du sollst mir keinen neuen Computer kaufen!«

»Was ist denn dann dein Problem?« Sie beugt sich vor und stellt die Füße auf den Boden. »Du gehst doch schon mit jemand anderem, warum bist du denn dann noch immer so sauer?«

Ich starre zornig auf die Zahlen in meinem Lehrbuch, bis Danica schließlich fragt: »Ist er heiß?«

Ich sehe mürrisch zu ihr hoch, und sie versucht mich mit einem Lächeln zu entwaffnen.

»Dein neuer Typ, ist er heiß?« Als ich nicht antworte, zieht sie einen Schmollmund. »Komm schon, Hailey. Ich weiß, du bist sauer, weil ich so ausgeflippt bin, aber kannst du mir das übelnehmen? Mein Freund hat eine Schwärmerei für dich entwickelt, als er noch mit *mir* geschlafen hat.«

Es ist wie ein Schlag ins Gesicht, und das Schlimmste ist, ich glaube, dass sie es nicht einmal so gemeint hat. Wahrscheinlich hat sie einfach eine Tatsache festgestellt. Eine Beobachtung. Eine Wahrheit.

Mike hat mit ihr geschlafen, als er schon Gefühle für mich hatte.

»Hast du das absichtlich getan?«, fragt sie, und ich konzentriere mich darauf, wie sie die Stirn furcht, wie ihre Augen mich unverhohlen mustern, als sie auf meine Antwort wartet.

»Nein«, sage ich aufrichtig. Sie muss es für mich nicht näher ausführen. Ich habe Mike nicht absichtlich dazu gebracht, sich in mich zu verlieben – ich war zu sehr damit beschäftigt, zu versuchen, *mich* nicht in *ihn* zu verlieben. Ich hatte es nie auch nur für möglich gehalten, dass er Gefühle für mich entwickelt. Ich bin mir noch immer nicht sicher, warum er es getan hat.

Danica nickt vor sich hin, konzentriert sich auf einen unsichtbaren Fleck auf dem Couchtisch, und dann sieht sie wieder zu mir hoch. »Ich sollte ihn hassen, stimmt's?«

Ich weiß nicht, was ich dazu sagen soll. Ich fühle mich, als ob ich über einen Wasserfall rutsche und ertrinke.

Danica legt die Füße wieder auf den Couchtisch und beginnt, eine zweite Schicht Nagellack aufzutragen. »Ich wünschte, ich könnte es, aber das kann ich nicht. Ich will ihn einfach. Ich habe das mit ihm vermasselt, zweimal, und ich will noch eine Chance.«

»Warum?«, will ich wissen, und als sie mich fragend ansieht, stelle ich klar: »Warum er?«

»Weil ich ihn mehr will, als ich je irgendetwas gewollt

habe«, antwortet sie schlicht, und ich wende meine Aufmerksamkeit wieder meinem Lehrbuch zu. Oder ich tue zumindest so, als ob. Das Gefühl, dass irgendetwas falsch ist, erstickt mich wie eine Wolldecke im Hochsommer, und ich weiß nicht, wie ich es wegstrampeln soll.

»Kann ich dich etwas fragen?«, sagt Danica, und ich sehe widerstrebend zu ihr hoch. »Was glaubst du, warum er dich gemocht hat?«

Meine Kehle schnürt sich zu, und ich schüttle den Kopf. »Ich weiß nicht.«

»Komm schon, irgendeine Ahnung musst du doch haben«, bohrt Danica nach. »Ich nehme an, er mochte dieses ganze Nettes-Mädchen-Ding, aber meinst du auch, dass er dich attraktiv fand?« Ihr Blick huscht nur für eine Sekunde zu meinen verwuschelten Haaren, bevor sie mir ins Gesicht schaut.

»Ich weiß es wirklich nicht.«

Meine Cousine seufzt. »Kannst du heute Abend mit mir shoppen gehen? Ich muss mir eine neue Nummer besorgen, und ich will nach einem Outfit suchen, das ihm in Erinnerung rufen wird, weshalb er sich damals in mich verknallt hat.« Sie lässt einen fertigen Fuß sinken und konzentriert sich auf den anderen. »Ich war mit meinen Gedanken zu sehr bei dem Musikvideo der Band, und ich glaube, er hat sich vernachlässigt gefühlt. Und dann bist du mit diesem verdammten Geschenkkorb aufgetaucht, und …« Sie tut die Vergangenheit mit einer Handbewegung ab. »Ich muss ihm einfach in Erinnerung rufen, warum er mich liebt.«

»Ich muss um drei zum Tierheim«, sage ich zu ihr und danke Gott dafür, dass ich einen vollen Terminkalender habe.

»Dann morgen?«

»Ich …«

»Hör zu, Hailey«, unterbricht mich Danica. Sie hört auf,

ihren Zehennagel zu lackieren, um mich mit ihrem Blick zu fixieren. »Ich werde ganz aufrichtig zu dir sein, okay? Wir wissen beide, dass ich nur deshalb in diese Stadt gezogen bin, weil ich wieder mit Mike zusammenkommen wollte. Du weißt es, ich weiß es … Meine Eltern wissen es vermutlich sogar auch, aber sie sind gewillt, es zu ignorieren, solange ich auf der Uni bleibe. Aber die Sache ist die, wenn ich nicht mit Mike zusammen bin, dann *will* ich nicht auf der Uni bleiben. Dann gibt es für mich keinen Grund mehr, weiter in dieser dämlichen Stadt zu wohnen.«

Sie lässt mich das einen Moment verdauen, bevor sie fortfährt, und ich weiß genau, was sie als Nächstes sagen wird.

»Und wir wissen auch beide, warum mein Dad die Gelegenheit beim Schopf gepackt hat, die Kosten dafür zu übernehmen, dass du auch hierherkommen konntest. Er glaubt, dass du dabei helfen wirst, mich auf Zack zu halten, dass du ein positiver Einfluss sein wirst. Du bist als meine Babysitterin hier, Hailey, aber wenn ich nicht mehr hier bin, dann gibt es für dich auch keinen Grund mehr, hier zu sein.«

Diese erstickende Decke über meinem Gesicht wird schwerer und dicker und heißer.

»Ich erpresse dich nicht, mir zu helfen, Hailey. Ich sage nur, wie es ist.« Sie fährt mit dem winzigen Pinsel über ihren kleinen Zehennagel, während ich über die Niagarafälle taumele, unter meiner Decke begraben. »Also, wirst du morgen mit mir shoppen gehen?«

»Ich nehme an, ich habe keine andere Wahl.«

Als Mike mich eine Stunde später anruft, ist es in Peking ein Uhr morgens. Ich versuche noch immer, mich von meinem Gespräch mit Danica zu erholen, und verbringe die ersten paar Minuten des Telefonats fast ohne etwas zu sagen.

»Kann ich dich etwas fragen?«, unterbreche ich ihn an irgendeinem Punkt der Unterhaltung. Ich bin mir nicht einmal sicher, was er gesagt hat, da ich zu sehr damit beschäftigt war, mir mein Gespräch mit Danica durch den Kopf gehen zu lassen.

»Was denn?«

Ich hole einmal tief Luft, um mich zu sammeln, und lasse die Lippe zwischen meinen Zähnen los. »Als dir klar wurde, dass du Gefühle für mich hattest, hast du da noch immer … habt ihr beide, du und Danica … wart ihr noch immer …«

Ich stolpere über meine Worte, versuche die Teile meines eigenen gebrochenen Herzens zusammenzuhalten, als Mike sagt: »Woah. *Woah.* Hailey, *nein.* Ich würde niemals …«

»Aber Danica hat gesagt …«

»Hat was gesagt?«, schnaubt Mike. »Hast du inzwischen nicht gelernt, dass du kein Wort glauben kannst, das aus ihrem Mund kommt?«

»Sie hat gesagt, du hättest dich in mich verliebt, als du noch mit ihr geschlafen hast«, führe ich den Satz zu Ende, und Mike knurrt ins Telefon.

»Verdammt, sie wird einfach nie Ruhe geben, oder?«

An meinem Ende der Leitung bleibt es still, während ich in der hinteren Ecke meines Zimmers meine Lippe mit den Fingern zusammenpresse. Ich sitze auf einem Kissen auf dem Boden, den Kopf an die Wand gelehnt, mit einem Schraubstock um mein Herz.

»Hailey«, sagt Mike, »Danica und ich haben nur *einmal* miteinander geschlafen, seit sie wieder hier aufgetaucht ist. An dem Abend, an dem du vor unserem Tourbus gewartet hast, das war das *einzige* Mal. Das ist einer der Gründe, weshalb sie die ganze Zeit so sauer auf mich war – weil ich nicht mehr wollte. Es hat sich einfach nicht richtig angefühlt. Selbst an dem Abend hat es sich so falsch angefühlt …«

»Warum hast du es denn dann getan?«

Mike seufzt. »An dem Abend hatte ich nicht einmal das Gefühl, in meinem eigenen Körper zu stecken. Ich habe Jahre damit zugebracht, an dieses Mädchen zu denken, das ich liebte, und dann war sie auf einmal da und hat sich mir einfach wieder an den Hals geworfen, und … es war verdammt dumm. Es war so verdammt dumm. Selbst währenddessen konnte ich sie nicht ansehen. Ich musste …« Mike bricht unvermittelt ab, und seine Stimme klingt gequält, als er sagt: »Das willst du nicht hören.«

»Ich muss es hören«, sage ich, und das ist die Wahrheit. Danicas Worte sind ein Gespenst, das mich immer heimsuchen wird, wenn ich das flatternde Laken darüber nicht wegziehe.

»Ich konnte ihr nicht einmal in die Augen sehen, Hailey. Ich habe sie umgedreht und von hinten genommen, und danach habe ich mich einfach nur beschissen gefühlt. Sie ist eingeschlafen, und ich habe mich einfach so *falsch* gefühlt. Ich war so verwirrt. Als du mich später nach ihr gefragt hast, habe ich gesagt, sie würde vermutlich noch eine ganze Weile schlafen. Aber ganz ehrlich? Ich wollte nur nicht, dass du sie aufweckst. Ich konnte nicht mehr klar denken.«

»Warum warst du wieder mit ihr zusammen?«, frage ich.

»Ich weiß nicht«, sagt Mike, und obwohl ich selbst leide, sorgt die Traurigkeit in seiner Stimme dafür, dass ich am liebsten über Tausende und Abertausende von Meilen hinweg die Arme ausstrecken will, um ihn zu halten. »Dumme Gründe. Ich habe gedacht, ich müsste schauen, ob meine Gefühle zurückkommen. Und ich hatte ein schlechtes Gewissen wegen dem, was wir im Bus getan hatten … Ich bin kein One-Night-Stand-Typ, Hailey. Ich hatte ein schlechtes Gewissen. Als ob ich es ihr schuldig wäre, uns wenigstens eine Chance zu geben.«

Ich höre auf, auf meiner Lippe herumzubeißen, verblüfft davon, wie leicht seine Worte mich trösten. Ich wusste, dass er an jenem Abend mit Danica geschlafen hatte, und obwohl ich gedacht habe, dass die Details mich verletzen würden, sind sie eine kühle Erleichterung auf meiner Haut. Und als Mike mir sagt, er hätte das Gefühl, wegen des Fehlers, den er an jenem Abend begangen hat, in Danicas Schuld zu stehen … ich weiß nicht, warum ich ihn jetzt umarmen will, aber es ist so.

»Ich liebe dich«, sage ich, und mein Herz klopft wie wild. Meine Augen weiten sich, als mir bewusst wird, was ich soeben gesagt habe, und ich halte den Atem an, rolle die Zehen ein, presse meine Finger zusammen …

»Sag das noch mal«, sagt Mike, und das sanfte Bedürfnis in seiner Stimme zieht mir die Worte aus dem Mund.

»Ich liebe dich«, sage ich noch einmal, während ich die eiserne Umklammerung meiner Finger löse. Ich versuche, gleichmäßig zu atmen, versuche, nicht in Panik auszubrechen, versuche, keinen Herzinfarkt zu kriegen. In der Leitung ist es so lange still, dass meine Ängstlichkeit sich wieder zu regen beginnt. »Hallo?«

»Ich will jetzt so unbedingt mit dir zusammen sein«, sagt Mike. »Ich will dich küssen und dich berühren und in dir sein …«

Ein nervöses Kichern perlt aus mir hervor, und Mike knurrt. *»Scheiße*, ich will in dir sein.«

Ich erröte heftig in meinem schwach erhellten Zimmer. »Ich vermisse dich«, flüstere ich. Ich kann die Lust in meiner eigenen Stimme hören.

Mike stöhnt. »Gott.«

Angespornt von seinem sexy Ton, kommt mein innerer Vamp wieder zum Vorschein, und er trägt ein rotes Kleid. »Vermisst du mich, Mike?«

»Hailey«, sagt er warnend. »Ich stehe in diesem Moment in der Ecke eines Aufenthaltsraums voller Leute.«

»Was an mir vermisst du am meisten?«, schnurre ich, und als er ins Telefon flucht, muss ich unwillkürlich lachen.

»Das wirst du herausfinden, wenn ich in fünf Wochen nach Hause komme, Baby«, verspricht Mike, und sein verheißungsvoller Ton jagt mir Funken über die Haut.

Sein Versprechen hält mich in dieser Nacht wach, während Vorfreude und Angst in mir kribbeln. Ich liege im Dunkeln da und denke: *Fünf Wochen, bis ich mich wieder in seinen Armen verlieren kann. Fünf Wochen, bis ich alles verlieren könnte.*

39

»Welche Farbe?«, fragt Danica und hält zwei Kleider hoch, die mehr wert sind als mein linkes Bein – eines blaugrün, eines blutrot.

»Das linke«, sage ich und zeige auf das blaugrüne, mit dem Rücken an eine der Marmorsäulen in einem gehobenen Geschäft im Shoppingcenter unserer Stadt gelehnt. Die kritischen Blicke, die die Verkäuferinnen mir zuwarfen, sobald ich das Geschäft betrat, haben eindeutig klargestellt, dass sie nicht glauben, dass ich hierher gehöre, und sie haben recht. Ein Blick auf ein Preisschild, und ich steckte die Hände in die Hosentaschen, um nicht versehentlich noch irgendetwas anderes zu berühren. Bei meinem Glück würde es danach vermutlich nach Hund riechen, und ich würde meine Seele an Danica verkaufen müssen, damit sie die beschädigte Ware kauft.

Danica denkt einen Moment über meinen Vorschlag nach, betrachtet beide Kleider. »Aber Mike hat mich in Rot immer geliebt …« Sie kichert und hängt das blaugrüne Kleid wieder zurück. »Meine Cheerleaderuniform war rot, und du hättest sehen sollen, wie er mich bei den Footballspielen immer angesehen hat, Hail. Ich glaube, diese Uniform war der einzige Grund, weshalb er überhaupt zu den Spielen gekommen ist.«

Sie lächelt und schlendert weiter durch das Geschäft, und als ich ihr folge, spiele ich mit dem Gedanken, mir mit einem Kleiderbügel die Trommelfelle zu zerstechen.

Bevor wir hierherkamen, erzählte sie mir, sie hätte vor, ein paar sexy Outfits für eine Videobotschaft zu finden, die sie in ein paar Tagen für Mike machen will. Eine, die ihn, wie sie glaubt, überzeugen wird, sie zurückzunehmen. Sie will sie *meinem* Freund schicken.

»Du solltest auch etwas anprobieren«, sagt sie, während sie durch das zweigeschossige Geschäft schlendert. Weiches, goldenes Licht erhellt das Innere, aber helle Spots hängen zur Schau von der Decke. Dieses ganze Geschäft ist wie ein einziger riesiger Laufsteg – einer, der nicht für die zerschlissenen Sneaker an meinen Füßen gemacht ist.

»Nein, danke.«

»Ach komm schon. Shoppen macht allein keinen Spaß. Probierst du denn nichts an, wenn du mit deinen Freundinnen shoppen gehst?«

Ich nehme an, das würde ich vielleicht, wenn ich je wirklich das Geld hätte … oder wenn ich vor Rowan und Dee je irgendwelche engen Freundinnen gehabt hätte …

»Du hast doch Freundinnen, oder?«, fragt Danica mit gefurchter Stirn.

»Natürlich habe ich Freundinnen«, schnaube ich. »Ich gehe nur nicht so gern shoppen.«

Danica beäugt mich skeptisch, bevor sie sich wieder zu einem Kleiderständer an der Wand umwendet. »Wir müssen nur etwas finden, was dir gefallen würde. Zum Beispiel – oooooh!«, kreischt sie und zerrt ein Kleid von dem Ständer. »Zum Beispiel das hier! Das ist hinreißend. Was meinst du?« Sie hält das Kleidungsstück hoch, damit ich es sehen kann: ein sehr kurzes, sehr aufreizendes blassrosa Kleid. »Hailey, darin würdest du *so* hübsch aussehen!«

»Wie viel kostet es?«, frage ich spontan, aber Danica schüttelt nur den Kopf.

»Das ist doch egal. Findest du es hübsch?«

Die Wahrheit ist: Ja, ich finde es hübsch. Es ist aus irgendeinem weichen, fließenden Stoff gemacht, den ich anfassen und zwischen meinen Fingern fühlen will, und die Farbe ist wunderschön.

»In so etwas würde ich nicht gut aussehen«, antworte ich, aber Danica verdreht die Augen.

»Hailey, gefällt es dir oder nicht?«

Als ich nicke, grinst sie von einem Ohr zum anderen.

»Gut. Dann probierst du es an.«

In einer Umkleide, in der ein mit Stickereien und Fransen verzierter verdammter Plüschsessel steht und, großer Gott, ein Kristallleuchter von der Decke hängt, lege ich meine Fünf-Dollar-Handtasche ab und hole einmal tief Luft, um mich zu beruhigen. Ehrlich gesagt würde ich lieber Hundehaufen einsammeln, als weiter auf Zehenspitzen durch dieses Geschäft zu schleichen.

Gestern war ich den ganzen Abend im Tierheim, und auch heute Morgen habe ich wieder dort gearbeitet. Seit all die neuen Hunde angekommen sind, die aus dem Kampfring gerettet wurden, ist das Tierheim extrem überfüllt und stark unterbesetzt. Die wenigen Freiwilligen, die dort arbeiten, mich selbst eingeschlossen, sind bis an ihre Grenzen gegangen. Die Resozialisierung missbrauchter Tiere ist ein zeitraubender Prozess, aber das ist es wert. Einfach um zu sehen, wie sie mit einer neuen Familie nach Hause gehen, einer, die mit ihnen spielen und sich um sie kümmern und ihnen beibringen wird, was es heißt, geliebt zu werden.

Ich habe keine Zeit, Kleider anzuprobieren, die ich mir sowieso nicht leisten kann, streife mir aber trotzdem vorsichtig eins über den Kopf. Es gleitet über meine Haut – fast so weich wie das Kleid von Dee, aber nicht ganz. Ich starre hinunter auf meine in Socken steckenden Füße, bevor ich den Blick an dem Wandspiegel vor mir hochwandern lasse.

Es ist nichts, was ich mir selbst ausgesucht hätte – ein Kleid in Zuckerwatterosa, vorn hochgeschlossen, aber hinten tief ausgeschnitten. Ich ziehe den Reißverschluss hoch und starre mich an. Dann bücke ich mich, um meine neongrünen Socken auszuziehen.

Mit nackten Füßen drehe ich mich auf dem weißen Marmorboden in diese und jene Richtung. Ich gleite mit den Händen an dem Kleid herunter. Ich wirble ein bisschen hin und her, um zu sehen, wie es sich um mich bauscht. Ich lächle in den Spiegel.

»Bist du so weit?«, ruft Danica aus der Umkleide mir gegenüber, und ich schlucke, als ich die Tür öffne und zu ihr hinausgehe.

Sie sieht atemberaubend aus in dem leuchtendroten Kleid, das sie ausgewählt hat. Es sieht aus, als ob es eigens für sie gemacht wurde. Es passt oben wie angegossen und endet mit einem zarten Saum an der Mitte ihres Oberschenkels. Und ich vergesse völlig den Grund, weshalb sie es kaufen will, als ich den Mund aufmache, um ihr zu sagen, wie hübsch sie aussieht.

»Oh«, kommt sie mir naserümpfend zuvor. Ich mache den Mund zu, und sie tritt so nah an mich heran, dass ich die Falte zwischen ihren Brauen sehen kann. »Du hast recht. Dieses Kleid steht dir überhaupt nicht.«

Ich starre an dem rosa Kleid hinunter, das mich erst vor einer Minute vor meinem Spiegelbild zum Lächeln gebracht hat, und dann hoch in Danicas dunkelbraune Augen. »Was stimmt denn nicht damit?«

»Na ja, erstens einmal sollte es hier enden, nicht hier«, sagt sie und wedelt erst an meinem Oberschenkel und dann genau über meinem Knie herum. »Ich meine, wahrscheinlich könntest du es kürzen lassen, aber …« Sie hält sich die Hand vor den Mund, um ein Kichern zu unterdrücken. »Hailey, du hast so knochige Beine. Ich dachte, aus denen wärst du inzwischen herausgewachsen.«

Meine Wangen laufen hochrot an, und ich starre auf meine Knie, während Danica mich von hinten umkreist.

»Sogar deine Schultern sind knochig.« Sie stellt sich wieder vor mich hin und schüttelt den Kopf. »Nein, in diesem Kleid siehst du fürchterlich aus.«

»Oh …«

»Wir werden ein anderes für dich finden«, sagt sie mit einem strahlend weißen Lächeln, bevor sie einmal herumwirbelt. »Wie findest du meins?«

»Es ist wirklich hübsch«, sage ich zu ihr und denke noch immer an meine knochigen Knie und widerstehe der Versuchung, stirnrunzelnd auf sie herunterzusehen.

»Was ist mit dem Rückenteil?«, fragt Danica und dreht sich um.

Ich betrachte ihre glatte, leicht gebräunte Haut, die perfekten Konturen ihrer Schulterblätter, ihre großzügig geschwungenen Kurven, ihre langen, überhaupt nicht knochigen Beine. »Wunderschön«, sage ich zu ihr, und sie strahlt, als sie sich wieder zu mir umwendet.

»Ich glaube, Mike wird das hier wirklich lieben«, sagt sie, und ich zwinge mich zu einem Lächeln, um zu verhindern, dass mir die Gesichtszüge entgleisen. »Okay, zieh dieses scheußliche Kleid aus, und wir suchen für die zweite Runde etwas anderes aus.«

Wir sind bei der fünften Runde, als Danica vorschlägt, dass wir uns aufteilen. »Ich werde diese Kleiderständer dort drüben durchgehen, aber finde du etwas, was dir gefällt, okay? Vergiss nicht, wir wollen hier Spaß haben.«

Spaß, denke ich und schlendere durch das Geschäft, überzeugt, dass ich von der Security beobachtet werde, ob ich auch ja nichts stehle. Nach den letzten vier *Spaß*runden, in denen ich ein Kleid nach dem anderen anprobiert habe, bin ich mir sicher, dass meine Knie zu knochig sind, meine Beine zu stummelig, meine Hüften zu schmal, meine Schultern zu spitz, meine Brüste zu klein, meine Haut zu blass.

Ich könnte mir sowieso keines dieser Kleider leisten, aber sie sind alle so hübsch ... und ich nehme an, ich wollte einfach *in* ihnen hübsch aussehen.

Ich bleibe vor einer Schaufensterpuppe im vorderen Bereich des Geschäfts stehen und kaue bewundernd auf meiner Lippe. Sie steht auf einem Podest, in dem hinreißendsten Kleid, das ich je gesehen habe. Es ist ärmellos, aber mit einem hochgeschlossenen Rückenteil und lang, sodass es meine knochigen Schultern und Knie verbergen würde. Es ist aus einem weichen, gazeähnlichen Baumwollstoff in einer nebelgrauen Farbe, mit leuchtend blauen Wildblumen, die in dem Muster durchgehend zu eindrucksvollen Sträußen gebunden sind. Die Taille wird von einem blauen Spitzenmieder betont, und der untere Teil besteht aus hübschen, ungleichmäßigen Schichten, die von dem gleichen strahlenden Blau wie die Spitze und die Blumen gesäumt sind. Das ganze Kleid ist atemberaubend, und ich stehe da, zu schüchtern, um es zu berühren.

»Oh, das hier *liebe* ich«, sagt Danica auf einmal neben mir, und ich kehre mit einem Ruck aus meiner Tagträumerei zurück. Sie sieht lächelnd zu mir hinunter. »Das solltest du anprobieren.«

Ich kaue weiter auf meiner Lippe und starre wieder auf das Kleid, aber Danica schnippt bereits mit den Fingern, um die

Aufmerksamkeit der nächstbesten Verkäuferin zu bekommen. Sie weist sie an, eines in meiner Größe zu holen, und dann schubst sie mich zu den Umkleiden, während sie die Kleiderständer weiter nach irgendetwas durchforstet, was sie selbst anprobieren könnte.

Wieder in meiner Kristallleuchter-Fransensessel-Umkleide, ziehe ich meine Sneaker und Socken und meine abgetragene Jeans aus. Ich streife mir mein T-Shirt über den Kopf und öffne meinen BH. Ich lege all meine Secondhandkleidungsstücke auf dem absurd teuer aussehenden Sessel ab, und dann stehe ich da und schaue auf das wunderschöne Kleid, das vor mir an der Wand hängt. Ich wage es nicht, einen Blick auf das Preisschild zu werfen, bevor ich es von seinem Kleiderbügel nehme, um es mir über den Kopf zu streifen.

Es ist magisch, wie es sich an meine Kurven schmiegt. Das Oberteil mit dem V-Ausschnitt schiebt meine Brüste auf eine Art hoch und zusammen, die sexy, aber nicht billig aussieht, und das Spitzenmieder legt sich schmeichelhaft um die Rundung meiner Taille. Der untere Teil endet genau über meinen Knöcheln, und ich rolle meine nackten Zehen auf dem polierten Boden ein.

»Hailey, bist du so weit?«, fragt Danica, und ich höre, wie sie die Tür zu ihrer eigenen Umkleide zuzieht.

»Ja.«

»Okay, warte kurz.«

Ich betrachte mich im Spiegel, während ich warte. Ich frage mich, ob Mike dieses Kleid genauso hübsch finden würde wie ich. Würde er mich damit hübsch finden?

Ich überlege noch einmal, ob ich einen Blick auf das Preisschild wagen soll, aber stattdessen lächle ich mich einfach nur im Spiegel an. Vielleicht könnte ich mit meinem Handy ein Foto von mir machen. Vielleicht sollte ich es ihm schicken.

»Okay, du bist so weit?«, ruft Danica, und wir treten beide genau im gleichen Augenblick aus unseren Umkleiden – in genau dem gleichen Kleid.

Ich erstarre, als sie in meinem weichen grauen Stoff mit den leuchtend blauen Wildblumen auftaucht – ihre Haut einen Ton dunkler, ihre Beine länger, mit ihren langen, kupferfarbenen Haaren, die ihr in sanften Wellen über die Schultern fallen, während meine sich wirr um mein Gesicht kräuseln. Der untere Saum umspielt ihre Schienbeine an einer weitaus schmeichelhafteren Stelle, und ich bemerke all diese Details, als sie mit einem Lächeln im Gesicht vortritt.

»Was meinst du?«, fragt sie, und ehrlich gesagt will ich am liebsten weinen.

Danica dreht uns beide zu dem goldumrahmten Spiegel am Ende des Flurs um, und ich merke, wie lächerlich ich neben ihr aussehe. Sie sieht aus wie ein Laufstegmodel, das für diesen Catwalk von einem Geschäft geboren wurde, und ich sehe aus wie ein Bettlerkind, das sich hereingeschlichen hat, um ihre Kleider anzuprobieren.

»Ich finde, du hast das perfekte Kleid gefunden«, sagt sie anerkennend, während sie sich selbst dabei zusieht, wie sie auf den Spiegel zugeht und sich wieder von ihm entfernt. Sie strahlt, als sie den Abstand zwischen uns schließt, und ihre Mundwinkel wandern nach oben, und ihre Augen funkeln hübsch. »Mike wird sterben, wenn er mich darin sieht.«

Sie beugt sich hinunter, um mich fest zu umarmen, bevor sie wieder in ihre Umkleide verschwindet, und hinter meiner eigenen geschlossenen Tür versuche ich das Kleid nicht zu zerreißen, als ich es mir hastig über den Kopf ziehe.

Ich weiß, dass Mike es wunderschön finden wird, aber hübsche Kleider wie dieses wurden nicht für Mädchen wie mich gemacht. Sie wurden für Mädchen wie Danica gemacht.

40

»Sie entwickelt sich nicht gut. Sie verliert Gewicht«, sagt meine Chefin zwei Tage nach meiner Höllen-Shoppingtour mit Danica. Ich verhake die Finger im Maschendraht des Käfigs und blicke stirnrunzelnd auf den Mischlingshund, der sich in der Ecke zu einer Kugel zusammengerollt hat. Sie sieht aus wie eine Mischung aus einem Golden Retriever und einem Chow-Chow, aber in ihren eisblauen Augen sehe ich auch etwas von einem Border Collie oder einem Sibirischen Husky.

»War sie einer der Köderhunde aus dem Kampfring?«, frage ich, und Barb nickt ernst. Zusammen mit den Pitbulls, die wir vor eineinhalb Wochen beschlagnahmt haben, konnten wir auch ein paar Ködertiere retten. Sie wurden benutzt, um die Pitbulls zum Kämpfen und Töten abzurichten. Die Kaninchen und Katzenbabys wurden in anderen Einrichtungen untergebracht, aber die Welpen und unser Golden-Retriever-Chow-Chow-Mischling sind hier geblieben.

»Als sie hierher kam, war ihre Schnauze mit Klebeband zugebunden, aber sie haben ihr nicht die Zähne rausgebrochen oder so. Das heißt, sie kann fressen … sie will nur nicht.«

»Wer ist ihr Hauptpfleger?«, frage ich, da alle Freiwilligen ihre eigene Gruppe mit Neuankömmlingen zugewiesen bekommen haben. Der Plan sah vor, dass die Hunde zunächst zu einer einzigen neuen Person eine Beziehung aufbauen, bevor wir anfangen, sie untereinander zu tauschen, um sie richtig zu sozialisieren.

»Gabe«, antwortet Barb. »Er muss die arme Kleine jeden Morgen hinaustragen, nur damit sie pinkeln kann. Sonst macht sie sich einfach nass. Sie hat zu viel Angst, ihren Käfig zu verlassen.«

»Wie alt ist sie?«, frage ich, während ich mit den Emotionen in meiner Kehle kämpfe, und Barb schüttelt den Kopf. »Zwei, vielleicht drei. Sie ist ein bisschen alt für einen Köderhund. Wir dachten, dass sie vielleicht jemandem gestohlen wurde, aber sie hat keinen Chip, und niemand hat so einen Hund als vermisst gemeldet.« Barb seufzt schwer. Überall im Tierheim bellen andere Hunde, der Lärm hallt von den Wänden wider und erschreckt unseren armen Golden Chow-Chow. »Ich vermute, dass sie ein Straßenhund war, den sie sich geschnappt haben, um ihn für ihre Kämpfe zu benutzen.«

Ich kauere mich hin und starre in den Käfig. Ich wünschte, die Hündin würde aufhören, ständig den Kopf unter ihren Körper zu stecken. Wenn sie sich nicht eingewöhnt, wird sie nie adoptiert werden. »Kann sie nicht jemand in Pflege nehmen?«, frage ich, obwohl ich die Antwort bereits weiß.

»Beth hat es versucht«, sagt Barb. »Aber sie hat noch andere Hunde, daher hat es nicht geklappt. Goldie hier war nicht aggressiv oder so – sie war nur schrecklich verängstigt. Letztendlich hat sie ins Haus gemacht, genau wie sie es in ihrem Käfig tut. Beth und ihr Mann haben versucht, sie an den Zwinger zu gewöhnen, aber dann wollte sie gar nicht mehr aus dem Zwinger herauskommen. Es war einfach zu viel.«

Ich nicke verständnisvoll. Beth ist fast so winzig wie ich, und ich kann mir vorstellen wie schwer es für sie sein muss, einen vollgepinkelten Golden Chow-Chow für jeden einzelnen Toilettengang hochzuheben und nach draußen zu tragen.

»Wie ist sie, wenn man mit ihr Gassi geht?«, frage ich leise, während ich mich noch immer an die Hoffnung klammere, dass der Golden Chow-Chow wenigstens einen Blick in meine Richtung werfen wird.

»Sie rollt sich einfach zu einer Kugel zusammen, bis Gabe sie wieder hereinbringt«, sagt Barb. »Er versucht sein Bestes mit ihr … aber wir nennen dich nicht umsonst die Hundeflüsterin, Hailey.«

Ich sehe vom Boden, wo ich noch immer vor dem Käfig kauere, zu Barb hoch, und sie schenkt mir ein mattes Lächeln.

»Was soll ich tun?«, frage ich.

»Ich weiß es nicht. Aber ich weiß, dass du es herausfinden wirst.«

An diesem Abend, nachdem ich mir das fleischigste, fettigste, ekligste Teil auf der McDonald's-Speisekarte bestellt habe, bleibe ich in dem Käfig. Mit einem Burger, der ausgewickelt in meinem Schoß liegt, sitze ich dem Golden Chow-Chow in ihrem Käfig gegenüber und versuche, sie aus ihrem Schneckenhaus hervorzulocken.

Ich hatte versucht, ihr ein Stück warmen Burger anzubieten, aber sie zitterte nur vor Angst. Dann versuchte ich mich einfach nur neben sie zu setzen, aber als mir klar wurde, dass sie nicht aufhören würde zu zittern, zog ich mich in die gegenüberliegende Ecke zurück.

Ich rede mit ihr darüber, wie sehr ich meinen Freund vermisse. Ich erzähle ihr von seiner Tour, von den Fotos, die er mir aus Kanada und China und Korea geschickt hat, von dem Essen, das er in diesen Ländern gegessen hat, und dass ich wirklich hoffe, eines Tages Kimchi probieren zu können. Der Burger wird kalt, während ich ihr sage, wie hübsch sie ist, mir fiktive Geschichten von dem Leben ausdenke, das sie führen wird, wenn sie erst einmal adoptiert ist (geliebter Hund eines Filmstars, Kuschelbaby eines Milliardärs, verwöhntes Haustier einer Würstchen-Erbin), erzähle ihr von all den Tieren auf der Farm meiner Eltern, die ich vermisse. Ich plaudere über Teacup, das Schwein, und Harley, das Pferd, und Moose, den Bullen, und schließlich gebe ich der Hündin einen Namen: Phoenix, da ich bete, sie möge aus der Asche auferstehen.

Normalerweise gebe ich den Hunden keine Namen. Ich habe sonst Angst, sie zu sehr ins Herz zu schließen. Aber Phoenix hat einen Namen verdient, und zwar einen starken. Schließlich zieht sie den Kopf unter ihrem Körper hervor und beobachtet mich, das Kinn auf die Vorderpfoten gelegt, während ich weiterrede. Und als mir nichts mehr einfällt, biete ich ihr noch einmal den Burger an, und ich singe. Sie kommt nicht zu mir, aber sie wedelt ein klein wenig mit dem Schwanz, daher lasse ich den Burger sinken und singe weiter. Und als mir die Lieder ausgehen, summe ich Melodien, die ich mir ausdenke.

Ich schlafe, als ich auf einmal etwas Nasses an meiner Hand spüre. Als ich die Augenlider schläfrig aufschlage, sehe ich, dass Phoenix an mir schnuppert. Ihre kalte Schnauze stupst meine Knöchel an, und ich verharre mucksmäuschenstill, während sie mich inspiziert. Ich weiß nicht, wie spät es ist, aber der stechende Schmerz in meinem Rücken sagt mir, dass ich mehr als ein paar Stunden sitzend auf dem Betonboden verbracht haben muss.

Ich ignoriere den Schmerz in meiner Wirbelsäule und sehe weiter zu, wie Phoenix mich erkundet. Sie schnuppert an dem Burger, ignoriert ihn dann aber, riecht wieder an meinem Shirt, meiner Hose, meiner Hand. Sie hält ihre Schnauze in meine Handfläche, und ich halte den Atem an. Sie drückt ihre Schnauze noch tiefer hinein, und ich gleite mit den Fingern sanft über ihr Fell.

Bei der Bewegung stößt Phoenix einen schrillen Schrei aus, und ich reiße die Hand zurück, voller Angst, dass ich ihrer noch immer wunden Schnauze wehgetan habe, die noch vor eineinhalb Wochen mit Klebeband umwickelt war. Aber sobald ich mich zurückziehe, schmiegt sie sich wieder an mich, jault sogar noch lauter, als ich wieder versuche, meine Hand zurückzuziehen. Schließlich wird mir klar, dass sie weint, weil sie Angst hat, weil sie will, dass ich sie beschütze, und ich ziehe ihren großen Körper in meinen Schoß, während sie jault und winselt und weint.

»Ist ja gut«, säusle ich, um sie zu beschwichtigen. »Ist ja gut, hübsches Mädchen. Ich bin bei dir. Ich bin bei dir. Braves Mädchen. Du bist so ein braves Mädchen.«

Ich halte sie, während sie in meinen Armen zittert und sich noch mehr an meinen Körper zu kuscheln versucht, und ich weiß nicht, wann ich anfange zu weinen, aber ganz hinten in diesem Zwinger weine ich zusammen mit ihr. Meine Tränen tropfen auf ihr goldbraunes Fell, und sie lehnt sich Halt suchend an mich, schenkt mir ihr Vertrauen, und ich versuche, ihr die Liebe eines ganzen Lebens zu zeigen, indem ich sie an mich drücke und mit den Händen ihr entzückendes Gesicht streichele.

So halte ich sie stundenlang, lasse sie mein Gesicht und meine Arme und meine Hände ablecken und streichle sie immer weiter. Ich rede mit ihr – über die Bedeutung ihres Namens, darüber, wie wichtig es ist, etwas zu essen, darüber, dass ich Vegetarierin bin. Schließlich schläft sie in meinen Armen ein, und ich gehe erst am nächsten Morgen, als Barb zurück zum Tierheim kommt und mir befiehlt, nach Hause zu fahren. Sie lächelt, trotz der Strenge in ihrer Stimme, und bedankt sich dafür, dass ich über Nacht geblieben bin. Trotzdem sagt sie, dass ich nicht im Tierheim leben kann, und ich weine auf der ganzen Fahrt nach Hause wegen des panischen Blicks in Phoenix' Augen, als ich sie allein im Käfig zurücklassen musste.

In den nächsten paar Tagen verbringe ich meine gesamte freie Zeit dort. Wenn ich nicht in der Uni bin, schlafe oder mich um notwendige Dinge wie Hausaufgaben oder Duschen und Waschen kümmere, arbeite ich mit Phoenix. Am dritten Tag lässt sie sich von mir den ganzen Weg bis nach draußen führen, und das ist ein so riesiger Schritt nach vorn, dass ich Mike anrufe, um zu feiern, sobald ich die Gelegenheit dazu habe.

»Hier ist Mike«, ertönt seine Mailbox-Ansage. »Hinterlassen Sie eine Nachricht.«

»Hey«, beginne ich, das Telefon zwischen Ohr und Schulter geklemmt, während ich auf den Campus stürze, um pünktlich zu meinem ersten Kurs zu kommen. Ich gehe im Laufschritt den Gehsteig hinunter, während meine Kuriertasche von meiner Schulter rutscht und ein Stein in meinem Schuh herumkullert. »Ich weiß, du stehst in diesem Moment vermutlich auf einer Bühne, aber ich wollte dir nur sagen, dass ich diesen Hund, von dem ich dir erzählt habe, heute endlich dazu gebracht habe, nach draußen zu gehen. Ganz allein!« Ich lächle und versuche, die Kuriertasche wieder zu schultern. »Sie lässt sich noch immer von niemand anderem anfassen, aber … ich bin einfach richtig aufgeregt, und das wollte ich dir nur sagen.«

Mein Lächeln beginnt zu schwinden, als mir nichts als Schweigen antwortet, und mir wird bewusst, wie sehr ich wünschte, ich könnte ihm meine Neuigkeiten persönlich erzählen oder ihn wenigstens am anderen Ende der Leitung haben. Es war so schwer, unsere Terminkalender in dieser vergangenen Woche aufeinander abzustimmen, und auch wenn Mike mir Blumen geschickt hat – wobei ich von *großem* Glück reden konnte, dass er sie mir in die Arbeit geschickt hat und nicht in die Wohnung –, haben sie nur dazu geführt, dass ich ihn noch mehr vermisse.

»Okay, na dann … ich hoffe, ihr habt eine gute Show. Ich vermisse dich. Vielleicht können wir ja später sprechen …«

Ich lege auf und konzentriere mich auf meinen Weg. Um den Schmerz des Vermissens zu betäuben, konzentriere ich mich auf die Dinge, die ich noch immer habe: Uni, Arbeit, Phoenix. Aber je mehr ich mich darauf konzentriere, desto ferner scheint Mike.

Was ich habe, sind welkende Blumen, eine Mailbox-Ansage, die ich auswendig kenne, und einen Freund, der nie hier ist.

41

Am Freitagnachmittag entführen Rowan und Dee mich zu Eiscreme und einem witzigen Film, und mir wird bewusst, wie sehr ich das gebraucht habe. Meine ganze Zeit habe ich damit zugebracht, entweder mit Phoenix zu arbeiten oder Mike zu vermissen – ihn beim Essen, unter der Dusche, in der stillen Zeit vor dem Einschlafen zu vermissen. Er ruft mich jeden Tag an oder spricht mir wenigstens ein, zwei Nachrichten auf die Mailbox, aber es ist nie genug. Es fühlt sich an, wie glutenfreies Brot oder zuckerfreie Donuts zu essen. Es ist einfach nicht dasselbe, und es ist nicht das, was ich wirklich will.

Am Freitagabend bittet er mich um ein Date, und ein Lächeln schleicht sich auf mein Gesicht, während ich im Bett liege, das Telefon ans Ohr gedrückt. »Wie willst du mich denn zu einem Date einladen, wenn du eine Million Meilen weit entfernt bist?«

»Neuntausendsiebenhundert«, korrigiert mich Mike, und ich kichere.

»Du zählst mit?«

»Manchmal«, räumt er ein, und ich kann das verlegene Lächeln in seiner Stimme hören. »So weit ist es gar nicht. Der Mond ist über zweihunderttausend Meilen weit entfernt, und der Mensch hat es geschafft, diese Entfernung zurückzulegen. Du bist nur einen Flug entfernt. Du bist praktisch am Ende der Straße.«

»Dann wünschte ich, du würdest mich besuchen kommen«,

sage ich, außerstande mich zu bremsen, aber ich hasse die Traurigkeit, die sich in Mikes Antwort schleicht.

»Ich auch. Ich habe mich auf einer Tour noch nie so gefühlt.«

»Wie?«

»So …« Er sucht nach dem richtigen Wort. »Heimwehkrank. So *heimwehkrank*. Ich habe mein Haus schon früher vermisst. Mein Bett, meinen Fernseher … Aber diese Dinge sind nicht einmal mehr wichtig. Ich will dich einfach nur festhalten.«

Ich weiß, was er meint, und deshalb gibt es nichts, was ich sagen könnte. Darüber zu reden, dass ich ihn vermisse, wird nichts an der Tatsache ändern, dass ich ihn in absehbarer Zeit nicht sehen werde.

»Nur noch dreißig Tage«, sagt er, und ich schließe die Augen. »Also, wirst du bitte morgen auf dieses Date mit mir gehen?«

»Wohin gehen wir denn?«, spiele ich mit.

»Zu mir. Normalerweise würde ich dich einfach mit meinem großen roten Truck abholen …« Er dämpft seine Stimme, und mir wird heiß. »Du erinnerst dich doch an meinen roten Truck, oder?«

Ich erröte heftig bei der Erinnerung an all die Dinge, die wir darin getan haben – erst am Straßenrand und dann in seiner Auffahrt, bei geöffneter Tür –, und Mike lacht.

»Du spielst ein schmutziges Spiel«, sage ich, und der Ton in seiner Stimme wird anzüglicher.

»Wenn ich mich recht erinnere, Hailey, ist das genau das, was dir gefällt.«

Oh Gott. Ich stöhne auf und steige aus dem Bett, um ein Fenster zu öffnen, lasse die spätherbstliche Brise an mein aufgeheiztes Gesicht, während Mikes sexy, selbstbewusstes Lachen an mein Ohr dringt.

»Das ist keine Art, ein Mädchen zu einem ersten Date einzuladen«, schimpfe ich ihn, damit er nicht noch länger versucht, mich mit seiner betont sexy Stimme umzubringen, und Mike lacht noch ein bisschen lauter, bevor er wieder ernst wird.

»Okay. Dann bei mir, sieben Uhr. Passt das?«

»Was hast du geplant?«, frage ich. Ich schlüpfe wieder unter die Decke, während die Aufregung durch meine Adern pulsiert.

»Eine Überraschung«, ist alles, was er mir verrät, und zum ersten Mal seit zwei Wochen freue ich mich auf morgen, während ich einschlafe.

Vergiss deinen Schlüssel nicht. Schick mir eine SMS, bevor du hineingehst.

Mikes SMS ist das Erste, was ich am nächsten Morgen lese, und sie ruft mir in Erinnerung, dass heute unser erstes Date ist. Ich lächle in den Spiegel und putze mir die Zähne, denn selbst wenn er dafür gar nicht hier sein wird, lädt er mich trotzdem zu einem Date ein, und das Wissen, dass Mike – Mike! – mich zu einem richtigen Date einlädt, erfüllt mich mit allen möglichen Schwindel erregenden, wunderbaren, kribbelnden Gefühlen. Ich erzähle Phoenix alles von ihm, von seinem Lächeln und wie er mir das Schlagzeugspielen beigebracht hat. Ich verlasse das Tierheim früh genug, um noch zu duschen und ein paar nicht nach Hund riechende Sachen anzuziehen, auch wenn Mike nicht da sein wird, um das zu bemerken.

Um Punkt sieben Uhr schicke ich ihm eine SMS, um ihm zu sagen, dass ich in seiner Auffahrt stehe, und eine Sekunde später erscheint eine Videochat-Anfrage auf meinem Handy. Meine Augen weiten sich erstaunt, denn seit er abgefahren ist, war Mikes Empfang noch nie gut genug für einen Videochat.

Es ist zwei Wochen her, seit ich ihn zuletzt gesehen habe, und plötzlich wird mir ganz flau im Magen.

Der Videochat klingelt dreimal, bevor ich den Mut aufbringe, ihn anzunehmen, und mein Herz schlägt wie wild, als ich es schließlich tue.

Mikes Gesicht erscheint auf meinem Display, und ich weiß nicht, ob ich lachen oder weinen will. Die Wärme, die mich durchströmt, als ich ihn sehe, lässt keinen Zweifel zu: Ich liebe ihn. Ich liebe ihn so sehr, dass es wehtut.

»Hey«, sagt er, ein sexy Lächeln im Gesicht, und ich schaffe es, ein nervöses Lächeln aufzusetzen.

»Ich dachte, du hättest noch für die nächsten paar Tourstopps keinen guten Empfang?«, frage ich, und er lächelt breiter, als er meine Stimme hört.

»Das dachte ich auch. Aber ich habe eine spezielle SIM-Karte ausfindig gemacht.«

»Hast du heute Abend frei?«, frage ich ihn, und Mike schüttelt den Kopf. Er scheint in einem Hotelzimmer zu sein, und ich frage mich, in welcher indonesischen Stadt er ist und ob ich sie überhaupt aussprechen könnte.

»Nein, nur ein paar Stunden«, sagt er. »Aber wir haben heute Morgen keine Flüge oder Pressetermine, deshalb gehöre ich bis zum Soundcheck ganz dir.«

»Solltest du nicht unterwegs sein und die Stadt erkunden? Die Sehenswürdigkeiten besichtigen?«, frage ich. Ich habe ein schlechtes Gewissen, dass ich ihn davon abhalte.

»Nein. Ich sollte mein Mädchen zu unserem ersten Date ausführen.«

Er grinst über die Röte, die die blassen Sommersprossen auf meiner Nase überdeckt, und meine Wangen verfärben sich noch dunkler, als er die Mundwinkel auf seine sexy Art nach oben zieht.

»Ich habe es vermisst, dich zum Erröten zu bringen«, sagt er in diesem unwiderstehlichen Ton, und er lacht, als ich das Telefon von mir weghalte, damit er nicht sehen kann, wie ich meinen Wangen Luft zufächle.

Als ich das Telefon schließlich wieder umdrehe, ist der glückliche Blick in seinen tiefbraunen Augen genug, um mein Herz dahinschmelzen zu lassen. »Okay«, sagt er, »tu so, als ob ich dir die Tür öffne, denn ich bin ja schließlich ein Gentleman.«

Ich kichere und steige aus meinem Auto, und als ich seine Haustür erreiche, benutze ich meinen Schlüssel. Drinnen fordert er mich auf, in die Küche zu gehen, wo ein riesiger Strauß überdimensionaler Sonnenblumen in einer entzückenden Kristallvase auf dem Tresen steht.

»Die sind für dich«, sagt er, als würde er sie mir persönlich überreichen. Diese süße Geste sorgt dafür, dass ich mich prompt noch ein bisschen mehr in ihn verliebe.

»Wie hast du die denn bekommen?«, frage ich, als ich mit den Fingern über die sommerlich gelben Blütenblätter streiche, und Mike erzählt mir von einem Blumenhändler, den er drei Städte weiter gefunden hat.

»Sie haben sie zu Rowan geliefert«, erklärt er, »und sie hat sie für mich hergebracht. Adam und Shawn haben einen Ersatzschlüssel.«

»Ich möchte wetten, Adam und Joel hassen dich in diesem Moment«, sage ich lachend, in dem Wissen, dass Mike sie damit in den Schatten stellt. Sie haben romantische Dinge für Rowan und Dee getan – Blumen, Pralinen, Postkarten –, aber nichts davon ist wie ein Date, das aus zehntausend Meilen Entfernung geplant wurde.

Mike grinst. »Glaub mir, ich behalte beim Schlafen ein Auge offen.«

Als es an der Haustür klopft, zucke ich zusammen und starre auf die Rückseite der Tür.

»Dinner«, erklärt Mike. »Ich hoffe, du hast Hunger.«

Als ich die Tür öffne, steht ein Lieferjunge mit einer Pizza in den Händen da. Er hält mir die warme Schachtel hin, sagt, dass das Trinkgeld bereits abgedeckt ist, als ich in meinen Hosentaschen hektisch nach Geld suche, und wünscht mir ein schönes Date.

In Mikes Wohnzimmer stelle ich die Pizza auf dem Couchtisch ab, öffne die Schachtel und ziehe eine Augenbraue hoch, als ich die Beläge sehe. »Eine Hälfte Peperoniwurst?«, sage ich und frage mich, ob er vergessen hat, dass ich Vegetarierin bin. Aber die andere Hälfte hat meine absoluten Lieblingsbeläge – Chili und schwarze Oliven.

Mike dreht sein Handy so, dass ich die Pizza neben ihm auf dem Bett sehen kann – eine Hälfte Peperoniwurst, eine Hälfte Chili und schwarze Oliven, genau wie meine. »Ich selbst bin ja nicht allzu scharf auf diese Chili«, beklagt er sich, und ich lache.

»Warum hast du dann nicht einfach für mich Chili und Oliven und für dich Peperoniwurst bestellt?«

»Weil das hier ein Date ist«, beharrt er. »Und da es ein Date ist, teilen wir.«

Ich kämpfe mit Tränen des Glücks, die mir in die Augen zu treten drohen, und hole mir einen Teller und Servietten aus der Küche, während Mike mir erzählt, wie er die Chili extra bestellen und ins Hotel liefern lassen musste, um sie als Belag haben zu können. Dabei wird mir klar, dass er das hier schon seit einer ganzen Weile geplant hat, und ich kann spüren, wie meine Gefühle für ihn mit jedem Moment stärker werden.

Wir reden und erzählen uns Geschichten von den letzten Tagen, während wir unsere Pizza essen, und ich lache über das

Gesicht, das Mike macht, als er ein Stück von meiner Hälfte kostet. Nach zwei Stücken bin ich pappsatt, und er sagt mir, dass ich einen Blick auf die Veranda hinter dem Haus werfen soll. Vor der Terrassentür finde ich einen Karton voller Souvenirs aus all den Orten, an denen Mike gewesen ist – Kanada, China, Korea, Indonesien. In der Kiste ist sogar irgendeine indonesische Süßigkeit namens Berri Bonz, und Mike sagt mir, dass er es sich bisher verkniffen hat, sie zu probieren, da er wollte, dass wir das zusammen tun.

Wir verziehen beide das Gesicht bei dem säuerlichen Geschmack der Süßigkeit, und ich lache laut auf, als Mikes Augen wässrig werden. Schließlich hören unsere Augen auf, von der Säure zu tränen und tun es vor Lachen. Er bringt mir ein Spiel namens *semut, orang, gajah* bei, das im Grunde die indonesische Version von *Schere, Stein, Papier* ist, und ich vergesse fast, dass er nicht bei mir ist – dass er noch immer am anderen Ende der Welt ist.

Die Stunden vergehen schnell – zu schnell –, denn bevor ich mich versehe, ist es nach meiner Zeit elf Uhr, und irgendjemand klopft an Mikes Hoteltür. Er seufzt schwer auf und starrt mich durchs Telefon an. »Es ist Zeit für den Soundcheck.«

»Das ist ja schade«, witzle ich, um zu verhindern, dass ich ihn anflehe, nicht zu gehen. Ich kann sehen, dass Mike schon schwer genug zu kämpfen hat, auch ohne dass ich etwas dazutue. »Ich bin mir ziemlich sicher, dieses Date wäre gut für dich ausgegangen.«

Er schenkt mir ein halbes Lächeln, und ich erwidere es. »Wirklich? Bei unserem allerersten Date?«

»Es war ein verdammt gutes Date«, sage ich zu ihm, und sein Lächeln wird noch ein klein wenig breiter.

»Hat es dir wirklich gefallen?«

»Ich habe es geliebt«, versichere ich ihm. Ich hole einmal tief Luft, um meine brennenden Augen zu beruhigen. »Danke.«

»Ich werde dich zu einem noch besseren einladen, wenn ich nach Hause komme.«

»Das glaube ich dir.«

Mikes Stimme wird sanft, als er sagt: »Ich liebe dich, Hailey.«

»Ich liebe dich auch«, sage ich zu ihm. Mein Herz verkrampft sich bereits angesichts des nahenden Abschieds.

»Süße Träume, Baby.«

»Und dir einen schönen Tag.«

An jenem Abend habe ich nicht mehr die Kraft, Mikes Haus zu verlassen. In seinem Zimmer nehme ich mir eines seiner riesigen T-Shirts und krieche unter die Decke. Sein Kissen riecht noch immer nach ihm, und ich lächle in den weichen Baumwollstoff, als mir bewusst wird, dass er Chilipizza und saure Süßigkeiten zum Frühstück gegessen hat, da unser Date für ihn um sechs Uhr morgens begonnen hat.

Seine Haare waren feucht, sein Gesicht war glatt rasiert, und er trug ein T-Shirt und Jeans, was heißt, dass er lächerlich früh aufgestanden war, nur um zu duschen und sich für unser Date fertig zu machen. Er hat Blumen und Süßigkeiten für mich besorgt und mir das Gefühl gegeben, als würde ich mit ihm die Welt bereisen. Ich weiß nicht, wie ich so viel Glück haben konnte, einen so aufmerksamen Mann zu bekommen, aber ich will ihn nie wieder loslassen.

Nicht einmal, wenn Danica entschlossen ist, ihn zurückzuerobern. Nicht einmal, wenn er in jedem Land der Welt Mädchen hat, die ihn anhimmeln.

Ich will ihn behalten.

Aber da Danicas Drohungen über mir schweben und ich

noch zwei Jahre Uni vor mir habe, bevor ich einen anständigen Job finden und mich um eine Assistentenstelle bewerben kann, um meine Doktorarbeit zu finanzieren, bin ich mir einfach nicht sicher, wie ich das bewerkstelligen soll. In neunundzwanzig Tagen wird Mike mich zu richtigen Dates einladen wollen, und es wird unmöglich sein, ihn geheim zu halten.

42

»Du bist letzte Nacht gar nicht nach Hause gekommen«, schimpft Danica mit einem bösen Grinsen, als ich am Sonntagabend schließlich zurück bin. Nachdem ich Mikes Haus heute Morgen verlassen habe, habe ich den ganzen Nachmittag – erfolglos – versucht, Phoenix dazu zu bewegen, sich von irgendjemand anderem streicheln zu lassen. Ich bin so ausgelaugt, dass mir nicht einmal irgendetwas einfällt, was ich sagen könnte.

»Ich, äh ...«

»Hast du mit ihm geschlafen?«, fragt sie, und mir klappt vor Panik die Kinnlade herunter.

Danica lacht und legt ihr Lehrbuch hin. Und auch wenn ich froh sein sollte, dass sie ausnahmsweise einmal tatsächlich für die Uni lernt, bin ich zu sehr damit beschäftigt, zu überlegen, ob ich gleich wieder zur Tür hinausstürzen sollte, bevor sie die ganze Wahrheit aus mir herauskriegt.

»Ach komm schon, Hailey, spann mich nicht auf die Folter«, schmollt sie. »Mein Liebesleben ist tot, bis Mike nach Hause kommt. Ich versuche ja brav zu sein und ihn nicht zu betrügen, aber ich brauche Details.«

Sie spielt eindeutig nicht auf Mike an, daher durchforste ich mein Gehirn.

»Du meinst Leti?«, tippe ich, und Danica zieht eine perfekt geformte Augenbraue hoch.

»Gibt es denn noch jemand anderen?« Angesichts der

Panik, die wieder über mein Gesicht huscht, beugt sie sich auf der Couch vor. »Oh mein Gott, zwei?!«

»Nein, nein«, stammle ich. »Ich, ich dachte nur nicht, dass du dich an ihn erinnerst.«

»Hailey Harper!«, schimpft Danica. »Hör auf zu lügen. Du bist eine erbärmliche Lügnerin.«

Ich stelle sicher, dass mein Gesicht ganz entspannt ist, als ich sage: »Ich schwöre, nur Leti.«

Danica sieht mich mit zusammengekniffenen Augen an, aber dann verzieht sich ihr Mund zu einem Lächeln. »Okay, was habt ihr zwei Turteltauben letzte Nacht getrieben?«

»Nur abgehangen … Pizza gegessen …«

Ihre Miene verdüstert sich. *»Pizza?* Im Ernst?«

Ich denke an die Hälfte einer Peperoniwurstpizza, die ich heute Morgen wegwerfen musste, nachdem Mike seine Hälfte in Indonesien gegessen hatte, und ich schenke ihr ein aufrichtiges Lächeln. »Es hat Spaß gemacht.«

»Hattet ihr danach wenigstens noch ein bisschen *richtigen* Spaß?«, fragt sie, und als ich ihr nicht antworte, sagt sie: »Du hast mit ihm geschlafen, stimmt's?«

Wieder stehe ich nur da und bringe keinen Ton heraus.

»Oh mein Gott! Hailey, du bist doch nicht etwa noch Jungfrau, oder?«

Mein Gesicht ist knallrot, als ich die Hände hochreiße. »Nein! Gott, nein.« Ich fahre mir mit den Fingern durch die Haare, und gehe in die Küche, um mir ein Glas Wasser zu holen, und Danica läuft fröhlich hinter mir her.

»Jetzt habe ich mir eben schon Sorgen gemacht.« Sie hüpft auf den Tresen, stützt sich mit den Zehen an der Kante ab. »Also, wann war es? Wo war es? Wer war es?«

»Wer war was?«, frage ich, nachdem ich ein Glas dringend benötigtes Wasser hinuntergestürzt habe.

»Dein erstes Mal. Das hast du mir nie erzählt.«

»Oh.« Ich trinke noch etwas Wasser, um Zeit zu gewinnen, und frage mich, wann Danica und ich auf einmal wieder beste Freundinnen geworden sind. Schließlich ist mein Glas leer. »Ähm …«

Danica grinst.

»Ein Typ namens Will. Letztes Highschooljahr. Scheune.«

»Scheunensex«, sagt sie mit einem freundlichen Lachen. »Wie romantisch.«

Ich lächle und entspanne mich bei ihren spöttischen Worten. »Und du?«

Ihr Lächeln wird sanfter, und der Blick in ihren braunen Augen erwärmt sich bei der Erinnerung. »Vorletztes Highschooljahr. Abschlussball. Mike.«

Mein Herz setzt einen schmerzlichen Takt aus, und ich stoße hervor: »Mike?«

»Tu doch nicht so überrascht«, sagt Danica und lacht wieder. »Mike und ich sind zusammengekommen, als wir fünfzehn waren, Hailey. Wer hätte es denn sonst sein sollen? Wir waren beide noch Jungfrau. Wir haben uns gegenseitig unsere Jungfräulichkeit geschenkt.« Sie hält einen Moment inne. »Ehrlich gesagt, war es ziemlich romantisch«, fährt sie fort, während ich einfach wie angewurzelt dastehe. »Er hat uns ein Hotelzimmer besorgt, und ich glaube, er war sogar noch nervöser als ich. Seine Hände zitterten, als er mit den Bändern meines Kleides gekämpft hat.« Sie lächelt. »Es war so hinreißend. Ich hatte nie wieder jemanden, der so mit mir Liebe gemacht hat wie er«, sagt Danica, und die Säure aus meinem Magen kriecht mir die Kehle hoch. Ich hätte wissen sollen, dass Mike ihr Erster war, aber ich habe einfach nicht darüber nachgedacht. Ich will noch immer nicht darüber nachdenken. Ich muss schleunigst aus dieser Küche verschwinden, bevor ich mich auf Danicas silbern lackierte Zehen übergebe.

»Ich hatte einfach nicht erwartet, dass er so *groß* sein würde …«, fährt sie fort, und ich danke innerlich Gott, als mein Handy in meiner Tasche klingelt.

»Hallo?«, sage ich und entferne mich ein paar Schritte von Danica, bevor sie die Blässe sehen kann, die mir ins Gesicht gestiegen ist. Ich höre zu, wie Luke mir von irgendeiner neuen Heldentat erzählt, die er bei Deadzone Five vollbracht hat, noch immer schwindelig von der Erkenntnis, dass Danica Mikes Erste war.

Auch wenn ich nicht in Will verliebt war, werde ich nie vergessen, wie die Scheune an jenem Abend nach frischem Heu roch, wie nervös er aussah, als er die Kondompackung aufriss, wie er mir leise sagte, ich sei das schönste Mädchen auf der Schule.

Genau wie Mike nie vergessen wird, wie schön Danica in diesem Hotelzimmer aussah, wie er mit den Bändern ihres Kleides kämpfte, wie es sich anfühlte, in ihr zu sein – und er hat sie geliebt, daher wird ihm die Erinnerung noch so viel mehr bedeuten. In fünfzig Jahren wird er sie noch immer mit sich herumtragen.

Sie waren füreinander die erste Liebe, das erste Mal, der erste Liebeskummer. Und ich kann nicht umhin, mich wie ein Eindringling zu fühlen, als ich an diesem Abend einschlafe, während ich mir vorstelle, wie er sie geliebt hat.

»Wusstet ihr, dass Mike und Danica ihre Jungfräulichkeit aneinander verloren haben?«, frage ich Rowan und Dee am Mittwochnachmittag in der Campus-Cafeteria. Ich habe die letzten drei Tage versucht, nicht darüber nachzudenken … und dann habe ich nichts anderes getan als darüber nachzudenken.

»Igitt«, sagt Dee, das Gesicht angewidert verzogen. Sie stellt ihren Kaffee ab und schiebt ihn bis auf die andere Seite des Tischs.

»Woher weißt du das denn?«, fragt Rowan, und als ich nicht gleich antworte, sieht Dee zwischen uns hin und her, bevor sie den Blick auf mich heftet.

»Hat Danica dir das erzählt?«

Ich kaue auf meiner Lippe, und Dee knurrt.

»Hailey, habe ich dir nicht gesagt, dass du gar nicht auf sie hören sollst? Dieses Mädchen ist Gift. *Gift.* Wenn du anfängst, ihr ihre Lügen zu glauben …«

»Aber sie hat nicht gelogen«, nehme ich meine Cousine in Schutz, und Dees Mundwinkel wandern nach unten. Schließlich schüttelt Rowan den Kopf.

»Es spielt keine Rolle, ob sie gelogen oder die Wahrheit gesagt hat, Hailey. Du weißt doch, dass sie dir dieses Zeug nur unter die Nase reibt, um dich fertigzumachen.«

Ich starre auf meine Thermoskanne mit Kaffee, denn ich selbst bin mir da nicht so sicher. Sie hat mit mir geplaudert, als hätten wir nie aufgehört, Freundinnen zu sein. Als wären wir einfach zwei Mitbewohnerinnen, die über Jungs tratschen. Ich erinnere mich an ihr Lächeln und ihre strahlenden Augen, und ich umklammere die Thermoskanne, bis sich die Hitze in meine Handflächen brennt. »Er wird sie nie vergessen«, sage ich, und als ich zu Rowan hochsehe, sind ihre graublauen Augen voller Mitgefühl.

»Natürlich nicht. Sie war seine erste Liebe.«

»Wisst ihr, an was ich mich von meinem ersten Mal noch erinnere?«, schaltet sich Dee ein, während sie ihren Kaffeebecher endlich wieder zurück auf ihre Seite des Tischs zieht. »Ich erinnere mich, dass er ungefähr zwei Sekunden durchgehalten hat und dass es grässlich war.« Sie schnappt sich ein

Zuckertütchen aus einem Ständer in der Mitte des Tischs und beginnt es heftig zu schütteln. »Es war, als wäre ihm gar nicht bewusst gewesen, dass man *Wasser* braucht, um eine Wasserrutsche herunterzurutschen. Dieser Scheißkerl ist einfach sofort in mich eingedrungen. Ich weiß, beim ersten Mal soll es angeblich wehtun, aber ich schwöre bei Gott, ich hatte Vagina-Verbrennungen ersten Grades.«

Rowan verschluckt sich fast vor Lachen an ihrem Kaffee, versucht, ihn nicht wieder auszuprusten, und ich kann mir ein Lächeln nicht verkneifen.

Dee schüttet den Zucker in ihren Kaffee und rührt ihn mit einem Strohhalm um. »Das erste Mal ist für jedes Mädchen grässlich. Ich meine, Ros scheint ja ganz nett gewesen zu sein, abgesehen davon, dass sie komplett von Adams riesigem Wikinger-Schwanz aufgespießt wurde.«

Rowan lacht noch lauter und knufft Dee in den Arm, und mein Lächeln wird breiter, während ich die beiden zusammen beobachte.

»Ich möchte wetten, Mike hat nur zwei Stöße durchgehalten«, fährt Dee fort. »Typen stellen bei ihrem ersten Mal nie einen Ausdauerrekord auf. Ich wette, Danica hat ihn danach sogar zusammengestaucht, denn ihr wisst ja, wie sie ist.«

Ich versuche, mein Lächeln weiter im Gesicht zu behalten. »Ihr glaubt nicht, dass ich ein schlechter Mensch bin, weil ich mich zwischen die beiden gedrängt habe?«, frage ich, und Dee zieht ihre perfekten Augenbrauen hoch.

»Komm her«, sagt sie und gibt mir mit einem Finger ein Zeichen, mich über den Tisch zu beugen.

»Warum?«, frage ich, als ich mich vorbeuge. *Habe ich irgendwas im Gesicht?*

»Weil du ganz offensichtlich mit einer Ohrfeige zur Vernunft gebracht werden musst.«

Rowan schnappt sich Dees Arm, und ich zucke mit weit aufgerissenen Augen auf meinem Stuhl zurück.

»Hailey.« Rowan lässt Dee los, als ich außer Reichweite für ihre Ohrfeige bin. »Das ist genau das, wovor wir dich zu warnen versucht haben. Danica wird tun, was immer sie kann, um sich zwischen dich und Mike zu drängen. Er hat sich nicht deinetwegen von ihr getrennt – er hat sich von ihr getrennt, weil sie grässlich ist. Sie hat ihn wie Dreck behandelt. Ich meine, ich bitte dich. Selbst wenn er nicht mit dir zusammen wäre, würdest du wirklich wollen, dass er mit *ihr* zusammen ist?«

Ich schüttle den Kopf, noch bevor es mir klar wird. »Nein.«

»Genau. Weil du ihn liebst.« Rowan lächelt. »Du willst, dass er glücklich ist.«

Ich nicke, und sie streckt eine Hand nach meiner aus, um sie zu drücken.

»Und *du* machst ihn glücklich. Er liebt dich. Es ist egal, wer seine Erste war, denn sie ist nicht seine *Einzige.* Du könntest seine Letzte sein, und die Letzte ist die, die zählt.«

»Verdammt, Ro«, sagt Dee, während sie sich auf ihrem Stuhl entspannt. »Das war schön.«

Rowan lächelt mich an und lässt meine Hand los. »Geht es dir jetzt besser, Hailey?«

Ich nicke, obwohl ich mir da nicht so sicher bin. Denn auch wenn alles, was sie gesagt haben, logisch ist, brennt mein Herz noch immer, als ob es kein Wort davon gehört hat.

»Hey«, sage ich schließlich, um das Thema zu wechseln, denn ich weiß, dass meine Gefühle etwas sind, womit ich allein ringen muss. »Hätte eine von euch vielleicht Interesse daran, einen Hund zu adoptieren?«

Rowan und Dee schweigen eine Weile, bis sie mir schließlich gestatten, dem Gespräch eine andere Wendung zu geben. Sie sagen mir beide, was ich bereits vermutet habe – dass in ihrem Wohnblock keine Haustiere erlaubt sind –, und ich lege die Stirn in Falten. Zwei weitere Türen verschließen sich für Phoenix. Aber sie versichern mir, dass sie sich umhören werden, und ich danke ihnen, während ich an meinen süßen Golden Chow-Chow denke, der noch immer niemanden außer mir an sich heranlässt.

Sie ist das einzige Geschöpf, dem ich all meine Geheimnisse anvertraue – die Einzige, die weiß, wie schwer ich zu kämpfen habe.

Ich vermisse Mike mit jedem Schlag meines Herzens, jedem Atemzug, der meine Lunge füllt. Während er seinen Traum lebt, ertrinke ich bei dem Versuch, meinen zu erreichen. Und ich weiß nicht, wie ich ihn je erfüllen kann, es sei denn, ich bin bereit, Mike aufzugeben.

Rowan hat recht. Mike hat es verdient, glücklich zu sein. Aber wie kann ich ihn glücklich machen, wenn mein eigenes Glück so unerreichbar ist?

43

Vier Wochen.

Es ist vier Wochen her, seit ich ihn zuletzt gesehen habe.

In Phoenix' Käfig trommle ich mit dem Finger auf einen Taschenrechner ein, brüte über Zahlen. Ich bin gedanklich bestimmt eintausend verschiedene Möglichkeiten durchgegangen, wie ich es schaffen könnte, auf die finanzielle Unterstützung meines Onkels zu verzichten und trotzdem meinen Abschluss zu machen. Ich habe theoretisch vorhandene Jobs und vielleicht mögliche Stipendien einberechnet. Ich habe Lebenshaltungskosten und Lehrbuchkosten und sonstige Kosten durchgerechnet. Ich habe mit meinem Auto und meiner Autoversicherung, ohne mein Auto und meine Autoversicherung, mit Internet, ohne Internet gerechnet, und es läuft immer auf dasselbe hinaus.

Es ist nicht möglich. Ohne nennenswerte Ersparnisse, die ich nur ansammeln könnte, wenn ich jahrelang zu Hause leben würde, geht es einfach nicht.

»Hailey.« Barb öffnet die Tür des Käfigs und kommt herein. Sie setzt sich neben mich. Phoenix huscht prompt in die andere Ecke des Käfigs, rollt sich wie üblich zu einer Kugel zusammen, und Barb legt die Stirn in Falten. »Ich muss mit dir reden.«

»Okay?« Ich lege meinen Taschenrechner weg und schaue in das ernste Gesicht meiner Vorgesetzten. »Wir verlegen heute Abend ein paar der Hunde in ein anderes Tierheim. Wir sind überbelegt, und dort hat man sich bereit erklärt, sie aufzunehmen.« Sie zögert, und mein Herz verkrampft sich, als mir bewusst wird, was sie gleich sagen wird. »Wir werden Phoenix zu ihnen bringen. Das ist dort ein kleineres Tierheim, das heißt …«

»Nein«, sage ich. Ich schüttle den Kopf.

Barbs Miene wird traurig. »Sie gewöhnt sich nicht ein, Hailey. Ich weiß, du hast sie dazu gebracht, dass sie frisst, aber sie nimmt nicht so viel Gewicht zu, wie sie sollte. Und sie lässt sich noch immer von niemand anderem als dir anfassen. Sie ist jetzt seit fast einem Monat hier …«

»Ich werde mehr mit ihr arbeiten«, verspreche ich, aber Barb schüttelt nur den Kopf. Ihre moosgrünen Augen schauen mich voller Mitleid an.

»Wie denn? Du bist jeden einzelnen Tag hier, Hailey. Du machst deine Hausaufgaben in ihrem Käfig. Ich weiß, du willst ihr nur helfen, aber das ist nicht gesund für dich … Ich tue das für dich ebenso sehr wie für sie.«

Ich starre Phoenix an und Tränen treten mir in die Augen. Sie beobachtet uns mit eisblauen Augen, die unter ihrer Pfote hervorschauen. Ich habe alles für sie getan, was ich kann. Selbst Rowan ist ins Tierheim gekommen, und wir haben zusammen versucht, mit ihr Gassi zu gehen, aber Phoenix hat sich niemandem außer mir geöffnet. Ich weiß, dass es nichts nützen wird, sie in ein anderes Tierheim zu verlegen – sie wird wieder dichtmachen, sie wird wieder aufhören zu fressen, sie wird zu einer Kugel zusammengerollt daliegen, bis die Leute im Tierheim begreifen, dass sich ihr Zustand nicht bessern wird.

»Ich nehme sie mit zu mir nach Hause«, entscheide ich, und Barb tätschelt meinen Arm.

»Hailey …«

»Ich nehme sie mit nach Hause, Barb. Du kannst sie nicht wegschicken.«

»Du kannst sie nicht alle retten, Süße«, sagt Barb und drückt mütterlich meinen Arm. »Ich liebe dich dafür, dass du es versuchst. Du weißt, wir alle hier haben dich sehr gern. Aber du darfst die Hunde nicht zu sehr ins Herz schließen, sonst können wir dich nicht im Team behalten.«

»Dann schmeiß mich doch raus«, sage ich und fange bereits an, meine Sachen zusammenzupacken. Barb könnte mich dafür aus meinem Praktikum werfen, aber ich hoffe – ich bete –, dass sie es nicht tun wird. »Ich habe dich auch gern, aber …« – ich zeige auf den misshandelten Hund, der noch immer in der Ecke kauert – »… ich nehme Phoenix mit zu mir nach Hause, und nichts, was du sagst, wird mich davon abbringen.«

Ich sitze in meinem Wagen, die Hände auf das Lenkrad gelegt, und starre durch die Windschutzscheibe. Phoenix kauert schüchtern auf dem Beifahrersitz. Ich sehe zu ihr hinüber, und sie sieht zu mir zurück. »Na ja. Scheiße.«

Ich habe sie ohne Plan und ohne einen Ort, an den ich sie bringen kann, aus diesem Tierheim geholt. Jetzt sitzen wir auf dem Parkplatz fest. Ich weiß, dass ich sie nicht mit in meine Wohnung nehmen kann. Vor Wochen schon habe ich mit Danica darüber gesprochen, Phoenix in Pflege zu nehmen, und sie hat mich daran erinnert, dass unser Mietvertrag Hunde ausdrücklich verbietet. Ich könnte sie natürlich trotzdem mit nach Hause nehmen und versuchen, sie dort unauffällig zu halten, bis ich mir irgendeine andere Lösung für sie überlegt habe. Aber ich weiß, dass das in einer Katastrophe enden würde. Denn auch wenn Danica in letzter Zeit nicht ganz so grässlich wie sonst immer ist, würde sie ziemlich wahrscheinlich die Wohnungstür öffnen, um Phoenix »weglaufen« zu lassen, falls sie es wagen sollte, einen ihrer kostbaren Schuhe oder ihre Fünfhundert-Dollar-Handtaschen anzurühren.

»Scheiße«, sage ich noch einmal und starre auf den Hund, der mir in diesen letzten Wochen so ans Herz gewachsen ist. Ich habe zugesehen, wie das Fell über den Verletzungen an ihrer Schnauze nachwuchs. Ich habe zugesehen, wie ihre Augen klarer wurden und wie sie allmählich Vertrauen fasste. Ich habe zugesehen, wie sie aufgeregt mit dem Schwanz wedelte, wenn ich sie dafür lobte, dass sie endlich tapfer genug war, allein nach draußen pinkeln zu gehen.

Gestern ist sie einem Ball nachgejagt – ist ihm wirklich allen Ernstes über den Hof des Tierheims nachgejagt –, und ich kann nicht zulassen, dass sie wieder zu einem Hund wird, der zu viel Angst davor hat, zu laufen oder zu spielen oder zu leben.

Sie krabbelt über die Mittelkonsole, um sich auf meinen Schoß zu setzen, und ich lehne die Stirn an das weiche Fell ihrer Schulter. »Warum lässt du dich nur von niemand anderem streicheln?«, stöhne ich, und ihr Schwanz schlägt über dem Schaltknüppel meines Autos hin und her.

Seufzend hebe ich den Kopf, und sie beginnt, mein Gesicht mit ihrer schlabberigen Hundezunge abzulecken, bis ich sie wieder auf ihre Seite des Wagens schubse. »Wohin soll ich dich nur bringen?«

Sie bellt, und ich hole einmal tief Luft, bevor ich den Schlüssel in der Zündung drehe. Ich fahre vom Parkplatz des Tierheims. Ich bringe sie zum einzigen Ort, an den ich sie bringen kann.

»Lieber um Verzeihung als um Erlaubnis bitten«, sage ich mir, während ich Phoenix durch Mikes Haustür führe. Ich habe ihn angerufen, aber nur seine Mailbox erreicht, und dann habe ich entschieden, dass es vermutlich besser ist, einfach *nicht* zu fragen, ob es ihm recht ist, dass ich Phoenix zu ihm bringe. Ich habe keine anderen Optionen, und es ist ja nur vorübergehend, bis ich irgendeine andere Bleibe für sie finde. Er ist mein Freund, und er hat einmal zu mir gesagt, ich könnte bei ihm wohnen, das heißt … das schließt doch meinen Hund mit ein. Oder?

»Sei schön brav«, warne ich Phoenix, die anfängt, alles in Mikes Haus zu beschnuppern – seine Couch, seinen Couchtisch, ein altes Paar Sneaker, die er neben der Haustür hat stehen lassen. Ich hatte halb erwartet, dass sie sich in irgendeiner Ecke zusammenrollen würde, aber stattdessen erkundet sie zögernd das Haus. Als ihr klar wird, dass niemand sonst hier ist, beginnt sie mit dem Schwanz zu wedeln und trottet von einem Zimmer zum nächsten.

Ich sitze auf der Couch, sehe ihr zu und frage mich, wie zum Teufel das klappen soll. Das hier ist nur eine weitere tickende Zeitbombe, und ich habe keinen Plan, wie ich sie entschärfen soll. Ich schaukle mein Leben irgendwie so nach Gefühl, und ich weiß, dass mir früher oder später alles um die Ohren fliegen wird.

Im Moment versuche ich, meine wachsende Besorgnis zu ignorieren, und sehe zu, wie Phoenix durch Mikes Wohnzimmer Schatten nachjagt und alle Ecken und Winkel beschnuppert.

Er ruft mich an, und ich nehme beim zweiten Klingeln ab. »Hey.«

»Hey«, sagt er, und mein Herz macht diese Sache, die es in letzter Zeit immer macht, wenn ich seine Stimme höre. Es schmerzt, als ob es sich nicht sicher ist, ob es sich öffnen oder dichtmachen will. »Tut mir leid, dass ich deinen Anruf verpasst habe. Ich habe gerade mein Zeug die Treppe hoch zum neuen Hotelzimmer geschleppt. Der Aufzug in diesem Laden ist verdammt unheimlich.«

»Auf welcher Etage bist du denn?«

»Sechste«, sagt er, und ich muss lachen und entspanne mich etwas.

»Du hast deinen Koffer sechs Stockwerke hochgetragen?«

»Shawn und Kit auch. Adam und Joel waren die Einzigen, die so dumm waren, mit diesem klapperigen Aufzug zu fahren.«

»Ich möchte wetten, sie sind froh, dass sie es getan haben«, sage ich neckend, aber Mike lacht nur.

»Das bezweifle ich. Sie stecken noch immer darin fest.«

»Sie stecken fest?«, stöhne ich.

»Das Hotel lässt Techniker kommen, um sie herauszuholen. Der Manager versucht sie die ganze Zeit zu überzeugen, dass es Glück bringt, in diesem Aufzug stecken zu bleiben.«

Lachend frage ich: »Solltest du ihnen nicht Gesellschaft leisten?«

»Das wollte ich, aber sie haben uns angeschrien, den Mund zu halten, damit sie dort drinnen ein bisschen Schlaf bekommen.« Er gähnt ins Telefon, und obwohl es bei mir erst zwei Uhr nachmittags ist, muss ich ebenfalls gähnen. »Wir sind die ganze Nacht geflogen. Alle sind erschöpft.«

»Hast du morgen frei?«, frage ich.

»Schön wär's. Wir haben morgen Abend eine Show und am nächsten Morgen einen Pressetermin, aber danach haben wir den Rest des Abends frei. Dann fliegen wir nach Australien, und dort wird der Terminplan erst richtig verrückt.«

»Du solltest dir die Stadt ansehen, solange du noch Zeit hast«, sage ich, während Phoenix an meinem Knie schnuppert. Ich krame ein Kauspielzeug aus der Handtasche, die ich auf Mikes Couchtisch abgelegt habe, und werfe es für sie über den Boden.

»Ich vermisse dich«, erwidert Mike, und ich weiß, was er mir damit wirklich sagt: dass er am liebsten seinen ganzen arbeitsfreien Abend damit verbringen würde, mit mir zu telefonieren, wenn ich ihn nur lassen würde.

»Geh, und suche dir etwas Gutes zum Essen, damit ich weiß, was ich noch auf meine Liste setzen muss«, sage ich, und er lacht. In jeder Stadt hat Mike mir gesagt, welche einheimischen Gerichte mir, wie er glaubt, schmecken würden, und wir führen eine laufende Liste mit Gerichten, die ich unbedingt kosten muss. »In welchem Land bist du jetzt überhaupt?«

»Malaysia. Was nur neuntausendfünfhundert Meilen von dir entfernt ist.«

»Du kommst allmählich näher«, sage ich. Ich sitze in meiner Ecke auf Mikes riesiger Couch und ziehe die Knie bis zur Brust. Es sind keine zweieinhalb Wochen mehr, bis er nach Hause kommt, aber ich habe noch immer keine Ahnung, was ich tun werde, wenn er wieder hier ist.

Er weiß noch immer nichts von Danicas Ultimatum. Er hat keine Ahnung, dass sie mich vor eine unmögliche Entscheidung gestellt hat: Mike oder die Uni. Mike oder meine Karriere. Mike oder meine Zukunft.

Als er abfuhr, habe ich ihn gebeten, keine Blumen oder sonst irgendwas zu meiner Wohnung zu schicken. *Wenn Danica dich anruft*, habe ich zu ihm gesagt, *sag nichts von mir, okay? Ich will ihr unsere Beziehung nicht unter die Nase reiben. Sie braucht Zeit.*

Es war keine reine Lüge, aber tatsächlich bin *ich* diejenige, die Zeit braucht. Genauer gesagt brauche ich noch zwei Jahre Zeit, um mein Studium zu beenden. Zwei Jahre, bis ich nicht mehr von Danicas Familie abhängig bin.

»Ich kann es kaum erwarten, mit dir auszugehen«, sagt Mike, und ich fühle mich plötzlich ganz schwer. Ich weiß, dass es für ihn nicht okay sein wird, mich nie von meiner Wohnung abholen zu können. Ich weiß, dass es für ihn nicht okay sein wird, sich nie mit mir in der Öffentlichkeit blicken lassen zu können. Ich weiß, dass es für ihn nicht okay sein wird, mein Geheimnis zu sein, und ich weiß, dass er etwas Besseres verdient hat als das, was ich ihm geben kann. Er hat ein schönes, kluges, wundervolles Mädchen verdient, das sich nicht zwischen ihm und allem anderen, was sie je gewollt hat, entscheiden muss.

»Hat Danica dir schon ihr Video geschickt?«, höre ich mich fragen. Den Geräuschen nach richtet Mike sich gerade in seinem neuen Hotelzimmer ein.

»Ja. Vor ein paar Tagen. Warum?«

Meine Stirn legt sich in Falten, und ich stochere an einem winzigen Loch am Knie meiner Jeans herum. »Davon hast du gar nichts erwähnt.«

»Oh, entschuldige«, sagt Mike. »Ich wusste nicht, dass du das hören wolltest.«

Ich hatte Mike von dem Video erzählt und dass Danica ihre Nummer geändert hatte. Aber ich konnte ihm ihre neue Nummer nicht geben, damit er sie blockt, denn dann würde sie wissen, dass ich noch immer mit ihm rede.

»Wie fandest du ihr grau-blaues Kleid?«, frage ich.

»Ich habe mir das Video nicht angesehen«, sagt er. »Ich habe die Nachricht einfach gelöscht und ihre neue Nummer geblockt.«

»Oh.«

»Dachtest du wirklich, ich würde mir die Mühe machen, es mir anzusehen?«

»Willst du nicht wenigstens wissen, was sie zu sagen hat?«

Ein langer Moment des Schweigens folgt, und dann fragt Mike: »Weißt du, wie oft ich an Danica gedacht habe, seit ich abgefahren bin?« Ich mache mich auf die Antwort gefasst, und er sagt: »Überhaupt nicht. Nicht ein einziges Mal. Weißt du, wie oft ich an dich gedacht habe?«

Ich habe kaum Zeit, darüber nachzudenken, bevor er antwortet: »Ich denke ständig an dich, Hailey. Weißt du, was ich jeden Abend tue, bevor ich ins Bett gehe? Ich schaue mir dieses Foto an, das ich an dem Morgen, an dem ich abgefahren bin, von dir gemacht habe. Du hast geschlafen, und ich weiß, das wirkt jetzt etwas komisch, aber das ist mir egal. Du warst so verdammt schön, und ich wollte dich einfach ewig anschauen. Deswegen habe ich ein Foto gemacht, und jeden Abend sehe ich es mir an, um mir in Erinnerung zu rufen, dass du es bist, zu der ich nach Hause kommen werde. Dass ich dich genauso wiedersehen werde, denn ich bin der größte verdammte Glückspilz der Welt, weil du zu Hause auf mich wartest.«

Ich bin sprachlos, als er betont: »Ich denke nicht an Danica, Hailey. Ich denke nie an sie. Sie kommt mir nicht in den Sinn. Wenn ich an ein Mädchen denke, dann an dich, denn du bist das einzige Mädchen für mich.«

Ich schweige lange Zeit, während ich versuche, mein Herz zu beruhigen, das wie verrückt schlägt. Als ich schließlich antworte, nehme ich den leichten Weg und reiße einen Witz. »Du hast ein Foto von mir gemacht, als ich geschlafen habe?«, frage ich gespielt beleidigt.

Mike lacht. »Du warst zugedeckt, versprochen.«

»Widerling.«

»Das war es wert.«

Ich muss lächeln, als ich bemerke, wie stark mein Herz flattert. Phoenix springt zu mir auf die Couch, und an seinem Ende der Leitung schüttelt Mike ein Kissen oder so auf. »Bist du eigentlich allergisch gegen Hundehaare?«, frage ich und überlege, ob ich Phoenix von der Couch schubsen soll. Sie legt die Vorderpfoten auf meinen Schoß, und ich kraule sie hinter den Ohren.

»Warum?«, fragt Mike.

»Hab's mich nur gefragt.«

»Das ist eine ziemlich komische Frage.«

»Ich mag komische Fragen.«

»Hailey, wenn ich allergisch gegen Hundehaare wäre, dann könnte ich wohl kaum mit dir zusammen sein.«

Ich lache, denn ich weiß verdammt gut, dass ich neunzig Prozent der Zeit nach Hund rieche, und ich höre Mike lachen. »Du bist ein solcher Idiot!«

»Du bringst es in mir hervor.«

Ich lache noch immer, als er sagt: »Ich liebe dich, Hailey.«

»Ich liebe dich auch«. Ich lächle und spüre, wie meine Wangen sich rosa färben.

»Sechzehn Tage.«

»Sechzehn Tage«, wiederhole ich, während ich einen Hund streichle, der nicht hier sein sollte, und eine Entscheidung mit mir herumschleppe, die ich unmöglich treffen kann.

Sechzehn Tage, bis ich keine andere Wahl mehr habe.

44

Ich dachte, in Phoenix' Käfig ganz hinten im Tierheim wäre es einsam. Aber in Mikes Haus, mit seiner großen Couch und seinem großen Bett und seinen ganzen Mike-typischen Sachen ist es noch so viel einsamer. Er ist überall – in seinem weichen Bettzeug, in seinem überdimensionalen Fernseher, in der Ninja-Turtles-Figur, die auf seinem Kaminsims steht. Er ist überall, nur nicht wirklich hier.

Ich verbringe die meiste Zeit in seinem Haus, da ich noch immer niemanden gefunden habe, der Phoenix aufnimmt (und wenn ich ganz ehrlich zu mir bin, habe ich auch nicht sehr angestrengt gesucht). Mit jeder Minute, die ich hier bin, während er am anderen Ende der Welt ist, wird das Loch in meinem Herzen größer. Nachdem er Malaysia verlassen hat, wird sein Zeitplan total hektisch. Er hat mich ja vorgewarnt. Die SMS werden seltener und die Abstände zwischen den Anrufen größer.

Es ist ein Samstag Mitte November, weniger als eine Woche vor Thanksgiving, als mein Bruder sagt: »Ich vermisse Mike.«

Es ist über zwei Tage her, seit ich mit ihm gesprochen habe. Wir haben es natürlich versucht – er hat bei mir angerufen, oder ich habe bei ihm angerufen –, aber nach achtundvierzig Stunden Telefon-Pingpong habe ich allmählich das Gefühl, dass ich ihn nicht vermisse, sondern vielmehr um ihn trauere. In den letzten fünf Wochen hat es sich angefühlt, als ob die Anrufe und Nachrichten einfach nie genug waren. Als ob ich mehr, immer mehr bräuchte. Aber jetzt, wo ich kaum noch von ihm höre, scheint es, als wären sie alles gewesen, was ich brauchte. Und als hätte ich jetzt nichts mehr.

»Ich habe endlich ein bisschen Zeit, um mit dir Deadzone zu spielen«, schimpfe ich, während ich mit einem Gamecontroller in den Händen auf Mikes Couch sitze, »und du hast nichts Besseres zu tun, als zu jammern, dass du Mike vermisst?«

»Du spielst heute Abend beschissen«, entgegnet Luke, und wie aufs Stichwort wird meinem Spieler zum x-ten Mal in den Kopf geschossen.

»Tut mir leid«, seufze ich. Ich weiß ja, dass er recht hat. Ich bin abgelenkt.

Mike kommt in acht Tagen nach Hause, und auch wenn ich ihn mehr vermisse, als ich je in meinem Leben irgendetwas oder irgendwen vermisst habe – auch wenn ich nichts anderes auf der Welt will, als ihn zu umarmen und zu küssen und seine Arme um mich zu spüren –, fühlt es sich zu früh an. Ich habe mir noch immer keine Möglichkeit überlegt, wie ich weiter mit ihm zusammen sein kann, ohne dass mir die Uni unter den Füßen weggezogen wird, und der Gedanke, auch nur eines von beidem zu verlieren, hat mich nachts wach gehalten. Die ganze Sache hat mir Albträume bereitet, an die ich mich nicht mehr erinnern kann, wenn ich morgens den Tränen nahe aufwache. Aber ich kann es spüren – den Stress, der sich in meinen Muskeln festsetzt und sich dort einnistet wie ein Gift, wenn ich schlafe.

»Vermisst du ihn auch?«, fragt Luke. Er versucht noch immer heimlich, mich zu der Beziehung zu drängen, von der er nicht ahnt, dass ich sie bereits führe.

»Ja«, gebe ich zu.

»Weil du für ihn schwärmst?«

»Weil er nicht so viel quatscht, wenn wir Deadzone spielen«, witzle ich, und mein gerade noch toter Spieler erwacht wieder zum Leben, als Luke lacht.

»Meinst du, er hat Groupies?«, fragt mein kleiner Bruder, und meine Kehle schnürt sich zu.

»Ja.«

»Sogar in Asien und Australien?«

»Überall«, sage ich. Ich kann nicht leugnen, wie groß die Band allmählich wird. Ihr neues Plattenlabel promotet sie, was das Zeug hält – ihre Songs laufen im Radio, ich habe Kommilitonen in der Uni über sie reden hören, ich habe Werbeplakate mit den Gesichtern der Jungs in der Campus-Cafeteria gesehen. Rowan hat sich schon über all die Leute beklagt, die auf einmal aus ihren Löchern gekrochen kommen und mit ihr befreundet sein wollen, nur weil sie Adam Everests Freundin ist.

»Das ist so cool«, sagt Luke, der ganz eindeutig das Spiel beherrscht. Er hat so viele Kopfschüsse erzielt, dass Mike stolz auf ihn wäre. »Ich sollte ihn überreden, mir Schlagzeugspielen beizubringen.«

Ich lächle traurig, als ich mich erinnere, was für ein guter Lehrer Mike war, als er es mir in seiner Garage beigebracht hat. »Warum, willst du ein Rockstar werden?«

»Verdammt, ja«, sagt Luke. Phoenix hat es sich auf meinen nackten Füßen gemütlich macht. Sie entwickelt sich richtig gut, seit ich sie zu Mikes Haus gebracht habe, frisst ordentlich und fühlt sich zuhause. Sie hat keine von seinen Sachen angekaut oder angepinkelt – Gott sei Dank –, aber ich habe noch immer keine Ahnung, was ich mit ihr tun werde, wenn er nächsten Sonntag nach Hause kommt. »Wer hätte nicht gern Mädchen, die darum betteln, mit einem zusammen zu sein?«

»Ich dachte, du magst keine Mädchen?«, frage ich, und der Ton meines Bruders stellt klar, dass er mich für eine Idiotin hält.

»Ich bin *zwölf*«, informiert er mich mit seinem typischen vorpubertären Fauchen. »Irgendwann werde ich so alt sein wie Mike, und dann werde ich mich nur noch flachlegen lassen wollen.«

Ich weiß nicht, was schlimmer ist – mir meinen Bruder oder meinen Freund als einen typischen fünfundzwanzigjährigen Mann vorzustellen. Ich schneide eine Grimasse.

»Ich glaube nicht, dass Mike so ist …«

»Na ja, das sollte er aber«, wendet Luke ein, ohne zu ahnen, wie sehr er den Stress, den ich unter meiner Haut spüre, verschlimmert. »Was hat man denn davon, ein Rockstar zu sein, wenn man sich nicht wie einer benimmt?«

»Ich dachte, du wolltest, dass er mit mir ausgeht?«

»Würdest du das denn tun?«, fragt Luke, während wir uns im Spiel treffen, um eine feindliche Basis zu erkunden. »Wenn er dich fragen würde, würdest du mit ihm ausgehen?«

»Er ist Danicas Ex …«. Ich wünschte, ich hätte dieses Thema nie zur Sprache gebracht.

Luke seufzt. »Ja, ich nehme an, du hast recht.«

»Habe ich das?«

»Ich *kenne* den Unterschied zwischen richtig und falsch, Hailey«, beklagt sich Luke. »Ich weiß, dass es total verkorkst wäre.«

Das Herz rutscht mir in die Hose, und meine Spielfigur stirbt noch fünf idiotische Tode, bevor Luke und ich das Spiel schließlich für beendet erklären. Seine Worte gehen mir immer und immer wieder durch den Kopf, und ich habe das ungute Gefühl, dass er recht hat. In allen Punkten.

Mike sollte sich in seinem neuen Ruhm sonnen, nicht seine ganze freie Zeit damit verbringen, ein Mädchen von der Farm zu Hause anzurufen, eine, die sich nicht einmal hübsche Kleider oder neue Stiefel leisten kann. Er könnte mit Sängerinnen oder Supermodels oder Schauspielerinnen ausgehen. Er könnte mit Sängerinnen *und* Supermodels *und* Schauspielerinnen gehen.

Und was Danica betrifft … Ich *weiß*, dass es verkorkst ist, dass ich mit Mike zusammen bin. Von dem Augenblick an, in dem ich ihn zum ersten Mal sah, an dem Abend, als wir vor seinem Tourbus warteten, habe ich mir gesagt, dass ich mich da heraushalten sollte. Aus ihren Angelegenheiten. Dass ich mich von ihrem Freund fernhalten sollte. Ich weiß, es zeugt von einem absolut schlechten Charakter, dass ich mir gestattet habe, mich in ihn zu verlieben, obwohl mir das überhaupt nicht zustand.

Er hat *ihr* gehört. Er war der Freund meiner Cousine.

Und in den letzten fünf Wochen hat sie es eindeutig klargestellt: Sie will ihn wiederhaben.

»Findest du sie hübscher als mich?«, fragt Danica am nächsten Nachmittag, als ich versuche ihr dabei zu helfen, für eine Geschichtsprüfung zu lernen. Ich muss in unserer Wohnung unbedingt den Schein wahren, aber im Verlauf der letzten Stunde war ich die Einzige, die in ihr Lehrbuch gesehen hat, da sie zu sehr damit beschäftigt war, ihr Handy anzustarren.

»Wer?«, frage ich, ohne aufzublicken, und Danica hält mir ihr Display unter die Nase.

»Sie.«

Als ich meine Augen vom Buch aufs Handy fokussiere, sehe ich ein Foto von Mike, die Haare ein bisschen länger als das letzte Mal, als ich ihn persönlich gesehen habe. Er schickt mir immer noch jeden Tag ein Foto, aber es ist immer ein kleiner Schock zu sehen, wie sehr er sich auf der Tour verändert – wie seine Haare zerzauster werden und sein Gesicht kantiger wird. Er hat lächelnd den Arm um ein hübsches asiatisches

Mädchen mit langen schwarzen Haaren und rosa Lippen gelegt, und sie küsst ihn auf die Wange.

Ich starre stirnrunzelnd auf Danicas Handy. »Wer ist das denn?«

»Irgendein Mädchen, das Mike um die Welt nachreist«, sagt sie. »Sie hat tonnenweise Fotos gepostet. Findest du sie hübsch?«

»Sie folgt ihm um die Welt?«, frage ich. Bitterkeit regt sich in meiner Magengrube, als mir auffällt, wie eng sie sich an meinen Freund gepresst hat. Ihre Lippen liegen an seiner Wange, seine Hand ruht auf ihrer nackten Schulter, und ich sitze hier, unzählige Zeitzonen entfernt.

»Hailey«, faucht Danica. »Gott, kannst du mir vielleicht antworten? Findest du sie hübscher als mich oder nicht?«

Ich starre zu meiner Cousine hoch, auf die ungeduldige, besorgte Miene in ihrem Gesicht, und versuche, meine Emotionen im Zaum zu halten. »Ich weiß nicht. Nein?«

Danica schnaubt und reißt ihr Handy wieder an sich. »Diese Mädchen sind viel zu hübsch«, beschwert sie sich und zeigt mir ein anderes Foto. Diesmal hat Mike seine kräftigen Arme weit ausgestreckt, und ungefähr fünf Mädchen schmiegen sich eng an ihn. Sie sind alle absolut hinreißend, und wenn Danica mir sagen würde, dass sie ihre besten Freundinnen vom Cheerleadercamp der Highschool wären, würde ich ihr glauben, wenn sie nicht diese extrem ärgerliche Miene aufgesetzt hätte.

Sie wischt nach rechts, und da ist noch ein Mädchen mit Mike, und noch eines.

Ich habe einen Kloß im Hals und kann kaum schlucken, während ich dasitze und versuche, mir meine Gefühle nicht anmerken zu lassen. Mir wird schwer ums Herz.

Danica seufzt einmal tief auf, hält sich das Handy wieder vors Gesicht und wischt weiter Fotos durch. Ich kaue auf der

Innenseite meiner Lippe und wende meine Aufmerksamkeit wieder ihrem Lehrbuch zu.

Ich wusste, dass bei den Shows der Band Mädchen sein würden, aber es war so eine abstrakte Sache, an die zu denken ich mich nicht zwingen konnte. Ich machte mir kein Bild von ihren perfekten Haaren oder ihren perfekten Lippen oder ihren perfekten Kurven. Jetzt kann ich ihre Gesichter sehen – ihre lächerlich hinreißenden Gesichter –, und mein Magen rumort protestierend.

»Ich frage mich, ob er mit irgendwelchen von ihnen geschlafen hat«, sagt Danica, und ich beiße mir so fest auf die Lippe, dass es wehtut.

Danica legt ihr Handy mit dem Display nach unten auf den Tisch und sieht mich nachdenklich an. Ich vergesse ihre Prüfung, starre zurück und frage mich, was sie denkt.

»Er ist dabei, richtig berühmt zu werden«, sagt sie. »Es wird immer mehr und mehr Mädchen geben, und sie werden nur immer hübscher und hübscher werden.«

Mein Herz wird schwerer, und jeder Herzschlag sticht.

»Er ist noch nicht bereit, sich ernsthaft auf jemanden einzulassen«, sagt Danica. »Ich weiß, er glaubt, er ist es, aber das ist er nicht.«

Ich kann nur dasitzen und hoffen, dass meine Miene nichts von meinen Gefühlen verrät.

»Das ist der Grund, weshalb er mich verlassen hat«, erklärt sie. »Er hat die Wahrheit gesagt, als er sagte, dass es dabei nicht um dich ging. Es ging um *ihn.* Er weiß noch nicht, was er wirklich will.«

»Weißt du es denn?«, frage ich, während mein verwirrtes Herz verzweifelt versucht, nicht zu brechen.

»Ein Rockstar sein.« Danica klopft mit einem Fingernagel auf die Hülle ihres Handys, und dann schüttelt sie den Kopf.

»Wenn du mit einem Rockstar zusammen sein willst, musst du das akzeptieren.«

»Was akzeptieren?«

»Die Mädchen«, sagt sie. »Ich meine, *dich* hätte ich natürlich nicht akzeptiert, weil du meine Cousine bist, aber die Mädchen auf den Touren. Er kann andere Mädchen haben, solange ich diejenige bin, zu der er nach Hause kommt.«

»Du meinst, du würdest ihm erlauben, mit anderen Mädchen zu schlafen?«, frage ich, während Abscheu und Fassungslosigkeit auf meinem Gesicht miteinander ringen.

»Ich liebe ihn«, faucht Danica, und der Blick in ihren Augen lässt keinen Platz für Widerspruch. »Das heißt, ja, Hailey, das würde ich. Mit Mike zusammen zu sein ist nicht so, wie mit anderen Typen zusammen zu sein. Er ist ein Rockstar.«

»Und du glaubst, das würde er tun?«, frage ich mit leiser Stimme.

Danica nickt. »Ich glaube, er will einfach jemanden, der ihm sagt, dass das okay ist. Und das werde ich für ihn tun. Wenn ich es nicht tue, wird das mit uns nie lange halten – selbst wenn er der Versuchung jahrelang widersteht, wird er immer an all diese schönen Frauen denken, die er sich hat entgehen lassen, und letztendlich wird er es mir übelnehmen, dass ich ihn davon abgehalten habe.«

Ich sitze da, höre ihr zu und habe das Gefühl zu ersticken.

»Dieses Mädchen mit den langen schwarzen Haaren?«, sagt sie. »Die, die ihm die Wange küsst? Er will sie, Hailey. *Ausgeschlossen*, dass er sie nicht will. Ich meine, hast du sie gesehen? Sie ist verdammt heiß. Und wenn er wissen will, wie es ist, in ihr zu sein, wer bin ich, es ihm zu verbieten?«

»Ich glaube, Mike will einfach nur die Richtige finden«, sage ich, um mich selbst zu beruhigen.

Danica schüttelt den Kopf. »Er ist ein fünfundzwanzigjähriger Mann, Hailey. Umgeben von unglaublich heißen Frauen, die darum betteln, *alles* zu tun, was er von ihnen will. Er könnte sich in jeder Sekunde, in der er nicht auf der Bühne steht, den Schwanz lutschen lassen, von jedem Mädchen, das er will. Er ist es noch nicht gewohnt, aber er wird sich daran gewöhnen. Und er wird diese Frauen flachlegen, so oder so. Die einzige Frage ist, ob er danach Schuldgefühle deswegen hat. Wenn ich ihn während dieser ganzen Zeit trotzdem liebe und ihn ermutige, die Erfahrungen mit all diesen Frauen zu machen und all die Vorzüge, ein Rockstar zu sein, zu genießen, dann wird er mich dafür lieben, und letztendlich wird er mit mir zusammen sein.«

Säure sammelt sich in meiner Kehle, und ich versuche, mein Mittagessen bei mir zu behalten.

»Nicht jede kann damit umgehen, mit einem Rockstar zusammen zu sein«, fährt Danica fort. »Aber ich kann es. Weil ich ihn *so* sehr liebe, Hailey.«

Ich starre auf Danicas Lehrbuch und kann nicht verhindern, ihn mir mit diesem Mädchen vorzustellen. Ich stelle mir vor, wie er sie küsst, ihren Mund umschließt, sie auf ein Hotelbett in irgendeinem fernen Land legt, Tausende von Meilen entfernt.

Ich sage mir, dass Mike das niemals tun würde. Ich sage mir, dass Mike das niemals *wollen* würde.

Ich kenne ihn besser als Danica … Sie täuscht sich.

Sie *täuscht* sich.

Das sage ich mir immer und immer und immer wieder.

45

Hey, Baby. Tut mir leid, dass ich deinen Anruf verpasst habe. Wir waren beim Soundcheck. Der Konzertsaal hier ist riesig. Ich glaube, Shawn hat gesagt, es passen ungefähr dreizehntausend Leute rein, und wir sind fast komplett ausverkauft. Falls du nicht schon im Bett bist, wenn du das hier abhörst, ruf mich zurück. Ich vermisse dich.

Hey, Mike. Ich war unter der Dusche, als du angerufen hast. Ihr werdet allen Ernstes vor dreizehntausend Leuten spielen? Das ist ja Wahnsinn … Ich werde versuchen, dich morgen Früh wieder anzurufen, aber falls ich dich nicht erreiche, mach ein Foto für mich, okay? Ich vermisse dich auch.

Ich bin so ein Idiot – ich habe vergessen, nach dem Soundcheck mein Handy wieder laut zu stellen. [seufz] Ich nehme an, du bist schon im Bett. [Pause] Sieben Tage, Hailey. Süße Träume.

Hey, Mike. Es iiist … neun Uhr morgens bei uns. Ich nehme an, du bist auf der Bühne. Ich wünschte, ich könnte dort sein. Ich möchte wetten, du machst deine Sache toll. Ruf mich an, bevor du ins Bett gehst, falls du die Gelegenheit dazu hast.

Hailey, wo steckst du? Ich habe das Gefühl, ich bin auf Entzug … Wir sind eben mit dem Gig fertig geworden. Ich bin in einem Taxi auf dem Weg ins Hotel. Die Jungs machen sich über mich lustig, weil ich dich so sehr vermisse … Ruf mich zurück.

Hey. Tut mir leid, ich war in einem Kurs, als du angerufen hast. Ich habe ungefähr eine Viertelstunde bis zu meinem nächsten, das heißt, wenn du das hier abhörst, ruf mich an. Falls du schon schläfst … ich liebe dich. Süße Träume, Mike.

Ach Mist, es tut mir so leid, Baby. Mein Akku war auf einmal leer, und ich habe mein Ladegerät in dem verdammten Hotel vergessen. [frustrierter Seufzer] Ich vermisse dich so sehr. Wie lange gehen die Kurse? Eineinhalb Stunden? [lange Pause] Ich werde einfach aufbleiben und warten, okay? Ruf mich an, wenn du fertig bist.

Als ich aus der Uni komme, lasse ich es einmal klingeln, zweimal klingeln, dreimal klingeln, viermal klingeln …

»Hey«, beeilt sich Mike am anderen Ende der Leitung zu sagen. Obwohl er verschlafen klingt, höre ich die Eindringlichkeit in seiner Stimme.

»Bist du eingeschlafen?«, frage ich. Ich stecke mir einen Bleistift hinters Ohr und gehe zum Parkplatz.

»Ja. Scheiße. Wie spät ist es?«

»Fünf Uhr morgens deine Zeit. Willst du wieder weiterschlafen?«

»Nein, nein.« Mike gähnt, und ich höre Bettzeug rascheln. »Ich bin wach.«

Ich weiß, was für eine Riesenshow er kurz vorher hatte, und Schuldgefühle nagen an mir. »Du solltest ein bisschen Schlaf bekommen …«

»Vermisst du mich denn gar nicht?«

Die Wahrheit ist, beim Klang seiner Stimme fühle ich mich leer, als ob ich mein Herz verloren habe und nicht weiß, wo ich es finden soll.

»Du weißt doch, dass ich dich vermisse«, sage ich, auch wenn sich die Worte nicht so anfühlen, als ob sie genug sind.

Ich vermisse meine Eltern und meinen Bruder und mein dickbäuchiges Schwein Teacup, aber der Gedanke an sie sorgt nicht dafür, dass ich den ganzen Tag in einem dunklen Zimmer schlafen will.

»Dann rede mit mir.«

»Ich wünschte, du wärst hier.«

»Ich auch«, sagt Mike, und die Traurigkeit in seiner Stimme spiegelt meine eigene wider.

»Fünf Tage«, rufe ich ihm in Erinnerung, denn in diesem Augenblick muss ich einfach wissen, dass es nur noch fünf Tage sind. Es ist mir egal, ob Danica mir ein Ultimatum gestellt hat oder Phoenix noch immer in seinem Haus lebt – ich will ihn einfach umarmen, ihn fühlen, ihn küssen, ihn halten.

»Zehn.« Ein tiefer Seufzer kommt durch die Leitung. »Wir legen auf dem Rückweg zwei zusätzliche Tourstopps in Europa ein. Shawn hält das für eine gute Idee, aber ich wollte wirklich nicht, Hailey. Ich will nur noch zu dir nach Hause kommen … Aber es sind nur fünf zusätzliche Tage …«

»Zehn Tage?«, frage ich, um mich zu vergewissern, dass ich ihn richtig verstanden habe, und Mike brummt ins Handy, als er den hoffnungslosen Ton in meiner Stimme hört.

»Ich hätte Nein zu ihm sagen sollen.«

»Nein, nein, das ist eine gute Idee.« Ich presse die beschwichtigenden Worte aus meinem Mund hervor, selbst als das hohle Gefühl in meiner Brust größer wird. »Ich meine, sie liegen doch auf eurem Weg, oder? Dann solltet ihr das auch noch mitnehmen.«

Mike stößt noch einen frustrierten Seufzer aus. »Ich hasse es, so weit weg von dir zu sein.«

»Wie viele Meilen?«, frage ich in einem Versuch, ihn aufzumuntern.

»Zu verdammt viele.«

Ich öffne meine Wagentür und setze mich hinein, den Blick aufs Lenkrad gerichtet, während meine Gedanken irgendwo anders sind. »Wie oft müsst ihr das tun?«

»Touren?«, fragt er.

»Ja.«

»Normalerweise ein paar Monate im Jahr.«

»Jedes Jahr?«

Ich sehe Studenten an meinem Auto vorbeilaufen, einen nach dem anderen, während ich auf Mikes Antwort warte. Schließlich sagt er: »Du kannst mitkommen. Komm nächstes Mal mit.«

»Ich habe Uni«, sage ich. Ich hasse es, wie der hoffnungsvolle Ton aus seiner Stimme schwindet.

»Oh, ja, stimmt.«

Irgendjemand hupt hinter mir, und ich werfe einen Blick in den Rückspiegel. Mit einem ärgerlichen Knurren sage ich: »Ich muss los. Irgendein Arschloch hupt mich an, dass ich meinen Parkplatz für ihn freimachen soll.«

»Sag ihm, er soll sich verpissen«, sagt Mike, und ich reiße meine Hand zwischen den Sitzen hoch.

»Verpiss dich!«

Noch ein langes Hupen, noch ein wütendes Knurren. »Ich muss sowieso in zwanzig Minuten beim Tierheim sein. Ich sollte wirklich fahren.«

»Vergiss das Tierheim«, sagt Mike, aber die Kampflust ist aus seiner Stimme gewichen.

»Ich rufe dich morgen Früh an«, verspreche ich. »Heute Abend habt ihr keine Show, oder?«

»Nein, nur irgendeinen Auftritt in einem Plattenladen oder so.«

»Okay, ich stelle meinen Wecker und rufe dich gegen acht an, okay?«

»Okay«, lenkt er ein.

»Versuch ein bisschen zu schlafen. Und denk dran, deinen Klingelton laut zu stellen.«

»Ich liebe dich, Hailey.«

»Und vergiss nicht, mir ein Foto zu schicken.«

»Ich liebe dich, Hailey.«

»Und umarme einen Koala von mir, bevor du nach Hause kommst.«

Mike lacht. »Ich liebe dich, Hailey.«

»Ich liebe dich auch«, sage ich, und ein leises Lächeln umspielt meine Lippen, selbst als ich dem noch immer hupenden Arschloch hinter mir den Mittelfinger zeige.

»Zehn Tage«, sagt er, und das Lächeln rutscht mir aus dem Gesicht.

»Zehn Tage«, sage ich und lege den Rückwärtsgang ein.

46

Auf Mikes tränennassen Kissen fällt es mir schwer einzuschlafen. Nachdem wir aufgelegt hatten, habe ich eine zweistündige Schicht im Tierheim gemacht, dann still und leise mit Phoenix zu Abend gegessen und bin in Mikes Bett gekrochen, wo ich den Emotionen, die ich die ganze Zeit unter Verschluss gehalten habe, endlich freien Lauf lasse. Es ist kein hässliches Weinen, voller Krämpfe und Schluchzer – es ist ein hoffnungsloses Weinen, eines, bei dem heiße Tränen aus meinen Augenwinkeln fließen, um über meine Wangen auf ein kaltes Kopfkissen zu kullern. Ich schlafe ein und wache wieder auf, immer und immer wieder, bis ich nicht mehr weiß, ob ich in einem Traum oder in der Wirklichkeit bin und beides sich wie ein Albtraum anfühlt.

Mike hat mir fünf zusätzliche Tage – Tage, die ich nicht wollte – gegeben, um eine Lösung dafür zu finden, wie ich ihn behalten *und* weiter auf die Uni gehen kann. Aber das Problem ist: Es gibt keine Lösung, und es hat auch nie eine gegeben. Ich will das Glück wählen, aber das Glück sitzt in zwei Teilen meines Herzens, die in verschiedene Richtungen drängen.

Als die Sonne verschwommen durch die Ritzen in Mikes Vorhängen dringt, gebe ich den Versuch zu schlafen schließlich auf und koche mir eine Kanne Kaffee. Ich gehe mit Phoenix Gassi, bevor ich meinen Laptop an Mikes Küchentisch aufklappe. Und dann – den Kaffee auf seinem Tresen habe ich inzwischen vergessen – google ich Mike Madden.

Ich finde all die Bilder, die Danica mir gezeigt hat – und noch mehr. Nicht nur Bilder von ihm mit Mädchen, auch Bilder von ihm mit Typen, anderen Bands, berühmten Leuten, die ich erkenne. Es gibt auch Bilder von Adam, Shawn, Joel und Kit … Bilder von Shows und Promobilder und Bilder mit Fans. Das schiere Ausmaß ist überwältigend – da ist mein Freund und lächelt auf Hunderten, *Tausenden* von Bildern.

Ich sitze so lange da, dass mein Laptop schließlich in den Ruhezustand geht und mein Bildschirm schwarz wird. Und dann sehe ich mein Spiegelbild: wilde Haare, große Augen, ein Stirnrunzeln im Gesicht.

Ich wische mit den Fingen über das Touchpad, damit ich mich nicht mehr ansehen muss, und dann suche ich Mike auf YouTube. Das neueste Video ist erst ein paar Tage alt, und ich klicke es an.

»Seid ihr schon aufgeregt?«, fragt eine weibliche Stimme mit einem australischen Akzent einen Haufen Mädchen, die vor einem riesigen Gebäude in einer Großstadt stehen. Der Himmel ist strahlend blau, und alle Mädchen sehen hinreißend aus. Unterschiedliche Schattierungen von sonnenscheingelbem Haar, schönem Lächeln, hübschem Make-up.

»Ich flippe gleich aus!«, sagt ein Mädchen mit rosa Strähnchen lachend.

»Und du, Amy? Bist du schon aufgeregt?«

»Ich sterbe«, sagt Amy und zieht die Kamera nah zu sich heran. »Ich *sterbe.*«

»Auf wen freust du dich denn?«

»Auf alle«, sagt sie mit einem umwerfend schönen Lächeln.

»Wähle einen aus. Sagen wir, du darfst mit einem nach Hause gehen. Wen wählst du aus?«

Ein anderes Mädchen reißt die Hand hoch. »Adam! Ich nehme Adam!«

»Adam kannst du nicht nehmen«, motzt das Kameramädchen sie an. »Adam gehört mir.«

»Du Biest, ich werde es dir zeigen«, sagt der Adam-Fan, und die Mädchen lachen alle.

»Shawn oder Mike«, entscheidet Amy schließlich, und mir wird flau im Magen. »Vermutlich Mike.«

»Warum Mike?«

»Äh, hast du ihn gesehen?«, fragt Amy, und das Kameramädchen kichert.

»Findest du ihn heißer als Adam?«

»Viel heißer als Adam«, neckt sie den Adam-Fan, der ihr prompt auf den Rücken springt. Sie albern alle herum, als eines der anderen Mädchen auf einmal aufstöhnt.

»Oh mein Gott. Sind sie das?«

Die Kamera wird wild herumgerissen, und ein Chor aus Schreien bricht in einer langen Schlange von Leuten aus, während Adam, Joel, Kit, Shawn und Mike an ihr entlanggehen und dabei mit Leuten reden.

Das Kameramädchen schwenkt wieder herum, sodass wir ihre weit aufgerissenen blauen Augen sehen können. »Oh mein Gott, oh mein Gott, oh mein Gott!«

»Hey«, sagt Adam, als er bei den Mädchen ankommt, und der Adam-Fan ist auf einmal völlig sprachlos.

»Wir drehen ein YouTube-Video«, erklärt das Kameramädchen, und Adam zieht einen Mundwinkel hoch, während er in die Kamera sieht.

»Ach ja?« Er streckt eine Hand aus und nimmt ihr das Telefon aus der Hand, dreht es um, um ihre errötenden Wangen zu filmen. »Hast du diese Riesenschlange von Leuten festgehalten?«, fragt er, und das Kameramädchen nickt, während Adam ein paar Schritte zurücktritt, um das wahre Ausmaß der Schlange einzufangen, die sich erstreckt, soweit mein Auge reicht, und sich dann hinter das Gebäude schlängelt. »Wie geht's euch allen heute Abend?!«, brüllt Adam, und die Schlange jubelt wild. »Seid ihr schon aufgeregt wegen der Show?«

Noch mehr Schreie, und dann zwinkert Adam in die Kamera, bevor er sie auf Shawn richtet.

»Und was ist mit dir? Bist du schon aufgeregt?«

Shawn schiebt die Kamera zur Seite, sodass wir mehr als nur seinen grünen Augapfel sehen können, und Adam lacht, während er die Kamera auf Kit richtet. »Aufgeregt?«

»Diese Show wird so krass werden«, sagt Kit und bindet sich ihre langen schwarzen Haare nach hinten, und Joel schiebt sich vor sie.

»Joel, bist du schon aufgeregt?«, fragt Adam, und Joel lächelt breit in die Kamera.

»Ich habe Hunger.«

Adams mit Armbändern behängte Hand schnellt vor, um Joel aus dem Weg zu schieben, und dann landet die Kamera auf Mike, der damit beschäftigt ist, sein Handy zu checken. »Mike, wie sehr liebst du Australien?«

»Hä?«, fragt Mike, während er den Blick hebt und sein Handy einsteckt.

»Australien. Irgendwelche Gedanken dazu?«

»Die Toiletten spülen doch nicht entgegen dem Uhrzeigersinn, daher bin ich schon ziemlich geknickt.«

Adam lacht und dreht das Handy wieder herum. »Da habt ihr's, Leute. Ziemlich geknickt.«

»Aber sie haben gute Steaks!«, verbessert sich Mike im Weggehen. Adam bleibt noch draußen und fragt Leute in der Schlange über Toiletten aus. Schließlich murmelt er: »Wem gehört dieses Handy eigentlich?«, und das Video wird schwarz, bevor das Gesicht des Kameramädchens wieder auf meinem Laptopbildschirm erscheint.

»Adam Everest hat eben mein Handy angefasst«, kreischt sie und schwenkt die Kamera auf die völlig schockierten Gesichter ihrer Freundinnen. »Er hat dich umarmt!«, sagt sie zu dem Adam-Fan, deren Gesicht knallrot angelaufen ist.

»Ich kann nicht glauben, dass er mich umarmt hat.«

»Du wirst nie wieder duschen, stimmt's?«

Der Adam-Fan schüttelt wie wild den Kopf, und Amy lacht.

»Ich bleibe trotzdem dabei. Mike ist der Heißeste.«

Das Mädchen neben ihr nickt. »Und er hat *so* gut gerochen.«

»Er hat wirklich ziemlich toll gerochen«, pflichtet das Kameramädchen bei. Sie dreht sich, um den Zuschauern zu sagen: »Leute, ich weiß, ihr könnt dieses Video nicht riechen. Aber glaubt uns hier. Mike Madden riecht verdammt toll.« Sie schließt die Augen und seufzt. »Ich kann nicht glauben, dass wir eben *The Last Ones to Know* getroffen haben.«

»Und sie waren alle *richtig* umwerfend«, sagt Amy, und die restlichen Mädchen stimmen ihr zu.

Sie reden noch ein bisschen weiter über die Band, bevor die Türen aufgehen und das Video endet. Das Einzige, woran ich denken kann, ist, wie Mike mit seinem Handy dastand. Ich weiß, dass er nachgesehen hat, ob ich ihm eine SMS geschickt oder ihn angerufen habe – ich weiß es einfach –, aber er hätte lieber den Anblick all seiner Fans genießen sollen. Er hätte die Mädchen, die für ihn schwärmen, nicht unbeachtet lassen sollen. Er hätte *dort* sein sollen anstatt eine Million Meilen weit entfernt.

Ich bringe ihn dazu, seine Tage in Hotelzimmern und seine Nächte am Telefon zu vergeuden, aber wofür? Wenn er nach Hause kommt, werde ich ihm nicht die Beziehung bieten können, die er will. Er wird mich nicht zu Dates abholen oder mich vor meiner Tür küssen oder auch nur an einem Tisch mit mir in Restaurants sitzen können – denn Danica wird immer zusehen. Ich weiß, dass Mike »die Eine« finden will, und vielleicht wird er das ja tatsächlich – vielleicht wird sie blonde Haare haben, vielleicht wird sie einen Akzent haben. Aber ich werde es nicht sein, weil ich die Cousine seiner Exfreundin bin. Ich kann ihm nicht geben, was er verdient hat, und ich hätte niemals so tun sollen, als ob ich es könnte.

Als ich um acht Uhr (morgens für mich, abends für ihn) schließlich die Kraft aufbringe, Mike anzurufen, ist der Schmerz in meinem Herzen zu einem Stechen geworden, als würde eine scharfe Klinge immer tiefer eindringen. Ich lausche dem Klingeln seines Telefons, einmal, zweimal, dreimal, viermal …

»Hier ist Mike. Hinterlassen Sie eine Nachricht.«

»Hey, Mike«, sage ich. Meine Stimme bricht vor Emotionen. Noch zehn Tage, bis er nach Hause kommt. Zehn Tage zu viel. Ich habe schon genug von seiner Zeit vergeudet. Und je länger ich so tue, als ob das mit uns klappen könnte, desto schwerer wird es sein zu akzeptieren, dass es das nie, aber auch nie tun wird. »Hier ist Hailey … hör zu, ich …«

Ein Anruf unterbricht meine Nachricht, und ich antworte Mike auf der anderen Leitung.

»Hey«, sagt er. »Entschuldige, hier drinnen ist es höllisch laut.«

»Wo bist du?«, frage ich, denn ich bin nicht stark genug, und ich muss seine Stimme hören.

»Irgendeine Party in einem Plattenladen in London. Der Laden heißt, ähm …«

Während Mike sich an den Namen zu erinnern versucht, fängt jemand an, mit ihm zu reden. Mehrere Leute sogar, wenn man nach den zahlreichen weiblichen Stimmen gehen kann. Ich höre Gelächter.

»Tut mir leid, das eben«, sagt Mike. »Offenbar weiß niemand, wo zum Teufel wir sind.«

»Du solltest gehen«, sage ich. Ich ersticke fast an den Worten.

»Hä?«

»Du solltest mich nicht mehr anrufen«, sage ich, während mir die Tränen über die Wangen laufen.

»Hailey?«

»Geh, und amüsiere dich, Mike. Sei ein Rockstar. Sei glücklich.«

»Baby, wovon zum Teufel redest du denn?« Ich unterdrücke einen Schluchzer, und Mike sagt: »Hailey, du machst mir eine Höllenangst. Was ist denn los?«

»Das mit uns klappt einfach nicht«, sage ich, und mein Herz zerspringt in tausend Teile. Ich denke an Danicas Ultimatum, die Träume, die ich hatte, bevor ich hierher zog, die Träume, die Mike hat, seit Adam und Shawn ihn in der Cafeteria in ihrer Mittelschule angesprochen haben. Ich denke an die Gesichter der Dutzenden Mädchen im Internet und an Danica, wie hübsch sie in diesem Wildblumenkleid aussah. Ich denke an meinen Bruder zu Hause auf der Farm und wie das Wort *verkorkst* in seiner Stimme klang und an die Hutschachtel meiner Mom mit den dreizehn Erster-Schultag-Fotos darin. Ich denke an meinen zertrümmerten Schreibtisch und meinen kaputten Computer und Danicas Suppendosen, die über Mikes Hartholzboden rollten. Ich denke an ihn, wie er vor einer langen Schlange von Leuten auf sein Handy starrte, und an mich, wie ich mir meines ans Ohr hielt, während irgendjemand mich anhupte, damit ich meinen Parkplatz freimachte. »Du hast es verdient, glücklich zu sein«, stoße ich zwischen den Emotionen, die meine Stimme trüben, hervor. »Ich will nur, dass du glücklich bist.«

»Ich *bin* glücklich«, entgegnet Mike. »*Du* machst mich glücklich.«

Ich schüttele den Kopf gegen die Tränen, die über mein Gesicht laufen. Ich hätte das hier tun sollen, bevor er abgefahren ist. Ich hätte nicht mit ihm in seinem Bus abhängen oder nicht spätabends Deadzone mit ihm spielen sollen. Ich hätte nicht bei ihm übernachten sollen, als er krank war und mich im Wald nicht küssen lassen.

Ich hätte mich überhaupt nicht in ihn verlieben sollen.

Er hat auf das Mädchen gewartet, mit dem er den Rest seines Lebens verbringen wird, und jetzt ist es Zeit für mich, ihn es finden zu lassen.

»Es tut mir so leid«, sage ich, und dann lege ich auf.

47

Ich dachte, ich sei zusammengebrochen, als Danica mein Zimmer zertrümmerte und ich glaubte, meine Zeit in dieser Stadt sei vorbei. Aber nichts, *nichts* ist vergleichbar mit meinem Zusammenbruch nach dem Gespräch mit Mike. Phoenix liegt winselnd zu meinen Füßen, und mein ganzer Körper wird von Schluchzern erschüttert, die sich über Wochen hinweg in mir angestaut haben.

Rowan hatte recht, als sie sagte, dass die letzte Liebe die ist, die zählt. Aber ich sollte nie Mikes letzte sein. Eines Tages wird er mit einer schönen Frau verheiratet sein, und sie wird nicht die ganze Welt zwischen sich und ihrer Liebe zu ihm stehen haben. Sie wird keine rachsüchtigen Cousinen oder Ultimaten haben, und sie wird ihm das Leben bieten können, von dem er immer geträumt hat. Sie werden schöne Kinder und ein schönes Haus und ein schönes Leben haben – aber ich werde nicht sie sein. Er wird sich kaum noch an mich erinnern, auch wenn ich ihn nie, aber auch nie vergessen werde.

Es gab vor Mike keine Funken, und es wird nach Mike keine Funken geben – denn ich habe mir an dem Tag, an dem ich mich in ihn verliebt habe, das Herz aus dem Leib gerissen, und jetzt spaziert es außerhalb meines Körpers herum, Tausende von Meilen entfernt.

Ich habe kein Herz mehr zu vergeben.

Stattdessen habe ich ein klaffendes Loch, und diese Leere in mir sorgt dafür, dass ich weinen will, bis mein Kopf pocht und meine Augen geschwollen sind. Und bei alledem klingelt und klingelt und klingelt mein Telefon. Binnen einer Viertelstunde habe ich zwanzig entgangene Anrufe von Mike, neun entgangene Anrufe von Rowan, zwölf entgangene Anrufe von Dee, sechs von Kit. Als auch noch Shawn anfängt, mich anzurufen, reiße ich mich endlich so weit zusammen, dass ich ans Telefon gehen kann.

»Hailey, was zum Teufel ist los?«, fragt er. »Mike ist eben zum Flughafen gefahren.«

»Zum Flughafen?«, frage ich, und Bestürzung überlagert den Schmerz in meiner Stimme.

»Ja. Hör zu, es tut mir leid, ich weiß ja nicht, was mit euch beiden los ist, aber … Scheiße, Hailey, es tut mir wirklich leid, aber wir haben morgen eine Riesenshow in Dublin. Wir fliegen am Morgen hin. Er muss hier sein. Du musst ihn anrufen. Kannst du ihn bitte anrufen?«

»Okay«, erkläre ich mich bereit, während Shawns Panik auf mich abfärbt.

»Danke«, sagt er, aber ich lege bereits auf.

Mike antwortet, noch bevor das erste Klingeln aufgehört hat. »Ich komme nach Hause.«

»Mike, tu das nicht.« Meine Stimme bricht, als mir neue Tränen in die Augen treten. Es war schon schwer genug, das hier einmal zu tun, ein zweites Mal wird es mich umbringen.

»Ich sitze schon im Taxi, Hailey. Ich habe nicht mal meinen Koffer. Ich habe meinen Geldbeutel und meinen Pass, und du kannst mir das nicht ausreden! Verdammt, ich werde dich nicht verlieren.«

Ein Schluchzer raubt mir den Atem, und Mike sagt: »Warum tust du das, Baby? Rede einfach mit mir.«

»Ich kann nicht«, schluchze ich, während ich in der Ecke seiner Küche die Knie bis zur Brust ziehe. Phoenix leckt die

Tränen von meinem Gesicht, aber ich ziehe die Schultern hoch und wende mich von ihr ab.

Es gibt eine Million Gründe, weshalb Mike ohne mich besser dran ist, aber ich kann ihm den einen Grund, den *einen* einzigen Grund nicht sagen, weshalb ich ohne ihn besser dran wäre. Ich kann ihm nicht sagen, dass Danica mich gezwungen hat, mich zwischen ihm und der Uni zu entscheiden, denn dann wird er wissen, dass ich einfach genauso schlimm bin wie sie. Sie hat mich gezwungen, mich zwischen Geld und Liebe zu entscheiden, und es hätte eine einfache Entscheidung sein sollen, aber das war es nicht.

»Doch, das kannst du«, versichert mir Mike. »Du kannst mir alles sagen, Hailey. Ich liebe dich …« Eine Pause tritt ein, und dann sagt er: »Baby … hast du mich betrogen?«

»Nein!«, sage ich, während ich mir mit den Fingern die Augen reibe. »Mike, *nein*, das würde ich niemals tun.«

»Ist es, weil wir zusätzliche Tourtermine eingeschoben haben?«

»Nein«, versichere ich ihm mit laufender Nase und einem kratzigen Hals.

»Was ist es denn dann?«

»Ich bin das hier nicht wert«, sage ich unter einer neuen Welle von Tränen. »Du hättest sehen sollen, wie diese Mädchen dich letzte Woche angesehen haben.«

»Was denn für Mädchen?«

»Die vor eurer Show in Perth, ganz vorn in der Schlange. Sie haben ein Video auf YouTube gepostet, und …«

»Baby, du darfst dir dieses Zeug im Internet nicht ansehen. Das macht dich nur verrückt.«

Ich presse die Augen fest zusammen, verschließe sie vor den Seiten mit Fotos, die ich mir heute Morgen angesehen habe. Die Mädchen in Australien, die Mädchen in Malaysia und

China und Korea, die Mädchen in den USA – all diese Mädchen, immer wieder. Mädchen, die größer als ich und kurvenreicher als ich und einfach … *mehr* als ich sind. Die glattere Haare und hübschere Kleider haben und eine Million Gründe, weshalb Mike mit ihnen zusammen sein sollte anstatt mit mir.

»Meinst du, ich mache mir nicht jeden Tag Sorgen, dass du jemanden kennenlernen wirst, während ich weg bin?«, fragt Mike, womit er mich so schockiert, dass ich meine tränennassen Augen aufschlage. »Wir leben in einer Collegestadt, Hailey. Du gehst jeden Tag mit Verbindungsstudenten und künftigen Vorstandsvorsitzenden zur Uni. Ich habe schreckliche Angst, dass du jemanden kennenlernst, der besser als ich ist, schlauer als ich …«

Ich will ihm sagen, dass es keinen Besseren als ihn, keinen Schlaueren als ihn gibt.

»Ich habe in meinem ganzen Leben nie einen Collegekurs besucht«, sagt er. »Das Einzige, was ich kann, ist Schlagzeugspielen.«

»Ich will keinen Vorstandsvorsitzenden«, versichert ihm meine leise, gebrochene Stimme.

»Dann sag mir, was du willst, Baby.«

Mein Herz verkrampft sich, während ich denke: *Ich will in der Öffentlichkeit seine Hand halten. Ich will ihn vor meiner Haustür küssen können. Ich will ihm bei seinen Shows zujubeln. Ich will ihn ohne Konsequenzen lieben. Ich will mit ihm zusammen sein, ohne dass Danicas Schatten über mir schwebt. Ich will genug für diesen schönen Mann sein, den ich nicht verdient habe.*

»Dich«, sage ich zu ihm, und Mike seufzt.

»Auch wenn ich ein Drummer bin? Auch wenn ich auf Tour gehen muss?«

»Ja«, antworte ich, ohne darüber nachdenken zu müssen, denn Schlagzeug spielen ist für Mike nicht nur ein Job. Es ist, wer er ist. Er ist der Drummer von *The Last Ones to Know,* und ich würde niemals wollen, dass er irgendjemand anders ist.

Mike stößt einen erleichterten Seufzer aus, aber es trägt nicht dazu bei, die Schuldgefühle zu lindern, die sich in meiner Magengrube verhärten. Ja, ich will ihn. Aber ihn zu wollen ändert nichts an der Tatsache, dass ich ihn nicht haben kann. Nicht, wenn Danica ihren Willen kriegt. Und Danica kriegt *immer* ihren Willen.

»Ich weiß, das Warten ist schwer«, sagt er, »aber ich habe es dir schon gesagt, bevor ich abgefahren bin, Hailey – ich will keine andere. Ich will nur dich. Ich bin jeden Tag dankbar, dass ich mich in das falsche Mädchen verknallt habe, weil es mich zu dem richtigen geführt hat. Es solltest immer nur du sein.«

Ich fröstle, ohne seine Arme um mich, und er fährt fort: »Ich weiß, du glaubst mir nicht, wenn ich dir sage, wie besonders du bist, aber vergiss nicht, es hat nur ein rotes Kleid gebraucht, damit über zweitausend Leute den Blick nicht von dir abwenden konnten.«

»Das war nur, weil ich so im Vordergrund stand«, sage ich und erinnere mich, wie ich für Mikes Musikvideo auf der Stahlplattform immer wieder herumgewirbelt bin.

»Du warst aus einem bestimmten Grund der Star, Hailey«, sagt er. »Du bist ein Licht im Dunkeln. Und die einzige Person, die das nicht sehen kann, bist du.«

Mikes Handy piepst, und er flucht. »Scheiße. Mein Akku ist gleich leer.«

Ich schließe die Augen, und noch mehr Tränen quellen zwischen meinen Wimpern hervor.

»Hailey … wir sprechen uns bald, okay?«

»Okay.«

»Kannst du auf mich warten?«

Meine Lippen teilen sich, aber die Verbindung reißt ab, bevor ich eine Antwort formen kann. Ein leerer Akku, und er ist verschwunden – wieder Tausende von Meilen entfernt –, und ich kann nichts anderes tun als atmen, trotz der überwältigenden Hoffnungslosigkeit, die ihre Klauen in meine Brust schlägt.

Nach dem Telefonat mit Mike bleibe ich im Pyjama. Ich dusche nicht. Ich gehe nicht zu meinen Kursen. Wenn Phoenix nicht wäre, würde ich nicht einmal aus Mikes Bett steigen.

Ich schreibe Rowan und Dee eine SMS, um ihnen zu sagen, dass es mir gut geht und dass ich den Tag allein verbringen muss. Und da sie keine Ahnung haben, dass ich mit meinem Vagabundenhund in Mikes Haus kampiere, bleibt ihnen keine andere Wahl, als meine Wünsche zu respektieren.

Morgen ist Thanksgiving, und da werde ich eine tapfere Miene aufsetzen und Zeit mit der Familie verbringen müssen, aber für heute bin ich abgetaucht, und die Zeit verstreicht langsam. Ich verbringe endlose Stunden damit, von Mikes Bett aus alte Zeichentrickfilme im TV anzusehen, und er ruft tatsächlich an, wie er es versprochen hat, aber nur für zwei kurze Minuten. Nur lange genug, um mich zu fragen, wie es mir geht, und sich die Lüge anzuhören, die ich ihm erzähle, und dann muss er schon wieder los.

Ich liege zusammengerollt unter seiner schweren Bettdecke, als die Sonne untergeht und ihr gelblicher Schimmer um seine Vorhänge zu Dunkelblau, zu Grau, zu Schwarz verblasst. Da Phoenix an ihrem üblichen Platz draußen auf der Wohnzimmercouch liegt, bin ich im Dunkeln allein. Ich schließe meine rot geränderten Augen auf Mikes Kissen und frage mich, wie ich eigentlich hierhergekommen bin.

Als ich nach Mayfield zog, war mein Plan einfach: mein

Bestes tun, um mich mit Danica zu verstehen, in all meinen Kursen Höchstleistungen erzielen, versuchen, dafür zu sorgen, dass sie nicht ihr ganzes Studium durchfeiert, etwas aus mir machen. Ein Freund war nie ein Teil dieses Plans – und schon gar nicht der Rockstar-Ex meiner Cousine, in den ich mich bis über beide Ohren, unsterblich, leidenschaftlich, hoffnungslos verliebt habe.

Ich war nie diese Art Mädchen – eine, die sich in demselben Pyjama in den Schlaf weint, den sie in der Nacht zuvor getragen hat. Aber das bin ich jetzt, völlig am Ende. Meine Augenlider sind wundgerieben von den ganzen Tränen, die ich heute vergossen habe, und noch mehr Tränen kullern auf Mikes Kissen.

Ich wollte Funken, und ich habe sie bekommen, in Gestalt eines Mannes, der ein Inferno in mir entfacht hat. Wenn ich es brennen lasse, wird es alles zerstören. Aber wenn ich es lösche …

Ich werde seine Wärme vermissen. Ich werde seine Hitze vermissen. Ich werde die Art vermissen, wie er mich verzehrt hat, die Art, wie er mich zum Brennen gebracht hat.

Ich kann ihn nicht aufgeben, aber ich kann ihn auch nicht behalten, und in zehn Tagen werde ich keine andere Wahl mehr haben.

Unter Mikes Bettdecke erinnere ich mich, wie ich mit Danica Prinzessinnen gespielt habe, als wir kleine Mädchen waren – wie wir uns Krönchen aufsetzten, funkelnde Kleider trugen und uns vorstellten, unsere eine wahre Liebe zu heiraten …

Sie waren immer Prinzen – *immer*.

Aber was passiert, wenn sie keine Prinzen sind? Was, wenn sie Rockstars sind – oder nur ein *einziger* Rockstar – und wir ihn beide wollen?

48

Es ist spät, als das Bett sich neben mir bewegt, und mein Verstand ist benebelt vom Schlaf, als tröstliche Arme sich um mich legen – große, kräftige Arme, die meine Taille greifen und mich nah heranziehen.

»Mike?«, krächze ich, als er die Nase in meiner Schulterbeuge vergräbt und seine Stoppeln über meine Haut kratzen. Ich bin sicher, dass ich träumen muss, aber ich kann ihn spüren – seine raue Jeans an meinen nackten Beinen, seine harte Brust, die sich an meinen Rücken schmiegt. Und ich kann ihn riechen – ein vertrauter Geruch, bei dem mein Herz fester zu schlagen beginnt, während ich mich in seinen Armen herumdrehe. Im sanften Schimmer eines Nachtlichts, das ich von zu Hause mitgebracht habe, blicke ich in seine warmen braunen Augen, und mir stockt der Atem.

Mike lächelt und streicht mir eine Locke hinters Ohr.

»Was tust du denn hier?«, flüstere ich und eine Flut von Emotionen bringt meine Stimme zum Stocken und meine Augen zum Tränen.

»Ich habe dir doch gesagt, ich komme nach Hause, oder?«

Die Wärme in seinen Augen und sein sanftes Lächeln bringen mich zum Schluchzen, und Mike zieht mich fester an seine Brust. Ich umklammere ihn, voller Angst, dass er wieder verschwinden könnte. »Ich habe dir doch gesagt, dass du nicht kommen sollst«, sage ich, während ich ihn so fest halte, dass ich sein Herz an meiner Wange hämmern spüren kann.

»Egal, was du gesagt hättest, es hätte mich nicht von dir ferngehalten«, versichert er mir. Ich presse mein Ohr an seine Brust, und stille Schluchzer entweichen mir, während ich in seinen Armen zittere. Mein Körper schmerzt noch immer von all den Tränen, die ich den ganzen Tag über vergossen habe, und jetzt erschüttert mich eine neue Welle von Emotionen.

Mike reibt mir den Rücken. Er küsst mir das Haar. Er besänftigt mich, er sammelt all meine zerbrochenen Teile ein und versucht, sie wieder zusammenzufügen. Es ist, als ob er mein Herz mitgenommen hat, als er abgefahren ist, und es jetzt zurück in meine Brust gelegt hat. In seinen Armen kann es endlich wieder anfangen zu schlagen.

Er hat den ganzen Tag gebraucht, um hierher zu fliegen – das weiß ich, denn ich habe in den letzten paar Wochen unzählige Stunden damit verbracht, Flüge zu all den Orten auf der Welt zu recherchieren, an denen er war, und habe davon geträumt, es mir leisten zu können, ihn zu besuchen. Zwanzig Stunden nach Südkorea. Siebenundzwanzig Stunden nach Indonesien. Vierundzwanzig Stunden nach Australien.

Zehn Stunden von London, nicht eingerechnet die Zeit, die er gebraucht haben muss, um Tickets zu kaufen, durch die Sicherheitskontrolle zu kommen, auf seinen Flug zu warten, nach Hause zu fahren.

»Woher wusstest du, dass ich hier bin?«, frage ich, das Ohr noch immer an sein Herz gepresst.

»Ich habe es nicht gewusst«, gibt er zu und gleitet mit den Fingern über meinen Rücken. »Ich bin nach Hause gekommen, um mich umzuziehen, und dann wollte ich kleine Steine an dein Fenster werfen oder an deinem Spalier hochklettern oder sonst irgendetwas Romantisches tun.«

Ich lächle an seinem Shirt. »Mein Zimmer ist doch im Erdgeschoss.«

»Dann bin ich ja froh, dass ich dich in meinem Bett gefunden habe«, sagt Mike, als er mir mit den Fingern sanft durchs Haar fährt.

»Was ist mit deiner Tour?«, frage ich und lasse zu, dass seine Nähe die letzten fünfeinhalb Wochen in Luft auflöst. In diesem Moment ist nichts anderes wichtig – nur dass er hier ist. Dass er mich hält. Dass ich ihn berühren kann. Dass ich ihn spüren kann.

»Ich muss in ein paar Stunden zurückfliegen.«

Ich lehne mich so weit zurück, dass ich zu ihm hochsehen kann, und er sieht mich an, als wäre er tausendmal um die Welt geflogen, nur um mich im Arm zu halten. »Du bist den ganzen Tag geflogen, nur um ein paar Stunden mit mir zu verbringen?«

Mike streicht mir noch eine Strähne aus dem Gesicht und vergräbt seine Finger in meinen Haaren. »Ich wäre den ganzen Tag geflogen, nur um ein paar *Minuten* mit dir zu verbringen, Hailey.«

Er fährt mit dem Daumen über meine Wange, als würde er sich die Weichheit meiner Haut einprägen, und seine Augen gleiten über meine Lippen, meine Nase, meine Stirn, mein Kinn – als müsste er sich vergewissern, dass ich noch immer genauso aussehe, wie er mich in Erinnerung hat.

Ich warte nicht ab, bis er mein Gesicht zu Ende erkundet hat, bevor ich ihn küsse. Ich verlagere meine Haltung auf seiner Matratze und berühre seine Lippen mit meinen, und Mikes Finger in meinen Haaren ziehen mich prompt näher. Meine Lippen teilen sich, und mein Körper schmilzt an seinem dahin, während er fünf Wochen Sehnsucht in einem einzigen langsamen, leidenschaftlichen, alles verzehrenden Kuss entfesselt.

Wir sollten reden. Ich sollte das Beste aus der kurzen Zeit machen. Aber stattdessen schiebt sich sein Bein zwischen meine Schenkel, und ich ziehe ihn mit mir mit, während ich mich auf den Rücken drehe. Ich küsse ihn leidenschaftlich, lasse keinen von uns beiden Luft holen, und das leise Stöhnen, das seinem Mund entweicht, als ich mit den Fingern über seinen Kopf streiche, lässt meinen ganzen Körper vor Verlangen erbeben. Meine Hüften heben sich, und Mikes Hand gleitet hinunter, um mein Knie von unten zu umfassen und es anzuheben, sodass mein Bein um seinen Rücken geschlungen ist. Er umfasst meinen Hintern, zieht mich an die Erektion, die ich verursacht habe, und ich stöhne an seinem Mund, während mein Innerstes heiß wird wie geschmolzene Lava. Seine Lippen gleiten hinunter zu meinem Hals, und er bedeckt ihn mit sanften Küssen, bei denen ich fast zu kommen drohe. Ich will nur noch, dass meine Kleider sich in Luft auflösen, dass meine Haut die Hitze seines Körpers spüren kann.

Mikes Hand bewegt sich begierig über meine seidigen Shorts, knetet meinen Hintern, während er meinen Slip für sich feucht macht. Ich breche zusammen, und dabei hat er nichts getan, außer mich über meinen Kleidern zu berühren.

»Mike«, flehe ich, und er zögert nicht, mir zu geben, was ich will. Seine Finger gleiten hoch, verhaken sich im Bund meiner Shorts und meines Slips und ziehen sie mit einer einzigen leichten Bewegung herunter. Seine Finger gleiten durch meine Hitze, und sein Mund fängt das Stöhnen auf, das mir über die Lippen kommt.

»Ist es das, was du brauchst, Baby?«, fragt Mike und bewegt einen Finger kreisend um mein angespanntes Nervenbündel. Es fühlt sich an, als ob jede einzelne meiner Zellen sich ihm entgegenreckt, um seine Aufmerksamkeit fleht, darum bettelt, berührt zu werden. »Sag es mir, Hailey«, bittet er mich sanft. »Ich bin über einen ganzen Ozean geflogen, um mich um dich zu kümmern, aber du musst mir sagen, was du brauchst.«

»Ja«, stöhne ich, und meine Finger krallen sich in die festen Muskeln auf seinem Rücken. Mein ganzer Körper fühlt sich allzu angespannt an, und mit jedem Kreis, den Mike um meine pulsierende Knospe zeichnet, verkrampfe ich mich mehr und mehr.

»Sag es«, flüstert er mir ins Ohr.

»Ich brauche dich. Ich brauche deine Berührung.«

Mike kneift mich sanft mit seinen nassen Fingerspitzen und streichelt mich zärtlich. Meine Knie beginnen zu zittern, und er macht es sich neben mir bequem, drückt mein rechtes Knie mit seinem Bein aufs Bett, sodass ich offen und entblößt daliege. »Was noch?«, fragt er. Sein warmer Atem kitzelt mein Ohr, als er mich berührt und streichelt und für ihn bereit macht.

»Ich brauche dich in mir«, wimmere ich. Er treibt meinen Körper in den Wahnsinn. Ich taumle an einer Klippe, klammere mich an ihn, selbst als ich ihn anflehe, mich hinunterzustoßen.

Mike küsst mich weich und warm am Hals genau unter meinem Ohr, während er mich weiter scharfmacht, und ich kann die Geräusche, die er auslöst, nicht unterdrücken. Verzweifeltes Stöhnen, leises Wimmern, scharfe Atemzüge der Lust. Seine Zunge gleitet hinunter in die Vertiefung meines Schlüsselbeins, und ich verdrehe die Augen, meine Muskeln vor Anspannung schmerzend.

»Noch nicht«, sagt er, als ich kurz davor bin zu kommen. Er zieht sich zurück und legt sich zwischen meine Beine, gleitet mit beiden Händen an meinem Körper hoch, um mir mein übergroßes Shirt über den Kopf zu ziehen. Er wirft es auf den Boden, und dann lehnt er sich zurück, lässt seinen Blick begierig über mein gerötetes Gesicht, meine steifen Nippel, meinen glatten Bauch, mein entblößtes Geschlecht schweifen. Als seine Augen meine wieder finden, liegt in ihnen eine Hitze, die bewirkt, dass ich meine Brüste am liebsten bedecken würde – oder mit ihnen spielen.

»Du bist so verdammt sexy«, sagt er, und seine Fingerspitzen zeichnen federleichte Muster auf meine Schenkel.

Ermutigt von seinen Worten, lege ich die Hände an meine Brüste und streichle sie, während er mir dabei zusieht. Ich werfe einen Blick auf die Wölbung, die sich in seiner Jeans spannt, beiße mir auf die Lippe und kneife meine Nippel zwischen den Fingern, um Mike scharf zu machen.

Mikes Stimme ist rau vor Lust, als er sagt: »Ich hatte vor, jeden einzelnen Zentimeter deines Körpers zu küssen, wenn ich von der Tour nach Hause komme. Aber ich glaube nicht, dass wir dafür Zeit haben.« Er beugt sich hinunter und küsst meine Fingerspitzen, lockt sie fort von meinen Brüsten. »Das heißt, ich glaube, ich werde mich mit allem von hier …« – er legt seine weichen Lippen um meinen Nippel, umspielt ihn mit seiner Zunge – »… und hier …« – er zieht langsam eine Spur nasser Küsse zu meiner anderen Brust und nimmt sie in seinen glühend heißen Mund – »bis hier begnügen müssen«, führt er den Satz zu Ende, als er mich zwischen meinen Beinen mit den Fingern berührt und elektrische Spannung in mir erzeugt. Jeder Nerv in meinem Körper erwacht zum Leben, und ich vergrabe die Finger in seinen Haaren, um ihn dazu zu bringen, meinen Körper weiter zu erkunden.

Mike hält sein Versprechen und verwöhnt jeden Zentimeter meiner Haut, von meinen Brüsten bis zum Scheitelpunkt meiner Schenkel. Er sieht mir zu, wie ich ihm zusehe, als er mit der Zunge über meine Klitoris gleitet, knabbert und küsst und saugt, bis ich nur noch ein wimmerndes, bedürftiges Häufchen Elend auf seinem Bett bin. Als ich glaube, es nicht länger auszuhalten, löst er sich von mir, um seine Jeans und seine Boxershorts auszuziehen, und ich suche meinen Verstand so weit zusammen, dass ich ihm zusehen kann, wie er sein T-Shirt abstreift.

Mein Blick gleitet über seinen gemeißelten Bizeps, seine muskulösen Schultern, seine harte Brust, seinen flachen Bauch, und dann macht er es sich über mir bequem, und ich kann ihn zwischen meinen Beinen spüren. Er küsst mich fieberhaft, während seine geschwollene Spitze sich gegen mich presst, und als ich an seinem Mund stöhne und mich ihm entgegenrecke, beginnt er endlich in mich einzudringen.

Es ist nicht so wie beim letzten Mal – er hat nicht zuerst die Finger in mich gesteckt, was heißt, dass ich völlig unvorbereitet bin. Die einzige Hilfe, die er mir jetzt bietet, ist die Art, wie er mich küsst – begierig, ohne mir Zeit zum Nachdenken zu lassen. Er verschlingt mich mit seinen Lippen und mit seinen Händen, und das alles hilft mir, mich davon abzulenken, wie sich mein Körper um ihn herum dehnt, während er in mich eindringt.

»Oh mein Gott«, stöhnt Mike. Er versucht verzweifelt, nicht die Beherrschung zu verlieren, und ich schlinge die Beine um seinen Rücken und nehme ihn langsam das restliche Stück in meinen Körper auf.

Als er völlig in mir versunken ist, pulsiere ich um ihn, und sein Schwanz pocht zur Antwort. Mike lehnt die Stirn an meine, mit geschlossenen Augen, und ich drücke sanfte Küsse auf seine geschlossenen Lippen. Als er die Augen wieder aufschlägt, liegt so viel Liebe in ihnen, dass ich fast wieder anfange zu weinen.

»Du bringst mich um den Verstand, Hailey«, sagt er, und eine Träne kullert aus meinem Augenwinkel.

»Ich liebe dich«, sage ich zu ihm, und er wischt meine Träne lächelnd fort. Es ist das erste Mal, dass ich es ihm von Angesicht zu Angesicht gesagt habe, und die Worte fühlen sich heilsam an – befreiend.

»Ich liebe dich auch«, sagt er, und dann küsst er mich, während er sich wieder in mir zu bewegen beginnt. Sein Kuss ist kein Feuer, keine Folter, kein Necken – er ist Liebe. Ich fühle es in meiner Brust, an der Art, wie mein Herz an seinem schlägt. Er erinnert mich daran, wie perfekt wir zusammenpassen.

Es ist, als ob er für mich gemacht wurde. *Nur* für mich.

Mike liebt mich, bis ich um ihn herum explodiere, und dann ergießt er sich in mir und sagt mir immer und immer wieder, wie sehr er mich liebt, wie sehr er mich vermisst hat, wie sehr er mich braucht. Und ich sage all das auch zu ihm, und ich meine jedes Wort davon ernst.

Ich liebe ihn. Ich habe ihn vermisst. Ich *brauche* ihn.

Draußen ist es noch immer dunkel, als er mich an seine Brust zieht und die Arme um mich schlingt. Ich lächle zufrieden, als ich den kleinen Löffel zu seinem großen Löffel spiele, und schließlich werden meine Augenlider schwer.

»Schlaf ein bisschen«, sagt Mike zu mir, als mein Körper zum fünften oder sechsten Mal zuckt, um gegen den Schlaf anzukämpfen.

»Ich will nicht«, wende ich ein, aber meine benommene Stimme verrät mich.

Mike drückt mich fester an sich, sein Atem gleichmäßig an meinem Rücken. »Ich werde hier sein, wenn du aufwachst.«

»Aber du fährst bald ab. Ich will die Zeit nicht vergeuden, die wir haben.«

»Das hier ist keine Vergeudung«, sagt er, verhakt seine Finger mit meinen und drückt unsere Arme fest an meinen Körper.

»Wir sollten reden«, entgegne ich. Ich spüre ein Gefühl von Frieden, das ich nicht spüren sollte. Danicas Drohung schwebt noch immer über uns. Aber im Augenblick fühlt sie sich unglaublich weit entfernt an.

»Worüber willst du denn reden?« Mike reibt mit dem Daumen über meine Hand, da seine Hände nie stillhalten können, und ich lächle in unser Kissen.

»Ich weiß nicht …«

»Gutes Gespräch, Baby. Und jetzt schlaf ein bisschen.«

Ich kichere und versuche nachzudenken. »Äh, wie war dein Flug?«

»Lang.«

»War es das wert?«, frage ich, und binnen Sekunden bekomme ich meine Antwort in Form einer wachsenden Erektion, die Mike an meinen Hintern presst.

»Ich schlage vor, du redest über irgendetwas anderes, es sei denn, du willst ernsthaft keinen Schlaf bekommen.«

Ich kichere leise und knabbere an meiner Unterlippe, in Versuchung. »Entschuldige.«

Mike fasst an meinen Mund, und obwohl er hinter mir ist und mich nicht sehen kann, befreit er meine Lippe von meinen Zähnen. »Lügnerin.«

Ich lache, und er zieht mich noch näher an sich. Sein harter Schwanz, der sich an meinen Körper presst, beginnt meine Gedanken in eine sehr versaute Richtung zu lenken, daher zwinge ich mich, das Thema zu wechseln. »Was war eigentlich dein Lieblingsort auf der Tour?«

»Vermutlich der Markt in Seoul«, antwortet Mike, nachdem er eine Weile darüber nachgedacht hat. »Das Essen war fantastisch, und die Verkäufer waren richtig freundlich. Es war ein bisschen wie Chinatown in New York, nur viel besser.«

Mir fehlt die Vergleichsmöglichkeit, da ich noch nie in New York war … geschweige denn in Chinatown … »Das klingt richtig cool.«

Mike reibt wieder mit dem Daumen über meine Hand. »Aber Bali war auch richtig schön. Wir haben einen Zwischenstopp an diesem einen Strand eingelegt … Es war eine private kleine Bucht, umgeben von riesigen Felsen, die mit den grünsten Pflanzen bedeckt waren, die du je gesehen hast. Der Sand war wie Puderzucker, so weich. Und das Wasser war so warm wie in der Badewanne.«

»Das klingt herrlich«, sage ich und wünschte, ich hätte es mit ihm zusammen sehen können.

»Irgendwann werde ich mit dir dorthin fahren«, verspricht Mike, das Kinn auf meine Schulter gelegt. »Es gibt überall auf der Insel jede Menge Resorts. Selbst die mit diesen kleinen Holzhütten, die draußen auf dem Wasser stehen. Wir können unsere Flitterwochen in einer davon verbringen.«

Mike versteift sich im selben Moment wie ich – genau in dem Moment, in dem er das Wort *Flitterwochen* sagt. Wir schweigen eine Weile, und sein Daumen beginnt auf meine Hand zu trommeln.

»Hast du etwa vor, mir einen Antrag zu machen?«, necke ich ihn, während die Schmetterlinge in meinem Bauch wie wild auffliegen.

»Vielleicht in Australien …«, antwortet Mike. »In den Capella Sunflower Fields in Queensland.«

»Warst du dort?«, frage ich, und Mikes Finger beginnen zu zucken und auf meine Hand zu trommeln. Er schüttelt den Kopf.

Ich schlucke, als mir bewusst wird, was er mir nicht sagt. Er war nicht dort – er hat es gegoogelt.

»Kann ich danach einen Koala umarmen?«, frage ich, um die Unterhaltung aufzulockern, und er schüttelt wieder den Kopf.

»Nein. Wir würden vorher einen umarmen.«

»Warum vorher?«

»Es würde ein Ja garantieren«, sagt er, und mein ganzer Körper entspannt sich mit einem Lachen.

»Du glaubst, ich bin so leicht zu haben?«

»Okay«, lenkt Mike theatralisch ein. »Zwei Koalas.«

Ich knuffe ihn scherzhaft mit dem Ellenbogen, und er seufzt zufrieden auf. Jeder Zentimeter von mir ist an ihn gedrückt, und ich schließe die Augen und lächele ins Kissen.

»Ich würde dir ein Häuschen im Grünen kaufen«, sagt Mike, und mein Lächeln wird breiter.

»Wie würde dieses Haus denn aussehen?«

»Hübsch. Viele Bäume und Blumen. Blumenkästen an jedem Fenster. Eine große Terrasse hinter dem Haus, wo ich grillen kann. Eine Stelle im Garten, wo du Chilipflanzen anbauen kannst. Ungefähr … sieben Schlafzimmer.«

»Warum so viele Schlafzimmer?«

»Für die sechs Kinder, die wir haben werden.«

Ich lache schallend auf. »Ausgeschlossen.«

»Fünf«, verbessert er sich.

»Zwei.«

»Vier.«

»Zwei.«

»Zehn«, fängt er wieder an, und ich muss laut lachen. Er drückt mir einen Kuss in den Nacken, bevor er das Kinn wieder in meine Schulterbeuge kuschelt. »Zwei«, lenkt er leise ein, und ich lächle trotz des Gefühlschaos, das in mir tobt.

»Ich hoffe, sie haben dein Lächeln«, sagt er, und ich schließe die Augen und stelle es mir vor – einen kleinen Jungen und ein kleines Mädchen, beide mit meinem Lächeln, aber Mikes großen braunen Augen.

Mein Herz verkrampft sich, als mir bewusst wird, wie sehr ich das will. Ich will das Häuschen im Grünen. Ich will Mike, der hinter dem Haus grillt. Ich will massenhaft Schlafzimmer, und ich will, dass eines davon unseres ist. Ich will nachts mit ihm so daliegen wie jetzt – jede Nacht. Ich will das hier nicht loslassen.

Ich *kann* das hier nicht mehr loslassen.

Ich drehe mich in seinen Armen herum und erlaube mir, mir selbst aus vollster Überzeugung zuzustimmen: Ich *kann* das hier nicht mehr loslassen. Selbst wenn ich ihn verloren hätte, selbst wenn ich den größten Fehler meines Lebens begangen und ihn aufgegeben hätte, würde ich darum kämpfen, ihn zurückzuerobern. Ich würde um ihn *kämpfen*. Selbst wenn es bedeuten würde, die Uni für eine Weile aufzugeben, würde ich nie aufhören zu kämpfen, um ihn zu behalten.

Weil er keine Rockstar-Villa und keine schicken Autos will. Er will ein hübsches Haus mit einem Chiligarten und Kinder mit meinem Lächeln. Er will *mich*. Wilde Haare und zerschlissene Kapuzenpullis und das alles.

»Ich liebe dich«, sage ich, und Mike liest in meinem Gesicht. Er weiß nicht, dass ich soeben die größte Entscheidung meines Lebens getroffen habe, aber ich hoffe, er kann es in meinen Augen sehen – dass ich ihn gewählt habe, dass ich *immer* ihn wählen werde.

»Ich liebe dich auch«, sagt er, und als er mich küsst, spüre ich Liebe, und ich spüre Funken, und ich spüre das Versprechen einer Zukunft, die ich von *niemandem* mehr bedrohen lassen werde.

Mike Madden gehört mir, und ich werde ihn behalten.

49

Als ich ein paar Stunden später aufwache, bin ich allein. Es ist zwei Uhr morgens, und Panik überkommt mich. Ist er bereits abgefahren? Ich schlage die Bettdecke zurück und stürze in Mikes T-Shirt und Boxershorts aus seinem Zimmer. Draußen ist es noch stockfinster, aber ich habe ihn verpasst. Er hat mich schlafen lassen, und jetzt wird es neun Tage dauern, bis ich ihn wiedersehe. Ein ganzes Leben.

»Nein«, sage ich und kämpfe mit den Tränen. Ich schalte ein Licht nach dem anderen an, suche jedes Zimmer ab, aber ich kann nicht einmal Phoenix finden. Sie ist nicht auf der Couch. Sie ist nicht in der Küche.

»Mike?«, frage ich. »Phoenix? Komm her, Mädchen!«

Nichts. Mitten in seinem Wohnzimmer schlage ich die Hände vors Gesicht und frage mich, ob ich jetzt völlig den Verstand verloren habe. Keine Spur von Mike – bis auf das T-Shirt, das ich trage. Ich halte es mir an die Nase, um festzustellen, ob es nach ihm riecht, und ich stehe noch immer da und schnuppere daran, als die Haustür aufgeht.

Mike kommt herein, in einem frischen T-Shirt und mit einer Hundeleine in der Hand. Ich lasse den T-Shirt-Zipfel los.

»Guten Morgen«, sagt er mit einem breiten Lächeln, lässt Phoenix von der Leine und kommt herüber, um mich in die Arme zu nehmen und mir einen Kuss auf den Kopf zu drücken. Phoenix steht neben uns und wedelt aufgeregt mit dem Schwanz.

Schockiert schaue ich Mike in die Augen. Gestern Nacht habe ich ganz vergessen, ihm zu sagen, dass Phoenix hier lebt, und jetzt geht er … mit ihr Gassi? Sie lässt sich von ihm Gassi führen? Sie lässt sich von ihm anfassen?

»Wir haben uns kennengelernt, als ich gestern Nacht hereingekommen bin«, erklärt Mike, während er sich hinkauert, um Phoenix hinter den Ohren zu kraulen. Sie genießt es, schmiegt den Kopf an seine Brust. »Ich glaube, sie mag mich.«

Ich beobachte die beiden zusammen – Mike tätschelt ihren Kopf, Phoenix leckt sein Gesicht, er bringt sie dazu, sich auf den Rücken zu rollen, sie lässt sich von ihm den Bauch kraulen.

Ich schlage mir die Hand vor den Mund, und als Mike zu mir hochsieht, treten mir die Tränen in die Augen.

»Baby!« Er steht rasch auf. »Was ist denn los?«

»Sie lässt sich von dir anfassen«, sage ich und sehe zu, wie Phoenix Mikes Bein anstupst, um noch mehr Aufmerksamkeit einzufordern.

Mike legt die Stirn in Falten, bevor er zu ihr hinuntersieht – zu dem Golden Chow-Chow, der noch vor Wochen zu einer Kugel zusammengerollt in seinem Käfig lag, durchnässt von seinem eigenen Urin. »Augenblick, ist das der Hund? Den du gerettet hast?«

Ich nicke, während mir glühend heiße Tränen über die Wangen kullern. Mike zieht mich in seine Arme. »Warum weinst du denn, Hailey?«

»Ich weiß nicht«, schluchze ich. Ich wünschte, ich könnte damit aufhören. »Ich bin glücklich.«

Mike lacht und streichelt mir den Rücken. »Bist du sicher?«

»Ja«, schniefe ich, bevor ich es schaffe, mich zusammenzunehmen. Ich trete einen Schritt zurück, strecke die Hand nach

Phoenix aus, und sie drückt ihre Schnauze dagegen. »Du bist mir nicht böse, weil sie hier ist?«

Mike setzt sich auf den Boden, und Phoenix zwängt ihren alles andere als kleinen Körper prompt auf seinen Schoß. Er lächelt, während er sie streichelt, und ihr Schwanz schlägt wie wild gegen sein Bein. »Nein, ich stehe in ihrer Schuld, weil sie dir Gesellschaft geleistet hat, als ich weg war. Hast du sie adoptiert?«

Ich bin nicht sicher, wie ich diese Frage beantworten soll. »Sie wollten sie wegschicken, aber das konnte ich nicht zulassen, daher …« Ich hole einmal tief Luft. »Ich habe niemanden, der sie aufnehmen will.«

»Ich werde sie aufnehmen«, bietet er ohne zu zögern an. Er sieht zu mir auf.

»Mike …«

Ich breche ab, weil ich nicht weiß, wie ich den Satz beenden soll. Vor letzter Nacht hätte ich es ihm ausgeredet. Ich hätte ein schlechtes Gewissen gehabt, dass er seine Hilfe anbietet, und ich hätte den Gefallen abgelehnt … Aber ich habe wirklich niemanden sonst, der sie behalten würde, und sie sitzt *auf seinem Schoß.* Der Hund, der sich von niemandem anfassen lassen wollte, sitzt auf seinem Schoß und wedelt aufgeregt mit dem Schwanz. Ich weiß nicht, ob sie es tut, weil sie seinen Geruch gewöhnt ist – schließlich hat sie schon in seinem Haus gelebt, bevor er zurückgekommen ist. Oder ob sie es tut, weil es einfach unmöglich ist, Mike nicht zu mögen. Aber ganz offensichtlich ist sie genauso verliebt in ihn wie ich, und wer bin ich, ihr das wegzunehmen?

»Bist du sicher?«, frage ich, um Mike einen letzten Ausweg anzubieten, und er blickt hinab zu Phoenix, die ihm prompt die Nase ableckt.

Seine Antwort kommt in Form eines tiefen, glücklichen Lachens, und ich verliebe mich gleich noch ein bisschen mehr in ihn. »Ja«, sagt er, während er sich Chow-Chow-Sabber vom Gesicht wischt. »Wir werden sie uns teilen, okay?«

»Das heißt, wir haben einen Hund?«, frage ich. Keine Ahnung, warum diese Frage die Schmetterlinge in mir aufscheucht, aber ihre seidigen Flügel kitzeln meinen Bauch von innen.

»Wir haben einen Hund«, bestätigt Mike und zieht mich zu sich herunter.

Mike und ich füllen die Dreiviertelstunde, die wir noch haben, bevor er aufbrechen muss, mit so viel Lachen und Lächeln und so vielen Küssen, wie wir können. Ich sage ihm, wie traurig ich es finde, dass er Thanksgiving so weit weg von zu Hause verbringen muss, aber er versichert mir, dass das Aufwachen mit mir in seinen Armen heute Morgen es mehr als wettgemacht hat. Ich nehme ihm das Versprechen ab, dass er versuchen wird, in Dublin Truthahnfleisch aufzutreiben, damit er und die Jungs wenigstens Truthahnsandwiches essen können, und wir beschließen, dass ich nächstes Thanksgiving die Grüne-Bohnen-Kasserolle seiner Mom probieren werde.

Er gibt mir einen zärtlichen Kuss, bevor er sich in seinen Truck setzt, und dann steigt er noch einmal aus, um mich gegen die Tür zu drücken und mich um den Verstand zu küssen. Meine Beine fühlen sich an, als wären sie aus Pudding, als er schließlich losfährt, die dunkle Straße hinunter und zwischen den Bäumen hindurch, die sein Haus von der Stadt trennen. Ich sehe ihm nach, bis er verschwunden ist, dann schließe ich die Augen, berühre mit den Fingerspitzen meine Lippen und lächle im Dunkeln vor mich hin.

Noch vor ein paar Stunden erschienen mir neun Tage unüberwindbar. Jetzt schnürt es mir nicht mehr den Atem ab, wenn ich an sie denke. Neun Tage – so lang ist das nicht. Mike weiß, dass ich auf ihn warte, und jetzt weiß auch ich, dass ich auf ihn warte. Ich warte nicht darauf, ihn aufgeben zu müssen – ich warte darauf, mich in seine Arme zu werfen und ihm heimzuzahlen, wie sehr er mich an der Tür seines Trucks aus der Fassung gebracht hat.

In seinem Wohnzimmer setze ich mich mit angezogenen Beinen auf seine dick gepolsterte Couch und kaue an meinem Daumennagel. Jetzt, wo mein Entschluss feststeht, gibt es nur noch ein großes Detail zu klären.

Danica.

Wir sind in ein paar Stunden in unserer Wohnung verabredet, um von dort zusammen zum Thanksgiving-Dinner bei ihren Eltern zu fahren. Es war ihre Idee, nicht meine. Mit einem Stirnrunzeln denke ich daran, wie freundlich sie in letzter Zeit zu mir war. Angefangen mit dieser Shoppingtour, zu der sie mich mitgenommen hat, und dann habe ich ihr bei ihren Hausaufgaben geholfen. Sie hat mich aufgeregt nach meinem Fantasiegebilde von einem Freund gefragt, und wir haben zusammen auf derselben Couch gesessen und ferngesehen. Als wir über Jungs geredet haben, habe ich so getan, als wäre ihr Mike nicht mein Mike und habe die Schuldgefühle ignoriert, die bei jeder kleinen Lüge, die ich ihr auftischen musste, gegen meine Magenwand geklopft haben.

Sorgen, dass Mike sie vielleicht zurückhaben wollen könnte, habe ich mir keine gemacht, denn er hat eindeutig klargestellt, dass es dazu niemals kommen wird – mit mir oder ohne mich. Das hat Danica allerdings nicht davon abgehalten, es zu versuchen. Sie hat ihre Telefonnummer mindestens dreimal geändert, da er sie immer wieder blockt, und sie hat alle möglichen Pläne geschmiedet für die Zeit, wenn er von der Tour zurück ist. Ich habe hilflos zugehört, als sie mir davon erzählt hat – dass sie plant, ihm seine Lieblingskekse zu backen, dass sie ihm ein Album mit Fotos von ihnen beiden aus Highschoolzeiten schenken und bei seiner nächsten Show im *Mayhem* in der ersten Reihe stehen will, in dem am tiefsten ausgeschnittenen Top, das ich je gesehen habe.

In gewisser Weise tut sie mir leid. Sie hat ihre Chance verspielt, mit dem besten Mann, den sie je hätte haben können, und auch wenn sie ihm schon jetzt hinterhertrauert, so wird sie es eines Tages noch bitterlicher bereuen. Ich glaube nicht, dass sie Mike wirklich liebt – nicht so, wie ich ihn liebe –, aber eines Tages wird sie begreifen, dass *er sie* geliebt hat und dass es ihre Schuld ist, dass sie ihn verloren hat.

Er wird mit mir zusammen sein. Vielleicht haben wir bis dahin sogar unser Häuschen im Grünen. Es tut mir leid, dass es ihr deswegen schlecht gehen wird, aber ich bin nicht bereit, ihn für sie zu opfern. Wenn er nicht mit mir zusammen wäre, wäre er trotzdem nicht mit ihr zusammen. Sie hat ihn zwei Mal verloren, und das ist nicht meine Schuld. Sie hat ihn nicht verdient – sie hatte ihn nie verdient. Und auch wenn ich mir nicht sicher bin, ob ich ihn verdient habe, da er ein Märchenprinz im Körper eines Rockstars ist – ich behalte ihn trotzdem.

Das sage ich mir immer und immer wieder, während ich zu meiner Wohnung fahre, in denselben Kleidern, die ich getragen habe, als ich mich vor zwei Tagen auf den Weg zu Mike gemacht habe. Danica wird glauben, dass ich beide Nächte bei Leti verbracht habe, und ich werde sie bis nach dem Thanksgiving-Dinner in dem Glauben lassen. Ich weiß nicht, wie sie reagieren wird, wenn ich ihr sage, dass ich in Mike verliebt bin und dass wir fest zusammen sind, aber ich weiß, dass ich es erst herausfinden möchte, wenn wir nicht länger auf engstem Raum zusammen sein müssen. Sie hat einen netten, dramafreien Feiertag mit unseren Familien ebenso sehr verdient wie ich, daher werde ich es ihr erst sagen, wenn wir wieder zu Hause sind. Vorher sollte ich vielleicht besser meine Sachen zusammenpacken, nur für den Fall, dass sie wieder beschließen sollte durchzudrehen. Ich weiß, dass es für Mike okay wäre, wenn ich bei ihm einziehen würde. Und ich weiß, dass es für mich okay wäre, wenn ich eine Weile mit meinem Studium pausieren müsste. Ich könnte mir hier in der Gegend einen Job suchen, bis ich irgendeine Möglichkeit finde, mich wieder einzuschreiben – denn es muss für mich eine Möglichkeit geben, das allein zu schaffen. Daran muss ich glauben.

Positive Gedanken: Ich bin selbstbewusst, ich bin fähig, ich bin stark … und ich bin eine Viertelstunde zu spät, da meine Füße nicht so tapfer sind wie der Rest von mir.

»Ich wollte dich gerade anrufen«, sagt Danica, als ich endlich den Mut aufbringe, unsere Wohnung zu betreten. Sie lächelt, und ich zwinge mich zurückzulächeln.

»Entschuldige«, sage ich und gehe auf meine Zimmertür zu. »Ich muss mich nur schnell umziehen, dann können wir los.«

»Anstrengende Nacht gehabt?«, neckt sie mich, während sie mir folgt, und ich schlucke meine Nervosität hinunter.

»Ja, tut mir leid. Ich habe verschlafen.«

Danica lässt sich auf mein Bett fallen. Ich ziehe Kleider aus meiner Kommode, und als sie keine Anstalten macht, mir etwas Privatsphäre zu lassen, nehme ich meine Sachen mit ins Badezimmer im Flur.

»Warst du bei Leti?«, fragt sie durch die Tür, und ich schlucke schwer.

Ich streife mir ein frisches Top über den Kopf, sehe in den Spiegel und lasse meine Lippe, die zwischen meinen Zähnen festklemmt, los. »Ja.«

»Wann lerne ich ihn endlich mal kennen?«

Ich schlüpfe in einen frischen Rock und fahre mir mit einer Bürste durch die Haare. »Äh, bald.«

»Wenn Mike zurück ist, sollten wir vier uns zu einem Doppeldate verabreden«, sagt sie, und ich halte jäh inne, eine Hand auf dem Türknauf. Gott, wie kann ich ihr überhaupt gegenübertreten? Mike ist auf meiner Haut. Er ist in meinem Körper. Ich hätte vor dem Losfahren bei ihm duschen sollen, aber das wollte ich nicht. Ich wollte die Erinnerung an seine Berührung nicht so schnell auslöschen.

Nachdem ich tief Luft geholt und ein neues Lächeln auf mein Gesicht gezwungen habe, öffne ich schließlich die Tür. »Wir können.«

Danica grinst und folgt mir zu ihrem Wagen. Ich strecke die Hand aus, um das Radio einzuschalten, aber sie hält mich auf. »Lass uns reden«, sagt sie. »Ich habe dich schon so lange nicht gesehen.«

»Worüber willst du denn reden?«, frage ich, während ich in ihre mascaraumrahmten Augen blicke.

»Ich will noch ein bisschen was über Leti hören«, sagt sie mit einem Grinsen.

»Oh … was soll mit ihm sein?«

»Du verbringst ganz schön viel Zeit bei ihm.«

»Ja.«

»Es ist fast so, als würdest du dort wohnen.«

»Ich nehme an …«

»Das mit euch scheint ja was richtig Ernstes zu sein.«

»Ja …«

»Bist du in ihn verliebt?«

Ich schlucke den Kloß in meiner Kehle hinunter. »Äh, ich … ähm …«

Danica tätschelt mein Knie. »Oh Süße. Ist schon gut. Natürlich bist du das.« Ich sehe sie forschend an, und sie schenkt mir ein trauriges Lächeln. »Ihr zwei wart in letzter Zeit unzertrennlich.«

Meine Zehen verkrampfen sich in meinen Feiertagsschuhen vor lauter Unbehagen.

»Aber hör mal«, sagt Danica und nimmt ihr Handy aus dem Getränkehalter. Ich wünschte, sie würde auf die Straße sehen, statt an dem Gerät herumzufummeln. »Ich muss dir etwas zeigen, okay?«

Ich warte, und schließlich reicht sie mir das Telefon. Meine Augen weiten sich.

»Weißt du, wer das ist?«, fragt sie. Ich starre auf ein Foto von Leti, auf dem er Kale auf den Mund küsst. Nervös schüttle ich den Kopf. »Das ist das Profilbild deines Freundes.«

»Oh.«

»Er war nicht schwer zu finden«, sagt sie. »Der Name Leti ist nicht unbedingt weit verbreitet. Hast du gewusst, dass er schwul ist?«

Mit Augen so groß wie Untertassen sehe ich sie an.

»Du hast nicht gewusst, dass dein Freund schwul ist?«, fragt Danica. Ich schüttle wieder den Kopf.

»Na, das ist ja interessant«, sagt sie lächelnd.

»Interessant?«, krächze ich.

»Warum hat Kit dir nicht gesagt, dass dein Freund in Wirklichkeit mit ihrem Bruder zusammen ist? Das ist der Typ auf dem Foto – Kale Larson. Warum haben deine besten Freundinnen Dee und Rowan es dir nicht gesagt?«

»Kits Bruder?«, frage ich, während ich versuche abzuschätzen, wie viel Danica weiß. Sie wirft den Kopf in den Nacken und lacht schallend los. Ihr Gelächter erfüllt den Wagen, der sein Tempo merklich beschleunigt.

»Hailey, du bist einfach so dumm. Du kannst mich nicht belügen. Hast du wirklich gedacht, ich hätte es nicht gewusst?«

Ihr Lachen ist wie Eis, das durch meine Adern schießt, und mir wird klar, dass sie mit mir spielt.

»Was willst du?«, frage ich. Meine Cousine lächelt mich an – ein gläsernes Lächeln, das zu zerspringen und mich in tausend Teile zu zerschneiden droht.

»Ich will wissen, wo du gewesen bist.«

Sie hält alle Karten in der Hand, und es lässt sich nicht ausmachen, ob sie blufft. Ich suche nach einem verräterischen Anzeichen, einem Riss in ihrem schlangenartigen Lächeln …

»Du weißt doch, wo ich gewesen bin«, wage ich mich vor, und Danicas kupferbraune Augen glänzen.

»Hm … Tue ich das?«

Ich sage nichts, weigere mich, mich zu einer Spielfigur auf ihrem Schachbrett machen zu lassen.

»Ich glaube, du warst bei meinem Freund«, beschuldigt sie mich schließlich.

Ich starre aus dem Beifahrerfenster. Das Spiel ist vorbei. Dieses Gespräch wollte ich nicht vor dem Thanksgiving-Dinner führen – schon gar nicht in einem fahrenden Wagen, den Danica aus einer Laune heraus von einer Brücke steuern könnte –, aber ich hatte nie die Kontrolle über dieses Spiel. Danica saß immer auf dem Fahrersitz, und mir bleibt nichts anderes zu tun, als die Bäume zu betrachten, die wir hinter uns zurücklassen.

»Willst du gar nichts sagen?«, fragt sie, aber ich sitze weiter einfach da, die Stirn an die Scheibe gelehnt, und ignoriere sie. »Typisch Hailey. Dichtmachen wie ein Feigling, sobald die Kacke zu dampfen beginnt.« Als ich nicht darauf anspringe, faucht sie mich an: »Sag verdammt noch mal was, du blödes Miststück!«

»Bei *meinem* Freund«, berichtige ich sie. Ich hebe den Kopf und sehe ihr in die Augen. Danicas Gesicht läuft rot an, während sie mich zornig anfunkelt. Ich halte ihrem Blick stand, bis sie ihn schließlich wieder der Straße zuwendet. Ihre Kieferknochen zucken wütend.

»Du glaubst, du bist so scheiß besonders, stimmt's?«, fährt sie mich an. »Herzlichen Glückwunsch, du durftest die erbärmliche kleine Schlampe für nebenher sein, die zu Hause auf einen Rockstar wartet, der Tausende von Meilen entfernt alles vögelt, was Beine hat.«

Ihre Worte treffen mich nicht. Vor ein paar Tagen hätten sie das vielleicht noch getan, aber jetzt perlen sie einfach an mir ab. Mikes Berührung ist noch immer auf meiner Haut, wie eine Schutzschicht, die mich unverwundbar macht.

»Du bist so dämlich, Hailey. Wir haben einen Familien-Telefonvertrag, Herrgott noch mal. Ich habe das Passwort. Ich weiß, dass du nie aufgehört hast, mit ihm zu reden.« Ihr Ton ist beleidigt und spöttisch zugleich, als sie sagt: »Arme kleine Hailey. Wie sie da neben dem Telefon sitzt.«

Sie lacht laut auf, und ich frage mich, wie langsam ein Wagen wohl fahren muss, damit eine Person gefahrlos hinausspringen kann.

»Ich weiß sogar, dass er letzte Nacht nach Hause gekommen ist.« Ich sehe sie von der Seite an, und sie grinst gehässig. »Er ist berühmt, Hailey. Neuigkeiten sprechen sich schnell herum. Aber ich beschloss, eure kleine Party nicht zu sprengen. Und weißt du, warum?«

Ich schweige, aber sie redet trotzdem weiter.

»Weil es nicht wichtig ist. Nichts von alledem ist wichtig. Was, glaubst du etwa, du wirst mit ihm alt werden? Lass mich raten: Häuschen im Grünen, Golden Retriever, zwei bis drei Kinder?« Sie kichert.

Mit unbewegter Miene schaue ich sie an. »Ich spiele dieses Spiel nicht mehr mit, Danica.«

»Oh, das hier ist kein Spiel, Hailey. Das hier ist Krieg.«

»Du hast verloren.«

»Hast du vergessen, wer deine Rechnungen bezahlt?«

Das Herz rutscht mir in die Hose, denn ein kleiner Teil von mir – ein sehr kleiner, sehr naiver Teil – hatte gehofft, dass sie, wenn ich ihr nach dem Thanksgiving-Dinner von Mike erzählen würde, versuchen würde, es zu verstehen. Dass sie zwar verletzt wäre, die Zeit, die wir zuletzt miteinander verbracht hatten, ihr aber vielleicht etwas bedeuten würde. Ich hatte tatsächlich die Möglichkeit in Betracht gezogen, sie könnte sich dafür interessieren, wie ich mich fühle und was ich zu sagen habe. Dass sie vielleicht davon absehen würde, mich zu vernichten.

Stattdessen hat sie die ganze Zeit von uns gewusst. Sie hat das hier die ganze Zeit geplant. Und jetzt hat sie die Samthandschuhe ausgezogen.

»Was werden deine Eltern denken, wenn sie hören, dass du dein Studium hast sausen lassen wegen eines Jungen, den du kaum kennst?«, fragt Danica, und ich stelle mir die Enttäuschung auf ihren Gesichtern vor. »Was ist mit deinem Bruder? Was für ein Vorbild bist du für ihn? Ich werde dafür sorgen, dass mein Dad nie anbietet, auch sein Studium zu bezahlen«, droht Danica. »Hat keinen Sinn, derselben Familie von Bauerntrampeln zweimal Geld hinterherzuwerfen.«

Mein Blut kocht, aber ich beiße mir auf die Zunge. Wenn ich jetzt auf sie eingehe, wird es in diesem Wagen mehr als Krieg geben – es wird ein Blutbad werden. Im wahrsten Sinne des Wortes, denn hinter dem Lenkrad sitzt eine Psychopathin, und ich habe keinen Zweifel, dass sie uns beide umbringen würde, nur um mich zu ärgern.

»Ist Mike es wirklich wert, alles zu verlieren?«, fragt sie, und die Antwort ist Ja. Ja, er ist es wert.

Natürlich will ich, dass mein Bruder studiert, aber vielleicht wird das Bildungssystem in diesem Land in sechs Jahren ein anderes sein. Vielleicht wird es für ihn mehr Möglichkeiten finanzieller Unterstützung geben. Vielleicht werden meine Eltern im Lotto gewinnen. Es gibt viele Vielleichts, und im Augenblick muss ich an mich selbst denken. Ausnahmsweise einmal muss ich an erster Stelle kommen. Ich kann nicht wieder zu dem Mädchen werden, das drei Tage hintereinander im Pyjama herumsitzt, ihre Kurse schwänzt und sich abends in den Schlaf weint. Mein Herz ist ohne Mike nicht komplett, und ich werde nicht zulassen, dass es wieder bricht.

Aber ich sage Danica nichts von alledem. Stattdessen starre ich weiter aus dem Beifahrerfenster.

»Was wird er wohl von dir halten, wenn er begreift, dass du nur hinter seinem Geld her bist, Hailey?«, fährt Danica fort. »Denn das ist doch der Plan, oder? Bei ihm leben, ihn alle Rechnungen bezahlen lassen. Vielleicht wird er sogar dein Studium bezahlen.«

Das würde ich niemals zulassen. Niemals.

»Du hast ihm nichts zu bieten«, sagt Danica. »Nichts, Hailey. Du bist nicht mal hübsch. Ehrlich gesagt, ist es irgendwie peinlich. Aus diesem Grund wollte ich dich nicht bei der Party zu meinem dreizehnten Geburtstag dabeihaben, weißt du. Meine Freundinnen haben sich an dem Abend alle über dich lustig gemacht, nachdem du in deinem schmuddeligen kleinen Schlafsack eingeschlafen warst, und ich habe ihnen erzählt, du seist adoptiert, damit sie nicht dachten, wir seien verwandt.«

Ich denke zurück an jenen Abend, und ich erinnere mich an meinen zerschlissenen lila Schlafsack. Ich erinnere mich an das Mädchen, das ich war, mit seinen rebellischen Locken und seinem sanften Herzen. Ich erinnere mich, wie ich allein in einer Ecke schlief, während die anderen Mädchen noch aufblieben und tratschten, denn schon damals wusste ich, dass ich keine von ihnen war. Und ich will die Uhr zurückdrehen, will dieses kleine Mädchen umarmen und ihm sagen, dass es sich nicht zu sehr den Kopf zerbrechen soll. Ich will ihr sagen, dass sie in zehn Jahren die Liebe ihres Lebens treffen wird und dass er sie hübscher finden wird als all diese Mädchen zusammen.

Und genau das sage ich mir jetzt. Ich verberge das Lächeln, das mir auf den Lippen liegt, während ich mich erinnere, wie Mike mich heute Morgen gegen seinen Truck gedrückt geküsst hat. Nichts, was Danica sagt, kann mir das nehmen – kann mir *ihn* nehmen –, daher starre ich aus dem Fenster und denke an ihn, während sie die nächste halbe Stunde erfolglos versucht, mich in Stücke zu reißen.

Als wir in die Auffahrt ihrer Eltern einbiegen, versuche ich sofort, meine Tür zu öffnen, aber Danica drückt auf die Kindersicherung. »Hör zu, Hailey …« Sie seufzt theatralisch. »Ich bin bereit, dir noch eine Chance zu geben. Ich weiß, dass du als Jugendliche keine Freunde hattest, daher ist das hier vielleicht deine rebellische Phase oder so. Wenn du Mike anrufst und dich von ihm trennst, wenn du ihm sagst, dass er zu mir gehört und nicht zu dir, dann werde ich meinem Dad nichts von alldem erzählen.«

Ich starre sie nur an, und sie lächelt.

»Ich werde sogar nett sein und dir Zeit geben, um darüber nachzudenken.« Sie entriegelt die Türen und schenkt mir ein letztes Lächeln, bevor sie aussteigt. »Du hast bis zum Ende des Dinners.«

50

Wenn das Farmhaus meiner Familie in Indiana ein Best Western ist, dann ist das Haus von Danicas Familie ein Ritz-Carlton. Heller Backstein mit weißen Fensterläden und hohen weißen Säulen. Eine kreisrunde Auffahrt aus glattem, weißem Stein. Mehr Spitzen auf dem mehrstufigen Dach, als ich zählen könnte. Ein großer Balkon an einer Seite und ein zweistöckiger Bogen, der den Eingang umrahmt. Perfekt gestutzte Hecken und ein überdimensionaler Herbstkranz, der an der roten Eingangstür hängt.

Ich steige hinter Danica die Stufen hoch, aber noch bevor eine von uns das obere Ende erreichen kann, stürmt mein kleiner Bruder bereits aus dem Haus. »Hailey!«, brüllt er. Er rennt Danica fast über den Haufen, als er die Verandastufen herunterspringt, schlingt seine schlaksigen Arme fest um mich, und ich erwidere die Umarmung mit aller Kraft. Er ist gewachsen, seit ich ausgezogen bin – ich möchte wetten, spätestens nächsten Sommer werden wir uns auf Augenhöhe gegenüberstehen.

»Hast du mich vermisst?«, frage ich, während ich mich noch von der Höllenfahrt hierher erhole. Luke schnaubt, bevor er mich hastig loslässt.

»Nein.«

Ich lächle ihn an, und er verzieht das Gesicht ebenfalls zu einem Lächeln. »Lügner.«

Luke gibt den Kampf auf und umarmt mich noch einmal, und ich halte ihn fest an mich gedrückt, bis er bereit ist, mich loszulassen. Er wirft einen Blick über seine Schulter, doch Danica ist bereits ins Haus verschwunden. »Mom hat mich gezwungen, eine Khakihose anzuziehen«, beklagt er sich. Er zieht die dichten Augenbrauen zusammen, und seine klobige Brille rutscht ihm ein Stück die Nase hinunter. Ich schiebe sie mit dem Zeigefinger wieder hoch, doch der missbilligende Ausdruck in seinem Gesicht bleibt.

»Wenn ich einen Rock tragen muss«, sage ich mit Blick auf den knielangen lila Rock, den ich anhabe, »dann musst du eine Khakihose tragen.«

»Meinst du, Tante Tilly hat je Jeans getragen?«, fragt er, womit er mir noch ein Lächeln entlockt. Sie hat meinen Onkel Rick geheiratet, bevor wir geboren wurden, aber sie ist nicht auf einer Farm aufgewachsen so wie er oder meine Mom oder mein Dad. Sie und mein Onkel sind sich auf dem College begegnet, wohingegen meine Mom und mein Dad sich kennengelernt haben, als sie Kinder waren – in der Stadt, in der sie aufgewachsen sind, in der ihre Eltern aufgewachsen sind, in der ich aufgewachsen bin.

»Ich weiß nicht. Frag sie doch.«

Luke schnaubt. »Du solltest sehen, wie groß der Truthahn fürs Dinner wieder ist.«

Ich seufze, während wir die Stufen hochsteigen. »Wie geht's Mom?«

»Du weißt schon«, sagt Luke, und er muss nichts hinzufügen. Der Truthahn, den es bei meiner Familie immer zum Thanksgiving-Dinner gab, war gerade groß genug, um unsere erweiterte siebenköpfige Familie zu verköstigen, während der Truthahn, den meine Tante Tilly auffährt, groß genug ist, um eine ganze Stadt satt zu bekommen. Sobald wir das Haus betreten, kann ich an der niedergeschlagenen Miene meiner Mom ablesen, wie ihr Tag bislang verlaufen ist.

»Du siehst wunderschön aus«, sage ich zu ihr, als sie mich an sich drückt. Meine Mom ist nur einen guten Zentimeter größer als ich, ihre Haare sind nur ein klein wenig glatter und ihre Augen ein klein wenig heller. Sie trägt ein lavendelfarbenes geblümtes Kleid, das sie sich vor drei Jahren anlässlich der Hochzeit einer Freundin gekauft hat, und ich lehne mich ein Stück zurück, um es zu bewundern. »Ist das neu?«

Meine Mom lächelt, als wüsste sie genau, was ich tue, dann zieht sie mich wieder an sich, gibt mir einen Kuss auf die Wange und hüllt mich in den vertrauten Duft des Rosenparfüms ein, das sie nur zu besonderen Anlässen trägt. Er erinnert mich an all die Ostern, Geburtstage und Weihnachtsfeste meines Lebens, alle auf einmal. »Wie war die Fahrt hierher?«

Ich stöhne auf, noch immer mitgenommen von der Stunde, die ich damit verbringen musste, mir anzuhören, wie Danica buchstäblich jeden Aspekt meines Lebens durch den Dreck zog. Meinen Körper, meine Kleider, meine Träume. Sie hat sogar versucht, mir ein schlechtes Gewissen einzureden, weil ich zusätzliche Schichten im Tierheim übernommen habe. Wie könne ich es wagen, meine Freizeit damit zu verbringen, »mit Hunden zu spielen«, während ihr Dad hart arbeite, um meine ganzen Rechnungen zu bezahlen?

Dass er auch all ihre Rechnungen bezahlt, während sie ihre Zeit damit verbringt, Kurse zu schwänzen, am Telefon zu hängen und sein Geld für Handtaschen und Schuhe aus dem Fenster zu werfen, spielt natürlich keine Rolle. Ich musste mich schwer zusammenreißen, ihr das nicht ins Gesicht zu sagen, aber Mike kommt in neun Tagen nach Hause, und ich wäre dann gern noch am Leben.

»Du brauchst etwas zu essen«, entscheidet meine Mom, legt mir einen Arm um die Taille und führt mich durch die hohe Eingangshalle. Das Geräusch, das die niedrigen Absätze ihrer schwarzen Schuhe auf dem Boden verursachen, hallt von den Wänden wider.

In der Küche gehe ich schnurstracks auf den Platz zu, an dem mein Dad sitzt. Er tätschelt meinen Arm, als ich mich hinunterbeuge, um ihn von hinten zu umarmen, und der Kirschgeruch des Kautabaks in seiner Brusttasche erinnert mich an zu Hause. »Erzähl mir was Schönes«, sagt er, eine kleine Tradition zwischen uns beiden, und ich denke einen Moment angestrengt nach, um mir etwas einfallen zu lassen.

Ich bin mit einem Rockstar zusammen, Dad. Der Traum eines jeden Vaters, ich weiß. Ich breche seinetwegen das College ab. Vermutlich werde ich bei ihm einziehen und ein paar Jahre kellnern müssen. Er will zehn Babys mit mir machen.

Ich räuspere mich, und mein Dad sieht mich über seine Schulter hinweg an.

»Äh«, stammle ich, während ich mich wieder aufrichte. Nachdem ich auch meine Tante Tilly und meinen Onkel Rick zur Begrüßung umarmt habe, sage ich: »Erinnerst du dich noch an diesen Hund, von dem ich dir erzählt habe?«

Mein Dad blickt sich suchend in der Küche um. »Hailey Marie, falls du von uns erwartest, dass wir noch einen Hund mit nach Hause nehmen …«

»Ich habe ein Zuhause für sie gefunden!«, unterbreche ich ihn, und meine Mutter stößt einen hörbaren Seufzer der Erleichterung aus.

Ich muss kichern, denn sie kennen mich zu gut. Wenn Mike nicht gestern Nacht nach Hause gekommen wäre und angeboten hätte, Phoenix zu behalten, dann hätte ich sie heute mitgebracht und meine Eltern angefleht, sie aufzunehmen. Ich war mir nicht sicher, ob sie sich je an ein Leben auf der Farm gewöhnen würde, da sie in der Nähe anderer Tiere einfach dichtmacht, aber ich hatte gehofft, dass vielleicht alle

Mitglieder meiner Familie das Hundeflüsterer-Gen abbekommen haben und mein Bruder sie aus ihrem Schneckenhaus hervorlocken könnte.

Zum Glück kam Mike zu meiner Rettung, ein weißer Ritter in einem weißen Flugzeug.

»Dem Himmel sei gedankt«, sagt mein Dad und lässt sich wieder in seinen hochlehnigen Stuhl zurücksinken. Er sieht so seltsam aus in seiner Khakihose und dem Hemd, das bis obenhin zugeknöpft ist, aber es ist ein Zugeständnis, das er meiner Mutter zuliebe macht, und es ist einer der Gründe, weshalb ich ihn so sehr liebe.

Ich höre Onkel Rick, der neben Danica am Ende des Frühstückstresens steht, lachen. Er scheint sich in seiner eigenen Anzughose und seinem maßgeschneiderten blauen Hemd weitaus wohler zu fühlen als mein Vater. Selbst in seinem eigenen Zuhause sieht er geschäftsmäßig aus, hochgewachsen und selbstbewusst, das graubraune Haar perfekt frisiert. Er sieht mich an, ein Lächeln im Gesicht über die Reaktion meines Dads, und ich lächle zurück.

Danica funkelt mich an, und mein Lächeln erlischt.

»Hailey, deine Mom hat uns erzählt, dass du ehrenamtlich arbeitest?«, fragt meine Tante Tilly und beginnt, Teller zu dem Esstisch im anderen Zimmer zu tragen. Meine Mom geht ihr zur Hand, und ich trete rasch hinzu, um ebenfalls mitzuhelfen.

»Ja«, antworte ich. Ich versuche, die tödlichen Blicke zu ignorieren, die Danica an meinen Hinterkopf wirft, während ich zwei Schüsseln in den Händen und eine dritte auf dem Arm trage. Als ich mich umdrehe, um noch eine Platte zu holen, fischt Danica gerade einen Marshmallow aus der Süßkartoffelkasserolle – sie bedient sich selbst, anstatt anderen ihre Hilfe anzubieten. »Zehn Wochenstunden kann ich mir für mein Praktikum anrechnen lassen, aber ich helfe aus, so viel ich kann.«

»Das ist ja so lieb von dir«, erwidert meine Tante Tilly, während sie auf dem Weg zurück in das förmliche Esszimmer an mir vorbeigeht. Ihre dunklen Haare sind zu einem tiefen Dutt gebunden, aus dem ein paar Strähnen entkommen sind, und sie trägt eine Rock-Blusen-Kombi, die vermutlich aus einem ähnlichen Geschäft stammt wie dem, in das Danica mit mir gegangen ist – einem mit Kristallleuchtern und Fransensesseln in den Umkleiden. Aber ihre Stimme ist freundlich, und ihre Worte kommen von Herzen. Auch wenn sie schon immer eine etwas flatterhafte Frau war, habe ich sie stets gemocht. Wenn Danica und ich als Kinder Prinzessinnen spielten, sorgte Tante Tilly immer dafür, dass wir wie echte Prinzessinnen aussahen und uns auch so fühlten. Wenn wir Teeparty spielten, ließ sie uns richtige Porzellantassen benutzen.

Als wir den Tisch decken, stellt mir Tante Tilly die ganzen üblichen Fragen nach der Arbeit im Tierheim – was ich dort tue, ob es mir gefällt, ob es schwer ist, von den Tieren Abschied zu nehmen, wenn sie ihr endgültiges Zuhause finden. Ich erzähle ihr alles darüber, und die anderen schalten sich immer wieder in das Gespräch ein.

Als wir uns schließlich zum Essen hinsetzen, wendet meine Tante ihre Aufmerksamkeit Danica zu: »Hast du dir je überlegt, ehrenamtlich zu arbeiten?«

»Im Tierheim?«, fragt Danica, eine Augenbraue empört hochgezogen.

»Hailey«, sagt ihr Dad und hält mir eine Portion Truthahn hin. Jahrelange Erklärungen, dass ich Vegetarierin bin, haben mich gelehrt, dass diese Erklärungen reine Energieverschwendung sind, daher reiche ich ihm einfach meinen Teller.

Währenddessen beantwortet Tante Tilly Danicas Frage. »Ja. Das klingt doch nett. Du könntest mit Hailey zusammen hinfahren.«

»Ich habe mit der Uni zu viel zu tun«, sagt Danica von ihrem Platz mir gegenüber. »Ich glaube, ich werde es dieses Semester auf die Bestenliste schaffen.«

Das ist eine glatte Lüge. Ich habe ihre Prüfungsnoten gesehen, und offen gestanden würde ich mich wundern, wenn sie in der Hälfte ihrer Kurse nicht allein schon deswegen durchfällt, weil sie so oft geschwänzt hat. Aber das weiß meine Tante Tilly nicht, und ihre Miene hellt sich auf. »Wirklich?«, fragt sie.

Danica nickt fröhlich. »Ich glaube schon. Ich habe richtig hart gearbeitet.«

Sie zuckt nicht einmal zusammen, als sie das sagt. Beißt sich nicht auf die Lippe. Zwinkert nicht nervös. Ein kalter Schauer läuft mir über den Rücken, und Danica richtet ihr perlweißes Lächeln auf mich.

»Hailey war wirklich ein positiver Einfluss. Sie hat mir für viele meiner Prüfungen beim Lernen geholfen.«

Ich bin wie gelähmt von diesem Lächeln. Es ist, als wären ihr auf einmal Fangzähne gewachsen.

Meine Mom klopft mir stolz auf den Rücken. Ich zucke unter der Berührung zusammen, und die Lachfältchen in Danicas Wangen werden noch tiefer.

»Das ist ja wundervoll«, sagt meine Tante Tilly anerkennend und strahlt uns eine nach der anderen an. »Hailey, wirst du es auch auf die Bestenliste schaffen?«

»Natürlich wird sie das«, antwortet Danica für mich. »Hailey ist superschlau. Sie muss kaum lernen, um ihre ganzen Prüfungen mit Auszeichnung zu bestehen. Ihr Chemiedozent hat sie sogar gefragt, ob sie nächstes Semester Tutor sein will.«

Mein Essen liegt unangetastet auf meinem Teller, während ich Danica anstarre. Ich frage mich, was sie im Schilde führt. Ich habe ihr dieses Detail vor ein paar Wochen erzählt, aber sie hat so getan, als hätte sie mich gar nicht gehört. Warum macht sie mir Komplimente? Warum ist sie nett?

»Wow«, sagt ihr Dad bewundernd. »Du musst ihn ja wirklich beeindruckt haben.«

»Ja …«, sage ich, ohne dabei Danicas verdächtiges Lächeln aus den Augen zu lassen.

»Wirst du sein Angebot annehmen?«

Ich sehe hinüber zu meinem Onkel und stammele: »Oh, äh … ich weiß nicht … ich meine, es ist eine ehrenamtliche Position, das heißt …«

»Es würde sich in deinem Lebenslauf vermutlich gut machen«, sagt mein Dad, und ich wende meinen Blick seinem Ende des Tisches zu. Er kaut auf seinem Truthahn und wartet darauf, dass ich antworte.

»Ja.«

»Hast du schon angefangen zu überlegen, wo du dein Praktikum im Abschlussjahr machen willst?«, fragt mein Onkel, und mein Kopf schwingt hin und her, während ich stotternd Antworten auf seine und Dads Fragen vorbringe.

»Was ist denn mit einem Fachgebiet?«, fragt meine Tante Tilly. »Hast du darüber schon nachgedacht? Zum Beispiel Nutztiere, Meerestiere, Vögel …«

»Kleintiere«, wirft meine Mom neben mir ein. »Hattest du dir das nicht überlegt, Hailey?«

Ich nicke, und Danicas Stimme ist purer Sonnenschein, als sie sagt: »Hailey wollte doch Kleintierärztin werden, seit sie dieses Kätzchen am Patoka Lake gerettet hat.«

Alle am Tisch müssen bei der Erinnerung schmunzeln. Ich hatte das winzige Kätzchen irgendwo im hohen Gras gefunden und verbrachte Stunden damit, nach seiner Mom zu suchen, bevor ich es schließlich mit tränenverschmiertem Gesicht zu unserem Zelt brachte. Es wollte nicht aufhören zu jammern, und ich war mir sicher, dass es ohne seine Mommy sterben würde. Meine Eltern versuchten mich zu beruhigen, aber bevor ich es den netten Leuten im nächstgelegenen Tierheim übergab, verlangte mein sechsjähriges Ich, den diensthabenden Tierarzt zu sprechen, der mir versicherte, dass das Kätzchen bei guter Gesundheit sei und in null Komma nichts adoptiert werden würde.

»Der kleine Oliver Twist«, erinnert sich meine Mom lachend. Das war der Name, den ich dem Kätzchen gegeben hatte.

Tante Tilly lächelt mich an. »Du warst immer solch ein süßes kleines Mädchen, Hailey.« Sie drückt Danicas Schulter. »Das wart ihr beide.«

»Hailey wird eine tolle Tierärztin werden«, lobt mich Danica. »Sie ist dazu geboren.«

Alle geben ihr recht, und Schuldgefühle schleichen sich in meine Magengegend. Sie sind alle so stolz auf mich, auf die Dinge, die ich getan habe, und die Dinge, die ich, wie sie glauben, noch tun werde. Und ich werde sie enttäuschen, jeden Einzelnen von ihnen.

Ich betrachte stirnrunzelnd den Truthahn auf meinem Teller, und als ich den Blick hebe, sehe ich, dass Danica ihr Essen auch nicht angerührt hat. Sie lächelt mich nur an. Lächelt strahlend, fröhlich, triumphierend – und plötzlich dämmert mir, was sie tut.

Sie versucht, mir in Erinnerung zu rufen, wie viel es mir bedeutet, Tierärztin zu werden, wie stolz alle sind. Sie glaubt, dass ich dadurch vergessen werde, wie sehr ich Mike liebe …

Sie hat ja keine Ahnung, wie entschlossen ich bin, beides zu haben. Meine Träume sind nichts ohne das warme Lächeln, das er mir heute Morgen in seinem Wohnzimmer geschenkt hat, oder die leidenschaftlichen Küsse, mit denen er mich an seinem Truck verabschiedet hat.

»Ich bin mit jemandem zusammen«, verkünde ich und sehe, wie Danica warnend die Augen aufreißt.

»Hailey ...«

»Wirklich?«, stößt meine Mom überrascht hervor. »Mit wem denn?«

Alle Augen sind auf mich gerichtet – die meiner Mom, meines Dads, meines Bruders, meines Onkels und meiner Tante. Und Danicas, deren Blick mich beinahe versengt.

Ich schaue meine Mom und meinen Dad an und hoffe, dass sie sehen können, wie viel dieser Mann, dem sie noch nie begegnet sind, mir bedeutet. »Ich bin in ihn verliebt.«

»Wer ist es denn?«, fragt meine Mom noch einmal. Ich sehe meine vor Wut kochende Cousine an.

»Hailey«, sagt sie drohend, doch ich lasse mich nicht bremsen.

»Sein Name ist Mike«, sage ich. »Er ist Danicas Exfreund.«

»Was?«, brüllt mein Bruder. Brötchenkrümel fliegen aus seinem Mund. Er umklammert meine Schultern, seine Augen sind hinter der klobigen schwarzen Brille weit aufgerissen. »Mike?! Im Ernst?!«

Ich wende mich von ihm ab, als meine Tante Tilly fragt: »Mike, der Schlagzeuger?« Sie sieht Danica an, die die Hände auf dem Tisch zu Fäusten ballt. »Mike von der Highschool?«

»Hailey hat ihn mir ausgespannt«, beschuldigt mich Danica, und meine Mom wirft mir einen besorgten Blick zu, während mein Bruder von einem Ohr zum anderen grinst. Seine Hände liegen flach auf dem Tisch, und ich schwöre bei Gott, er hüpft auf seinem Platz auf und ab.

Den Blick immer noch auf Danica geheftet, sagt meine Tante Tilly: »Du hast diesem armen Jungen das Herz gebrochen …«

»Du hast ihr ihren Freund ausgespannt?«, fragt meine Mom mit hörbarem Entsetzen.

Ich schüttle den Kopf, trotz der Schuldgefühle, die ich wegen dieser ganzen Sache noch immer habe. Ich weiß, Mike sagt, er hätte sich so oder so von Danica getrennt, aber das ändert nichts an der Tatsache, dass er sich in mich verliebt hat, während er noch mit ihr zusammen war.

»Sie hatten sich getrennt«, sage ich zu meiner Mom – und zu mir selbst.

Danica presst die Hände auf den Tisch und beugt sich vor, um mir besser ins Gesicht schreien zu können. »Du hast ihn dazu gebracht, sich in dich zu verlieben!«

Mein Bruder, der sich offensichtlich prächtig amüsiert, gibt ein leises Quieken von sich. Mein Onkel stöhnt und massiert die Falte zwischen seinen Augen. »Ist das der Grund, weshalb du nach Mayfield gehen wolltest?«, fragt er Danica, und ihre Miene verwandelt sich in eine Maske der Verletzlichkeit.

»Ich liebe ihn, Daddy!«

Mein Onkel reibt sich die Augen, und Danica zeigt mit einem Finger auf mich.

»Sie hat hinter meinem Rücken mit ihm geschlafen!«

Mein Gesicht läuft knallrot an, als ich sage: »Niemals, als ihr zusammen wart …«

Die Wangen meines Dads laufen ebenso rot an wie meine eigenen, und mein Bruder wirft den Kopf zurück und lacht hysterisch.

»Dad«, fleht Danica, »ich will nicht, dass sie bei mir wohnt. Ich kann die beiden nicht zusammen sehen.« Tränen treten ihr in die Augen. Ich kann nicht sagen, ob sie echt oder erzwungen sind, aber die Miene ihres Vaters wird sanfter, und ich weiß, was als Nächstes kommt.

Das hier ist der Moment. Der Moment, in dem er mir sagen wird, dass er mich nicht länger unterstützen kann und dass ich zurück nach Hause zu meinen Eltern ziehen muss. Das werde ich natürlich nicht tun – ich werde zu Mike ziehen. Aber die Uni wird warten müssen, genau wie der Traum, den ich seit Oliver Twist habe.

»Hailey«, sagt er, und der Klang seiner tiefen Stimme schnürt mir die Kehle zu, »gibt es nicht irgendeine Art … Ehrenkodex unter Mädchen oder so, was das Ausgehen mit dem Freund eines Familienmitglieds betrifft?«

Außerstande, es zu leugnen, nicke ich. »Ja.« Ich sehe Danica an, sehe die wütenden Tränen in ihren Augen, und ich sage, was ich schon die ganze Zeit sagen will, seit mir klar geworden ist, dass ich mich in ihren Freund verliebt habe. »Es tut mir leid. Ich hatte nie vor, mich in ihn zu verlieben.«

Mein Dad nickt und schlägt mit der Hand auf den Tisch. »Na, da haben wir's doch«, sagt er, ein einfacher Mann mit einer einfachen Lösung. Ich hasse mich fast für das, was ich als Nächstes sagen muss.

»Aber ich werde mich nicht von ihm trennen …« Mein Blick wandert von der enttäuschten Miene meines Dads zu der meines Onkels. »Es tut mir leid, wie alles gekommen ist – ich hatte nie vor, Gefühle für Danis Ex zu entwickeln –, aber ich werde ihn nicht aufgeben. Ich habe es versucht, und es hat sich angefühlt, als hätte ich mir das Herz aus dem Leib gerissen.« Ich sehe hinüber zu meiner Mom, sehe den teilnahmsvollen Blick, den sie mir schenkt. »Er ist der liebenswerteste, freundlichste, wundervollste Mann, den ich je kennengelernt habe. Er liebt mich mehr, als es irgendjemand je verdienen könnte, und ich will den Rest meines Lebens mit ihm verbringen.«

Es sind große Worte. Das wird mir bewusst, als ich sie ausspreche. Doch jedes Wort ist wahr.

»Sie soll verschwinden!«, schreit Danica, während ihre Mom ihr den Rücken reibt. »Ich will sie einfach nicht mehr in meinem Leben haben. Sie soll verschwinden, damit ich wieder nach vorn blicken kann.«

Mein Onkel seufzt schwer auf und starrt auf die Reste des Truthahns in der Mitte des Tisches. Er starrt und starrt. »Wir werden nach dem Essen darüber reden«, entscheidet er schließlich.

»Was gibt es da denn noch zu reden?«, kreischt Danica.

Die Stimme meines Onkels wird hart. »Danica, wir werden es nach dem Essen diskutieren.«

»Da gibt es nichts zu diskutieren! Sie ist grässlich, Daddy! Sie hat mein Leben ruiniert!«

Mein Onkel stöhnt auf und legt seine Gabel zum zweiten Mal zurück auf seinen Teller. »Dieser Junge hat dich tausendmal angerufen, nachdem du Schluss gemacht hattest. Du hast ihn jahrelang nicht erwähnt. Warum willst du ihn jetzt auf einmal zurückhaben?«

Ich halte den Mund, aber mein Bruder nicht. »Er hat einen großen Plattenvertrag mit dem größten Label, das es gibt«, meldet er sich zu Wort, den Mund voller Truthahnfüllung. Es würde gut passen, wenn es Popcorn wäre, so wie er es sich in den Mund stopft und der Show zusieht. »Er ist jetzt berühmt.«

Mein Onkel und meine Tante sehen Danica stirnrunzelnd an, und sie bricht völlig zusammen. »Das hat nichts damit zu tun«, schluchzt sie, aber ihre Eltern mustern sie weiter.

Ich hasse es, dass ich nicht sagen kann, ob ihre Tränen echt sind oder nicht. Ich weiß nicht, ob ich Mitleid oder Wut empfinden soll. Ich wünschte, ich könnte es kitten – dieses kaputte Ding, zu dem sie herangewachsen ist.

»Hailey«, sagt mein Onkel schließlich, und ich reiße mich von Danicas Anblick los, hole einmal tief Luft und halte sie an, um mich für das zu wappnen, was als Nächstes kommt. »Du wirst ausziehen müssen.«

»Das verstehe ich.« Ich weiche den Blicken aus, die meine Eltern mir zuwerfen. Ich kann es nicht ertragen, die Enttäuschung in ihren Gesichtern zu sehen. Eines Tages werden sie es hoffentlich verstehen. Sie lieben die Farm und haben sie nie verlassen. Ich liebe Mike, und ich werde ihn nie verlassen.

Ihr Glück ist ein Ort, aber meines ist ein Drummer mit Augen voller Wärme und einem Lächeln, das Funken überspringen lässt.

»Ich werde ein paar Anrufe tätigen«, fährt mein Onkel fort, »und sehen, ob ich dich im Studentenwohnheim unterbringen kann.«

Mein Herz setzt einen Takt aus. Habe ich gerade tatsächlich gehört, was ich glaube gehört zu haben?

Danicas Wut schwappt über den Tisch. »Was? Nein! Dad! Das hat sie nicht verdient!«

»Es tut mir leid, dass du aufgebracht bist, Schatz«, sagt mein Onkel Rick, und Danicas Hände beginnen zu zittern. »Aber ihr zwei seid erwachsene Frauen, und ihr werdet das untereinander klären müssen. Ich werde niemandem wegen irgendeines Jungen die berufliche Zukunft verbauen.«

»Du wirst einfach weiter für sie bezahlen, bis sie ihren Abschluss macht? Nach dem, was sie mir angetan hat?«, brüllt Danica, und der ungerührte Blick meines Onkels Rick bestätigt es. Ich weiß nicht, was ich denken oder fühlen soll, daher sitze ich einfach nur da, während mein Herz gegen meine Rippen hämmert.

»Ich hasse dich!«, schreit Danica mich an und schiebt mit

einer heftigen Bewegung ihren Stuhl zurück. »Verdammt, ich hasse dich!«

»Danica«, fleht ihre Mom, aber meine Cousine stürmt bereits aus dem Zimmer. Sie lässt uns in betretenem Schweigen dort zurück. Alle blicken zwischen mir und meinem Onkel hin und her.

Er seufzt, dann nimmt er seine Gabel zum dritten Mal in die Hand und betrachtet sein Essen. Sein Blick fällt auf meinen Teller. »Iss deinen Truthahn, Hailey«, sagt er ruhig.

Ich nehme meine Gabel in die Hand. Und zum ersten Mal seit acht Jahren esse ich meinen Truthahn.

51

Als ich noch ein Teenager war, brachen bei einem Familiendinner einmal zwei unserer Pferde aus ihrem Stall aus, um im wahrsten Sinne des Wortes *genau* vor unserem Esszimmerfenster ihren Spaß zu haben. Aber selbst dieses Essen war nicht so merkwürdig wie dieses jetzt. Wir sprechen über das Wetter, die Geschäfte, die Schule – alle möglichen normalen, sicheren Themen … während meine geistig instabile Cousine oben in ihrem Zimmer sitzt und vermutlich plant, wie sie mich entstellen und verstümmeln kann, ohne erwischt zu werden.

Nach dem Essen spüle ich das Geschirr, und mein Bruder trocknet ab, vermutlich hauptsächlich, um zu verhindern, dass ich ein Fleischermesser in den Rücken gerammt kriege, während ich an der Spüle stehe. Er fragt mich, ob Mike und ich heiraten werden, und freut sich, dass Mike, wenn wir es tun, sein großer Bruder sein wird. Ich sage ihm, dass er sich keine allzu großen Hoffnungen machen soll, da ich mir ziemlich sicher bin, dass Danica oben gerade einen Mordanschlag auf mich plant.

Ich spüle Geschirr, bis es nichts mehr zu spülen gibt. Und dann wische ich die Küchentresen ab. Und dann wische ich die Böden. Und dann … verstecke ich mich wie ein Feigling auf der Gästetoilette. Ich setze mich auf den zugeklappten Toilettendeckel, zücke mein Handy und schreibe Rowan und Dee eine SMS, um ihnen zu sagen, was passiert ist.

Dee: *Oh mein Gott, verdammt, ja!*

Rowan: *Jaaa!!!!*

Ich: *Mir ist schlecht.*

Dee: *Was macht das gemeine Biest jetzt?*

Ich: *Vermutlich meinen Tod planen. Ich muss hier weg. Seid ihr zwei vielleicht zufällig in der Nähe von Downington?*

Dee: *Nein. Wir sind oben in der Nähe von Fairview.*

Rowan: *Warte kurz, ich schicke Leti und Kale eine SMS. Ich glaube, sie sind bei Kales und Kits Eltern.*

Ich kaue nur ein paar Sekunden auf meinem Daumennagel und klopfe dazu mit dem Fuß auf den Steinfußboden, bevor die nächste SMS kommt.

Leti: *Sind schon unterwegs. Wie ist die Adresse?*

Ich will sie eben schon eintippen, als es an der Tür klopft, und ich drücke mir das Telefon an die Brust.

»Hailey?«, fragt meine Mom, und ich höre auf, das Gerät mit meinen Händen zu umklammern. »Geht es dir gut?«

»Ja.«

»Sicher? Du bist schon eine ganze Weile da drinnen …«

»Ich komme gleich raus.«

»Okay …«

Ihre Schritte verhallen, und ich schicke Leti die Adresse, so schnell ich kann. Als er mir sagt, dass er in ungefähr zwanzig Minuten hier sein kann, entscheide ich, dass das zwanzig Minuten zu viel sind.

Nachdem ich vorsichtig einen Blick ins Wohnzimmer geworfen und festgestellt habe, dass es Danica-frei ist, gehe ich hinein und verkünde, dass ich abfahre.

»Was? Warum denn?«, fragt meine Mom, aber sie hat die Stirn gefurcht, als ob sie es bereits weiß.

Meine Tante Tilly hat denselben Ausdruck auf dem Gesicht. »Aber du bist doch eben erst angekommen …«

»Ich fühle mich nicht gut«, sage ich aufrichtig, und mein pragmatischer Vater meldet sich aus dem Ruhesessel zu Wort, in dem er versunken ist.

»Bist du nicht mit Danica hergefahren?«

»Ein Freund holt mich ab«, sage ich zu ihm. »Er ist schon unterwegs und wird in ein paar Minuten hier sein.«

Alle sehen mich stirnrunzelnd und schweigend an – vor allem mein untröstlicher kleiner Bruder, der, wie ich weiß, noch nicht bereit ist, mich schon wieder gehen zu lassen. Dann steht mein Onkel auf und gibt mir ein Zeichen, ihm zu folgen. »Lass uns kurz reden, bevor du fährst.«

Meine Füße sind schwer, doch ich folge ihm gehorsam zurück in die Küche. Er schneidet uns zwei Stück Kürbiskuchen ab, die unangetastet auf zwei Porzellantellern liegen bleiben.

»Also …«, beginnt er. Seine Augen sind denen meiner Mutter so ähnlich. Manchmal, wenn ich sein maßgeschneidertes Hemd und seine gebügelte Hose und seine glänzenden Schuhe sehe, kann ich kaum glauben, dass er mit Secondhandkleidern und Flohmarktsachen großgeworden ist, genau wie meine Mutter und genau wie ich. Wir drei sind alle auf demselben Stück Land aufgewachsen, aber es fällt mir schwer, ihn mir in einem T-Shirt und mit Schmutz unter den Fingernägeln vorzustellen.

Er mustert mich einen Moment, und dann geht er zum Kühlschrank, um Sprühsahne zu holen. »Ich erinnere mich noch gut daran, als ihr beide, du und Dani, kleine Mädchen wart«, sagt er, den Kopf in den Kühlschrank gesteckt. »Ihr wolltet beide den Freund der Meerjungfrau heiraten, wenn ihr groß seid … diesen Disney-Typen.«

»Eric«, werfe ich ein, und mein Onkel richtet sich hinter der Kühlschranktür wieder auf.

»Ja, genau den«, sagt er und spritzt Sahnetupfer auf unsere

Kürbiskuchenstücke. »Einmal habt ihr euch seinetwegen so heftig gestritten, dass Danica zu weinen anfing, und du hast sie umarmt und ihr gesagt, du würdest stattdessen Simba heiraten.«

Er lächelt liebevoll bei der Erinnerung, und ich kämpfe angestrengt gegen die Emotionen, die in mir aufwallen. Ein Teil von mir vermisst es, Danica so nahe zu sein – vermisst die Unschuld eines Streits über Disney-Prinzen – aber war es immer so? War ich immer bereit, mein Happy End für sie zu opfern?

Ich erwarte, dass mein Onkel mir Vorhaltungen machen wird, weil wir uns wegen eines Jungen streiten. Dass er mir sagen wird, wie banal das alles ist und wie es eines Tages keine Rolle mehr spielen wird. Aber stattdessen hält er meinem Blick stand und sagt: »Du warst immer wie eine Tochter für mich, Hailey. Ich weiß, wir sehen uns nicht mehr sehr oft, aber dein Glück liegt mir und Tilly sehr am Herzen.«

Ein Kloß bildet sich in meinem Hals, und ich könnte nicht sprechen, selbst wenn ich es wollte.

»Ich weiß, dass ihr beide, du und Danica, euch auseinanderentwickelt habt, aber deswegen gehörst du nicht weniger zu unserer Familie. Ich sehe viel von mir selbst in dir.«

»Wirklich?«, frage ich leise, und er starrt auf unseren Kuchen hinunter, bemerkt auf einmal, dass wir keine Gabeln haben, und geht uns welche holen, aber wieder macht keiner von uns Anstalten, den Kuchen anzurühren.

»Die Farm war immer der Traum deiner Mutter, nicht meiner«, sagt er schließlich. »Sie hat sie geliebt. Sie hat es geliebt, mit dem Sonnenaufgang aufzustehen. Sie hat es geliebt, mit dem Vieh zu helfen. Sie hat es sogar geliebt, mit dem Traktor in die Stadt zu fahren und jedem den Mittelfinger zu zeigen, der sie unterwegs angehupt hat.«

»Das macht sie immer noch«, sage ich kichernd, und mein Onkel lacht.

»Mir hat das alles nichts ausgemacht«, sagt er nach einer Weile. »Aber ich habe es nicht so geliebt wie deine Mom. Sie und dein Dad haben diese Stadt geliebt, aber ich liebte die Vorstellung, neue Städte, größere Städte zu entdecken. Mein Herz war nie auf dieser Farm zu Hause, und, korrigiere mich, wenn ich mich irre, aber ich glaube, deines ist es auch nicht.«

Ich schüttle den Kopf, und er nickt zum Zeichen, dass er es versteht.

»Es war wirklich schwer für mich, als ich aufs College ging. Meine Eltern verstanden nicht, warum ich mir die Mühe machen wollte, und auch wenn ich ein Stipendium hatte, konnte ich mir keine neuen Kleider oder ähnliches leisten. Ich habe zwischen den Kursen immer Dosengemüse gegessen, das ich mir mitgebracht hatte, weil das das Einzige war, was ich mir als Mittagessen leisten konnte.«

Ich stelle mir einen schlaksigen Jungen vor, größer als mein Bruder, aber mit den gleichen großen Augen, der versuchte, sich auf einem Collegecampus zurechtzufinden, ohne irgendeine Ahnung, was er tat. Ich stelle mir vor, wie er in einer Welt seinen Weg zu machen versuchte, der er nie angehört hatte, und mir kommt es vor, als ob wir Freunde wären.

»Es ist lange her, aber manchmal fühlt es sich an, als wäre es erst gestern gewesen«, fährt mein Onkel fort, und dann holt er einmal tief Luft. »Deine Mom hat mir erzählt, dass du weißt, dass ich die Farm vor dem Untergang gerettet habe, und ich bin sicher, du hast dich gefragt, warum ich deinen Eltern nicht die Eigentumsurkunde gegeben habe.«

Ich streite es nicht ab, und er nickt schweigend zur Antwort.

»Sie ist auch mein Kindheitszuhause, Hailey. Ich liebe deinen Vater wie meinen eigenen Bruder, aber er kann absolut nicht mit Geld umgehen, das konnte er noch nie. Er ist

Farmer, kein Geschäftsmann, und es ist mir wichtig, dass die Farm in unserer Familie bleibt, deswegen sorge ich dafür, dass sie das tut.«

Ich nehme mir einen Moment Zeit, um über alles nachzudenken, und versichere ihm dann: »Das verstehe ich.«

»Wirklich?«

Ich nicke, und er stößt einen erschöpften Seufzer der Erleichterung aus.

»Ich wollte schon vor langer Zeit anbieten, dein Studium zu bezahlen, aber das stand mir eigentlich nicht zu. Ein Mann will selbst für seine Familie sorgen können, aber …« Er bricht ab und klopft mit den Fingern auf den Küchentresen. »Ich schweife ab. Hör zu, die Sache ist die: Du musst dir keine Sorgen machen, dass ich auf einmal beschließen könnte, dich nicht mehr zu unterstützen. Und sag mir nicht, dass du nicht besorgt warst, denn ich konnte es sehen.«

Ich lege die Stirn in Falten, und mein Onkel tut es mir gleich.

»Ich kann nicht behaupten, dass ich es gut finde, dass du mit dem Exfreund meiner Tochter zusammen bist, aber …« ihm wird bewusst, wie laut er spricht, und er dämpft seine Stimme. »Ich konnte ihn immer gut leiden, und ich kann sehen, dass er dir wirklich viel bedeutet.«

Ich nicke und mein Onkel ebenfalls.

»Du wirst aus dieser Wohnung ausziehen müssen. Ich bezweifle ohnehin, dass sie es noch lange dort aushalten wird, jetzt, wo Mike keine Rolle mehr in ihrem Leben spielt. Aber ich will nicht, dass du mit ihm zusammenlebst – du musst dich auf dein Studium konzentrieren, und ich möchte, dass du weiterhin guten Noten schreibst.«

Ihm fällt auf, dass ich nichts dazu sage. »War das etwa dein Plan?«

»Es war ein vorläufiger Plan«, stammle ich, und er mustert mich.

»Vorläufig ist okay. Nächstes Semester ziehst du ins Wohnheim. Einverstanden?«

»Einverstanden«, sage ich, und dann gehe ich zu ihm, um ihn zu umarmen, bevor er die Tränen der Erleichterung sehen kann, die mir in die Augen treten.

Das Hemd meines Onkels liegt frisch gestärkt an meiner Wange, und er tätschelt mir den Rücken. »Ich bin stolz auf dich, Hailey. Du wirst es noch weit bringen.«

»Danke«, sage ich zu ihm, in der Hoffnung, dass er weiß, dass ich ihm für mehr als nur das Kompliment danke. Ich danke ihm dafür, dass er der Erste in unserer Familie war, der ein neues Leben gewagt hat, dass er der Erste war, der aufs College gegangen ist, dass er mir den Weg geebnet hat. Ich danke ihm dafür, dass er mich liebt, dass er sich um mich kümmert, dass er seine Familie oder seine Wurzeln nicht vergessen hat. Mir wird bewusst, warum er sich selbst in mir sieht, denn jetzt kann ich auch ein klein wenig von mir in ihm sehen. Ich sehe mich selbst in zwanzig Jahren und dass mir die Farm und die Familie, die mich zu der gemacht hat, die ich bin, dann noch immer am Herzen liegen werden.

»Gern geschehen«, sagt er, und dann umarmt er mich.

Im Wohnzimmer nehme ich meine Mom in den Arm, und sie versichert mir, dass sie eine Möglichkeit finden wird, dass ich an Weihnachten nach Hause fliegen kann. Ich umarme meinen Dad, und er versichert mir, dass er Teacup nicht zu Speck verarbeiten wird, selbst wenn sie seinen allerletzten Schuh auffrisst. Ich umarme meinen Onkel, und er versichert mir, dass er mich im Wohnheim unterbringen wird. Ich umarme meine Tante, und sie versichert mir, dass sie mit Danica reden wird.

Ich umarme meinen kleinen Bruder, und er besteht darauf mitzukommen.

Luke bettelt und winselt und verhandelt mit meinen Eltern, während ich zur Treppe starre und darauf warte, dass Danica auf ihrem Besenstiel heruntergeflogen kommt. Ich habe von ihr nichts mehr gesehen oder gehört, seit sie mir beim Dinner gesagt hat, dass sie mich hasst. Aber da ich noch immer atme, weiß ich, dass diese Sache noch nicht ausgestanden ist.

Da ich unbedingt losfahren will, solange meine Lunge noch funktioniert, sage ich meinen Eltern, dass ich Luke die eineinhalb Stunden zurück zum Haus meines Onkels fahren werde, bevor sie alle am Samstag nach Hause fliegen müssen. Schließlich erklären sie sich einverstanden, dass ich ihn mitnehme. Er springt die Treppe hoch zum Gästezimmer, um sich ein paar Anziehsachen zu schnappen, und ich stehe an der Haustür und kaue auf meiner Lippe, klopfe mit den Fingern auf mein Bein und rolle die Zehen in meinen Sneakers ein.

Es kann unmöglich so einfach sein. Danica würde eher dieses ganze Haus niederbrennen, als mich ungeschoren davonkommen zu lassen. Sie hat es nicht in sich, zu verlieren. Sie weiß nicht, wie das geht.

Als ich Schritte den Flur im ersten Stock herunterpoltern höre, spannt sich mein ganzer Körper an, aber dann taucht Luke am oberen Ende der Treppe auf, sprintet herunter und reißt die Tür zur Freiheit auf. Er tritt auf die Veranda, und ich folge ihm. Die Tür schließt sich hinter mir, und wir springen rasch die Stufen hinunter. Leti ist noch nicht da, aber wir bleiben nicht stehen.

»Wohin gehen wir?«, fragt mein Bruder, aber ich habe wirklich keine Ahnung. Weg von hier. Weg von der Haustür.

»Diese Richtung«, sage ich und zeige die Straße hinunter. Ich zücke mein Handy und schicke Leti eine SMS, dass er uns am Ende von Danicas Straße abholen soll, und ich stecke das Telefon eben wieder in meine Hosentasche, als es schließlich passiert …

»Ihr geht, ohne auf Wiedersehen zu sagen?«

Danicas Stimme durchschneidet die Luft, und als ich mich umdrehe, sehe ich sie den Gehsteig hinunterkommen, auf mich und meinen Bruder zu. Mein »Kampf oder Flucht«-Instinkt setzt ein, verlangt, dass ich flüchte, dass ich so schnell weglaufe, wie ich kann. Aber Luke steht neben mir, und außerdem bin ich lange genug weggelaufen.

»Auf Wiedersehen«, sage ich, und Danica schenkt mir ein eisiges Lächeln. Sie tritt auf mich zu, und ihr kalter Blick lässt mich frösteln. Der falsche Schein ist nicht mehr da – die Fassade ist verschwunden, genau wie ihre eintausend hübschen Masken. In ihren Augen liegt kein Mitleid, keine Verletzlichkeit oder Freundlichkeit – nur kalter Hass, und mir wird bewusst, dass sie mich, wenn ich jetzt *wirklich* weglaufen würde, zur Strecke bringen wird. Diese Geschichte endet hier, auf einem stillen Gehsteig vor dem Haus ihres Nachbarn.

»Keine Umarmung?«, neckt sie mich mit zuckersüßer Stimme, aber ich habe ihre Spielchen gründlich satt.

»Was willst du?«

»Was denn, darf ich meine Cousine nicht umarmen wollen?«

Jahre auf einer Farm haben mich gelehrt, einem gefährlichen Tier niemals den Rücken zu kehren, aber in diesem Augenblick ist es das Einzige, was ich tun kann. Ich wende mich von ihr ab, und ich ziehe Luke mit mir. »Gehen wir.«

»Ich werde dir das Leben zur Hölle machen, weißt du«, verspricht mir Danica, aber ich gehe einfach weiter.

»Das hast du bereits versucht.«

»Ich habe noch gar nicht angefangen«, droht sie und folgt mir, weigert sich, mich entkommen zu lassen.

Ich sehe hinüber zu Luke, sehe an dem Blick, den er mir zuwirft, wie beeinflussbar er ist, und ich bleibe wie angewurzelt stehen. Ich laufe weg. Ich gehe *buchstäblich* im Laufschritt den Gehsteig hinunter, anstatt meinem kleinen Bruder zu zeigen, wie man für sich selbst eintritt. Seine Schule ist voller Danicas, voller Graysons, und Luke muss lernen, nicht wegzulaufen.

Ich nehme all meinen Mut zusammen, und dann drehe ich mich um. »Okay, Danica, klär mich auf. Was wirst du tun? Deinem Daddy noch ein bisschen mehr die Ohren vollheulen?«

Ihre Augen blitzen vor Wut auf, aber ich weiß, dass dieser Kampf eben erst begonnen hat.

»Du glaubst, du bist etwas ganz Besonderes, oder?«, faucht sie, und meine Antwort kommt prompt.

»Nein, ich glaube, ich bin Durchschnitt. Aber *Mike* glaubt, dass ich etwas Besonderes bin, und das ist das Einzige, was für mich zählt.«

Danicas Lachen ist eine humorlose weiße Wolke aus Luft zwischen uns, und ihre Miene bleibt eisig, als sie sagt: »Denkst du an mich, wenn du seine kleine Schlampe bist?«

»Ich denke überhaupt nicht an dich«, lüge ich.

»Nicht einmal, wenn er dich vögelt?«, fragt Danica, ohne sich darum zu scheren, dass ein zwölfjähriger Junge neben uns steht. Ich gebe keine Antwort, und sie lächelt. »Ich nehme an, du musst es gewohnt sein, meinen ganzen alten Schrott zu kriegen. Meine Spielsachen, meine Kleider, und jetzt meinen Freund. Du kannst ihn haben, Hailey. Er wird dich nie auf eine Art lieben, auf die er mich nicht zuerst geliebt hat.«

»Wenigstens kann er mir ins Gesicht sehen, während er es tut«, fauche ich und denke daran zurück, wie Mike mir erzählt hat, wie er sie das eine Mal, als sie es im Tourbus trieben, von hinten nehmen musste.

Danicas ganzes Gesicht glüht rot, als sie zischt: »Was hast du da eben gesagt?«

Ihre Hände ballen sich an ihren Seiten zu Fäusten, und ich weiß, dass es höchste Zeit ist zu verschwinden. Ich packe Luke am Ellenbogen und drehe uns herum, und Danicas Atem ist heiß in meinem Nacken, als sie mir ins Ohr schreit: »Was zum Teufel hast du da eben zu mir gesagt, du verdammtes Miststück?!«

Als ich noch einmal herumschnelle, ist sie genau vor meiner Nase. »Sag, was du willst, Danica! Sag es, damit ich verdammt noch mal endlich gehen kann! Willst du mir sagen, wie arm ich bin? Wie hässlich ich bin? Nur zu, denn sobald ich hier weg bin, ist diese Sache erledigt.«

»Du glaubst, du wirst einfach bis an dein Lebensende glücklich und zufrieden leben?«, spottet sie. »Hailey, ich werde dir das Leben auf dem Campus so zur Hölle machen, dass du deinen Abschluss nie schaffst.«

»Wie denn?«, frage ich, nur um es hinter mich zu bringen. »Was denn, willst du mit meinen Professoren schlafen und sie dazu bringen, mir schlechte Noten zu geben?«

»Ich habe Freunde«, droht sie mir lächelnd.

»Na und? Willst du anfangen, Gerüchte über mich in Umlauf zu bringen? Darüber, was für eine Schlampe ich bin? Welche Geschlechtskrankheiten ich habe? Was, Danica? Sag's mir.«

Ihr Kiefer zuckt, als ich ihren hässlichen Plan errate, und ich verdrehe die Augen.

»Als ich auf die Highschool ging, habe ich nach Pferdemist gerochen und hatte Löcher in meinen Kleidern. Meine Schneestiefel im ersten Jahr waren Sneaker, über die Brotbeutel gebunden waren. Wenn du glaubst, es schert mich auch nur einen Dreck, was ein Haufen Verbindungsstudenten von mir denkt, täuschst du dich.«

»Ach du armes Ding«, spottet Danica mit übertriebener Schmollmiene. Sie verzieht sie zu einem Lächeln, und dann stichelt sie: »Wie hat Mike eigentlich mein Kleid gefallen, Hailey? Das mit den blauen Blumen, das du so schön fandest.«

Mein Blut kocht unter meiner Haut, aber ich zwinge mich, ihr Lächeln zu erwidern. »Dieses dämliche Video, das du ihm geschickt hast? Er hat es sich nicht mal angesehen. Und selbst wenn er es getan hätte, bin ich sicher, es hätte ihm nicht so gut gefallen wie das rote Kleid, das ich getragen habe, als ich in dem Musikvideo der Band aufgetreten bin.«

Glühender Zorn flackert über Danicas Gesicht, und sie zischt: »Du lügst.«

»Ich bin eine erbärmliche Lügnerin«, rufe ich ihr in Erinnerung, was sie tausendmal zu mir gesagt hat. »Sieh mir ins Gesicht. Sieht es so aus, als ob ich lüge?«

Sie beäugt mich einen Moment – meine Augen, meinen Mund, meine ernste Miene. Im nächsten Moment schleudert mich die Wucht ihrer Faust nach hinten, und Blut spritzt an meine Zähne. Unter dem unerwarteten Schlag gehe ich zu Boden, und mein Bruder lässt sich neben mir auf die Knie fallen, um mir zu Hilfe zu kommen. Mein benebeltes Gehirn versucht noch immer zu begreifen, was da eben passiert ist, als er sich schäumend vor Wut hochzurappeln beginnt.

Ich halte Luke am Ellenbogen fest, um zu verhindern, dass er sich einmischt. Als ich sicher bin, dass er nicht alles, was mein Dad ihm je darüber beigebracht hat, dass man Mädchen nicht schlagen soll, in den Wind schießt, zwinge ich mich wieder auf die Füße.

Adrenalin pulsiert so schnell durch meine Adern, dass ich am ganzen Körper zittere. Ich bin so wütend, dass ich weinen will. Ich will so laut schreien, dass es wehtut, und dann will ich auf dem Gehsteig zusammenbrechen. Stattdessen fange ich Danicas zornigen Blick auf, und ich stelle sicher, dass sie mich hört. »Du bist die hässliche Stiefschwester, Danica. Du versuchst so angestrengt, die Prinzessin zu sein, aber in dir drin bist du abscheulich. Dein Daddy ist der einzige Mann, der dich je lieben wird.«

Wütende Tränen glitzern in ihren Augen, als sie die Hände an den Seiten wieder zu Fäusten ballt. Ich warte darauf, dass sie mir noch einen Schlag verpasst, aber als es nicht passiert, wische ich mir meine blutige Lippe mit dem Ärmel ab und wende mich von ihr ab. »Sie ist es nicht wert«, sage ich zu Luke, und schließlich lässt er sich von mir wegziehen.

Ich hoffe, dass das Blut in meinem Mund genug ist. Ich bete, dass meine geschwollene Lippe alles ist, was sie gebraucht hat. Wenn sie mich zu Boden werfen musste, na schön, sie hat mich zu Boden geworfen …

»Das hier ist noch nicht vorbei«, ruft sie mir nach, als ich weggehe, und ich schließe die Augen in dem Wissen, dass Worte nie genug sein werden, um sie davon abzuhalten, mir das Leben zur Hölle zu machen. Aber es ist egal, wie oft sie mich zu Boden wirft, denn ich werde *immer* wieder aufstehen.

Als ich mich umdrehe und zu ihr zurückgehe, sind ihre Tränen getrocknet, und ihr Gesicht ist gehässig. Das kleine Mädchen, das ich in Indiana kannte, ist verschwunden, besessen von einem kaltherzigen Biest, das die letzten paar Monate damit verbracht hat, mich wie eine Marionette zu manipulieren.

»Willst du mir noch irgendwas sagen?«, bellt sie, und ich sehe ihr genau in die Augen.

»Ja«, sage ich und greife auf all die Jahre zurück, die ich Heuballen gewuchtet und Ställe ausgemistet und Pferde gezähmt habe. Ich spucke einen Mundvoll Blut auf den Boden und balle die Faust, wie mein Daddy es mir beigebracht hat. »Du schlägst wie ein Mädchen.«

Als ich mit der Faust aushole, hole ich weit aus. Und als ich Danica in ihr verdutztes Gesicht schlage, schlage ich so hart zu, wie ich kann.

52

Wenn mein Leben ein Märchen wäre, ich nehme an, dann hätte ich Danica an jenem Thanksgiving-Nachmittag vor vier Monaten bewusstlos geschlagen. Sie wäre auf den Arsch gefallen, der Schlag wäre sauber gewesen, und ich hätte triumphierend über ihr gestanden.

Stattdessen war *überall* Blut.

Danicas Nase knirschte an meiner Faust, und die Szene, die darauf folgte, war wie etwas aus einem Horrorfilm.

»Oh mein Gott!«, stöhnte ich und ließ mich neben ihr auf dem Gehsteig auf die Knie fallen. Die Augen quollen ihr aus dem Kopf, und sie hielt sich die Nase, während Blut über ihre Finger strömte. »Es tut mir so leid!«

»Ich glaube, du hast ihr die Nase gebrochen«, sagte mein schockierter Bruder, und Danica heulte hysterisch, und meine Hände zitterten, weil ich in Panik ausbrach und keine Ahnung hatte, wie ich ihr helfen sollte.

»Hol Mom und Dad!«

Mein Bruder rannte zurück zum Haus, und ich zog meinen Lieblingskapuzenpulli aus – meinen geliebten Ivy-Tech-Pulli, den Mike damals für mich gerettet hatte – und benutzte ihn, um die Blutung zu stoppen. Ich strich ihr die Haare aus dem Gesicht, ich rieb ihr den Rücken, und ich sagte ihr immer und immer wieder, wie leid es mir täte und dass alles gut werden würde.

Seit diesem Tag haben wir nicht mehr miteinander gesprochen. Danica hat die Uni noch vor Ende des Semesters abgebrochen, und ich habe gehört, dass sie jetzt mit einem Arzt zusammen ist – dem, der ihre gebrochene Nase gerichtet hat. Meine Mom hat mir erzählt, dass er ein paar Jahre älter ist als sie, mit einem großen Haus und einem schicken Porsche. Ich nehme an, er war gut genug für sie, um Rockstars zu vergessen, denn Mike hat auch nichts mehr von ihr gehört.

Jetzt sehe ich zu, wie er auf sein Schlagzeug eintrommelt, einen langsamen, leichten Rhythmus spielt, während die Jungs einen trägen Nachmittags-Soundcheck machen. Das *Mayhem* ist leer bis auf die Band, ein paar Mitarbeiter und mich, Rowan und Dee, aber draußen streckt sich bereits eine Schlange um das Gebäude. Es ist die erste große Show von *The Last Ones to Know*, seit ihr Musikvideo von »Ghost« veröffentlicht wurde und die Single Platinstatus erreicht hat. Heute Abend spielt eine der wenigen Bands, die noch bekannter ist als sie, als Vorband, um mit ihnen zu feiern, daher war die Show binnen Minuten ausverkauft.

Während ich die Nacht in Mikes Armen verbrachte, schliefen Fans auf dem Gehweg vor dem *Mayhem* und warteten darauf, ihn spielen zu sehen, und ein Schauer läuft mir den Rücken herunter, als ich ihm zusehe. Er gähnt und spielt einhändig Schlagzeug, und ich lächle, weil ich daran zurückdenke, dass ich ihm letzte Nacht nicht gerade viel Schlaf gelassen habe, nachdem ich gestern Abend bei ihm vorbeigekommen war.

Ich lebe jetzt in einem Wohnheim, genau wie mein Onkel es versprochen hat, aber ich verbringe trotzdem den Großteil meiner Zeit mit Mike und Phoenix bei ihm zu Hause. Wir machen das Beste aus den Nächten, und tagsüber – wenn ich nicht im Tierheim oder im Lernzentrum des Colleges arbeite oder in meinen Kursen hektisch mitschreibe – hänge ich im Allgemeinen mit meiner neuen Mitbewohnerin Macy ab, die supernett, wenn auch ein bisschen verklemmt ist. Sie ist das absolute Gegenteil von Danica – still und zurückhaltend, aber eine tolle Lernpartnerin –, und ich bin extrem dankbar dafür, dass ich ein Zimmer mit jemandem zugewiesen bekommen habe, der mich so gut ergänzt. Rowan und Dee sind ausgeflippt, als sie hörten, dass sie meine Mitbewohnerin ist. Offenbar hat sie im ersten Studienjahr mit Dee zusammengewohnt, und ich musste unwillkürlich lachen bei der Vorstellung, wie die arme Macy versuchte, sich Deandra Dawson gegenüber zu behaupten. Als ich herausfand, dass sie sogar Mike schon kennengelernt hatte, sagte sie mir, wie glücklich ich mich schätzen könnte, einen so netten Freund zu haben, und ich konnte nicht umhin, ihr recht zu geben.

Nachdem ich zu meinem sehr netten, sehr müden Freund hinübergeschlendert bin und ihm die Arme um den Hals geschlungen habe, drücke ich meine Brust an seinen Rücken und flüstere ihm neckend ins Ohr: »Müde? Soll ich für dich übernehmen?«

Mike grinst, bevor er sich umdreht und mich an der Taille festhält. Er zieht mich auf seinen Schoß und dreht uns wieder herum, lässt seine Schläger in meine Hände gleiten. »Ja, wenn man bedenkt, dass es deine Schuld ist, dass ich die Augen kaum offen halten kann.«

Ich habe kaum Zeit, mir eine geistreiche Antwort einfallen zu lassen, als Dee und Rowan auf der anderen Seite des Klubs, wo sie an der Bar sitzen, bereits in Beifall ausbrechen. Rowan hat einen Berg von Hausaufgaben auf dem Tresen ausgebreitet, und Dee nimmt sich ein Schnapsglas mit irgendetwas, was sie vermutlich nicht trinken sollte angesichts der Tatsache, dass es erst zwei Uhr nachmittags ist. Aber sie hat mir heute

Morgen eine SMS geschickt, um mir zu sagen, dass das rote Kleid der Aufmacher bei der Modenschau ihrer Schule in New York sein wird. Daher hat das Mädchen einen verdammt guten Grund zum Feiern.

»Wow!«, ruft Rowan und reißt die Hände in die Luft. »Na los, Hailey!«

»Zeig, was du drauf hast!«, ermuntert mich Dee und prostet mir mit dem Schnapsglas zu.

Ich werfe einen nervösen Blick auf Mike, aber sein Lächeln ist elektrisierend. »Halt dich jetzt nicht zurück.«

Mein nächster Blick gilt Kit, und sie lächelt mich an. »Such dir einen Song aus.«

»Äh …« Im Laufe der letzten Monate hat Mike mir ein paar Schlagzeugstunden gegeben, und ich versuche, mir einen einfachen Song einfallen zu lassen. »Wie wär's mit ›Rooftops‹?«, schlage ich den langsamen Song vor, den Shawn für Kit geschrieben hat. Er ist schrecklich kompliziert für die Gitarren, aber leicht für das Schlagzeug, daher hat Mike ihn für einen guten Übungssong gehalten, und Kits Miene hellt sich bei diesem Vorschlag auf.

Sie lächelt Shawn auf der anderen Seite der Bühne zu, und er erwidert ihr Lächeln, bevor er mir zunickt.

»Seid ihr so weit?«, ruft Adam Rowan und Dee zu, und Rowan legt endlich ihren Stift hin und dreht sich um, um ihrem Freund und seiner Band ihre volle Aufmerksamkeit zu schenken. Dee kreischt vor Begeisterung, und Joel lacht, während er den Gitarrenriemen an seinem Hals anpasst. Adam lächelt mir über die Schulter zu, seine graugrünen Augen zu allem bereit. »Wir sind so weit, wenn du es bist, Hailey.«

Ich schlucke schwer, und Mikes Zuspruch kommt in Form einer Hand, die meine Schulter reibt, was hilft, meine Nerven zu beruhigen. Ich hole einmal tief Luft, er lässt die Hand sinken, und ich spiele mit *The Last Ones to Know* Schlagzeug. Kit spielt Rhythmusgitarre, Joel spielt Bass, Shawn spielt Leadgitarre, und Adam tritt ans Mikrofon, um einen der beschwörerischsten, schönsten Songs der Band zu singen.

Ich lasse die Schläger für die komplizierteren Teile des Songs in Mikes Hände gleiten, und auch wenn mein Rhythmus bei den leichteren Teilen ein bisschen falsch ist, tun die anderen so, als würden sie es nicht merken. Mikes Brust an meinem Rücken, sein Schoß unter meinen Beinen – das gibt mir das Gefühl, dass ich das schaffen kann, dass ich alles schaffen kann, und als ich fertig bin, spenden Rowan und Dee mir eine stehende Ovation.

»Wir lieben dich, Hailey!«, rufen sie einstimmig, und ich lache, als Dees Pfeifen den ganzen Raum erfüllt.

Mike umarmt mich fest und drückt mir einen Kuss auf die Wange. Das Lächeln auf meinem Gesicht ruft mir in Erinnerung, wie weit wir es gebracht haben, seit ich ihn an genau diesem Ort vor sechs Monaten zum ersten Mal spielen sah.

Zu Weihnachten hat er mich mit Flugtickets nach Indiana überrascht, und es war das beste Weihnachten, das ich je hatte. Wir flogen an dem Tag, bevor Lukes Schule in die Winterferien ging – zusammen mit Rowan, Dee und dem Rest von Mikes Band –, und sie legten eine umwerfende Show in der Turnhalle von Lukes Juniorhigh hin, von der die Kids noch immer reden. Am Tag nach der Show brachte ich sie alle mit nach Hause und machte sie mit Teacup bekannt, die prompt versuchte, Dees funkelnde lila Pumps zu fressen.

Der Rest der Band flog ein paar Tage später nach Hause, aber Mike blieb über die Feiertage bei mir und meiner Familie. Er spielte mit meinem Dad Gin Rommé, flocht einen Pastetenteig mit meiner Mom und baute einen Schneemann mit Luke.

Am Weihnachtsmorgen packten wir zusammen Geschenke aus, und an jenem Abend saßen Mike und ich zusammen oben auf dem Heuboden, in einen Berg von Decken gewickelt, und sahen zu, wie die Sonne über den verschneiten Feldern unterging.

»Ich kann nicht glauben, dass du Luke ein Schlagzeugset geschenkt hast«, sagte ich zum hundertsten Mal, und Mike umarmte mich fester. Ich saß zwischen seinen Beinen, den Kopf an seine Brust gelehnt, und bewunderte die orangefarbenen Schleifen der Sonne auf dem Schnee.

»Der Junge will Drummer werden«, stellte Mike stolz fest, und ich sah lächelnd durch die offene Dachluke hinaus.

»Er will so werden wie du«, berichtigte ich ihn, während er unter den schweren Flanelldecken mit meinen Fingerspitzen spielte.

»Und was gibt's daran auszusetzen?«

»Na ja, erstens einmal«, sagte ich, als er mit den Schmetterlingen in meinem Bauch flirtete, »siehst du unverschämt gut aus.«

Mikes Brust bebte an meinem Rücken, als er lachte. »Ist das so?«

»Ja. Und du bist wahnsinnig talentiert.«

»Oh nein.«

»Und aufreibend romantisch. Ich meine, im Ernst, Mike. Mich dazu bringen, in deinen Armen den Sonnenuntergang anzusehen? Du bist einer von der ganz schlimmen Sorte.«

Er lachte und drückte sein Kinn in meine Schulterbeuge. »Kannst du mir je verzeihen?«

»Ich bin mir nicht sicher«, neckte ich ihn, und Mikes Finger schoben sich unter den Saum meines Shirts und streichelten meinen Bauch, während sie langsam höher hinaufglitten.

»Bist du sicher?«

Ich wandte den Kopf in dem Moment zu ihm um, in dem seine Finger die zarten Spitzenkörbchen meines BHs fanden, und als er meinen Mund mit seinem umfing, vergaß ich, wofür ich ihm verzeihen sollte. Er liebte mich unter diesen Decken, oben auf diesem Heuboden, und es war so anders als damals, als ich in derselben Scheune meine Jungfräulichkeit verlor. Es war schön und romantisch und voller Feuerwerke. Und als ich an jenem Abend in seinen Armen einschlief, war ich mir sicher, dass es keinen Ort gab, an dem ich lieber sein würde als auf dieser Farm, diesem Heuboden, mit dem Mann, der mir Tag für Tag zeigte, dass es Happy Ends doch gibt, selbst für Secondhand-Farmmädchen wie mich.

Nach den Feiertagen flogen wir nach Hause, und Mike nahm mich mit zu seiner Mom, um mich ihr vorzustellen. Mein Magen war völlig umsonst verknotet, denn sie drückte mich prompt zu einer knochenbrechenden Umarmung an sich und sagte mir, wie sehr sie mich schon jetzt liebte. Sie hatte Mikes warme braune Augen, und ich mochte sie auf Anhieb, denn ich wusste, dass sie den Mann großgezogen hatte, mit dem ich den Rest meines Lebens verbringen wollte. Sie erzählte mir alle möglichen Geschichten über Mike als Kind, und je mehr seine Wangen sich dabei röteten, desto mehr verliebte ich mich in ihn, etwas, das ich gar nicht für möglich gehalten hätte. Seine Mom nahm mir das Versprechen ab, sie bald wieder zu besuchen, um ihr Fudge-Cookie-Geheimrezept zu kosten – mit ihrem Sohn oder ohne ihn –, und ich versprach, gleich am nächsten Wochenende wiederzukommen, und das tat ich auch.

Ich sitze noch immer auf Mikes Schoß an seinem Schlagzeug, während Dee und Rowan an der Bar wie wild klatschen, als eine Stimme lautstark durch den Raum fragt: »Warum wird hier denn geklatscht?«

Ein Typ, der vermutlich nur ein paar Jahre älter ist als ich, grinst breit, als er selbstbewusst auf die Bühne zumarschiert. Allein seine Ausstrahlung verrät mir, dass er der Leadsänger der Vorband an diesem Abend sein muss: der berühmt-berüchtigte Van Erickson von *Cutting the Line*. Er hat pechschwarze Haare, die an den Spitzen silbern funkelnd gefärbt sind, und das großspurige Lächeln in seinem Gesicht schreit förmlich: »Rockstar.«

»Hey!«, ruft Adam ihm zu und springt von der Bühne, um Van zu einer Umarmung an sich zu drücken. Shawn klettert etwas vernünftiger herunter, gefolgt von Joel und Kit – und Mike, der mir die Hände um die Taille legt, um mir herunterzuhelfen.

Vans Bandkumpel und ein paar hübsche Mädchen kommen hinter ihm herein, und nachdem alle ihre Bekanntschaft erneuert haben, stellt Mike mich vor: »Das hier ist meine Freundin, Hailey.«

»Oh«, sagt Van aalglatt, und einer seiner Mundwinkel hebt sich zu einem Grinsen, »das Mädchen in dem roten Kleid muss nicht vorgestellt werden. Wir haben das Video gesehen. Wir sind alle Riesenfans.«

Meine Wangen glühen so rot, wie mein Kleid in dem Musikvideo war, und Mike legt mir den Arm ein bisschen fester um die Schultern. Van wirft ihm ein Lächeln zu und streckt eine Hand nach meiner aus, um sie zu schütteln.

»Ich bin Van.«

»Freut mich, dich kennenzulernen«, sage ich, und als ich Vans Hand schüttele, grinst er.

»Keine nassen Finger – ich mag das Mädchen schon jetzt!«

Kit schnaubt und knufft ihn in den Arm, und Van lacht, als alle Richtung Bar gehen.

»Mike hat lange auf dich gewartet, Hailey«, sagt Van zum

Abschied, und Mike lächelt zu mir herunter, als wir uns etwas zurückfallen lassen.

»Kann ich dir etwas zeigen?«, fragt er mit gedämpfter Stimme, und als ich nicke, führt er mich still und heimlich fort.

Draußen, in der Märzkälte, sitze ich auf dem Metallgeländer neben den Stufen, die von der Seitentür des *Mayhem* hinunterführen, und Mike stützt die Hände neben meinen Schenkeln auf das Metall. Er umrahmt mich mit seinen kräftigen Armen, die vom Schlagzeugspielen geformt wurden, seit er alt genug war, um ein Paar Schläger zu halten.

»Was wolltest du mir denn zeigen?«, frage ich, und ein verlegenes Lächeln umspielt seine perfekten Lippen.

»Was ich für dich fühle?«

Grübchen bilden sich in meinen Wangen, als ich mich erinnere, wie er diesen Spruch unmittelbar vor unserem ersten Kuss gebracht hat, und ich gleite mit den Fingern an seinen Schultern nach oben, während er näher auf mich zutritt.

»Und wie wirst du das machen?«

Als Mike sich vorbeugt, hämmert mein Herz in meiner Brust, so wie es das immer tut, wenn ich weiß, dass er im Begriff ist, mich zu küssen. Ich schließe die Augen, atemlos, aber dann streift seine Wange über meine.

»Dreh dich nicht weg, Hailey«, flüstert er mir leise ins Ohr, als der Wind mir meine wilden Locken aus dem Gesicht weht, und als seine Lippen meine streifen, tue ich es nicht. Ich schmelze an ihm dahin, während er sich Zeit lässt, und ich spüre die Funken, die sich rings um uns entzünden. Sie lodern an meinen Lippen und in meiner Brust und über meiner Haut – bis ich geschmolzene Lava bin, die seine, um von ihm geformt zu werden.

Vans Worte hallen in meinem Kopf wider: *Mike hat lange auf dich gewartet, Hailey.*

Aber während die Funken mich verzehren – während sie uns beide verzehren –, denke ich an das Happy End, von dem ich geträumt habe, seit ich alt genug war, um zu träumen, und mir wird bewusst, dass ich auch auf *ihn* gewartet habe.

Ich habe auf meinen Prinzen gewartet, ich habe ihn auf einer Bühne gefunden, und ich werde ihn bis ganz zum Schluss festhalten.

Epilog

Mike

Ein paar unserer Fans haben letzte Nacht vor dem *Mayhem* geschlafen. Während ich mit meinem Mädchen in den Armen im warmen Bett lag, haben Dutzende von Kids Schlange gestanden und draußen auf dem Gehsteig übernachtet, um sich einen Spitzenplatz vor der Bühne zu sichern. Die Jungs und ich haben vom Backstagebereich aus zugesehen, wie die Türen aufgingen und sie hereinstürzten, eine Flut von Fans, die auf die Absperrung zurannten. Binnen Minuten war das *Mayhem* von der Bühne bis zur Bar brechend voll, und obwohl wir schon früher ausverkaufte Shows gespielt haben, fühlte es sich diesmal anders an.

Sie hatten draußen geschlafen. Im März. Ich kann es noch immer nicht fassen.

Als die Jungs und ich das erste Mal im *Mayhem* spielten, vor sieben Jahren, waren wir nur eine verzweifelte Garagenband, die versuchte, sich einen Namen zu machen. Der Besitzer konnte sich damals nicht entscheiden, ob er aus dem Laden einen Nachtklub oder eine Konzerthalle machen wollte, daher baute er eine Bühne, installierte einen Haufen Hightech-Beleuchtung, machte Platz für ein DJ-Pult und erklärte das *Mayhem* zu beidem. *Mayhem:* der Name eines Ortes, der keine Ahnung hat, was er sein soll, und der Klub, den wir Zuhause nennen, seit wir gleich nach unserem Highschoolabschluss hierher gezogen sind.

Keiner von uns hat es je in Betracht gezogen, einen Bürojob anzunehmen. Wir haben nie auch nur darüber nachgedacht. Wir haben uns einfach mit beiden Händen an diesen Traum geklammert, und wir haben einen stillschweigenden Pakt geschlossen, ihm zu folgen, wohin auch immer er uns bringt.

Seitdem hat er uns durchs ganze Land geführt. Er hat uns um die ganze Welt geführt. Und jetzt hat er uns zurück hierher geführt, zu derselben vertrauten Bühne unter denselben blauen und violetten Lichtern. Sie blinken um mich herum, während ich für die Fans auf mein Schlagzeug eintrommele. Heute Abend sind so viele Gesichter in der Menge, dass ich sie gar nicht erkennen kann. Ich spiele mir für sie die Seele aus dem Leib: für die um sich schlagende Kreatur dort unten, die bei jedem Hit, den wir spielen, jedem berühmten Refrain, den wir anstimmen, lauter wird.

Berühmt – unsere Songs sind *berühmt*. Die Kids singen jedes Wort auswendig mit. Ich gebe den Takt zum Rhythmus ihrer Füße vor, und sie springen auf und ab – ein Meer von Körpern, die zu den Songs abrocken, die wir geschrieben haben – den Songs, die Adam und Shawn und Joel und Kit und *ich* geschrieben haben. Ein paar dieser Lieder sind entstanden, als wir alle noch auf die Highschool gingen, damals, als sich keiner von uns hätte träumen lassen, vor einer so großen Menge oder so treuen Fans zu spielen.

Sie haben auf dem Gehsteig geschlafen. *Sie haben auf dem verdammten Gehsteig geschlafen.*

Cutting the Line hat heute für uns als Vorband gespielt, und *Cutting the Line* spielt für niemanden als Vorband. Aber Van Erickson stand vorn auf dieser Bühne und stellte jeden von uns einzeln vor: Adam Everest. Shawn Scarlett. Joel Gibbon. Kit Larson. Mike Madden.

Über den polierten schwarzen Boden zu meinem Schlagzeug zu gehen, hat sich heute Abend anders angefühlt als bei den ausverkauften Shows in China und Australien und England. Es hat sich angefühlt … es hat sich angefühlt, als hätten *wir es geschafft*. Es hat sich angefühlt, als hätte *ich* es geschafft. Und während meine Muskeln brennen und meine Schläger wie wild auf das Schlagzeug einhämmern, wird mir bewusst, dass dieses Gefühl ebenso viel mit dem Mädchen zu tun hat, das abseits der Bühne auf mich wartet, wie mit den Hunderten von Fans, die uns aus der Menge unsere Namen entgegenschreien.

Hailey Harper. Ich sah sie nicht einmal kommen. Ich war mir so sicher, dass ich niemals mit einem dieser Mädchen zusammenkommen würde, die vor unserem Tourbus auf mich warteten, aber da war sie und wartete zusammen mit meiner Highschoolfreundin, an dem Abend, der mein Leben veränderte.

Ich war ein Idiot, an dem Abend mit Danica rumzumachen, und ich war ein noch größerer Idiot, weil ich so lange brauchte, um zu begreifen, dass wir keine zweite Chance wert waren. Aber der Verstand spielt dir seltsame Streiche – wie wenn du als Kind in einen Vergnügungspark gehst und denkst, es ist der tollste Ort auf der ganzen Welt, aber dann kommst du als Erwachsener noch einmal wieder, und du begreifst, dass die Fahrgeschäfte beschissen sind und das Essen das reinste Gift ist.

Ich fing an jenem Abend an, mich in Hailey zu verlieben – an dem Abend, an dem wir uns zum ersten Mal begegneten –, aber es wurde mir erst Wochen später bewusst. Ich hätte diese Wochen damit verbringen sollen, meine Beziehung mit

Danica neu zu entfachen, aber ich wollte einfach nur mit ihrer Cousine telefonieren, mit ihrer Cousine Videospiele spielen, mit ihrer Cousine abhängen. Ich redete mir ein, dass Hailey einfach nur ein richtig cooles Mädchen war und dass wir einfach nur dazu bestimmt waren, richtig gute Freunde zu sein. Aber sie ging mir nicht mehr aus dem Kopf. Ich lag nachts im Bett und wünschte, ich wäre mit ihr zusammen, oder dass ich wenigstens ihre Stimme hören könnte, und an dem Tag, an dem wir diesen Teich für das Musikvideo erkundeten, machte es endlich klick.

Ich wusste es, noch bevor wir die Lichtung erreichten. Auf dem ganzen Weg durch den Wald konnte ich nicht aufhören, immer wieder heimlich Blicke auf sie zu werfen, und ich kam mir wie ein absolutes Arschloch vor. Es war nicht so, dass sie *versuchte*, meine Aufmerksamkeit zu bekommen – sie trug einen weit geschnittenen Kapuzenpulli, Jeans und alte Stiefel –, warum zum Teufel konnte ich dann nicht aufhören, sie anzusehen? Meine Hand wollte sich aus Danicas befreien und stattdessen Haileys halten, und je mehr Danica redete, desto frustrierter wurde ich. Sie beklagte sich auf dem ganzen Weg bis zur Lichtung, und dann hörte sie nicht auf davon zu reden, dass sie der Star unseres Videos sein würde, und die ganze Zeit sah Kit mich nur immer wieder an: *Ich hab's dir ja gleich gesagt.*

Sie und die ganze Band hatten mir wochenlang in den Ohren gelegen, und ich hätte auf sie hören sollen, aber als ich Danica an jenem eiskalten Abend damals im September vor dem Bus sah, da kam auf einmal alles zurück. Alles. Der Schmerz, die Zweifel, und sogar ein Hauch der Gefühle, die ich auf der Highschool für sie hatte, die Schwärmerei, die ich seit der dritten Klasse für sie hatte. Sie war das hübscheste Mädchen an unserer Schule, und sie ist immer noch schön – aber nicht so wie Hailey. Sie hat nicht Haileys sexy Locken oder Haileys freundliches Herz oder Haileys ansteckende Funken, und als ich an jenem Tag am Teich mit Hailey in den Wald ging, da wusste ich, dass mir Ärger bevorstand.

Wir blieben an einem umgestürzten Baum stehen, kurz bevor es anfing zu regnen, und als sie sich setzte … Gott, da wollte ich sie küssen. Ich hätte mich schrecklich deswegen fühlen sollen, aber das konnte ich nicht. Ich konnte nicht einmal denken – nicht an Danica, nicht an irgendetwas anderes. Ich konnte nur auf Haileys Lippen starren und mich fragen, wie weich sie sich an meinen anfühlen würden.

Gott sei Dank begann es zu regnen, sonst hätte ich das mit uns vermutlich völlig vermasselt. Hailey sorgte dafür, dass ich mich halb totlachte, als sie von Seekühen und Koalas und weiß Gott was noch schrie, während wir zu der Hütte rannten, und als ich mit ihr auf diesem staubigen Holzboden saß und zusah, wie die Welt draußen unterging, da wurde mir bewusst, dass ich so glücklich war wie schon seit langer, langer Zeit nicht mehr.

Daher setzte ich ihr meine Kappe auf den Kopf. Das war mein Geniestreich. Ich setzte ihr meine Kappe auf den Kopf, ging mit ihr zurück zu der Lichtung und schwor mir insgeheim, mir über meine Gefühle klar zu werden. Ich war mir ziemlich sicher, dass es an der Zeit war, mit Danica Schluss zu machen, aber dann fiel Hailey in den Teich, und dann hörte sie auf, auf meine Anrufe und SMS zu antworten, und dann wurde ich krank, und … ehrlich gesagt, ist es ein Wunder, dass wir das mit uns überhaupt hinbekommen haben.

»Der nächste Song heißt ›Ghost‹«, ruft Adam vorn auf der Bühne, und als die Menge ausflippt, lacht er. »Klingt, als ob ihr schon mal davon gehört habt?«

»Ich glaube, die meisten von ihnen waren dabei«, witzelt

Shawn in sein Mikro, und Adam grinst erst ihn und dann den Rest von uns an, bevor er sich wieder umdreht.

»Schreit, wenn ihr dabei wart.«

Ein Lächeln breitet sich auf meinem Gesicht aus, als das *Mayhem* vom ohrenbetäubenden Lärm unserer Fans erfüllt wird, und als ich einen Blick auf Hailey werfe, sehe ich, dass sie die Augen vor Staunen weit aufgerissen und die Lippen vor Ehrfurcht geöffnet hat. Als könnte sie spüren, dass ich sie beobachte, fängt sie meinen Blick auf, und mein Lächeln wird breiter und ich wirble einen Schläger zwischen meinen Fingern herum. Ich versichere ihr damit, dass ich trotz all der Fans und des Ruhms und des Lärms noch immer derselbe Typ bin, der sich letzte Nacht in ihr rosa Häschen-Pyjamashirt gezwängt hat, nur um sie lachen zu sehen.

Ich weiß, dass dieses »Rockstar«-Ding für sie manchmal ein bisschen viel zu verkraften ist – manchmal ist es für mich selbst ein bisschen viel zu verkraften –, aber unter diesen blendenden Scheinwerfern bin ich immer noch ich. Ich bin immer noch ich, und ich gehöre immer noch ihr, und daran wird sich nie etwas ändern.

»Und jetzt singt mit mir, wenn ihr den Text kennt«, fordert Adam die Menge auf, und ich fasse das als mein Stichwort auf und gebe auf dem Schlagzeug einen Rhythmus vor und erinnere mich an den Abend, an dem wir dieses Musikvideo gedreht haben.

Ich wusste, dass ich Hailey an jenem Abend küssen würde. Ich hatte mich von Danica getrennt, und ich sollte am nächsten Morgen zu unserer Tour aufbrechen – aber es stand außer Frage, dass ich einen Fuß in dieses Flugzeug setzen würde, ohne Hailey vorher wenigstens einmal geküsst zu haben. Das war das Einzige, woran ich denken konnte, während ich zusah, wie sie in diesem sexy roten Kleid Szenen drehte. Ich wollte mich nur noch mit ihr davonstehlen, ihr Gesicht in meine Hände nehmen und sehen, ob ich sie dazu bringen könnte, die Funken zu fühlen, die sie, wie sie sagte, noch nie zuvor gefühlt hatte.

Ich hatte keine Ahnung, dass ich selbst sie auch noch nie gefühlt hatte, aber als ihre Finger über meinen Kopf strichen und ihr Körper sich an meinem bewegte, während ich sie im Wald küsste – während sie meinen Kuss erwiderte –, da fühlte ich mich, als würde ich brennen, und ich war mir sicher, dass mein Herz in meiner Brust explodieren würde. Mein Herz, mein Körper, mein Verstand: Alles wurde von ihr verzehrt, und jetzt, wenn ich sie am Rand der Bühne stehen sehe und sie mich anlächelt, wie nur sie es kann, fühle ich mich genauso.

Das Mädchen ist ein Feuerwerk. Sie muss nicht einmal irgendetwas Besonderes tun. Sie kann einfach in einer Katzen-Pyjamahose und einem meiner Guinness-T-Shirts auf meiner Couch sitzen und Deadzone spielen, ein Stück Pizza auf einem Bein balancierend, während Phoenix' Vorderpfoten auf dem anderen liegen. Ich will mich nur noch vor ihr auf ein Knie fallen lassen und sie bitten, den Rest meines Lebens mit mir zu verbringen.

Ich hätte sie vielleicht schon gefragt, wenn ich nicht wüsste, dass Adam vorhat, Rowan in ein paar Monaten in Paris einen Antrag zu machen. Wir haben eine Show geplant, wir nehmen die Mädchen mit, und er hat schon vor Monaten den Ring gekauft. Ich will ihm nicht die Show stehlen, aber sobald er die Frage gestellt hat, werde ich nicht länger warten. Ich werde nicht den Rest meines Lebens nach den Vorstellungen anderer Leute planen, das haben wir schon zur Genüge getan.

Damals im Dezember, als ich Hailey fragte, ob sie vorhätte, Weihnachten mit Danicas Familie zu verbringen, erzählte sie mir endlich alles, was sie mir verschwiegen hatte, während ich auf Tour war. Sie erzählte mir von Danicas Ultimatum und wie sehr sie mit der Entscheidung zu kämpfen hatte. Sie gestand es mir, als glaubte sie, ich würde sie dadurch weniger lieben, aber tatsächlich habe ich sie dadurch nur noch mehr geliebt, falls das überhaupt möglich war. Ich konnte nicht glauben, dass sie vor dieser Wahl – ihr lebenslanger Traum oder ich – gestanden hatte und dass sie *mich* gewählt hatte. Und als sie mir erzählte, wie Danica ihr die Faust ins Gesicht gerammt hatte, da war ich drauf und dran auszurasten – bis Hailey breit lächelte und mir erzählte, sie hätte zurückgeschlagen und Danica ihre verdammte Nase gebrochen.

Mein Mädchen. Hammerharte Straßenkämpferin. Sie verblüfft mich immer wieder.

Das ist einer der Gründe, weshalb der Ehering meiner Großmutter in diesem Moment ein Loch in das Handschuhfach meines Trucks brennt. Ich habe meine Mom um diesen Ring gebeten, ein paar Tage nachdem sie Hailey kennenlernte, und ihre Augen füllten sich mit Tränen des Glücks, als sie ihn aus ihrer antiken hölzernen Schmuckschatulle nahm und ihn mir in die Hand drückte. Als ich auf der Highschool war, dachte ich, ich würde diesen Ring eines Tages Danica geben, aber der Zeitpunkt erschien mir nie richtig, und ich bezweifelte ohnehin, dass meine Mom ihn mir geben würde, angesichts der Tatsache, wie abgrundtief sie meine Freundin hasste. Jetzt fühlt sich jeder Tag, an dem ich Hailey diesen Ring nicht an den Finger stecke, wie eine Ewigkeit zu lang an.

Ich versuche, mich auf mein Schlagzeug zu konzentrieren, aber das kann ich nicht. Ich versuche, mich auf die Menge zu konzentrieren, aber das kann ich nicht. Ich versuche die Hitze der Scheinwerfer zu spüren, die auf meine Schultern hinunterstrahlen, aber das kann ich nicht. Alles, was ich fühlen kann, ist die Art, wie mein Herz gegen meine Rippen schlägt bei dem Gedanken an diesen Ring, und was Hailey sagen könnte, wenn ich ihn ihr gebe.

Ich werfe wieder einen Blick auf sie – sie steht mit Rowan und Dee im Schatten des Backstagebereichs –, und sie winkt mir kurz zu. Sie trägt Sneaker, enge Jeans, ein *The-Last-Ones-to-Know*-T-Shirt und eine übergroße Kapuzenjacke – und sie ist das Schönste, was ich je gesehen habe. Sie klatscht aufmunternd in die Hände, und ich habe keine Ahnung, wie ich noch fünf Monate länger warten soll, um ihr einen Ring an die linke Hand zu stecken. Aber dann lächelt sie – strahlender als jeder Stern, den ich je gesehen habe –, und dann *weiß* ich: Ich kann nicht. Es gibt nur eine Sache, die diesen Abend noch perfekter machen würde, und ich kann nicht einmal einen Tag länger warten.

»Ich will das heute Abend machen«, sage ich nach unserer Zugabe zu Shawn, und seine grünen Augen weiten sich.

»Heute Abend?«

Ich nicke, und Shawn sieht hinüber zu Adam, Joel und Kit, die uns im Backstagebereich auf der Seite gegenüber der Mädchen treffen.

»Du willst es heute machen?«

»Heute Abend?«, unterbricht ihn Joel, die Augen noch weiter aufgerissen als Shawn. »Jetzt gleich?«

Ich sehe Adam an. »Ist das okay?«, frage ich.

Die Mundwinkel meines Kindheitsfreundes wandern weit nach oben, und er schlägt mir auf den Rücken, bevor er mich zu einer Umarmung an sich zieht. »Du hast lange genug gewartet, Mann. Dieser Abend gehört ganz dir.«

Ich erwidere seine Umarmung, und als Shawn an meiner Schulter zerrt, umarme ich ihn ebenfalls. Ich umarme Joel, und ich umarme Kit, und als ich schließlich Hailey auf der anderen

Seite der Bühne treffe, nehme ich ihre Hand in meine. »Komm mit, ich will dir etwas zeigen.«

In meinem Truck überschlagen sich meine Finger ebenso schnell wie meine Gedanken. Ich weiß, dass Hailey mir den Vorzug vor der Uni gegeben hat, aber will sie mich auch für den Rest ihres Lebens? Will sie mit mir alt werden, so wie ich mit ihr alt werden will? Stellt sie sich dasselbe Häuschen im Grünen, dieselbe Verandaschaukel, dieselben orangefarbenen Sonnenblumen, die vor unserem Schlafzimmerfenster wachsen, und denselben Chiligarten hinter dem Haus vor? Meine Fingerspitzen trommeln in einem Affentempo auf mein Bein, und als Hailey zu mir hinübersieht, sagt sie: »Du scheinst nervös.«

»Inwiefern?«

Sie streckt eine Hand aus und verhakt ihre Finger mit meinen, und ich versuche aufzuhören herumzuzappeln. »Nur Restaufregung«, lüge ich. »Die Show heute Abend war umwerfend, stimmt's?«

Haileys Augen erstrahlen mit ihrem Lächeln. Gott, sie ist so schön. »Ich hätte nie gedacht, dass es so lustig sein könnte, in der Menge zu sein«, sagt sie, und ich drücke ihre Hand, während ich mich erinnere, was für einen Spaß wir dabei hatten, *Cutting the Line* zuzusehen.

Vor der Show hatte Adam sie gefragt, was sie von uns hielt, als sie uns damals im September das erste Mal im *Mayhem* spielen sah, und Hailey stöhnte auf, als sie sich an den »Achseltypen« und die grässliche Zeit, die sie mit Danica hatte, erinnerte. Ich entschied, dass sie eine schönere Erinnerung brauchte, und überredete zwei Kids in der ersten Reihe, mir und Hailey ihre Plätze zu überlassen – im Tausch gegen Backstagepässe. Ich half den beiden, über das Geländer zu klettern, und dann hob ich Hailey hoch und setzte sie in der Menge ab, in der Mitte vorn. Ich sprang nach ihr hinunter und stellte mich hinter sie, die Arme auf beiden Seiten beschützerisch um sie gelegt, und als *Cutting the Line* die Bühne betrat, rasteten die Fans völlig aus. Ich war schon immer jemand, der sich auf den Rängen wohler fühlte als in der Menge, aber als mein Körper gegen Haileys gedrückt wurde, entschied ich, dass das hier eine Show war, die ich eindeutig genießen würde.

Wir sprangen zusammen auf und ab, schrien Songtexte mit, die Hailey auf der Stelle konnte, und je heftiger sie lachte, desto heftiger lachte ich mit ihr. Bis ich an der Reihe war, die Bühne zu betreten, war ich so randvoll mit glücklicher Energie, dass ich das Gefühl hatte, zu meinem Schlagzeug schweben zu können.

»Das war eindeutig der größte Spaß, den ich je bei einer Show hatte«, sage ich zu ihr, und Hailey grinst.

»Dir hat doch nur gefallen, dass du dich eine Stunde lang an meinem Hintern reiben konntest.«

Ich muss unwillkürlich lachen, während ich ihre Hand noch immer festhalte. »Das war das Beste dabei.«

Sie errötet trotz ihrer Neckerei, und ich gleite mit dem Daumen über ihre Hand, während ich wieder auf die Straße hinausstarre.

»Wohin fahren wir eigentlich?«, fragt sie, und mein Daumen wird rastlos und ist kurz davor, wieder auf ihre Knöchel zu trommeln.

»Das wirst du gleich sehen.«

Eine Viertelstunde später biegen wir auf die Zufahrtsstraße ein, die zum Teich führt, und ich helfe Hailey aus meinem Truck. Dann stecke ich den Kopf noch einmal durch die Beifahrertür, um in mein Handschuhfach zu greifen. »Ich glaube, ich habe hier drinnen irgendwo eine Taschenlampe«, sage ich zu ihr, und ich wühle ein bisschen herum, bevor ich das Handschuhfach wieder schließe. Ich halte die Taschenlampe in einer Hand, während ich die andere verstohlen in meine Hosentasche stecke.

Als wir gehen, sage ich zu ihr: »Ich bin noch einmal hierher gekommen, nachdem ich von der Tour zurück war, um mich zu vergewissern, dass sie alles aufgeräumt haben. Und ich habe einen Generator gefunden, den sie hier oben zurückgelassen hatten.«

Hailey sieht zu mir hoch, und ich nehme die Hand aus der Hosentasche, um den Arm um sie zu legen. »Sie haben ihn einfach vergessen?«

»Scheint so.«

»Hast du es ihnen gesagt?«

»Ja, aber sie sind nie zurückgekommen, um ihn zu holen.«

Wir erreichen die Lichtung, und ich sage ihr, dass sie auf mich warten soll, während ich zum Waldrand gehe, wo, wie ich weiß, der Generator hinter ein paar Zweigen versteckt ist. Ich drücke auf einen Schalter, und der ganze Wald erwacht flackernd zum Leben.

Hailey steht der Mund offen, als ich zurückkomme, und ich lächle, als sie die Million weißer Weihnachtslichter bewundert, die ich in den umliegenden Bäumen aufgehängt habe. Das war mein tägliches Projekt – wenn ich nicht mit den Jungs Songs geschrieben oder geübt habe, war ich damit beschäftigt, die Abteilung für Weihnachtsbeleuchtung im Baumarkt aufzukaufen und ein Experte im Lichteraufhängen zu werden.

»Wow«, haucht Hailey, und ich nehme ihre Hand in meine, während wir uns staunend auf der Lichtung umsehen.

»Gefällt es dir?«, frage ich. Ich hatte weitaus mehr Lichter als die hier geplant – wenn ich Hailey in diesem Sommer hierher bringen werde, will ich, dass dieser Ort aussieht, als wäre er von Millionen winziger Glühwürmchen erfüllt. Aber bis jetzt habe ich es nur geschafft, Lichter in den Bäumen unmittelbar um die Lichtung aufzuhängen.

»Es ist wunderschön«, sagt Hailey staunend, und das enge Gefühl in meiner Brust löst sich. »Hast du das gemacht?«, fragt sie, und ich führe sie zum Teich.

»Ja.«

»Warum?«

»Weil ich wusste, dass es dir gefallen würde.«

Ich stehle ihr einen Kuss, während wir weitergehen, und bei jedem Schritt, mit dem wir uns der Stahlplattform in der Mitte des Teichs nähern, hämmert mein Herz schneller.

Das Feuerwerk beginnt in dem Moment, in dem unsere Füße den Steg betreten, und ich weiß nicht, wie Shawn es geschafft hat, es so perfekt zu timen. Es explodiert nördlich der Lichtung am Himmel: Weiß- und Blautöne, Violett- und Grüntöne, Rot- und Orangetöne, und Hailey ist so von Ehrfurcht ergriffen, dass sie es gar nicht bemerkt, als ich meine Hand aus ihrer löse. Sie geht bis ganz zum Ende der Plattform und starrt zu dem von Funken erfüllten Himmel hoch.

Hailey

Einer nach dem anderen erfüllen Feuerwerkskörper den Nachthimmel. Ein Knall, ein Regenschauer aus buntem Licht, und dann das Geräusch von Funken, die vom Vollmond herunterregnen. Leuchtende Violett- und Grün- und Blau- und Rottöne. Es ist überwältigend, und als ich mich umdrehe, um

Mike anzusehen, raubt mir sein Anblick, auf einem Knie vor mir, den letzten Atem, den ich noch habe.

Er starrt mit diesen schönen braunen Augen zu mir hoch, einen funkelnden Diamantring zwischen den Fingerspitzen.

»Hailey«, sagt er, während mir Tränen in die Augen treten und der letzte Rest des Feuerwerks hinter mir vom Himmel regnet. Mein Herz schlägt wie wild, und meine Knie beginnen zu zittern. »Ich habe das Gefühl, ich habe mein Leben lang auf dich gewartet, und jetzt, wo ich dich gefunden habe, will ich keinen Tag mehr ohne dich verbringen. Ich will abends mit dir ins Bett gehen. Ich will morgens mit dir aufwachen. Ich will jedes Mal die Arme um dich legen, wenn ich grundlos lächle.« Tränen des Glücks laufen über meine Wangen, und Mike lächelt liebevoll zu mir hoch. »Ich will dir ein Leben voller Lachen und Liebe schenken. Ich will dir Funken schenken und meinen Nachnamen und ein Haus, in dem wir alt werden können.« Ich beschwöre meine Knie, mich weiter auf den Beinen zu halten, mich lange genug zu tragen, um jedes perfekte Wort zu hören, das aus Mikes perfektem Mund kommt. Und ich sehe zu, wie er einmal leise und nervös Luft holt. »Hailey Harper, willst du mich heiraten?«

»Ja«, sage ich ohne zu zögern, und Mikes ganzes Gesicht erstrahlt vor einer Freude, die ich in meinem eigenen Herzen spüren kann.

»Ja?«, fragt er mit einer Mischung aus Ehrfurcht und Unglauben in der Stimme.

»Ja«, wiederhole ich und präge mir ins Gedächtnis, wie er in genau diesem Augenblick aussieht. In fünfzig Jahren, wenn er und ich alt und grau sind, mit Kindern und Enkeln und Urenkeln, will ich mich an jedes Detail erinnern. Ich will mich erinnern, wie das Mondlicht auf sein Haar fiel, wie die winterliche Kälte seine Wangen verfärbte, wie seine Finger zitterten, während er mir seinen Ring – *meinen* Ring – hinhielt. Und ich will mich erinnern, wie mein Herz aufgeregt in meiner Brust hämmerte – denn kein Märchenprinz, kein weißer Ritter könnte je schöner sein als der Anblick von Mike Madden vor mir auf einem Knie.

Mein Körper zittert ebenso sehr wie seiner, und ich lasse mich auf die Knie fallen und schlinge die Arme fest um ihn. Das hier ist die größte Entscheidung meines Lebens – und es ist zugleich mit Abstand die leichteste. »Ja, ich will dich heiraten.«

Ich küsse Mike, und mir laufen Tränen über die Wangen, und als ich mich von ihm löse, glänzen seine Augen ebenfalls. Er steckt mir den Ring an den Finger und stiehlt mir Küsse, während ich den Ring bewundere.

»Gefällt er dir?«, fragt er, und ich nicke, um Worte verlegen. Der Ring ist wunderschön, ein funkelnder runder Diamant, von einer kunstvollen Vintage-Fassung gehalten. Das matt silberne Band liegt zierlich an meinem Finger, und der Diamant schimmert wie ein Spiegelbild des Vollmonds, den ich als kleines Mädchen so liebte, derselbe, der jetzt über uns schwebt.

»Er hat meiner Großmutter gehört«, sagt Mike, und ich hebe den Blick zu seinem herzerwärmenden Lächeln. »Aber ich glaube, er war immer für dich bestimmt.«

Mit dem Ring an meinem Finger nehme ich sein Gesicht in meine Hände. Meine Fingerspitzen gleiten in seine Haare, und er zieht mich näher an sich, als ich ihn küsse. Ich küsse ihn unter dem Nachthimmel, unser ganzes Leben vor uns ausgebreitet, und später, als wir auf der Plattform liegen und zu den Sternen hochschauen, spielt Mike mit meiner linken Hand.

»Als Adam vor eineinhalb Jahren mit Rowan zusammenkam«, sagt er, »war ich ein bisschen eifersüchtig.«

Ich sehe zu ihm hinüber, beobachte ihn.

»Nicht weil ich sie wollte.« Er sieht zu mir herüber und lächelt beschwichtigend. »Sie ist wie eine kleine Schwester für mich. Sondern weil ich wollte, was er mit ihr hatte, weißt du?«

Ich warte darauf, dass er fortfährt, und er starrt wieder hoch zu den funkelnden Sternen.

»Und als Joel mit Dee zusammenkam, da wollte ich, was er hatte. Und als Shawn mit Kit zusammenkam, da wollte ich, was er hatte. Aber weißt du, was mir jetzt klar geworden ist?«

Ich starre ihn noch immer an, und er dreht den Kopf, um mir in die Augen zu sehen.

»Ich will nicht, was sie haben.«

»Was willst du denn dann?«, frage ich, und Mikes Mundwinkel wandern sanft nach oben, während er den Ring an meinem Finger dreht. Er dreht sich auf die Seite, stützt sich auf einen Ellenbogen und führt meine Hand an seinen Mund.

»Ich will dich«, sagt er und drückt einen Kuss auf meinen Finger, genau über meinem Verlobungsring. »Ich hätte mein Leben lang auf dich gewartet, Hailey. Es gab immer nur dich.«

Er streicht mir die Haare aus dem Gesicht, und ich schaue hoch in seine atemberaubenden Augen und denke an den Krieg, den ich ausgefochten habe, um ihn für mich zu gewinnen. Ich hätte ihn noch tausendmal ausgefochten dafür, wie er mich jetzt ansieht, dafür, wie sich sein Ring an meinem Finger anfühlt.

»Ich liebe dich«, sage ich zu ihm, und er schenkt mir dieses Lächeln, in das ich mich so völlig, so hoffnungslos verliebt habe.

»Genug, um dein ganzes Leben mit mir zu verbringen?«, fragt er, und ich verhake die Finger in seinen und verspreche mir insgeheim, ihn nie, aber auch nie wieder loszulassen.

»Genug, um die Ewigkeit mit dir zu verbringen.«

Ich schließe die Augen, als er mich küsst – und überall sind Funken.

Danksagung

Für die Liebe meines Lebens und den echten Mann, nach dem Mike Madden benannt ist: meinen Pizza liebenden, Bier trinkenden, Videospiele spielenden Ehemann Mike Shaw. Danke, dass du nach langen Arbeitstagen nach Hause gekommen bist, um dir von mir ein Baby in die Arme drücken zu lassen, damit ich dieses Buch schreiben konnte. Ich werde dir ewig dankbar sein für all die Opfer, die du gebracht und all die Unterstützung, die du mir gegeben hast, während ich diese ganze Reihe geschrieben habe. Danke für ein Leben voller Liebe, Lachen und Funken.

Für meine Mom Claudia, die damit aufgewachsen ist, Brotbeutel als Schneestiefel zu tragen, und die immer dafür gesorgt hat, dass ihre Kinder es besser hatten. Danke, dass du sichergestellt hast, dass mir immer alle Optionen der Welt offenstanden. Und danke, dass du mich bei allem unterstützt hast. Du hast mir den Mut gegeben, meine Träume zu verfolgen, und das Selbstvertrauen, sie zu erreichen.

Für meine Kritikpartnerinnen Kim Mong und Rocky Allinger. Ich schätze mich glücklich, euch meine besten Freundinnen nennen zu können. Danke, dass ihr für immer meine größten Unterstützer und Fangirls seid. Eure Ermutigung ist das, was mich bei meinem Schreibprozess jedes Mal bei der Stange hält, wenn ich mein Manuskript ausdrucken will, nur um es zu verbrennen. Ich wäre ein einziges Häufchen Elend ohne euch.

Für Marla Wilson, deren Begeisterung für meine Bücher

mich zur Eile antreibt. Danke, dass du Hailey »verstehst«, für dein aufmunterndes Feedback und dafür, dass du an diese Geschichte geglaubt hast.

Für meine Lektorin Nicole Fischer, die meine großen Visionen immer unterstützt und mir gnädigerweise gestattet, die Wortzahl um 3400 Wörter zu überschreiten. Danke, dass du zu jedem einzelnen Buch dieser Reihe gestanden und mir geholfen hast, dafür zu sorgen, dass sie so gut wurden, wie sie nur konnten.

Für meine Agentin Stacey Donaghy, die den »Teddybären« Mike Madden von Anfang an geliebt hat. Danke, dass du meine Freundin und Fürsprecherin bist. Nichts von alldem wäre ohne dich möglich gewesen.

Ein besonderer Dank gilt DJay Brawner, Filmemacher für die Stars und mein Musikvideo-Berater. Danke, dass du so freundlich, bescheiden und unglaublich informativ warst. Du hast mir das Wissen und das Selbstvertrauen gegeben, um das Musikvideo der Band wahrhaft episch zu machen. Ich bin dir so dankbar, dass du meine E-Mail beantwortet hast, und ich fühle mich sehr geehrt, dich als Berater bei diesem Buch gehabt zu haben.

Ich danke dem gesamten Team bei HarperCollins, das bei dieser ganzen Reihe äußerst flexibel und unterstützend war. Ihr habt diesen großen Traum, den ich hatte, genommen und ihn auf außerordentliche Weise zum Leben erweckt.

Und schließlich danke ich meinen wundervollen Lesern, die so geduldig auf Mikes und Haileys Geschichte gewartet haben. Es gibt wirklich keine Worte dafür, wie viel mir eure Unterstützung während dieser ganzen Reihe im Laufe der letzten zwei Jahre bedeutet hat. Eure Ermutigung und Treue waren unerschütterlich, und ich bin mehr als dankbar dafür, jeden Einzelnen von euch als Leser zu haben.

Tonnenweise Liebe gilt vor allem all den Rockstars in meiner Facebook-Gruppe *Jamie's Rock Stars*. Der Austausch mit euch ist wirklich eines der Dinge, die ich an diesem Job am meisten liebe. Ich schreibe jedes Buch mit euch im Kopf, und ich liebe euch dafür, dass ihr mich auf einem Teil dieser Reise begleitet.

Und meinen Roadies, die mir geholfen haben, diese Geschichte mit einem Paukenschlag in die Welt zu bringen: Ashley Amsbaugh, Gina Behrends, Jodi Belshaw, Krista Davis, Erin Duffy, Felicia Eddy, Valerie Fink, Melisa Gette, Sarah Green, Kathy Lemke, Erica Limon, Casey Knittig, Denisha McPherson, Denise Prause, Nicole Reiss, Lauren Resch, Anne-Marie Simard, Hope Smith, Gabby Sotelo, Ashley Speakman, Summer Webb und Mary Beth Witkop. Danke, dass ihr so hartgesotten seid. Ihr Mädchen seid wundervoll.

Für jede Leserin, die Adam, Joel, Shawn und Mike geliebt hat. Für jeden Leser, der Rowan, Dee, Kit und Hailey geliebt hat. Für jeden Leser, der Leti und Kale geliebt hat. Für jede Leserin, die Ryan, Mason und Bryce geliebt hat. Für jede Leserin, die Van geliebt hat …

Danke. Danke von meinem ganzen Rockstars liebenden Herzen.